지명전설집

Series of Korean Literature at China

이 전집은 대산문화재단의 2006년 해외한국문학연구 지원을 받았습니다.

연세국학총서73

중국조선민족문학대계 20

지명전설집

연변대학교 조선문학연구소
김동훈·허경진·허휘훈 주편

보고사

◉ 권 철
중국 연변대학 조문학부 졸업. 연변대학 조문학부 교수로 재직하며 민족연구소장을 역임하고, 현재 조선문학연구소 고문으로 있다. 저서로 『광복전조선민족문학연구』, 『중국조선족문학』 등이 있다.

◉ 김동훈
중국 중앙민족대 중문학과 졸업, 중앙민족대와 연변대 교수를 거쳐 현재 상해공상외대 한국어 학부장으로 있다. 연변대조선언어문학연구소 소장, 북경대조선문화연구소 고문 역임. 저서로는 『중국조선족구전설화연구』, 『조선족문화』, 『중국조선족문학사』(공저), 『간명한국백과전서』(주필), 『중국조선족문화사대계』(총주필) 등이 있다.

◉ 허경진
한국 연세대 국문학과 및 동 대학원 졸업. 목원대 국어교육과 교수를 거쳐 현재 연세대 국문학과 교수로 있다. 2005년부터 중국 연변대 겸직교수로 재직중이다.

◉ 허휘훈
중국 연변대 조문학부 및 동 대학원 졸업. 문학박사. 현재 연변대 조문학과 교수로 있다. 연변대 조선문학연구소 소장, 연변민간문예가협회 이사장이다. 저서로 『조선민간문화연구』, 『조선문학사』(공저), 『중조한일민담비교연구』(주필) 등이 있다.

연세국학총서73
중국조선민족문학대계 20

지명전설집

초판 1쇄 발행_2007년 6월 28일

주편자_김동훈·허경진·허휘훈
연변대학교 조선문학연구소
발행인_김흥국
발행처_도서출판 보고사
등 록_1990년 12월(제6-0429)
주 소_서울시 성북구 보문동 7가 11번지 2층
전 화_922-5120/1(편집) 922-2246(영업)
팩 스_922-6990
메 일_kanapub3@chol.com
홈페이지_www.bogosabooks.co.kr
ISBN_978-89-8433-421-2(94810)
978-89-8433-401-4(세트)
정 가_25,000원

간행사

우리 조상들이 중국 땅에 이주해온 이후, 오랜 역사를 통해 탁월한 저력으로 독자적인 문화를 창출해냈고 또한 많은 문화유산을 물려주기에 이르렀다. 그 가운데 우리 조상들의 알찬 삶의 지혜와 다양한 경험들이 축적되어 있다. 바로 이 때문에 문화유산 중 큰 비중을 차지하는 구비문학과 기록문학이 소중하며, 다시 읽어야할 보전(宝典)으로 남게 되었다.

과경(跨境)민족으로서의 중국 조선민족은 19세기 후반이래로 수차의 문화적 격변의 시대를 살아왔다. 이른바 개화기의 격류 속에서는 전통문화와 서구문화사이의 갈등, 한문학과 국문문학 간의 교체를 경험했고, 식민지시대에는 국문문학의 문체혁신과 일제에 의해 책동된 전통문화의 쇄멸 말살이라는 시련을 겪기에 이르렀다. 이런 변화와 역경 속에서도 중국 땅에 망명하였거나 이 땅에서 유·이민 혹은 정착민으로 생활해온 우리 겨레의 지조 있는 애국문인들은 결코 붓을 던지지 않았다. 류인석, 김택영, 신규식, 신채호, 안중근, 리상룡, 김정규, 김소래, 최서해, 염상섭, 주요섭, 최상덕, 강경애, 현경준, 김창걸, 안수길, 박영준, 황건, 김조규, 윤동주, 박팔양, 이육사, 함형수, 리학성, 천청송, 김학철, 윤해영, 채택룡, 설인 등 헤아릴 수 없이 많은 문학도와 시인, 작가들이 바로 필설로 그 시대를 증언해온 대표적인 지성인들이다.

그들 중에는 고국을 떠나 갈바람에 흩날리는 낙엽처럼 정처 없이 떠돌다 두만강, 압록강을 건너와 허허 넓은 만주벌판, 낯선 이국땅 서러운 추녀 밑에서 간도아리랑을 부른 망향시인이 있었고 하늬바람 불어치는 산해관을 넘어 북경, 서안, 상해, 무한 등 천년고도에 떠돌이로 남아 언론매체를 빌어

'천고'를 울리고 '진단'을 노래하고 청구의 '광명'을 만방에 호소한 청년전위가 있었는가 하면 백산, 흑수, 송료, 제로, 태항, 중원의 고전장에서 융마일생을 수놓아 가며 목숨을 바친 무명용사도 있었다. 여순, 나가사끼, 후꾸오까의 감옥에서 단지혈맹의 뜻을 굽히지 않고 다리를 절단해가면서도 끝까지 혁명의 지조를 지켜왔거나 끝내 '한 점 부끄럼 없이' 꽃처럼 피어나는 피를 민족의 제단 앞에 바친 암흑기의 푸른 별들도 있다. 그들은 문자에 앞서 몸으로 지탱해온 삶 그 자체가 더 고결하고 값진 것으로 여겨왔던 것이다. 그들의 피와 땀으로 가꾸어온 문화의 숲은 헌걸찬 우리 민족의 에너지를 부단히 충전시켜 주는 불멸의 혈맥, 끈질긴 생명력의 고동으로 무성하게 자라고 있으며 영광과 비애의 굴곡, 흥망과 성쇠의 기복이 교차되는 수많은 역사 주체의 명멸을 간직한 채 굳건하고 강인한 기백으로 오늘날까지 민족의 정기를 면면히 이어주고 있다.

그들이 남긴 풍부한 문학유산은 그동안 중외(中外)학자들에 의하여 적지 않게 발굴 연구되었으나, 지금까지의 연구는 단편적인 자료에 근거를 둔 것으로서 그 진면목을 체계적으로 파악하기에는 역부족이라고 할 수 있다. 이런 의미에서 중국 조선족과 광복 전 재중 한인, 조선인들의 문학 자료를 체계적으로 발굴, 정리, 출판하는 것은 정체(整体)적인 민족문학연구에서 대단히 중요한 작업이 아닐 수 없다. 그들이 남긴 문학 자료는 지금도 중국각지와 해외의 여러 도서관, 박물관, 문서보관소에 신문, 잡지, 일기, 필사본, 프린트본, 활자본 등 형식으로 흩어져있다. 이런 현실을 감안하여 본 대계는 선배들이 중국 땅에 남긴 문학 자료들을 집대성하여 후세인들로 하여금 문화민족으로서의 자긍심을 갖게 하고 애국애족의 정신을 계승 발양하며 문학, 언어, 역사, 민속, 언론, 사회 등 여러 분야를 망라한 학계인사들에게 21세기 중국 조선민족문화의 새로운 비약을 위한 계통적인 연구 자료를 제공하는데 그 목적과 의의가 있다.

중국조선민족문학의 진수를 정리, 간행하기 위한 계획이나 준비 작업은 연변대학 조선언어문학연구소(현재의 조선문학연구소)의 창립과 더불어 20세기 80년대부터 본격적으로 시작되었다. 권철교수를 비롯한 연변대학 조선언어문학연구소의 조선문학 관계 선배학자들은 1950년대부터 벌써 재중조선인 문학자료 수집에 착수하였고 1990년에는 권철, 조성일, 최삼룡, 김동훈 등 네 연구원의 공동 집필로 된 ≪중국조선족문학사≫를 공개출판하기에 이르렀다. 1992년 연변대학 조선언어문학연구소(현재의 조선문학연구소)는 한국 숭실대학교 인문대학과의 공동연구과제로서 소재영, 권철, 김동훈, 조규익 교수를 중심으로 집필한 ≪연변지역조선족문학연구≫를 펴냈다. 같은 시기에 김영덕, 최문식 교수를 비롯한 연변대학 고적연구소에서는 ≪류린석전집≫, ≪김택영전집≫, ≪윤동주유고집≫, ≪한양가≫, ≪연변조사실록≫ 등 중국지역에서 발굴, 정리한 17권의 민족고전을 출판하였다.

이와 동시에 문학현장의 사실을 증언하기 위해 두 연구소 산하의 수십 명의 연구원들은 연변의 각 현시와 북경의 백림사, 상해의 서가회, 남경의 용반리, 심양시 서류보관소 그리고 하얼빈, 대련, 서안, 남통 등지의 도서관, 박물관 등 중국 국내 수백처의 자료관을 누비면서 우리 민족의 해방 전 문학자료들이 흩어져 실려 있는 ≪천고≫, ≪진단≫, ≪천고≫, ≪진단≫, ≪독립신문≫, ≪민성보≫, ≪북향≫, ≪만선일보≫, ≪카톨릭소년≫, ≪광복≫, ≪신한청년≫, ≪조선의용대통신≫, ≪한민≫, ≪연변문화≫ 등 신문과 잡지, 그리고 지난 세기 초부터 이 땅에서 유전되었던 ≪백두산민담≫, ≪장백산강강지략≫, ≪초등소학수신≫용 우화집과 ≪싹트는 대지≫, ≪재만조선인시집≫, ≪혈해지창≫ 등 최초의 소설집, 시집 및 극본들을 속속 발굴하였으며 무려 1,500만자에 달하는 작가문학 자료와 800여 수의 민요, 2,000여 편의 전설과 민담을 수집하였다. 그들은 하늘을 비상하는 나비가 아니라 발로 땅을 기어 다니는 지네와 같이 지나간 역사와 문화현장에 파고들어 문학현상 자체를 자기의 피부로 촉감하고 확인함으로써 오늘의 이 방대한 민족문학대계의 탄생을 준비하였던 것이다.

본 대계의 출간과 관련하여 우리는 다음과 같은 몇 가지 원칙에서 이 사업을 추진키로 하였다.

첫째, 본 대계에는 중국 조선족 작가와 재중 한국인, 조선인 작가들이 건국(1949년) 이전에 창작한 시, 소설, 일반 산문, 극작품 등 일체의 문예작품들을 수록한다.

둘째, 우리 문학의 세 가지 큰 갈래인 조선문 문학, 한문문학, 구비문학을 통해 역사적으로 이룩한 모든 양식을 함께 수록한다. 먼저 건국 전에 창작된 작품을 30권에 나누어 1차적으로 간행하고 이를 더욱 확대하여 진정한 의미의 문학대계가 되게 한다.

셋째, 구비문학작품은 건국 전에 수집된 것과 건국 후에 수집된 것을 망라하며, 그 내용이 해방 전에 이미 구전으로 전승되었음을 감안하여 이를 모두 1차 간행분에 포함시킨다.

넷째, 언어상으로나 역사적으로 가치가 있는 일부 원전은 원전과 현대어역을 동시에 수록한다. 현대어역을 통하여 한문과 원전의 감상을 가능하게 하고 정확한 원전의 제시로 그 연구의 자료가 되게 한다. 단 일부 한시와 고문은 번역 사업이 미처 미치지 못해 원문만 그대로 싣기로 한다.

다섯째, 건국 전의 작가문헌은 그 문체들이 발생한 시대적 선후를 염두에 두면서 한시, 현대시, 소설, 산문, 희곡 순으로 배열하고 구비문학은 민요, 전설, 민담 순으로 배열한다. 건국 이후의 작품은 대부분 쉽게 찾아볼 수 있는 것들이어서 2차적으로 그 출간을 계획해보려 한다.

1차 간행에 교부된 작품집 목록은 아래와 같다.

제1－3권 한시집

제4－6권 시집(조선문)

제7－13권 소설집

제14－16권 산문집

제17권 희곡집

제18권 민요집

제19권 문헌설화

제20－21권 전설집

제22－27권 민담집

제28－29권 중국에 번역 소개된 문학작품

제30권 별책(색인)

끝으로 본 대계가 편집 출판되는 동안 관심 있는 모든 분들의 협력과 질정을 바라며 어려운 가운데도 이 사업에 동참해주신 편찬위원, 책임편자, 역주자 여러분과 연변대학 고적연구소 임원들에게 감사드린다.

그리고 본 사업의 취지를 이해하고 편집비를 지원해주신 한국 대산문화재단, 2005년도 연세특성화지원금으로「중국내 한국관련 문헌자료집성사업단」을 지원해주신 한국 연세대학교의 후의에 감사드리며, 아울러 편집과 교정에서 제작에 이르기까지 노고를 아끼지 아니한 보고사 여러분께도 고마움을 표한다.

2005년 12월 26일

중국 연변대학교 조선문학연구소 전 소장 김동훈

중국 연변대학교 조선문학연구소 소장 허휘훈

한국 연세대학교 국학연구원 허경진

편집위원 명단

◉ 일러두기

이 ≪대계≫는 다음과 같은 요령으로 엮었다.

1. 중국 조선족의 기록, 구비문학작품을 비롯하여 재중한인(韓人), 조선인이 중국 지역에서 창작한 작품들을 함께 수록하였다.
2. 20세기 전반기에 창작 발표된 문학작품을 일차적 선제대상으로 확정하였다.
3. ≪대계≫ 각권의 출판은 한시, 현대시, 소설, 산문, 희곡, 민요, 전설, 민담 순으로 배열하였다.
4. 한시와 기타 한문(漢文)으로 쓰인 원전은 매 편마다 원문을 앞에 싣고 역문을 뒤에 함께 수록하여 상호 참조하기에 편리하도록 하였다.
5. 원전에 나오는 일부 지명, 인명, 전고, 방언과 알기 어려운 글자, 누락, 오기 등에 대해 필요한 주를 달았다. 주석표기는 원문(혹은 역문)에 번호를 붙이고 해당 면 하단에 각주(脚注)함을 원칙으로 하였다.
6. 고한문 원전은 번체자로 표기하고 이해가 어려운 한자어의 경우에는 괄호 안에 한자를 넣어 병기하였다.
7. 간행사와 일러두기 그리고 해설은 한국에서의, 작품의 맞춤법 · 띄어쓰기 · 외래어 표기는 중국에서의 현행 조선말 규범원칙을 따르되, 어학적 · 민속적 가치가 높은 해방 전 원전은 원문 그대로 수록하였다.
8. 본문은 연변의 표기방식대로 실었으며, 해설은 한국의 표준법에 맞추어서 윤문하였다.
9. 이 ≪대계≫에서 사용한 주요 부호는 다음과 같다.
   1) (　) : 음이 같은 한자를 병기함.
   2) [　] : 음은 다르나 뜻이 같을 때나 혹은 풀이한 한문을 병기함.
   3) ≪ ≫ : 책명, 작품명, 대화나 인용을 나타냄.
   4) 〈 ? 〉 : 불확실한 경우를 나타냄.
   5) □ : 원전 또는 원문에서 누락된 문자를 나타냄.
   6) 주석은 ①②로 표시하여 해당 면 하단에 표기함.

룡정시, 연길시 편

화룡시, 왕청현 편

훈춘시, 도문시 편

안도현, 돈화시 편

압록강류역 편

기타지구 편

해제

중국조선족 지명전설과 그 갈래

전성호

머리글

1

주지하다시피 우리 민족은 머나먼 옛날부터 자기의 독특한 언어와 이두(吏讀)를 비롯하여 그에 해당하는 문자를 가지고 있었고 또 15세기에 이르러서는 훈민정음의 창제로 인하여 비교적 과학적이고 발달한 문자까지 가지고 생활하였던 문화민족이다. 그리하여 우리 민족은 세인들이 부러워할 정도의 풍부한 문화유산과 문화전통을 가지고 있다.

중국에 이주한 이주민의 경우라 하여 다를 바가 없다. 지금 중국에서 살고 있는 우리 민족 이주민 1세들 대부분은 비록 배우지 못한 농민들이었고 살길을 찾아온 사람들이었지만 전통문화의 요소들은 그들의 몸에도 어김없이 배어있었다. 그리하여 무릇 우리 민족 이주민들이 상대적으로 집거하여 살았던 곳에는 거의 모두 그들의 문화적인 지향에 의한 일정한 문화적환경이 조성되어 있었고, 또 그에 따르는 여러 가지 지명 전설들도 전해지고 있다. 하지만 지금까지 그 수는 정확히 헤아릴 방법이 없다.

본 ≪지명전설집≫은 ≪조선족전설집≫[1], ≪항일전설설화집≫[2], ≪금망아지≫[3], ≪해당화≫[4], ≪두만강전설집≫[5], ≪유서깊은 두만강반≫[6], ≪두

1) 김태갑 편, ≪조선족전설집≫, 민족출판사, 1991년 6월 제1판.
2) 김태갑 박창묵 편, ≪항일전설설화집≫, 연변인민출판사, 1992년 7월 제1판.
3) 황상박 편, ≪금망아지≫, 연변인민출판사, 2006년 3월 제1판.
4) 한정춘 편, ≪해당화≫, 연변인민출판사, 1995년 6월 제1판.
5) 한정춘 편, ≪두만강전설집≫, 연변인민출판사, 1999년 8월 제1판.

만강 압록강 류역 지명전설≫[7] 등 전설집들을 참조하면서 그중 비교적 대표성을 가진다고 인정되는 101편만 수록하였다. 수록하는 과정에서 필자는 정리자가 펼친 논리와 언어습관을 존중하여 될수록 그대로 옮기면서도 극히 부분적으로는 약간의 수정을 가하였다.

이 101편의 지명 전설은 물론 중국에 이주한 우리 민족 향토전설의 중요한 한 구성부분으로서 우리 민족 서민들 속에서 창조되어 서민들 속에서 전파되면서 서민들의 정신생활에 향수를 준 구전문학의 한 형태이다. 그리고 우리 민족의 이와 같은 지명전설의 구성을 보면, 거기에는 우리 민족 이주민들이 이 땅에 들어와 정착하여 새롭게 개척을 하면서 창조한 것이 절대적으로 많은 반면에, 원주민들 속에서 유전되던 것을 받아들여 가공한 것도 적지 않게 있다. 그리고 원주민들 속에서 유전되던 지명전설을 받아들인 경우라 할지라도, 여타 향토전설의 경우와 마찬가지로, 우리 민족에게 수용되어 유전되는 과정에서 대부분 진일보 개작되고 다듬어졌기에 그 자타를 확실하게 분별하기 어려운 실정이다.

이와 같은 지명전설에는 물론 고장의 이름, 마을의 이름 등이 주조를 이룬다. 그리고 순수 자연경치거나 풍물의 의미보다도 지명의 의미가 더 도드라지는 부분적인 산봉과 령, 물, 바위 등의 이름도 망라된다.

본 해제는 이 101편의 지명 전설들을 두고 자의로 그 갈래를 나누어 밝히면서 논의를 펼쳐본다.

2

본 해제에서는 갈래에 따른 지명전설의 고찰에 앞서 우선 우리의 민족사와 지명전설의 관계를 일러두고자 한다.

중국에서 살고 있는 우리 민족의 중국에로의 이주를 두고 그 상한선을 원말명초(元末明初)로 잡아보는 학자가 있는가 하면, 명말청초(明末淸初)로 잡아보는 학자도 있으며, 19세기 60년대로 잡아보는 학자들도 있는데, 물론

---

6) 백민설 편, ≪유서깊은 두만강반≫, 연변인민출판사, 2001년 4월 제1판.
7) 한정춘 편, ≪두만강 압록강 류역 지명전설≫, 연변인민출판사, 2006년 12월 제1판.

역사를 거슬러 보면 원말명초에 중국에 들어온 사람들이 있었지만 그들은 기나긴 역사행정을 경유하는 과정에서 이미 모두 동화되어 조선족의 속성을 잃었기에 중국조선족이라 이를 수 없게 되었고, 지금까지 '19세기 60년대설'이 하나의 정설로 되어있었다. 그러나 요즘에 와서는 적지 않은 사학자들이 '명말청초설'에 많은 무게를 두고 있으면서 그것을 정설로 내세우려는 움직임을 보이고 있다. 그것은 1982년도에 이미 국무원의 비준을 거쳐 한족으로부터 조선족으로 족적을 바꾼 하북성 부분적인 지구와 요녕성 부분적인 지구의 '박씨 마을'의 상황이 홀시할 수 없는 역사요인으로 작용하고 있기 때문이다.

이 박씨 마을은 1620~1630년대 이후 정묘호란, 병자호란 등을 겪으면서 조선으로부터 강제적으로 중국에 끌려온 노예의 후예들이다. 이들은 이미 우리의 말과 글을 완전히 잃었고 생활문화에서도 한족을 많이 닮고 있다. 하지만 그들은 지금까지도 우리 민족 전통의 많은 풍속습관들을 고수하고 있고, 특히 개혁개방 이후에는 그 전까지 쓰고 있었던 족적(族籍)을 버리고 국무원에 신청하여 모두 조선족으로 복귀하였다. 그러니 우리 민족의 중국에로의 이주 상한선을 17세기 명말청초로 잡아보는 것도 그 당위성을 가진다.

하지만 지금까지 이들이 중국에 와서 어떻게 생활하였고 또 어떤 문화를 창조하였는가 하는 데 대한 연구는 완전히 공백상태이다. 지금까지 우리 학계에서 정리한 중국조선족의 역사, 문화, 문학의 사적연구는 모두 '19세기 60년대설'로 그 상한선을 긋고 진행되었다. 본 ≪지명전설집≫의 상황도 예외가 아니다. 모두 19세기 60년대 이후에 이주한 우리민족 이주민들과 그 후예들 속에서 유전된 전설들이다.

주지의 사실이지만 중국의 동북지구는 17세기 이후로부터 19세기 중엽까지 청조 정부에서 청조의 발상지라 하여 봉금령(封禁令)을 내려 누구도 거주하지 못하게 하였고, 조선정부에서도 월강죄(越江罪)라는 죄목으로 주민들의 출입을 엄금하였던 곳이다. 그러니 그때까지 이곳에 제대로 된 지명이 있을 수 없었다. 그러다가 19세기 중엽에 이르러 조선 북부지구에 연속 자연재해가 들었는데, 그렇지 않아도 봉건통치자들의 갖은 가렴잡세로 인하여 살기 어려웠던 농민들은 더구나 극한의 상황에 처하게 되었다. 이리하여 그들은 "앉아서 굶어죽으나 월강죄를 범하여 단두대에 오르나 무엇이 다르랴"[8]하는 생각으로 두만강을 건너 중국 땅에 들어와 농사를 짓기 시작하였다. 물론 처음에는 봄에 강을 건너와 종자만 묻어놓고 갔다가 가을에 거두어 가는 '철새농사'였다. 하지만 이렇게 하는 과정에서 사실상 간도(間島)라 하는 지명의 이 낱말도 생겨나게 되었다.

그러다가 청조 정부에서는 북쪽으로부터 가해지는 러시아 세력의 침투를 억제시키고 군인들의 식량과 봉급을 해결하기 위하여 1885년에 이 지구에 대한 봉금령을 취소하고, 오히려 두만강으로부터 해란강에 이르는 이 구역에 조선 이주민을 대상으로 한 이민실변정책(移民實邊政策)을 펴면서 개척을 시도하였다. 따라서 조선 정부에서의 월강죄도 철회되었고 그때로부터 조선의 많은 이주민들이 마음을 놓고 두만강을 건너 이 지구에 들어와 살게 되었다. 따라서 상대적으로 이주민들이 집거한 크고 작은 마을도 생기기 시작하였다. 또 이에 따라서 그에 해당하는 지명도 생기고 지명전설도 나타나게 되었는데, 이러한 지명전설은 그 구성이 어떠하든 거기에는 거의 모두 우리 민족의 이주와 개척, 정착 등 민족사에 관한 흔적들이 짙게 배어있다. 그것은 우리 민족 지명전설의 갈래에서 잘 드러난다.

우리 민족 지명 전설의 갈래

1) 자연경관, 지리특징, 자연특산 등에 관계되는 지명 전설

어느 민족이나 물론하고 그 민족의 풍토전설이나 지명전설에 가장 많이 작용하는 것이 산과 물, 바위 등 지형지물에 의한 자연경관과 지리 특징, 그리고 그 지방의 특산이다. 사람들은 그러한 자연경관과 지리 특징, 자연 특산에 특수한 의미들을 부여하면서 나름으로 지명에 관계되는 이야기를 꾸며 정신적인 문화향수를 하였고 그것을 후세에 전달하였다.

8) 현룡순 등, ≪조선족백년사화≫ 제1집, p.17 참조.

우리 조선족 지명전설의 경우도 역시 그러하다. 특히 이주민족인 중국조선족은 이곳에 와서 정착할 때 무엇보다도 물을 선차적인 조건으로 여겼던 것 같다. 그것도 그럴 것이 물은 인간의 생존과 생활에 필수불가결의 요인이어서, 사람은 물을 떠나 살수 없는 것은 물론, 특히 농사를 '천하지대본'으로 알면서 그중에서도 논농사를 유일한 희망이자 명줄로 간주하고 있었던 우리 민족 이주민의 관념세계에서 물은 더구나 삶의 필수불가결의 요인으로 되어 있었기 때문이다.

이로부터 우리 민족의 지명전설에는 우선 물이 배경으로 작용하였거나 물과 관련된 이야기들이 많이 있고 또 전문 물을 둘러싸고 엮은 지명전설도 적지 않다. 그 대표적인 전설이 <용천골>(1), <용천골>(2), <이도백하>, <회룡봉>, <룡두산의 전설>, <금마하의 전설> 등이다. 그 중 <용천골>(1)은 한 쌍의 청춘남녀가 산 좋고 물 맑은 곳에서 서로 만나 가정을 이루고 처음으로 행복한 생활터전을 마련한 이야기를 엮었고, <용천골>(2)도 물맛 좋은 곳에 마을이 일어서는 이야기를 엮고 있다. 물론 이 전설에는 동물보은의 내용도 담겨져 있다. 그리고 <이도백하>는 봉황새로 변하여 지상에 내려온 옥황상제의 아들이 아이들의 손에 들었다가 성수라는 한 가난한 청년의 구원을 받았고 봉황은 그 보답으로 이곳에 생명수— 이도백하라는 강이 흐르게 한 이야기를 엮었는데 동물보은의 내용을 함께 담고 있으며, <회룡봉>은 마을 남쪽에서 흐르는 두만강물이 둥그렇게 큰 쳇바퀴 모양을 이루고 있다고 하여 그로부터 꾸며진 이야기이다. 또 전설 <룡두산의 전설>은 마음씨 착한 부부가 교룡으로 변하여 샘물을 독차지한 독수리 왕을 물리치고 마을에 샘물이 흐르게 한 이야기를 엮고 있다. 그리고 <금마하의 전설>은 물보다도 콩 농사를 개척한 이야기를 주제로 하고 있지만 그래도 물과 많은 관계를 가지고 있다.

상술한 지명전설에서 <룡두산의 전설>은 물론 물과 관계를 가지면서도 또 두 마리의 용처럼 생긴 특이한 바위의 모양을 선색으로 하는 등 자연경관에 의하여 엮어진 이야기이기도 하다.

다음 기이하게 생긴 산이나 바위 등 자연경관이거나 지리적인 특징에 의하여 엮어진 지명전설에서 보면 <마반산>, <마반의 유래>, <천불붙이>, <초모정자>, <우심산>, <우심동의 유래>, <반성>, <련산성> 등이 그 대표적인 보기로 되어있는데, 그중 <마반산>과 <마반의 유래>는 거기에 있는 산이 맷돌처럼 생겼다 하여 그에 걸맞게 꾸며진 이야기이고, <천불붙이>는 그 고장의 모든 것이 숯덩이처럼 까맣다고 하여 꾸며진 이야기이며, <초모정자>는 초모자처럼 생긴 높은 산 아래에 있는 마을이라 하여, <락타산과 락타산촌>은 낙타처럼 생긴 산 아래에 있는 마을이라 하여, <우심산>은 부근 산의 모양이 소처럼 생겼다 하여, <반성>이나 <련성산> 등도 그 산의 특징에 의하여 각각 꾸며진 이야기들이다.

이밖에 <천보산>(1), <천보산>(2) 등은 그 지역의 지하자원에 의하여 꾸며진 이야기이고, <달래동>, <노루골>(룡정시 편), <나리밭등>, <토끼골과 령지버섯>, <의란의 유래> 등도 모두 그 지방의 자연특산과 관계를 가지면서 꾸며진 이야기들이다.

2) 용에 관계되는 지명전설

우리 민족들이 상대적으로 집중하여 살고 있는 지명들에는 용(龍) 자를 둘러싸고 지어진 이름이 특히 많다. 얼핏 살펴보아도 용정시의 용정을 비롯하여 용지, 용포, 용남, 용산, 구룡 등이 그러하고, 화룡시를 보아도 화룡을 비롯하여 용수, 용문, 용해 등이 그러하다. 이밖에도 적지 않은 지명들에 이 글자가 들어있다.

이에 따라 우리 민족의 지명전설에는 용을 둘러싸고 엮어진 이야기들이 과연 많다. 분명 용은 우리 민족에게 있어서 높이 신성시되었던 강력한 존재였기 때문이라 인정된다. 당시 쪽지게에 쪽박이나 겨우 달아가지고 두만강을 건너 이주하여 새로운 땅에 정착하면서 아무런 힘도 없었던 우리 민족 이주민들의 처지에서는 신성하고 불가항력적인 위력을 가지고 있는 영물인 용과 자신들을 연계시킴으로써, 용이 자신들을 지켜주고 도움을 준다는 믿음을 가지고 정신적으로나마 위안을 얻자는 데서 비롯된 발상이라 인정된다.

그리고 이와 같이 용을 둘러싼 지명전설은 앞의 자연경관과 지리특징에 의한 지명전설의 경우와 마찬가지로 물과도 많은 관계를 가지면서 엮어졌다. 그것은 우리 민족의 전통의식 속에서 용과 물은 불가분리의 관계를 갖고 있다고 인정했기 때문이라 보인다. 분명 용은 물속에서 사는 영물이고, 또 물은 용을 키우는 토대로서 용과 물은 하나의 동일체로 된다는 인식에서 기인된 발상이다.

이와 같은 전설들에서 가장 대표적인 것이 <룡정>을 비롯하여 <룡정의 전설>, <룡정의 유래> 등 용정이라는 지명을 놓고 엮은 전설들이다. <룡정>, <룡정의 전설>, <룡정의 유래> 등 전설들은 그 이야기가 조금씩 다르기는 하지만 모두 용과 관계를 가지고 있고 또 물을 대변하고 있는 우물[井]을 둘러싸고 이야기들이 엮어지고 있다. 새롭게 삶의 터전을 잡는 상황에서 무엇보다도 중요한 음료수에 대한 욕구와 더불어 용에 집착하면서 용의 용맹성, 용의 비범성, 용의 불가항력적인 위력, 용의 신성함 등을 숭상한 결과가 분명하다.

용정을 둘러싼 지명전설 외에 다른 용이라는 글자를 가진 지명전설의 경우도 거의 이와 비슷한데, 그 중 <룡늪>이라는 지명전설에서는 용의 변신물로 늪에서 한 마리의 용마가 나타나 백두산 장수를 태워가지고 외적을 물리침으로써 우리 민족의 생활을 지켜주었다는 신비로운 이야기를 엮기까지 하였다.

여기서 반드시 일러두어야 할 것은 우리 민족의 기타 향토전설에 용이 빈번히 등장하는데, 대체로 보면 적지 않은 경우에 흑룡은 우리 민족에게 재난을 가져다주는 존재로 인상되고, 백룡, 청룡, 적룡, 교룡 등 기타 용들은 많은 경우에 불가항력적인 위력을 가진 영물로, 사람들에게 도움을 주는 신성한 존재로 부상되고 있다는 그것이다.(물론 개별적으로 예외도 있다.) 지명전설의 경우도 역시 그러하다. 이러한 지명전설에서 보면 이미 고찰한 지명전설의 용들은 그대로 막강한 위력을 가진 신성한 존재로 부상되었다. 그리고 전설 <백룡>에서도 용은 자기를 지켜준 주인에게 값진 황금을 선사한 존재로 부상하였다. 하지만 전설 <로투구>(1)에 등장하는 흑룡은 괴물로 등장하여 사람들에게 재난을 가져다주는 존재로 부상된다.

3) 민족 특유의 가치관, 도덕관, 미학 이상에 의한 지명전설

이미 수 천 년의 문명사를 기록하여온 우리 조선민족에게는 민족 특유의 가치관, 도덕관과 미학 이상이 있다. 중국에 이주하여온 조선족의 경우도 예외가 아니다.

이에 따라 중국조선족의 지명전설에는 이와 같은 우리 민족 특유의 가치관, 도덕관과 미학 이상에 의하여 창조되고 선택된 전설들이 적지 않은데, 이미 지적한 지명전설에도 벌써 거기에는 우리 민족 특유의 가치관과 도덕관, 미학 이상이 깔려있었다.

하면서도 여기서 주목되는 것이 <재미내골>, <복심>, <반작골>, <신선동>, <금골>, <금불사>, <로투구>(2), <돌우물>, <질구배골>, <며느리골짜기>, <재터>, <탑자구> 등 지명전설이다.

그중 전설 <재미내골>은 신화와 같은 이야기 속에서 마을에 어려움이 닥쳐왔을 때에는 서로 자기가 나서려 하고 좋은 일을 맞아서는 온 동네가 함께 누리려 하는 우리 민족의 미풍양속과 가치관을 반영하였고, 전설 <복심>에서도 복된 마음을 품은 한 마을의 이야기를 엮으면서 남이 어려움을 당하였을 때 반드시 도와주어야 한다는 도덕적인 내용을 다루었으며, 전설 <반작골>에서는 오얏을 둘러싸고 이웃사이의 정을 그리면서 '이웃사촌'이라는 우리말 속담의 진미를 느끼게 한다. 그리고 <신선동>과 <금골> 등 전설은 권선징악의 미학 이상을 주제로 내세웠고 <돌우물>, <금불사>, <질구배골>, <며느리골짜기> 등 전설은 효도에 관계되는 이야기를 엮으면서 우리 민족의 효도관을 주제로 내세웠다. 따라서 전설 <로투구>(2), <재터>는 불효징벌의 주제를 표현하였고, 전설 <탑자구>는 우리 민족 여인의 정절에 관한 절개를 주제로 내세웠다.

우리 민족 특유의 가치관, 도덕관과 미학 이상에 의하여 창조되고 선택된 지명전설에는 또 용감하고 지혜로우며 정의적인 인물이 헌신적으로 나서서 사람들을 구하고 마을을 보위한 행위에 대한 칭송으로부터 이루어진 이야기들도 많다. 이미 살펴본 용과 물을 둘러싸고 엮은 지명전설이거나 자연경관과 지리적 특징, 자연 특산에 특수한 의미를 부여하면서 엮은 지명전설에도 벌써 그러한 내용들이 적지 않게 있었다.

하면서도 우리 민족의 지명전설에는 전문 이 방면의 헌신적인 인물들에 대한 칭송으로 엮어진 이야기들이 적지 않은데, 이를테면 <조양천>, <로투구>, <련화동>, <팔과수>, <묘울령>, <정암촌>, <로투구>(1), <장록객재>, <백룡>, <장고봉> 등 전설이 그러하다. 예를 들면 전설 <조양천>에서는 양진이라는 인물이 인삼을 캐 전염병에 죽어가는 마을사람들을 구원하는 이야기를 엮었고, 전설 <로투구>(1)에서는 한 늙은이가 흑룡과 싸워 마을을 보위한 이야기를 엮었으며, 전설 <련화동>에서는 마음씨 착한 한 총각이 용감하고 지혜롭게 마귀와 싸워 마을을 보호한 이야기를, 전설 <팔과수>에서는 한 부락장이 자기의 여덟 아들을 거느리고 도적떼와 싸워 이김으로써 마을을 보호한 이야기를, 전설 <정암촌>에서는 퉁도란이 중으로 가장한 악한들과 싸워 이김으로써 사람들의 원한을 풀어주고 마을을 보위한 이야기를, 전설 <장록객재>에서는 장록객이라 불리는 인물이 사람들에게 유익한 일을 많이 해준 이야기를, 전설 <량수>에서는 마음씨 고운 양주의 미덕과 이 양주의 아들 천자가 부자 놈과 싸워 이김으로써 마을을 지켜낸 이야기를 각각 엮고 있다. 그리고 전설 <묘울령>에서는 늙은 스님한테서 의술을 배운 묘울이 도난당한 관세음보살을 지혜롭게 찾아온 이야기를 엮고 있고, 전설 <장고봉>에서도 마을의 안전을 지켜낸 장고수총각과 그의 약혼녀의 헌신적인 이야기를 엮고 있다.

4) 계급적인 대립을 바탕으로 한 지명전설

우리 민족 이주민들이 이 땅에 와서 개척하고 정착하는 과정은 물론 말처럼 그렇게 쉬운 일이 아니었다. 여기에는 무수한 장애세력들에 의한 박해와 시달림이 있었고 그에 의한 갈등과 투쟁이 있었다. 이리하여 이미 앞에서 살펴본 전설들에서도 보면 비록 추상적이기는 하지만 흑룡을 비롯하여 각종 괴물들과 싸우는 이야기도 나타났고, 도적무리를 비롯하여 악한들과 싸우는 이야기도 나타나게 되었던 것이다.

여기서 우리의 주목을 더 끄는 것은 우리 민족 지명전설에 압박과 착취의 계급적인 대립관계로 나타나고 있는 관청과의 갈등, 빈자와 부자의 갈등이다. 이러한 전설들에는 억압과 항거, 착취와 피착취 등이 반영되면서 비극적인 색채도 많이 드러나고 있다. 이를테면 이미 앞에서 취급하였던 전설인 <량수>에서 보면 빈자인 양주가 부자의 손에 의하여 억울하게 죽는 이야기가 깃들어 있는 것이다.

우리 민족 이주민들과 중국의 봉건적인 지방관청과의 대립과 갈등에서 가장 대표적인 전설이 <국자가>이다. 이 전설에서는 당시 뻴룽하라 불렀던 지금의 부르하통하 북쪽에는 지주와 관료배들이 살았고 또 토지국과 세무국이 있었다고 하였는데, 전설에서 명명한 이러한 국(局)들 명칭의 진실여부는 별도로 치고, 분명 여기에는 초간국(招墾局)과 무간국(撫墾局)이라 이름을 한 관리기구들이 있었던 것만은 사실이다. 이와 같은 관리기구들은 사실상 두만강을 건너온 우리 민족 이주민들을 관리하기 위하여 설치되어 있었다. 이를 두고 김철수는 박경리의 대하소설 ≪토지≫중의 지명들을 해명하는 자리에서, "청나라 말기에 이곳에는 간민(墾民)들과 이주민들의 토지를 관할하는 초간국과 무간국이 설치되면서 국자가(局子街)란 이름이 생겨났다. 즉 토지를 관리하는 국들이 집중된 시가지란 말이다."[9]라고 썼다. 전설 <국자가>에서 보면 당시 이 땅에 이주하여 온 우리 민족 이주민들이 지방관청으로부터 얼마나 혹독하고 잔인한 착취와 학대를 당하였는가 하는 사실이 드러난다.

이밖에도 전설들의 그 유래는 어떻게 되었든 우리 민족들에게 유행되었던 전설들에서 보면 봉건관청을 대변하는 관리들의 등장으로 인하여 빚어지는 이야기들이 있는데, 이를테면 전설 <나리밭등>에서는 현명한 관리와 악착한 관리가 등장하여 서로 대조되는 이야기를 엮고 있고, 전설 <이도백하>도 지방관청과 관리에 의하여 빚어진 이야기를 엮고 있으며, 전설 <송풍라월>, <노루골>(기타지구 편) 등도 각기 지방관청의 관리들에 의하여 빚어진 이야기를 엮고 있다. 그리고 <가짜흑룡바위>, <놋그릇장사군 묻>,

---

9) 김철수, <소설로 보여주는 력사—박경리의 대하소설 ≪토지≫ 제2부를 둘러싸고>, ≪문학과예술≫ 5호, 2006, p.113.

<방아골>, <황송포>, <옹성라자>, <물방아골>, <관문>, <떼몰이군과 룡왕묘> 등 전설들은 주로 부자와 빈자의 계급적인 갈등에 초점을 맞추어 이야기를 엮고 있다.

5) 역사와 관련된 지명전설

우리 민족 지명전설에는 또 다른 지명전설이 그 역사 배경을 그저 "먼 옛날에…" 혹은 "호랑이도 담배를 피웠다는 그 먼 옛날에…" 하는 식으로 추상적으로 희미하게 밝히는데 비해 고구려, 발해, 여진, 조선조, 청조 등 실재한 역사의 조대를 배경으로 밝혀가면서 엮어진 전설들도 적지 않게 있어 매우 다채롭고 흥미롭다. 그만큼 우리 민족 이주민들이 이주하여 상대적으로 집거지구를 이룬 이 땅이 유구한 역사를 지니고 있는 역사의 땅이라는 데 대한 반증이 되는 것이다. 이러한 전설들은 거의 모두 마치 사화나 야사를 읽는 듯한 느낌을 준다. 이를테면 압록강 유역의 <통천굴>, <고려장무덤터>, <오냐산 유래>, <패왕조산성> 등 전설들과, 연변지구의 <반성>, <팔련성>, <상경룡천부>, <련성산>, <보마성>, <노루골>(룡정시 편), <한왕산에 깃든 이야기>, <동불사(1)>, <동불사(2)>, <빽박골>, <금당> 등 전설들이 그러하다.

우선, 이 부류의 전설들에서 <통천굴>, <고려장무덤터>, <오냐산 유래>, <패왕조산성>, <반성> 등은 일찍 이 땅에 있었던 고구려시기의 사화와 같은 이야기를 엮었고 <팔련성>, <상경룡천부>, <보마성> 등은 발해국시기를 역사 배경으로 한 이야기를 엮었는데, 그중 <팔련성>과 <상경룡천부>는 모두 이 땅에 실재하였던 나라인 발해국의 수도에 관한 이야기를 엮고 있다. <팔련성>에서는 발해국 제3대왕인 대흠무(大欽茂)시기에 훈춘벌에 도읍을 정하려고 동경용원부를 앉히던 일을 이야기로 엮었고 <상경룡천부>에서는 발해국 5경(京) 16부(府) 62주(州)에서 무엇 때문에 용천부를 상경(上京)으로 정했는가 하는 것을 둘러싸고 사화와 같은 이야기를 엮었다. 그리고 전설 <련성산>, <보마성> 등도 발해국을 역사배경으로 한 이야기를 다루었는데 <보마성>은 설웅이라는 장군이 보마를 얻어 백성들과 함께 전략요충지를 지켜낸 이야기를 엮었다.

다음, 이 부류의 전설들에서 <빽박골>과 <금당> 등은 모두 조선조 초기를 역사 배경으로 하면서 이야기를 엮었는데, 그 중 전설 <금당>은 고려왕조를 뒤집어엎은 리성계가 신덕황후 강현비의 몸에 붙은 악귀를 쫓기 위하여 두만강 동쪽에 있는 조상의 산에 세모난 금붙이를 묻었다는, 완전히 사화라고 할 수 있는 이야기를 엮고 있다. 물론 사화와 같은 이야기는 아니지만 상술한 전설 외에도 <남평과 로덕> 등과 같은 전설들도 조선조 말기를 역사 배경으로 하면서 당시 조선사회의 현실을 반영하고 있다.

그다음, 이 부류의 전설들에서 <노루골>(룡정시 편)은 여진국 시기를 배경으로 하면서 사화와 같은 이야기를 엮었고, <한왕산에 깃든 이야기>는 청조가 세워지기 이전의 시기를 배경으로 하면서 사화와 같은 이야기들을 엮었는데, <한왕산에 깃든 이야기>에서는 "청조의 선조 아이신쬬로와 그 아들들에 대한 이야기를 엮는다."고 그 이야기의 시대배경을 밝히고 있다.

특히 <동불사(1)>과 <동불사(2)> 등은 청조시기를 역사 배경으로 하였는데, 모두 물에서 건져낸 구리불상에 대한 이야기를 엮으면서도, <동불사(1)>에서는 그 역사 배경을 청나라 광서(光緖)초기, 즉 광서 13년(1887년)이라고 확실하게 밝힘과 더불어 또 역사상 실재하였던 인물인 길림장군 장순과 연관시켜 이야기를 엮고 있고, <동불사(2)>에서도 보면 "…길림에서 오장준이란 관찰사"가 내려왔다가 어찌어찌 하였다는 등 실재한 역사 인물을 밝히고 있다.

청조를 배경으로 하면서 엮은 이야기들에서 <대소의 유래>는 1910년에 용정 일본총령사관에서 두만강 연안의 여러 곳에 분주소를 세우고 호적을 다시 등기할 때 그것을 등기하던 관원이 조선말을 좀 안다고 뽐내면서 '대우동'을 '대소'로 표기하여 그 이름이 생겨났다는 실재한 이야기를 엮고 있다.

6) 항일과 관련된 지명전설

주지의 사실이지만 우리 민족 이주민들은 중국에 이주하여 중화민족의 일원으로 되는 과정에서 자기의 피와 땀으로 빛나는 역사를 창조하였는데 그중에는 자랑 많은 항일의 투쟁역사도 있다. 이를 두고 리송영은 "중국조선족은 력대의 반동통치계급과 외래침략자들과 자아희생적으로 싸워 중화민족투쟁사에 빛나는 한페지를 아로새겨놓았습니다. 특히 20년대초부터 동북 각지에서 기세드높이 반일투쟁을 벌렸으며 30년대에 들어와서는 중국공산당의 령도하에서 거족적인 반일투쟁을 진행하여 일제의 간담을 서늘하게 만들었…"[10]다고 썼다.

이에 따라 우리 민족의 지명전설에는 항일과 관계되는 지명전설이 있어 매우 자랑스럽다. 이러한 전설들은 이 땅에 이주하여 삶의 터전을 마련한 우리 민족 항일투쟁의 그 영광의 역사를 그대로 대변해 주고 있다. 이를테면 <"호박골">, <표적바위>, <페문골>, <미혼진>, <혼비백산골>, <비행기령> 등 전설들이 그러하다. 이러한 전설들은 왜놈들이 낭패 당하는 모습을 조소하기도 하였고 우리 항일용사들의 슬기롭고 영용한 투쟁을 칭송하기도 하였으며 항일열사들의 업적을 기리기도 하면서 각기 지명전설로 부상하였다.

구체적으로 살펴보면 전설 <"호박골">은 우리 항일유격구를 토벌하러 왔던 왜놈들이 유격대에게 호되게 얻어맞아 시체들만 남긴 상황에서 그 머리만 떼여 마대에 넣어가지고 돌아가는 사실을 야유적으로 묘사하면서 지명전설을 이루었고, 전설 <페문골>, <미혼진>, <혼비백산골> 등은 우리 유격대가 왜놈들을 족친 이야기들을 엮으면서 지명전설을 이루었는데, 그중 <페문골>과 <미혼진>에서는 우리 유격대에서 일본수비대를 산골로 유인하여 주머니에 넣은 후 용감하고 슬기롭게 소탕한 이야기를 묘사하였고, <혼비백산골>에서는 우리 유격대에서 기습전을 벌려 적을 소탕한 이야기를 묘사하였다.

특히 <표적바위>과 <비행기령> 등은 우리 민족 항일열사들의 사적을 기리면서 바위와 영(嶺)의 이름을 명명한 사실을 엮고 있는데, 그중 <표적바위>에서는 쇠꼬마라 불렀던 한 어린이가 유격대의 비밀통신연락을 맡고

10) 김길련, ≪만보산풍운록≫ 머리말, 료녕민족출판사, 1997년 제1판, p.2 참조.

있으면서 한 바위를 거점으로 정하고 낮에는 소를 몰다가도 황혼이 깃들면 비밀통신연락을 하다가 장렬하게 최후를 마친 이야기를 엮었고, <비행기령>에서는 한 항일유격대 대장이 유격대 내에서 민생단이라는 죄명을 쓰고 왜놈들의 손에 든 상황이면서도 어느 한번 왜놈의 트럭 운전수 옆자리에 앉았던 기회에 우리 유격대와 조우하게 되자 왜놈 운전수를 까고 트럭을 낭떠러지로 몰아 자기를 희생시킴으로써 왜놈들을 소멸한 이야기를 엮었다.

이처럼 상술한 전설들은 우리 민족의 빛나는 항일투쟁을 되새기게 하면서 우리 민족 지명전설의 갈래를 더욱 풍부하게 해주었다.

7) 음가에 의한 지명전설

우리 민족의 지명전설에는 또 그 지명의 음가[11])로부터 엮어진 이야기들이 있어 매우 흥미롭다. 다시 말하면 그 지명의 진정한 유래와는 상관이 없이 그저 단순한 성음에만 근거하여 그 성음과 비슷한 발음을 가진 단어를 가지고 이야기를 엮어낸 것이다. 이를테면 <남평과 로덕>, <로덕>, <빽박골>, <량수>, <달라자의 지명유래> 등 전설들이 그러하다. 이러한 전설들은 대개 언어유희의 성격들을 가지고 있는 것이 특징이다.

우선, 두만강 양안에 자리 잡은 남평과 노덕 두 마을의 이름을 가지고 엮은 전설 <남평과 로덕>의 경우를 보면 이 전설은 이 두 지명 이름의 진정한 유래와는 상관이 없다. 이 전설의 내용을 살펴보면 대체로 이러하다. 조선말기, 봉건학정에 견디다 못해 일어났던 백성봉기가 탄압을 받게 되자 이 봉기군의 한 두령이 아내를 데리고 도강하려고 두만강 변에 이르렀을 때는 포교들이 풍우같이 쫓아왔고 그 두령은 중국 땅으로 몸을 피했으나 아내는 남편의 도주를 위해 포교들에게 잡혔다. 이렇게 하여 두만강을 사이에 두고 갈라진 이 부부는 서로의 그리움에 피눈물을 흘리면서도 만날 수 없었고 시간이 흐르는 사이에 모두 늙어갔다. 그 후 그들은 두만강을 사이에 두고 서로 상

11) 이른바 음가란 소리의 값이라는 말인데 발음기관의 어떤 기초조건에 의한 단위적 작용에 의해서 생기는 성음(聲音)현상을 말한다. 신기철 신용철 편저, ≪새우리말큰사전≫, 삼성출판사, 1975년판, p.1914 참조.

대방에게 문안을 물었는데 남편이 "여보, 로덕이 무사하오?"라고 함경도 사투리로 문안을 하면 "네, 남편께서도 무사하신지요?"하고 노친이 마주 문안을 하였는데, 이로부터 남평이라는 지명과 노덕이라는 지명이 산생하였다고 한다.

다음, 전설 <로덕>도 두만강 양안에 자리 잡은 노과와 노덕 두 마을 이름을 가지고 엮은 전설인데, 역시 이 두 지명의 진정한 유래와는 상관이 없다. 이 전설에서는 노씨 성을 가진 한 쌍둥이형제가 각기 조씨와 이씨네 집에 가서 자라면서 <조덕>, <리과> 등 이름을 가졌다가, 후에 자기네의 진정한 성씨를 알게 되자 그 성을 붙여 <로덕>, <로과>로 부르게 되었고 또 그로부터 이러한 지명이 산생되었다고 엮고 있다.

그 다음, 전설 <빽박골>의 경우를 보면 왕청을 <빽박골>이라 불렀던, 이 지명의 진실한 이유는 알 수 없으나 전설에서는 왕씨 성을 옥(玉)씨 성으로 고친 한 선비가 조선조 상층의 당파싸움을 피하여 한전노숙을 하면서 이곳에 왔다가 그 구차한 살림살이에서도 기장떡을 하여 손님을 후하게 대접하는 것을 보고 이제부터 이곳을 "<떡박골>이라 부르소이다."라고 하였다가, 또 다른 곳에 가니 쌀독에서 빽빽하고 빈바가지 긁히는 소리가 나는 살림에도 인품은 언제나 후한 것에 감탄하여 <떡박골>을 다시 <빽박골>이라 부르게 되었다는 이야기를 엮고 있다. 물론 우리 민족의 미풍양속을 드러낸 이야기이다.

마지막으로 전설 <량수>, <달라자의 지명유래> 등의 경우, <량수>는 우리말에서 한 가정의 부부간을 두 주인이라 하여 '양주'라고 부르는 습관으로부터 그 음가를 본떠서 엮어낸 전설이고 <달라자의 유래>는 우리말에서 '달라'는 말을 가지고 이야기를 엮어냈다. 그러니 이와 같은 이야기는 이 지명의 진정한 유래와는 상관이 없다.

꼬리글

이상으로 필자는 우리 민족의 지명전설을 두고 먼저 민족이주사와 지명전설의 관계를 더듬은 기초에서 자의로 분류기준을 정하여 갈래를 나누면서 살펴보았다. 결론적으로 말하여 우리 민족의 지명전설에는 산과 물, 바위 등 지형지물에 의한 자연경관과 지리적 특징, 그 지방의 특산에 의하여 엮어진 이야기들이 많았고, 용을 둘러싸고 엮어진 이야기들이 많았으며 민족 특유의 가치관과 도덕관, 미학 이상에 의하여 엮어진 이야기, 압박과 착취의 계급적인 대립과 갈등관계로 나타나는 이야기, 실재한 역사의 조대를 역사 배경으로 한 사화와 같은 이야기, 항일과 관계되는 이야기, 그 지명의 음가로부터 엮어진 이야기들이 많았다. 그리고 이와 같은 전설들은 모두 우리 민족의 이주, 정착, 개척 등과 밀접히 연계되어 있었다.

그러면서 필자는 그 분류기준에 의한 갈래에서 과학성과 객관성의 결여로 인하여 부분적인 전설들의 고찰에서는 중첩됨을 면할 수 없었고, 또 부분적인 전설들의 고찰에서는 무리함을 느끼기도 하였다. 그리하여 필자는 민담연구학자들이 흔히 쓰는 민담분류방식을 본떠서 동물보은형, 방리득보형, 괴물퇴치형, 부모효도형, 야래자형, 인과보응형 등으로 유형을 나누어 더듬으려고 시도도 하였다. 하지만 그런 '형'으로 우리 민족 지명전설을 고찰하자고 보니 보다 전면적으로 우리 민족의 지명전설을 취급할 수 없었다. 하여 본 해제의 갈래에 부족점이 있음을 알면서도 잠시 그대로 하였다.

앞으로 이에 대한 보다 깊은 연구에서 이것이 미봉될 수 있을 것이라 믿어 의심치 않는다.

2007년 1월 26일

룡정시, 연길시 편

룡 정

룡정이라는 지명의 유래를 둘러싸고 여러가지 전설이 있는데 그중에는 이러한 이야기가 있다.

지금부터 백여년전에 륙도하 상류에 자리잡은 달라자에 다촌이 일어서고 뒤쪽 삼봉기슭에 새마을이 설 때까지만 해도 지금의 룡정은 천만년 묵은 진펄에 갈대숲이 우거진 이름없는 고장이였다. 집이라고는 한호도 없고 산기슭을 에돌아 수레길이 났고 꼬지개덩이 사이로 오불꼬불한 오솔길이 실뱀처럼 뻗어있었다.

그후 륙도하 기슭 동쪽의 수레길과 오솔길 사이에 반백에 들어선 전주 리씨가 처자를 데리고 들어와 집을 잡게 되자 처음으로 인가가 생겼다. 집 주위가 천년 묵은 옥토여서 농사가 잘 되여 먹을 근심이 없는데다가 물고기가 많고 꿩이 가마에 저절로 날아들고 몽둥이로 노루를 때려잡는 고장이라 정말로 살기 좋았다. 단지 한가지 곤난이라면 마실 물이 없어 2, 3리 떨어진 륙도하 물을 길어먹는것이였는데 그런것쯤은 큰 고생이라 할것도 없었다. 그보다도 어렵고 근심되는것은 집터가 센것이였다. 한밤중이 되면 집에서 자취소리가 나고 때로는 검은 그림자가 언뜰언뜰하였으며 심지어 어떤 때는 닫아 건 문도 저절로 절컥절컥 열리군 하였다. 그러나 리씨는 담대한 사내라 그래도 꿈쩍 않고 그냥 그 집에 눌러 뿌리박고 살 작정을 하였다. 리씨가 이렇게 배심이 든든하니 다른 식솔들도 좀 황황해 하면서도 그리 두려워하지 않았다. 실상 그 어디를 간대도 이보다 좋은 곳은 찾을것 같지 않았다.

그런데 여러날 지나니 이번에는 그 언뜰거리는 검은 그림자들이 수군덕거리며 주고받는 말소리까지 똑똑히 들렸다.

≪이 집을 이곳에서 쫓아버려야겠는데 어떻게 한다?≫

≪글쎄 우리 힘으로는 어려운걸.≫

≪저 두상짝이 문제야.≫

≪그것두 그래. 그 두상은 참 당해내기 어려우이.≫

이런 말을 듣자 리씨는 마음이 더 든든해져서 자기가 있는한 조금도 겁낼것 없다고 식솔들을 안심시켜 놓았다.

그러나 며칠 지난후의 어느날 저녁에 검은 그림자들이 또 언뜰거리며 나타나

≪우리 저 두상짝을 물에 내다 던져버리세.≫

≪그래그래. 이제 잠이 들면 감쪽같이 손을 쓰기로 하세.≫하고 서로 수군덕거렸다.

리씨는 이 잡놈들이 도대체 어찌는가 보려고 생코를 구르며 잠든체 했더니 그중 한놈이 다른놈들을 보고 말했다.

≪됐네. 이젠 단잠에 곯아떨어졌네. 빨리 와서 네각을 들게나.≫

리씨가 실눈을 하고 바라보니 검은 그림자들이 우르르 모여들어 팔다리를 잡더니 입속으로 ≪허차! 허차!≫하면서 자기를 허망 들고 문밖으로 갔다. 이때 갑자기 리씨는 천둥같이 호령을 질렀다.

≪썩 물러가라! 에끼 고얀 놈들!≫

그러자 검은 그림자들은 ≪으악!≫하는 비명소리와 함께 리씨를 버리고 도망쳐버렸다.

이 일이 있은 후 집은 조용해졌고 검은 그림자도 언뜰거리지 않았다.

그런데 또 며칠 지나자 이번에는 땅속에서 소리가 나며 땅이 막 뒤흔들리였다. 며칠후에는 그 소리가 더욱 요란스러워지더니 집이 통채로 마구 뒤흔들며 당장 쓰러질것만 같았다. 이런 봉변을 겪자 집이 찌그러져 언제 덮을 맞을지 몰랐다.

리씨는 한탄했다.

≪안되겠구나! 내게 맞지 않는 집터이니 할수 없다.≫

이리하여 리씨네는 달라자로 올라가 마을어구에 움집을 파고 살게 되었다.

리씨네가 달라자에 이사해온 이듬해 이른봄에 아래간도에서 밀양 박씨성을 가진 로인이 식솔들을 데리고 살길을 찾아 헤매다가 리씨네 움집으로 찾아들었다. 원래 마음씨 좋은 리씨는 게딱지만한 움집에 두집 식솔이 차고넘을 지경이였지만 다같이 가난한 처지라 박씨네 식구들을 반가이 맞아들이고 흉허물 없이 함께 살았다.

박로인은 리씨네가 자기네를 돌봐주는데 아주 감격해하며 당장 밭갈이철이 당전하는데 어디 부칠만한 땅이거나 소작맡을 자리가 있으면 주선해달라고 리씨에게 부탁했다.

리씨는 한숨을 지으며 륙도하기슭에 자기가 부치던 밭과 찌그러진 집이 있는데 어찌하여 이 움집으로 이사오게 되였는가 하는 사실을 자초지종 얘기했다. 박로인은 그 소리에 귀가 버쩍 띄었다.

≪아, 그런 일이우? 내 좀 풍수질도 해봤는데 우리 함께 가보기우.≫

이리하여 리씨는 박로인과 함께 이전 살던 곳으로 내려왔다.

박로인은 한번 빙 둘러보고 무릎을 탁쳤다.

≪과연 명당자리요! 왕후지지(王侯之地)도 여기에 못 비기오! 이 밑에 지금 진짜 룡이 누워있소. 이 집을 지은데가 룡의 꼬리요. 그래서 룡이 토지지신께 명해서 당신네를 쫓아버리려 했는데 가지 않으니 꼬리를 흔들어 당신네를 쫓아버린거요.≫

리씨는 두 눈이 휘둥그래서 물었다.

≪그래 다시 이곳에서 살수 있겠소?≫

박로인은 장담했다.

≪살수 있구말구! 그렇지만 룡두(龍頭)앞에 집터를 잡아야 하오.≫

이리하여 원래 집터에서 몇십장 내려와 새 집터를 잡았다.

얼마후 두채의 초가삼간이 일어섰는데 과연 태평무사했다. 가을이 되니 농사도 아주 잘되여 어거리대풍이 들었다. 이 소문을 듣고 이듬해 또 다섯집이 이사를 오다보니 아주 한 개 마을이 되였다.

이해 가을 농사일이 끝나자 박로인이 일곱호의 호주들을 불러놓고 말하였다.

≪저 륙도하물을 길어먹자니 여러분들이 얼마나 고생스럽소. 우리 여기에다 우물자리를 잘 정하고 우물을 파서 진짜 룡수가 나오게 되면 물고생을 면할게 아니요. 그보다도 룡수가 나오는 곳에서 영웅이 나온다고 했은즉 우리 후세에 영웅이 나오면 얼마나 좋겠소?≫

그 말에 모두들 우물을 파기로 하고 박로인에게 우물자리를 잡으라고 했다.

박로인은 이리저리 잘 돌아본후에 우물자리를 잡았다.

우물자리를 잡고 일곱집에서는 소 한 마리를 잡고 떡을 치고 술을 빚고 각가지 제물을 차려 천지신명께 제를 지냈다.

우물을 파기 시작했다. 그런데 단 석자를 파자 샘물줄기가 터졌다.

리씨가 솟아나는 샘물을 놋대접에 떠서 박로인에게 권했다.

박로인은 물을 맛보더니 틀림없는 룡수라고 절찬했다. 뒤이어 모두들 한사발씩 마셔보니 과연 물맛이 좋고 배속 아래까지 시원해났다.

이리하여 이 마을에선 물고생을 면하고 일년익수의 룡수를 마시게 되였다.

우물을 파서 삼년후에 박로인이 세상을 뜨게 되였는데 그는 눈물이 글썽하여 살아 생전에 이 우물에서 룡이 승천하는것을 보지 못하고 죽는것이 한이라고 하면서 안타깝게 눈을 감았다.

몇년 지나니 이고장은 몇십호 잘되는 큰 마을로 되였다.

얼마후 리로인은 세상을 뜨게 되였는데 림종시에 리로인은 아들을 불러놓고 언제나 꼭 룡이 승천할것이니 등한하지 말고 우물을 잘 살피라고 마지막 부탁을 남겼다.

리로인이 세상뜬후 이듬해의 첫 귀제날 저녁이였다.

한밤중에 귀제가 끝나니 리로인의 아들이 ≪부처님께서 제상을 받으시고 돌아가시겠군!≫하면서 문밖을 나갔다.

그런데 문을 나서자 불시로 눈앞이 환해졌다. 웬 일인가고 살펴보니 바로 우물에서 서기가 뿜기는것이였다. 사방은 일광단을 펼친듯 백주처럼 환한데 뒤미처 백무지개가 우물에 비끼고 요란한 소리가 나더니 땅이 뒤흔들렸다.

리로인의 아들이 깜짝 놀라 멍해졌다가 눈을 비비고 다시 볼 때 무엇인가 우물속으로부터 언뜰하고 솟아오르더니 하늘로 훨훨 날아올라갔다. 그것은 틀림없는 룡이였다.

이때 집안사람들도 이상한 자취에 깜짝 놀라 바깥동정에 귀를 기울이고 숨을 죽이고있는데 리로인의 아들이 달려들어오며 소리쳤다.

≪우물에서 룡이 날아올랐소! 빨리 나와보오!≫

모두들 제정신 없이 맨발바람으로 달려나갔지만 밖은 일광단을 펼친 듯 환하고 무지개도 걸린 그대로 있었으나 룡은 벌써 하늘에 올라가고 아무것도 보이지 않았다.

장닭이 홰를 치며 울었다. 그러자 서기는 서서히 사라지고 얼마 지나지 않아 사방은 또 캄캄해졌다.

우물에서 룡이 승천하면 후세에 영웅이 나고 이 고장에 행운이 트일것이라던 박로인의 유언을 생각하고 리로인의 아들은 이튿날로 우물앞에서 돼지잡고 소잡고 룡제를 지냈다. 그리고 우물가에 수양버들을 심고 석비를 세워 아무 해 아무 달 아무 날 아무 시에 리씨가 우물에서 룡이 승천하는것을 보았다는것을 비문에 새겨넣었다.

이때로부터 우물에서 룡이 승천하였다고 하여 이 고장을 룡정이라고 불렀는데 지금도 룡정거리 남쪽에 그 우물자리가 있고 그때 세운 돌비석이 서 있다.

김대섭 구술

김명한 정리

룡정의 전설

언제인지는 모르나 먼 옛날 해란강기슭 오붓한 초가집에 두 모녀가 살고 있었다. 살림살이는 퍼그나 가난했지만 앞뜨락에 수양버들 심어놓고 수양버들 곁에 우물 파놓고 서로 극진히 보살피며 살았다.

처녀는 늙고 병든 홀어머니를 모시고 짬만 있으면 마을의 삯빨래를 하여 한푼 두푼 얻은 돈으로 그날그날을 연명해갔다.

어느해 여름이였다. 그날도 처녀는 삯빨래를 한임 가득이고 해란강에 나가 빨래를 하고있었다. 이때 동네 조무래기 아이들이 뱀 한마리를 잡아 쑥대가지에 매여달고 오면서 어떻게 죽였으면 좋겠는가고 왁작 떠들어대였다.

처녀가 보니 뱀은 뱀이라도 전에는 본적 없는 알락달락 무늬가 고운 깜찍하게 생긴 뱀인데 조꼬만 두 눈에서는 눈물이 똑똑 떨어졌다. 처녀는 그 뱀이 미물짐승이라도 아닌가 하는 측은한 생각이 들었다.

≪애들아, 내 돈을 줄게 그 뱀을 나한테 팔지 않겠니?≫

처녀가 삯빨래로 얻은 돈 몇푼을 주니 애들은 좋아하며 뱀을 두고 가버렸다.

처녀는 귀엽게 생긴 그 알락뱀을 한참이나 들여다보다가 ≪알락뱀아, 그래 상한데는 없느냐? 너도 부모가 있을텐데 어서 집으로 돌아가렴.≫하고 혼자말로 중얼거리며 뱀을 잡아맨 노끈을 풀어주었다. 그랬더니 그놈은 두번 골을 까땍까땍해 보이고는 스르르 기여서 해란강물속으로 사라져버렸다.

이 일이 있은지 며칠후였다. 그날도 처녀가 해란강가의 빨래터에서 빨래를 하는데 언제 어디서 왔는지 그 알락뱀이 스르르 물속에서 기여나오더니만 처녀의 발치에 똬리틀고 앉아서 말똥말똥 처녀를 쳐다보았다.

≪알락뱀아, 그새 잘 있었느냐?≫

처녀는 전날 있은 일을 생각하니 너무도 반가와서 마치 사람에게 말하는 것처럼 인사를 하였다.

그런데 참 세상에 신기한 일도 다 있었다. 알락뱀이 처녀의 발치에서 두 번 고패를 치더니만 순식간에 끌끌한 총각으로 변하여 처녀에게 절을 하며 말하는것이였다.

≪아가씨, 놀라와 마시오. 나는 본디 동해 룡왕의 셋째아들이외다. 전일 인간세상이 하도 좋다는 말을 듣고 잠깐 뱀으로 변하여 맑은 물 따라 이 고장에 왔다가 그만 우둔한 애들의 손에 걸려 죽게 된것을 다행히도 아가씨께서 구하여주셨소이다. 하해와 같은 이 은혜 무엇으로 보답하오리까?≫

≪황공한 말씀 마옵소서.≫

처녀는 너무나도 꿈같은 일에 어찌할바를 모르는데 룡왕 아들이 처녀의 손을 덥석 잡으며 말하는것이였다.

≪부왕께서 곧 은인을 모시고 오라는 분부시니 바라옵건대 아가씨께서는 거절하지 마시고 어서 제 등에 업히소서.≫

이리하여 처녀는 룡왕 아들의 등에 업히니 룡왕 아들은 눈깜짝할새 룡으로 변해 처녀를 등에 업은채 해란강과 두만강을 지나 동해의 만경창파를 헤가르고 룡궁에 이르렀다.

룡궁에 이르러 보니 천여칸 수정궁은 참으로 굉장했다. 호박기둥, 백옥주추에 산호진주로 광채가 찬란하고 서기가 어렸는데 고래정승 거북정승 이하 만조백관과 3천 수족이 모두 모여 처녀를 맞이하였다.

처녀는 룡왕을 배알한 후 룡왕의 보살핌을 받아 세상 부러운것 없이 하루하루를 보내며 나중에는 룡왕의 아들과 정분이 들기까지 되였다. 그렇지만 해란강가 초가집에 두고 온 어머님을 생각하니 처녀는 하루라도 룡궁에 더 머물러있을수가 없었다. 그래서 룡왕에게 여쭈었다.

≪룡왕마마의 극진한 보살핌 무슨 말로 감사드리오리까. 하오나 지상에 홀어머니를 두고 왔사오니 인젠 그만 돌아갈가 하나이다.≫

≪기특할지고! 과시 효녀로다!≫

룡왕이 눈발처럼 흰 수염을 쓰다듬으며 말했다.

≪하다면 무슨 소원은 없는고?≫

≪없사옵니다.≫

이때 룡왕의 아들이 부왕에게 아뢰였다.

≪부왕마마, 소저로 말하면 소자의 구명은인이옵고 또한 그새 정분이 들었사오니 청컨대 배필을 무어 지상의 어머님을 모시고 수궁의 부귀영화를 함께 누리게 하여주옵소서.≫

이 말에 룡왕은 크게 노하여 쇠북같은 목소리로 우뢰를 울리듯 고함질렀다.

≪그 무슨 당치않은 소린고! 수궁과 지상은 같지 않거늘 망녕된 생각 아예 버리고 소저에게 금은보화를 주어 어서 지상으로 인도하도록 하여라!≫

이리하여 룡왕의 아들은 처녀를 둘쳐업고 다시 룡으로 변해 해란강가로 돌아왔다. 룡왕의 아들은 잊지 못할 빨래터에서 처녀의 손을 꼭 잡고 맹세했다.

≪아가씨, 석달열흘 후 백날째 되는 날에 그대 데리러 올 테니 그날을 꼭 기다려주오. 그동안 앞뜨락 우물물이 맑거든 길조이지만 우물물이 흐리면 불길할 테니 잊지 말고 날마다 나를 본 듯이 우물안을 봐주구려!≫

말을 마치자 룡왕의 아들은 해란강물속으로 사라졌다.

그날부터 처녀는 날마다 수양버들밑 우물가에 가서 우물안을 들여다보았다. 우물안의 물은 날마다 옥같이 맑았다. 처녀는 얼마나 기뻤는지 몰랐다. 이제 동해의 늙은 룡왕께서 윤허하시여 사랑하는 사람이 자기들 모녀늘 데리러 곧 온다고 생각하니 꿈만 같았다.

그런데 세상에 이런 변이 어디 있는가. 백날째 되는 날 아침 우물안을 들여다보니 우물물이 흐리기 시작했다. 처녀는 그만 안달아서 빨래터에도 못 나가고 뜨락에서 맴돌기만 하였다.

한낮이 기울 무렵에 난데없이 건너 마을 부자가 이집 뜨락으로 들이닥쳤다. 본래 처녀의 아버지는 부자집 머슴을 살며 숱한 빚을 짊어졌던것이다. 부자는 뜨락에 들어서자 찌그러진 문을 활짝 열어젖히고 어머니에게 호통을 뺐다.

≪듣느냐? 계약대로 오늘안에 내 집 빚을 물지 못하면 래일은 딸년을 잡

아갈테다!≫

그야말로 청천벽력이였다. 처녀는 그만 우물가에 엎드려 목놓아울었다. 어머님께서 나오셔서 오늘이 백날째니 룡왕님의 아들이 해지기전에 꼭 올거라고 안심을 시켰지만 처녀는 그냥 울기만 하였다.

서산에 해가 뉘엿뉘엿 지기 시작했다. 처녀는 또 우물을 들여다보았다. 물은 아까보다 더 까맣게 흐렸다.

인젠 해가 꼴깍 넘어갔다. 처녀는 행여나 하고 또 우물안을 들여다보았다. 그러나 우물물은 여전히 흐린대로였다.

≪아, 하늘도 어찌 이다지 무심한가!≫

처녀는 하늘을 우러러 한마디 탄식하고는 치마폭을 뒤집어쓰고 우물에 뛰여들었다.

한편 룡왕의 아들은 룡궁에 돌아간후 여러번 부왕앞에 꿇어앉아 지상의 처녀와 혼례를 치르게 해달라고 청을 들었다. 그러나 고집스러운 룡왕은 끝내 윤허하지 않고 나중에는 아예 수궁 별실에 아들을 가두어놓기까지 하였다. 이리하여 룡왕의 아들은 수심속에서 날을 보내던중 백날째 되는 날에 볼라니 시꺼멓게 흐린 물이 별실안으로 흘러들고있었다. 원래 처녀의 앞뜨락 우물의 물은 동해와 서로 통하고있었던것이다.

급해난 룡왕의 아들은 인제 더는 다른것을 돌볼 겨를이 없었다. 그는 수궁별실의 호박기둥을 머리로 떠받아 넘어뜨리고 그 흐린 물을 따라 눈깜짝새 처녀의 앞뜨락 우물로 달려갔다. 때마침 처녀가 우물에 뛰여들자 룡왕의 아들은 제꺽 처녀를 받아안고 우물을 나와 하늘높이 날아올랐다. 하늘로 날아오른 룡왕의 아들은 처녀를 등에 업고 남모르는 산속으로 들어갔는데 그 후 어머님을 모셔다 잘살았다고 한다.

바로 룡왕의 아들이 처녀를 안고 우물을 나와 승천하던 날 한사람이 이 광경을 보고 그 우물이름을 룡정이라고 하였는데 후에 이곳에 인가가 많이 모여 마을을 이루게 되자 지명을 룡정이라 불렀다고 한다.

김정옥 구술
김태갑 정리

룡정의 유래

룡정현인민정부 뒤에 서있는 100여년묵은 수양버드나무 옆에는 높이가 한자쯤 되는 석각이 세워져있었다. 이 석각에는 ≪룡정≫이라는 두 글자가 새겨져있었다. 이 석각이 바로 룡정의 유래가 깃든 석각이였다.

옛날 이곳에는 10여호의 인가가 있었는데 사람들은 륙도구라고 불렀다. 벌이 넓고 땅이 비옥하고 햇볕이 따사로와 살기 좋았지만 사오리 되는 곳에 가서 해란강물을 길어다 먹어야 하였으므로 물고생이 막심하였다. 그리하여 이 마을 사람들은 맑은 샘물을 한없이 그리워하였다.

이 마을에는 정준이라고 부르는 피리 잘 부는 총각이 살고있었다. 그는 늘 륙도하와 해란강 합수목에 있는 넓다란 바위돌우에 앉아서 피리를 불군하였다. 그 피리소리는 옥을 굴리는듯이 아름다워서 마을사람들은 피리소리를 듣고 로동의 피곤을 풀었고 마음속의 수심을 가시였다.

보랏빛 저녁노을이 아름답게 피여난 어느해 봄날 정준이는 피리를 불다가 소르르 풋잠이 들었다.

갑자기 하얀 치마저고리를 입은 아름다운 처녀가 정준의 앞에 나타났다. 처녀는 생글생글 웃으며 정준이한테 말하는것이였다.

≪오빠, 오빠는 마을사람들에게 복을 마련해주겠다죠? 사람들한테 맑은 우물의 물을 마시게 하겠다죠? 맑은 샘은 오빠네 밭의 돌각담 밑에 있어요.≫

오빠에게도 그리던 샘물이라 정준이는 한없이 기뻤다. 황차 아름다운 처녀가 알려줌에랴. 정준이가 처녀한테 어느 돌각담 밑에 샘물이 있느냐고 물으려 할 때 가석하게도 처녀는 어디론가 사라졌다. 그는 처녀를 찾아보려고 벌떡 일어나다가 아쉽게도 달콤한 꿈속에서 깨여났다.

꿈을 깬 정준이는 밭으로 뛰여갔다. 그는 련 며칠동안 힘드는줄도 모르고 밭에 있는 돌각담들을 하나하나 뒤졌다. 거의다 뒤져보았으나 우물흔적이라곤 찾아볼수 없었다. 팔다리가 녹작지근해난 정준이는 밭머리에 앉아서 땀을 들이고있었다.

바라보니 해란강물을 동이에 인 마을의 녀성들이 지척지척 걸어가고있었다.

(내가 왜 이렇게 퍼더버리고앉아있담. 꼭 우물을 찾아야한다.)

이렇게 생각한 정준이는 힘을 내여 마지막 돌각담을 뒤지였다. 땀벌창이 되어 마지막 돌각담을 거의 뒤질 때에 느닷없이 처녀의 부드러운 목소리가 들려오는것만 같았다.

≪정준오빠, 오빠의 성의에 감사를 드려요. 이 돌각담밑에 우물이 있어요.≫

정준이는 이마의 땀을 훔치고 처녀의 말소리가 들려오는듯하던 쪽에 놓여있는 망짝 같은 돌을 힘껏 들어내였다. 그리고는 향기 그윽한 개사철쑥 한대를 꺾어서 돌가장자리를 쑤셔보았다. 갑자기 ≪풍덩≫하고 돌덩이 같은것이 물속에 떨어지는 소리가 들려왔다. 땅에 넙적 엎드려 귀를 기울이니 지하수가 흐르는듯 물소리가 들려왔다. 정준이는 기뻤다. 그는 주위에 널린 돌들을 힘겨운줄도 모르고 죄다 안아내였다. 이윽고 땅속에 꽂아놓은 개사철쑥대 틈으로 맑디맑은 샘물이 퐁퐁 솟아올랐다.

≪우물이 나졌어요! 정준이는 우물을 찾았어요!≫

삽시에 온 마을에 기쁜 소식이 전해졌다.

마을사람들은 7월 7석날에 돼지를 잡고 떡을 치고 로인들의 인도하에 개사철쑥대를 꽂아놓은 자리에다 우물자리를 정하는 기도를 드렸다.

정준이가 개사철쑥대를 뽑았다. 샘물이 콸콸 솟아올랐다. 이때 뜻밖에도 ≪쾅≫하고 요란한 소리가 울리더니 우물속으로부터 은백색 룡이 하늘로 날아올라갔다. 사람들은 앞을 다투어 우물안을 들여다보았다. 우물벽은 여러가지 고운 돌로 쌓여졌었다. 맑고 깨끗한 물을 마시는 마을사람들의 얼굴에는 웃음꽃이 피여났고 처녀들은 춤을 추며 행복의 노래를 불렀다.

정준이와 마을사람들은 우물에 룡드레를 달아놓고 정가로운 물을 길어먹었다.

하늘에 날아오른 은백색 룡은 흰 치마저고리를 입고 정준이한테 우물자리를 가리켜주던 처녀의 화신이였다.

정준이와 그 처녀가 결혼하는 날, 마을사람들은 그들을 축하하여 이 우물을 룡정이라고 이름짓고 그옆에다 ≪룡정≫(龍井)이라는 두 글자를 새긴 석각을 세웠다. 그후부터 이고장을 룡정이라 부르게 되었다.

안룡정 박석균 정리

룡 늪

세전이벌은 우리 인민들이 가장 일찍이 개척한 고장으로서 유구한 력사와 더불어 아름다운 전설도 많다. 널리 전해지고있는 전설중에는 또 룡에 대한 전설도 있다. 세전이벌에는 룡자가 붙은 마을만 해도 룡지, 룡문, 룡정, 룡포, 룡남, 룡산, 룡신, 구룡 등 아홉 고장이 있다. 전하는 말에 의하면 룡지에 있는 룡늪에서 제일 먼저 룡마가 났다고 한다.

멀고먼 옛날이였다. 지금의 룡정 북쪽 룡지 뒤산기슭에 한씨성을 가진 농부네 일가가 살고있었다. 처음 이고장에 와 자리를 잡은지라 살림이 궁색하기가 말이 아니였다. 하지만 한로인은 젊어서부터 실농군이라 아들며느리 일가식솔들을 거느리고 화전을 일구고 삼년이라는 세월을 하루도 쉼없이 부지런히 일했기에 밥술이나 오르내릴수 있게 되였고 아글타글 애쓰며 한푼두푼 모은 돈으로 젖떨어지기 송아지 한마리까지 사놓게 되였다.

그때 한로인네 집에서 서남쪽 일리쯤 떨어진 바위굽에 그리 크지 않는 늪이 있었다. 푸른 하늘이 내려앉은듯한 늪은 보기도 장관이였지만 깊이가 하도 깊어서 누구도 그 깊이가 얼마나 되는지 몰랐다. 명주실꾸리 세개를 다 풀어도 늪밑에 가닿지 않았다. 늪에는 크고 작은 각가지 고기들이 떼지어 헤염쳤고 봄이면 록음방초 우거지고 백화가 다투어 피여 그야말로 천자만홍이였다. 황금 같은 꾀꼬리는 양류간에 날아예며 노래불렀고 록수에 원앙이 짝을 지어 노닐었으니 천하절승이 여기련듯했다. 아침 해돋이에 늪가에 가보면 노을 비낀 하늘이 늪에 내려앉아 비단을 펼친듯했는데 그속에 기암절벽이 거꾸로 서고 늪가의 수목과 화초들이 비쳐 별유선경 같았다.

한로인은 늘 이른새벽이면 송아지를 끌고 늪가에 나가서 이슬 맺힌 풀을 뜯어다가 늪가 풀밭에 소를 매놓고 집으로 돌아가군 했다. 안개 자욱하고 바람 한점 없는 어느날 이른새벽이였다. 한로인은 예나 다름없이 또 송아지를 끌고 늪가로 갔다. 그런데 이상하게도 바람 한점 없는데 늪에서 파도가 일었다. 야릇한 생각이 든 한로인은 안개 덮인 늪을 찬찬히 살펴보았다. 물속에서 무엇인가 빙빙 도는데 얼핏 보면 그것이 마치도 파도같아 보였다. 한로인은 송아지를 버드나무가지에 대충 매놓고 또다시 살펴보기 시작했다. 차차 파도가 세차게 일더니 불기둥이 두세길씩 솟는데 물갈기속에서 누름누름한 것이 꿈틀거리는가 하면 또 외뿔이 불쑥불쑥 솟아오르는것이였다. 물고기가 아니고 이상한 괴물인지라 한로인은 놀라서 뒤로 서너발자국 물러섰다. 이때 송아지가 화닥닥 솟아뛰며 고삐를 툭 끊어가지고 집으로 정신없이 뛰여가는것이였다.

늪에 이상한 괴물이 있다는 소문이 차차 가근방에 퍼지자 사람들은 늪가에 얼씬하지도 않았다. 하지만 한로인만은 늪가에 반날같이 푼히 되는 조밭이 있어 막무가내로 그 밭을 다루려 늪가에 가지 않으면 안되였다.

그때로부터 달포가 지나니 중복이라 우썩우썩 자란 조는 부옇게 이삭이 패기 시작했다. 괴물이 행패라도 부릴가 늘 근심했는데 아직껏 별다른 기미가 보이지 않았다. 어느날 이른 아침 늪가를 살피며 조밭에 이른 한로인은 깜짝 놀랐다. 집채같이 큰 황소가 조밭에 뛰여들어 부지런히 입질하고있었다.

≪저런! 저런! 어이구 저놈이 조밭을 결단내는구나!≫

한로인은 소리치며 조밭에 뛰여들어갔다. 한로인이 황소를 때리려고 몽둥이를 쥐여드는데 황소가 머리를 번쩍 쳐들었다. 그바람에 한로인은 놀라 몽둥이까지 떨어뜨리고 악 소리를 지르며 뒤로 물러섰다. 털빛은 황소같으나 머리 쳐든것을 보니 황소가 아니였다. 대가리는 말처럼 생겼는데 또 말과는 달리 정수리에 커다란 외뿔을 떠인 괴물이였다. 헌데 한로인이 몇발 물러서서 그 괴물을 다시 보니 생김새는 괴상해도 짐승처럼 순해보였다. 한로인은 다시 용기를 내여 그 괴물을 쫓았다. 괴물은 한로인의 소리를 듣자 밭머리로 나가는데 키가 사람의 세곱이나 되며 말발굽모양으로 생긴 발통은 절구통같았다. 한로인이 밭을 빙 둘러보니 곡식은 한 대도 다치지 않고 씀바퀴만 뜯어먹고있었다.

밭머리에 나간 그 괴상한 짐승은 움직이지도 않고 서서 한로인만 바라보았다. 그바람에 한로인은 담이 커졌다. 그는 괴물곁에 다가서서 그 괴물의 털을 쓸어주었다. 그랬더니 그 괴물은 고맙다는듯 한로인의 손을 핥아주었다. 과연 양처럼 순한 짐승이였다. 한로인은 이런 짐승은 보지는 못했어도 틀림없이 사람이 길들인것이라 생각하며 그 짐승을 집에까지 몰고왔다.

한로인은 이 짐승의 이름은 모르나 임자 있는 짐승일것이니 임자가 꼭 찾아오리라 생각했다. 그런데 며칠을 두고 기다려도 임자는 찾아오지 않았다. 한로인은 수소문하여 임자를 찾아주려고 그 짐승을 끌고 장마당에 갔다. 한로인이 이 짐승을 끌고 장마당에 들어서니 숱한 구경군들이 모여서 소라거니 말이라거니 하며 왁작 떠들었다. 처음 보는 짐승이라 누구도 그 짐승이 무슨 짐승인지 딱히 짚어 말하지 못하였다. 사람들이 갑론을박하며 한창 떠드는데 키가 구척이나 되고 몸집이 집채같고 솔밭눈섭에 부리부리한 종지눈, 우뚝한 남산코를 가진 대결총각이 헐레벌떡거리며 사람들을 헤집고 한로인앞에 와섰다.

≪로인님, 이 말을 팔러 오셨습니까?≫

한로인은 머리를 저으며 대답하였다.

≪아니, 아니요. 소인지 말인지는 몰라도 우리 밭에 뛰여든것을 붙잡았는데 임자를 찾아주려고 장마당으로 끌고왔소.≫

대결총각은 한로인앞에 넙적 엎드려 절하였다.

≪로인님, 이 말은 저의 말이올시다. 돈을 달라는대로 드릴테니 저의 말을 돌려주십시오.≫

한로인은 임자를 찾으니 시름을 놓았다면서 그 짐승을 대결총각에게 돌려주었다. 대결총각은 너무도 감격되여 백배사례하며 후일에 은혜를 후히 갚겠노라 하고는 그 짐승을 끌고 떠났다.

한로인이 집에 돌아온 며칠후였다.

한로인의 아들이 낮잠을 자는데 꿈에 대결총각이 찾아왔다. 그는 자기는 백두산정기를 타고나서 내두산에서 자랐는데 룡마를 찾아 만천하를 찾아다니다 한로인 덕분에 룡마를 얻었으니 그 은혜를 갚겠다면서 래일아침 첫닭울음소리 나면 늪가로 나오라는것이였다. 그러면서 로인은 길이 멀어서 가기 어려우니 한로인의 아들을 오라는것이였다.

한로인은 아들에게서 꿈이야기를 듣더니 무릎을 툭 쳤다.

≪듣고보니 저앞 늪은 룡늪이고 그 대걸총각은 백두산장수가 분명하구나. 얘야, 이 이야기를 함부로 입밖에 내서는 안된다.≫

≪네, 알겠소이다!≫

≪백두산장수가 너를 만나려 하니 시각을 어기지 말고 래일 새벽에 룡늪에 나가보아라!≫

닭이 홰를 치자 아들은 룡늪을 찾아갔다. 아니나다를가 그 총각은 백두산장수였다. 백두산장수는 한로인의 아들을 보고 룡마에 앉으라 하고는 백두산으로 들어가는데 둘이 함께 탄 룡마는 화살같이 날았다. 귀뿌리에서 쌩쌩소리가 났고 산발과 나무들이 언뜻언뜻 지나갔다. 그들은 잠간사이에 백두산 산속에 들어갔다. 백두산장수가 룡마를 세우니 마당삼밭이였다. 하여 그들은 거기서 산삼 한점을 파지고 또다시 룡늪으로 돌아왔다. 장수는 한로인의 아들과 갈라지며 이렇게 말했다.

≪형님, 앞으로 어려운 일이 생기면 닭이 첫홰를 치자마자 이 늪가에 와서 청산이를 세 번 부르시오. 그러면 모든 힘을 다해 도와드리겠소.≫

한로인의 아들이 미처 인사할 사이도 없이 백두산장수는 오간데없이 사라졌다.

한로인네는 백두산장수의 도움으로 졸지에 부자가 되어 즐거운 나날을 보내게 되였다. 헌데 발 없는 말이 천리를 간다고 백두산에서 장수가 났고 룡늪에서 룡마가 났다는 소문이 날개라도 돋친듯 방방곡곡에 파다하게 퍼져서 사람마다 이 이야기를 하게 되였다.

그때로부터 삼년이란 세월이 류수같이 흘러간 봄이였다.

봄바람과 함께 기쁜 소식이 온다더니 이해 봄에는 기쁜 소식이 아니라 외적이 쳐들어온다는 무서운 소식이 전해왔다. 외적들은 불을 지르고 부녀자를 해치고 가축과 재물을 략탈했다. 이에 놀란 임금은 신하들을 데리고 주자를 놓았다. 그러다보니 도탄속에서 허덕이는건 백성뿐이였다. 외적의 기세는 날따라 사납고 가는 곳마다에는 백성들의 아우성소리뿐이였다.

어느날 저녁 뒤산너머에서 화광이 충천하고 고함소리, 아우성소리가 천지를 진감하더니 피난민들이 령마루를 쓸어넘어왔다. 피난민들은 한로인네 집에 들어와 래일이면 외적들이 이곳까지 쳐들어올것이라고 알려주었다. 무서운 재화가 곧 닥쳐오게 되었다.

뜬눈으로 밤을 새운 한로인은 닭이 홰를 치자 룡늪에 나가서 청산이를 세번 불렀다. 그러자 낯익은 백두산장수가 나타났다.

≪로인님, 무슨 일로 불렀습니까?≫

≪외적이 쳐들어와 나라 형편이 어렵게 되고 백성들이 살아나갈 길이 막혔으니 이 일을 어찌하면 좋겠나?≫

백두산장수는 후 하고 땅이 꺼지게 한숨 쉬였다.

≪재간을 다 닦고 인간세상에 나오려 했사온데 일이 이렇게 되었으니 할수 없게 되었사오이다. 래일 아침 문앞에서 기다리십시오.≫

장수는 말을 마치자 사라졌다.

이튿날 아침이였다. 아침해가 높이 솟아올랐는데도 백두산장수는 나타나지 않았다. 모두들 안타까와 손톱눈을 썰고있는데 뒤산 령마루에서 함성이 일더니 외적들이 쓸어넘어왔다. 모두들 황황해서 어쩔바를 모르고있을 때 끝내 백두산장수가 룡마를 타고 나타났다. 헌데 갑옷도 입지 않고 투구도 쓰지 않고 손에는 아무것도 들지 않았다. 하여 사람들은 저렇게 나서서 적과 어떻게 싸우겠느냐 하면서 가슴을 옥죄며 근심하였다. 그러나 백두산장수는 룡마를 잡아타고 적병을 향해 질주했다. 백두산장수가 탄 룡마의 호용소리는 천지를 진감했다. 그 소리에 적병들의 전마는 혼비백산하여 마구 날뛰였다. 룡마는 계속 호용하며 빙빙 돌아치니 전마들이 한가운데 모여 저들끼리 마구 말을 밟고 사람을 밟았다. 그러니 말등에서 떨어진자 반수라 들판에는 류혈이 랑자하고 주검이 쌓여찼다. 다시 백두산장수가 룡마를 몰고 가로세로 몰켜선 전마의 우를 넘나드니 말등에 앉았던 놈들은 마구 굴러떨어졌고 그 전마들은 백두산장수가 모는대로 한로인네 집앞에 와 옴짝않고 서는것이였다. 백두산장수는 다시 룡마를 잡아타고 들판으로 나가더니 살아남은 적들을 독수리 병아리채듯 한손에 네댓씩 잡아들이는데 잠간사이에 천여명되는 적병을 모조리 잡아들였다.

백두산장수는 적병을 모아놓고 호령했다.

≪이놈들아, 싸움도 하기전에 말등에서 굴러떨어지는 주제에 남의 땅에 쳐들어와 행패를 부리니 용서를 받을소냐?≫

적병들은 그저 목숨만 살려달라고 애걸복걸했다. 헌데 이때라 한놈이 백두산장수앞에 나서며 말했다.

≪장수님께 여쭐 말씀이 있습니다.≫

≪무슨 말인고?≫

≪저희들은 구두왕나라의 백성인데 구두왕의 령을 어기지 못하여 전장에 나왔으니 처분하겠으면 구두왕이나 데려다 처분하옵소서!≫

백두산장수는 껄껄웃었다.

≪그럼 내 구두왕을 처단할테니 어서 불러오너라!≫

적병들은 구두왕(九頭王)을 데리러 갔다. 적병 셋이 산마루로 올라가더니 세줄기의 연기가 피여올랐다. 뒤이어 먼 산봉에서 세줄기의 연기가 피여올랐다. 거의 반날해가 지나자 서쪽 하늘로부터 우뢰소리와 같은 요란한 소리가 울리더니 대가리 아홉이 달린 놈이 아홉손에 장검을 비껴들고 입으로 검은 연기를 뿜으며 고래고래 소리를 질렀다.

≪어떤 놈들이냐? 어서 과인앞에 목을 들이대여라!≫

백두산장수는 룡마에 채찍을 안겨 하늘공중에 날아오르더니 구두왕을 맞받아 나갔다. 룡마가 하늘공중에 호용하며 외뿔로 구두왕의 복장을 찌르고 번개같이 내달았다. 그바람에 구두왕은 손을 쓰지 못하고 산산조각이 되어 땅에 떨어져 시체도 찾을수 없게 되였다.

백두산장수가 땅에 내려오자 적병들은 천하무적이라던 구두왕의 찍소리 못하고 녹아나는것을 보고 대경실색하며 벌벌 떨었다. 백두산장수는 적병들에게 고향에 돌아가 안거락업하며 다시는 나쁜짓을 하지 말라고 훈계하고는 돌려보냈다.

전란에 기겁하고 도망쳤던 임금은 나라가 안정하게 되자 다시 궁전에 돌아왔다. 임금이 돌아와 싸움경과를 들어보니 백두산장수보다 룡마가 있었기 때문에 구두왕을 이긴것이 분명했다. 임금은 그 룡마만 손에 넣는 날이면 세상을 쥐락펴락할것이요 사해에 명성을 떨칠것 같았다. 그렇게만 되면 하늘에는 옥황이요 바다에는 룡왕이요 인간세상에는 제밖에 없을것이라 혼자 꿈을 꾼 임금은 두어깨가 으쓱해서 한로인을 불러 백두산장수를 대령케 하라고 명령하였다.

한로인은 불길한 생각이 들어 백두산장수를 찾아가서 전후사연을 말하면서 그더러 어서 피하라고 하였다. 그랬더니 백두산장수는 장탄식하고 자기가 가서 알아 처사하겠으니 그리 알라고 하였다.

이튿날 백두산장수는 입궁하게 되였다. 임금은 백두산장수를 보고 전공을 세운 그를 몇마디 치하하더니

≪짐의 평생소원은 좋은 말 한필 얻으려는것이였는데 듣자니 경에게 그렇게 좋은 말이 있다니 그 말을 짐에게 올릴지어다!≫라고 하였다.

백두산장수는 시원스레 대답하였다.

≪임금님의 소원이 그러하실진대 말 한필 올리지 못하오리까? 래일 아침 늪가에 와서 기다리십시오.≫

이튿날이였다. 임금은 그래도 마음이 놓이지 않아 늪가에 천명이나 되는 명궁수들을 매복시키고 천명 군사까지 불러다 숨겨두고 백두산장수가 나타나기만 하면 즉각에 없애치우라고 령하였다. 새날이 훤히 밝아오는데 물안개 피여오르던 고요한 룡늪에 파도가 일기 시작했다. 뒤이어 광풍이 대작하고 집채 같은 파도가 노호했다. 매복한 녀석들은 머리도 들지 못하는데 임금만은 그 룡마가 눈앞에 나타나기를 기다리고있었다. 땅이 움찔움찔하더니 룡늪에서 룡마가 솟아오르는데 룡마등에는 장수가 앉아있었다.

임금은 다급한 소리를 질렀다.

≪빨리…빨리! 령대로… 저놈을…≫

어명이라 명궁수들이 덴겁하여 머리를 들고 활시위에 살을 메우는데 백두산장수가 채찍을 휘두르자 룡마는 천지를 진동하는 호용소리와 함께 땅을

차고 하늘에 솟아올랐다. 그바람에 룡늪이 푹 꺼져내려가고 늪의 물이 소용돌이치며 땅에 스며들고 늪가의 땅도 물속으로 마구 휘감겨들어갔다. 임금과 명궁수들 그리고 장수들은 악을 썼다. 늪가에는 일대혼란이 일어나 누가 누구를 돌볼 경황이 못되였다. 하늘에 높이 솟아올랐던 룡마는 땅에 내리며 늪가에 선 벼랑을 차며 호용했다. 그바람에 절벽강산이 무너져내려 임금과 명궁수, 장수들을 묻어버리고 룡늪자리도 메워버렸다.

전하는데 의하면 구중천에 솟아오른 룡마는 그 룡늪자리가 그리워 종종 늪자리에 내렸는데 안개낀 날 말발굽산기슭에서는 때때로 룡마의 호용소리가 난다고 한다. 임금은 룡늪에 묻혔고 세월의 흐름에 따라 룡늪자리도 흔적을 감추고 한로인도 세상을 하직했지만 룡늪에 대한 이야기만은 전하고 전하여져 지금도 이고장을 룡룡(龍)자와 못지(池)자를 달아서 룡지라 부른다 한다.

김명한 정리

돌우물

룡정시 석정향소재지의 마을 한복판에는 두터운 돌판을 뚫고 솟아나는 맑은 샘물이 있답니다. 사시장철 끊임없이 솟아 흐르며 지금도 잔병을 다스리는데 도움을 주고있는 이 샘물을 돌우물(石井) 혹은 효자샘물이라고 부른답니다.

오랜 옛날에 있은 일이랍니다.

이 산골 서남쪽 골짜기에 자그마한 마을이 있었는데 이 마을 사람들은 모두 세상에 욕심쟁이로 소문난 장씨성을 가진 지주놈에게 얽매여 꼼짝 못하고있었습니다. 그 가운데서도 오랫동안 지주집 머슴으로 살아오는 서과부의 처지는 더욱 말이 아니였습니다.

서과부에게는 워낙 남편도 있었고 자식도 여럿이 있었습니다. 그러나 굶주림속에서 네 자식이 앓아죽고 굶어죽고 남편도 부역에 끌려갔다가 다치여 돌아온 후부터 그 미열로 시름시름 앓다가 한많은 세상을 뜨고말았습니다. 그러다나니 나중에 서과부와 아들 수돌이만 남았습니다.

어린 수돌이를 데리고 갖은 고생을 겪고있는 서과부는 갈수록 살아가기가 어려웠습니다. 서과부는 몇 번이고 죽을 마음을 품고 산마루에 올라갔다가 불쌍한 수돌이를 생각하여 차마 목숨을 끊지 못했습니다.

수돌이는 서과부에게 있어서 유일한 기둥이였고 희망이였습니다. 수돌이가 있기에 서과부에게 때로 웃음도 있었고 일에 지쳐 쓰러졌다가도 다시 힘을 내여 일어나군 하였습니다. 그렇지만 차차 나이 들고 늙어가면서 서과부도 기력이 쇠약해져서 한창 젊었을 때처럼 일을 걸싸게 할수 없었고 몸도 날래게 움직일수 없었습니다.

서과부가 전과 같이 일을 하지 못한다는것을 안 지주는 처음에는 잔꾀를 부린다고 욕하더니 나중에는 끝내 내쫓을 궁리를 하였습니다. 어느날 그는 서과부를 불러놓고 호통질을 하였습니다.

≪수돌 어미, 어쩔 셈인가? 일도 못하는 모자간 둘을 앉혀놓고 밥만 먹여줄수 없지 않나? 그러니 섭섭하지만 우리 집에서 인츰 나가게!≫

≪어르신님, 제발 좀 사정을 봐주소이다. 내 이제까지 한뉘 착실히 일한것을 봐서라도 우리 수돌이가 좀 더 클 대까지만 그냥 있게 해주소이다.≫

서과부는 눈물이 글썽하여 빌었습니다.

≪아니, 사람도 체면을 믿고 사는것인데 뻔뻔스럽게 그것도 말이라고 하나? 에익 고현놈, 자네 모자가 여직껏 우리 집에서 먹고 입은것만 해도 얼마인지 알기나 하나! 군말 말고 우리 집에서 나가게. 그리고 남은 빚은 후에 수돌이가 큰 다음에 다시 와서 갚게.≫

지주놈은 호통을 치고는 방안으로 씽하니 들어가버렸습니다.

서과부는 눈앞이 캄캄해났습니다. 생각같아서는 당장 뛰쳐나가고싶었지만 정작 나가자고 보니 갈데도 없었고 집도 없었으니 말입니다.

그렇지만 이 악독한 지주놈의 집에 그대로 눌러있을수도 없었습니다. 이 놈의 집에서 남편과 네 자식까지 잃고 한뉘 피눈물로 살아온 지나간 나날을 되새겨보니 통분하기 그지없었습니다. 서과부는 날이 밝자 수돌이를 이끌고 지주집 대문을 나섰습니다.

≪이웃사촌≫이라고 마을사람들이 서과부에게 방 한간을 내여주고 성심성의로 도와주었습니다.

마을사람들의 고마운 인정에 힘을 얻은 서과부는 이를 악물고 억척스레 일하였습니다.

늙고 쇠약한 몸에 매일 산에 올라가 나무도 하고 삯김도 매며 일하던 서과부는 더는 지탱하지 못하고 앓아눕게 되었습니다.

수돌이는 고생으로 시달리다가 병석에 누운 어머니에게 더운 밥 한그릇 대접 못하는 자신이 몹시 안타까웠습니다. 수돌이는 마음이 내키지 않았지만 하는수 없이 지주놈을 찾아갔습니다.

≪쫓겨난 놈이 무슨 할 말이 있어 신새벽부터 찾아왔느냐?≫

수돌이를 보자 지주놈은 대번에 이마살을 찌푸리며 호통을 쳤습니다.

그래도 수돌이는 치미는 분노를 참으며 공손히 인사를 한 후 자기가 찾아온 사연을 이야기하였습니다.

≪뭐? 이 녀석아, 쌀이라니… 네 어미가 진 빚만 하여도 네 평생 벌어 물어야 할텐데 그런 렴치 없는 소리를 작작 해라… 썩 물러가지 못해!≫

지주놈은 더 말도 못하게 문을 탕 닫고 집안으로 들어가버렸습니다.

수돌이는 하는수 없이 되돌아서고 말았습니다.

(앓는 어머니에게 어떻게 빈손으로 돌아갈가?)

수돌이는 그길로 뒤산에 올라가 나무를 한짐 해다가 팔아서 쌀을 샀습니다. 비록 한홉이 되나마나한 쌀이건만 수돌이에게는 이것이 한섬 맞잡이로 생각되였습니다.

수돌이는 미음을 쑤어 어머니에게 드렸습니다.

≪아니, 이게 어디서 난 미음이냐? 얘야 내 걱정을랑 말고 너나 한술이라도 더 요기를 하여라.≫

≪어머니, 저는 먹었어요. 어서 드시고 일어나세요.≫

이튿날부터 수돌이는 날마다 나무를 해다가는 팔아서 쌀과 약을 사다가 어머니의 병을 돌보았습니다.

그러나 어머니의 병은 좀처럼 차도가 없었습니다.

어머니의 병이 더 가심해지는 어느날 밤이였습니다. 일어날 가망이 없는 수돌의 어머니를 지켜보던 마을의 한 할머니가 땅이 꺼질듯한 한숨을 쉬며 혼자말처럼 중얼거리는것이였습니다.

≪지금이라도 늦지 않으니 백두산기슭에서 솟아나는 약수를 마시면 살아나겠는데… 내 나이 40살만 되여도 목숨 걸고 가보련만…≫

이 말을 들은 수돌이는 할머니의 손을 꼭 잡고 캐여물었습니다.

≪할머니, 약수를 어데 가면 떠올수 있습니까?≫

≪내가 어렸을 때 로인들한테서 들었는데 저 열두고개를 넘어가면 백두산이 있고 그 기슭에 약수가 솟아난다더라. 그런데 그 약수를 뜨러 수많은

장정들이 갔건만 모두 돌아오지 못했단다.≫

≪어째서 돌아오지 못했답니까?≫

≪옛날부터 약수가 있는 곳엔 백년 묵은 호랑이가 지키고있단다. 그러니 모두 호랑이한테 물려죽었겠지…≫

그러나 수돌이는 어머니를 위해서 목숨을 걸고서라도 약수를 가져오겠노라고 할머니에게 맹세하였습니다.

수돌이의 당돌한 결심에 놀란 할머니는

≪애 수돌아, 철없는 소리 말어라. 지금까지 그 약수를 뜨러 간 사람들은 모두 날고뛴다는 대장부들이였단다. 그래 그 사람들이 너만 못해서 죽었겠느냐? 너로 말하면 앞길이 구만리 같은 애가 아니냐? 아예 딴 생각을 말어라.≫ 하고 타일렀습니다.

수돌이는 어떻게 하면 약수를 구해오겠는가 하는 생각으로 하여 온 밤을 뜬눈으로 새웠습니다. 날이 훤히 밝자 수돌이는 마침내 물통을 옆에 차고 약수를 찾아 떠났습니다. 그리하여 울창한 수림을 지나서 기암괴석이 뒤덮인 산을 오르고 넘었습니다. 이렇게 그는 낮에 밤을 이어 련 며칠을 걸었습니다.

수돌이가 마침내 열두고개를 넘어섰을 때였습니다.

갑자기 ≪따웅!≫하는 백호의 울음소리가 골짜기를 뒤흔들었습니다.

백호의 울음소리에 수돌이는 깜짝 놀랐으나 인차 정신을 가다듬고 두 주먹을 불끈 쥐고 소리나는 곳을 향해 맞받아 나갔습니다.

(바로 네놈이구나, 범의 굴에 들어가도 제 정신을 똑똑히 차리라고 하였는데…)

이렇게 생각한 수돌이는 정신을 차리고 앞길을 막아서는 백호에게 큰 소리로 웨쳤습니다.

≪백호야, 나는 바윗골에 사는 수돌이다. 지금 우리 어머니는 병석에 누워계신다. 위급하게 된 어머니를 구원하려고 약수를 뜨러 가니 물러나다오!≫

말 못하는 백호도 어머니를 살리기 위해 위험을 무릅쓰고 나선 수돌의 갸륵한 효성에 탄복해서인지 어슬렁어슬렁 물러가고 말았습니다.

그리하여 수돌이는 샘물터에 이르러 새파란 약수를 한물통 가득 채워가지고 귀로에 올랐습니다.

이때 백호는 어데서 다시 나타났는지 수돌이의 앞에 쭈크리고 앉아 타라는듯 등어리를 들이댔습니다. 수돌이는 백호의 등에 업히여 열두고개를 눈깜짝 할 사이에 넘었습니다. 마을을 가까이에 두고 범은 쭈크리고 앉았습니다. 수돌이는 범의 등에서 내렸습니다. 고개로 올라가는 고마운 짐승을 하염없이 바라보다가 그는 마을로 발길을 돌리였습니다.

이때 그는 공교롭게도 욕심쟁이 장지주와 마주쳤습니다.

≪이 녀석, 대낮에 나무하러 가지 않고 왜 빈들거리며 돌아다니느냐? 엉?!≫

장지주는 다짜고짜로 호통부터 쳤습니다.

≪요새 어머니 병이 더 위급하시여 약수를 뜨러 갔다가 오는 길입니다.≫

약수라는 바람에 장지주는 대번에 두 눈이 휘둥그래지며

≪약수라니? 이 녀석! 그 약수를 누구의 승낙을 받고 떠오느냐? 엉?≫ 하고 제법 제 집 약수터의 약수를 훔쳐오기나 하는듯 을러메는것이였습니다.

≪승낙은 무슨 승낙이겠습니까? 저 열두고개 너머에 있는 약수를 떠오는거죠.≫

≪뭐? 열두고개를 넘어서 떠온다구… 그래 그 산은 내 산이 아니란 말이냐? 이 망할 녀석같으니라구, 어서 그 약수를 이리 내놔라!≫라고 하더니 다짜고짜로 달려들어 물통을 빼앗아 꿀꺽꿀꺽 마시기 시작하였습니다.

더는 참을수 없었던 수돌이는 와락 달려들어 물통을 낚아챘습니다. 그 바람에 물통이 땅에 떨어져 박산이 나고 남은 약수는 땅에 쏟아져 잦아들고 말았습니다.

수돌이는 어머니를 구하려고 힘들여 떠온 약수를 장지주놈에게 빼앗긴것을 생각하니 분하기 짝이 없었습니다. 그는 깨여진 물통 쪼각을 높이 들어 장지주의 낯짝을 후려갈겼습니다.

순간 ≪쾅!≫하는 소리와 함께 발밑에 차디찬 샘물이 솟아올랐습니다.

≪아, 약수!≫

수돌이는 너무도 뜻밖의 일에 어찌된 일인가고 사방을 살펴보았습니다. 그런데 방금까지 서있던 장지주는 온데간데없이 사라지였습니다. 약수를 빼앗아 마신 장지주는 천벌을 받아 없어졌던것입니다.

수돌이는 그길로 약수를 정히 받아가지고 집으로 달려갔습니다.

≪어머니, 제가 약수를 받아왔으니 어서 마시세요.≫ 하고 어머니를 흔들었습니다. 그러나 정신을 잃은 어머니는 두 눈을 꼭 감은채 아무런 대꾸도 없었습니다.

수돌이는 숟가락으로 약수를 한술한술 떠서 어머니 입에 넣었습니다. 서너숟가락 약수를 넘긴 어머니는 숨을 길게 내쉬더니 두 눈을 번쩍 뜨며 정신을 차렸습니다.

≪어머니!≫

모자간이 기뻐서 서로 붙안고 어쩔 줄을 몰랐습니다.

이때로부터 사람들은 어머니에게 효성을 다한 수돌이의 굳은 마음은 천길 암석도 구멍낸다고 이 돌우물의 이름을 따서 이 고장을 석정이라고 불렀답니다.

박창건 구술
황상박 정리

용천골(1)

땅 좋고 물 좋고 인품 좋은 내 고향은 봉황이 짝을 지어 날아들고 산과 들에 꽃향기 그윽하여 선관선녀 구름타고 하강한다. 이곳에 용천이라는 산골마을이 있으니 용천이라는 그 래력을 알아보자.

룡정에서 동남쪽으로 산골길 오십여리를 올라가면 멀고도 먼 옛날부터 용솟음쳐 솟아나는 맑고도 맑은 샘물이 있으니 이 샘물 천만길 깊은 땅속에서 좋은 물만 솟아나므로 빛깔은 수정같고 물맛은 선경의 불로장생 장명수(長命水)와도 비기지 못한다. 이리 좋은 샘물이 생긴지는 오래였건만 옛날 이곳에는 사람도 없었고 골이름도 없었다. 임자 없고 이름없는 무인 무명골이였건만 바람따라 구름가고 절기따라 꽃이 피여 해를 바꿈이 얼마였는지…

어느해 봄이였다. 골판에는 방초 우거진 초록색판을 이루었고 앞뒤산 봉마다에는 진달래 만발하여 연분홍 꽃무늬 수를 놓았는데 봄을 맞는 비둘기 쌍지어 날다 샘물에 목욕하고 앞서거니 뒤따르면서 창공에 나래치니 때는 가절이요 곳은 절승지였다.

이때 한 초동이 어느곳에서 오는지는 분명치 않으나 물따라 올라오는데 지게에다 괭이와 낫을 가새질러 지고 물줄기 따르며 골판 살피는 품새 정녕 산천경개 좋은 곳을 찾는듯하였다. 물따라 멀고먼 길을 걸어오듯 초동은 기름진 골판에 물까지 끼였으니 예가 바로 명승지라 일컬으며 그곳에다 지게를 벗어놓았다. 초동은 먼저 맑은 샘물에다 갈한 목을 적신후 물옆의 산기슭에 자리를 잡고 앉아서 쌍피리에다 절승지를 옮기였다. 옛날 황제 허원씨는 쌍피리를 만들어 봉황 자웅의 울음소리를 합하여 음률을 만들었다 하더니만 초동이 절승지를 노래함은 맑고도 좋은 물과 백화초 무성하는 비옥한 땅에

다 이 물을 대여 오곡이 너울칠것을 바라보는 마음까지 한데 합해 률을 내니 그 명료하고 청아함이 진주 옥반에서 구울르는듯 그 구성짐은 수심을 뚫고 지심을 울리며 구름을 헤치고 천계에 오르는듯하더라.

얼마를 불렀는지 모르나 그때도 초동이 피리를 불고있을 때였다. 한 선녀 피리소리 따라 샘물터에 내리는데 몸에는 채의를 감고 겨드랑이에는 채옥동이를 꼈으니 그 자태 월궁의 상아 광한전에 내린듯 은하수의 직녀성 견우성을 찾는듯하였다. 초동이 인기척에 깬 듯 불던 피리를 멈추고 보니 샘물가에 주옥으로 새긴것 같은 한 선녀 섰는지라 일어서서 맞이하러 나서니 선녀 공손히 례하기에 초동 또한 따라 답례할 때 비둘기 쌍지어 울창한 청송을 스쳐 창공에 날으며 오리떼 쌍쌍히 샘물에서 놀더라.

쌍피리소리가 매파군되여 초동과 선녀는 그날로 백년가약을 약속하고 땅 좋고 물 좋고 경치마저 좋은 곳에다 청송같이 굳은 절개 꽃같이 고운 마음 샘물같이 솟는 정에 바위같이 든든한 힘 한데다 담뿍 담아 새집을 이루었다.

새신랑 새각시는 샘물가에 터를 닦고 보금자리 일구며 용솟음쳐 솟는 샘물 용천이라 이름 짓고 그 물 에워 논밭갈아 씨뿌리니 그 골이름 용천골이라 불렀다. 그후부터 용천골 감자라면 천하에 알리였고 조이삭은 황개꼬리, 벼알은 앵두같아 후손들은 용천골을 곡굴이라 불렀으니 이름 그대로 솟아나는 샘물같이 날로 번창하고 있다.

정길운 정리

용천골(2)

두만강 중류 남안에 물맛이 좋은 샘물이 있는데 구경하러 찾아오는 이들은 저마다 약속이나 한 듯이 이 샘물을 길어마시군 하는데는 그럴만한 사연이 깃들어있다.

대략 두만강 북안을 개척하기 시작했을 때 조씨 성을 가진 농부가 산비탈 뙈기밭에서 안해와 함께 쉬지 않고 부지런히 기음을 매고있었다. 헌데 홀연 밭머리에 울창하게 우거져있는 돌배나무 그늘밑에다 혼자 놀게 두고 온 세 살짜리 아들애가 울다가 갑자기 딱 울음을 그치는것이였다.

≪혹시 무슨 일이라도 있는지 제가 보고 올테애요.≫ 말을 마친 안해는 손에 든 호미를 내려놓고 밭머리에 있는 아들한테로 갔다.

조씨네 내외는 아들과 딸을 낳았지만 웬 일인지 몇 살까지 자라다가는 죽는 통에 튼튼한 자식 하나도 곁에다 두지 못했다. 그러다가 몇해전에 끝내 떡판 같은 아들을 낳아서 길렀다. 애가 어느덧 두돌이 지나자 갑자기 그 무슨 병에 걸렸는지 울음만 시작하면 온종일 그칠줄 몰랐는데 저녁에 잠잘 때에야 비로소 울음을 그치니 조씨네 내외간은 아이울음을 달래는 재간이 없었다. 하여 이들 내외는 아이가 울음을 터뜨려도 달래여 볼 념을 하지 않았다. 그러던 어느날 동냥하러 다니던 로승 한분이 애의 자지러진 울음소리를 듣고 조씨네 집에 찾아들어왔다.

≪그나저나 아기의 손금을 보여줄수가 있으신지유?≫ 스님이 물었다.

≪있구말구요.≫ 조씨는 이렇게 말한 뒤 스님한테 주먹을 꼭 쥔 아기의 손바닥을 펴보였다.

≪음, 아기는 명도 길고 또한 장차 커서 큰사람이 될 명이군.≫

스님은 이렇게 말했다.

이렇게 말을 남긴 스님은 돌아갔지만 조씨 아들은 그냥 그 본새로 울음을 그칠줄 몰랐다. 하여 조씨네 내외는 의논하기를 어느 절에서 동냥하러 온 중인지 쌀을 빌어먹기 위해서 제 좋은 소리를 했다고 했다.

조씨네 내외는 언제나 일밭으로 나올 때 아들을 업고 나와 밭머리에다 내려놓아 제 혼자 장난쓰게 했다. 헌데 오늘은 어이하여 터뜨린 울음을 뚝 그쳤을가. 조씨는 이렇게 생각하면서 매던 김을 계속 맸다.

바로 이때 아들이 있는 밭머리에 갔던 안해의 겁에 질린 새된 소리가 급작스레 울렸다.

≪어마나, 세상에… 구… 구렝이가…≫

와뜰 놀란 조씨는 호미를 쥔채 안해가 있는 밭머리로 달려갔다. 조씨가 살펴보니 큼직한 구렁이 한 마리가 돌배나무에다 몸을 칭칭 감은채 대가리를 길게 빼들고 아들쪽을 향한채 수시로 혀를 날름거리고있었다. 그러자 울음을 그칠줄 모르던 아들놈은 오히려 웃으면서 구렝이를 바라보고있었다.

아들을 통째로 삼킬 위험이 없음을 느낀 조씨는 호미를 땅에 놓고 이들 곁에 다가가서 아들을 안았다.

사실 조씨는 이 구렁이와 이전부터 인연이 있었다. 한것은 이 구렁이는 밭머리에서 멀리 떨어진 바위굴에서 살면서 늘 나와 쥐잡이를 하군 하였다. 조씨네 곡식밭에는 쥐가 많기도 했다. 하여 구렁이는 밭머리에서도 쥐잡이를 하였고 또한 초가을 무져놓은 곡식더미 곁에 와서도 쥐잡이를 하였다. 이것을 본 조씨는 곡식더미에서 쥐를 잡아 구렁이한테 던져주기도 했고 구렁이굴 어귀에 놓아주기도 했다. 이리하여 조씨는 구렁이의 도움을 받아 쥐들한테 곡식을 적게 도적맞혔다. 또한 구렁이도 조씨한테서 먹이를 얻어먹군하여 서로 낯을 익히게 된것이였다. 그러니 구렁이가 조씨 아들을 통째로 삼키자면 조씨네 내외간 몰래 삼켜버린지 오랬을것이다. 허나 구렁이는 조씨 아들을 삼킬 대신 우는 아들이 울음을 딱 그치게 한걸 보니 이상야릇한 생각이 들었다.

밭머리 돌배나무에 몸을 칭칭 감고있던 구렁이는 스르르 몸을 풀더니 산기슭으로 가는것이였다. 구렁이가 보이지 않자 조씨 아들은 또 울음을 터뜨렸다. 조씨는 하는수 없어서 아들을 안은채 구렁이가 기여간 뒤를 따라 얼마쯤 갔다. 그러지 구렁이가 한 돌무지 우에 올라가 똬리를 틀고 뒤따라오는 조씨를 쳐다보더니 주둥이로 돌무지를 마구 파헤치는것이였다.

(아니, 이 구렁이가 오늘 도대체 웬 일이기에 하필 이 돌무지를 파헤친담?)

조씨네 내외가 이렇게 생각하는데 울던 아들은 딱 울음을 그치는것이였다. 이윽고 돌무지를 얼마간 파헤치던 구렁이는 숲속으로 사라졌다.

≪여보, 이 돌무지 밑에 꼭 무엇이 들어있는것 같구려. 내가 손수 파보아야겠는걸.≫

조씨는 이렇게 말하면서 곡괭이를 얻어다 구렁이가 파다 남은 그 돌무지를 부지런히 파내려갔다. 어느덧 깊이가 한키를 넘게 되었다. 하지만 여전히 아무것도 없었다.

(혹시 이놈 늙은 구렁이가 일부러 나를 골려주자고 한 노릇이 아닐가. 그럴수가 없겠는데. 한동안 이웃으로 지내오면서 서로 누구를 해치려고 든 일은 없었는데…)

조씨는 이런 생각 저런 생각을 굴리면서 계속 아래로 파내려갔다. 조씨 안해도 남편이 하는 일을 도왔다. 조씨네 내외가 아래로 얼마동안 파내려갔는데 밑에서부터 시원한 기운이 올라오는것이였다. 그 뒤를 이어 갑자기 맑은 샘물이 마구 올리 솟구쳐오르는것이였다. 목이 몹시 마르던김에 조씨는 맑은 샘물을 떠서 마셔보았다. 과연 시원하고 또한 달콤하였다.

≪여보, 이 샘물이 일반 샘물이 아니군요. 어서 시원하게 마셔보오.≫ 조씨는 바가지로 뜬 샘물을 안해한테 넘겨주었다.

조씨의 안해는 샘물 맛을 본 후 아들한테 먹였다. 그러자 아들은 전에 없었던 웃음을 웃는것이였다.

이리하여 조씨네 내외는 파낸 구덩이에 정성을 들여 돌을 차곡차곡 쌓아 우물을 만들었다. 연후 근방에 알맞은 집터를 닦고 집을 지어놓은 뒤 새집에서 살면서 이 샘물을 길어다 밥도 짓고 마시기도 하였다. 헌데 이상한것은 이 샘물을 마시면서부터 조씨네 아들은 두 번 더 울지 않았는데 점점 커가더니 마침내 말타기, 활쏘기, 칼쓰기 등 여러 가지 무예가 출중한 장사로 되었다.

어느 한번 관가에서 무예겨룸이 있었는데 조씨네 아들은 그번 무예겨룸에서 여느 장사를 누르고 우승이란 영예를 따냈다. 하여 그는 나라의 용장으로 뽑혀 나라 변방을 지키러 나가게 되었다.

이리하여 이 근방에 이사온 사람들은 모두 이 우물을 마시였는데 사람들마다 몸이 건강하고 장수하였다.

이 근방 사람들은 이 산골샘을 마셔 용장이 났다 하여 이 샘물을 용천이라 부르고 이 작은 마을을 용천골이라는 아름다운 이름을 달아 부르게 되었다 한다.

박문봉 구술
한정춘 정리
룡정시

달라자의 지명유래

헐벗고 굶주리던 동포들이 살길을 찾아 두만강을 건너 간도땅으로 들어오던 때의 이야기다.

쌍가매란 처녀는 두만강기슭에서 사촌오빠인 억쇠를 만났다. 야위고 지쳐서 병색이 푹 개핀 쌍가매가 차디찬 두만강에 발을 들여놓자 억쇠는 무작정 자기 등에 업히라고 하였다. 다 큰 처녀가 비록 사촌지간이라 하지만 총각의 등에 업히는것은 난감하고 쑥스러운 일이였다. 쌍가매가 옹고집을 쓰자 억쇠가 ≪네가 공연히 억지를 쓰다가 몸에 병이 더하면 집도 없고 약도 없는 이곳에서 어떻게 되겠느냐? 우선 체면부터 버려라. 살겠으면 빨리 이 오빠 등에 업혀라.≫

쌍가매는 제 발로 강을 건너겠다고 비록 큰소리를 쳤지만 밖에서 자다 학질까지 만난지라 사촌오빠의 말을 따르지 않을수가 없었다. 떡구유 같이 등판이 넙죽한 사촌오빠의 등에 업혀 두만강을 건너는 쌍가매의 눈에는 그지간 겪은 불행한 사연이 주마등처럼 떠올랐다.

빚을 진것을 빙자하여 맘씨 고약한 대감은 쌍가매더러 자기 집에서 한달 동안만 일해달라고 하였다. 그러면 아버지가 진 빚을 몽땅 탕감해주겠다는 것이였다. 대감집에 많은 빚을 진 쌍가매네 부모들은 할수 없이 귀여운 딸을 내놓을수밖에 없었다.

쌍가매가 그 집으로 가서 일하자 대감은 늘 음특한 눈길로 쌍가매를 주시하고있었다. 이 눈치를 안 대감의 마누라는 일찌감치 쌍가매를 쫓아내려고 연극을 꾸몄다. 그는 쌍가매가 자기의 옥비녀를 훔쳤다고 무함했다. 쌍가매가 억울하다고 고함치자 마누라는 마름을 시켜 죽도록 패주었다. 바로 이때

마실을 나갔던 대감이 나타나서 옥비녀는 자기가 치웠다고 하였다.

애매하게 매를 맞다가 겨우 덤터기를 벗은 쌍가매는 대감 마누라의 지독한 모해와 보복이 두려워 어느날 저녁에 도망을 쳤다. 그는 무서운것도 모르고 밤낮 걷다가 길에서 학질로 몸져누울번하다가 두만강가에서 사촌오빠를 만났던것이다.

쌍가매를 업고 두만강을 건너가는 억쇠는 저도 모르게 이상야릇한 감촉을 느꼈다. 다 자라서 볼록하게 솟아난 젖무덤이 자꾸 억쇠의 등을 간지럽혔다. 게다가 꼭 끌어안은 쌍가매의 보드라운 팔이 무시로 목 부위를 찡찡 저려나게 지극하였다. 구차하여 한뉘 숫총각으로 늙어온 억쇠는 처음으로 황홀한 이성을 느꼈다.

억쇠는 뜨겁게 치솟는 이성의 욕정을 억지로 누르면서 부지런히 강을 건넌 뒤 쌍가매를 강언덕에 올려놓았다. 하지만 억쇠는 아래에 달린 연장이 꿋꿋해나는것을 참을수가 없었다.

(이 놈의 연장을 어떻게 한다?)

이렇게 생각한 억쇠는 확 달아오르는 이성의 감정을 애써 억제해가면서 쌍가매 몰래 보자기에 있는 낫을 들고 으슥한 나무숲속에 들어가 시퍼렇게 날이 선 낫으로 하신에 달려있는 꿋꿋한 연장을 쥐고 썩 베여 끊어버렸다.

≪아이구, 아이구.≫ 억쇠는 피가 흐르는 하신을 감싸쥐고 모진 아픔을 참지 못해 저도 몰래 큰소리를 질렀다.

≪오빠, 웬일이세요. 오빠!≫

쌍가매는 억쇠한테로 달려왔다. 아이구, 세상에 이런 끔찍한 일도 있다나. 억쇠는 피가 흐르는 아랫도리를 붙잡은채 신음하고 있었다. 모든 사연을 뒤늦게 알게 된 쌍가매는 그만 기가 딱 막혀 한동안 말도 바로 나가지 않았다. 한동안 말머리를 찾지 못한 쌍가마는 오빠를 붙잡더니 겨우 입을 열었다.

≪오빠 어째서 그렇게도 고지식해요. 이 동생 때문에 고통을 겪었던것 같은데 이성에 대한 생각이 몹시 나면 이 동생의 몸이라도 달라지 참! 우둔스럽게 베여버릴것은 뭐예요.≫

≪너는 나의 녀동생이 아니니? 오빠로서 어떻게 너의 몸을 함부로 달라고 한다더냐. 인륜을 거역하면 조상들이 노여워 벌을 내린단다. 글쎄 그저 베여버리면 아무런 일도 없으려니 생각했지 뭐.≫

쌍가매는 인차 치마폭을 찢어서 피가 흐르는 억쇠의 하신을 싸맨 뒤 그를 부축하여 강물을 따라 거슬러 올라가며 동리를 찾았다. 한동안 걸어가니 작은 오막살이집이 나졌다.

쌍가매가 오막살이집 문을 두드리니 늙으신 할머니가 나왔다.

≪어디서 이렇게 오는 젊은이들인데 루추한대로 어서 집안에 들어오시오다.≫

≪할머니, 이분은 저의 오빠인데 강물을 건너오다가 그만 넘어져 하신을 다쳤는데 피가 멎게 하는 약이라도 없습니까?≫ 쌍가매는 이렇게 사정했다.

≪피를 멎게 하는 약이사 없지요.≫

할머니의 인도하에 억쇠와 쌍가매는 집으로 들어갔다.

≪몹시 다쳤네그려. 그럼 내 집에 된장이라도 있으니 된장을 빨리 붙여보라니깐.≫ 집안에 앉아계시던 할아버지가 말했다.

후더운 할아버지는 억쇠 상처에다 손수 된장을 붙여주면서 연장을 끊게 된 사연을 듣게 되였다.

할아버지네 집에서 억쇠는 정성껏 치료를 받았지만 피를 너무 많이 흘린데다 쇠독까지 몸에 들다보니 끝끝내 억쇠는 유명을 달리하고 말았다.

마음씨 착한 할아버지네 량주의 진정어린 도움으로 억쇠오빠를 땅속에 묻고난 쌍가매는 묘지앞에 엎드려 절을 하면서 넉두리를 했다.

≪아이고, 고정한 오빠야, 내 몸을 달라자 하면 내가 줄것 같지 않아 그랬소? 달라자 달라자 하면 내가 무엇인들 아끼겠소…≫

이때 그 옆을 지나다니던 물고기잡이군들이 애절하게 울며 외우는 쌍가매의 말을 듣게 되었다.

≪거 참 이상한 말이군. 달라자 달라자 하니 무얼 달라는지 우리같이 우둔한 머리로는 해득이 안가는구먼.≫

그 뒤 이 고장에 마을이 생기자 사람들은 마을이름을 무엇이든 달라자 하는 뜻으로 달라자라 불렀다 한다.

박문봉 구술
한정춘 정리
룡정시

노루골

룡정에서 동남쪽으로 하승지와 상승지를 지나면 달라자 동남쪽 오봉산밑에 노루골이라 부르는 한 골짜기가 눈에 확 안겨온다.

이 노루골에는 아름다운 이야기가 전해지고있다.

옛날, 녀진국의 한 임금이 황후와 손을 맞잡고 나라를 평화롭게 다스려나갔다.

그러던 어느날 임금은 명궁수와 길잡이를 데리고 깊은 산속으로 사냥을 떠났다. 곧 맞이할 황후의 생일에 몸소 산에 들어가서 노루를 잡아오는것으로 자신의 성의를 표시하려는 심사였던것이다.

일행은 산을 넘고 령을 지나 싸리꽃향기 물큰 코를 찌르는 한 골짜기에 이르렀다. 올려다보니 두 귀를 쫑긋 세운 노루 모양의 바위가 보였는데 그밑으로 샘물이 졸졸 흘러내리고있었다.

지칠대로 지친 그들은 갈한 목을 추기려고 거울같이 맑은 물에 입을 댔다.

그런데 문뜩 샘가의 바위가 우쭐우쭐 일어서더니 백발이 성성한 로인으로 변하였다. 백발로인은 싸리로 결은 화살통에서 싸리대화살 하나를 뽑아들고 정중하게 말하였다.

≪이 노루바위를 지나 올라가다가 싸리나무가 흔들리는 곳에 가서 활을 쏘면 노루가 잡힐것이오이다!≫

임금과 명궁수, 길잡이, 신하가 미처 안부도 묻기전에 백발로인은 사라지고 다시 바위가 눈앞에 앉아있었다.

하도 괴이하여 임금은 신하들과 대책을 상의하였다.

나중에 그들은 산신의 의사를 좇아보기로 하였다.

그들은 조심스레 산중턱을 톺으며 사위를 둘러보았다.

갑자기 한곳에서 싸리나무가 흔들거렸다. 명궁수는 준비해두었던 싸리대 화살을 번개같이 쏘았다.…과연 노루 한마리를 잡게 되였다.

여느때와는 달리 해가 아직도 서너발 남았을 때 왕궁에 돌아온 임금을 보고 황후는 자못 기뻐하며 물었다.

≪어디서 이리 큰 노루를 사냥하셨나이까?≫

≪노루를 잡았으니 그곳은 더 이를 나위 없이 노루골이라 해야지!≫

임금은 호탕하게 웃으며 황후에게 사냥하던 경과를 이야기해주었다.

그때로부터 사람들은 그 골짜기를 노루골이라 불렀다한다.

김경택 정리

노루왕골

두만강기슭 오봉산에서 동남쪽으로 얼마쯤 떨어져있는 골짜기를 노루왕골이라고 부르는데는 이런 재미있는 전설이 전해지고있다.

어느 옛적이였던지 이 부근에 큼직한 고을이 있었다. 이 고을에는 권세가 큰 사또가 있었는데 웬 일인지 노루고기라면 생사를 잃고 먹어댔다. 혹시 한때라도 노루고기가 밥상에 오르지 않으면 사또는 수절을 들지 않았다. 하여 그한테는 노루고기귀신이라는 별명까지 따라다녔다.

어느날 사또는 하인 몇몇을 데리고 손수 노루사냥을 떠났다. 두만강기슭에 이르니 철벅거리는 물소리와 함께 한쌍의 노루가 나타났다. 금방전에 두만강을 건너온 한쌍의 노루가 나무아지를 따먹고있는것이였다. 바로 이때라고 생각한 사또는 활시위에 화살을 먹여 만월같이 늘였다가 큼질한 노루를 향하여 쏘았다. 캥— 하는 소리가 산골짜기에 들려왔다. 사또는 얼씨구니 절씨구니를 부르면서 달려가 보니 한쌍의 노루는 진작 오간데 없어지고 다만 두 개의 너럭바위가 있었는데 사또 자신이 쏜 화살은 바위에 가 꽂혀있었다.

(아니, 이 어른이 바위를 노루로 잘못 보지 않았나. 그럴수가 없겠는데. 분명 슬렁슬렁 앞에서 뛰여가는것을 보았는데 거참 세상에 별일두 다 있군.)

사또는 이렇게 생각하면서 바위에 박힌 화살을 뽑아내려고 했지만 어찌나 깊숙이 들어갔는지 뽑아낼수가 없었다. 락심한 사또는 터벅터벅 걸어 백마가 있는 샘물가를 찾아 내려왔다. 헌데 한동안 걸어도 삼물도 백마도 없었다.

≪여봐라, 누가 없느냐. 어서 이리로 빨리 오너라!≫ 사또는 이렇게 하인을 불렀지만 웨치는 소리가 골짜기에 메아리칠뿐이였다.

산골짜기에 들어와 혼자몸으로 길까지 잃고난 사또는 당해났다. 그는 돌아가는 길을 찾느라 무진 애를 썼지만 종시 돌아갈 길은 나지지 않았다. 게다가 안개까지 푹 끼다보니 어디가 동쪽이고 어디가 서쪽인지 방향마저 분별하지 못한채 되는대로 길을 찾았지만 한동안 걷다보면 화살이 박힌 바위 곁으로 오고 걷고 또 걷고 하면 화살이 박혀있는 바위 곁이였다.…

이렇게 산속에서 꼬박 이틀동안 굶은데다가 맥까지 기진한 사또는 화살이 꽂혀있는 너럭바위앞에 꿇어앉아 맥없이 소리도 내지 못하면서 울었다.

≪제발 비나이다. 저한테 살길을 찾아줄수가 없는지요. 제발 저한테 자비를 베풀어줍시사.≫ 사또는 거의 죽어가는 소리로 이렇게 절을 올리면서 빌었다.

그러자 갑자기 어디선가 웅글진 소리가 은은하게 들려왔다.

≪그럼 좋다. 네가 목숨이 아까워 더 살겠다니 너한테 살길을 가르쳐주마. 헌데 우선 내 궁둥이에 깊숙이 박혀있는 화살부터 먼저 뽑아달라. 그러면 알바가 있느니라.≫

≪네, 알겠나이다.≫ 이렇게 대답하고난 사또는 바위에 들어박힌 화살을 부여잡고 있는 힘껏 당겼다. 사또는 살려는 욕망에 화살을 뽑노라 했지만 맥이 진한 이때 돌바위에 깊숙이 들어박힌 화살을 뽑아낸다는것은 그야말로 큰 나무에 낫을 거는 격이였다.

≪제발 저한테 살길을 가르쳐줍시사.≫

≪으흠, 그럼 좋다. 내가 너한테 사실진상을 다 말해주마. 나는 다름아닌 노루왕이다. 듣자니 네가 우리네 노루족속들을 잡아서 그 고기를 너무도 잘 먹는다지?≫

≪네, 제가 죽을 죄를 졌사오니 제발 한번만 용서를 비나이다.≫ 사또는 바위에다 굽석굽석 절을 올리며 빌었는데 그전날 고을에서 내노라 하던 당당한 사또 그 기세는 오간데 없었다.

≪그럼 좋다. 네가 처음 모르고 저지른 일이라니 이번만 용서한다. 허나 내 등에 꽂힌 화살을 뽑은 뒤 다시는 우리네 노루들을 잡아 후손까지 없게 하지 말지어다. 이런 일이 두 번 더 있을 때에는 이 노루왕이 절대 용서치

않는다는것을 잊지 말라.≫

≪예이, 모든 것을 오늘에야 똑똑히 알아두었나이다.≫ 이렇게 대답하고 난 사또는 후들거리며 바위에 꽂힌 화살을 쥐고 힘껏 당겼다. 그러자 웬 일인지 화살은 인차 뽑혀나왔다.

≪그럼 오늘 이만큼 말한다. 저 아래로 얼마쯤 내려가면 소나무가 한그루 서있는데 그 나무 곁에 퐁퐁 솟는 샘물이 있으니 그 샘물을 마신 뒤 샘물이 흐르는것을 따라 내려가거라. 그러면 알바가 있노라.≫

≪예이, 제가 지은 죄를 너그럽게 대해주니 과연 죄송하옵니다. 오늘 살려 중 이 은혜 실로 백골난망이옵나이다.≫

사또는 두 바위를 향해 굽석굽석 절을 올렸다. 헌데 바위는 아무런 대꾸도 없는지라 머리를 들고 살펴보니 금방전까지 솟아있던 두 개의 너럭바위돌은 진작 오간데 없어졌다. 사또는 겨우겨우 걸어서 소나무가 서있는 곳까지 내려갔다. 그 소나무 주위를 살펴보니 아닌게 아니라 샘물이 퐁퐁 솟아오르고있었다. 사또는 두 손으로 삼물을 떠서 연신 꿀꺽꿀꺽 들이마셨다. 그랬더니 과연 흐지부지하던 정신이 맑아지고 또한 온몸에 맥이 솟구쳤다. 이게 도대체 꿈인가 생시인가 사또는 자기를 의심할 정도였다. 허나 꿈이 아니라는 감각은 들었다. 사또가 터벅터벅 샘물이 흐르는 물곬을 따라 아래로 내려가니 과연 몇몇 하인들이 사또가 타던 백마를 붙잡고있었다.

산골짜기에 노루사냥을 왔다가 죽음을 당할번한 고을의 사또는 더는 노루고기를 입에 대지 않았다고 한다.

그래서 이 부근의 사람들은 이름이 없었던 이 산골짜기를 노루왕이 있었다 하여 노루왕골이라는 이름을 달아주고 오늘까지 불러왔다고 한다.

리득선 구술
한정춘 정리
룡정시 개산툰진

재미내골

룡정시 백금향 소재지에서 20리쯤 떨어져있는 곽지봉아래에 오붓한 마을이 있다. 사람들은 이 마을을 재미내골이라 부르면서 이런 이야기를 전하고 있다.

멀고먼 옛날, 이 마을 사람들은 이웃사이에 큰 소리 한번 치지 않고 얼굴 한번 붉히는 일도 없이 화목하게 지냈다.

해마다 명절이면 색다른 음식을 서로 나누어먹었고 누가 산짐승, 들짐승을 잡기만 하면 집집마다의 가마에서는 고기삶는 냄새가 구수하게 풍기군했다. 남녀로소가 한집 식솔처럼 정답게 살아갔다.

이 소문은 한입두입 건너서 바다 멀리 수궁룡왕의 귀에까지 들어갔다. 소문을 들은 룡궁대왕은 인간세상에 이처럼 재미나게 보내는 마을이 있다는것이 도무지 믿어지지 않아서 그 허실을 알아보려고 작심했다.

어느 하루, 룡왕은 지상에 사자를 보내여 그 마을에 사는 사람들중에서 18살이상 되는 사람을 잡아오라고 령을 내렸다.

룡왕의 사자는 이 마을에 들어서자바람으로 부락장부터 찾았다.

≪나로 말할진대 수중룡궁 대왕님의 사자시오. 이 마을에서 한사람을 잡아오라는 대왕님의 분부시니 어서 상의하여 행하도록 하시오!≫

부락장이 듣고보니 룡왕의 분부라 도저히 어길수가 없었다. 그는 속으로 생각했다.

≪마을사람들중에서 한사람을 잡아간다니 누가 가야 하는가? 이제 가면 살아서 돌아올지 모르는 길이요 더구나 산호바위 열두굽마다에는 흉악한 악마떼들이 도사리고있지 않는가? 그러니 마을일을 맡아보는 늙고 병든 내가

가야 한다.≫

이렇게 마음먹은 부락장은 작별하려고 가까이 지내던 목수를 찾아갔다.

기막힌 사연들 듣고난 목수가 말했다.

≪안되옵니다. 부락장님의 마음은 짐작하오나 머리 없는 룡이 어찌 살수 있겠습니까? 온 동네의 옳고 그름을 가르시고 마을의 할 일을 가르치시는 지존이신 부락장이 없어서는 안되옵니다. 이번 걸음에는 제가 가는게 지당한줄 압니다.≫

그러자 부락장은 얼굴에 근엄한 기색을 띄우며 말했다.

≪여보게, 목수, 그런게 아닐세. 난 환갑이 넘도록 살면서 부락장이노라고 마을에서 갖은 존대와 공경을 다 받으면서 한세상 재미를 마음껏 누렸네. 그러나 나보다 젊은 자네는 온 마을에 농쟁기들을 만들어주고 마을사람들에게 새집을 지어줘야 하잖겠나? 그러니 자네가 부락에 없어서야 안되지!≫

≪아니외다. 부락장님 전 이미 자라나는 아들에게 목수재간을 물려주었사오니 제가 없다 해도 무슨 걱정거리가 있겠사오까? 더 긴 말씀하지 마옵소서.≫

목수는 부락장을 뿌리치고 룡왕의 사자를 따라 동구밖으로 향하였다.

이때 장보러 갔다가 돌아오던 토기군이 이 일을 알고 목수의 앞을 가로막아나섰다.

≪목수님, 목수님이 이렇게 멀고 험한 길을 가신다니 웬 말씀입니까? 그래도 농사군이 농사를 짓자면 쟁기가 으뜸인데 절대 목수님은 그 길로 갈수 없습니다.≫

말을 마친 토기군은 목수를 대신하여 앞질러걸었다.

이번에는 논판에서 논물을 돌아보고오던 한 농사군이 이 일을 알고 토기군의 옷섶을 쥐여당겼다.

≪이보게 토기군, 이 마을 가장기물중에 토기가 없어서야 어찌 살림살이를 해나갈수 있겠소? 돌아올지 말지한 그 길을 차라리 식솔이 단출한 내가 가겠소!≫

그러나 그의 말을 듣고난 토기군은 좀체로 양보하려 하지 않았다.

≪하긴 갔다가 꼭 돌아온다고 단연키는 어려운 길이요. 하지만 자네는 꿀같이 달디단 새살림에 이제 불원간 귀동자를 보게 될게 아니오? 그리고 온 마을의 논물도 걱정해야 하잖겠소? 그러니 어쨌든 내가 가야 옳은것이요!≫

바로 이때 큰 나무함지에 옷견지를 담뿍 담아 이고 내가로 빨래하러 나왔던 한 아주머니가 이 일을 알고는 삽을 쥔 농군을 뒤로 밀쳐놓으면서 룡왕의 사자곁으로 다가서는것이였다.

≪어서 저와 함께 갑시다. 저로 말하면 3년전에 남편을 여인 몸으로 이미 랑군님 3년제까지 다 지냈은즉 제가 가야 합니다.≫

허리굽혀 곱게 절을 올리고나서 걸음을 내디디는 과부아주머니의 두눈에서는 줄끊어진 구슬마냥 눈물이 쏟아지는것이였다.

이렇게 빨래하러 나왔던 아주머니가 빨래방치를 내가에 놓은채 룡왕의 사자를 따라 동구밖으로 나설 때였다.

때마침 앞남산기슭에서 약초를 캐가지고오던 꽃같은 처녀애가 마을을 향해 총총걸음을 놓고있었다.

아주머니한테 인사를 올린 처녀는 어디로 가는 길이냐고 물었다.

아주머니가 길떠난 사연을 말하자 제가 가야 할 길이애요. 어려서 량친부모를 잃은 저는 고마운 마을분들의 덕분으로 살아왔이어요. 동네분들의 이 은혜를 평생 두고 갚을 길이 없사온데 제가 어찌 두번 다시없을 이 기회를 놓칠수 있겠나요? 그리고 전 홀몸이애요.≫

≪아씨, 아무리 그렇기로 한창 피는 이팔청춘 꽃나이에 어찌 기약 없는 그런 길에 오른단말이요?≫

하지만 처녀는 이미 굳게 먹음 마음이라 아주머니의 말을 듣지 않았다.

≪아주머님, 어서 돌아가세요. 이 마을에서 아주머니의 손이 미치지 않으면 그 많은 옷견지들을 누가 지으며 더구나 그 귀여운 아들딸들을 누가 키우겠나요? 그러니 마땅히 제가 가야해요.≫

이리하여 마음씨 곱고 인물 또한 꽃같이 아름다운 처녀가 푸른 바다에 몸을 던져 수중룡궁으로 들어가게 되었다.

이때 이제나저제나 하고 사자의 소식을 기다리던 룡왕은 사자가 한창 곱게 피여나는 젊디젊은 처녀를 데리고온것을 보고 하도 괴이쩍어 물었다.

≪참 모를 일이로다. 지상에는 숱한 사람들이 있으련만 하필 시집 안간 아가씨가 오다니 도대체 웬 일인고?≫

≪룡왕님께서 들어보옵소서. 인간세상 한마을로 말하면 부락장은 지존위요. 다음으로 의식주가 첫째가 아닙니까? 그러니 목수나 농사군이나 옷짓는 사람은 마을에 없어서는 안될 보배들이옵니다. 그래서 제가 달갑게 온것으로 아뢰옵니다.≫

처녀의 말을 듣고난 룡궁대왕은 그만 목이 꺽 막히여 한동안 말을 못하다가 무슨 생각을 하더니만 입을 열었다.

≪참 인간세상 한 마을의 인심이 과연 듣던바와 일점불차로구나. 그토록 사람지간에 서로 받들고 극진히 사랑하니 어찌 어여쁘지 않을소냐. 여봐라! 어서 열두보배상자를 이 처녀에게 주어 지상으로 돌아가도록 인도하라!≫

이리하여 마음 고운 처녀는 열두보배상자를 지니고 소생신의 인진을 받아 다시 인간세상으로 나오게 되였다.

그리고 이때로부터 이 마을에서는 처녀가 가져온 보물상자속의 보물들을 똑같이 나누어가지고 집집마다 먹을것, 입을것 근심걱정 없이 더욱 재미있게 살아갔다. 이 소문이 린근에 퍼지니 모두들 이 마을을 재미나게 사는 마을이라 하여 ≪재미내골≫이라 하였다.

황상박 정리

나리밭등

문바위령을 넘어 좁은 골짜기를 지나 두만강가에 이르면 강기슭에서 5리쯤 떨어진 서북쪽에 무연히 펼쳐진 산언덕이 있다. 룡정시 백금향 사람들은 이 산언덕을 나리밭등이라고 부른다.

멀고 먼 옛날, 이 고장에는 전례없는 흉년이 들어 농사가 말이 아니였다. 하지만 조정에서는 사정을 봐주지 않고 원래 규정대로 조세를 바치도록 한 나으리를 파견하여 이 고장에 내려보냈다. 나으리가 이 고장에 당도하여 실정을 조사해보니 흉년을 만난 백성들의 처지는 정말 차마 눈뜨고 볼수가 없을 지경이였다. 그날그날 때거리조차 겨우 이어대는 형편이니 나라에다 바칠 조세가 어디에 있단 말인가?

실정을 본 나으리는 백성들을 속으로 은근히 동정하여 조정의 령을 사사로이 어기고 원 납부량의 절반쯤 바치도록 사정을 봐주었다. 그래서 이듬해 봄 다른 고장에서는 먹을것이 떨어져 외지로 밥동냥을 떠나는 사람이 길가에 꼬리를 물고 늘어섰지만 이 고장에는 한사람도 없었다.

≪백성이 부유해져야만이 나라가 강대해질수 있다.≫라고 늘 말하는 이 나으리는 이 고장에 내려온 그날부터 하루도 집안에 편히 앉아서 부채질하며 소일해본 적이 없었다. 그는 매일 백성들과 함께 일밭에 나가 구슬땀을 흘리며 밭을 다루고 곡식을 가꾸었다. 이리하여 그 이듬해부터 이 고장 농민들은 식량을 자급자족하게 되여 사람마다 이 나으리를 칭찬하였다.

이 소문이 한입 두입 건너 나라 임금의 귀에까지 가게 되였다.

≪여봐라, 나으리로 파견하여 내려보낸 녀석이 바치라는 알곡은 제대로 바치지 않고 도대체 무슨 짓을 하였는고? 당장 그 녀석을 파직시키고 엄벌

에 처할지어다.≫

임금은 대노하여 이런 칙지를 내리였다.

파직을 당하게 된 나으리는 억울하고 원통하였지만 하는수 없었다. 이날부터 이 나으리는 조정의 엄벌을 받게 되여 산등성이 외진 곳에 만든 감옥안에 갇혀있으면서 징역살이를 하게 되였다. 깊은 밤이면 백성들은 밥과 반찬을 날라다 파수놈들 몰래 나으리에게 주군 하였다.

이를 알게 된 조정에서는 파수를 더 파견하여 백성들이 감옥곁에 얼씬거리지 못하게 경계시켰다.

그해 겨울 함박눈이 소리없이 내리는 밤이였다. 이 고장 백성들을 위해 모든 힘을 아끼지 않던 나으리는 굶주림과 병마에 시달리다가 끝내 한많은 세상을 뜨고말았다. 백성들은 눈물을 머금고 비통한 심정으로 나으리의 시체를 양지바른 산언덕에 모시였다.

그 이듬해 여름철, 나으리의 무덤가에는 난데없는 새빨간 꽃송이가 아름답게 피여났다. 이 꽃송이는 이 고장 사람들이 처음 보는 꽃이였다. 꽃향기는 아주 그윽하여 맡을수록 온 몸에 새 기운이 솟아나는듯하였다. 사람들은 난생 처음 보는 이 꽃송이를 두고 저마끔 깊은 생각에 잠기였다. 그리고 이 나으리에 대한 찬탄을 금치 못하였다.

≪아, 얼마나 참된 나으리였던가! 집집의 쌀독마저 열어보시면서 끼니를 걱정하시더니…≫

≪우리 집에 오시여 땔나무를 걱정하시더니…≫

≪우리 애가 병에 걸렸을 때 손수 산에 가서 약초를 캐여다 달여주시더니…≫

……

생각할수록 이 고장 사람들 가슴속에 지울수 없는 깊은 인상을 남기신 나으리로 하여 사람들은 저마다 뜨거운 눈물을 흘리고 또 흘리였다.

그후부터 이 고장 사람들은 이 나으리의 무덤우에 빨갛게 피여난 꽃을 ≪참나리꽃≫이라고 부르면서 그를 그리고 또 그리게 되였다.

그후 조정에서는 이 고장에다 새로 한 나으리를 파견하게 되였다. 이 나으리는 어찌도 심보가 고약하였던지 서울에서 높은 관직을 갖고있는 아버지를 등에 업고 온갖 행악질을 거리낌없이 하였다. 이 못된 나으리는 먼저번 나으리가 백성들에게 면제시킨 조세마저 몽땅 바치라고 밤낮없이 호통질을 하였다.

이럴수록 백성들은 참나리꽃을 바라보면서 말없이 뜨거운 눈물을 흘리군 하였다. 이 못된 나으리는 백성들이야 굶어서 죽든 말든 매일 조세 재촉만 하면서 백성들에게 숨돌릴 겨를도 주지 않았다.

어느 하루, 이 못된 나으리는 짝패들과 술을 잔뜩 마시고 고주망태가 되여 흔들거리며 걸어가다가 우연히 한 유부녀와 마주치자 그 녀인의 앞을 가로막았다. 그자는 려염집 유부녀의 미모에 반해서 치근덕거리며 달라붙었다. 그러나 정조를 목숨같이 아끼는 그녀가 수락할리 만무하였다. 음특한 눈에 달이 오른 그놈은 그녀에게 와락 덮쳐들었다. 녀인은 너무 급한김에 비녀를 뽑아 그놈의 가슴팍을 찔렀다.

이 못된 나으리는 비명을 지르며 그 자리에서 숨을 거두고 말았다.

이듬해 여름, 이 못된 나으리의 무덤우에도 빨간 꽃이 피여났는데 이상하게도 꽃잎에 검은 반점이 박혀있었다. 백성들은 ≪그놈은 죽어서도 아름다운 꽃으로 화하지 못했으니 분명 개나리꽃이로다.≫라고 말하면서 그 꽃을 개나리꽃이라고 불렀다.

그후부터 사람들은 참나리꽃과 개나리꽃이 피여나는 이 산등성이를 나리밭등이라고 불렀다.

백민성 엮음

가짜흑룡바위

살기 좋은 고장으로 널리 알려진 백금에서 동쪽으로 한나절 내려가노라면 두만강 강심에 유표하게 우뚝 솟아난 바위 하나가 있다. 사람들이 이 바위를 가짜흑룡바위라고 부르는데는 이런 전설이 있기 때문이다.

까마아득한 오랜 이전에 이 고장에는 고랫등 같은 기와집을 쓰고 마누라에 첩까지 둔 석수부자가 살고있었다. 지독하게 머슴들을 부려먹고 보리고개때면 고리대를 놓아서 부자의 쌀뒤주는 썩어나고 농짝안의 명주옷은 곰팡이가 끼군 하였다. 그런데 석수부자는 심보가 고약해서인지 아니면 하느님이 벌을 주어서인지 반백이 넘도록 슬하에 새끼 하나 두지 못하였다. 석수부자는 유명하다는 점쟁이를 청해다 점을 쳐보았고 아들을 점지해달라고 향촉을 태우며 부처님께 부지런히 기도를 드렸지만 모든 것이 다 허사였다.

그러던 어느날 석수부자네 집에서 애지중지 키우던 검은 수탉 한 마리가 감쪽같이 잃어졌다. 자식복이 없다고 여긴 석수부자는 그대신 수탉이나 잘 길러보려고 검은색 나는 수탉을 길렀는데 어느덧 고니만큼 되었었다. 석수부자는 닭이 없어지자 마치도 자식을 잃은것처럼 애석해하다가 식음을 전폐하고말았다.

첩이 점쟁이를 불러오려고 하자 석수부자는 그런 놈들은 모두 말로써 곡식을 바꾸는 좀도적이라며 물리쳤다. 석수부자는 꼭 어느 가난뱅이가 몰래 훔쳐다 잡아먹었을것이라고 단정하고 마름들한테 그 도적놈을 잡아오라고 호령했다.

마름들은 서캐 훑듯 의심스러운 집을 거지반 수색했지만 아무런 증거도 쥐지 못하였다. 석수부자는 분풀이를 마름들한테 하였다. 그는 마름 하나만 남기고 나머지는 몽땅 쫓아버렸다.

석수부자는 화김에 드러누워 ≪…에구. 내 수탉아, 넌 언제 흑룡이 되었니?… 내게두 원래 아들이 있었구나. 수탉아— 아들아—≫ 하고 정신없는 소리만 하였다.

첩과 마름은 사처로 달아다니며 명약이란 명약은 모두 걷어다 달여줬지만 석수부자는 끝내 숨을 거두고 말았다.

동리사람들은 석수부자가 황천으로 갔기에 살길이 나졌다고 기뻐하였지만 그해따라 난데없는 장마가 지면서 농사는 폐농이 되고 말았다.

≪에구구. 언제면 살길이 나지겠는지!≫

사람들이 이렇게 넋을 잃고 앉아있는데 하루는 백발로인이 이 동리로 찾아와서 재난의 원인을 알려주었다.

≪이 동리에 묵은지 수십년 된 검정수탉이 있었지유. 그 수탉이 지금 흑룡이 되고자 허물을 벗고있는 중이지유. 그러니 그 수탉이 허물을 다 벗기전에 기어코 잡아 죽여야만 합네다.≫

동리사람들은 백발로인이 시켜준 방책대로 푸짐한 제물상을 갖춰놓고 바위 뒤에 숨었다. 한참 있으니 검은 수탉이 나타나 제물상의 음식을 쪼아먹기 시작하였다. 때를 같이하여 동리에서 활 잘 쏘는 젊은이가 화살을 날렸다. 화살은 검은 수탉의 눈통을 지나 심장에 박혔다. 꼬꼬댁— 하는 소리와 함께 화살을 맞은 검은 수탉은 하늘 높이 솟았다가 땅에 떨어졌다.

석수부자가 그토록 아끼던 검정수탉은 미처 흑룡이 되기도 전에 바위로 굳어버렸다. 그때로부터 사람들은 이 바위를 가짜흑룡바위라고 불렀다 한다.

리웅길 구술
한정춘 정리
개산툰진

놋그릇장사군 물

그 언제나 귀맛 좋은 여울소리를 한몸에 담아 싣고 유유히 굽이치며 흘러가는 두만강물은 그 굽이가 헤아릴수 없이 많고도 많습니다. 그중 강 중류에 유표하게 생겨난 굽이가 있으니 사람들은 이 굽이를 놋그릇장사군 물이라고 부른답니다.

멀고 먼 옛날에 두만강 량안에는 이 마을 저 마을 돌아다니며 놋그릇만 팔고사고 하는 오씨성을 가진 로인이 늘 쪽배를 타고 두만강물을 건너다녔습니다. 키가 작달막하고 체소한 몸매인 오로인은 어려서부터 놋그릇을 깨끗이 닦고 깨여진것은 그대로 보기 좋게 붙이는 손재간이 남달리 고명할뿐더러 또한 놋그릇에 대해 아는것도 아주 많았습니다. 오로인은 자기 놋그릇만 파는것이 아니라 이웃사람들이 부탁하여 팔아달라는 놋그릇도 맡아서 꼭꼭 어김없이 팔아주군 하였습니다.

≪오로인은 글쎄 한뉘 놋그릇을 팔며 살아가지만 맡은 부탁도 제일처럼 해줬지요.≫

≪오로인이 파는 놋그릇은 모두 윤기가 반들반들하여 보기가 여간만 좋지 않지요.≫라고 하며 사람들은 오로인에 대한 칭찬을 아끼지 않았습니다.

오로인은 매일 두만강 량안의 크고 작은 여러 마을과 동리를 찾아다니며 듣기 좋은 목청으로 소리를 곧잘 뽑았습니다.

≪얇슬한 놋순가락에 깊숙한 놋식기요. 어서 와서 보세요. 은절보다 못지 않은 놋저가락, 반짝이는 놋쟁반에 놓인 놋차잔의 차물을 마시면 중년은 튼튼해지고 로인님들은 장수하지요. 어서 와서 사세요. 윤기 나고 반짝이는 놋사발에 더운 장국 푹 떠서 님에게 대접하세요. 쓰기 편한 놋대야에 세수하면

젊어지고…≫

오로인이 동리에 찾아가면 그를 아는 이웃들은 그한테 더운 물 한그릇, 더운 밥과 색다른 음식까지 대접하군 하였습니다. 오로인의 좋은 인품과 그가 파는 놋그릇이 좋다는 소문은 한입 두입 건너서 두만강 량안의 이 동리 저 동리에 널리 퍼져갔습니다.

옛적부터 악한 인간한테 떨어진 재난은 언제나 응당했지만 착한 사람한테 닥친 재난은 불행이란 말이 있습니다. 헌데 인품이 곱고 마음씨 후더운 오로인한테도 불행의 재난이 들이닥칠줄이야 누가 알았겠습니까.

날씨가 을씨년스런 어느 마가을 오로인은 종전처럼 쪽지게에다 놋그릇을 한짐 지고 두만강을 건너가고자 쪽배에 올랐습니다. 쪽배가 강물을 거의 건너갈 무렵 갑자기 난데없던 돌개바람이 휘—익 불어치더니 파도가 일어나는 통에 그만 쪽배가 홀딱 뒤번져졌습니다. 배사공과 오로인은 어쩔 사이 없이 모두 물에 빠졌습니다. 한동안 물에서 허우적거리고 난 배사공과 오로인은 겨우 뒤집힌 쪽배를 부여잡고 떠내려가다가 간신히 강기슭에 올랐습니다.

≪아이쿠! 이게 웬 일이여. 내 원. 한뉘 사공으로 살다 별 재난을 다 겪네.≫ 추워서 와들와들 떨며 배사공은 옷을 벗어 쥐여짜면서 말했습니다.

오로인은 젖은 옷을 벗어 물을 짤 사이도 없이 쪽배가 뒤집혔던 곳으로 놋그릇을 넣은 짐을 건지려 헤여갔습니다. 허나 무거운 놋그릇 짐은 물밑에 가라앉아 건져낼수가 없었습니다. 워낙 물재간이란 조금도 없는 오로인은 물을 몇 번 먹고는 어쩔수 없어 다시 강가로 나왔습니다. 속이 재가 된 오로인은 강안에서 왔다갔다 바장이기만 했습니다.

≪아이쿠! 세상에 이런 변이 어디 있담. 이 일을 대체 어찌 하노…≫

생명이나 다름없이 애지중지하는 놋그릇을, 그것도 거개는 동리의 이웃사람들이 병치료를 하려고 팔아달라 부탁받은 놋그릇을 강물속에 빠뜨렸으니 하느님 맙시사, 이걸 어떻게 했으면 좋을지 속이 마구 번져졌습니다.

≪임자는 너무 그렇게 안달아하지 말라니까. 이 추운데 우선 젖은 옷이나 벗어 물을 짜게나. 몸을 돌보지 않다간 종당에 몸져눕게 된다구.≫ 배사공은 오로인을 안위했습니다.

오로인은 그냥 강가를 떠나지 않고 어떻게 하나 놋그릇을 건져내려고 여러 모로 방법을 강구했습니다. 산신님께 도와달라고 엎디여 절을 올리며 빌었고 물신한테 두 손을 비비며 기도를 드렸지만 모든 방도는 허사였습니다. 늙은 배사공도 오로인을 도와 놋그릇을 건져내려고 애를 쓰는데 어디서 왔는지 키가 구척이나 되는 키꺽다리가 나루터에 나타났습니다.

≪두 로인께서 여기서 무얼 하옵니까?≫ 키꺽다리가 물었습니다.

≪이 로인의 놋그릇을 건져내려고 하네.≫ 배사공로인이 앞질러 대답했습니다.

≪놋그릇을 건져낸다구요? 그럼 제가 도와주겠습니다.≫ 키꺽다리는 옷을 벗으며 말했습니다.

≪고맙네, 그런데 물이 깊어 임자가 건져낼만하겠는지?≫

오로인은 쪽배가 뒤집힌 사실과 뒤집힌 곳을 대충 가리키면서 신심이 없어 한숨만 풀—풀 내쉬였습니다.

≪여하튼 제가 건져보겠습니다.≫

말 한마디 남긴 키꺽다리는 어느새 두만강물에 뛰여들었습니다. 물속에 몇 번인가 들어갔다 나왔다 하면서 한나절 애를 쓰던 키꺽다리는 끝내 쪽지게와 놋그릇을 건져내였습니다.

≪끝내 건졌구려. 여하튼 암자의 물재간이 과연 대단하네그려.≫ 오로인은 너무도 기뻐 소리치며 놋그릇 짐을 받았습니다.

옷을 주어입고난 키꺽다리는 놋그릇을 가리키며 오로인한테 말 한마디 건네였습니다.

≪제가 이 놋그릇을 건져냈으니 로인께선 놋그릇 절반은 응당 저한테 줘야지요.≫

진작 안속이 있는 키꺽다리인지라 욕심을 터놓고야 말았습니다.

≪아니, 뭐라나? 그래 임자가 자진해 도와주겠다고 말하지 않았나?≫ 오로인은 너무나 뜻밖이였습니다.

≪로인은 모르지만 저는 남을 도와주고난 뒤 종래로 빈손으로 돌아간 일은 없지요. 그러니 로인은 놋그릇을 아까워하지 말고 절반을 저한테 줘야지

요.≫

그제야 오로인은 키꺽다리가 자진해 도와주겠다고 발 벗고 나선 연고를 똑똑하게 알게 되었습니다.

≪임자한테 실말을 하네만 이 놋그릇 절반은 남이 팔아달라고 부탁받은 것일세. 임자의 그 요구가 너무나 지나치지 않소. 생각해보게나.≫

≪물속에다 던진거나 다름없이 된 놋그릇을 건져냈으니 그래 절반도 못 주겠다니 그게 어디 될 말인가요? 정 못주겠다면 이 놋그릇을 물속에 도로 처넣겠습니다.≫ 키꺽다리는 얼굴이 퍼르딩딩해서 두덜댔습니다.

오로인은 키꺽다리가 남을 도와주네 하면서 사람들의 재물을 강박적으로 받아내는 고약한 놈일 줄 알 리가 없었습니다.

≪다시 말합니다만 제가 아니면 이 놋그릇을 어떻게 건져낸단 말입니까? 또한 누가 이런 찬물에 뛰여들어 건져내자 하겠습니까? 남의것이라고 거짓말을 꾸며대지 말고 기어코 절반을 주어야지요.≫ 키꺽다리는 점점 우통을 쓰면서 코를 세웠습니다.

일이 이렇게 되니 쟁론은 끝이 있을것 같지 않았습니다.

바로 이때 늙은 배사공이 다가왔습니다.

≪적은이가 이 늙은이를 도와준 셈을 치면 되지 않나?≫

≪옆에선 군소리를 하지 마십시오.≫ 키꺽다리는 이렇게 늙은 배사공을 까박주었습니다.

≪내 생각에는 임자네들 사이에는 이 일을 아퀴지을수가 없구만. 원님한테 찾아가 일을 시원하게 깨고보는것이 바람직하지유.≫ 배사공이 이렇게 권고했습니다.

≪그럼 좋네. 우리 함께 원님을 찾아가세.≫

이렇게 말하고 오로인은 키꺽다리와 함께 원님을 찾아갔습니다. 때마침 원님이 가마에 앉아 동리로 지나가고있었습니다. 오로인은 원님의 가마를 막고서 사실의 자초지종을 낱낱이 이야기했습니다.

≪음, 오로인이 놋그릇을 팔러 다닌다는 소문을 여러번 들었노라. 오늘 놋그릇을 구경해보겠는데 대체 어떤 놋그릇들을 가져왔는고?≫ 이렇게 말하

고난 원님은 가마에서 내렸습니다.

오로인은 원님의 분부에 다른 말을 못하고 놋그릇을 넣은 짐을 헤쳤습니다. 과연 번쩍번쩍 빛이 나는 여러가지 놋그릇들을 보이였습니다.

≪과시 듣던 소문처럼 좋은 놋그릇들이군. 음—≫

놋그릇을 구경하고난 원님은 턱수염을 만지며 낮은 소리로 중얼거렸습니다.

≪임자는 어찌하여 이 로인의 놋그릇을 건져냈는고?≫ 키꺽다리를 훑어보며 원님은 물었습니다.

≪원님께 아뢰옵니다. 소인은 남의 일을 해주고 삯전을 받아 살아가옵니다. 이 로인이 놋그릇을 물속에 빠뜨린채 건져내지 못하기에 건져주면 응당 절반은 주려니 생각하고 애를 쓰며 건져줬더니 뜻밖에 주기 아까워 절반은 남의것이라고 소인하고 거짓말을 하옵니다. 이 일을 원님께서 재판을 내려주시옵소서.≫ 키꺽다리는 제가 옳다고 고소했습니다.

≪원님, 이 늙은이는 머리에 털이 돋아서부터 종래로 거짓말이라곤 해본 일이 없지유. 금방전의 이야기는 모두 사실이오니 원님께서 공정하게 재판해주세유.≫

량쪽의 고소를 대충 듣고난 원님은 자세히 물으려 하지 않고 귀밀눈을 구을리며 안속으로 구구를 하고난 뒤 으름장이 섞인 말투로 재판했습니다.

≪량자의 고소가 다 일리가 있은즉 이 일을 이렇게 결말짓도록 하라. 로인은 자기 말로 남의 놋그릇을 부탁받은것이라고 대답했으나 이것은 아무런 근거가 없는 말이겠다. 제것이든 남의것이든 물속에다 떨어뜨린 뒤 영영 건져내지 못하면 던진것이나 다름없는것이겠다. 허나 꺽다리가 찬물속에 들어가 건져냈으니 꺽다리도 한몫 가져야지. 그러니 로인은 두말 더 하지 말고 건져낸 놋그릇을 똑같이 세몫 나눈 뒤 한몫은 꺽다리가 가지고 한몫은 원한테 바쳐야 하는즉 남은 한몫은 로인이 가지도록 하라.≫ 원님은 이렇게 재판을 내렸습니다.

≪아이쿠! 원님도 한몫을 가진다니 세상에 어디 이런 법이 있나이까? 제발 공정하게 재픈을 내리소서.≫

오로인은 원님앞에 엎디여 빌었습니다.

≪이 원도 재판을 내느라고 참네했으니 마땅히 한뭈을 가져야 해! 여봐라 령대로 행하라!≫ 하인한테 령을 내린 원님은 자리를 떴습니다.

선한 원님으로 알고 만나 구해달라고 구원을 바랬더니 무서운 사기꾼일 줄이야 누가 알았겠습니까.

억지로 놋그릇을 두뭈이나 빼앗긴 오로인은 맥없이 터벅터벅 두만강 나루터를 찾아왔습니다.

≪물신께선 노무도 무정하옵니다. 세상에 어디 이런 법이 있사옵니까. 두만강 물신님 제발 부디 비나이다. 인제 소인의 신세가 이렇게 되었사오니 어떻게 마을로 돌아간다는 말이옵나이까…≫

오로인은 이렇게 중얼거리면서 떠나지 않았습니다.

그로서 며칠이 지난 뒤 오로인은 오간데 없어지고 난데없던 먹장구름이 마구 몰려와 큰 비가 억수로 퍼붓더니 여기에 굽이 라나 더 생겨났습니다. 하여 사람들은 이곳을 놋그릇장사군 뭍이라고 부르게 되였다고 합니다.

유재욱 구술
한정춘 정리

대소의 유래

룡정에서 차를 타고 아흔아홉굽이 오랑캐령을 넘어 두만강 기슭으로 올라가면 경치가 아름다운 대소과수농장에 이른다.

대소과수농장은 연변의 유일한 사과생산기지로서 원근에 이름을 날리고 있다. 그런데 이 ≪대소≫란 지명이 붙은데는 우스운 이야기가 전해지고있다.

옛날에 이곳에 ≪대우동≫과 ≪소우동≫이라 부르는 곳이 있었다. 사람들은 흔히 큰 소를 방목하는 골안을 ≪큰 소골≫, 작은 소를 방목하는 골짜기를 ≪작은 소골≫이라 불렀는데 그것이 차츰 지명으로 되였다.

청나라말기에 지방관청에서 호구의 지명을 등록할 때 조선말 뜻대로 큰골을 대우동(大牛洞), 작은골을 소우동(小牛洞)으로 기록하였다. 그때부터 대우동, 소우동이라 불렀다.

1910년에 룡정일본총령사관에서 두만강연안의 여러 곳에 분주소를 세우고 호적을 다시 등기할 때 느닷없이 ≪대우동≫이 ≪대소≫으 되였다. 그것은 등기하던 관원이 조선말을 좀 안다고 뽐내기 위하여 일부러 ≪동(洞)≫자를 버리고 ≪우(牛)≫대신 ≪소≫자를 써넣다 보니 영문 모를 ≪대소≫지명으로 바뀌였다고 한다.

백민성 엮음

한왕전설

룡정시 삼합진에서 두만강을 거슬러 얼마쯤 올라가노라면 강이 굽이치는 곳에 마치 사람의 손바닥을 쭉 펴서 세운듯한 오지바위가 솟아있고 그곳에서 좀 더 올라가면 유서 깊은 한왕산이 있다. 이 한왕산에 이런 이야기가 담겨있다.

먼 옛날, 오지바위와 한왕산 사이 양지바른 언덕에 아담한 초가집 한 채가 있었는데 이 집에는 늙은 부부와 무남독녀 세 식구가 오붓한 살림을 차려놓고 근심걱정 없이 살아가고있었다.

그런데 예측하기 어려운것이 인간풍운이라 화목하던 가정에 뜻밖의 화가 덮쳐들었다. 시집을 가지 않고 꽃다운 나이가 되도록 타고장 출입을 해보지 못한 외동딸이 아기를 가져서 눈에 띄도록 배가 커가니 청천벽력이란 이를 두고 하는 소리 같았다.

늙은 부부는 아무리 생각해도 귀신이 곡할 일이였다. 그새 외딴 집에 찾아온 사내도 없었고 그렇다고 이팔청춘이 된 딸이 어디 나가 다닌 일도 없었다. 하지만 아니 땐 굴뚝에 연기가 날수는 없었다. 기가 막혀 한숨만 풀풀 내쉬던 아버지가 딸을 보고 물었다.

≪이 철없는것아, 이런 망칙한 일이 어디 있냐? 그 배속의 아이는 웬 놈의 자식이냐? 어디 말 좀 해봐라.≫

아버지는 사내를 알아야 시집을 보내겠는데 세상과 동떨어져 산 탓에 영문을 모르는지 딸애는 말도 못하고 얼굴이 하얗게 질려 오돌오돌 떨기만 하였다.

≪어이구, 하늘도 무심하지. 내 전생에 무슨 죄를 져서 내 딸이 저 모양이

되었는고?≫

아버지는 답답한 가슴을 치며 넉두리를 했다. 어머니가 딸애의 곁에 다가 앉아 손을 잡고 자초지종 그 사연을 말하라고 반나절이나 달랬다. 그래도 안 되니 그럼 너 죽고 나 죽자고 하니 그제서야 딸이 겨우 입을 열고 자초지종을 이실직고하였다.

≪어머니, 글쎄 몇 달째 한밤중이면 비몽사몽간에 웬 총각이 뒤방문을 열고 들어와서는 정을 나누고 새벽이면 가버려요.≫

듣고 보니 이 일은 심히 괴상한 일이였다. 그 총각의 일이 이쯤이라도 풀렸으니 이제는 그 총각의 거처를 알아서 그 총각을 찾아내는것이 문제였다. 생각 끝에 어머니는 하얀 명주실꾸레미를 주면서 이렇게 당부했다.

≪애야, 오늘 밤에 그 총각이 오면 몰래 명주실 끝을 다리에 매놓고 갈 때는 명주실이 풀리는 대로 풀어라. 그러면 그 사람을 찾을게 아니냐!≫

한밤중이 되니 비몽사몽간에 그 총각이 어김없이 또 왔다. 딸은 어머니가 시키는 대로 몰래 명주실 한끝을 그 총각의 다리에 매놓고는 총각이 나갈 때 명주실꾸레미를 풀었다.

날이 밝기를 고대하던 두 량주는 온 마을을 샅샅이 뒤지다가 강기슭에서 명주실을 발견하고 좇아가니 명주실을 오지바위밑에 이르러서는 두만강의 소용돌이치는 물속으로 들어갔었다.

귀신이 곡할 일이였다. 그 사내가 물에 빠져 죽었단 말인가? 아니면 물속의 괴물이란 말인가? 어머니는 강가에 풀썩 주저앉아 땅을 치며 탄식했다.

≪어이구, 기가 차라. 그래 그 놈의 도적사위가 저 깊이도 모르는 물속에 빠져죽었단 말인가? 어이구, 어이구, 내 귀한 딸의 배속에 씨를 뿌린 놈이 그래도 사람인줄 알았는데 물속에 살다니 대체 무엇이뇨?≫

땅을 쳐도 아무런 대답이 없었다. 그렇다고 깊이도 모르는 소용돌이치는 물속에 뛰여들수도 없었다. 하는수 없이 로부부는 집으로 돌아오고말았다.

이럭저럭 세월이 흘러 달이 차니 딸애가 거처하는 뒤방에서 갓난애의 울음소리가 터져나왔다. 딸애가 아이를 낳은것이다. 애를 보니 옥결선풍의 남자애인데 울음소리 또한 유난히 우렁찼다. 자그만치 10여년을 애울음소리라고는 들어보지 못한 늙은 부부는 애의 울음소리를 듣자 저도 몰래 기뻐서 낯에 웃음이 피여오르고 한편 수심이 들어 한숨 끝에 얼굴에 그늘이 드리우기도 하였다.

말 못하는 짐승도 별명 하나는 가지고있는데 애가 태여났으니 애의 이름을 지어야 했다. 그런데 애의 이름을 짓기도 어려웠다. 생각 끝에 애의 아비가 오지바위밑에 있는것은 사실이니 성은 달지 못해도 애의 이름만은 오지라 지어주었다.

오지는 탈도 없이 날마다 오뉴월 오이 자라듯 자랐다. 늙은 부부가 슬하에 딸 하나를 데리고 살던 집에 오지가 있으니 기쁘기 그지없었으나 기쁨 끝에는 남들이 이 일을 알면 소문이 퍼질가 근심이 생겨 수심에 잠기군 하였다.

그러던 어느날 아버지는 모진 마음을 먹고 딸을 불러 말했다.

≪애야, 이 아비를 나무라지 말어라. 시집도 안간 네가 이렇게 애를 낳아 기르는걸 알면 패가망신이 아니냐. 내 강건너 저 마을 뒤에 초가 반채를 지어줄 터이니 섭섭히 생각지 말고 애를 잘 키워라!≫

례의범절이 법보다 더 무섭다는 세월이니 딸은 아버지를 하나도 섭섭해하지 않았다. 며칠이 지나지 않아 딸이 가서 살 집이 마련되였다. 그러자 딸이 돌도 차지 않은 오지를 업고 집을 나서는데 어머니가 딸애의 옷자락을 잡고 울었다. 그러니 등에 업은 오지도 울고 오지를 업은 딸도 우는데 하늘도 어려워서인지 빗물을 뚝뚝 떨구고 두만강도 슬피 울면서 흘렀다.

딸은 외딴 초가에 옮겨오자 정성을 다해서 오지를 길렀다. 오지는 돌도 차기전에 일어서 걷기도 하고 ≪엄마, 엄마≫하고 말까지 해서 어머니를 여간 기쁘게 하지 않았다. 그는 자나 깨나 얼굴에 꽃 같은 웃음을 담고있었고 애가 커가는 재미에 세월 가는줄도 몰랐다.

세월이 흘러 오지가 세 살이 되였다. 오지가 세 살이 되자 오지의 어머니 얼굴엔 고운 웃음 대신 수심이 어리기 시작했다. 세 살 나는 오지녀석이 장난한다 하며 진종일 물장난만 하고 집을 나서기만 하면 오지바위를 찾아가서 소용돌이치는 물속에 풍덩 뛰여드는것이였다. 어머니가 극구 말려도 소용이 없었다. 오지에게는 비가 오나 바람이 부나 오지바위굽 물속이 집인데 한번 물속에 뛰여들면 한식경이 지나서야 나왔다. 오지 어머니는 오지가 물속에 뛰여들어 한식경이나 보이지 않을 때 오지가 잘못되는줄 알고 강역에서 가슴을 붙안고 바짝바짝 속을 태웠다.

그럭저럭 세월이 또 흘러서 오지도 열 살이 넘었다. 하루는 외할아버지가 꿈을 꾸었는데 꿈에 신선이 나타났다.

≪저 오지바위굽 깊은 물속에 물소 한 마리가 있느니라. 저 물소 뿔에 조상의 뼈를 걸되 오른뿔에 걸면 그 후손이 왕이 되고 왼뿔에 걸면 그 후손이 재상이 되느니라. 명심할지어다!≫

외할아버지가 잠에서 깼는데 꿈은 꿈이로되 심상치 않은 꿈이였다. 외할아버지는 오지를 찾아가서 단도직입적으로 물었다.

≪애야, 네가 매일 오지바위굽 물속에 뛰여들어가 물장난하는걸 보았는데 그 물속에서 물소를 보았느냐?≫

≪보았잖구요, 크기는 소만 해요. 내가 매일 물소를 타고 노는데요. 왜 그러세요?≫

오지의 말을 듣자 외할아버지는 너무나 기뻐서 꿈 이야기를 해주었다. 집에 돌아온 오지는 어머니를 보고 자기 조상이 누구냐고 캐여물었다. 그래서 어머니는 할수 없이 사연을 죄다 말해주었다.

오지는 어머니의 말을 듣고는 그 길로 단숨에 오지바위굽에 찾아가 명주실을 찾아쥐고 물속에 들어가 아버지 뼈를 찾았다. 오지가 무명실에 매여있는 뼈를 보니 사람의 뼈가 아니라 도룡룡의 뼈였다. 그제야 그는 자기가 도룡룡의 자식이라는것을 알았다.

오지는 아버지 뼈를 가지고 다시 물속에 뛰여들어 물소를 타고 외할아버지가 시킨 그대로 뼈를 물소의 뿔에 걸고 나왔다.

류수 같은 세월이 흐르고 외할아버지와 할머니는 땅에 묻혀 백골이 진토되고 오지도 장가를 들어 슬하에 자식을 두고 행복하게 살다가 저세상 사람이 되였다.

오지의 어느 후손이 꿈에 나타난 신선의 말과 같이 왕이 되였는데 그를 한왕이라 하였다고 한다. 그리고 한왕이 어느때 한왕산에 올랐는지는 몰라도 한왕산우의 석굴에는 그가 학문을 닦고 무예를 련마한 흔적이 남아서 오늘도 그때의 이야기를 전한다고 한다.

백민성 정리

한왕산에 깃든 이야기

삼합진 부유촌에서 동남쪽으로 4킬로메터 떨어진 두만강 북쪽 기슭에 우뚝 솟은 한왕산이 있다.

옛날 청조의 선조인 아이신죠로에게는 세 아들이 있었는데 맏이가 바로 한왕이다. 한왕은 혈기 왕성했던 젊은 시절에 자기의 적수들을 막고 물리치기 위하여 많은 백성들을 동원하여 먼 나라의 옛성터에 산의 지세에 따라 돌로 성을 쌓았는데 오각형을 이룬 성벽의 동서길 이는 250메터, 남북의 길이는 500메터나 되였다.

이 산을 한왕산, 또는 한왕산성이라 부르는데 여기에는 이런 이야기가 전해지고있다.

한왕산에서 20여리 떨어진 강건너에 보래산이라는 산성이 있는데 이 산성에는 최씨라는 무사가 살았다. 한왕과 최무사는 서로 개 닭보듯 하면서 을 틈만 있으면 서로 상대방을 공격했으나 승부를 가리지 못하였다. 그래서 한왕은 최무사의 공격을 막기 위하여 산에 성을 쌓고 매일 병마를 조련하였다.

어느해 따스한 봄날이였다. 샘물터에서 바가지로 물을 뜨던 최무사는 난데없는 검 한자루를 얻었다. 갈한 목을 추기려고 바가지를 들고 물을 푸려는데 옹달샘속에 구렝이가 똬리를 틀고있었다. 최무사는 발목에 찔렀던 단도를 뽑아 구렝이를 내리 찍으려니 쟁그랑 소리가 났다. 그래서 건져보니 뱀이 아니라 따발검이였다. 검을 뽑아보니 푸른빛이 번쩍이는 1,000척 길이의 신검이였다.

≪이는 하늘이 나를 도와 한왕을 없애게 함이로다 !≫

최무사는 웃음으로 코가 실룩거렸다. 소뿔은 단김에 빼라고 으튿날 신검을 몸에 지닌 최무사는 한왕산으로 갔다. 그런데 한왕의 아버지가 성문을 열어주지 않았다. 최무사는 세치 혀끝을 놀려 자기는 검도 안가지고 홀몸으로 한왕을 만나러 왔으니 들어가게 성문을 열어달라고 반나절이나 사정사정해서 겨우 성안으로 들어가 한왕을 만났다.

그런데 한왕을 보는 순간 최무사는 가슴이 철렁하였다. 비수처럼 날카로운 한왕의 눈길을 마주 볼수가 없었다. 그것은 한왕이 자기가 온 뜻을 이미 아는것 같았고 또 품속에 지닌 따발검이 느닷없이 윙윙 우는통에 저도 모르게 온 몸이 땀투성이 되였다.

최무사는 감히 손을 쓰지 못하고 림기응변으로 거짓말을 꾸며댔다.

≪난 어제 하늘이 점지해주어 보검을 얻었는데 한왕의 천리마와 바꾸려고 왔소.≫

한왕에게는 말 2필이 있었는데 하나는 천리마요, 다른것은 만리마였다. 최무사는 진작부터 그 말을 욕심냈었다.

≪그거 듣던중 반가운 소리군. 진짜 보검이라면 바꾸지.≫

한왕이 최무사가 넘겨주는 보검을 받아쥐고 허공을 향해 한번 휘두르니 광풍이 일며 번개가 번쩍였다.

≪음, 보검이 틀림없군 ! 아버지, 말을 최무사에게 주십시오 !≫

진짜 신검이 주인을 만났다고 생각한 최무사는 간이 콩알만해졌다. 법은 멀고 주먹은 가깝다고 자칫하다간 자기가 준 신검에 목이 날아날것만 같아서 한왕의 아버지가 주는 비루먹은 말을 싫다는 말 한마디도 못하고 말에 올라앉아 삼십륙계 줄행랑을 놓았다.

하도 오랜만에 맘에 드는 보검을 얻게 된 한왕은 산성에 올라 칼을 휘둘렀다. 시간이 얼마나 지났는지 땀을 흠뻑 흘리고서야 산을 내려와 초원에 나가 맘껏 달려보려고 마구간에 가니 철리마가 있고 만리마가 없었다. 아버지가 살찐 말을 주기 아까워 비루먹은 말을 준것이 분명했다. 후회한들 소용없었다. 만리말을 쫓아갈수 없었기 때문이다.

한편 만리마를 얻은 최무사는 날개가 돋힌듯 하였으나 신검이 한왕의 손에 있는 이상 어느 밤중에 뛰여들어 만리마를 찾아갈지 알수 없었다. 그래서 안절부절 하다가 한밤중에 만리마를 타고 달아났다.

한왕도 꼼꼼히 생각해보니 그놈이 어느때 어느 시각에 만리마를 타고 와서 덮쳐들지 알수 없었다. 그래서 천리마를 타고 병마를 인솔하여 감쪽같이 우량하령을 넘어 중원의 안전한 곳으로 옮겨갔다.

이 두 거인이 제 갈 곳으로 간 다음 이 일대는 태평해졌고 백성들도 편안하게 지내다보니 그때 쌓은 돌성이 지금까지 남아있다고 한다.

백민성 정리

토끼골과 령지버섯

오랑캐령을 넘어 삼합으로 가는 령길을 따라 얼마간 걷노라면 길 오른켠에 깊은 골 하나가 있는데 이 골을 토끼골이라 부른다. 여기에는 이런 이야기가 전해지고 있다.

먼 옛날 이곳 산간마을에 홀어머니를 모시고 살아가는 한 나무군총각이 있었다. 어머니는 중병에 걸려 시름시름 앓다보니 날이 갈수록 축해만 갔다. 총각은 어머니의 병을 치료해주려고 큰방에 소문난 명의들을 찾아다니며 좋다는 약은 다 썼지만 병세는 좀처럼 돌아서지 않았다.

이날도 총각은 어머니의 약살 돈을 장만하려고 나무하러 갔다. 나무짐이 차자 총각은 점심을 먹고 나무단을 베개로 삼고 벌렁 드러누웠다. 그런데 너무 지친탓으로 그만 소르르 잠이 들었다.

시간이 얼마나 흘렀는지 웬 로인이 늘쩡늘쩡 다가오더니 천천히 입을 여는것이였다.

≪자넨 진짜 효자네, 난 자네의 효성에 탄복했네. 내 오늘 어머니의 병을 치료할수 있는 방도를 알려주겠네.≫

총각은 그 소리에 귀가 번쩍 띄였다.

≪저기 저 뒤골안 벼랑 끝에 령지버섯이라는 약초가 있는데 캐여다가 어머니한테 대접시켜보게나.≫

말을 마친 로인은 바람처럼 사라져버리는것이였다.

깨여나보니 아쉽게도 꿈이였다.

이튿날 총각은 행여나 하는 생각으로 팽이를 가지고 산으로 갔다.

이날따라 골짜기는 안개가 자욱하여 어디가 어딘지 지척을 분간할수 없었다. 그래도 총각은 어머니의 병을 치료하고야 말리라는 일념으로 안개를 헤치며 가파로운 산길을 톺아올랐다. 총각은 가시덤불에 긁히워 다리가 성한데가 없었다. 산꼭대기에 거의 이를 때였다. 갑자기 산기슭 숲속으로부터 솜덩이같은 흰토끼 한 마리가 뛰여나왔다. 토끼는 주먹같은 눈물을 뚝뚝 떨구면서 총각한테 애원하였다.

≪총각님, 절 구해주세요. 전 래일이면 죽게 돼요. 매달 초하루 해돋을 무렵이면 괴물이 안개속에 나타나 우리 토끼네를 보는족족 잡아먹는답니다. 저를 구해주세요. 제발 빌어요.≫

총각은 말없이 돌아섰다.

이튿날 동녘이 희붐이 밝아오자 총각은 활을 메고 골짜기에 들어섰다.

과연 자욱한 안개속에서 웬 괴물이 기여나오더니 어느새 토끼 한 마리를 붙잡고 간부터 뽑아먹으려고 서두르는것이였다.

나무군총각은 잽싸게 화살을 날렸다. 면바로 숨통을 얻어맞은 괴물이 그 자리에 빼드러졌다. 그런데 그놈은 괴물이 아니라 늙다리 여우였다.

여우가 숨을 거두자 자욱하던 안개가 서서히 사라지더니 맑은 하늘아래 바위산이 나타나는것이였다. 그 바위산꼭대기에 령지버섯이 있었다.

하지만 그 바위산은 하도 높아 오를수가 없었다. 나무군총각이 하늘 끝에 돋아난 령지버섯을 넋없이 바라만 보고있을때였다. 죽음에서 구원된 토끼가 어느새 달려와 총각한테 절을 하고나서 ≪무슨 근심이 있어 이렇게 골똘히 생각하고있습니까?≫라고 묻는것이였다.

나무군총각은 자기가 이 골짜기를 찾게 된 자초지종을 이야기하였다.

새빨간 눈알을 되록거리면서 토끼는 자기가 바위산꼭대기에 올라가 령지버섯을 캐오겠다고 자진하였다. 토끼는 령지버섯을 제꺽 따다가 나무군총각에게 주었다.

령지버섯을 달여서 대접했더니 어머니는 인차 자리를 털고 일어났다.

그후부터 이곳 사람들은 이 골짜기를 토끼골이라 불렀는데 지금도 사람들은 토끼골로 버섯따러 가서는 바위산을 쳐다보며 이 이야기를 하군 한다.

황상박 정리

복 심

옛날 조선북변 십주에서 북간도로 래왕하는데는 세갈래의 통로가 있었는데 20세기초엽에 들어와서는 이 세 통로가운데서 종성을 건너 회경고개를 넘어 만진기를 지나 널구시장령을 타고 돌아오는 길이 제일 주요한 통로였다.

그리 높지 않은 회경고개는 조선족들이 고국산천과 리별하는 마지막 고개였다. 회경고개를 넘어야 북간도에 들어섰다고 했다. 회경고개를 착 넘어서면 한 마을이 있는데 지금은 개판에 내려앉은 룡정현 덕신향 석문촌 6툰이다. 지금도 많은 로인들은 석문촌 6툰이라고 하면 모르지만 복심이라고 하면 모르는분이 별로 없다. 누가 이 마을이름을 이렇게 지었고 또 왜 복심이라고 하였는가 하는데는 이런 이야기가 있다.

백여년전에는 복심은 무명골로서 령밑에 외호가 살고있었을뿐이였다.

늦가을 어느날, 종성 건너쪽 산구에 있는 한 젊은이가 볼일이 있어서 칠도구에 갔다오게 되였다. 하루해와 동무하여 희망봉을 지나 만진기에 들어섰다.

날이 어둡기전에 회경고개를 넘어야겠는데 그렇게 좋던 날이 급작스레 변하면서 뒤쪽으로부터 먹장구름이 몰려나오며 때아닌 우뢰까지 ≪우르릉, 꽈르릉≫했다.

소낙비를 맞게 된 젊은이는 령밑의 외호집에 들어가 비를 피하고 밤을 묵으려고 두 주먹을 쥐고 달렸다. 그가 외호집에 이르렀을 때는 콩알같은 비방울이 후두후둑 떨어지기 시작했다.

젊은이는 다급히 주인을 찾고 숨이 턱에 닿아 헐떡거리며 사정했다. 그러나 반백이 넘은 주인량반은 젊은이의 아래우를 훑어보더니 집에 병자가 있어 들수 없다고 딱 잘라 대답하고 문을 꾹 닫아버렸다. 그러자 비가 억수로 쏟아졌다. 할수 없게 된 젊은이가 두리번거리며 살펴보니 집곁에 옥수수다락이 있는데 비를 피할만한지라 제꺽 올라갔다. 그새 홑베옷은 절반이나 젖어 몸이 덜덜 떨렸다. 그래도 이런 옥수수다락이라도 있으니 비를 맞지 않는 것이 천만다행이였다 소나기는 인차 지나갔으나 날은 개이지 않고 궂은비가 그냥 구질구질 내렸다.

몸이 어찌나 떨리고 배가 고픈지 다시 주인을 찾아 좀 사정하려는데 집안에서 말소리가 들려나왔다.

≪자식, 틀림없이 도적놈같은 녀석이야, 어디로 간 모양이구나. 그 문을 단단히 걸어라. 이제 언뜰하면 그놈에게 이 도끼맛을 보여줄테다.≫

젊은이는 그만 온몸이 소름이 쪽 끼쳤다. 공연히 큰 코를 다치지 말고 고생스러운대로 옥수수다락에서 밤을 새우기로 작심하였다.

밤이 깊어갈수록 날씨는 더욱 차졌다. 젊은이는 이를 떡떡 맞쪼으며 방책을 궁리했다. 마침 옥수수다락우에 큰 멍석을 말아놓은것이 있는지라 그것을 몰래 둘둘 감았다. 그러니 좀 나은것 같기는 해도 추위는 말려낼수 없었다. 그는 온밤을 추위에 모대기다가 동살이 훤히 트자 자취없이 길을 떠났다.

이집 주인은 성이 김씨로서 명천에서 이주해온지가 3년이 되는데 외상으로 팔고 온 집값을 받으려고 그해 초겨울에 옛고향 명천으로 떠났다. 입은 옷은 형편없었으나 다행히도 날씨가 좋아서 행운이였다. 명천에 이르러 집값을 받아 묵은 빚을 갚고나니 손에는 로자 한푼 남지 않았다. 그는 좋은 날씨를 놓치지 않으려고 이튿날로 귀로에 올랐다. 그런데 종성고개 령밑에 이르니 날씨가 급작스레 변했다. 날씨가 흐릿해지고 진눈깨비가 흩날리며 바람이 불더니 얼마간 지나자 광풍이 터지며 풍설이 날렸다. 그는 큰눈이 내리기전에 종성에 이르려고 불이 펄 나게 걸었다. 종성령 령마루에 오르니 온몸이 땀투성이로 되였고 맥도 진했는데 그새 발목까지 빠지게 눈이 쌓였다. 날은 어느새 어두워지기 시작했는데 길이 미끄러워 걷기가 여간만 말째지 않았다. 내리막길에 접어들어서 련속 네댓번 궁둥방아를 찧은 김로인은 조심조심 걷지 않을수 없었다. 밤이 되니 날씨는 더욱 차졌다. 종성에 이르렀을 때는 눈이 무릎까지 빠져 촌보난행이였다. 몇집 들려서 하루밤만 묵어가자고 사정했으나 예로부터 강역인심이 야박하다고 모두가 거절하였다. 그런대로 기다싶이 하여 나루터에 이르니 마침 마지막 배가 있어서 두만강을 건너섰다. 선구에 이른 김로인은 마을어구에 있는 첫집의 창문불빛을 바라보고 온힘을 다하여 걸어갔다. 그러나 그 집에서도 마찬가지로 거절하였다.

김로인은 더는 지탱할 수가 없었다. 길에 나선 김로인은 그만 길가에 쓰러지고말았다.

≪이렇게 죽는구나!≫하고 몽롱한 생각을 하는데 ≪거, 누구시우?≫하는 말소리가 들렸지만 대답할 맥조차 없었다.

그 사람은 김로인을 둘쳐업었다.

김로인은 그 사람의 구원을 받아 한밤중이 지나서야 정신을 차렸다. 토주 한종지를 마시고 뜨끈한 기장죽까지 한사발 마시니 일어날만 하였다.

김로인은 억대우같은 젊은이한테 구명은인이라고 재삼 감사를 드렸다. 젊은이는 사람은 달팽이가 아닌 이상 집을 지고 다닐수 없으니 길을 나서면 서로 돕고 의지하기 마련이라면서 이렇게 말하는것이였다.

≪저도 로인님과 같은 경우를 겪어보았습니다. 류숙하자는 길손을 쫓아내는건 정말 사람으로서 못할 일이지요.≫

그러면서 젊은이는 지난 늦가을 만진기 외호에서 류숙하려다가 도적으로 모는바람에 옥수수다락에서 멍석을 감고 온밤 추위에 떨던 이야기를 했다.

김로인은 그 젊은이가 바로 자기네 집에 들었던 길손인지라 목이 꺽 메고 눈물이 쏟아졌다.

그는 젊은이의 두손을 잡고 목이 메여 한참이나 말을 못하다가 그 집주인이 바로 자기라고 하면서 정말 사람 못할짓을 했노라고 사과하였다.

그후부터 두집은 형제간처럼 의좋게 지냈다.

그후 만진기 회경령밑에 마을이 앉게 되었는데 김로인은 어느 집이나 친척처럼 돌봐주면서 자기의 실제 체험으로 손님 대접을 잘해야 한다는 도리를 이야기했다. 이리하여 이고장에서는 길손을 박대하지 않고 잘 대접했다. 길손들은 이 마을 사람들 모두가 복한 마음을 품었다고 이고장을 복심(福心)이라 했는데 후에 마을이름으로 되였다 지금도 이 마을은 인품이 후하고 손님대접을 잘하여 소문이 높다.

리인봉 구술
김명한 정리

호박골

팔도구에서 서쪽으로 가노라면 수복촌, 소팔도구, 서상리를 거쳐 신기촌 내면동을 지나면 항일투쟁때에 생겨난 호박골이라 불리우는 동네가 있는데 여기에는 이런 이야기가 전해지고 있다.

호박골에서 산속으로 오솔길을 따라 더 들어가면 생지팡, 신흥동, 매화동이 있는데 등성이너머 움지거우에 항일유격대가 있었다.

치벽한 산골인지라 대낮에도 단발머리에 짧은 하늘색치마를 입은 녀유격대원이 혼자서도 마을에 내려와서 노래를 배워주고 춤을 추면서 항일의 도리를 선전하군 하였다.

사처에서 모여온 우리 동무들
군악대 장단에 어깨춤 추자

항일유격대가 대낮에도 활동한다는 소식을 듣고 팔도구 경찰과 자위단에서는 일주일이 멀다 하게 토벌을 진행하였지만 번마다 헛물만 켜고 닭쫓던 개 지붕쳐다보듯 울창한 밀림만 바라보다가 돌아서군 하였다. 그러다가 한번은 유격대의 불의습격에 10여명의 죽음을 내고말았다. 그 이튿날, 약이 오른 놈들은 백여명의 일본수비대와 200여명의 경찰과 자위단을 동원하여 닥치는대로 빼앗고 불사르고 죽이면서 내면동까지 쳐들어갔다. 귀축같은 놈들은 불쌍한 화전민들을 항일유격대와 내통한다면서 30여명이나 살해하여 붉은 피가 소팔도구 강물을 물들였다.

바로 그날 밤 놈들은 내면동과 새지팡 사이에 있는, 갈이키를 넘는 분지에 화토불을 수십곳에 피워놓고 둘러앉아 농민들 집에서 빼앗아온 소, 돼지와 닭을 장작불에 구워 먹으며 날이 새면 신흥동, 도원동과 움지거우 유격근거지까지 깡그리 소탕하겠다고 고아댔다.

활활 타오르던 모닥불이 스러지고 쪼각달도 서산우에 꼴각 넘어가자 련며칠째 공산군토벌에 지친 놈들의 코고는 소리만이 높아갔다.

밤새껏 울어대던 승냥이와 부엉이의 울음소리도 멎고 어디선가 첫닭의 울음소리가 들려왔다. 그 소리와 함께 땅! 땅! 총소리가 울리더니 보초를 서던 일본놈과 자위단놈이 꺼꾸러졌다.

≪빨갱이다!≫

≪유격대다!≫

갑자기 기관총이 울부짖고 작탄이 터지는 소리와 아우성 소리는 누가 누구인지 갈피를 잡을수 없이 총신이 향한 곳으로 쏘고 또 쏘아댔다.

날이 희붐히 밝아올 때에야 제놈들끼리 싸운것을 알게 된 수비대 대장놈은 거품을 입에 물고 미친개처럼 날뛰였다. 바로 이때 나팔소리가 울리며 나무숲과 갈대숲을 헤치며 항일유격대원들이 돌격해나오는지라 혼비백산한놈들은 내면동까지 후퇴해와서야 숨을 돌리고 패잔병들을 수습하여 다시 반격을 가했다. 그러나 항일유격대는 그림자도 없고 놈들의 죽은 시체만 여기저기 너저분히 널려있었다.

일본군 수비대 대장놈은 무적황군의 위신을 고려해서 시체들속에서 일본놈의 시체를 골라내여 모가지를 잘라 대가리만 마대에 넣게 하고 시체는 그자리에 묻으라고 명령하였다. 그리고 내면동에 가서 달구지 두대를 끌어다 20여마대를 실어 먼저 떠나보내면서 소몰이군들에게 비밀에 붙이라고 신신당부했다. 달구지임자가 번연히 알면서도 놈들을 골려주려고 물었다.

≪황군님, 공비숙청을 간다더니 이건 호박이 아닙니까?≫

≪아, 오, 옳소다. 오늘 호, 호박이 많이많이 땄소다.≫

≪쌈을 하시는 황군님들도 떡호박을 좋아하시는 모양이지요?≫

≪좋지 않소다. 아니, 아니 호박이 좋소다!≫

≪그런걸 전 모르고. 명년 가을엔 제가 호박을 한달구지 실어다드리지요.≫

달구지군이 돌아와서 그 이야기를 퍼뜨렸다. 그때부터 갈대숲 분지를 ≪호박골≫이라 부르기 시작했는데 김병기농민이 첫사람으로 호박골에 들어가 호박을 심었는데 놈들의 시체가 썩어서 밑거름이 걸다보니 호박농사가 잘됐다고 한다.

김재권 정리

조양천

아름답고 부유한 조양천은 일찍 빨간 삼달이 진주처럼 덮인 고장이라 하여 진주영(珍珠營)이라 불렀답니다.

먼 옛날 진주영에서 서쪽으로 멀리 떨어진 곳에는 가난한 이웃들이 오붓이 모여살았답니다.

이 마을에는 남의 일을 제일처럼 잘 돕기로 소문난 양진이란 젊은이가 있었습니다. 그는 어려서 량친부모를 다 여의고 이 집 저 집 다니며 동냥밥을 먹으면서 자랐습니다.

철이 들면서부터 양진이는 마을사람들의 은혜를 가슴깊이 새기게 되였습니다. 그는 마을의 좋은 일 궂은 일에 남먼저 발벗고 나서군 하였습니다.

그해따라 이 마을에는 몹쓸 병이 덮쳐들어 끌끌한 장정들이 병들어 눕기만 하면 다시 일어나지 못하고 하루건너 저승으로 가군 하였습니다.

이를 누구보다도 가슴아프게 생각한 양진이는 손수 산에 가서 약초를 캐여다가 달여가지고 이 집 저 집 환자를 찾아가 대접하며 정성을 다했지만 효험이 없었습니다.

그러던 어느날 양진이는 약초를 캐여가지고 돌아오다가 그만 지쳐서 쓰러지고말았습니다. 비몽사몽간에 웬 백발로인이 찾아왔습니다.

≪이보게 젊은이, 자네가 동네사람들의 병을 고쳐주려고 이처럼 애쓰고있으니 참 고맙네. 그런 병에는 산삼이 즉효일세.≫

그 소리에 양진이 귀가 번쩍 띄여 일어나보니 일장 꿈이였습니다. 양진이는 마을에 돌아온 그길로 로인들을 찾아다니며 산삼이란 무엇이고 어느곳에 있는가고 물었습니다. 그랬더니 로인들은 이구동성으로

≪해가 솟는 쪽으로 가보게. 그런데 그곳에는 사나운 짐승들이 욱실거릴 걸세.≫라고 하면서 부디 몸조심하라고 열당부를 하였습니다.

이튿날 양진이는 자그마한 행장을 꾸려가지고 동쪽방향으로 떠났습니다.

며칠 낮, 며칠 밤을 걸어 산을 넘고 강을 건너다보니 그의 발바닥에는 온통 물집이 생겼습니다. 하지만 병마에 시달리고있는 마을사람들의 파리한 얼굴을 그려보노라니 저도 모르게 새 힘이 솟군 하였습니다.

양진이가 걷고 또 걷다보니 과연 두줄기 강물이 서로 손잡고 흐르는 합수목에 이르렀습니다. 강물소리는 마치 아름다운 노래와도 같아 들을수록 정다웠고 이 소리에 뭇새들도 다투어 날아들었으며 꽃사슴들도 껑충껑충 자유롭게 뛰놀고있었습니다.

(로인들이 이르기를 강줄기가 합하는 곳에는 산삼이 선다고 하지 않았던가?)

양진이는 이 고장 산세를 자상히 살펴보고나서 강가에다 초막을 짓고 아침 일찍부터 저녁 늦게까지 산삼을 찾았으나 그의 눈에는 띄우지 않았습니다.

그러나 그는 맥을 놓지 않고 매일 산을 헤매고 다니다보니 옷은 가시덤불에 갈기갈기 찢어지고 주머니의 쌀도 이젠 거덜이 난데다가 맥도 진하여 그는 마을로 되돌아가려고 하였습니다. 그러나 돌이켜 생각해보니 그렇게 할 수 없었습니다. 식량이 떨어져 연기마저 나지 않는 고향마을의 굴뚝이며 병마에 시달리다 못해 세상을 뜬 마을의 불쌍한 사람들이 하나, 둘 북망산으로 나가고있는 정경들이 다시금 눈앞에 선히 안겨왔습니다. 양진이는 허리띠를 졸라매고 산나물, 산열매로 끼니를 에우면서 이를 옥물고 산삼을 찾아 깊은 산속으로 들어갔습니다.

양진이가 수림이 우거진 넓다란 곳에 이르니 갑자기 놀란 새들이 하늘가에 날아예고있었습니다. 하도 이상하여 그곳으로 발볌발볌 다가가 보니 난데없는 검은 곰 한 마리가 싱싱 푸른 풀밭에서 아름답게 피여난 붉은 꽃송이를 마구 짓밟고있었습니다. 그걸 본 양진이는 그놈의 곰이 한없이 미워났습니다.

(이 세상 모든 만물은 저마끔 생명이 있고 사람이든 짐승이든 아름다운

꽃을 사랑하기 마련인데 저 고운 꽃을 짓뭉개는 저놈을 어찌 가만 놔두겠는가.)

양진이는 몽둥이를 찾아들고 목청껏 소리를 지르면서 곰을 쫓았습니다.

≪이놈아, 꽃밭을 밟지 말아라 !≫

곰은 양진이의 부르짖는 소리를 듣고는 몸을 돌려 양진이에게 달려들었습니다. 양진이가 휘두르는 몽둥이에 곰은 면바로 눈통을 맞고 앞을 볼수 없게 되자 갈팡질팡 맴돌아쳤습니다. 이때라고 생각한 양진이는 동이만한 돌을 제꺽 들어 곰의 대갈통을 힘껏 내리쳤습니다. 곰은 네다리가 뻐드러진채 다시는 일어나지 못하였습니다.

해질무렵에야 양진이는 지친 몸을 이끌고 산을 내렸습니다.

그가 초막앞에 이르자 갑자기

≪양진오빠, 오늘 참 수고 많이 했어요. 몹시 피곤하실테지요.≫라는 말소리에 고개를 들고 보니 아릿다운 처녀가 그의 앞에 서있었습니다.

머리에 낮에 본 붉은 꽃송이를 꽂은 처녀는 참말 꽃처럼 아름다웠습니다. 게다가 코를 찌르는 구수한 조밥냄새는 그의 마음을 한결 흐뭇하게 하였습니다.

양진이는 너무도 고맙고 송구스러워

≪아씨의 집은 어디온데 이처럼 보잘것없는 저의 초막에까지 찾아와 일손을 거들어주옵니까?≫라고 물었습니다.

처녀는 자기 손으로 친히 지은 밥과 볶음채를 양진이앞에 차려놓으며

≪우리 집은 남산에 있는데 저는 인삼처녀라고 불러요. 오늘 전 난데없는 짐승한테 큰 봉변을 당할번 했어요. 마침 오빠께서 저의 목숨을 건져주었어요.≫라고 말하였습니다.

≪무슨 말씀을 하십니까? 저는 사람을 구해준 일이 여직 없는데요.≫

양진이는 면구스러워하며 띠염띠염 말하였습니다.

이에 처녀는 생긋 웃으며 말하였습니다.

≪사실은 이런 일이예요. 바로 그 우둔한 곰이 싱싱한 꽃밭을 마구 짓밟고있을 때 그 발길이 저의 머리끝에까지 닿았지요. 오빠께서 한발자국 늦게

왔더라도 저는 진작 엉망진창이 되고말았을거예요.≫

양진이는 들을수록 아리숭하였습니다. 그는 인삼처녀를 말끄러미 쳐다보기만 했습니다.

인삼처녀는 이 순박하고 듬직한 젊은이를 맘속으로부터 몹시 우러러보며 저도 모르게 얼굴을 붉혔습니다.

양진이는 밥을 먹으며 차마 눈뜨고 볼수 없는 고향마을의 비참한 정경들을 낱낱이 말하였습니다.

양진이의 말을 다 듣고난 인삼처녀는 매우 부드러운 목소리로

≪오빠께선 래일 아침 이곳에서부터 남쪽으로 9999발자국 걸어가면 넓은 인삼밭이 나질거예요. 그러면 그 가운데서 마음대로 캐가세요.≫라고 말하고나서 바람처럼 사라졌습니다.

이튿날, 양진이는 날이 밝기와 함께 인삼처녀가 가리켜준대로 하나, 둘, 셋… 맘속으로 발자국을 헤면서 남쪽으로 걸어가보니 과연 그곳엔 한마당 가득 인삼꽃이 활짝 피였는데 꼭 마치 병천지에 온것 같았습니다.

인삼밭 한복판에 있는 제일 큰 삼꽃 한송이가 유별나게 양진이를 향해 고개를 자꾸 젓는것이 무슨 뜻이 있는것 같았습니다.

양진이는 그중에서도 작은 산삼 열두뿌리를 조심스레 캐여가지고 초막으로 돌아왔습니다.

양진이는 자기가 친히 캐여온 산삼을 보고 또 보았습니다. 볼수록 산삼은 마치 포동포동 살진 귀동자와도 같았습니다.

그는 열두뿌리 산삼을 구들우에 정히 모시고 꾸벅꾸벅 절을 세번 올리면서

≪인삼처녀를 다시 한번 만나게 해주옵소서. 인삼처녀를 만나 감사를 드렸으면 얼마나 좋겠나이까.≫라고 혼자말로 중얼거렸습니다.

그러자 갑자기 초막안이 환해지더니 홀연 인삼처녀가 눈앞에 나타났습니다.

≪아씨께서 이처럼 귀중한 산삼을 마련해주시니 그 얼마나 감사한지 모르겠나이다.≫

≪그게 뭘 대단하다고 그래요. 제가 응당 해야 할 일을 했을뿐인데요.≫

그들 둘은 한자리에 다정히 마주앉아서 오손도손 이야기를 주고받다가 나중에는 종신대사까지 담론하게 되였습니다.

인삼처녀의 마음을 크게 감동시킨것은 양진이가 병마속에 허덕이는 고향사람들을 구해가지고 이곳에 와서 그들과 함께 부지런한 두손으로 넓고 기름진 이 땅을 보물고로 만들어보겠다는 웅심 깊은 말이였습니다.

양진이는 마지막으로 이렇게 덧붙여 말하였습니다.

≪이제 내가 돌아가서 고향사람들을 데리고 이곳으로 오겠나이다.≫

≪참 좋아요, 양진오빠가 다시 올 때까지 전 여기서 기다리겠어요.≫

인삼처녀가 반색하며 이렇게 대답하였습니다.

날이 밝자 이들 둘은 아쉽게도 서로 갈라지였습니다.

이튿날부터 인삼처녀는 매일 산언덕에 올라서서 양진오빠가 오기를 애타게 기다리였습니다.

이듬해 봄 어느 하루, 이날 따라 일식이 들어 온 천지가 어둑시그레한 틈을 타서 심보 고약한 나쁜놈들이 무리를 지어 이곳으로 쳐들어왔습니다. 인삼처녀를 엿보고 오는 한무리의 불한당이였습니다. 이들은 굵은 바오래기로 만든 그물을 좌우로 늘이면서 인삼처녀한테로 가까이 죄여들었습니다.

인삼처녀는 너무도 뜻밖의 일이여서 갑자기 몸을 뺄수가 없었습니다. 인삼처녀는 하는수 없이 불한당놈한테 끌려가게 되였습니다.

바로 이때였습니다. 양진이가 마을사람들과 함께 이곳에 당도하였습니다. 그들은 저마다 손에 괭이, 낫, 도끼를 꼬나들고 불한당놈들과 결사전을 벌리였습니다. 불한당놈들은 여기저기에 더러운 주검을 남겨놓고 뿔뿔이 도망치였습니다.

드디여 검은 구름장이 밀려가고 맑은 하늘에선 눈부신 해살이 내리비치였습니다. 때는 바로 복숭아, 오얏이 한창 무르익는 계절이라 사람들은 인삼처녀를 얼싸안고 홍겹게 노래부르고 춤을 추었습니다.

부르하통하와 구수하 두줄기 강물이 하나로 모여 흐르는 합수목 언덕에다 사람들은 터를 잡고 양진이네 아담한 집을 지었습니다.

오곡향기 그윽히 풍기는 계절, 풍작의 기쁨을 안고 사람들은 양진이와 인삼처녀의 혼례를 치렀습니다.

이날, 인삼처녀는 고마운 마을사람들에게 산삼은 귀중한 약재라는것을 알려주면서 그걸 뜨락에다 심으라고 하였습니다.

그때부터 이 고장에는 산과 들에 진주 같은 인삼달이 빨갛게 뒤덮이게 되였다고 합니다.

그후 이 고장에는 아침해살이 노상 밝게 비추어 웃음꽃이 항시 피여난다하여 사람들은 진주영을 조양천이라고 고쳐서 부르게 되였답니다.

김재권 주필 ≪룡정전설≫에서

동불사(1)

동불사는 룡정에서 서북쪽으로 50여리 떨어진 부르하통하 남쪽기슭에 자리잡고 있다. 청나라 광서(光緒)초기에만 해도 동불사일대에는 원시림이 꽉 들어차 천고의 숲을 이룬 끝간데 없이 무연히 펼쳐진 옥야였다. 광서 10년에 이곳에는 드문드문 가다가 몇호의 인가가 있었다. 광서 13년(1887년)에 이 마을에는 강씨네 다섯째라고 부르는 사람이 있었는데 그는 매일 파도가 넘실거리는 부르하통하에 가서 고기를 잡았다.

어느 하루였다. 그는 강변에 나가 재치있게 그물을 뿌렸다. 한참 지나서 그가 그물을 살며시 당겨보니 퍼그나 묵직하였다. 큰 고기가 걸렸으리라고 짐작한 그는 그물을 지그시 당기다가 힘껏 들어올렸다. 아니나다를가 큼직한것이 걸려나왔다. 그가 다급히 그물을 헤치고 보니 물고기가 아니라 한자 남짓한 금황색나는 구리불상(銅像)이였다.

강씨네 다섯째가 구리불상을 건졌다는 소문은 바람처럼 파다히 퍼져 린근마을까지 들썽하였다. 여러 사람들은 불상을 모실 절을 지으려고 분분히 의논하였다. 이때 마침 변경답사를 나왔던 길림장군 장순이 이곳을 지나다가 이 소식을 듣고 마을사람들을 불러다가 이 일을 물었다. 장순이 이 불상을 자세히 훑어보니 불상은 한자높이였는데 인자하게 생긴 불상의 얼굴에서는 금빛이 번쩍거리고있었다. 그는 ≪참 훌륭한 불상이군! 변계를 돌아보고 갈 때에 가지고 가서 절을 짓고 잘 모셔야겠군.≫라고 하고는 길을 떠났다. 장순장군은 길림으로 돌아갈 때 과연 이 구리불상을 가지고 갔다.

길림에 돌아간 장순은 장군부 후원벽에 널판자로 절을 짓고 림시로 불상을 모셨다.

이 장군부 후원에는 화식칸이 있고 땔나무가 있었는데 어느날 밤중에 나무가리에 불이 붙었다. 하루동안 바삐 보낸 장순이 금방 잠이 들었을 때였다. ≪장순이 지금도 자고있나. 그래 나를 태워버릴셈인가?≫라고 웨침소리가 들려왔다. 장순은 꿈인줄로 알고 다시 잠들었다. 이때 ≪큰불이 나를 다 태워죽이네.≫라고 하는 그 구리불상의 목소리에 장순은 화닥닥 일어났다. 아니나다를가 뒤뜨락에 큰불이 붙었는데 삼단같은 불길이 하늘로 치솟고있었다. 장군은 다급히 사람들을 불러다 불을 끄고 구리불상을 구하였다.

며칠후 장순장군은 꿈에서 또 구리불상을 보았는데 불상은 ≪장순이 나는 이곳이 싫네. 나를 제곳으로 보내주게.≫라고 애원하는것이였다. 그리하여 길림장군은 사람을 시켜 구리불상을 도로 원래 곳에 보내주었다.

이때 마을사람들은 ≪우리도 절을 지어야 하오. 동불상을 모시려면 절이 있어야지.≫이라고 하면서 절을 지으려고 서둘렀다. 때마침 길림장군이 보낸 사람들이 6~7일간 길을 걸어 이곳에 불상을 가져왔다. 장군은 또 800냥의 은을 보내여 절을 짓는 경비로 쓰게 하였다.

만단의 준비를 거쳐 광서15년(18889년)에 1년동안 품을 들여 세칸으로 된 절을 지었고 동쪽과 서쪽에 각기 세칸짜리 집을 지었다. 그후 사처에서 돈을 모아 종루와 삼문을 세웠는데 광서 18년 8월 18일에 절을 짓는 공사가 전부 끝났다. 이 절은 건축면적이 900평방메터 되였는데 모두 푸른 벽돌과 푸른 기와로 되였으며 담장밖에 비석 두개를 세우고 비문을 새겼으며 하늘높이 솟은 두개의 게양대를 세웠었다. 길림장군이 이 절을 ≪동불사≫라고 명명하였다. 이때로부터 사람들은 이곳을 동불사라고 부르게 되였다.

룡명 정리

동불사(2)

장도선 렬차를 타고 연길에서 두 정거장을 가면 연길벌 서쪽에 자리잡은 동불사에 이르게 된다. 뒤로는 수려한 산과 맑은 부르하통하를 끼고 앞으로는 기름진 벌을 안고 앉은 동불사는 경개 좋고 물산이 풍부한 고장이다. 어찌하여 이고장을 동불사라 부르게 되였는가 하는데는 이런 이야기가 전한다.

옛날에 이고장은 작은 마을이 아니였다. 부르하통하 강반에는 실실이 버드나무가 우거지고 가지사이로는 황금같은 꾀꼴새가 날아예며 고운 목청을 다해 꾀꼴꾀꼴 노래하였고 수정같이 맑은 강에서는 버들치와 이면수떼들이 자유로이 헤염치며 놀았다. 이때 이고장에 장씨라는 마음씨 고운 어부가 살고있었다. 고기잡이로 생계를 유지하는 장씨는 이른아침부터 달이 뜨고 별이 돋는 밤까지 그물치기로 날마다 분망히 보냈다.

어느 하루였다. 이날도 장씨가 강에 나가 그물을 치는데 이상하게도 그 많은 고기가 한 마리도 그물에 걸리지 않았다. 저녁때가 되어 장씨는 상심한 끝에 이제 그물을 쳐 고기가 걸리지 않으면 집으로 돌아가려고 마음먹고 마지막으로 그물을 던졌다. 그런데 그물을 당겨보니 걸리라는 물고기는 걸리지 않고 이상하게도 그리 크지도 않은 불상(佛像) 하나가 걸려나왔다. 장씨가 불상을 자세히 살펴보니 구리로 만든 불상인데 ≪원조고물(元祖故佛)≫이라는 넉자가 새겨져있었다. 장씨는 이 동불이 범상치 않은 보물이라 집에 가지고와서 불당을 지어놓고 한가운데 동불을 정히 모셨다. 그후로 밤마다 장씨의 꿈에 동불이 나타나서 장씨의 은혜를 갚는다며 장씨에게 앞일을 가르쳐주었다. 장씨는 잠을 깨고보면 꿈이지만 낮에 동불이 가르쳐준대로 하면 무슨 일이나 다 성사되였다. 장씨는 본디 고기잡이로 생계를 유지하던 사람이라 고기가 많이 잡힐것밖에 바라는것이 없었다. 그러니 밤마다 동불이 나타나서 아무데 가서 그물질하라고 일러주어 장씨는 날마다 고기를 많이 잡았다. 장씨네 쌀독에는 쌀이 차넘쳤고 돈도 생각대로 생겼다. 그리하여 장씨네는 남부럽지 않게 잘 살아가게 되였다.

장씨네가 령험한 동불때문에 잘살게 되었다는 소문은 처음엔 이웃에 알려지고 차차 세월이 감에 따라 동리에 펴져 모르는 사람이 없게 되였다. 이리하여 후에는 온 동리 남녀로소가 이 불당에 찾아와 소원을 성취시켜달라고 빌었다. 이때로부터 이고장에는 해마다 풍년이 들고 집집에 길사만 생겨 이고장 사람들은 꽃같은 웃음밖에 모르고 살았다.

세월이 흘러갔다.

어느 한해 길림에서 오장준이란 관찰사가 숱한 라졸을 거느리고 독교에 앉아 이 고장에 왔다. 오장준은 이 고장에 오자 소문을 듣고 곧추 장씨네 집에 찾아가 불당에 정히 모셔있는 동불을 살펴보았다. 과연 구리로 된 동불은 보기만 해도 령험해 보였다. 오장준은 불같은 욕심이 생겨 삼거품같은 침을 꿀꺽 삼키고는 장씨를 보고 물었다.

≪너 한낱 고기잡이로 생계를 유지하는 어부가 이같이 귀중한 보물을 어디서 얻었느냐? 조금도 속임이 없이 이실직고하라.≫

마음씨 착하고 거짓말 할줄 모르는 장씨는 오장준의 심보도 모르고 동불을 얻게 된 이야기부터 시작해서 그 동불이 령험하여 자기는 물론 온 마을이 근심을 모르는 웃음속에 살아간다는 이야기까지 자초지종을 하나부터 열까지 다 말하였다. 장씨의 말까지 듣고보니 세상에 다시없는 진귀한 동불이였다. 오장준은 마음씨 착한 장씨를 보고 눈을 부라리며 호통질했다.

≪이놈, 그래 너같이 하잘것없는 어부에게 어찌 이런 보배가 생긴다는 말이냐? 네 이 보배를 훔친것이 분명하니 그 죄를 아뢰여라!≫

≪아니올시다. 이 동불은 틀림없이 소인의 그물에 걸려 나온것이옵니다. 소인이 어찌 대인님앞에서 거짓말을 하오리까.≫

≪이놈, 너 누구앞이라고 감히 거짓말을 해? 용서 못할 놈이로다. 애들

아--≫

≪에잇—≫

≪저놈을 엎어놓고 곤장 50대를 안겨라. 조금도 사정을 두지말고 쳐라!≫

천둥같은 무서운 소리가 떨어지자 라졸들이 달려들어 장씨를 엎어놓고 곤장을 안겼다. 장씨는 물매를 얻어맞고 인사불성이 되었다. 이때라 오장준은 라졸들에게 령하여 동불을 가지고 그 길로 부랴부랴 길림으로 돌아갔다.

덕은 닦은대로 가고 죄는 지은대로 가는 법이다. 동불을 빼앗가지고 간 오장준은 마음이 흐뭇하여 금침을 베고 누워 꿈이 동불이 나타나 앞일을 가르쳐주기를 바랬다. 아니나다를가 오장준이 잠들자마자 비몽사몽간에 동불이 나타났다. 그런데 장씨에게 앞일을 가르쳐주던 동불은 오장준이를 보자 앞일을 가르쳐주지 않고 한마디 조용히 타일렀다.

≪이곳은 내 있을 곳이 못되니 원고장에 돌려보내주시오.≫

≪아… 아니 무엇이라나요?≫

얼굴을 들고 다시 볼려니 동불은 벌써 연기같이 사라졌다. 아침에 깨고보니 침상일몽이였다. 오장준은 마음이 옥죄이긴 해도 하루 낮을 보내고 또 침상에 누웠다. 겨우 잠을 청했는데 동불이 다시 나타났다. 동불은 나타나자마자 노기충천해서 호령했다.

≪이 이놈, 나를 이꼴로 놔둘테냐? 어서 원고장에 보내지 못할가!≫

≪동불님, 그럼 제가…≫

오장준의 말이 채 끝나기도 전에 꿈에 나타난 동불은 자취도 형체도 찾아볼수 없었다. 꿈은 꿈이라도 심상치 않았다. 그래도 오장준은 동불을 원고장에 보낼 생각은 하지 않았다. 날이 새자 그는 동불을 정히 들고 가서 길림에서 제일 큰 절당에 모셔놓고 돌아왔다. 원래 있던 장씨네 불당에 비하면 천지차였다. 오장준은 이쯤하면 이제는 동불의 덕을 입을것만 같아서 저녁에 또 금침을 베고 비단이불을 덮고 잠을 청했다. 과연 꿈에 또 동불이 나타났다. 동불은 이번에는 눈에 불을 펄펄 일구며 불호령을 내렸다.

≪이놈, 너 그래 나를 아무 곳에다 끌고다닐 작정이냐? 이제 다시 나를 원처에 보내주지 않으면 내 너를 참하리로다.≫

동불이 눈알을 굴리며 오장준에게 다가왔다. 당장 날벼락이 떨어질것 같았다. ≪으악!≫모진 소리를 지르며 오장준은 꿈에서 깨여났다. 등곬으로 식은땀이 물처럼 흐르고 사지가 와들와들 떨렸다. 눈을 뜨나 감으나 노한 동불의 형상이 눈앞에서 떠나지 않았다. 오장준은 죽는 소리를 질렀다.

≪사… 사람 살려라. 게… 게 없느냐? 동… 동불이… 어허 허허…≫

라졸들이 달려들어와보니 오장준이 겁에 질려 흰눈자위만 히번떡거리고 있었다. 라졸들은 달려들어 사지를 주물며 야단을 쳤다. 오장준은 날이 샐녘에야 겨우 진정하였다. 오장준은 이제 하루밤만 또 이렇게 지나면 자기 명을 보전할것 같지 못하였다.

오장준은 울며 겨자먹기로 낮에 불법에 능한 중을 찾아가 이 일을 어찌면 좋으냐고 물었다. 그 중은 오장준더러 동불을 원고장에 돌리되 절 하나를 지어 잘 모셔라 하면서 그렇지 않으면 너 큰일이 난다고 타일러주었다. 오장준은 중앞에 무릎을 꿇고 빌면서 돈 천냥을 줄터이니 그곳에 절을 짓고 동불을 모시게 해달라고 했다.

이에 중은 사양치 않고 장씨네 사는 마을에 찾아와 마을 한가운데 절을 짓고 동불을 모셨다. 이렇게 되자 장씨는 물론 이고장 남녀로소가 또다시 이 절에 찾아와 동불에게 소원을 성취해달라고 빌었다. 이때로부터 이고장에는 또 해마다 풍년이 들고 농사가 잘되니 개, 돼지, 소, 말이며 닭들도 부쩍 늘어나 륙축이 성하였다. 그리고 남녀로소가 무병무탈하고 집집이 화목하여 요, 순, 우시절과 다름없었다.

주야장천 쉬임없이 흐르는 세월은 흐르고 또 흘렀다.바다 건너 일제침략자들이 이고장에 기여들었다. 강덕원년 어느 하루 밤이였다. 그날밤 이고장에 사는 사람들은 너남없이 신통히도 같은 꿈을 꾸었다. 꿈에 인단수염을 한 일제침략군인 한 녀석이 절당에 뛰여들어 ≪원조고불≫을 훔치였다. 사람들은 ≪도적아!≫하고 일제히 함성을 질렀다. 하지만 그놈은 눈깜짝할새에 동불을 훔쳐가지고 빼소니를 쳤다. 잠을 깬 이고장 사람들은 서로 꿈이야기를 하다가 꿈이 너무도 흉한 꿈이요 또한 괴이한 일이라 모두들 절간에 달려가보았다. 그런데 꿈과는 달리 동불은 전모양 그대로 절간에 놓여있었다. 사람들은 마음놓고 집으로 돌아갔다.

이때로부터 동불은 절당에 놓여있어도 동불의 령험함은 꼬물만치도 없었다. 동리는 쓸쓸해만 가고 집에서는 살림살이가 옥죄여만 들었고 사람들은 한숨과 눈물로 세월을 보내며 죽지 못해 살아갔다.

사람들은 동불을 두고 의논이 분분했다. 어떤 사람들은 동불이 일제놈의 편이 되여 이고장 사람들을 가난에 시달리게 한다고 나무람하였고 어떤 사람들은 동불은 우리것이니 아무리해도 일제놈들의 편에는 설수 없다고 하였다. 입가진 사람들은 동불을 두고 다 제나름으로 의논하고 해석하였다

그러던 어느 하루였다. 이고장 한 사람이 아무리 생각해도 의심만 생기는지라 절간에 가서 동불을 찬찬히 살펴보았다. 어쩐지 전의 동불같이 인자해 보이지 않고 음특해보였다. 의심이 한층 더 한 그는 동불을 눈앞에 쥐여들고 살폈다. 아니나다를가 그 동불은 이전의 동불이 아니라 흙으로 ≪원조고불≫처럼 빚어만든 불상에다 구리칠을 한 가짜동불이였다. 소문이 퍼졌다. 그제야 사람들은 인단수염을 한 그놈이 동불을 훔쳐가고 가짜동불을 해놓았다는 것을 알게 되였고 동리 남녀로소가 하루밤에 똑같은 흉몽을 꾸게 된 연유도 알게 되였다. 사람들은 분이 상투밑까지 올라 절간에 가서 그 가짜동불을 내동댕이쳤다. 흙으로 빚어만든 가짜동불은 산산 흙쪼각이 되고말았다.

이렇게 동불은 없어졌다. 하지만 동불이란 이름은 사람들속에 남아서 오늘도 이고장을 동불사라 부르며 동불에 깃든 사연을 대를 이어가며 전하고 있다.

박창묵 정리

금불사

룡정시 동불향 소재지에서 북쪽 골짜기로 약 20여리 가량 올라가노라면 하늘가에 우중충 치솟은 도끼봉을 앞에 두고 금불사라고 부르는 오붓한 마을이 나집니다.

먼 옛날, 이고장에는 머슴군 춘호 내외가 년로하신 어머니와 함께 아주 구차하게 살아가고 있었습니다.

그들 내외는 몇해전부터 병으로 몸져누운 어머니에게 좋다 하는 약들을 수태 구해다가 대접시켰지만 어머니의 병세는 좀처럼 호전되지 않았습니다. 무던한 아들과 며느리는 미음을 어머니의 입에 떠넣어준다 대소변을 받아낸다 하며 모든 정성을 아끼지 않았습니다.

하루는 안해가 샘터로 물길러 갔다가 이런 병에는 독수리알이 좋다는 말을 듣게 되였 습니다.

이에 춘호내외는 한편 기뻤지만 저 도끼봉에 둥지를 튼 독수리의 알을 얻기란 여간 힘든 일이 아니라는것을 알고 한숨만 내쉴뿐이였습니다.

도끼봉 독수리가 하늘가에 한번 얼씬거리기만 하면 닭, 오리, 강아지는 물론 걸음발을 갓 타는 어린애마저 사정없이 채가니 말입니다.

그래서 대낮에 도끼봉 고개길로는 어른들도 혼자서 넘기를 꺼려했습니다.

(어머니께서는 평생 이 아들을 키우시느라고 갖은 고생을 다하다가 저런 몹쓸 병까지 얻었는데 아들로 태여난 내가 어찌 병환에 계신 어머님을 보고만 있으랴 !)

춘호는 그 어떤 애로가 있더라도 꼭 어머님의 병에 명약이라는 독수리알을 구해오리라 다짐하였습니다.

이른 새벽, 안해가 정히 싸준 줴기밥보자기를 허리에 차고 춘호는 바오래기를 사려메고 도끼봉으로 향해 떠났습니다.

≪여보세요. 그 묵은 독수리가 그처럼 사납다던데 아무쪼록 조심하세요.≫

안해가 동구밖까지 바래주며 부탁하였습니다.

화창한 봄날이라 도끼봉의 경치는 자못 아름다웠습니다.

산기슭에 진달래가 울긋불긋 피여나고 하늘가에선 뭇새들이 지저귀였습니다.

서서히 걷히는 아침안개속에 도끼봉은 차츰 자기의 웅장한 몸뚱이를 드러내 놓았습니다.

춘호는 독수리가 벼랑가 어디에서 나오는가를 눈여겨 살피며 잠시도 벼랑에서 눈길을 떼지 않았습니다.

해가 동산우에 장바 둬컬레만큼 솟아오르자 갑자기 ≪푸드득!≫소리가 나더니 독수리 한 마리가 벼랑중턱에서 날개를 펼치며 날아나왔습니다.

과연 이 고장 사람들의 말과 같이 늙은 독수리임에 틀림없었습니다. 춘호는 어떻게 하면 독수리굴로 접근하겠는가고 생각을 굴리였습니다.

(저 독수리굴우에 있는 소나무에다 바오라기 한끝을 매놓고 내려가야겠다.)

눈어림으로 짐작을 한 춘호는 바오래기 한끝을 허리에 동이고 다른 한끝을 소나무에 비끄러맨후 벼랑에 딱 붙어서 살금살금 내려갔습니다.

아츠랗게 내려다보이는 절벽아래에는 상금도 채 가시지 않은 젖빛 안개가 서서히 감돌고 있었습니다.

바오래기에 몸을 의지한 춘호가 한창 절벽아래로 내려가고있을 때였습니다.

바오라기 한끝을 동여맨 소나무뿌리가 뿌지직거리며 그만 뽑혀나올줄이야…

집에서 앓는 어머니를 돌보던 안해는 이틀이 자나도 돌아오지 않는 남편을 두고 사발에 물을 떠놓고 도끼봉쪽을 향해 절을 올리였습니다.

사흘째되는 날 아침이였습니다. 뜻밖에 춘호가 다리를 절뚝거리며 문을 열고 들어섰습니다. 안해는 기뻐서 남편을 부둥켜 안았습니다.

≪벼랑에서 떨어져 그만 정산을 차리고보니 머루넝쿨우에 누워있질 않겠

소. 참 그 머루넝쿨이 아니였더면 진작 황천객이 되였을것이요!≫

춘호도 눈물을 흘리며 안해를 붙잡고 말했습니다.

며칠이 지나서였습니다. 다리의 상처가 다 낫자 춘호는 다시 도끼봉으로 향해 떠날 차비를 하였습니다.

≪여보세요, 이번엔 부디 조심하세요.≫ 안해의 간곡한 당부였습니다.

도끼봉뒤기슭으로 올라간 춘호는 아예 아름드리 통나무에다 바오라기 한끝을 단단히 동여맨후 바오래기에 매달려 절벽아래로 내려갔습니다.

춘호가 벼랑중턱에 이르자 진작부터 기다렸다는듯이 늙은 독수리가 시퍼런 두눈알을 굴리더니 날카로운 발톱을 세워들고 사정없이 춘호한테 덮쳐들었습니다.

순간 춘호는 정신이 아찔해났습니다. 눈을 떠보니 한쪽 눈알이 없어졌습니다.

독수리알도 꺼내지 못하고 한쪽 눈을 잃은 춘호는 안해가 알면 더 가슴이 아파할것 같아서 손으로 한쪽 눈을 가리우고 집뜨락에 들어섰습니다.

여느때없이 춘호를 뜨겁게 맞아들인 안해는 남편이 한쪽 눈을 뜨지 못하고있는것을 보고

≪여보, 눈은 어떻게 되여 상했나요?≫라고 물었습니다.

≪봄바람이 어찌도 사나운지 모래알이 눈에 들어갔는가 보오.≫춘호는 짐짓 거짓말을 하였습니다.

이날 밤, 춘호는 상한 눈이 너무도 아파나서 밤늦게야 겨우 잠들게 되였습니다. 밤중에 웬 백발로인이 찾아와서 춘호의 상한 눈언저리를 살살 어루만져주면서 입을 열었습니다.

≪젊은이, 어머니에 대한 효성이 이만저만이 아니구만, 어머니의 병을 고치자면 인제라도 늦니 않으니 자네 안해의 젖을 먹여보게나.≫

그 소리에 펄쩍 일어나보니 일장 꿈이였습니다. 그런데 이상하게도 독수리한테 잃었던 한쪽 눈알이 제대로 박혀져 있고 전과 다름없이 세상의 모든 것들을 환하게 볼수 있었습니다.

어머니의 병세는 날이 갈수록 점점 더해갔습니다.

춘호는 간밤에 있은 꿈이야기를 안해에게 들려주었습니다.

≪하긴 어머님이야 이가 다 빠져서 밥을 제대로 자실수 없지요.≫ 안해는 그 이야기를 듣고 갓난애한테 먹이는 젖을 어머님께 대접시킬것을 선뜻이 동의해나섰습니다.

젖을 대접해서 며칠이 지나자 과연 어머니의 창백하던 얼굴에 피기가 돌기 시작하였습니다.

그러나 째지게 가난한 집에 끼니랍시고 먹는것도 시원치 않은데 애기에게도 먹이고 어머니한테도 대접할 젖이 그냥 나올리 없었습니다.

피기가 돌던 어머니 얼굴에 그늘이 지며 차츰 앓음소리가 높아지기 시작하였습니다.

≪여보세요, 갓난애보담 먼저 어머님께 젖을 대접하자요.≫

안해의 이 말에 춘호는 놀랐습니다.

≪그럼 애가 잘못되지 않겠소?≫

≪아유, 당신두 우린 아직 나이가 젊지 않아요? 그러니 아이는 후에 또 낳을수 있사오나 어머니는 한번 돌아가면 그만이지요.≫

춘호는 한참동안이나 잠자코있을뿐 말 한마디 없었습니다. 그의 두 볼로 눈물이 흘러 내렸습니다.

이튿날부터 애한테 먹이던 젖까지 몽땅 어머님께 대접하였습니다. 하루가 지나자 젖 못먹은 애는 울다 못해 인젠 울음소리도 내지 못하고 숨이 간들거렸습니다.

애가 죽으면 묻을 자리를 마련하려고 두 내외는 집뜨락을 나섰습니다.

밭머리 정자나무밑에 이르러 두 내외는 서로 쳐다보았습니다. 거기가 아이를 묻기에 표적도 좋고 알맞는 곳이라는 생각이 들었기때문이였습니다. 내외는 서로 붙잡고 울었습니다. 여직껏 배불리 먹이지도 못한 아기 은동이가 죽으면 묻어야 할것을 생각하니 가슴이 미여지는듯 하였습니다.

춘호는 울면서 괭이로 땅을 팠습니다.

그의 안해도 울면서 돌을 주어내고 있었습니다.

갑자기 ≪쨍그랑 !≫하는 소리와 함께 괭이날에 번쩍 일어나는 불빛에 춘호는 놀라 주춤 물러섰습니다.

≪여보, 어서 이걸 와 보오 !≫

춘호는 그만 눈이 휘둥그래져 기쁜 소리로 안해를 불렀습니다. 안해가 다가가보니 이게 웬 일이겠습니까? 남편이 파놓은 땅속에 금빛나는 궤짝이 있었습니다. 두 내외는 금궤짝을 들어내고 뚜껑을 열어보니 거기엔 자그마한 금부처 하나와 금전이 가득 차있었습니다.

춘호 내외는 두 눈이 휘둥그래졌습니다.

그들은 하느님이 그들을 위하여 은혜를 베푼것이라고 여겼습니다.

춘호 내외는 무덤 파던 일을 그만두고 금궤를 가지고 집으로 돌아왔습니다. 그 돈으로 유모를 두어 어머니한테 젖을 대접하고 애는 제 어머니 젖을 먹게 되였습니다.

춘호 내외가 금부처를 얻었다는 소문은 한입 건너 두입 건너 정부자 귀에까지 전하여 졌습니다.

느닷없이 숱한 마름들을 거느리고 춘호네 집 뜨락으로 뛰여든 정부자놈은 목에 피대를 곤두세우면서 돼지 멱따는 소리를 질렀습니다.

≪애, 춘호야, 네가 요즈음 금덩이를 캐였다는 말이 실말이냐? 엉?≫

≪도대체 누가 그런 당치않은 소릴 합디까? 전 금덩이란 어떤것인지 보지두 못했는데요. 단지 죄꼬만한 쇠붙이 하나를 주었을 뿐입니다.≫

≪쇠붙이건 뭐이건 좌우간 우리 밭에서 얻었으니 당장 내놓지 못하겠느냐?≫

춘호는 하는수 없이 농속에 깊이 넣어두었던 금부처를 정부자앞에 내놓았습니다.

≪여봐라, 이 금부처는 하느님께서 나에게 내리신 복일진대 어서 서둘러 절간에 모시도록 하여라.≫

금부처를 빼앗아쥔 정부자는 이렇게 흐뭇한 어조로 말하고나서 마름들에게 금부처를 파낸 그곳에다 덩실하게 절간을 짓도록 령을 내렸습니다.

정부자는 덩그렇게 지은 절간 한복판에다 금부처를 정히 모시고 가근방의 중들을 끌어들여 밤낮으로 념불을 외우도록 하였습니다.

이제 새날이 밝으면 소식을 듣고 모여온 숱한 관리배들이 금부처를 모신 새 절간에서 기도를 드리게 되는것입니다. 이렇게 되면 정부자는 관리들을 통하여 돈을 더 많이 벌게 되리라는것은 불보듯 뻔한 일이였습니다.

헌데 이날 첫닭이 울자 은동이네 집뜨락으로 웬 금빛옷을 입은 한 어린애가 들어서는 것이였습니다.

≪할머니, 전 은동이의 친한 동무예요. 어서 이사짐을 꾸려가지고 도망갑시다. 여기에 그냥 있다가는 정부자의 등살에 살수 없어요.≫

어머니가 깨여나보니 꿈인지라 하도 의심쩍어 방문을 열고 보았더니 이상하게도 정부자한테 빼앗겼던 금부처가 툇마루에 놓여져 있었습니다.

어머니는 몹시 기쁜 마음으로 금부처를 손에 들고 아들과 며느리에게 보인 다음 새하얀 천에 정히 싸서 보짐속에 넣었습니다.

이날 저녁, 춘호네 일가는 정든 고장을 떠나 정처없이 길을 떠났습니다.

새날이 밝아오자 은은히 들려오는 종소리와 함께 사처에서 모여온 관리들이 이 절간으로 발길을 옮기였습니다. 이들을 바라보는 정부자의 마음은 더없이 흐뭇해났습니다.

관리들은 하나, 둘 절간으로 들어와 꿇고 앉아서 중들을 따라 일제히 기도를 드리였습니다. 그들은 행운을 바라며 금부처님에게 빌고 또 빌었습니다.

이윽고 이 절의 주지가 금부처에 씌운 검은 천을 서서히 벗기였습니다. 숱한 사람들의 눈길이 일제히 신주처럼 모신 금부처한테 쏠리고있었습니다.

헌데 참 이상한 일이였습니다. 눈부시게 빛을 뿌릴 금부처님이 오간데없이 사라진게 아니겠습니까?

≪홍, 금부처는커녕 돌부처, 흙부처도 없는 절간이로군! 참, 한심한 일이군!…≫

≪저놈한테서 돈을 되찾아갑세!≫

여러 고을 관리들이 저마다 성이 나서 펄펄 뛰였습니다. 일이 이쯤 되자 정부자의 얼굴이 대뜸 흙빛으로 되였습니다.

≪아니, 나으리님들! 이건 정말 귀신이 곡할 노릇입니다. 제가 거짓말을 한것으로 되였으니 천벌을 받아 마땅하웨다.≫

정부자는 두 손을 맞비비며 코가 땅에 닿도록 빌고 또 빌었습니다.

하지만 관리들은 노기충천하여

≪우리가 네 놈의 거짓놀음을 구경하려구 여기로 온줄 아느냐. 당장 네가 관할하는 밭과 산을 내놓도록 하여라. 그리고 저놈한테 곤장맛을 보여라 !≫

말이 떨어지자 네모방망이를 든 졸개들이 정부자한테 벌떼처럼 달려들었습니다.

정부자는 그 자리에 쓰러진채 영영 일어나지 못하였습니다.

그때부터 금부처는 비록 절당에 없었지만 금부처를 모시고 세워진 절이 있었다 하여 지금까지 이 고장을 금불사라고 부른답니다.

김순룡 구술

황상박 정리

로투구(1)

로투구(老豆沟)는 연변에서 제일 먼저 탄광이 개발된 곳인데다 경치도 좋고 살기가 좋아서 중국에 사는 우리 겨레들은 이 고장을 모르는 사람이 없다.

오래고 오랜 옛날 사람들은 이고장을 로투구라 하지 않고 늪등이라 불렀다. 서북쪽에 깎아세운듯한 병풍바위가 우뚝 서있고 도도히 흐르는 부르하통하가 병풍바위밑에 와서 크고 깊은 소를 이루어 이고장은 경치도 가관이였지만 소안의 차고 넘는 물결이 기름진 벌판에 흘러들어 농사군들이 농사하기도 좋은 고장이였다. 이곳저곳에서 물줄기 따라 이 고장에 모여온 우리겨레들은 늪등에다 초가삼간 지어놓고 맑은 물을 벌판에 에워넣고 벼농사를 지으며 의좋게 살았다.

이때 늪등마을에 한 할아버지가 계셨다. 할아버지는 농사일에도 막히는것이 없고 또 아침저녁으로 틈만 있으면 쪽배를 타고 깊고 넓은 소에 들어가 크고도 살찐 물고기를 남달리 많이 잡아내였다. 그리하여 늪등마을 사람들은 너남없이 그를 존대하였고 마음이 비단같이 고운 그를 무척 좋아하였다.

그러던 어느 한해 여름이였다. 늪등마을에 큰 괴변이 일어났다. 병풍바위아래 깊은 소속에서 난생 들어보지도 못한 괴상한 소리가 꼬리에 꼬리를 물고 나더니 집채같은 파도가 사납게 일고 병풍바위에는 재빛안개가 뽀얗게 서리였다. 괴상한 소리는 사람들을 몸서리치게 하는데 재빛안개는 졸지에 해빛을 가려 천지가 온통 혼몽해졌다. 파도가 병풍산우에까지 높이 치솟더니 파도우에 괴물이 솟아올랐다. 괴물은 대가리가 셋이고 꼬리가 아홉가달이나 되는 흑룡이였다. 흑룡은 세 대가리를 오뉴월 독사처럼 추켜들고 아홉꼬리로 물결을 후려치며 동에 번쩍 서에 번쩍하면서 집짐승뿐만아니라 사람까지 마구 해쳤다. 늪등마을은 세찬 파도에 뒤덮일것 같았고 사람들은 흑룡때문에 아우성을 쳤다.

황망중에서도 사람들은 살 방도를 댔다. 그들은 수신이 노해서 이 고장에 흑룡이 나타나것이라 생각하고 소도 잡고 돼지도 잡아놓고 수신제를 지냈다. 그랬더니 흑룡도 사라지고 파도치던 소리도 잠잠해지고 재빛안개도 걷히였다. 그런데 사람들이 기쁨도 거두기도 전에 그 이튿날, 그 이튿날에도 계속 불길한 징조가 생기며 흑룡이 행패를 부렸다. 이리하여 이곳 사람들은 거의 날마다 소, 돼지를 잡아놓고 수신제를 지내지 않으면 안되였다. 하루 이틀도 아니요 날마다 이렇게 수신제를 지내다보니 늪등마을에서 륙축의 소리조차 들을수 없게 되고 나중에는 닭, 오리까지도 종자를 잃고말았다. 더는 수신제를 지낼수도 없게 되였다. 수신제를 지내지 않으니 또 소에서 산악같은 파도가 일어나 늪등마을을 뒤덮을것 같았고 흑룡이 나타나서 눈에 보이는족족 사람들을 해쳤다. 이리하여 동리에는 또다시 사람을 살리라는 고함소리와 울음소리가 차넘쳤다. 공포에 떨고있었고 한다하는 젊은이들은 정든 고향을 등지고 이고장을 떠나려 했다. 그런데 이런 괴변은 날이 가고 달이 가도 끝날줄 몰랐다.

어느날 사람들의 존경을 받던 그 할아버지가 동리사람들을 모아놓고 비장하게 말했다.

≪여러분, 저 괴물은 우리가 싸워 없애야지 절로 물러설것 같지 않습니다. 생명을 내걸고 판가리를 해야지요. 돌아오는 새날 수중 흑룡이 나타날 때가 되면 여러분은 멀리 산등성이에 피하십시오. 뒤에 일은 내가 처리하지요. 믿어주시오.≫

할아버지의 말씀은 생사가 경각에 이른 이 마을 사람들의 흉금을 쳤다. 젊은패들은 할아버지를 도와 싸우겠다고 선뜻 나섰다. 그러자 할아버지는 젊은이들을 자랑스럽게 바라보며 말했다.

≪우리 이고장에는 참으로 훌륭한 젊은이들도 많네. 자네들은 그 힘을 두었다 이고장을 더 좋은 고장으로 만드세나. 이 일은 숱한 사람이 나서 무리주검을 당해서 되는것도 아니네. 나한테 방도가 있으니 거들어줄 필요가 없

네. 이제 더 말하면 난 성을 낼테네.≫

할아버지는 젊은이를 오래오래 바라보았다. 젊은이들은 그 미더운 눈길앞에서 더는 할아버지의 말을 거역할수 없었다.

이튿날 흑룡이 나타날 때가 되자 동리사람들은 할아버지 말대로 산등성이에 올라가서 마음을 조이면서 소를 내려다보았다. 소에 쪽배 한척이 나타났는데 이 쪽배는 할아버지가 소에서 고기잡이할 때 타던 쪽배였다. 할아버지가 쪽배를 몰고 소 한가운데로 들어서자 소에서 파도가 일더니 산악같은 파도가 자그마한 쪽배를 허공중에 떠올렸다. 쪽배는 파도를 따라 오르내리는데 할아버지는 번개같이 배밑창에서 칼 세자루를 꺼내더니 한자루는 입에 물고 두자루는 좌우 량손에 갈라쥐고 험한 파도속에 뛰여들었다.

몇천마리나 되는 사나운 룡이 꼬리로 물을 치는듯 파도가 자그마한 쪽배를 허공중에 떠올랐다. 쪽배는 파도를 따라 오르내리는데 할아버지는 번개같이 배밑창에서 칼 세자루를 꺼내더니 한자루는 입에 물고 두자루는 좌우 량손에 갈라쥐고 험한 파도속에 뛰여들었다.

몇천마리나 되는 사나운 룡이 꼬리로 물을 치는듯 파도가 도처에서 솟구쳤다. 천둥이 울듯 굉장한 소리가 나더니 집채같은 물기둥이 갑자기 백자나 솟으며 수중 흑룡이 언뜻 나타났다. 이때 할아버지는 흑룡의 목을 끌어안더니 흑룡의 량쪽 목에 비수를 박았다. 검붉은 피가 콸콸 쏟아졌다. 물기둥이 와그르르 무너지더니 물결이 술렁거렸다. 이윽하여 천지가 떠나갈듯 무서운 소리가 나며 피로 물든 검붉은 물기둥이 천자나 높이 솟아올랐다. 할아버지는 여전히 흑룡의 목을 끌어안았는데 흑룡의 세 목에서 피가 폭포처럼 쏟아져 내렸다. 한참 있으니 물기둥이 또다시 사라졌다. 그런데 또 얼마 안되여 세번째 물기둥이 솟는데 그 물기둥은 구름우에 솟아 끝이 보이지 않았다. 그러자 벼락치는듯한 소리가 나더니 눈뿌리 아득하게 솟은 병풍바위가 일시에 와르르릉탕탕 무너지며 소밑에 그 흑룡을 묻어버렸다. 이렇게 되니 흑룡은 다시 나타나지 않았는데 흑룡과 싸우던 할아버지도 다시는 볼수 없었다. 들판은 고요속에 잠기고 하늘에는 흰 구름이 흘러갔다. 사람들은 할아버지를 잃은 슬픔과 흑룡을 없앤 기쁨을 못이겨 일비일희로 흐느껴 울었다.

그후 사람들은 다시는 흑룡의 피해를 받지 않고 의좋게 살아가면서 해해년년 농사를 지으며 대풍년을 안아왔다. 이곳에는 태평스러운 세월이 흐르게 되였다. 늪등마을 사람들은 할아버지를 추모하여 소 가장자리에 있는 바위에 한사람이 한망치씩 찍어 할아버지 석상을 만들어놓고 이곳을 다시는 늪등이라 하지 않고 할아버지가 살던 골이라 하여 로인골이라고 불렀는데 후에 중국말로 번지여 로투구라 하게 되었다 한다.

김대산 구술
김명한 정리

로투구(2)◉

먼 옛날 이 고장에는 성이 석가라는 목수가 있었습니다.

그는 살림살이가 아주 가난한데다가 일가친척이라고는 하나도 없었습니다.

사십이 되여서야 안해를 맞아 1년만에는 보름달 같은 아들을 보게 되었는데 그 아이 이름을 씨돌이라고 불렀습니다.

석목수는 팔자도 기구했습니다. 글쎄 그의 안해가 아들을 낳은지 얼마 안되여 산후병에 걸렸습니다. 그리하여 그는 좋다는 약을 수태 갖다가 써보았지만 효험을 보지 못하고 그만 불쌍한 씨돌이를 남긴채 저세상으로 가고말았습니다.

안해가 세상뜬후 석목수는 한평생 아들을 잘 키우리라고 맘먹고 갖은 고생을 겪었습니다.

어머니를 여읜 씨돌이는 진종일 배가 고파 울로 또 울었습니다.

석목수는 매일 씨돌이를 안고 이 집 저 집 젖동냥을 하여 먹이며 애지중지 키웠습니다.

석목수는 밤만 자고나면 커가는 애가 하도나 귀엽고 사랑스러워 늘 업고 일하였으며 혹시 애가 병에 걸릴가봐 앉으나 서나 어머니다운 살뜰한 정을 몰부었습니다.

이를 본 마을사람들은 하냥 우스개로

≪이보게 석목수, 정말 조련치 않구만 수탉이 병아리를 거느리기가…≫라

◉ 정리자는 이 전설을 우리말 한자음 발음으로 ≪로두구≫이 표기했지만 본 지명전설집에서는 이 전설을 다시 올리면서 습관적으로 우리 민족의 입에 오른 한어음 그대로 ≪로투구≫으 표기하였다. 그것은 이 지명에 대한 불필요한 오해를 피면하기 위해서이다.

고 말하군 하였습니다.

석목수는 동네사람들의 권고로 새 안해를 맞아들일가고도 생각을 내비쳐 보았으나 살림살이가 하도 궁한데다가 ≪혹≫까지 하나 달리다보니 누구나 그와 맞서보려고 하지 않았습니다.

석목수는 새 안해를 맞지 못하더라도 씨돌이만은 기어코 훌륭한 사람으로 자래우리라 굳게 맘먹었습니다.

세월이 흘러 씨돌이는 어느사이 다른 애들보다 몸이 실팍하고 키도 훤칠한 소년으로 자라났습니다. 헌데 석목수는 날따라 일에 지쳐 점점 수척해갔습니다. 석목수는 은근히 씨돌이가 자기의 목수재간을 이어받을것을 바랐습니다.

하지만 씨돌이는 아버지의 생각과는 판판 달리 목수일에 대해 꼬물만한 흥취도 가지지 않았을뿐더러 매일 놀음에만 탐했습니다.

이때 한 길손이 빈들빈들 놀고있는 씨돌이를 보고 이 강물이 흘러 바다로 들어가는 곳에 가면 일자리가 있으니 그곳으로 함께 가자고 하였습니다.

≪아버지, 제가 돈을 많이 벌어가지고 꼭 오겠으니 저는 이 강물을 따라 바다로 가겠어요.≫

≪아니, 네가?!…≫

씨돌이는 아버지의 뒤말을 들을념도 하지 않고 뜨락을 나섰습니다.

석목수는 마음이 내키지 않았지만 다 큰 씨돌이를 집안에 붙잡아둘 재간이 없었습니다.

≪애, 씨돌아, 그럼 3년후엔 꼭 집으로 돌아와야 하느니라 !≫

석목수는 물기젖은 목소리로 아들에게 이렇게 신신당부를 하였습니다.

씨돌이가 집을 떠난후 석목수는 하루가 10년 맞잡이로 고독하게 지내며 아들이 돌아오기를 손꼽아 기다렸습니다. 때로는 씨돌이를 만나 반가와 큰 소리를 지르며 달려가다가 그만 깨여나 보면 서운하게도 꿈이였습니다. 이렇게 씨돌이를 그리며 꿈을 꾼적이 한두번이 아니였습니다.

세월은 류수같이 흘러 어느덧 3년이 넘었어도 씨돌이는 그림자조차 보이지 않았습니다.

객지에 나선 씨돌이는 돈벌이가 잘 되지 않아 그날 끼니도 제때에 에울수 없었고 떠날 때 입은 옷은 다 해어져 볼품이 없었습니다. 집으로 돌아가 년로하신 아버지를 모시려고 생각도 하였으나 이젠 려비마저 떨어져 갈수 없게 되었습니다.

바로 이렇게 씨돌이가 곤경에 처해 갈팡질팡을 하고있을 때였습니다. 그의 앞에 불현듯 호리호리한 몸매에 달같이 환한 얼굴을 가진 처녀가 웃으며 나타났습니다.

≪아니, 아씨는 누구시온데 이렇게 저를 찾으셨나이까?≫

씨돌이는 너무도 의아하여 이렇게 물었습니다.

≪놀라지 마세요. 저는 룡궁에 사는 조개예요. 의지가지 없이 떠돌아다니는 씨돌이를 도우러 나왔어요.≫

화려한 옷차림을 한 아씨는 자기 손에 쥐였던 새빨간 진주를 씨돌이에게 넘겨주는것이였습니다. 앵두같이 빨간 진주는 볼수록 그 빛깔이 눈부시게 빛발쳤습니다.

≪아, 진주…≫

씨돌이는 목이 꺽 메여 더 말을 잇지 못하였습니다.

≪씨돌이, 이 진주를 가지고 어서 집에 돌아가 불쌍한 아버지를 잘 보살피세요.≫

말을 마치자 조개아씨는 그 어데론가 사라지였습니다.

뜻밖에 진주를 손에 쥔 씨돌이는 조개아씨가 그처럼 타이르며 당부하던 말도 깡그리 잊어버리고 도리여 진주를 장마당에 갖고 가서 팔려고 생각하였습니다.

(공연히 장마당에 내다 팔다가 훔친거라고 의심을 받게 되는 날이면 어쩐담?…)

씨돌이는 아예 길가에서 절반값에 진주를 팔ㅇ났습니다. 은전 백냥을 손에 쥔 씨돌이는 집으로 돌아가 아버지를 모시려고 하지 않고 돈벌이를 해볼 생각으로 장사길에 올랐습니다. 이리하여 몇 번 물건을 되넘겨 팔다보니 씨돌이의 돈주머니는 갈수록 불룩하게 되었습니다. 씨돌이는 논밭을 사고 안해까지 맞아들여 가정을 이루었습니다. 씨돌이는 조개아씨가 준 진주를 밑천으로 큰 부자로 되었습니다. 하지만 그의 마음속에는 저 멀리 떨어져 홀로 집에 있는 년로하신 아버지에 대한 생각은 꼬물만치도 없었습니다.

3년이 또 지났어도 씨돌이가 돌아오지 않으니 석목수는 하루에도 몇 번씩 산등성이에 올라 씨돌이가 돌아오기를 애타게 기다렸습니다.

가을이면 기러기떼가 남으로 날아가고 봄이면 제비가 깃을 치며 북으로 날아오건만 기다리고 기다리는 씨돌이는 그림자조차 보이지 않았습니다.

≪씨돌아 ! 씨돌아 !—≫

석목수는 이렇게 목이 쉬게 부르고 또 불렀으나 서북풍만 윙—윙 세차게 불어칠뿐이였습니다.

길가던 풍수쟁이가 석목수를 보고

≪당신의 아들은 진작 딴사람이 되었수다. 공연히 몸 얼구지 말고 집에 돌아가시우다!≫라고 말했습니다.

그렇지만 석목수는 그 말을 곧이들으려 하지 않았습니다.

(내가 그 녀석을 어떻게 자래웠다고 이 애비를 잊겠는가, 절대 그럴수야 없지.…)

석목수는 매일 산등성이에서 아들 씨돌이를 기다리였습니다. 씨돌이가 기장밥을 좋아하기에 이웃집에 가서 일을 좀 거들어주고는 대신 기장쌀을 받아 단지에 담아두었습니다. 차디찬 서북풍이 문풍지를 울리는 밤에도 석목수는 혹여 씨돌이가 와서 문을 열어달라고 하는것 같아 등불을 켜놓고 지새군 하였습니다.

씨돌이를 기다리기에 석목수는 이젠 기력이 진할 대로 진하였습니다.

어느날 석목수는 겨우 산으로 톺아 올라는 갔으나 다리가 떨리여 내려올수가 없었습니다. 하여 산중턱에 꼼짝 않고 앉아서 그래도 언제면 아들이 돌아오나 하고 기다렸습니다. 시간이 얼마나 지났는지 석목수는 그만 씨돌아를 기다리며 앉은 그 자리에서 움직일수 없게 되었습니다.

이 소식을 들은 룡왕은 석목수를 불쌍히 여기고 씨돌이를 크게 꾸짖으며 여러 신하들에게 씨돌이 일을 탐문해보았습니다.

≪게 누가 씨돌이란 사람을 모르는고?≫

조개아씨가 곰곰이 생각해보니 자기가 진주를 준 씨돌임이 틀림없었습니다. 조개아씨는 몹시 성이 나서 그 자리로 씨돌이를 찾아가 당장에 자기가 준 진주를 내놓도록 닦달하였습니다.

≪씨돌이! 내 그때 아버지를 보살피라고 준 진주를 어서 내놓아요!≫

≪그건…내가…≫

씨돌이는 어물거리기만 하였습니다. 그러자 조개아씨는 아무 말 없더니 진주를 팔아서 일군 씨돌이의 재산을 몽땅 바다에 처넣었습니다.

세월은 흐르고 흘러 산등성이에 앉아 머리가 새하얗게 되도록 씨돌이를 기다리고 기다리던 석목수는 그만 바위로 굳어져버렸습니다. 이리하여 그때로부터 사람들은 이 고장을 ≪로두구≫이 불렀다고 합니다.

고충일 구술
황상박 정리

천보산(1)

천보산은 전에는 금은산이라고 불렀다고 한다.

멀고 먼 옛날, 금은산아래에는 날마다 산에 가서 나무를 해다가 팔아 그날그날을 살아가는 나무군총각이 있었다.

어느 하루 나무군총각은 지게에 낫을 꽂고 깊은 산속으로 나무하러 갔다.

그런데 홀연 그의 눈앞에는 황홀한 세계가 펼쳐졌다.

앞뒤 산골짜기에는 어디라 없이 울긋불긋 백화가 다투어 피였는데 그 꽃향기는 사람을 취하게 하였다.

그런가 하면 우거진 수림속 나무가지우에서는 온갖 새들이 우짖었고 옥같이 맑은 시내물이 고요히 잠든 골짜기를 들깨우며 흘러가고있었다.

꿈속의 천당같고 그림속의 선경같은 이곳은 산신의 귀여운 외동딸이 즐거운 놀이터였다.

먼발치에서 인기척을 듣고 나무군총각을 보아낸 산신의 딸은 인츰 나무뒤에 살짝 숨어서 젊은이의 거동이며 용모를 깐깐히 뜯어보았다.

훤칠한 키에 름름한 자태, 쩍 벌어진 가슴, 차림새는 비록 람루했지만 씨엉씨엉 활개치며 걷는양은 과연 사내대장부였다.

≪난 여지껏 숱한 젊은이들을 보았지만 저이처럼 웅장하고 미덥게 생긴 이는 처음이야.≫

산신의 딸은 저도 모르게 가슴이 울렁거렸다. 그의 눈길은 총각의 몸에서 떠날줄 몰랐고 가슴속 한구석에는 야릇한 생각이 움틀거리는것을 어쩔수 없었다.

그후 어느날이였다. 총각은 쪽지게에다 나무를 넘쳐나게 묶어놓고 아름드리나무에 기대앉아 땀을 들였다.

이날따라 나무군총각은 제 처지가 더없이 가긍하게 느껴져 저도 모르게 한탄했다.

≪세상은 넓고 넓은데 어이하여 나한텐 밭 한이랑 없을가? 날아다니는 새들도 짝을 무어 즐기는데 어이하여 이내몸은 외토리신세일가?≫

갑자기 총각이 기대인 아름드리나무가 움직이기 시작했다.

구슬픈 생각에 잠겨있던 총각이 소스라쳐 정신을 차리고 뒤를 돌아다보니 이게 웬 일인가?

둥글소만한 호랑이 한 마리가 뛰쳐나와 두발을 턱 버티고 서서 퉁방울눈에 시퍼런 불을 내뿜으며 총각을 지켜보고있는것이 아니겠는가.

와뜰 놀란 총각은 얼결에 도끼를 잡아쥐며 말하였다.

≪호랑이야. 네 아무리 짐승일지라도 어찌 부모없는 불쌍한 나를 해하겠느냐. 너한테도 자식이 있을테니 오늘은 순순히 놓아보낸다. 제발 못된 짓을 하지 말아.≫

헌데 이상하게도 호랑이는 총각의 말을 알아듣기나 한짓처럼 머리를 몇번 끄덕여보이고는 슬밋슬밋 뒤산으로 넘어가버렸다.

그후 얼마쯤 지나서였다. 총각은 나무를 해가지고 집으로 돌아오는 길이였다. 문뜩 길가의 풀숲에서 붉은색 작은 꾸레미가 눈에 띄였다. 호기심이 동한 총각은 그 꾸레미를 헤쳐보았다. 꾸레미속에는 온통 금은보화였다.

≪아니 누가 이 귀중한 보물을 잃어버렸을가? 그 사람은 지금 얼마나 안타깝게 찾고있을가?≫

나무군총각은 금은보화를 다시 보자기에 싸서 제 자리에 놓고는 나무를 지고 집으로 돌아왔다.

또 열흘이 지나서였다. 그날도 총각은 산에 가서 나무를 하느라고 분주히 돌아치는데 갑자기 뒤에서 귀청을 째는듯한 녀인의 아우성소리가 들려왔다.

≪사람 살려요! 사람 살려요!≫

총각이 머리를 홱 돌려 뒤를 돌아다보니 길이가 두어발 되는, 팔뚝같이 실한 구렁이가 녀인의 몸을 칭칭 휘감고있었다.

나무군총각은 손에 쥐이는대로 물푸레나무가지를 꺾어들고 쫓아가 녀인의 몸에 감기는 구렁이의 대가리를 틀어쥐고 몸뚱아리를 답새기려고 하였다.

그런데 참 별일이였다. 정신을 가다듬고 눈박아보니 구렁이는 온데간데없고 손에는 난데없는 칡넝쿨이 쥐여져있었다. 그런가 하면 그 녀인은 보기드물게 예쁜 처녀였다. 처녀는 총각을 보자 아미를 수그리고 살짝 웃으며 상냥스럽게 말하는것이였다.

≪놀라지 마옵소서. 저는 이 금은산 산신의 딸이온데 초부님을 남몰래 사모해왔나이다. 그래서 초부님 모르게 호랑이로도 변해보고 금덩이로도 변해보고 이번에는 구렁이로 변해보면서 초부님의 마음을 떠보았나이다. 소녀 비록 산신의 딸이오나 지상의 맘씨 고운 초부님을 랑군으로 섬기려 하오니 바라옵건대 초부님은 버리지 말아주옵소서.≫

이리하여 나무군총각과 산신의 딸은 그 자리에서 곧고 싱싱하게 자란 풀 한포기를 향불로 삼고 언덕에 꽂아놓고서 두손을 모아 하늘에 대고 절을 세번 한후 백년가약을 맺게 되였다.

그후 나무군총각은 산신의 딸의 도움을 받아 금은산의 금과 은을 캐내는 법을 배워 인간세상에 만복을 창조해주면 잘 살았는데 사람들은 이는 하늘이 도와 보배를 인간세상에 준것이라 하여 금은산을 천보산(天寶山)이라 고쳐부르게 되었다 한다.

황상박 정리

천보산(2)

멀고 먼 옛날 천보산에는 금과 은이 많이 매장되여있었다고 합니다. 그런데 지금은 어찌하여 동, 연과 아연밖에 없을가요?

옛날 옛적에 천보산 아래에 자그마한 마을이 있었습니다. 그 마을엔 다부진 몸매에 영준하게 생긴 금돌이라는 총각이 늙으신 어머니를 모시고 살았답니다. 그는 날마다 산에 올라가 나무를 하여 정지주네 집에 가져다 바치곤 그날그날 생활을 연명해갔습니다.

어느해 따스한 봄날, 나무하러 산으로 간 금돌이는 눈앞에 펼쳐진 그림같이 아름다운 풍경에 두 눈이 휘둥그래졌습니다. 산비탈엔 이름 모를 갖가지 꽃들이 만발하고 그윽한 향기가 코를 찔렀습니다. 뭇새들이 지저귀는 소리와 바위돌 사이로 돌돌 흐르는 시내물소리는 노래소리마냥 정답게 들려왔습니다.

눈앞에 펼쳐진 황홀경에 취하여 정신이 팔리다나니 점심때가 지나서야 부랴부랴 나무 한지게를 해지고 집으로 향하였습니다.

바로 이때였습니다. 수림가에서 아름다운 노래소리가 은은히 들려왔습니다. 그는 하도 이상하여 나무지게를 내려놓고 노래소리가 나는 수림가로 조심조심 다가갔습니다. 수풀을 헤치고 가만히 내려다보니 꽃같이 아름다운 처녀가 노래를 부르면서 옥같이 맑은 시내물가에서 아롱다롱 꽃무늬진 꽃사발을 씻고있었습니다.

얼빠진 사람처럼 금돌이가 멍하니 바라보고있는데 처녀의 손에서 사발 하나가 그만 미끄러져 강물에 홀랑 떨어지였습니다.

≪아이구머니!≫

처녀는 얼결에 소리치며 허리를 굽혀 그걸 쥐려다가 그만 이끼가 낀 바위에서 발이 미끄러져 강물에 빠지고 말았습니다.

≪사람 살려요! 사람 살려요!≫

처녀는 연해연방 소리치며 떠내려가고있었습니다. 금돌이는 더 지체할 사이가 없이 쏜살같이 달려가 옷을 입은 그대로 첨벙 강물에 뛰여들어 그 처녀를 구해냈습니다. 그리고 다시 물에 들어가 손더듬질을 하여 금방 처녀가 떨어뜨린 꽃사발까지 건져내주었습니다.

금돌이의 소행에 처녀는 더없이 감격하여 마음속의 말을 다 하였습니다.

≪저는 산신령의 딸이예요. 이름은 귀옥이라고 불러요. 전 계모의 학대에 못이겨 매일 강변에 나와 늘 그릇 씻는 일을 하는거예요.≫

≪나는 금돌이라고 부릅니다. 매일 땔나무를 해다 팔아 목숨을 이어가고 있지요.≫

금돌이는 저도 모르게 자기의 가련한 처지와 불운한 신세를 말하고 이름까지 알려주었습니다. 금돌이의 정다운 말에 귀옥이는 살풋이 눈을 내리깔았습니다.

땅거미가 질 무렵에 금돌이는 서운하게 그와 작별하면서

≪심산밀림에 인적기 드무니 옥같이 귀중한 몸 부디 조심하시오. 이곳엔 승냥이와 호랑이가 쏘다니니 땅거미 지기전으로 집으로 돌아가시오!≫라고 당부하였습니다.

그 말에 처녀는 귀밑을 살짝 붉히며 정다운 눈매로 힐끗 금돌이를 쳐다보고는 이렇게 대답하였습니다.

≪오빠의 일편단심이 이 한몸 구해주었으니 이 몸이 진토 된들 구명은인을 어찌 잊으오리까. 이 한몸 다 바쳐 그 은혜 보답하오리다.≫

이때로부터 총각은 날마다 처녀를 만났던 그곳에 가서 나무를 하게 되였는데 웬 일인지 달포가 지나도록 그 처녀는 한번도 나타나지 않았습니다.

어느날 금돌이는 여느때처럼 그날 나무를 다 해놓고 강변에 서서 귀옥이를 그리며 흘러가는 강물을 하염없이 바라보고있었습니다.

갑자기 자기를 부르는 귀에 익은 목소리가 들려왔습니다. 돌아다보니 오매에도 그리고 그리던 귀옥이였습니다.

금돌이는 너무도 기뻐 어쩔바를 몰랐습니다.

≪집에서 단속이 어찌도 심한지 산에서 나올수 없었어요. 래일 우리 아버지께서 저를 구해주신 오빠의 은혜를 갚겠다고 하오니 꼭 한번 다녀와주세요. 이 고장엔 금과 은이 많고도 많은데 오빠께선 무얼 갖고싶은가고 물으면 팔선상우에 놓인 작은 무쇠가마를 달라고 하세요.≫

이렇게 말한 귀옥이는 산으로 들어가는 방법을 알려준 뒤 꽃무늬 돋친 길다란 치마폭을 날리면서 안개마냥 사라졌습니다.

이튿날 아침, 금돌이는 귀옥이가 시켜준대로 앞 남산에 있는 큰 청석바위에 다가가

≪손님이 왔나이다. 손님이 왔나이다. 어서 문을 열어주시오!≫ 하고 웨쳤습니다.

그의 웨침소리가 나자마자 요란한 소리와 함께 과연 집채 같은 돌문이 ≪드르릉≫ 하고 열리였습니다.

돌문안을 들어가니 궁궐 같은 집안은 금빛, 은빛으로 눈부시였습니다.

금돌이가 들어오는것을 본 산신령은 금빛나는 의자에 앉아 백발수염을 내리쓸면서 우렁우렁한 목소리로 말을 하는것이였습니다.

≪자네가 금돌이라는 젊은인가? 나의 딸을 구해주어 정말 고맙네. 그 은혜를 잊지 못해 보물을 하나 선사하려네. 여기에 있는 금, 은 보물중에서 자네 마음에 드는 보물을 하나 짚어보게나.≫

사방을 휘둘러보고난 금돌이는 조용한 말투로 여쭈어 올렸습니다.

≪사람이 재물을 너무 탐내면 재앙을 면치 못하오니 금도 싫고 은도 싫소이다. 그저 단 한가지 물건만 가지고싶은데 산신령님께서 저어하실가봐 념려되나이다.≫

그러자 신신령은 다급히

≪그게 웬 소리인고. 산을 좌우지하는 산신령으로서 말하면 말한대로 하거늘 어서 빨리 주저하지 말고 말할지어다!≫라고 말하였습니다.

금돌이는 산신령앞에 놓인 팔선상에 천천히 다가서며 상우에 놓인 작은

무쇠가마를 가리키면서

≪금도 싫고 은도 싫소이다. 그저 이 작은 가마 하나면 더 바랄것이 없소이다.≫라고 간청하였습니다.

그러자 산신령은 매우 난처해하였습니다. 이미 큰소리를 쳤는데 차마 안주기도 그렇고 정작 주자니 딱한 사정이 있었습니다. 한참동안 산신령은 금돌이를 바라볼뿐이였습니다.

이때였습니다. 낮잠을 자다가 깨여난 산신령의 녀편네가 눈을 비비며 다가오더니 상우에 놓인 무쇠가마를 금돌이에게 홱 뿌리다싶이 안겨주며

≪가져가, 어서 가져가!≫ 하며 귀찮다는듯이 금돌이를 마구 문밖으로 떠밀었습니다.

급해맞은 산신령이 막 막아서려 했으나 금돌이는 어느결에 돌문밖으로 떠밀려나갔습니다. 금돌이가 뒤돌아보니 돌문은 진작 굳게 닫겨지고 무쇠가마도 온데간데 없어졌습니다. 헌데 그의 앞에는 꽃처럼 아릿다운 처녀가 빙그레 웃으며 서있었습니다. 여겨보니 다름 아닌 오매에도 그리던 귀옥이였습니다.

귀옥이는 금돌이의 손을 다전하게 잡으며

≪어서 집으로 갑시다요!≫ 하며 금돌이를 이끌었습니다.

금돌이네 집으로 온 그들은 그날 저녁으로 백년가약을 맺고 행복한 부부로 되었답니다. 이 소식은 나래 돋친듯 어느새 욕심 많은 부자놈의 귀에까지 전해졌습니다. 천보산속에 금과 은이 부지기수라는 소문을 들은 부자는 남몰래 닭알침을 삼키였습니다. 그놈은 온갖 수단을 다 써서 금돌이를 핍박하여 돌문을 여는 비밀을 알아낸후 이튿날 꼭두새벽에 81대의 우마차를 이끌고 천보산으로 들어갔습니다. 산 남쪽에 있는 청석돌 옆에 이른 부자는 숨돌릴 사이도 없이

≪손님이 왔다. 손님이 왔다. 문아, 문아, 어서 열려라!≫라고 돼지 멱따는 소리를 질렀습니다.

그랬더니 과연 ≪드르릉≫ 하는 요란한 소리와 함께 돌문이 쩍 열리였습니다.

돌문안에 있는 눈부신 금은보화를 보자 입이 함박만해진 부자는 마름들에게 금과 은을 수레에 듬뿍듬뿍 담으라 령을 내렸습니다.

바로 이때 와작대는 소리에 산신령이 단잠에서 깨여났습니다.

≪거 어느 녀석이 나의 보물을 도적질해 가는거냐?≫

분이 상투밑까지 오른 산신령은 고래고래 웨쳤습니다.

≪이 놈이 살아서 돌아가는가 어디 두고 보자!≫

산신령은 속으로 윽별렀습니다.

이윽고 산신령이 손을 휘두르자 돌문이 닫겨지려고 움찔움찔 움직이기 시작하였습니다.

이때 눈치 빠른 마름 한놈이

≪큰일 났소이다. 저 돌문이… 돌문이 닫깁니다. 빨리 냅다 뛉시다요!≫ 하고 소리쳤습니다.

허나 금은보화에 눈이 어두워진 부자는 도리여 눈알을 부라리며 욕지거리를 하였습니다.

≪제길할 놈, 이제 반수레밖에 싣지 못했어! 군소리 말고 빨리빨리 실어라!≫

욕지거리소리가 떨어지기도전에 돌문이 ≪드르릉≫ 하고 닫겨버렸습니다. 부자놈과 그의 개다리들은 한놈도 빠져나오지 못하고 땅속에 묻혀 생주검이 되였습니다.

그후 세월이 흘러 그때 몰살당한 놈들이 피와 살이 썩어서 눈부시던 금덩이는 빛을 잃어 동으로 변하였고 백설 같이 희던 은덩이에는 재빛 안개가 끼여 아연으로 변하였습니다.

그리하여 천보산에는 지금 금과 은 대신 동, 연이 많이 매장되여있다고 합니다.

고충일 구술
황상박 정리

방아골

룡정시 팔도향 소재지에서 서북쪽으로 약 15리가량 들어가노라면 맑고 맑은 샘물이 돌돌돌 흐르고 수림이 우거진 아늑한 골짜기가 나집니다.

언제부터인지는 딱히 모르나 사람들인 이 골짜기를 방아골이라고 부르면서 이런 이야기를 전하고 있습니다.

먼 옛날 이 고장에는 욕심많은 부자집네서 머슴으로 우마처럼 일하면서 살아가는 만복이네 부부가 있었습니다. 그들은 매일 부자집 안팎일에 눈코뜰새없이 바삐 돌아쳤습니다.

어느하루 만복이가 령너머 골짜기에 들어가 나무 한지게를 해가지고 무겁게 지고 지주집뜨락에 들어섰을 때였습니다.

나무짐을 벗기도전데 만복이에게 청천벽력이 떨어졌습니다.

≪애, 만복아, 래일부터 너희들 부부는 우리 집에서 당장 나가렷다!≫

≪아니 나으리님, 이게 도대체 무슨 소리입니까? 우리가 무슨 일이라도 저질렀습니까? 더구나 이 추운 엄동설한에 어디 가서 어떻게 살아간단 말입니까?≫

퇴마루에 꿇어앉은 만복이가 손이 닳도록 빌었으나 막무가내였습니다.

만삭이 된 안해가 이제 해산하면 일하지 못하리라는것을안 부자놈은 그들 내외를 집에서 쫓아내였던것입니다.

만복이는 하는수 없이 안해를 이끌고 차디찬 눈보라를 헤치면서 정처없이 길을 떠났습니다.

(남편을 잘못 만나 여직껏 잘 먹지도 입지도 못한 안해에게 이런 고생까지 당하게 하다니?)

흩옷바람에 흩어진 머리카락을 쓸어넘기며 간신히 한발자국씩 걷고 있는 한해를 볼수록 만복이의 가슴은 칼로 에이는듯 아파났습니다.

더구나 이제 며칠 지나 식솔하나가 더 늘어나는 형편이라 우선 먹을것을 장만해야 하겠다고 맘먹은 만복이는 산열매며 눈속에 묻힌 말라든 산나물을 정성껏 뜯고 또 뜯었습니다.

그들 부부의 눈앞에는 높은 령마루가 가로 놓여있었습니다. 사흘이나 제대로 먹지 못한 그들이 허기진 몸에 지친 다리를 간신히 이끌고 령기슭에 톺아 올랐을 때였습니다.

어디서 난데없는 꽃향기가 그들의 코를 찔렀습니다.

(때아닌 엄동설한에 꽃향기가 풍기다니? 참 이상도 한데…)

그들은 제나름으로 자기 코를 의심하며 사위를 샅샅이 훑어보았니다. 눈덮인 숲속에서 유독 빨갛게 빛을 뿌리는 꽃 한송이가 엷은 꽃잎을 펼쳐들고 그들을 반겨 맞았습니다.

비록 한송이의 꽃송이에 지나지 않지만 때아닌 철에 핀 꽃을 보니 어쩐지 정겹게 안겨왔습니다.

≪여보세요, 이게 웬 꽃이예요? 향기를 맡으니 온몸에 기운이 나고 정신이 상쾌해 져요.≫

한해의 말을 듣자마자 만복이도 꽃가에 다가가 향기를 맡았더니 먼길에 지친 사람 같지 않게 정신이 버쩍 났습니다. 그는 그 곁에다 보짐을 내려놓고 마음껏 꽃향기를 맡아가면서 다리쉼을 하였습니다. 빨간 꽃송이곁에서 얼마 멀지않은 곳에 샘터가 있었습니다.

만복이는 서둘러 나무가지들을 베여다 샘터가에 자그마한 초막을 짓고 마른 풀을 베여다 안해에게 자리를 마련해주고는 그 빨간꽃도 정히 따서 막안에 옮기려고 하였습니다.

그런데 빨간 꽃 뿌리엔 돌덩이가 달려있었습니다. 그 돌덩이는 이상하게도 방아확처럼 움푹하게 패워져있었습니다.

≪여보 이걸 좀 보오. 이게 도대체 무엇일가?≫

만복이가 꽃뿌리에 달린 돌덩이를 들고 안해에게 물었습니다.

≪아이유, 마침 잘되였어요. 거기에다 조이를 좀 넣고 찧어보세요.≫

가마목에 누웠던 안해가 반신을 일으키고 반색하며 말하였습니다.

만복이는 종자를 하자고 남겨두었던 몇이삭 안되는 조이삭을 털어 그 자그마한 방아확에 넣고 살랑살랑 찧기 시작 하였습니다.

헌데 이게 웬 일이겠습니까?

한홉의 조가 한말의 쌀로 쏟아져 나오는것이였습니다. 이번에는 안해에게 미음을 끓여주려고 쌀 한줌을 넣고 찧었더니 또 좁쌀가루 한말이 잘되게 쏟아져 나왔습니다.

≪아니 여보, 이게 도대체 어찌된 일이요? 찧을수록 쌀이 점점 더 생기니 말이요.≫

만복이가 눈이 휘둥그래지면서 안해에게 말을 하였습니다.

≪아마 하느님께서 우리를 보살펴주시는가 봐요.≫

만복이네 부부는 더없이 기뻤습니다. 한홉의 조로 한말의 좁쌀을 얻고 한말의 좁쌀로 한섬의 좁쌀을 얻어내게 되니 찧으면 찧을수록 열곱, 백곱… 쌀섬이 무더기로 쏟아져 나왔습니다.

만복이는 쌀을 장마당에 지고 가서 팔아 그 돈으로 덩실한 기와집을 짓고 새살림을 꾸리게 되였습니다. 그리고 가난한 사람들에게 쌀도 나눠주었습니다.

그런데 이 희한한 소식이 마침내 부자놈의 귀에까지 들어갔습니다.

(흥, 내 집에서 쫓겨난 만복이녀석이 벼락부자가 되였다구? 당치않을 소리지.…)

부자는 반신반의하면서도 욕심이 굴뚝같이 솟아 그길고 만복이를 찾아갔습니다.

과연 듣던 소분과 마찬가지로 만복이는 으리으리한 기와집에서 살고 있었습니다.

≪아니, 이게 우리 집에서 일하던 만복이가 아니냐? 헤헤…≫

≪나으리님께서 어떻게 되여 이런 깊은 산속에 까지 찾아오셨나이까?≫

선량한 민복이는 그래도 옛주인이 찾아왔는지라 푸짐한 주안상을 차리여

대접하였습니다. 술잔이 둬순배 돌자 술기운이 올라 얼굴이 벌겋게 상기된 부자는 짐짓 웃음을 지으면서

≪이보게 만복이, 자넨 도대체 어떻게 되여 이 고을에서 이런 갑부로 되였나?≫라고 하며 꼬치꼬치 캐여물었습니다.

워낙 마음씨 착한 만복이는 부자집에서 쫓겨난후 자기들이 겪은 일들을 자세히 들려주었습니다.

(음, 그런 일이였구나, 나에겐 방아확에 넣을 쌀이 많고 많은데…)

만복이에게서 방아확을 빌려쓰기로 한 부자는 속으로 웃음집이 흔들흔들하여 돌아왔습니다.

(흥, 이제 내 창고의 낟알을 죄다 가져다 그 방아확에다 넣고 찧는 날이면 만복이 녀석이 다 무어냐?)

이튿날 부자는 숱한 머슴군들을 시켜 창고의 낟알을 수레에 싣고 이 골안으로 들어 왔습니다.

방아확에다 낟알을 넣은 부자는 보란듯이 먹임소리까지 하여가며 찧기 시작하였습니다.

헌데 한섬의 낟알을 찧어내고 보니 그만 겨우 한되의 쌀밖에 되지 않았던 것입니다.

≪아니 이 녀석들아! 좀 더 정성을 넣어 찧으렷다!≫

부자놈의 추상같은 불호령에 머슴들은 낮에 밤을 이어가면서 륜번으로 낟알을 찧고 또 찧었습니다.

그런데 낟알을 찧으면 찧을수록 점점 줄어만 들었습니다. 분이 상투밑까지 치밀어 오른 부자는 창고안의 낟알을 몽땅 가져다 찧을 잡도리를 하였습니다.

좁은 골짜기는 부자집 낟알을 싣고 오는 수레들로 장사진을 이루었습니다. 백섬이 넘어되는 낟알을 찧었지만 겨우 한되나 되나마나하게 쌀을 얻은 부자는 대번에 붉으락 푸르락하면서 머슴들에게 또다시 호통을 쳤습니다.

≪여봐라, 어서 지체 말고 저 방아확을 정으로 뚫어보도록 하여라!≫

부자는 잃어버린 낟알이나 되찾아내려고 하였던것입니다.

뚱땅, 뚱땅… 정을 쥔 머슴들이 달라붙자 메질군들이 번갈아 메를 휘둘렀습니다. 산골짜기를 울리는 메질소리와 함께 방아굽이 덜컥 뚫어지였습니다.

그러자 샘줄기가 콱 치솟아 오르면서 큰물이 산골안을 따라 내리 흘렀습니다. 큰 물줄기는 부자놈부터 사정없이 휘몰아갔습니다.

그때로부터 사람들은 이 골짜기를 방아골이라고 불렀는데 지금도 방아골에는 그때 솟아난 샘이 그냥 솟으며 흐른다고 합니다.

김봉찬 구술
황상박 정리

표적바위

룡정현 팔도향 소재지에서 구수하상류를 거슬러 10리쯤 올라가 병풍산을 넘어서면 멀찌감치 오붓한 초가마을이 보이는데 마을앞 개울건너 키넘는 가둑나무밭속에 우뚝 솟아있는 바위를 볼수 있다. 사람들은 이 바위를 표적바위라 부르는데 여기에는 이런 이야기가 깃들어있다.

항일의 봉화가 거세차게 타오르던 30년대초, 팔도구일대에서 있은 일이다.

산을 주름잡아 일제놈을 족치던 항일대오속에는 나어리고 몸이 다부지게 생긴 최꼬마라는 어린이가 있었다.

그때 비밀통신련락을 맡은 최꼬마는 팔도구 북쪽 산비탈에 있는 한 바위를 거점으로 정하였는데 이 바위에서 20여리 더 북쪽으로 깊게 들어가면 장봉촌항일근거지가 있었다.

항일유격대원들은 무시로 어둠을 타고 몇십리 떨어진 팔도구금광과 팔도구시내로 내려와 감쪽같이 유격전을 벌리군 하여 왜놈들의 간담을 서늘케 하였다.

그때 팔도구금광에는 사처에서 모여온 1천여명의 로동자들이 있었는데 그속에는 홍덕대놈의 살기어린 채찍질에 등짐으로 금돌을 져내는 최꼬마도 있었다.

최꼬마는 병들어 몸져누운 어머니를 구하고저 어린 나이에 광산일을 하지 않으면 안되였다.

어머니는 늘 그를 보고 ≪애야, 한창 글공부할 나이에 굴일을 시키니 내 죽어도 눈을 못감겠구나!≫ 하며 설음에 겨워 말했다.

봉사대에 뽑혀간 아버지의 소식조차 알길이 없는데 얼마 지나지 않아 어머니마저 약 한첩 못쓰고 한많은 세상을 떠나고말았다.

하여 어린 최꼬마의 가슴속에도 이 불공평한 사회에 대한 적개심이 활화산처럼 타올랐다.

최꼬마는 끝내 쥐도 새도 모르게 밤에 산사람들을 따라 장봉촌유격구로 들어가고야말았다.

그후에 병풍산기슭에는 손에 채찍을 들고 소와 말을 몰고 다니는 한 나어린 목동이 나타났다.

밀짚모자를 푹 눌러쓴 이 목동은 한낮이면 병풍산기슭에서 소를 몰다가도 이 표적바위 부근에 와서는 일부러 채찍을 높이 휘둘러댔고 황혼이 깃들무렵이면 안개처럼 그 어데론지 사라지군 하였다.

하지만 이렇게 낮이면 소와 말을 몰고 왔다가 되돌아가군 하는 애가 최꼬마라는 것을 그 누구도 모르고있었다. 최꼬마는 이렇게 이 골안의 목동이 되어 유격구의 비밀통신련락을 하였다.

최꼬마가 유격구로부터 가져온 비밀쪽지를 이 표적바위 푸른 이끼속에 넣고 가면 밤도와 광산에 있는 지하공작인원이 이곳에 와서 감쪽같이 가져가군 하였으며 또 지하공작인원이 수집한 새 정보를 이 표적바위까지 가져다놓으면 최꼬마가 장봉촌유격구로 날라가군 하였다.

어느 하루 일제헌병 수십명이 갑자기 부락에 쳐들어와 마구 불사르고 빼앗는 등 차마 눈뜨고 보지 못할 만행을 감행하고있었다.

이 긴급한 사태를 미처 유격구에 전할길 없게 된 최꼬마의 가슴은 마구 찢어지는 듯 아파났다.

(옳지 이 베적삼으로 산호를 알려야겠다!)

이렇게 생각한 최꼬마는 자기가 입은 흰 베적삼을 벗어 긴 참나무작대기에 매여달고 이 표적바위에 올라섰다.

최꼬마의 흰 베적삼은 푸른 숲속에서 한폭의 기발로 펄럭이였다.

저 멀리 장봉골보초선에서 망원경으로 흰 시발의 신호를 받게 된 유격구 지휘부에서는 부랴부랴 긴급전투태세를 갖추더니 이 부락을 포위하여 독안에 든 쥐 잡듯이 당장에 일본군 40여명을 쓸어눕히였다.

며칠후 선불맞은 왜놈들은 눈에 쌍불을 켜고 더욱 많은 이중이떠중이를 모아가지고 이 골안으로 덮쳐들었다.

이날 망아지를 몰고 나선 최꼬마는 이 좋지 못한 기미를 눈치채고 인츰 이 정보를 유격구에 알리려 했다. 헌데 이날따라 최꼬마는 베적삼을 벗어놓고 와서 련락을 할수 없게 되었다.

최꼬마는 생각 끝에 비밀쪽지를 말꼬리밑에 달아매고 망아지를 장봉촌으로 돌려세우며 사정없이 채찍을 안겼다. 그러자 망아지는 퉁방울눈을 슴벅거리며 몇번 호용하더니 네굽을 안고 뛰기 시작하였다. 이윽고 망아지는 키넘는 쑥대밭을 지나 싸리밭을 에돌아 곧추 장봉골로 달리고 달렸다.

바로 이때다. 헌옷차림을 하고 배낭을 어깨에 멘 낯선 사나이가 숲속에서 최꼬마를 보자 알은체를 하는것이였다.

이녀석은 그 비밀쪽지의 냄새를 맡고 기여든 놈이였다.

≪얘야, 약재를 좀 쓰려구 오미자를 뜯으려 하는데 어데 있는지 아느냐?≫

≪여보세요. 이곳에는 오미자보다 다른 열매가 더 많더군요.≫

최꼬마는 이놈의 행동거지가 심상치 않음을 대번에 보아냈다. 그는 사태가 위급할 때 나타난 이자를 가만놔두려 하지 않았다. 최꼬마는 옆낭에 따넣었던 새빨간 오미자를 꺼내보이면서 이서 받으라고 하였다. 그러자 그자는 최꼬마곁으로 슬금슬금 다가섰다.

바로 이 순간 한손으로 오미자를 주던 최꼬마는 다른 한손으로 꽁무니에 찼던 시퍼런 낫을 부리나케 꺼내여 이 녀석의 목덜미를 단번에 찍어 눕혔다. 놈은 그만 입에 거품을 문채 찍소리도 못하고 풀숲에 푹 거꾸러져 다시는 일어날 수 없게 되었다. 헌데 벌써 바위아래에서 숱한 왜놈들이 총창을 꼬나들고 막 몰려들줄이야 누가 알았으랴.

온몸에 주먹땀이 내돋친 망아지가 유격근거지에 당도하자 무장을 한 유격대원들이 아랫마을을 향해 달려오기 시작했다.

이때 최꼬마는 발톱까지 무장한 왜놈들을 이 표적바위까지 유인하여 생사판가리 싸움을 벌리고있었다.

≪개놈들아, 어서 올라오너라! 너희들은 비록 나 한사람을 죽일수는 있어

도 수천만의 대중들은 다 죽일수 없다는걸 알아라!≫

순간 최꼬마의 눈앞에는 눈을 감지 못하고 돌아가신 어머니와 그리고 고향사람들의 모습이 선하게 떠올랐다.

이날, 왜놈들은 대포며 기관총까지 들이대면서 이 바위가로 기여들었다.

놈들은 최꼬마의 돌벼락에 숱한 주검을 남기면서도 ≪새끼빨갱이≫을 생포하게 되었다면서 거드름 피우며 기여올랐다.

코등에 안경을 건 왜놈장교 한놈이 난데없이 날아떨어지는 동이만큼한 돌멩이에 얻어맞아 ≪앗!≫하고 비명을 지르며 나자빠졌다. 그러자 눈먼 기관총, 대포가 일제히 짖어대기 시작하였다.

이날, 왜놈들을 모조리 족친 유격대원들이 바위에 이르렀을 때는 최꼬마의 붉은 피가 이 바위에 홍건히 배여있었다.

그후 이 표적바위이름을 따서 이고장 사람들은 이 마을을 부암(符岩)촌이라고 부르면서 최꼬마를 영원히 기녀뫄여 그 바위곁에 비석을 세우고 해마다 한식과 추석날이면 한없이 그를 그리고 있다 한다.

황상박 정리

마반산

해란강은 평강벌과 세전이벌을 적시며 흘러내려 연길벌 동쪽을 에돌아 부르하통하와 합치면서 동하국(東夏國)산성을 에돌아 북쪽 협곡으로 흘러간다. 이렇게 흘러가던 해란강이 다시 동쪽으로 굽이치는 대안에 웅위로운 산이 있는데 이 산을 마반산(磨盤山)이라고 한다. 이 산을 마반산이라 부르는데는 아래와 같은 이야기가 있다.

조선족들이 이곳을 개척할 때였다. 그때 산성북쪽에 부지런한 늙은 농부가 살고있었다. 농부는 가세가 빈궁하나 마음은 비단같은 분이였다. 그는 농사를 짓는 한편 모래밭에 원두막을 지어놓고 참외와 수박을 심었다. 마음 좋은 농부는 지나다니는 길손들이 갈증을 풀라고 늘 참외나 수박을 권하군 하였다.

어느해, 삼복철 불볕이 내려쬘 때 농부가 원두밭을 다루느라고 비지땀을 흘리고있는데 ≪로인님, 랭수 한그릇 적선하실수 없겠소이까, 나무아미타불!≫하는 소리가 났다. 목에다 백팔렴주를 걸고 손에 목탁을 든 백발이 성성한 세인중이 공손히 허리굽혀 청하는 말이였다.

농부는 너무도 황공하여 어쩔줄을 모르다가 연신 ≪예, 예≫하고 대답하며 옹배기를 들고 밭머리에 있는 샘터에 가서 샘물을 철철 넘치게 떠다가 세인중에게 드렸다.

세인중은 꿀꺽꿀꺽 반옹배기나 마시더니 물맛이 좋다고 찬탄했다.

≪과연 옛 도성의 샘물이라 물맛이 천하으뜸인줄로 아옵니다. 나무아미타불!≫

그리고는 농부를 데리고 참외밭가운데로 들어가더니 주먹만한 쌍둥참외를 내려다보면서 말했다.

≪로인님 성의에 무엇으로 보답할것이 없는데 한가지 알려드리지요. 이 쌍둥이참외가 다 익은 다음 뜯어들고 저 산우의 반석을 올려다보시오다. 그러면 그후에 여사한것이 있을텐데 문을 찾아 그것만 내여오시면 자손만대 행복하게 살게 될것이옵니다. 나무아미타불! 하오나 세상일은 무어나 때가 돼야 성사되는 법이오니 성급해 하거나 부정한 마음먹지 말고 아무쪼록 참외가 다 익을 때를 기다리시옵소서. 나무아미타불!≫

말을 마친 세인중은 하직인사를 하고 산성으로 올라가는데 그 걸음이 어찌나 빠른지 장삼자락이 바람에 날리는것이 밤하늘에 별찌가 떨어지는듯하였다.

농부는 얼빠진듯 멍하니 서서 뒤모습을 바라보다가 정신이 번쩍들어 꿈이 아닌가하고 의심했다. 그러나 분명 생시였다. 털이 보숭보숭한 쌍둥참외도 그대로 있고 멀리 산우의 반석도 똑똑히 바라보였다.

이때로부터 농부는 세인중의 말을 명심하고 더욱 알뜰하게 참외밭을 가꾸었다. 그러니 말복이 지나자 참외들은 때벗이를 했는데 쌍둥참외는 특별히 잘 자랐다. 이렇게 되니 농부마음은 조급해나기 시작했다. 반석속에 무엇이 들어있을가 하는 생각에 견딜수 없었다. 그리하여 익어가는 반석을 올려다보았다. 참외가 채 익지 않아 좀 희미하게 보이기는 했으나 그 광경은 실로 가관이였다. 반석속에서 자그마한 금망아지 하나가 금매돌을 돌리고있는데 쏟아져나오는 금싸락이 해빛에 반짝이며 천석만석 쌓이였다.

농부는 참외가 익기를 손꼽아 기다렸다. 하루에도 두세번씩 쌍둥참외를 들고 반석을 올려다보았다. 참외가 익어갈수록 반석속이 더욱 똑똑히 보이는데 자그마한 석마칸에 금못을 박은 문까지 볼수 있었다. 이렇게 되니 농부는 더 기다려내지 못하고 딴 생각을 품게 되였다.

≪이 일을 딴 사람이 알면 어찌하나? 내가 선손을 써서 독차지해야지.≫

농부는 더는 참지 못하고 쌍둥참외를 뚝 땄다.

≪아뿔싸, 참외가 덜 익었구나!≫

농부는 그제야 후회하였으나 엎질러진 물이라 이미 딴 참외를 붙일수는 없었다. 좀 서운한 생각이 들기는 했으나 그 참외를 들고보니 금망아지가 금매돌 돌리는것이 보이는지라 단숨에 반석밑까지 올라갔다. 그런데 이게 웬 일인가? 반석밑에 이르러 쌍둥참외를 들고보니 그저 눈앞이 번쩍거릴뿐 다른것은 아무것도 보이지 않았다. 그래서 한발자국, 두발자국 뒤로 물러서며 보니 차츰 희미하게 보이다가 참외밭에까지 와서는 똑똑히 보였다. 안달아난 농부는 그래도 행여나 하여 련며칠 마른 입술을 감빨며 오르락내리락했지만 끝내 금매돌과 금망아지를 찾지 못했다. 그동안 쌍둥참외는 아주 썩어버리고말았다.

≪아, 부정한 마음이 일을 망쳤구나!≫

농부는 한탄했다.

세월이 흘러 농부는 늙고 병들어 저세상으로 가게 되였다. 림종시에 농부는 아들을 불러앉히고 쌍둥참외와 금망아지 이야기를 하며 마지막 유언을 남겼다.

≪애야, 사람이란 마음을 옳게 먹어야 하느니라. 그러면 어느때건 금망아지와 금매돌이 저절로 찾아오느니라.≫

그후로 사람들은 이야기를 전하면서 금망아지가 금매돌을 돌린다는 이 반석산을 매돌산이라고 했는데 한자로 번져서 마반산이라 불렀다고 한다.

김대산 구술
김명한 정리

마반산의 유래

룡정시 장안진 경내에는 매돌처럼 생긴 마반산이 있는데 여기에는 이런 전설이 전해지고 있다.

멀고먼 옛날 이 산아래에는 온 마을에 숱한 머슴을 두고 고래등같은 기와집을 쓰고사는 한 부자가 있었다.

린색하고 탐욕스러워 사람들에게 ≪구두쇠≫으 불리우는 이 부자는 섣달그믐날까지 머슴들을 부려먹고는 장부를 결산못했다면서 삯전 한푼 주지 않고 돌려보냈다.

어머니를 모시고 근근득식 살아가는 한 총각이 그믐날 빈손으로 어머니한테 돌아가기 안타까와 언덕밑으로 발길을 돌렸다.

(콩이삭이나 주어 어머님께 두부라도 앗아드리자.)

이렇게 생각하며 총각이 언덕을 오르는데 산우에서 이상한 소리가 들려왔다.

멍해 서있는 젊은이를 보자 백발로인은 웬 일이냐고 물었다.

젊은이한테서 자초지종을 들은 백발로인은 한숨을 짓더니 ≪자, 근심 말고 내가 갈아놓은 돌들을 주어가게.≫라고 말하고는 어데론가 사라졌다. 총각은 시누런 돌맹이 몇개를 주어가지고 집으로 돌아왔다.

이튿날아침 모자가 깨여나보니 온 집안에 금빛이 번쩍이였다. 전날 주어온 돌맹이가 몽땅 금덩이였던것이다.

총각은 이 금덩이를 가난한 사람들에게 나누어주고 자기는 부스럭 금쪼각으로 밭을 사고 집을 짓고 총명하고 부지런한 안해도 맞아들였다.

이때로부터 그들은 더는 가난에 쪼들리지 않고 부처간에 부지런히 일하면서 늙으신 어머니를 모시고 행복하게 살아갔다.

그런데 얼마 지나지 않아 이 소식은 부자놈의 귀에 전해졌다. 부자는 부랴부랴 젊은이를 찾아가 사연을 물었다.

그 이듬해 그믐날이였다.

부자는 람루한 옷차림을 하고 엉금엉금 산우로 기여올랐다. 아니나 다를가 산우에서 백발로인이 돌을 갈고있었다.

부자는 가련한 양을 해가지고 무릎 꿇고 앉아서 백발로인에게 거짓 눈물을 쥐여짜며 가난한 신세를 하소연하였다.

그러니 백발로인은 자기가 갈아놓은 돌을 주어가라고 하였다.

기다렸다는듯 부자놈은 땅에 있는 돌들을 자루속에 주어넣었다. 삽시에 큰 자루가 꽉 찼다.

≪욕심스레 이 돌을 많이 주으면 화를 입는다네≫

백발로인은 수염을 부르르 떨더니 이 한마디를 남기고 어데론가 사라졌다.

부자는 욕심통이 터져 로인의 말씀을 귀등으로도 듣지 않고 자루가 터지게 주어담았다. 그러자 갑자기 매돌판이 쿵 하고 내려앉으며 부자놈을 깔아놓았다.

후에 매돌판은 지금의 산으로 변하여 탐욕스런 부자놈을 산밑에 영원히 묻어놓았다 한다.

후세사람들은 이 전설에 의해 이곳을 마반산이라고 부르게 되었다고 한다.

룡명 정리

의란의 유래

예로부터 일러오기를 산삼은 보약지왕이라 하거늘 아이들이 먹으면 뼈가 굳어지고 젊은이들이 먹으면 기력이 왕성하여지고 늙은이들이 쓰면 청춘귀환이라 하였다. 그래서인지 지금까지 많은 사람들이 산삼을 두고 많은 이야기들을 엮어왔다. 여기에서 말하려는 ≪의란≫의 지명유래도 그런 이야기의 하나이리라.

먼 옛날에 있었던 일이다. 조실부모하고 혼자몸으로 근근득식하며 생계를 유지해오던 한 떠꺼머리총각이 산삼이 귀중함을 알게 되면서부터 오매불망 산삼 한뿌리를 캐여보려고 무등 애를 썼다.

그러던 어느날 어데 가게 되면 산삼이 있을것이라는 소식을 접한 총각은 만사불문하고 괴나리보짐을 둘러메고 심산벽곡으로 산삼을 찾아 떠났다. 한곳에 이른즉 나무들이 키돋움하여 울울창창한 밀림이 나졌는데 짐승들이 자유로이 뛰놀고 뭇새들이 재주를 자랑하며 날아예고있었다. 이 황홀한 광경에 도취된 총각은 그 자리에 굳어지고말았다. 한폭의 그림속에 잠긴듯한 그는 원래 지친 몸이라 그만 꿈나라로 들어가고말았다.

양청물처럼 푸른하늘에는 당태솜같은 구름이 둥둥 떠돌고 아름다운 칠색무지개가 깨끗한 빛을 뿌리며 총각의 앞에 내리드리웠다. 그런데 활등같이 휘여진 무지개를 타고 아릿다운 선녀가 내리더니 총각을 보고 해죽해죽 웃어보이는것이 아니겠는가! 총각은 벌떡 일어나며 선녀의 손을 제꺽 잡으려 하였다.

눈을 떠보니 선녀는 간곳 없고 깨고소한 꿈도 가뭇없이 사라졌다. 아쉽고 황홀한 마음을 걷잡을수 없어 총각이 저 먼곳을 바라볼 때이다. 아찔한 벼랑

끝에 찬란한 빛이 어리고있었는데 그 빛은 마치 일곱가지 색깔의 크고작은 꽃다발로 이루어진듯하였다. 꿈에서 본 선녀가 생각되여 총각이 단숨에 그곳으로 줄달음쳐 가보니 정말 그곳에 한 소녀가 서있었다. 쥐면 부서질가, 불면 날아날가 그 용모 보름달같이 환하였고 그 자태 또한 물찬 제비인양 아아릿다왔다. 자세히 살펴보니 칠색단저고리에 연분홍치마를 받쳐입고 치렁치렁 드리운 외태머리에 빨간 댕기를 곱게 매였는데 총각을 몹시 매혹시켰다. 순간을 놓칠세라 총각은 처녀를 보고 다잡아물었다.

≪그대는 무슨 사람이온데 이 심산벽곡에 외로이 서있나이까?≫

≪소녀는 이 넓은 대지를 구들삼고 푸른 하늘을 지붕으로 삼고 우주만물과 생사고락을 같이하와요. 하지만 세인들은 저만 보면 빼앗아가려 하지요.≫

들을수록 의아쩍어난 총각은 다급히 물었다.

≪그래 그대 이름은 무엇이오이까?≫

≪저의 성은 산이요. 이름은 삼이라 하나이다.≫

그리고는 소녀가 아찔한 벼랑아래로 자취를 숨기려 하는지라 급해난 총각은 처녀의 머리태를 제꺽 잡았다. 그런데 잡은것은 머리태가 아니라 산삼이였다. 붉디붉은 삼꽃은 총각의 손에서 그윽한 향기를 풍기고있었다. 칠년대한에 비방울 만난듯 총각은 놀랍기도 하고 기쁘기도 하여 마음껏 향기를 맡으면서 가는 실뿌리마저 상할세라 조심조심 보자기에 싸고 또 쌌다.

돌아와 저울에 달아보니 한냥이 실히 되는데 그 삼을 먹었더니 온몸에 힘이 샘솟듯했다. 총각은 앞버덕에 달려가 넓은 벌판에 무쇠같은 팔뚝을 깊숙이 밀어넣고 윽 소리치며 힘껏 벌렸다. 그랬더니 천지가 진동하며 땅이 쩍 갈라지면서 큰 골짜기가 하나 생겼다.

그때로부터 사람들은 이 골짜기를 산삼 한냥을 먹고 만들어낸 골짜기라고 하여 한어로 이량골(一兩沟)이라고 하였다. 후세에 우리 조선말로 구전되면서 의란골로 굳어져버렸다. 이것이 바로 지금의 의란골의 유래라 한다.

김영원 정리

국자가

서쪽에서 동으로 연길시를 가로질러 흐르는 부르하통하를 옛날에는 뻘룽하라고 불렀답니다.

뻘룽하 북쪽 마을의 큰길 량켠에는 지주와 관료배들이 살고 강 남쪽에는 가난한 사람 들이 헐망한 오두막에서 살았습니다. 한 초라한 오두막에는 성이 김씨라는 한 로인이 어린 딸애와 함께 근근득식하며 그날그날을 보내고 있었습니다.

굶주림속에서 시름시름 앓던 김씨의 안해는 산후풍으로 어린 딸 정녀를 남겨놓고 한 많은 세상을 떠나고 말았던것입니다.

김씨는 꼭두새벽에 연장을 메고 산에 올라 땅을 일구고 씨앗을 뿌리였으며 저녁이면 나무단을 해지고 달빛을 밟으며 집으로 돌아오군 하였습니다. 그때마다 어린 정녀는 동구 밖까지 마중나와 아버지를 기다리군 하였습니다.

날이 가고 달이 바뀌여도 그들의 살림은 쪼들려가기만 하였습니다. 그들은 몇달이 지나도록 낟알구경을 할수 없었고 산나물과 푸성귀로 연명해가지 않으면 안되였습니다.

그것은 강북에 있는 토지국과 세무국에 있는 놈들이 까마귀떼처럼 달려들어 이름모를 세금을 붙여가며 모든것을 말끔히 빼앗아갔기 때문이였습니다.

그래서 김씨는 늘 자기 신세를 한탄하기도 하고 거리에서 개화장을 휘두르며 거들먹거리는 자들을 보기만하면 ≪국에 있는 개같은 놈들≫이라고 욕지거리를 하군 하였습니다.

어느해 늦가을 김씨가 산너머 있는 감자밭에 가서 한창 감자를 캐고있을 때였습니다.

어느새 냄새를 맡고 알았는지 국에 있는 몇몇 놈들이 헐레벌떡거리며 달려왔습니다.

≪너 이 녀석, 누가 허가 없이 함부로 여기다 밭을 일구라더냐?≫

놈들은 두 눈을 희번덕거리며 호통질 쳐댔습니다.

≪네, 네, 나으리님 제발 한번만 용서해주십시오. 하두 먹을것이 없어서 그만…≫

≪무엇이 어찌고 어째?≫

안경을 코등에 건 녀석이 다짜고짜로 박달나무 개화장을 휘둘러 김씨의 등을 사정없이 후려쳤습니다.

≪아이쿠!≫

외마디 소리를 지른 아버지는 호미를 손에 잡으채 감자밭이랑에 쓰러졌습니다. 해질 녘에다 정녀는 반주검이된 아버지를 부축하여 겨우 집으로 돌아왔습니다.

신음속에 어느덧 섣달 그뭄날이 돌아왔습니다.

≪령감두상 집에 있나?≫

갑자기 승냥이처럼 국에 있는 놈들이 또다시 오두막에 뛰여들었습니다.

≪너 이 녀석, 산너머 밭에서 캐낸 감자의 세금을 얼른 바치도록 하여라!≫

≪아니, 세금이라니요? 감자 한알도 가져오지 못했는데요.≫

≪무슨 대답질이냐? 엉?≫

놈들은 방안을 샅샅이 뒤적이였습니다. 서발막대 휘둘러도 거칠것 없는 살림에 아무것도 걷어쥐지 못한 놈들은 아예 텅 빈 가마를 뽑아드는 것이였습니다.

≪나으리님, 제발 맹물이라도 끓여먹게 이것만은…≫

가마목에서 신음하던 김씨가 애원에 찬 소리로 사정하였습니다.

≪너희들에겐 맹물이라도 아깝다. 아까와…≫

텅 빈 가마를 대돌에 던져 산산이 쪼각낸 놈들은 개잡은 포수마냥 우쭐렁거리며 국으로 되돌아갔습니다.

저녁녘 정녀네 불행을 제 집일처럼 여긴 선량한 마을사람들은 김씨네 집

일을 측은히 여겨 낡은 가마도 가져오고 쌀도 좀씩 모아 가져왔습니다.

년년이 더 모진 가난속에서도 굳세게 자라난 정녀는 어드덧 열여섯 꽃나이가 되였습니다.

용모와 자태도 아름다웠지만 그 마음씨 또한 사람들을 감탄케 하였습니다. 착하고 부지런한 부모의 성품을 그대로 물려받은듯 정녀도 궂은일 마른일을 가리지 않았으며 헴이 들수록 아버지에게 효성이 지극하고 동네분들에게 인정이 돌게 하여 그의 행실을 칭찬하지 않는 사람이라곤 없었습니다.

정녀의 사람됨됨이를 잘 아는 사람들은 너나없이 그를 자기 집 며느리로 삼고싶어 했습니다. 그러다나니 혼사말이 문돌쩌귀에서 불이 날 지경으로 들이닥쳤습니다.

그때마다 김씨는

≪우리 애는 아직 철부지인데요.…≫라고 하면서 얼버무려 버렸습니다.

≪에그, 저런 처녀를 두고 철부지라니요! 무슨 말씀입니까.≫

찾아온 중매군들은 모두다 정녀를 치하하며 바싹 졸라대군 하였습니다.

이때면 정녀는 슬쩍 외면하고 앉아 못듣는척 하였습니다. 정녀는 정녀대로 생각하는것이 있었습니다. 어려서부터 소꿉장난을 하며 같이 자라온 송쇠한테 마음을 두고있는지라 이런 혼담에는 마음을 쓰지 않았습니다.

오히려 이런 일이 있을 때마다 꽃피는 봄철에 송쇠와 만나 재미있게 놀던 일과 그에 대한 생각이 되살아나 가슴을 파고들었습니다.

정녀의 이러한 심정을 어느덧 알게 된 아버지는 머슴군인 송쇠네 혼담을 받아들여 혼사를 맺었습니다.

혼인을 정한 김씨의 마음은 기쁘기 한량없었지만 정작 궁한 살림에 성례를 갖출 생각을 하니 한숨부터 앞섰습니다.

어느 하루, 아버지의 속타는 마음을 알아차린 정녀는 이렇게 말하였습니다.

≪아버님, 자식을 불효하다고 꾸짖지 마세요. 상심끝에 아버님의 병이 가심해지면 어찌하려고…≫

정녀는 말끝을 채 맺지 못하고 깨끗한 베천에 싼 꾸레미를 내놓으면서 머리를 푹 숙이는것이였습니다.

≪아니, 이거 뭐냐? 응, 애야.≫

아버지는 의아한 눈길로 정녀를 바라보았습니다. 꾸레미를 풀던 그는 또 한번 크게 놀라지 않을수 없었습니다. 거기에는 엽전꿰미가 타래져 있었던 것입니다.

≪이 많은 돈을 네가 어디서? 혹시…≫하며 이 뜻밖의 일에 아버지는 후들후들 떨며 말하는것이였습니다.

정녀는 손으로 얼굴을 마구 덮으며 말이 없었습니다. 손가락사이로는 눈물이 방울방울 흘러내리며 치마폭을 적시고 있었습니다.

≪애야, 사실대로 말하거라.≫하고 아버지는 떨리는 목소리로 애원하다싶이 재촉하였습니다.

정녀는 아버지의 품에 와락 안기며 흐느껴 울면서 말하기 시작하였습니다. 정녀의 사연인즉 이러했습니다.

강 건너 토지국 세무국 놈들한테 모진 매를 맞아 들일을 못하게 된 아버지는 밤이면 늘 앓음소리를 내군 하였습니다. 앓음소리를 들을 때마다 정녀는 아버지께 효도하지 못하는 자신이 민망스러워 혼자서 속을 태웠습니다.

정녀는 아버지께 약 몇첩이라도 대접해야겠다고 생각하고 동네 삯일을 거의 도맡다싶이 하였으며 철따라 산나물도 몇갑절 더 캐오군 하였습니다. 이렇게 극성스럽게 일을 해서 살림을 보테는 한편 몇푼 안되는 거기에서도 조금씩 푼돈을 모아두었던것입니다.

한편 혼사말을 뗀후에 정녀네가 성례할 일때문에 매우 근심하고 있다는 것을 알게 된 송쇠는 송쇠대로 궁리가 많았습니다.

송쇠는 생각끝에 부모들과 의논해서 자기의 머슴삯을 받아가지고 정녀를 찾아왔습니다. 정녀는 안받겠다고 도리질하며 성도 냈으나 막무가내였습니다.

사연을 다 듣고난 아버지는

≪그렇다면 진작 말할거지. 나때문에 네가 큰고생을 했구나 !…≫하며 주먹으로 눈굽을 찍었습니다. 워낙 과묵한 김씨였으나 이 순간 솟구쳐오르는 눈물을 어찌할수가 없었습니다.

어느덧 이듬해 사월 초파일이 왔습니다. 뻘룽하 강변데서 들놀이를 마친 세무국 안경쟁이는 술이 얼근한김에 졸개들을 이끌고 정녀네 집으로 와르르 덮쳐들었습니다.

≪주인령감 있나?≫

안경쟁이는 돼지 멱따는 소리를 지르며 문을 열어 제꼈습니다. 김씨는 떨리는 가슴을 진정시켜보려고 헛기침을 하면서

≪네, 있사옵니다.≫하고 대답하면서 일어나려고 샜으나 지난해 놈들의 개화장에 얻어 맞은 미열로 하여 자리에서 인츰 일어설수가 없었습니다.

≪이 녀석, 어른이 오셨는데도 그래 가만히 앉아 있느냐? 지난해 못낸 세금은 어쩔 테냐? 날마다 세금이 새끼를 친다는걸 모르고있지는 않을테지 !≫

안경쟁이 녀석이 통방울같은 눈알을 부라리며 씨벌였습니다. 이놈들이 덮쳐든것은 다름아니라 이미전에 못받은 세금 대신 정녀를 낚아 채려는것이 분명하였습니다.

≪나리님, 우리집 형편을 보십시오. 무엇이 있어야 세금도 물지요.≫

≪군소리 말고 당장 돈 3천냥을 바치도록 하여라.≫ 안경쟁이녀석은 이렇게 을러메면서 정녀의 아버지를 마당가로 마구 끌어내가도록 졸개들을 시켰습니다. 살기등등한 안경쟁이는 눈을 부라리며 미친개마냥 날뛰였습니다.

졸개들에게 곤죽이 되게 얻어맞은 아버지는 그 자리에 푹 쓰러지고 말았습니다.

삯빨래하러 나갔던 정녀는 이 소문을 듣고 부랴부랴 달려 왔습니다.

≪아버지! 아버지! 정녀가 왔어요!≫

애타게 부르짖는 소리에 겨우 눈을 뜬 아버지는

≪애야, 저 국에 있는 자들을 때려엎고 이 아버지의 원쑤를 갚아다오!≫

이렇게 겨우 몇마디를 남기고는 숨을 거두고 말았습니다. 정녀는 아버지를 붙잡고 목놓아 대성통곡 하였습니다.

승냥이와 같은 놈들은 정녀의 아릿다운 용모에 그만 눈알이 뒤집힐 지경이였습니다.

안경쟁이는 안경너머 게슴츠레한 눈길로 정녀를 내려다보며

≪이 애비가 죽었어도 네가 있으니 돈 3천냥을 당장 이 자리에서 내놓도록 하여라. 그렇지 않다간…≫하고 을러메였습니다.

정녀는 입술을 꼭 깨문채 말이 없었습니다.

≪그럼 돈은 안내여도 좋으니 대신 네가 오늘부터 나의 시중을 들어야 한다.≫

안경쟁이는 개화장을 짚고 선채 호통쳤습니다.

정녀는 분하고 원통하였습니다. 승냥이같은 놈들이 아버지를 때려죽이고도 성차지 않아 이제는 자기까지 빼앗아가려 하니 이가 뿌득뿌득 갈렸습니다.

치미는 울분을 더는 참을수 없어 그는 태연하게 일어서더니 몸가짐을 바로하며 야무지게 쏘아 붙었습니다.

≪어르신님도 한심하오이다. 사람이 죽었는데도 빚을 내라 독촉하니 소녀는 열번 죽어도 그 청만은 들지 못하겠나이다.≫

순순히 말을 들어줄 정녀가 아님을 깨달은 안경쟁이는 고래고래 소리 질렀습니다.

≪저년을 당장 묶어라!≫

위험이 눈앞에 다가온것을 안 정녀는 마음을 굳게 먹었습니다.

(저 개같은 놈한테 욕을 당하기보다 차라리 송쇠에 대한 깨끗한 사랑을 안고 죽는것이 나으리라.)

갑자기 정녀는 달려드는 졸개들을 밀치고 사품치며 흐르는 뻘퉁하로 달려갔습니다.

단숨에 강변에 이른 정녀는

≪송쇠오빠 ! 나의 원쑤를 갚아주세요!≫라고 부르고는 뻘퉁하 푸른 물에 몸을 던지고 말았습니다.

이날따라 재너머 삯밭갈이를 갔다가 어슬녘에야 집으로 돌아온 송쇠는 뒤늦게야 정녀의 소식을 듣게 되였습니다. 실로 이것은 청천벽력이였습니다.

송쇠는 연장을 그 자리에 집어던지고 정신없이 강북을 향해 달려갔습니다. 그이 눈에선 불이 이글거렸습니다. 그의 뒤를 따라 마을 사람들도 량손에 쟁기와 홰불을 높이 들고 강북 부자마을로 향햇습니다.

≪××국≫이라고 간판들을 내붙인 거리에선 벼슬아치들이 진수성찬을 차려놓고 왁작 지껄이며 한창 취홍에 빠져있었습니다.

송쇠는 머슴살이에서 쌓여온 피맺힌 원한과 정녀를 잃은 울분이 함께 치솟아 이를 부득부득 갈았습니다.

그는 선참으로 안경쟁이하테 달려들어 그놈의 가슴팍을 낫으로 쿡 찔렀습니다. 마을사람들도 뒤따라 닥치는대로 족쳐댔습니다. 살아남은 몇몇놈들은 혼비백산하여 정신없이 꽁무니를 뺐습니다.

마을사람들은 악착한 안경쟁이놈을 료정낸 기쁨과 함께 억울하게 숨을 거둔 김씨와 정녀의 유언대로 다시는 국자개놈들이 얼씬 못하게 하였습니다.

그후부터 사람들은 백성을 못살게굴며 살아가던 놈들의 거리를 가리켜 ≪국자가(局子街) ≫라고 얕잡아 불렀다고 합니다.

신권일 구술
황상박 정리

달래동

먼 옛날, 부르하통하로 흘러드는 연집강 량안의 울창한 수림속에는 범, 곰, 사슴, 노루 등 여러가지 짐승들이 욱실거렸습니다.

어느 하루, 어깨엔 활을 메고 허리엔 보검을 찬 한 젊은이가 이 수림속을 찾아왔습니다.

대용이라고 부르는 이 젊은이는 일찍 어려서 양친부모를 여의고 마을사람들의 극진한 보살핌속에서 잔뼈를 굳혀왔습니다.

어려서부터 활쏘기에 남다른 재주를 가진 대용이는 점차 자라면서 산짐승 잡이에 재미를 붙이게 되였습니다.

그는 산에 가서 짐승을 잡게 되면 마을사람들을 잊지 않고 짐승고기를 집집에 골고루 나눠주군 하였습니다.

이날, 대용이는 간밤 꿈속에서 만났던 그 아릿다운 처녀를 혹시 만날수도 있지 않겠는가 하여 연집강 기슭으로 달려왔습니다.

자오록한 안개로 하여 어디가 어딘지를 분간하기 어려워 대용이는 몇말자국도 내딛지 못하고 그냥 안개속에서 헤매이게 되였습니다

바로 이때, 갑자기 새하얀 산양 한마리가 앞을 가로질러 달려갔습니다.

산양이 지나가자 자욱하던 안개가 량쪽으로 쭉 갈라지면서 앞에 길이 훤하게 틔워졌습니다.

대용이는 그 길로 산양을 바싹 따라갔습니다. 그가 아무리 힘을 내여 달리였어도 산양은 노상 일정한 거리를 사이두고 앞서 달렸습니다.

산양을 따라 내처 달려가던 그는 지칠대로 지치여 그만 쓰러지고 말았습니다.

시간이 얼마나 흘렀는지 혼미상태에 빠진 대용이는 난데없는 녀인들의 간드러진 웃음소리에 정신을 차리게 되였습니다.

그가 머리를 들어 사위를 두루 살펴보니 대지엔 이미 어둠이 깃들었는데 녀인들의 웃음소리는 불빛이 반짝이고있는 곳에서 들려오는것 같았습니다.

대용이가 안간힘을 다하여 겨우 땅을 짚고 일어나 비칠거리며 가보니 불빛은 한 산굴에서 흘러나왔습니다.

그가 산굴로 들어가려고 하자 웬 녀인이 막아 나섰습니다.

자세히 살펴보니 길 량쪽 어구에 소녀 둘이 날이 시퍼렇게 선 창을 꼬나들고 보초를 서고있었습니다.

한 소녀가

≪빨리 가서 달래아씨에게 손님이 왔다고 여쭈어라.≫하고 말하자 다른 한 소녀가 동굴안으로 부리나케 달려들어갔습니다.

≪달래아씨에게 아뢰옵니다. 웬 낯선 젊인이가 지금 굴안으로 막 들어오려고 하나이다.≫하고 소녀는 숨이 가쁘게 이렇게 아뢰였습니다.

≪음, 어서 냉큼 그 젊은이를 모셔들이도록 할지어다.≫

≪달래아씨, 남자를 이곳으로 들여놓으면 산신령께서 정하신 법을 어기게 되는것이 아니옵니까?≫라고 말하였습니다.

≪이 일에 너희들은 그만 빠치도록 하여라 !≫라고 말하고난 달래아씨는 사람들을 시켜 손님을 맞아들일 준비를 하게 하였습니다.

얼마후 검은 천으로 두 눈을 가리운 댜용이는 동굴안으로 안내되여 들어오게 되었습니다.

눈을 가리웠던 검은 헝겊을 풀자 그는 눈앞에 펼쳐진 정경에 깜짝 놀랐습니다.

그곳은 산굴이 아니라 아름다운 큰 화원이였습니다.

밝은 해빛아래 백화가 다투어 피여나고 나비떼가 나풀나풀 춤을 추는가 하면 뭇새들이 고운 목청으로 노래를 부르고 맑은 시내물이 졸졸졸 흘러 그 어디나 생기로 차넘쳤습니다.

머리에 꽃너울을 쓴 소녀들이 아주 이쁘게 생긴 한 처녀를 둘러싸고 있었는데 그가 바로 달래아씨였습니다.

한참동안이나 눈 깜빡하지 않고 소녀들속에 있는 처녀를 지켜보던 대용이는

≪아니, 내가 꿈속에서 그려오던 아씨가 바로 저이가 아닌가? 어쩌면 저렇게도 신통할가?≫라고 입속으로 중얼거리며 정신없이 멍하니 보고만 있었습니다.

반나절이 지나서야 그 처녀가 입을 열었습니다.

≪그대께선 이름이 무엇이며 어디에서 오셨나요?≫

≪네, 저는 김대용이라 불러요. 사냥하러 왔다가 그만 길을 잃고 헤매일 때 산양이 저를 여기까지 데여왔소이다.≫

대용이의 목소리는 우렁우렁하고 인정미가 차분히 넘쳤습니다.

달래아씨는 이 말을 듣자 얼굴에 미소를 띠우면서 머리를 끄덕이였습니다.

워낙 무명산에 있던 달래아씨는 산신령의 첩으로 되라는것을 거역한 죄로 그곳에서 쫓기여 여기 동굴에 갇혀있게 되였던것입니다.

하기에 그 어떤 남자와도 접촉하지 못하며 만약 그러다가는 큰 징벌을 받아야 했습니다.

다년간의 지루한 동굴생활은 달래아씨에게 고독하고 적막한감을 가져다주었습니다.

그는 짬만 있으면 동굴밖에 나가 혼자서 산책하군 하였습니다.

이날 안개속에 길을 잃고 헤매고있는 한 젊은이를 보자 달래았는 맘속으로 (저 젊은이를 동굴에 모셔다 그와 백년가약을 맺으면 얼마나 좋으랴!) 하는 생각이 저도 모르게 솟구쳐 올라왔던것입니다.

이런 생각에 잠긴 그는 인츰 산양으로 변하여 대용이를 이곳까지 따라오게 하였던것입니다.

대용이도 늘 꿈속에서 그려오던 아릿다운 처녀를 단 한번만이라도 만나보려고 길을 떠났던차였습니다.

그런데 지금 오매불망 그려오던 그 처녀가 바로 눈앞에 나타나게 될줄이야.

만나자바람으로 정이 든 달래아씨와 대용이는 어느새 떨어질래야 떨어질

수 없는 사이로 되였습니다.

맘씨 곱고 재간 많은 달래아씨는 노래도 잘 부르고 춤도 잘 출뿐더러 그가 수놓은 꽃은 마치 향기로운 생화와도 같았고 그가 수놓은 동물들은 마치 움직이는 짐승과도 같았으며 그가 지은 밥과 볶은 채는 대용이가 여직 맛보지 못한 별미였습니다.

대용이가 자기곁에 있음으로 하여 달래아씨의 얼굴에는 노상 화기애애한 기색이 흘러넘쳐 더욱 예뻐보였습니다.

어느날 그들 둘은 동굴에서 나와 백화가 만발한 꽃밭을 거닐면서 맘속의 말을 서로 주고받았습니다.

≪대용오빠, 이건 제가 가장 귀중히 여기는건데 받아주세요. 우리의 사랑은 모두 여기에 있어요. 꼭 명심하세요. 제가 없을 때 이걸펼치세요. 알겠나요?≫

달래아씨는 정연히 겹쳐진 하얀 손수건을 꺼내 대용에게 주면서 하는 말이였습니다.

≪알겠소이다 !≫

대용이는 조심스레 받아쥔 손수건을 보고 또 보면서 자기 품속에 소중히 간직 하였습니다.

이들에게 있어서 이렇듯 행복스러운 나날도 오래가지 못하였습니다.

달래아씨가 대용이를 따라 가만히 동굴밖으로 나왔다는 소문이 어느새 무명산 산신령의 귀에까지 들어갔습니다.

이에 산신령은 대노하여 부하들을 시켜 산의 법대로 달래아씨를 징벌케 하였습니다.

부하들은 무명산꼭대기에 돌거울을 올려놓고 좌우로 빙빙 돌리면서 달래아씨를 찾고 찾았습니다.

이 돌거울에서 반사되여 나오는 흰빛은 마치 불길과도 같아 생나무에 이르면 아지가 타버리고 산골짜기에 비치면 안개도 대뜸 사라지였습니다.

돌거울에서 내뿜는 흰빛은 끝내 달래아씨의 몸에 닿게 되였습니다.

그러자 달래았는 땅바닥에서 대굴대굴 구을면서 점점 작아지더니 나중엔 한가닥 푸른 연기로 되여 땅속에 잦아들었습니다.

이윽고 쿵－! 하는 소리와 함께 땅바닥이 갈라지면서 큰 산골짜기가 생기였습니다.

이 골짜기에 홀로 남아있게 된 대용이는 그제야 문득 달래아씨가 준 손수건이 생각나서 제꺽 품속에서 꺼내 헤쳐보니 거기엔 한포기의 작은 풀이 수놓아져 있었는데 그 풀의 둥근 뿌리는 꼭마치 마늘과도 같았습니다.

대용이는 마치 달래아씨를 눈앞에 보는듯이 ≪달래! 달래!≫하고 슬피 웨쳤습니다.

대용이가 발아래를 굽어보니 땅우에는 마치 손수건에 수놓아져있는 풀포기와 꼭같은 생생한 풀들이 파릇파릇 수없이 자라고 있었습니다.

볼수록 달래아씨의 아릿다운 모습이 그 풀속에 담겨져 있는듯 싶었습니다.

대용이는 희고 흰 손수건을 봄바람에 펼쳐들고 ≪달래! 달래!≫하고 웨치면서 발걸음을 다그쳤습니다.

헌데 이상스럽게도 그가 지나간 발자국마다에는 달래아씨가 손수건에 수놓은 풀들이 자라고 자라났습니다.

대용이가 강변에 이르러

≪달래!≫하고 웨치니 마치 강물속에서 달래의 모습이 보이는듯하며 ≪대용오빠!≫ 하고 화답하는듯 했습니다.

≪달래! 달래! 내가 왔소!≫

대용이는 서슴없이 첨벙! 하고 강물속에 뛰여들어 달래아씨를 찾아 떠나갔습니다.

후세사람들은 달래아씨가 있던 골짜기라 하여 이고장을 ≪달래동≫이라 불렀고 들에 난 산마늘을 달래라고 이름지었습니다.

리혜문 구술

황상박 정리

화룡시, 왕청현 편

장록객재

도도히 흐르는 두만강 상류 남쪽 강변에 낮은 령마루가 있는데 먼 옛적부터 사람들은 이 령을 장록객재라고 불러왔습니다.

옛날에 이 근방의 산속에는 수도를 하면서 근근득식으로 살아가는 살아가는 한 사나이가 살았습니다. 반백이 넘은 이 사나이의 성이 장씨라는것만 알뿐 이름이 무엇인지 누구도 몰랐습니다. 하여 사람들은 그가 푸른 산속에서 산다고 하여 장록객이라 불렀습니다.

장록객은 젊어서부터 이 절간 저 절간 방랑하다보니 반평생을 길에서 살았습니다. 허술한 중의 옷차림을 한 장록객은 늘 민가에 다니며 동냥을 하였습니다.

≪헤, 헤— 이 집 아줌마 거 좀 장이 있으면 저한테 한종지 푹 떠주구려. 한동안 장을 먹어보지 못하여 속에 싹 털이 나는구만.≫ 장록객은 맘씨 착한 어느 한 집에 찾아가 말했습니다.

≪아니, 임자는 중이 아닌가 ! 고기를 먹지 않고 술도 마시지 않는다는 중도 토장 생각이 날 때가 있나?≫ 아줌마는 일부러 골려주었습니다.

≪중도 사람이니 물론 먹고싶은 생각이 많지유. 저는 중차림이지만 중은 아니랍니다. 그저 집이 없다보니 먹고싶은중에서도 아줌마가 만든 토장이 제일 생각이 나지유. 히, 히—≫ 장록객은 이렇게 붙임성이 좋게 말하군 하였습니다.

여느 집 아줌마들은 장록객의 신세가 하도 가긍해보이는지라 평소에 늘 좁쌀 몇사발을 떠서 그의 동냥주머니에 넣어주고 토장도 한사발씩 떠서 주군 했습니다.

≪그래도 흰옷 입은 아줌마가 세상 마음씨 싹싹하네유. 아줌마 고마워. 도와준 은혜 잊지 못하겠네요.≫

장록객은 이렇게 깍듯이 인사를 올리고는 다시 방랑길에 올랐습니다. 끝이 없는 장록객의 방랑길은 때로는 고달프고 처량한 길이였고 때로는 근심과 걱정 없는 유쾌한 길이였습니다.

장록객한테는 타고난 재질이 하나 있으니 그것은 심정이 유쾌할 때는 타령을 곧잘 부르는것이였습니다. 사람들은 부드럽고도 걸걸한 목소리로 흥겹게 뽑아넘기는 그의 타령을 듣기를 무척 즐겼습니다.

나는 나는 세상에 자유로운 몸이라네
끝없는 방랑길 괴로움이 무엇이냐
각설이 이 내 신세 알아줄 이 있으련만
문쯤으로 보지 마소 삽짝문을 열어주오
에헤야 허기영 데헤야 허기영
죽을줄 모르는 각설일세 각설일세

비록 생활이 빈한한 장록객이였지만 남의것을 가만히 도적질하거나 함부로 빼앗거나 사람들에게 해되는 일은 절대 하지 않았습니다.

어느 저녁녘, 장록객은 길을 가다가 길옆에서 앉아 쉬는데 발걸음소리와 함께 중얼거리며 주고받는 말소리가 들려왔습니다.

(저녁에 무슨 사람들일가?)

풀숲속에 앉은 장록객은 이들의 말을 엿들었습니다. 모두 두사람이였는데 앞에 선 사람이 말했습니다.

≪아버지, 이 놈의 당나귀가 떼를 자꾸 쓰면서 잘 끌려가지 않으려 하네요.≫

≪뻗쳐도 일없다. 있는 힘껏 끌어라. 우물쭈물하다간 사람들이 뒤쫓아오겠다.≫ 뒤에서 당나귀를 끌던 사람의 말이였습니다.

≪이놈의 당나귀를 버리고 가자요. 이러다간 오늘저녁에 집에 닿지 못하

겠네요.≫ 아들이 또 말했습니다.

≪공것인데 버려선 안된다. 집에 늦게 가더라도 이 두마리 당나귀를 꼭 끌고 가자. 앞에서 빨리 끌어라.≫

부자간에 주고받는 말을 들어보니 이들은 남의 집 당나귀 두마리를 도적질해가는것이 분명하였습니다.

(제 갈데로 가게 내버려둔다? 붙잡는다? 그래도 붙잡아야지.)

이렇게 생각한 장록객은 몽둥이를 주어들고 이들 부자간이 가는 길을 닁큼 막아나섰습니다.

≪어험, 나는 예서 임자네들을 기다린지 오래노라. 임자네는 왜서 함부로 남의 당나귀를 훔쳐가는가 !≫

저마다 당나귀를 한 마리씩 끌고 가던 부자는 와뜰 놀라며 멈춰섰습니다.

≪임자는 어이하여 함부로 남의 갈길을 막고 서서 도적이라 야단치는가. 헛되게 놀지 말고 길을 비키게.≫ 뒤에 선 아버지가 대꾸하였습니다.

≪뭐, 함부로 길을 막았다고? 금방 임자네 하던 말을 나는 예서 죄다 들었네. 뻔뻔스럽게 발뺌을 하지 말고 당나귀를 그대로 되돌려 보내게.≫ 장록객은 호령했습니다.

≪이 두마리 당나귀는 저 아랫마을의 마지막 집의것을 빌려가는것이니 모르겠으면 그 집에 찾아가 물어보라구.≫

≪마지막 집이라 그래 김조감네 당나귀를 빌었단 말인가?≫ 장록객은 바투 들이댔습니다.

≪옳네, 이 당나귀는 김조감네것이네.≫ 아버지는 능청스럽게 대답했습니다.

≪마지막 집은 김조감의 집이 아니라 홍초시네 댁이네.≫ 장록객은 일부러 번져누웠습니다.

≪이놈아 ! 김조감이고 홍초시고 내가 당나귀를 어떻게 얻었든지 네가 뭐길래 남의 일에 싱겁게 비치며 길을 막느냐? 당장 비켜서라, 순순히 말을 듣지 않다간 좋은 끝장이 없다 !≫

아들한테 당나귀를 넘겨준 아버지는 몽둥이를 얻어들고 장록객이와 싸울 태세였습니다.

≪도적개가 코 세다더니 과연 도적놈의 버릇을 떼려 하지 않는구나. 좋다, 담이 있으면 어디 덤벼봐라.≫ 장록객은 코웃음을 쳤습니다. 보아하니 순순히 길을 갈것 같지 못함을 느낀 이들 부자는 당나귀를 나무에 매여놓고 장록객한테 달려들었습니다. 이들 셋은 마주 붙어서 이리 치고 저리 치며 한바탕 싸움을 벌렸습니다.

비록 장록객은 혼자 몸이지만 그는 여러 절에 다니며 몽치 쓰는 재간을 좀 배웠는지라 이들 부자한테서 매를 몇매 맞지 않았습니다.

바로 이들 세사람이 치렬한 싸움을 벌려가는 이때 당나귀임자가 사람들을 데리고 뒤를 쫓아왔습니다. 사태가 불리해지자 당나귀도적은 다리야 날 살려다우 하면서 어디론가 도망쳤습니다.

≪장록객이 이거 참 고맙네그려.≫

사연을 알게 된 당나귀임자는 몽둥이에 맞아 터진 장록객의 상처를 싸매주면서 말했습니다.

≪어두워 잘 보지 못했기에 그만 몇매 얻어맞았네. 괜찮지유. 어서 저 당나귀를 끌고 가라구요.≫ 장록객은 점잖게 말했습니다.

≪임자는 정말 좋은 사람일세. 우리는 임자의 은혜를 잊지 않겠네그려.≫ 당나귀를 찾은 임자는 연신 고마움을 표했습니다.

비록 장록객은 단숨으로 방랑하는 몸이였지만 남을 도와준 일은 적지 않았습니다. 장록객을 아는 사람들은 그의 사람됨을 알고 원님한테 알렸습니다. 고을의 원님은 장록객을 만나보고저 고을에서 깊은 산골로 찾아왔습니다. 원님의 타산은 장록객한테 안해를 얻어주어 만년을 잘 보내게 하자는데서였습니다. 하지만 원님은 장록객을 찾아볼수가 없었습니다.

썩 후에야 알게 된 일이지만 장록객은 어느 마을에 왔다가 두마리 둥글소가 맞붙어 생사결판으로 싸우는것을 떼려고 하다가 그만 소뿔에 떠받겨 불행하게도 저세상 사람이 되였던것입니다. 그 마을 사람들은 장록객을 산꼭대기에 묻어주고 그 령마루를 장록객재라고 불렀습니다.

김 선 구술

한정춘 정리

로 덕

잔잔히 여울치며 흐르는 두만강 상류 남쪽에 자리잡고있는 살기 좋은 무산에서 두만강 물길을 따라 아래로 얼마쯤내려오면 아담한 마을이 있습니다. 두만강 남쪽안에 옹기종기 모여앉은 이 마을을 사람들은 로덕이라 부른답니다.

먼 이전에 백두산기슭에는 남편을 잃은 한 젊은 과부가 두 아들을 길렀답니다. 남편을 잃은지 몇해 되지 않은 과부는 매일 푸성귀와 죽물로 그날그날 겨우 살아가는 매우 구차한 살림살이라 두 아들중 하나만 온전히 키우려는데서 마음을 모질게 먹고 아들 하나를 강 남쪽에 사는 조씨네 집에 주었습니다.

≪이 애한테는 여직 이름을 짓지 않았습니다. 집에는 또 이만한 애가 있습니다. 이 애를 잘 키워 친자식으로 만드십시오.≫ 과부는 이렇게 아들을 업어다 남한테 맡기고 생가슴을 뜯으며 떨어지지 않는 걸음으로 집에 돌아왔습니다.

그때로부터 몇달이 지난 뒤 젊은 과부는 병석에 누운채 일어날수 없었습니다. 그는 자기 앞날을 예견하고 부득불 사람을 시켜 두만강 북안마을에 사는 리씨네 아줌마를 집에 불러왔습니다.

≪아줌마, 제가 이제 얼마 더 살것 같지 못하구만요. 마지막 부탁이란 이 애를 업어다 친자식처럼 키우세요. 걔의 애명은 과라고 지었을뿐 이름을 제대로 짓지 않았지요.≫

≪네, 그럼 댁의 부탁대로 이 애를 잘 키우겠으니 시름놓아요.≫

아줌마는 어린애를 업고 흐뭇한 심정으로 돌아갔습니다.

과연 한달도 안되여 젊안 과부는 끝내 중병으로 일어나지 못한채 저세상으로 갔습니다. 두만강 남쪽 마을에서 사는 애는 조덕이라 불렀는데 무병하게 커가더니 어느덧 총각이 되였습니다.

≪조덕아, 너는 조씨네 친자식이 아니다. 너의 친부모님들은 너를 낳고 인차 세상을 떴단다. 너는 어려서 조씨네 집으로 오다보니 지난 일을 아직도 모를게다.≫ 라고 마을사람들은 조덕이한테 넌지시 알려주었습니다.

조덕이는 처음엔 이 말을 믿지 않았습니다. 하지만 여러 사람들이 말해주니 그럴상싶었습니다.

(사람들 말이 그래 정말이란 말인가? 여하튼 부모님들한테 속시원히 알아봐야지.)

이렇게 맘먹은 조덕이는 어느날 아버지와 어머니를 조용히 앉혀놓고 사람들한테서 들은 말을 끝내 물었습니다.

≪듣자니 저한테는 낳아준 부모가 계셨다는데 그래 저는 조씨네 친자식이 아니란 말입니까?≫

≪너 그 일을 몹시 알고싶은 모양이로구나.≫ 어머니가 먼저 말했습니다.

≪세상에 일이란 종당에 꼭 알게 되기 마련이라고 생각합니다. 다르게 생각 마시고 사연을 제대로 알려주세요.≫ 조덕이는 아버지를 보고 말했습니다.

한동안 옆에서 담배를 피우던 조덕의 아버지가 입을 열었습니다.

≪이젠 너도 다 컸으니 사실을 알려고 할 때가 되었다고 우리 내외간은 진작 담론이 있었다. 인생이란 세상물정을 알게 되면 제 피줄, 제 형제를 꼭 찾기 마련인것이다. 네가 묻지 않아도 알려주려던 참이다.≫

사실 조덕이 친아버지는 젊어서 힘도 세였고 활도 곧잘 쏘아 소문이 있었습니다.

어느 한번 저 멀리에 있는 오랑캐무리가 마을에 달려들어 마구 마스고 빼앗으며 갖은 행패를 부렸습니다. 조덕이 아버지는 마을사람들과 함께 맨 앞장에 서서 오랑캐놈들과 용감하게 싸웠습니다. 그런데 쫓겨가는 오랑캐두목놈이 암전을 쏘았는데 그만 조덕이 아버지가 화살을 맞고 처참히 저세상에 갔던것입니다. 그때 조덕이는 태여나지 않고 어머니 배속에 있었기에 친아버지 얼굴을 보지 못하였던것입니다.

≪너의 어머니가 이전에 우리한테 말하기를 너희들은 쌍둥이형제였다고 하더라.≫ 조덕이 어머니가 한마디 말했습니다.

≪제가 쌍둥이라고요? 그럼 제가 형인가요? 저의 원래 성씨는 무엇인데요?≫ 조덕이 다그쳐 물었습니다.

≪그건 일전에 너의 어머니가 자상히 알려주지 않았기에 성이 무엇인지 또한 누가 형인지 우리도 여직 똑똑한것을 모른다. 듣자니 너의 형제되는 그 애는 저 두만강 북쪽마을의 리씨네 집에서 자란다 하더구나.≫ 아버지의 솔직한 말이였습니다.

≪저의 이름은 누가 지었나요?≫

≪덕이란 이름은 내가 지었다. 네가 우리 조씨네 가문에 들어와 자랐으니 조가성을 탄 것이다.≫

≪아버지, 어머니, 이젠 모든 사연을 똑똑히 알게 되였으니 고마워요.≫ 조덕이는 인사를 했습니다.

어느날, 조덕이는 강북마을에 찾아가 리씨성을 가진 애를 찾았습니다. 말과 같이 그애는 조덕이와 동갑인데다 생김새도 둘이 거의 같았습니다.

≪나는 저 앞마을에 사는 조덕이라 부른다. 네 이름은 뭐지?≫ 조덕이가 물었습니다.

≪나는 리과라고 부른다. 나와 무슨 일이 있니?≫ 리과는 의아쩍어났습니다.

≪리과야, 우리네 부모들이 이야기를 하시기로 너와 나는 한 어머니한테서 쌍둥이로 태여났단다.≫

≪무슨 허튼 소리를 하나. 우리네 아버지와 어머니는 여직 이런 말을 한 적이 없다. 네가 혹시 사람을 잘못 찾지 않았나.≫ 의혹에 찬 리과는 살래살래 머리를 저었습니다.

≪어머니는 세상을 뜨기전에 나를 조씨네 집에 맡겼고 후에 너를 리씨네 집에 줬다고 하더라. 내 말을 믿지 못하겠으면 집에 가서 너의 양부모님한테 물어보렴아.≫

≪글세 꼭 물어보겠어.≫ 리과는 마지못해하는 표정을 지었습니다.

조덕과 갈라진 리과는 집에 돌아오자 들은대로 어머니한테 물었습니다.

≪애야, 누가 없는 말을 하더니 응?≫ 리과의 어머니가 물었습니다.

≪저도 이젠 컸으니 사람들한테서 들었지요.≫

≪허튼 소리를 절대 믿지 말거라.≫ 리과의 어머니는 그런 일이 없는 듯이 정색해서 말했습니다.

그렇지 않아도 리과의 아버지는 자나깨나 날마다 커가는 아들놈이 사실을 알게 되면 부모와 자식 사이의 정이 멀어질가 속으로 은근히 근심하였습니다. 그런데 영영 감추자던 일이 끝내 일어날줄이야.

하긴 리과의 어머니도 남편보고 이렇게 말을 나누었습니다.

≪여보세요, 세상에 바람 안새는 담벽이 없다고 걔가 장차 크면 어쨌든 친부모가 아니란걸 알게 될것이니 아예 일찍 알려줘도 무방하지 않아요?≫

≪아니요. 걔가 알면 자연히 정이 멀어지기 마련이니깐.≫ 리과의 아버지는 옹고집을 썼습니다.

하여 이 일을 여직껏 아들한테 알려주지 않았습니다.

≪애, 리과야, 너는 남의 말에는 귀가 그렇게 솔깃하고 애비와 에미 말은 마이동풍으로 들리느냐? 그런 소리를 믿지 말거라.≫ 리과의 아버지가 말했습니다.

하지만 리과는 조덕이 가만히 알려주던 말이 머리에서 좀처럼 사라지지 않아 부모님들의 말이 미덥지 않았습니다.

참 혈육이란 매우 무서운 모양이였습니다. 자나깨나 조덕이 말을 되새겨보던 리과는 어느날 끝내 두만강을 건너서 조덕이네 집으로 찾아갔습니다.

≪저는 리과라고 부르지요. 댁의 조덕과 친형제라고 하는 말이 있지요. 정말 그런가요. 이 사실을 똑똑히 알자고 오늘 일부러 찾아왔습니다.≫

≪그럼 부모님한테 물어볼거지.≫ 조덕이 아버지가 대답했습니다.

≪물어봐도 제대로 실말을 하지 않지요.≫

(보아하니 걔의 부모들은 사실을 알려주는 것을 꺼리는 모양이구나. 그러나 남의 집안에 공연히 쐐기를 치지 말자. 허나 걔는 우리 애와 비슷하게

생긴걸 보니 틀림없는 쌍둥이로군.)

생각을 굴리여보던 조덕의 아버지가 말했습니다.

≪글세 우리 조덕이가 쌍둥이로 태여났다는것을 조덕이 생모가 생전에 우리한테 말했을뿐이다. 성이라든가 다른 것은 말하지 않았기에 우리도 똑똑한걸 모른다.≫

(조덕이 아버지는 훗날 혹시 말썽이 생길가봐 사실을 알려주지 않는구나. 듣고보니 어쨌든 우리 둘은 쌍둥이라는것만은 사실이구나.)

이렇게 생각한 리과는 더 캐여묻지 않았습니다.

그때로부터 리과는 부모님들이 몰래 조덕이와 래왕이 더 빈번하여 날따라 친근하여졌습니다.

≪조덕아, 우리네 원래 성은 무엇인지 혹시 네가 듣지 못했니?≫ 리과가 물었습니다.

≪글세 내가 집에서 물어보았다. 하지만 아버지와 어머니는 모두 모른다 하더라. 여직것 성씨를 알아낼 방법이 없구나.≫ 조덕이의 대답이였습니다.

≪지금은 알아낼 방법이 없구나. 꼭 알아내야 하겠는데.≫ 조덕이 도리질했습니다.

≪그럼 이렇게 하자. 너는 집에 가서 부모님들이 살던 고장을 물어보렴아.≫ 리과가 말했습니다.

≪친부모님들이 살던 고장말이냐. 내가 대강 알만해. 그럼 우리 둘이서 그 고장에 찾아가보자.≫

≪내 생각에도 그 고장에 찾아가 사람들한테 물어보면 모든것을 알수 있을거야.≫

조덕이와 리과는 마음먹고 이곳저곳 사람들한테 물어보면서 친부모님들이 살던 고장을 찾아갔습니다. 허나 고생을 하면서 찾아간 고장에 있던 마을은 모두 이사를 가다보니 인가라곤 한호도 없고 흩어진 돌무지에 풀과 쑥대만 무성할뿐이였습니다.

이제는 어떻게 하는가, 이런줄 알았더면 아예 오지도 말것이 아닌가?)

쌍둥이형제는 산열매를 뜯어 굶주림을 대충 말려낸후 잠자리를 찾았습니다. 어디서 잠을 잔다? 이전에 로인들의 말에 의하면 황야에서 잠을 잘 때에 묘지곁에서 잠을 자면 안전하다는 말이 생각나는지라 이들은 산기슭에 있는 묘지곁에 잠자리를 잡고 누워잤습니다.

이튿날 아침 일찍 잠을 깬 조덕이는 리과가 잠을 깨기를 기다렸습니다. 이윽고 리과도 깨여났습니다. 한동안 리과를 뚫어지게 바라보던 조덕이 입을 열었습니다.

≪리과, 엊저녁 잠을 자면서 너는 꿈을 꾸지 않았니? 글세 나는 이상한 꿈을 꾸었어.≫

≪꿈말이냐, 아무런 꿈도 오지 않더라. 이상한 꿈을 꾸다니 무슨 꿈인지 이야기해보렴.≫ 리과는 조덕이한테 청을 들이댔습니다.

≪글세 네가 믿겠는지 모르겠다만 웬 할아버지가 꿈에 나를 부르지 않겠니?≫

≪그래서 어쨌니?≫ 리과는 다그쳐 물었습니다.

≪그 할아버지가 말씀하시기를 우리는 로씨네 후손이라고 하더라. 우리들은 비록 쌍둥이형제지만 두만강 남쪽마을에서 사는 애가 먼저 낳은 애라고 알려주더라.≫ 조덕이 말했습니다.

≪할아버지 이야기처럼 네가 형이 될가?≫ 리과는 입속으로 중얼거렸습니다.

이들 쌍둥이는 집으로 돌아왔습니다. 조덕이네 부모들은 아들이 간 곳을 알기에 찾지 않았지만 리과네 부모들은 사처에 수소문하면서 아들을 찾았습니다. 리과가 집을 떠나서 원래의 부모님의 고향으로 찾아간다면 양부모들은 못간다면서 막아나설수 있기에 리과는 집에 알리지 않았던것입니다.

≪아버지, 제가 부모님들이 살던 곳에 다녀왔습니다.≫ 리과는 집으로 들어서자 먼저 말했습니다.

≪음, 너 제대로 돌아왔구나.≫

≪아버지, 저의 원래 성씨는 로씨가 옳은가요?≫

아들의 물음에 한동안 담배만 피우면서 아무런 응대도 하지 않던 리과의 아버지가 말했습니다.

≪우리네 내외는 너를 가져다 기를 때부터 너한테 우리 성을 태워주고 친자식처럼 잘 키웠다. 이것은 다름아닌 너의 친어머니가 림종시에 남겨놓은 의사란다. 허나 인간으로서 제 친혈육을 꼭 찾기 마련이라는 옛말처럼 너희들도 자체로 제 형제를 찾았으니 우리로서 이제는 너한테 무엇을 감추겠느냐, 네가 금방 묻는것처럼 너의 원래 성은 로씨이고 너희들중 네가 동생이라고 너를 낳은 어머니가 알여주었다.≫

≪아버지, 어머니, 고마워요.≫ 리과는 인사를 올렸습니다.

그 뒤 이 쌍둥이형제는 본래의 로씨성을 타다보니 형은 조덕이라 부르지 않고 로덕이라 불렀고 동생도 역시 리과라 부르지 않고 로과라 불렀습니다. 성씨는 친부모의 성을 탔지만 이들은 저마다 키워준 정을 잊지 않고 부모님들이 늙을 때까지 효성이 극진하여 소문이 자자했습니다. 이들 형제는 집에 일이 있거나 서로 보고싶을 때면 두만강 량안에서 강건너쪽에 대고 ≪로덕형 !≫ 하고 불렀고 혹은 ≪로과아우 !≫하고 불렀습니다. 이것이 오랜 습관으로 되여 형이 살던 강건너 마을을 로덕이라 부르게 되였고 또한 동생이 살던 강북쪽 마을을 로과라고 부르게 되였다고 합니다.

최선길 구술
한정춘 정리

령상암과 곡창

농사가 잘되여 곡창으로 널리 알려져있는 룡연의 남전은 두만강 상류인 화룡에 있습니다. 깎아지르는듯한 강한 절벽 사이에 기묘하게 생겨난 네모난 바위가 남전에서 멀지 않은 곳에 있으니 사람들은 이 바위를 괴상(槐床)바위 혹은 령상암(靈床岩)이라고도 부른답니다.

먼 옛날 조선에 기근이 들어 두만강을 건너온 가난한 사람들이 이 고장에 한집 두집 집을 짓고 부대를 일구어 보금자리를 마련하다보니 사람들이 없었던 강안에 새롭게 작은 마을이 생겨났습니다. 해마다 농사가 잘되여 살기 좋은 고장이라고 원근에 소문이 자자했습니다. 쌀독에서 인심이 난다고 먹을것이 흔하여 맛있는 음식을 서로 주고받으며 서로간에 친형제마냥 화목하게 살아가는 이 마을에 점차 많은 사람들이 모여들기 시작했습니다.

어느해 이 마을에는 낯선 량반이 끌끌한 아들들을 데리고 찾아왔습니다.

≪나는 관가의 령을 받고 여기에 왔노라. 이제부터 가가호호마다 관가에 여러가지 세를 내야 할지어다. 쌀이 있는 집에서는 쌀을 내고 돈이 있는 집에서는 돈을 내야 하거늘 세를 제때에 바치지 못하는 자들은 이 고장을 냉큼 떠나야 한다. 이것은 관가의 령이노라.≫ 량반은 이렇게 엄포를 놓았습니다.

무서운 땅세요, 인두세요, 산세요, 오곡세요, 가지가지 관가의 가렴잡세를 바치지 못하여 사람들은 고향을 떠나 이 고장에 찾아와 겨우 배를 곪지 않으며 살아가게 되였는데 이 고장에까지 관가량반이 찾아왔으니 마을사람들은 할수 없이 내라는 세를 고스란히 관가량반한테 바치지 않을수 없었습니다. 그런데 관가에 바치는 돈과 곡식은 해마다 엄청나게 늘어갔습니다.

관가의 요구대로 제때에 여러가지 세를 바치지 못하거나 몽땅 바치지 못하면 관가량반은 사람을 붙잡아다 매를 안기고 먼 곳에 정배살이까지 보내군 하였습니다.

≪가난뱅이는 소나 말처럼 엄하게 다스려야 세를 제때에 꼭꼭 바치는거야.≫ 관가량반은 이렇게 을러메였습니다.

≪이 세상에 별난 놈이 다 있다니깐. 저렇게 고약한 놈을 생벼락이나 쳐가지…≫ 마을사람들은 뒤에서 관가량반을 미워서 모두들 이를 갈며 욕했습니다.

관가량반이 마을에 온후부터 무엇때문인지 해마다 풍년이 들던 이 고장에 자주 재해가 들면서 곡식이 잘 되지 않았습니다. 그런데다 또한 인심이 너무도 박해지는통에 일가식솔을 거느리고 타지방으로 떠나가는 사람들도 적지 않았습니다. 살기 좋다고 소문이 자자했던 이 마을은 점점 스산하고 처량해갔습니다.

떠나가는 사람들은 이미 살길을 찾아 떠나갔지만 남아있는 사람들이야 어떻든지 살아나갈 방책을 대야 했습니다.

막심한 곤난속에서 살아온 마을의 몇몇 좌상로인들은 몰래 모여서 살아갈 방도를 구해보던 끝에 두만강변에 있는 바위에 찾아가 음식을 차려놓고 산신과 물신한테 제를 지내면서 악한 놈을 없애버리고 풍년이 들게 해달라고 빌고 빌었습니다. 이렇게 련일 이레동안 제를 지냈더니 갑자기 꽝! 하는 요란한 소리가 울리더니 두만강을 향해 솟아있던 바위가 량쪽으로 쫙 갈라졌습니다. 뒤미처 바위가운데에 네모난 상처럼 바위가 생겨났습니다.

≪글세, 보라니깐. 하느님이 내려다보고 우리한테 끝내 제사 지낼 령상을 마련해주지 않았는가. 이제는 이 상에다 음식을 차려놓고 계속 제를 지내봅세.≫ 좌상로인은 기뻐서 말했습니다.

비록 가난에 쪼들리며 굶주림속에서 허덕이던 로인들이였지만 령상에 갖추어놓은 음식만은 푸짐한 셈이였습니다. 그것은 굶어죽더라도 령상에 올려놓는 제물만은 푸짐하여 하느님이나 여러 신한테 인간의 진정한 마음을 보이자는데서였습니다.

제일 먼저 마을의 좌상로인이 제물을 갖추어놓은 령상앞에 엎디여 절을 올렸습니다. 그러자 몇몇 로인들도 뒤따라 ≪악을 제거하고 풍년이 들게 해주시옵소서.≫라고 말하며 절을 올렸습니다.

어느날 저녁 량반네 일가는 집안에 몽땅 모여서 어떻게 하면 마을의 기름진 땅을 손아귀에 넣고 일생동안 호화롭게 살아가겠는가를 토론했습니다. 이들은 세를 받아 관가에 바친다고 했지만 모두 자기들의 배를 채웠던것입니다. 그래도 성차지 않아 량반네 식구들은 밤가는줄 모르고 여러 모로 머리를 짰습니다. 한밤중이 되어 갑자기 번개가 번쩍하더니 꽈르릉 천둥같은 우레가 울려왔습니다. 사나운 번개는 관가량반네 집을 진작 잿더미로 만들어놓았습니다. 그통에 고약한 관가량반네 식구들은 재가루가 된채 억수로 퍼붓는 비에 씻기여 두만강으로 흘러들고 말았습니다.

≪덕은 쌓은데로 간다고 온 동리를 못살게 굴더니 끝내 제 갈 곳으로 갔군. 이제는 화목하게 잘 살아봅시다유.≫ 이 광경을 본 마을사람들은 기뻐서 입을 다물지 못했습니다.

관가량반이 천벌을 받고 구천에 갔다는 발 없는 소문은 또 가근방에 파다히 퍼져 타고장으로 살길을 찾아갔던 사람들이 저마다 돌아왔습니다. 이 마을 사람들은 로인들을 존경하고 로약자를 도와주며 해마다 풍년을 맞으며 복된 생활을 누리며 살았습니다.

그때로부터 로인들이 제사지낸 네모난 바위를 령상 혹은 괴상이라 부르게 되였답니다. 그리고 이 고장도 해마다 풍년을 안아온다는데서 곡창이라 부르게 되였다고 합니다.

리일남 구술
한정춘 정리

남평과 로덕

두만강을 따라 무산과 호곡사이를 지나 10여리가량 내려가면 조선쪽에는 로덕이라는 마을이, 중국쪽에는 남평이라는 마을이 강을 사이두고 마주앉아 있다. 이 두 마을에 대한 슬프고 애절한 이야기가 지금까지 전해지고있다.

지금으로부터 그리 멀지 않은 리조말기때의 일이다. 봉건학정에 견디다못해 백성들은 봉기를 일으켜 관청을 짓부시고 탐관오리를 처단하였다. 그러나 왜적과 결탁한 봉건통치배들은 반란자들을 참혹하게 진압하였다. 요행 살아남은 민란의 한 두령이 안해를 데리고 포교들의 눈을 피해 두만강쪽으로 도망하고있었다. 그러나 그들이 두만강변에 이르렀을 때는 무산령쪽으로부터 포교들이 풍우같이 좇아왔다.

앞에서는 시누런 물갈기를 일으키는 두만강이 울부짖었고 뒤에서는 꿈쩍 말고 오라를 지라고 포교들이 소리치며 아득바득 다가왔다.

남편은 안해의 손을 잡아끌며 물에 들어섰다. 그러나 치마폭이 물결에 휘감기는 통에 안해는 한자국도 내디딜수 없었다.

≪여보세요. 당신만 건너가세요! 빨리! 이러고있을 때가 아니애요!≫

안해는 남편의 손에서 손을 빼고 돌아섰다. 남편은 두만강물에 피눈물을 떨구면서 강북쪽으로 돌아섰다. 이렇게 되어 남편은 중국땅으로 몸을 피했으나 포교들에게 붙잡힌 안해는 무서운 고생을 겪지 않으면 안되였다. 포교들은 매일같이 그 안해를 닥달하면서

≪이 남편을 돌아오라고 해라 ! 그렇지 않으면 네년을 죽여버리겠다 !≫

이 으르대였다. 그러나 안해는 죽는 한이 있어도 놈들의 말을 듣지 않으리라 작심하였다. 그러니 포교들은 그 안해를 내놓아 강변에서 살게 하고는 그의

일거일동을 주시하였다. 남편을 붙잡기 위해 미끼를 늘인것이였다.

어느날 밤, 남편을 그리면서 두만강변으로 나갔던 안해는 나무뒤에 숨어서 무엇인가를 노리고있는 포교들을 발견하였다. 숲속에 숨어서 강쪽을 살펴보던 안해는 그만 가슴이 철렁했다. 출렁이는 물결을 헤가르며 웬 사람이 두만강을 건너오고있었는데 어스름한 달빛을 빌어서 보니 그 다가오는 사람은 분명 남편이였다. 이제 몇분만 지나면 남편이 포교들한테 붙잡힐판이였다. 안해는 한시도 지체할수 없었다.

≪건너오지 말아요. 포교들이 있어요.≫

남편은 그 소리에 급히 돌아서고말았다.

포교들이 안해를 미끼로 자기를 잡으려 한다는것을 안 남편은 그후 다시는 강을 건널 생각을 하지 못했다.

그해 가을 물이 줄어들무렵 남편이 너무도 그리워 련 며칠 잠을 못잔 안해는 포교들의 눈을 피해 강을 건널 결심을 했다. 거치장스러운 겉옷을 벗어버리고 목까지 올라오는 물을 건너 중국땅에 올라서려 할 때였다.

≪허허, 거의 건너오네…≫

≪하두 계집가물이 드니 절로 굴러드나봐…≫

이렇게 두런거리며 지껄이는 소리에 안해는 온몸이 오싹해났다. 그때 중국땅에서 득시글거리던 마적떼들이 분명했다. 그놈들한테 몸을 더럽히고서야 죽어 저승에 간들 무슨 면목으로 남편을 만나랴. 안해는 더 생각할 겨를도 없이 돌아섰다.

≪서라, 건너와! 어디로 도망해…≫

마적들이 첨벙첨벙 물에 뛰여들며 안해의 뒤를 쫓았다. 이때였다.

≪이놈들아, 꿈쩍말아!≫

문뜩 마적들의 등뒤에서 이런 웨침소리가 들렸다. 강변에서 이 광경을 지켜보던 남편이 급히 달려온것이였다. 마적들은 그통에 엉거주춤 멈춰섰다. 그사이에 안해가 강을 되건너간 것을 보자 약이 올라 남편한테 우르르 몰려들었다. 남편은 앞에 선 두놈을 때려눕히고 번개같이 사라졌다.

그때로부터 남편과 안해는 강을 건널 궁리를 못했다. 앞에는 호랑이요 뒤에는 승냥이라 실로 진퇴량난의 처지였다. 그저 먼 눈으로 서로 바라보면서 애간장을 태울뿐이였다 때로 안해는 포교들의 눈을 피해 연두봉기슭에 나서고 남편은 마적들이 낌새를 못채게 두만강반 버들숲을 헤치고 나섰다. 손을 내밀면 잡힐듯 가까운 거리에서도 서로 포옹할수조차 없었던 그들 부부의 눈에서는 피눈물이 흘렀다.…

세월이 흐르고 흘러 남편은 어느덧 머리가 희고 안해는 로친이 되고말았다.

터지는 가슴을 달랠길 없었던 그들은

≪여보, 로덕이 무사하오?≫

남편이 이렇게 함경도 사투리로 문안을 하면

≪네, 남편께서도 무사하신지요?≫ 하고 로친은 마주 문안하면서 치마폭으로 눈굽을 찍었다.

그때로부터 그들은 매일 한번씩 이렇게 건너다보면서 문안했다.

무심한 물결은 그들의 애절한 부름소리를 삼키며 흘러가고 세월은 그들의 련련한 정을 추억속에 실어가버렸다.

그뒤 남편이 섰던 강북쪽기슭에 한 마을이 앉았는데 사람들은 그 마을을 ≪남편(그 뒤 차차 남평으로 불리웠다.) 이라하였고 로친이 섰던 남쪽기슭에도 한 마을이 앉았는데 그 마을을 함경도 사투리로 ≪로덕≫이라 불렀다 한다.

허봉남 정리

우심산

화룡에서 남쪽으로 20여리 상거한 곳에 구름을 떠이고 하늘높이 치솟은 세모꼴모양의 산이 있는데 이 산을 우심산(牛心山)이라 부른다.

지금으로부터 그리 멀지 않은 때의 이야기다.

어느해인지는 딱히 모르나 두만강기슭의 여러 마을들에는 무서운 전염병이 돌았다. 숱한 사람들이 죽어나가는바람에 어떤 마을은 거의 페허가 되었다. 다만 남골에서 살림이 제일 구차한 한 가정의 네식구가 구사일생으로 겨우 살이남았다.

마을에 홀로 남은 남골농민은 더는 거기에서 살고싶지 않았다. 그러던 어느날, 남골농민은 집의 네식구와 상론한 뒤 산좋고 물좋은 곳을 찾아 떠나기로 약정했다. 드디여 남골농민은 자기가 솥을 지고 안해와 쌍둥이오누이에게 얼마 안되는 식량과 씨앗이며 가장집물들을 이고 지게 한후 남골을 떠나 버들골뒤산의 작은 령길에 올랐다.

때는 양춘가절이라 파릇파릇 나뭇잎이 돋아나 묵은 나무는 새옷을 떨쳐입기 시작하였다. 화창한 봄날의 아름다운 풍경은 살길을 찾아 떠난 길손들에게 그래도 삶의 새 희망을 안겨주었다. 하지만 가파로운 올리막길에 짐까지 지고 걸어가는 그들의 옷은 땀에 흠뻑 젖었고 이마에서는 콩알 같은 구슬땀이 줄줄 흘러내렸다. 그들은 반나절이나 걸어서야 작은 령을 넘었고 땅거미가 질무렵이야 제일 높은 산기슭에 이르렀다.

초기가 들고 지칠대로 지친 남골농민은 더는 걸을 맥이 없었다. 남골농민은 큰길옆에 짐을 벗어놓고 마실 물을 찾던중 맞은켠 언덕밑으로 졸졸 흘러내리는 샘물을 발견했다. 급급히 다가가 샘물을 들이켜고난 남골농민은 정신이 번쩍 들었다.

≪애들아, 어서 와서 물을 마셔라 ! 참 시원하구나 !≫

아버지의 말을 듣고 얼른 뛰여온 오누이는 샘터에 납작 엎드려 물을 마셨다.

≪야— 씨원쿠나 !≫

오누이는 16살이 되도록 이처럼 시리도록 차가운 샘물을 마셔보기는 처음이였다. 물맛은 남골농민의 마음을 끌었다. 그래서 지형을 살펴보기 시작했다. 그러다가 그는 방목지와 빈 초막을 발견했다.

≪빈집까지 있으니 하늘이 마련해준 복인가부다. 하여튼 오늘밤을 자고보자.≫

이튿날 아침이였다.

물길러 나갔던 딸은 샘터에서 물새우를 잡아왔고 더덕 캐러 갔던 아들은 남쪽 산기슭에 있는 늪에서 펄펄 뛰는 물고기를 잡아가지고 돌아왔다. 물고기와 새우를 본 남골농민은 금덩이라도 생긴듯 기뻐하였다.

≪이건 운이 트일 징조다. 이렇게 좋은 고장을 버리고 어디로 간단말인냐. 아예 이고장에 뿌리박고 살자.≫

아버지의 말에 안해와 오누이는 좋아서 환성을 올렸다.

≪그래요. 우린 이고장에서 살자요!≫

그날부터 남골농민은 안해와 아들딸을 데리고 초가삼간을 아담하게 지어놓고 묵밭을 일구었다. 해마다 단오날이 오면 네식구는 늪에 가서 배놀이까지 하군 하였다. 실로 살기 좋은 고장이였다. 그후 소문을 듣고 여느 고장사람들도 한집 두집 이사를 오기 시작했다. 그리하여 몇해사이에 20여호의 새마을이 생겨났다. 남골농민은 마을이 앉고 잘살게 된것은 모두 마을 뒤산덕분이라고 생각하였다. 그런데 그 산이 이름이 없는것이 서운하였다. 그래서 근방에 사는 글깨나 아는 풍수령감을 청해다가 산이름을 지어달라고 하였다. 산을 한바퀴 돌아보고난 풍수령감은 이렇게 말했다.

≪내 보기엔 이 산은 남쪽이 소대가리처럼 생겼고 북쪽은 소꼬리와 흡사하고 복판은 소염통같이 생겼소. 그러구 무인지경이였던 이고장을 옥야전토로 가꾸었은즉 당신들 역시 소처럼 부지런한 사람들이요. 그러니 이 산을 우

심산이라 부르는게 좋겠소.≫

그때로부터 이 산을 우심산이라 불렀고 산밑에 자리잡고있는 마을을 우심촌이라고 부르게 되였다 한다.

지금 우심촌 농민들은 강물을 끌어다 논을 풀고 산밑의 샘터를 수원으로 하여 수도까지 놓았다. 우심촌은 물이 좋아 아이들이 무병하고 로인들이 장수하다.

한승룡, 문룡만 구술
리진성 정리

락타봉

머나먼 서역에서 고려국으로 장사하러 온 상인이 물건을 팔고 고국으로 돌아가려는데 어미락타가 새끼를 낳았다. 갈길이 멀고 시간이 긴박한지라 상인은 새끼락타를 두만강상류 남평에서 왔다는 한 보부상한테 팔았다. 장사가 잘된 상인은 기쁜 김에 주막에서 술을 과음하고 쓰러졌다. 그사이 새끼락타는 어미를 찾아 어미를 찾아 정처 없이 헤매다가 한 마음씨 고운 총각을 만나 그의 집으로 가게 되었다.

조실부모한 총각은 형을 아버지삼아 모시고 살아가고 있었다. 게으르고 욕심 많은 형은 동생이 본적이 없는 새끼락타를 끌고 오자 어디서 재수 없이 등곱쟁이 짐승을 끌고 왔느냐며 내다 버리라고 하였다. 동생은 할수 없이 두만강기슭에 있는 한 바위굴에 새끼락타의 거처를 정해주었다. 새끼락타는 동생의 주위를 떨어질세라 감돌다가는 자꾸 그의 손가락을 빠는것이였다. 젖을 먹고싶어한다는것을 안 동생은 콩을 매돌에 갈아 진한 콩물을 만들었다. 동생은 형의 눈을 피해가며 바위굴에 가서 뽀얀 콩물을 새끼락타한테 먹여주었다. 두석달이 지나자 새끼락타는 몰라보게 커졌고 인제는 야드르르한 풀도 제법 먹기 시작하였다.

그런데 어느날 새벽무렵이였다. 동생의 귀전으로 새끼락타가 울부짖는 소리가 가늘게 들려왔다. 동생이 자리를 박차고 바위굴로 가보니 눈이 화등잔 같은 호랑이가 새끼락타를 어르고있는중이였다. 동생은 다급히 부시를 쳐 마른 벼짚대에 불을 달았다. 그리고 형님을 불렀다. 호랑이는 활활 타오르는 벼짚불을 보더니 무서워서 슬금슬금 도망쳤다. 좀 있다가 형이 찾아와서 눈을 부라렸다.

≪넌 쓸데없이 아까운 벼짚더미는 왜서 태웠느냐? 락타가 호랑이한테 먹히든 안먹히든 목숨을 내걸건 뭐냐?!≫

≪형님도 참, 그래 죽어가는 새끼락타를 보고도 못본척하는게 옳아요?≫ 동생도 질세라 반박하였다.

어느날 동생이 땔나무를 메고 집으로 왔는데 집에서 형이 칼을 갈고있었다. 보아하니 마음이 독한 형이 새끼락타를 잡아버리려는게 틀림없었다.

동생은 새끼락타를 끌고 무작정 깊은 산속으로 들어갔다. 동생은 몇해동안 부지런히 새끼락타를 거두었다. 이제는 꽤 큰 락타로 자란 새끼락타는 동생을 등에 앉히고 사처로 나들이를 다녔다.

어느날 아침이였다. 늦잠에서 깨여난 동생이 초막집 사립문을 열자 락타가 입에다 아릿다운 함박꽃 한송이를 물어다 동생한테 건네주었다. 동생은 허리께가 잘려나간 옹배기에다 물을 채우고 함박꽃송이를 꽂아놓았다. 동생은 낮일에 지쳐서 인차 코를 골았다. 그가 아침에 깨여나 밥을 지으려는데 밥상에는 이밥 한그릇에 향긋한 산나물무침이 한접시가 놓여있었다. 그가 두리번거리며 놀라움을 금치 못해하는데 옹배기에 꽂아놓은 함박꽃 사이로 아릿다운 처녀가 걸어나오더니 소곤거리듯 말하였다.

≪저 락타는 저를 살려준 은인이지요.≫

하도 갑작스레 당하는 일인지라 동생은 눈이 휘둥그래서 처녀의 말만 다소곳이 듣고있었다.

이 산중에 와서 크게 자란 락타는 동생 몰래 풀뜯으러 갔다가 돌아온 적이 몇 번 된다. 어느날 락타는 두만강기슭에서 뒹굴며 모래욕을 하다가 이전에 동생한테 혼쌀난 적이 있는 호랑이가 함박꽃처럼 생긴 처녀를 물고 옆으로 지나가는것을 보았다. 락타는 자기가 범의 상대가 되지 않는다는것을 알면서도 성이 나 몸을 부르르 떨었다. 그 바람에 몸에 붙었던 모래알갱이가 호랑이 눈깔로 사정없이 날아들었다. 호랑이는 눈이 아파서 물고 가던 처녀를 떨어뜨리고 앞발로 눈언저리를 마구 비벼댔다. 그 틈을 타서 락타는 뒤발로 호랑이의 눈통을 들이찼다. 날이 선 모래는 호랑이의 눈동자에 둘이박혔다. 눈을 감고 뱅뱅 돌아치던 호랑이는 마구 달려간다는게 그만 두만강여울로 들어섰다. 그 꼴을 보던 락타는 성수나게 달려가서 뒤발로 호랑이의 궁둥이를 들이차서 깊숙한 물속으로 몰아넣었다. 결국 호랑이는 세찬 두만강물결에 휩싸이고말았다…

여기까지 말한 처녀는 손짓발짓을 해가면서 락타가 주인인 동생한테로 가보라는 뜻을 완곡하게 행동으로 내비치던 경과를 이야기했다.

동생은 처녀의 속마음을 알아차리고 그를 안해로 맞아들였다.

동생이 예쁜 안해를 얻어서 깨알 쏟아지게 산다는 소문은 형의 귀에도 전해졌다. 어느날 형은 락타를 찾아와 자기한테도 색시 하나를 얻게끔 해달라고 억지를 썼다. 그러나 락타는 못들은척 했다.

형은 락타를 얼리고 닥치고 위협도 해보았지만 아무런 소용도 없었다. 형은 락타가 자기 말을 듣지 않자 백일하에 본성이 드러나고야 말았다. 그는 큰 칼을 들어 락타의 목을 내리쳤다. 하지만 락타의 모가지가 베여나갈 대신 날이 시퍼렇게 선 칼이 쟁가당 소리를 내면서 두동강 났다. 이에 분이 날대로 난 형이 큼직한 도끼를 들고 락타의 목을 내리치려는 순간 ≪형— 락타를 다치지 말아요.≫ 하는 소리와 함께 동생이 나타났다.

원래 동생은 형이 잠자리에 없자 자리를 차고 락타를 찾아보았다. 형도 찾을 길이 없었지만 또한 애지중지하는 락타까지 오간데 없는지라 일이 잘못되여감을 느낀 동생은 여기저기 형을 찾아다니다가 산봉우에까지 달려온 것이였다.

≪형, 불쌍한 락타를 죽이지 말아요. 락타를 다치면 형도 잘못돼요.≫ 동생은 이렇게 말하면서 형의 손에서 묵직한 도끼를 빼앗으려 했다.

≪너 이놈아, 형하고 그게 무슨 헛소리냐. 죽일 놈의 락타를 죽인다고 내가 잘못되겠느냐? 저리 비켜라!≫ 말을 마친 형은 동생을 밀쳐놓고 또다시 묵직한 도끼를 쳐들고 풀을 뜯고있는 락타의 모가지를 힘껏 내리쳤다.

≪카앙—≫ 하는 락타의 비참한 소리와 함께 락타의 모가지가 절반쯤 끊어졌다. 그러자 락타의 피가 쫙 사처에 휘뿌려졌는데 형의 온몸은 락타의 피천지였다.

≪푸— 푸— 제기랄, 죽일 놈!≫ 낯에 묻은 피를 닦으며 형은 두 번, 세

번 락타의 모가지가 끊어질 때까지 악착하게 도끼질 했다.

≪형, 손을 멈춰요, 형—≫ 저만치 밀리여 넘어졌던 동생은 이렇게 웨쳤지만 때는 이미 늦은 뒤였다.

모가지가 떨어지고 몸에 여러 곳 처참하게 도끼를 맞은 락타는 숨이 졌는데 그만 바위로 변하여 굳어지고 말았다. 따라서 악착한 형도 돌로 굳어지고 말았다.

그 뒤 사람들은 락타가 굳어져 바위로 된 산봉우리를 락타봉이라는 이름을 달아주고 불렀다고 한다.

신영자 구술
한정춘 정리
화룡시

페문골

화룡에서 서쪽으로 해란강줄기를 따라 가노라면 항일의병들이 왜군을 골탕먹인 유명한 청산리라는 곳이 있고 거기서 다시 산을 톺아올라 베개봉을 옆에 끼고 서남쪽으로 굽어들면 올기강을 끼고앉은 좁은 산골짜기가 나진다. 전에는 이름없던 이 골짜기를 30년대말부터 페문골이라고 불렀는데 그 사영인즉 이러하다.

어느해인지는 모르나 락엽이 우수수 지는 늦가을 어느날이였다. 200여명 잘되는 왜놈 토벌대놈들이 숭선으로부터 올기강을 따라 우리 항일련군 한개 부대를 추격해오고있었다. 련 며칠 휴식도 없는 강행군을 하다보니 상한 사람은 상하고 지친 사람은 지쳐서 우리 부대는 말로는 한개 중대라 하나 기실 전투력을 가진 사람은 50여명이 되나마나하였다. 그래서 중대장은 중대지휘관과 각 소대장들을 모아놓고 여러 사람의 의견을 듣게 되였다.

≪동무들도 알다싶이 적이 추격해오면 우리는 뛰고 적이 도망하면 쫓아가 우세한 병력으로 소멸하는것이 우리의 유격전술이요. 그러니 지금 형편에서 우리가 잠시 놈들의 추격을 피했다가 후날 기회를 봐서 다시 추격한다해도 무방한 일이요. 그런데…≫

중대장은 잠시 말을 끊더니 손을 들어 올기강이 빠져나오는 동북쪽 골짜기를 가리키며 다시 말을 이었다.

≪저 골짜기를 보시오. 골어귀가 짤룩한게 똑마치 주머니 같지 않소? 이같이 유리한 지리적환경에서는 한번 싸워볼만하기도 한데 동무들 생각은 어떻소?≫

중대장의 말이 떨어지기 바쁘게 중구난방으로 모두들 자기 생각을 말하였다.

≪우리가 비록 지치기는 하였지만 항일하는 투사들이기에 일당백으로 싸울수 있습니다.≫

≪그러잖아도 무기와 탄알이 부족한판인데 절로 찾아온 무기운수대를 가만 놔두겠습니까? 재낍시다 !≫

≪입에 들어온 고기덩이를 게워버리겠습니까. 유리한 지형을 리용해서 한바탕 멋지게 해봅시다 !≫

뿐만아니라 어떤 동무들은 ≪제갈량 머리≫을 써서 그럴듯한 작전방안까지 내놓았다. 이렇게 되니 진작 속셈이 있었던 중대장인지라 싱글벙글 웃으며 ≪속담에 개는 문을 닫고 때려잡아야 한다는 말이 있소. 그리고 또 고기를 잡자면 미끼를 주어야 한다는 말도 있지 않소? 그러니 우리의 작전방안은…≫하고 여차여차하라는 지시를 주었다.

전투포치가 끝나자 중대장은 대부분 인마를 인솔하여 올기강막치기 골안으로 향하고 부중대장은 20여명 끌끌한 전사로 무은 소부대를 데리고 그 자리에 남았다.

얼마 지나지 않아 저쪽 산모퉁이에 왜군토벌대가 나타났다. 이때를 기다리던 부중대장은 대원들에게 사격명령을 내렸다. 20여명 대원의 총구가 일시에 불을 뿜었다. 급작스레 당한 사격에 왜군들은 처음에는 제자리에 엎드려 까딱하지 않았다. 그러다가 지휘관놈이 맞총질로 시탐적인 사격을 가하면서 보니 항일군은 확연히 소부대인지라 인차 진격명령을 내렸다. 놈들이 날창을 꼬나들고 마구 총질하며 돌격해오자 부중대장은 눈을 껌벅하며 대원들에게 퇴각을 명령했다. 소부대 대원들은 부중대장의 지휘에 따라 이따금씩 절제있게 맞불질을 하면서 적들과 알맞춤한 거리를 보존하며 올기강을 끼고 퇴각하였다. 잡힐듯 잡힐듯하면서도 잡히지 않는 항일군을 잡으려고 왜군들은 죽기내기로 추격하였다.

이와 같이 하나는 도망하고 하나는 추격하며 달음박질치다보니 어느새 왜놈토벌대는 올기강 막치기의 ≪주머니≫형 골짜기에 들어섰다.

이때였다. ≪사격≫ 하는 중대장의 구령소리와 함께 이미 올기강 량옆 산등성이에 매복해있던 항일련군전사들이 적들을 향해 일제사격을 퍼부었다. 그리고 이와 때를 같이하여 ≪도망≫가던 소분대가 불시로 되돌아서며 맹렬한 반격을 가하였다. 그제야 매복전에 걸린줄 안 왜군토벌대 대장놈이 부대를 오던 길로 돌려세우니 이번에는 ≪주머니≫의 아구리가 닫기며 또 맹렬한 사격이 들이닥쳤다. 이렇게 되니 동서남북 사면으로부터 급시에 날벼락을 맞은 토벌대놈들은 대가리 떨어진 파리새끼처럼 이리저리 갈팡질팡하다가 죽는 놈은 죽고 상한 놈은 상하고 산 놈은 벌벌 떨며 얼마 지탱하지 못하고 두손들어 투항했다. 아닌게아니라 ≪문은 닫고 개를 때려잡는≫격이였다.

전투는 불과 반시간도 걸리지 않아 결속되였다. 살아남은 왜군토벌대는 50여명 사망자들을 남기고 상가집 개처럼 꼬리를 빼고 항일련군전사들은 숱한 무기와 탄약, 식료품들을 로획하고 개선가 높이 부르며 밀림속으로 사라졌다.

이 전투가 있은지 몇해 안되여 살길을 찾아 두만강을 건너온 우리 겨레들이 이 산골에 한호두호 모여와 화전을 일구고 보리농사, 감자농사 지어가며 동네를 이루었는데 그때까지 마을이름이 없었다. 그래서 마을이름을 짓자고 공론이 있었는데 누군가 하는 말이 ≪우리 항일군이 여기서 문을 닫고 개를 때려잡듯이 왜군을 족쳤답니다. 그러니 마을이름을 페문이라고 하는게 좋겠소!≫라고 하여 페문(閉門)골이라는 이름이 생겨났다고 한다.

김태갑 정리

소왕청

도문에서 서북쪽으로 백여리 올라가면 왕청이란 곳이 있다. 지금 일부 사람들은 이 왕청을 ≪빽밭골≫이라고 부르는데 기실은 ≪빽밭골≫이 아니라 ≪떡밭골≫이였다.

100여년전에 한 젊은 부부가 난민들을 따라 도문강을 건너온후 살길을 찾아서 주리팔방하다가 이곳에 와서 부대를 일구며 자리잡았다.

옹달샘도 있고 땅도 발이 푹푹 빠지는 옥토라 그들은 찰, 조, 감자 농사를 마음껏 지으며 살아가고있었다. 살집이 있고 농사가 잘되니 그리운것은 사람이였다. 나젊은 부부간이 원시림속에서 부대를 일구며 홀로 살아가느라니 어찌 적적하지 않았으랴.

그러던 어느날이였다. 백발이 성성한 로인이 지팽이를 짚으며 찾아왔다. 지나가던 길손인데 하루밤 묵어가자는것이였다.

젊은 부부는 로인을 제꺽 부축하여 집에다 모시고는 기름이 찰찰 도는 찰떡을 쳐서 로인에게 대접하였다.

로인은 초기들었던지 눈깜짝할 새에 찰떡을 다 자시였다.

≪참 고맙네. 난생처음 찰떡을 먹고 군을 뚝 뗐네!≫

로인은 백발수염을 내리쓰다듬으며 만면에 웃음을 담았다.

≪로인님께서 우리를 믿어주신다면 여기서 며칠 쉬면서 로독을 푸십시오.≫

≪그럼 자네 신셀 질가.≫ 하고 로인은 그들의 만류에 기꺼이 응하였다.

젊은 부부는 로인을 모시면서 날마다 기름이 찰찰 도는 찰떡을 대접하였다. 닷새만에 로인은 기어코 떠나려 하면서 그들을 불러앉히고는 무엇이 요구되는가고 물었다.

≪네, 우린 다른 요구가 없습니다. 이 좋은 고장에 이름이 없다나니 로인님께서 이고장 이름이나 지어주었으면 감사하겠습니다.≫

≪음, 그럼 좋네. 왕청같은 곳에 떡이 나는 밭이 있다는 뜻으로 <왕청떡밭골>이라 짓는게 좋을듯하네.≫

≪네, 감사합니다.≫

≪그리고 동서남북에 길을 내여 부락을 하나 세워주겠네. 그럼 잘 있게.≫

≪네, 감사합니다.≫

그들이 감지덕지하여 절을 올리고 머리를 들고보니 로인은 오간데없이 사라지고 사방엔 뉘연한 큰길이 나졌다.

그때로부터 기아에 허덕이던 우리 겨레들은 백발로인이 점지해준 방향을 따라 ≪왕청떡밭골≫을 찾아 꾸역꾸역 모여들었다.

그후 이곳에는 인가가 점점 늘어나 오늘의 소왕청으로 되었고 이고장 이름은 사람들에 의하여 구전되면서 ≪왕청≫ 혹은 ≪왕청떡밭골≫으 불리워지였다.

리선일 정리

빽박골

산좋고 물맑은 왕청을 두고 ≪빽박골≫이라 부르는데는 이런 미담이 깃들어있다.

멀지도 짧지도 않은 백여년전 일이다. 리씨조선 상층계서는 당파싸움과 권력쟁탈에 눈이 뒤집혀서 착한 선비와 충신들을 무함하여 숱한 비극들이 꼬리를 물고 일어났다.

그때 서울장에는 성이 왕씨라는 박식한 선비가 살고있었는데 간신들의 모해로 부득이 성을 옥(玉)씨로 고치고 함경도 북녘땅에 피신하여 살지 않으면 안되였다.

처자를 거느리고 할줄 모르는 농사일로 세월을 보내던중 옥씨의 종적은 또 간신들에게 탄로되고말았다.

옥씨는 안해가 꾸며준 행장을 걸머지고 아들애에게 몇마디 당부하고는 만주땅을 바라고 한전로숙하면서 걷고 또 걸었다.…

어느 하루, 옥씨가 산등성이에 올라서서 북쪽산발을 굽어보니 양지바른 언덕에 연기가 모락모락 피여나는 귀틀집 한채가 눈에 띄였다.

죄 없는 죄인신세라 몸을 숨기면서 귀틀집 가까이에 가보니 집으로 드나드는 사람은 두사람뿐인데 남자는 기장을 타작하고 녀인은 호박오가리를 치는것이였다.

옥씨는 몸을 일으켜 주인을 찾아 인사를 하면서 다리쉼을 하련다고 청을 들었다.

주인내외는 이런 심산골로 어떻게 되여 오셨느냐며 반갑게 맞아주었다.

길손의 지친 모습을 보고 남편은 장작을 들여다 불을 지피고 안해는 쌀을 일기 시작하였다.

지친 몸을 지탱하지 못하고 꿈나라로 들어갔던 옥씨가 부르는 소리에 깨여나보니 저녁상이 올라오는데 상우에는 반지르르한 기장떡이 호박바가지에 그득 담겨져있었다. 주인내외의 후한 인심에 재삼 감사를 드리며 옥씨는 꿀맛같은 떡 한바가지를 다 먹고 다시 안신처를 찾아떠났다.

남쪽골짜기를 향하여 부지런히 걷노라니 또 한 귀틀집이 나타났다. 집안에는 장정과 아이들, 아낙네들까지 있었는데 알고보니 그들도 조선에서 살길을 찾아 이곳까지 온 사람들이였다.

옥씨가 복잡한 세속을 떠나 피신온 사연을 듣고는 모여앉아 산과일로 빚은 술을 마시며 신세타령을 시작하였다.

말이 오가던중 옥씨에게서 떡을 한바가지 그득 담아주더라는 내외간의 이야기를 듣고난 한 장정은 ≪조선사람은 구차해도 후한 인심은 그대로 보존하고있으니 그 골짜기를 이제부터 ≪〈떡박골〉이라 부르소이다.≫이 말했다.

그후부터 옥씨는 이곳에 머물러 그들과 함께 사냥을 나다니며 생계를 연명해갔다.

그러던 어느 하루 사냥군들을 따라 산길을 주름잡으며 산등성이에 올라보니 한번 들린적 있던 떡박골 귀틀집이 보였다.

모두들 주인내외를 만나자고 하였다.

마침 뜨락에 나서던 귀틀집주인도 옥씨를 알아보고 그들 일행을 반갑게 집안으로 안내하였다.

주객들은 호상간 즐거웁게 이야기들을 나누었다. 그러나 가마목에 앉아있는 안주인의 얼굴에는 근심이 떠돌고있었다.

쌀독에 바가지를 넣었으나 밑굽에서 빡빡 하는 소리만 들릴뿐 한홉쌀도 담기지 않았다. 난처한 기색으로 잠간 생각에 잠겨있던 안주인은 언감자가루를 반죽하기 시작하였다. 안해의 고초를 눈치챈 바깥주인은 슬그머니 일어나 산비탈 토끼옹노를 뒤져보았다. 지성이면 감천이라고 큼직한 토끼 한마리가 걸려있었다.

이윽고 음식상이 올라왔다. 상우에는 소를 넣은 감자떡과 함께 바가지에 담은 토끼고기국이 맛갈스레 챙겨져있었다.…

그후부터 주객들은 빈바가지 긁히는 소리가 빽빽 나는 살림에도 인품은 언제나 후한 우리 민족이라며 ≪떡박골≫을 ≪빽박골≫이라고 부르게 되였다.

세월의 흐름속에서 ≪빽박골≫이란 이름은 내내 전해져내려왔는데 그곳이 바로 지금의 왕청이라고 한다.

박동호 구술
리천록 정리

락타산과 락타산촌

목도선렬차에 앉아 로송령기슭을 지나노라면 철도연선에 우뚝 솟은 락타산이 한눈에 안겨온다. 이 락타산밑에는 왕청현 춘양진 락타산촌마을이 오붓이 들어앉아있다.

이 락타산과 락타산촌을 두고 아름다운 이야기가 전해지고 있다.

먼 옛날 어느 한 고장에 아들 두형제를 데리고 살아가는 녀인이 있었다. 그런데 큰아들은 장가를 든후부터 녀편네와 꿍꿍이를 꾸미면서 어머니와 동생을 몹시 박대하였다.

어머니는 하는수없이 작은아들을 데리고 고향을 떠났다. 인가 없고 나무가 무성히 자란 곳에 이르러 모자는 초막을 짓고 거처를 잡았다.

그때로부터 작은아들은 매일 아침 일찍 일어나 나무를 아름지게 해다가는 장에 가서 쌀 같은것을 바꿔다가 어머니와 함께 끼니를 에우며 살아갔다.

그러던 어느날 아침, 여느때와 마찬가지로 나무하러 산에 오르던 작은아들은 어디선가 이상한 소리가 들려오는것을 들었다. 소리나는 쪽을 조심조심 다가가보니 표범 한마리가 새끼락타를 가운데 놓고 양공질을 하고있었다.

작은아들은 도끼를 들어 있는 힘껏 범을 내리찍었다. 범은 찍소리 못하고 빼드러졌다. 작은아들은 인차 솜옷을 벗어 새끼락타를 싸안고 집으로 돌아왔다.

어머니는 아껴먹으며 모은 쌀을 퍼내여 죽 한가마를 쒀 락타의 입에 한술 한술 떠넣어주었다.

락타는 무럭무럭 자라났다. 얼마 지나지 않아 락타는 힘장수로 되었다.

락타는 작은아들을 도와 나무를 져날랐으며 밭을 부치는데도 큰 도움을 주었다. 하여 모자간의 생활은 나날이 피여갔으며 그만큼 락타는 모자간의 끔찍한 사랑을 받았다.

세월이 흘러 작은아들도 어언 27살 로총각으로 되었다.

먹을 걱정 입을 걱정 따로 없었으나 어머니는 며느리를 맞아들이지 못하여 무척 가슴을 앓았다.

어느날 락타가 문득 모란꽃 한송이를 물어왔다. 모자는 가냘픈 모란꽃을 창턱에 옮기고 정히 가꾸었다. 그런데 어느날엔가 모란꽃이 아름다운 처녀로 변할줄이야!

드디여 작은아들은 모란꽃처녀를 안해로 맞게 되였다.

그후부터 작은아들은 농사짓고 모란이는 천을 짜면서 어머니를 모시고 화목하게 살아갔다.

그러던 어느날 어머니는 몸져눕게 되였다. 무슨 영문인지 병세는 재빨리 악화되면서 생명이 오락가락하게 되었다.

안달아난 부처간은 만병을 고친다는 온천을 찾아가기로 하였다. 그들 부부는 락타에게 집을 맡기고는 들것에 어머니를 모시고 총망히 길을 떠났다.

산을 얼마나 넘고 강은 얼마나 지났는지… 그들은 드디여 김이 몰몰 피여오르고 맑디맑은 물버섯이 송송 돋아나는 온천을 찾아내였다. 실로 령약이였다. 3일간 온천에 몸을 잠그니 병은 대뜸 나아졌다.

한편 어머니의 병을 치료하러 동생네 내외간이 먼길을 떠났다는것을 안 큰아들은 네편네와 함께 부랴부랴 동생네 집으로 찾아왔다. 쌀과 물건을 훔치러 온것이다.

락타는 위병처럼 집문을 지켜서서 한발자국도 움직이지 않았다.

급해난 큰아들은 도끼를 주어다가 락타의 잔등과 엉뎅이를 마구 내리찍었다.

락타도 더는 참을수 없어 큰아들과 그의 녀편네를 한발에 하나씩 힘껏 걷어찼다. 그래서 큰아들과 녀편네는 피못에 쓰러졌다.

그제야 락타는 비틀걸음으로 주인이 떠나간 곳을 향하여 몇발자국 움직이더니 그대로 영 굳어지고말았다.

석달 열흘이 지나 작은아들 내외간이 어머니와 함께 집으로 돌아왔을 때는 락타가 이미 돌산으로 변한 뒤였다.

그들은 새로 생긴 그 돌산을 락타산이라 불렀다. 후에 이곳에는 많은 인간들이 모여와 오붓한 마을을 이루었는데 사람들은 락타산의 전설에 따라 이 마을을 락타산촌이라고 불렀다.

최금철 구술
장문일 정리

훈춘시, 도문시 편

반 성

울창한 나무숲속에 푸르른 참솔, 다박솔이 제나름으로 보기 좋게 자라나 있고 또한 그 가운데 우죽뿌죽 집채 같은 바위돌이 내노라 서있어 경치가 가관인 룡단산기슭에서 두만강을 거슬러 얼마쯤 올라가면 우뚝 솟아난 산이 있습니다. 이 산꼭대기에는 먼 옛날 청바위를 까다가 다듬어 쌓아올린 견고하고 튼튼한 성터가 있습니다. 동쪽에서 시작하여 서쪽을 향해 가면서 보기 좋게 쌓은 이 성곽을 사람들은 반성(半城) 혹은 반쪽성이라고 부른답니다.

고구려말엽 리씨성을 가진 날래고 용감한 장수가 두만강 연안의 외래침략자의 방어를 맡게 되였습니다. 남한테 한치의 땅이라도 떼우지 않으려고 장수는 부지런히 변방을 돌아다니던 중 두만강변에 있는 룡당산으로 오게 되였습니다. 그는 이번 걸음에 부인과 함께 동행을 하게 되였습니다.

때는 바로 물기 오른 나무가 푸르른 단장을 하고 울긋불긋 사꾸라꽃이 한창 망울을 터치는가 하면 붉은 색, 연분홍 색 늦꽃이 금방 내노라 하며 피여나기 시작한 호시절이라 짙어가는 봄빛은 찾아온 사람들을 도취하게 했습니다.

≪산우에 올라가 자리잡고 한동안 쉬도록 하지요.≫ 장수는 부인을 보며 이렇게 말을 건늬였습니다.

≪네, 황홀한 산천경개를 마음껏 구경하자요.≫ 부인은 장수를 보면서 머리를 끄덕였습니다.

구불구불 험악하게 뻗어간 오솔길을 따라 룡당산에 올라간 장수일행은 산천경개를 구경하면서 유유히 굽이치며 흘러가는 두만강을 살펴보았습니다. 마치도 은띠처럼 해빛을 받아 반짝이며 산을 감도는 두만강에는 무수한 갈매기와 두루미 떼가 무리를 지어있고 어부들은 나름으로 한창 고기잡이에 성수나고있었습니다.

≪아무리 살펴봐도 왜적들이 배를 타고 들이닥칠수 있는 위험한 군사요새로군.≫ 장수가 부인보고 말했습니다.

≪글쎄요, 소인의 생각에도 저 높은 산에 성곽을 쌓고 파수군을 두어 나라의 변방을 자주 살펴봤으면 좋겠사와요.≫ 부인은 이렇게 장수의 말을 받았습니다.

≪아무렴, 살기 좋은 이 땅을 굳건히 지켜 후대들한테 물려주어야 우로는 조상들한테 미안함이 없을것이고 또한 후세사람들한테도 부끄러움이 없으리다.≫ 장수는 수염을 쓸면서 말했습니다.

≪여기서 그네를 뛰면서 쉬였으면 재미가 나겠는걸요.≫ 부인은 들어선 나무를 가리키며 말했습니다.

어느 사이 산꼭대기에 올라온것이였습니다. 사시장철 푸르른 다박솔나무 밑에는 몇사람이 누워서 잠을 잘만한 평평한 바위돌이 있었습니다. 행장과 갑옷을 벗어놓은 장수는 하인을 보고 우듬지가 크고 미끈하게 자라난 몇그루의 참솔나무를 가리키며 이렇게 분부했습니다.

≪너희들은 저 두그루 나무사이에 높직이 그네를 매여놓아 부인이 뛰게 하여라. 나는 예서 한잠을 푹 자야겠다. 그 어떤 일이 있어도 절대로 나를 깨우지 말라고 부인한테 알려라. 명을 거역하면 단단히 경을 치를테다.≫

≪네, 소인들이 행하겠나이다.≫

령을 받은 하인들은 인차 소나무에 그네를 매기 시작했습니다.

이렇게 분부를 내린 장수는 돌베개를 베고 앞산봉우리를 향해 자리에 눕더니 곧 잠들어버렸습니다.

저 앞바다 쪽에서 후더운 바람이 두만강을 따라 산들산들 불어와 사람들마다에 따뜻한 봄기운을 안겨주었습니다.

≪드르릉—드르릉≫ 인차 잠이 든 장수의 코고는 소리는 점점 요란스러워졌습니다.

장수의 령대로 어느덧 하인들은 나무에다 그네를 매여놓았습니다. 늦은 봄철의 아름다운 산천경개를 구경하고난 부인은 그네에 올라 슬쩍슬쩍 그네를 뛰였습니다.

조선 함경도 함흥 부근의 살기 좋은 동리에는 어려서부터 그네뛰기를 즐기는 용모가 아주 아름다운 규수가 있었습니다. 어느날 규수는 여느때처럼 글방에 갇혀 책을 읽은 뒤 하녀를 데리고 후원에로 바람을 쏘이러 나갔습니다. 으리으리한 담장이 높직이 둘러져있는 정원에는 미끈한 백양나무와 우듬지가 큰 느티나무가 서있었고 여러가지 과일나무가 울창하게 수림을 이루고있었습니다.

≪아씨, 저 그네를 뛰여볼래요?≫ 하인 옥이가 물었습니다.

≪글세 나왔던 걸음에 한번 뛰여볼가.≫ 규수는 옥이를 쳐다보았습니다.

≪기왕 나왔던바 하고 한번 신나게 뛰여보라요.≫

≪그럼 좋아, 밀어다오.≫

규수는 느티나무사이에 매여져있는 그네에 올랐습니다. 옥이는 그네줄을 잡고 힘껏 밀어주었습니다. 씽— 씽— 그네는 솟아올랐습니다.

장장채송 그네야 높이높이 솟아다오
늪개울도 벌판도 발아래 있구나
한번 솟아 강건너 바다에 이르누나
보고싶은 바다는 안개와 갈매기네

어려서부터 부모님한테서 바다에 대한 이야기를 많이 들어온 유혹으로 규수는 심심풀이삼아 즉흥시 한마디 외운 뒤 갑자기 담장 밖을 내려다보더니 웬 일인지 더 읊조리지 않았습니다.

≪아씨, 듣기 좋은 시구네요. 더 내리 읊으세요.≫ 나무곁에서 하녀 옥이가 재촉했습니다.

≪어마나, 빨리 그네줄을 잡아다오. 누가 눈 박아 본다.≫ 규수는 급히 몸을 움츠리며 말했습니다.

웬 사람이 아씨를 훔쳐보고있다는 말에 옥이는 인차 그네줄을 잡아쥐고 아씨를 그네에서 내리웠습니다.

≪아씨, 어떤 못난 잡놈이 우리 아씨를 마음대로 훔쳐봐. 돼먹지 못하게스리. 헛된 생각 말고 썩 물러가!≫ 옥이는 높은 소리로 담장 밖에 대고 소리쳤습니다.

≪애, 너 함부로 맹탕 소리를 줴치지 말아라. 잡놈이 아니라 군사를 이끌고 오는 장수어른이시다.≫ 규수는 이렇게 옥이를 나무랐습니다.

≪어마나, 장수도 아씨를 보고 그만 넋이 나간 모양이구만요.≫

≪너 이년, 주둥이를 냉큼 다물지 못해.≫

≪호호호… 다물지요.≫ 옥이는 깔깔 웃었습니다.

이런 일이 있은 뒤 규수의 어여쁜 자색에 마음이 동한 장수는 규수네 집에 사람을 보내여 청혼하였습니다. 허혼한 후 장수와 규수는 백년가약을 맺었습니다.

≪얘 옥이야, 저 바위 곁에 곱게 피여난 꽃은 무슨 꽃인데 참 예쁘구나.≫ 부인은 그네에 앉아 꽃을 가리켰습니다.

≪네, 그 꽃은 봄철에 늦게 피여나는 늦꽃이예요.≫ 옥이의 대답이였습니다.

≪벌써 늦꽃이 피였단 말이냐. 그러니 지난해 이때쯤 싸움에서 승전하여 돌아온 장수한테 안겨주던 그 꽃이란 말이냐?≫

≪그럼요. 바로 그 꽃이예요.≫

지난해 이맘때 외적이 조선땅에 기여들었습니다. 고약한 놈들은 마을에 달려들어 민가를 마구 털어 재물을 빼앗아내고 여자를 붙잡아가며 마음대로 사람을 죽였습니다.

이런 급보를 받은 장수는 군사를 거느리고 외적과 용감히 싸워 강대한 외적무리를 끝내 조선땅에서 물리쳤습니다. 싸움에서 승리하고 돌아온 장수를 만난 부인은 하인을 시켜 꽃을 꺾어다가 남편한테 드렸던것입니다.

≪집을 떠난지 한해가 지났네.≫ 부인이 말했습니다.

≪드르릉— 드르릉—≫ 깊이 잠이 든 장수의 코고는 소리는 점점 높아만 갔습니다.

≪어르신님께서 저렇게 깊이 잠이 들었으니 기필코 길한 꿈을 꾸시고있

을거야.≫ 부인은 말했습니다.

≪네, 아름다운 두만강변에 왔으니 아무래도 이 나라를 지켜내기 위하여 큰 일을 생각했을테지요.≫ 옥이는 부인의 말에 덩달아 말했습니다.

장수의 부인과 하인 옥녀가 두런두런 이야기하는 사이 웬일인지 청청하늘에서 급작스레 번개가 번쩍하더니 ≪꽈르릉—≫ 우뢰소리가 요란히 울렸습니다. 그 뒤를 이어 하늘에서 누군가 말하는 소리가 웅글지게 들려왔습니다.

≪리장수님, 어른께서 오래 주무시지 말고 속히 잠을 깨야겠어요. 나라에 큰 일이 생겼어요. 늦잠을 자면 모든 일을 그르치게 돼요.≫

≪옥이야, 너도 말소리를 똑똑히 들었니. 누가 함부로 지껄이는거냐.≫ 부인은 그네에 앉아 말했습니다.

≪네, 똑똑히 들었사와요. 하늘에서 내린 령 같은데 부인님, 어쩌면 좋을가요?≫

≪어른님께서 잠들기전에 무엇이라고 부탁하더냐. 그 어떤 일이 있어도 절대 함부로 깨우지 말라고. 별 일이 없을거다. 그네를 밀어다오.≫ 부인은 옥이를 보며 이렇게 말했습니다.

≪네, 알았사와요.≫

옥이가 분부대로 그네를 힘껏 밀자 부인은 치맛자락을 날리며 홍겹게 그네만 뛰였습니다.

얼마후 청청하늘가에서 또 우뢰소리가 요란히 울려왔습니다. 이번 우뢰소리는 처음보다 더 높았습니다.

≪장수님, 빨리 잠을 깨세요. 외적이 무리하게 우리 나라 땅을 침범해왔으니 나라 조정에서 장수님을 급히 찾고있어요. 장수어른님은 속히 군영으로 돌아가세요.≫

하늘가에서는 또 웅글진 소리가 똑똑히 들려왔는데 처음보다 더 급하고 높았습니다.

≪부인님 들으셨지요? 어르신님을 깨울가요? 어쩌면 좋을가요?≫ 옥이는 부인한테 물었습니다.

≪잠이 든지 오라지 않으니 깨우지 말어라. 스스로 잠을 깰거야. 들려오는

소리를 듣지 못한척 하면 될것이 아닌가.≫ 부인은 이렇게 말하면서 그네를 계속 뛰였습니다.

한동안 지난 뒤 멀지 않은 산에서 ≪떵— 떵— 떵—≫ 점경을 알리는 종소리가 룡당산에 은은히 울려왔습니다. 부인은 종소리가 울려오던 쪽을 살펴보는것이였습니다.

≪저 산 아래에 무엇이 있기에 종소리가 간간히 울려오는거냐? 혹시 절이라도 있는것이 아닐가?≫

≪글쎄요. 이렇게 산천경개가 아름다운 곳이니 사찰이나 절간이 있는 모양이예요.≫

≪그 말이 옳아, 나도 그렇게 짐작해.≫

한나절이나 지나서 청청하늘에 검은 구름이 덮이더니 번개가 번쩍이고 하늘을 금시 가르는듯한 우뢰소리가 요란하게 울려왔습니다.

≪부인님, 빨리 장수어르신님을 깨워주세요. 외적이 우리 나라를 침범하여 사람을 마구 죽이고 재물을 맘대로 빼앗아가고있어요. 조정에선 급히 장수어른을 찾고있으니 지금 잠을 깨지 않으면 나라 백성이 크나큰 해를 입게 될것이예요. 금방전 절간의 중들도 종을 쳐 모여서 외적을 물리칠 계책을 의논하고있지요. 로부는 두만강의 신령이니 부인님께서 장수어르신님을 깨우지 않으면 대사를 그르치지요.≫

부인은 그제야 사태의 긴요성을 느꼈습니다.

≪이 그네줄을 잡아주게. 내가 어르신님을 깨우겠어.≫

≪이 부인님, 알았사와요.≫

옥이가 재빨리 그네를 잡아 세우자 그네에서 내린 부인은 깊은 잠을 자면서 ≪드르릉— 드르릉—≫ 코를 골고있는 랑군의 옆에 다가갔습니다.

≪여봐요. 잠을 어서 깨세요.≫

≪어—, 아까운 잠을 절반밖에 자지 못했는데 왜서 때이르게 깨우는거요?≫ 장수는 잠자리에서 일어나 앉아 두 눈을 비비며 부인한테 물었습니다.

≪미안해요. 그런데 외적이 우리 나라 땅을 범하여 나라가 위태로워 빨리 군영으로 돌아가라고 두만강신령이 나라의 전갈을 전해왔어요.≫

≪음, 외적이 또 우리 땅을 침범했다니? 참! 부인, 금방까지 저 높은 산우에 성곽을 절반밖에 쌓지 못했어요. 나를 좀더 늦게 깨워줬더면 남은 절반 성곽을 다 쌓아놓았겠는걸 아쉽게 잠을 깼군.≫ 말을 마친 장군은 북쪽산꼭대기를 가리켰습니다.

부인과 하인들이 북쪽산꼭대기를 바라보니 전에 없던 성곽이 높직하고 견고하게 쌓아져있었습니다.

원래 장수가 코를 골면서 깊은 잠을 자는것 같지만 그의 령혼은 외적을 막기 위하여 북쪽산꼭대기에 바위돌로 성곽을 쌓아갔는데 때이르게 부인이 잠을 깨우는 통에 그만 다 쌓자던 성곽을 절반밖에 쌓지 못하였던것입니다.

≪아, 원래는 그런 사연이였구만요. 장수어른께선 신통력이 대단하네요.≫ 부인과 여러 사람들은 장수의 재간을 두고 입을 딱 벌렸습니다.

그 뒤 외적이 바로 이곳으로 침범해오니 이 절반성곽은 큰 방비물로 되어 강대한 외적의 침략을 물리치는데 큰 작용을 했습니다. 하여 사람들은 리장수의 공덕을 후세에까지 널리 전해오면서 이 절반성을 반성이라 불렀다고 합니다.

리재윤 구술
한정춘 정리

련성산

아늑한 경신벌로 두만강이 유유히 흐르는데 동안에는 우뚝 솟은 수류봉이 있고 그 기슭에는 낮은 산봉우리가 솟아있습니다. 발해국 말엽에 이 산봉우리를 둘러싸고 견고하게 산성을 쌓았다 하여 이 산성을 련성산(連城山)이라고 부른답니다.

오랜 이전에 옆으로 큰 강을 끼고있는 넓은 벌판에는 소성(蘇城)이라는 고을이 있었습니다. 이 고을에는 ≪소창왕≫이라 자칭하는 왕이 있었는데 이름을 관영이라 불렀습니다.

안해와 첩을 열을 두고도 여자에 대해 만족이란 모르는 관영은 자색이 고운 여자라면 침을 세발이나 흘리며 오금을 쓰지 못하는 호색한인데다가 포악하여 소성일대에서 소문이 자자했습니다.

주색으로 매일 세월을 보내고있는 어느날 먼 동경성으로부터 외조카가 금방 맞아온 안해를 데리고 백마에 앉아 소성으로 삼촌 보러 찾아왔습니다.

≪외삼촌께서 근간에 안녕하세요. 제때에 찾아뵙지 못하여 실로 미안해요.≫ 외조카는 깍듯이 인사를 올렸습니다.

≪오, 너 금아태자로구나. 참 장하다. 그렇게 먼 곳에서 뵈러 오다니.≫ 관영은 인사를 받았습니다.

≪금아태자야, 네가 성가했다더구나. 이 외삼촌은 너 보러 가지 못해 너한테 사죄한다.≫

≪네, 인사를 시키지요. 이는 저의 안해 홍라녀라고 부르지요. 자 외삼촌한테 인사를 올리오.≫

금아태자는 안해를 불러다 관영이한테 인사를 시켰습니다.

≪외삼촌께 늦은 인사를 올리사와요.≫

례절 바른 홍라녀는 깍듯이 인사를 올렸습니다.

≪처음 뵙고 보니 여간만 반갑지 않네그려.≫

관영은 인사를 받으며 홍라녀를 뚫어지게 바라보았습니다. 해와 달이 함께 솟은듯한 환한 얼굴에 꾀꼴새같은 청아한 목소리, 상아같이 맞춤하고 날씬하고 미끈한 몸가짐이라, 정녕 하늘에서 내려온 선녀가 아닌가. 홍라녀의 예쁜 자색에 관영은 금시 오장륙부가 사르르 녹아내려 실신할 정도로 넋이 나간듯했습니다.

첫인사를 나누고 난 관영은 금아태자에게 앉은 자리에서 열이나 되는 안해와 첩들을 하나하나 홍라녀와 속으로 대비해봤지만 어느 누구도 홍라녀의 예쁜 용모와는 비길바가 못되였습니다.

홍라녀는 눈자리 나도록 뚫어지게 바라보는 관영의 눈길에 그만 부끄러워 머리를 수그리며 자리를 피했습니다.

어느덧 저녁때가 되었습니다. 관영이는 술과 음식을 준비한 뒤 연회를 베풀어 먼 길을 다녀온 금아태자와 그의 안해 홍라녀를 위로했습니다.

≪태자야, 너 여기로 오느라고 려로에서 지쳤겠구나. 술이나 좀 들고 오늘저녁 포근히 쉬려무나.≫

좋은 말만 해가는 관영은 끝이 없이 술을 권했습니다.

≪외삼촌, 이 외조카는 주량이 없어서 이만큼 마시고 더 마시지 못하겠어요.≫

≪얘 태자야, 외삼촌 집에 와서 술을 마시지 않으면 되느냐? 오늘저녁 취하도록 마셔라.≫

한잔, 두잔, 또 한잔 관영이가 술을 권하는 바람에 술재간이 없는 금아태자는 진작 취하여 쓰러졌습니다. 조카를 취하게 하여 넘어뜨리려는 외삼촌의 검은 심보를 금아태자는 전혀 알 리가 없었습니다.

왝— 왝— 마구 토하며 겨우 홍라녀와 하인들의 부축을 받아 처소에 누운 금아태자는 산 송장이 되였습니다. 홍라녀는 낮에 외삼촌이 눈자리 나도록 눈박아 보던 일이 또렷이 떠올랐고 왜서 남편한테 술을 그렇게 강권하였을

가 하고 생각하며 근심과 공포에 싸여있었습니다.

한밤중이 되여 장막을 내리덮은 듯 캄캄하게 흐렸던 하늘에선 번개불이 번쩍하더니 콰르릉— 요란한 소리와 함께 창살 같은 소낙비가 마구 내리 퍼붓기 시작했습니다.

바로 이때 금아태자의 방에는 정승 같은 네 사나이가 날래게 뛰여들어 홍라녀의 입에 천을 틀어막은 뒤 가지고 온 마대에 홍라녀를 넣어 다른 칸으로 들어갔습니다. 홍라녀를 어깨에 메고 두 사나이가 나가자 남아있던 두 사나이는 술에 취한대로 있는 금아태자의 목을 쥐고 억세게 조였습니다. 비록 힘이 센 금아태자였지만 진작 술에 녹초가 되였는지라 다리와 팔을 버둥거리며 반항하다가 이내 축 늘어졌습니다.

≪리형, 이놈이 죽었으니 령감한테 알리자구. 소리 없이 일을 성사했다구.≫ 땅딸보가 키 큰 사나이와 건네는 말이였습니다.

≪급해 말고 이 주검을 구덩이에 밀어넣고 묻은 뒤 알려도 늦지 않네.≫ 키 큰 사나이의 대답이였습니다.

두 사내놈은 숨이 진 금아태자의 시체를 낮에 몰래 파놓은 구덩이에 쥐도 새도 모르게 묻어버렸습니다.

한동안 지나서 관영이가 두 사나이의 안내하에 홍라녀를 가두어놓은 방으로 들어왔습니다. 홍라녀를 지키던 두 사내놈은 홍라녀의 입에 틀어막았던 천을 뽑아주었습니다.

≪외삼촌께서 야밤중에 사람을 마음대로 잡아가두어선 도대체 어쩔 타산인가요?! 량심이 있으면 대답해요.≫

홍라녀는 분개하여 질문을 들이댔습니다.

≪해, 해— 다르게 생각하지 말라니깐, 글쎄 조카놈이 늘 나의 왕자리를 도적놈처럼 엿보면서 이 고을을 독차지하려고 하기에 내가 죽여버린거네. 그러니 임자는 두말없이 내 사람이라니까.≫

관영은 제딴에 능청스럽게 둘러대면서 음탕한 심보를 드러내놓기 시작하였습니다.

≪뭐?! 저의 랑군이 살해를 당했다구? 이 날강도놈들아! 아, 세상에 이런

법도가 어디에 있나요! …≫

홍라녀는 너무도 기가 막혀 선자리에서 졸도를 하고야 말았습니다.

한동안 지나서 홍라녀가 정신을 차리고 보니 방안에는 관영이 혼자 남아 있었습니다.

≪나의 미인 홍라녀는 별다른 생각을 말고 얼한번째 첩이 되여 나의 곁에서 만복을 누려가면서 살아가면 될거네. 으하하—≫

≪뭐, 첩이 되여달라구? 제 외조카도 모르고 사는것이 인간인가? 짐승보다 더 못해!≫

홍라녀는 너무도 분해 손가락질을 하면서 매섭게 질책했습니다.

≪실은 내가 홍라녀의 예쁜 자색에 너무도 마음이 끌려 한 일이네. 또한 홍라녀는 나의 왕비가 되어 왕후처럼 살라고 한 일이지.≫ 관영은 성을 낼 대신 입에 꿀을 발라가며 홍라녀를 구슬렸습니다.

≪누가 늙다리 두상 곁에서 살자던가! 저리 썩 물러가! 구역질이 나!≫

홍라녀는 관영이를 방에서 쫓아내고야 말았습니다.

≪흥! 좋게 말할 때 듣지 않다니 두고 보자! 네 년이 내 손에서 견디여내는가. 세상의 그 어떤 여자인들 이 관영이가 다루어보지 못했다고.≫

홍라녀한테서 된 욕을 먹고 쫓겨나온 관영이는 분이 상투밑까지 솟아올랐지만 그렇다고 죽여버릴수는 없는 노릇이였습니다. 이렇게 세상에 예쁜 미인을 죽이고 또 어디서 이런 미인이 있으랴싶은데서였습니다.

관영이는 련 며칠동안 홍라녀한테 세상 좋은 말을 다 해가며 얼리고 닥치고 위협까지 했지만 홍라녀는 시종 그의 감언리설과 위협에 굽어들지 않고 맞다들었습니다.

≪장미꽃은 몸에 돋은 가시가 무섭다더니 손안에 든 고 년을 굴복시키기가 여간치 않은걸! 미인이 달아나지 못하게 단단히 지켜라!≫

홍라녀에 대한 감시는 매우 엄했습니다. 집안에 있어도 하녀가 곁을 떠나지 않았고 밖에 나가도 몇몇 하녀들이 따라다녔습니다. 하지만 홍라녀는 하루 빨리 동경성에 있는 녀동생 록라녀한테 서신을 띄워 알려줘야겠다고 생각했습니다.

홍라녀와 록라녀는 친형제였는데 모두 용모가 예쁘고 자색이 출중하였습니다. 하여 금아태자는 홍라녀와 록라녀를 함께 안해로 맞아들였습니다. 언니인 홍라녀는 군사를 거느리거나 무술에 대하여 깜깜부지이나 동생인 록라녀는 언니와는 달리 금아태자를 도와 군사를 지휘하는데 능했고 또 어렸을때부터 무술을 배워왔습니다. 남편이 살해되고 언니가 갇혀 관영의 시달림을 받고있는 사실을 록라녀는 알 리가 없었습니다.

홍라녀는 록라녀한테 가만히 편지를 썼습니다. 하지만 같이 온 하인들마저 관영이한테 살해된 이상 어느 누구도 동경성에 있는 록라녀한테 편지를 전할수 없었습니다.

이 궁리 저 궁리 하던중 어느날 관영이는 하졸을 데리고 타지방으로 떠나갔습니다. 끝내 절호의 기회가 온것이였습니다.

≪내가 소성에 온지 석달도 넘었구나. 오늘은 울안에서 금아태자가 타고 온 백마를 보겠으니 부인님한테 허락을 청한다고 일러라.≫

홍라녀는 하녀한테 부탁했습니다. 원래부터 홍라녀를 동정해오던 관영의 부인은 그러라고 허락했습니다.

홍라녀는 온종일 백마를 타기도 하고 등을 쓸어주기도 하고 군사들이 엄하게 지키는 울안에서 걷기도 하면서 밖에서 어두울 때까지 기다렸다가 감시를 늦추자 몸에서 편지를 꺼내여 백마의 꼬리 밑에 감추고 노끈으로 단단히 매여놓았습니다.

≪백마야, 너는 나의 말을 꼭 들어다오. 너의 임자 금아태자가 관영의 손에 처참히 살해되였구나. 오늘 저녁 너는 이 편지를 동경성에 있는 록라녀한테 전하여주렴아. 너의 소식을 기다린다. 고맙다, 백마야.≫

홍라녀는 백마의 머리를 안고 쓸어주면서 섧게 울었습니다.

백마는 홍라녀의 심사를 알았다는듯이 눈을 껌벅거렸습니다. 이날 저녁, 밤이 깊어가자 하닝과 문지기들이 잠에 곯아빠지자 백마는 매여놓은 고삐를 물어 끊고 소성을 뛰쳐나가더니 밤낮 쉬지 않고 네굽 안고 동경성으로 줄달음쳐갔습니다.

록라녀는 매일 근심에 쌓여있었습니다. 사랑하는 남편과 언니가 소성으로 떠나간지 진작 석달이 지나도 아무런 소식도 없으니 말입니다.

≪내가 소성에 갔다가 한달전에 인차 돌아오겠으니 록라녀는 매일 군사를 조련시키면서 성을 굳건히 지키라.≫

금아태자가 남겨놓은 부탁을 생각하면서 활도 쏘고 검술도 부지런히 익히며 매일 눈이 빠지게 기다렸지만 금아태자의 그림자마저 볼수 없었습니다. 그렇다고 성을 비우고 금아태자를 찾으러 떠났다가 외적이 들이닥치면 그것도 큰일이였습니다.

그러던 어느날 저녁, 록라녀가 잠자리에 누워 금아태자를 그리다가 저도 모르게 소르르 잠이 들었습니다. 그런데 이상하게도 키가 구척이나 되는 남편 금아태자가 홀몸으로 황야에 누워 흉악한 는대무리한테 뜯기고 있었습니다.

(저놈들을 몽땅 죽여버릴테야.)

록라녀는 참상을 보고있지 않고 웨치면서 늑대무리한테 달려들어 마구 쫓았습니다. 허나 늑대무리는 달아났지만 한 마리 늙은 늑대는 금아태자의 목을 물고 피를 뚝뚝 떨구며 달아났는데 그 늙은 늑대는 다름 아닌 금아태자의 외삼촌 같았습니다.

너무도 놀라 꿈을 깬 록라녀는 하도 이상하여 해몽해보려고 지나가는 도사님을 청해들였습니다. 록라녀는 꿈에서 본 일을 늙은 도사한테 이야기했습니다.

≪소성에 간 태자님한테 일이 생긴 모양인데 조만간에 소식이 올것이외다.≫ 도사는 점괘를 보고 이야기했습니다.

≪도사님, 태자한테 생긴 일은 흉하나요? 길하나요? 좀 해몽해줄수 없나요?≫ 록라녀는 조급히 물었습니다.

≪길한 일은 아니로되 화가 미친것 같수다. 선재, 선재.≫

≪도사님 그렇다면 어찌하면 되리까. 그 무슨 방책도 없나요?≫

≪부인님, 방책이란 별로 없지유. 그저 집에서 마음을 썩이면서 소식이나 기다리시우.≫ 말을 마친 도사는 자리를 떴습니다.

(어떻게 한다, 성을 지킬 장수를 남겨두고 소성으로 찾아가보자.)

이렇게 작심한 록라녀는 령을 내려 먼 길을 떠날 준비를 시켰습니다.

바로 이때 하인이 달려왔습니다.

≪록부인님, 태자님께서 타고 소성에 갔던 백마가 물참봉이 되여 혼자 돌아왔나이다.≫

≪뭐, 백마가 혼자 돌아왔다구? 그래 백마 몸에 아무런 물건도 없더냐? 백마를 여기로 끌어오너라! 내가 봐야겠다.≫

록라녀는 급급히 말했습니다.

달려나갔던 하인은 고삐를 끊은 백마를 록라녀앞으로 끌어왔습니다. 록라녀와 여러 사람들은 백마를 훑어보았지만 몸에서는 아무런 물건도 찾아내지 못했습니다.

(참 이상한 일인데. 백마가 고삐를 끊고 혼자 물참봉이 되여 돌아오다니 필경 사연이 있겠는데.)

이렇게 생각하며 록라녀는 다시 백마를 자세히 살펴보았습니다. 홀연 록라녀를 알아본 백마는 앞발로 땅을 파며 뒤다리를 들었다놓더니 연신 꼬리를 쳐들고 엉뎅이를 사람들 앞에 쳐들었습니다.

≪오, 말꼬리 밑에 무엇이 매여져있구나. 저걸 풀어내라.≫

록라녀는 말 궁둥이를 손가락질 했습니다. 하인들이 달려들어 풀어내니 그것은 서신 한통이였습니다. 홍라녀는 백마 꼬리에 감춘 편지가 다른 사람들의 눈에 띄울가 이렇게 묘하게 감춘것이였습니다.

홍라녀가 보낸 편지를 훑어보고난 록라녀는 사실 진상을 알고 소리높이 통곡을 쳤습니다.

≪아 태자님, 나의 금아태자님은 어쩌면 외삼촌한테 모해를 당한단 말이예요. 장천이여, 세상에 이런 변도 다 있다니요. 이젠 처참히 타계하신 태자님의 원한을 제가 풀어주겠나이다.≫

하늘을 우러러 맹세를 하고난 록라녀는 관영이와 치렬한 싸움을 벌렸습니다. 싸움에서 록라녀를 이길수 없어 여지없이 참패를 당한 관영이는 처첩을 데리고 병사들속에 끼워 살길을 찾아 남쪽으로 달아났습니다.

용감하고 슬기로운 록라녀는 흉악한 관영이와 싸워 이기고 갇혀있던 홍라녀를 구해냈습니다.

겨우 살아난 소창왕 관영이는 유유히 흐르는 두만강을 따라 바다쪽으로 가다가 뒤를 돌아보니 따라온 하인들이 몇이 되지 않았습니다. 관영이는 더 달아나지 않고 넓은 벌을 낀 두만강 옆에 산성을 튼튼히 쌓고 이후 홍라녀와 록라녀가 뒤쫓아오는것을 막으려 했습니다.

그 뒤 사람들은 록라녀의 용감성과 백마가 편지를 날라다 준 이야기를 전해오면서 이 산성을 련산성이라고 불러왔습니다.

왕덕 구술
한정춘 정리

장고봉

구구한 이야기를 싣고 유유히 굽이치는 두만강이 바다와 합수하는 곳을 30여리쯤 사이둔 강북 언덕에 우중충 솟아난 산봉우리가 있는데 사람들은 이 산봉우리를 장고봉(張鼓峰)이라고 부른답니다.

옛날 산 아래까지 바다였을 때 산기슭에는 수십호 되는 오붓한 미을이 있었는데 광대마을이라 불렀습니다. 농사일을 끝낸 마을사람들은 바다에 나가 해삼이나 조개, 새우를 주었고 또 배를 타고 련어, 송어, 황어를 잡는 외 한가할 때면 이 마을 저 마을로 다니며 광대놀이도 벌렸습니다.

광대마을에는 키가 크고 힘이 센 총각이 있었는데 성은 장(張)씨로서 홀로 계시는 어머님을 모시고 살아가고있었습니다. 총각은 어릴 때부터 장고치는 재간을 배워 광대들속에서 장고수로 있었습니다. 퉁퉁퉁… 웅글지고 가벼운 음률이 때론 박력적이고 때론 흥을 돋구고 또 때론 무적의 힘을 솟구치게 하는 장고소리를 사람들은 즐겨 들으며 장고수를 칭찬했습니다.

동쪽바다 무명섬에는 도적무리가 둥지를 틀고 있으면서 어부들의 배를 랍치하여 고기를 빼앗거나 재물과 여자를 강탈하는 나쁜 짓을 하였습니다. 린근동리 사람들은 모두 이 도적무리를 미워하면서도 무서워 쩔쩔매였습니다.

어느날 장고수총각이 마을사람들과 함께 바다로 고기잡으러 나가고 늙으신 어머님이 혼자 집에 있는데 마을로 보물을 사는 두 장사군이 찾아왔습니다. 한사람은 말라깽이이고 한사람은 억대우 같은 털보였습니다. 이집 저집 다니며 탐문하고난 두 장사군은 마을 뒤 산밑에 있는 장고수네 집에 이르렀습니다.

≪로인님, 듣자니 이 집에 보물이 있다 하던데 돈을 달라는 대로 줄테니

팔지 않겠수?≫

≪아니, 허술한 집에 보물은 웬 보물이 있다구 찾아왔수. 혹시 임자네들은 잘못 찾아오지 않았수?≫ 어머님은 낯선 두 사람을 쳐다보았습니다.

≪듣자니 이 집에 큰 장고가 있다고 하길래 사자고 찾아왔지유. 그 장고는 여간한 보물이 아니지유. 우리는 저 동리에서 왔는데 우선 그 장고를 한번 구경합시다유.≫ 말라깽이가 웃음을 낮네 발라가며 말했습니다.

≪하긴 그것은 이 동리의 대물림보배가 옳지유. 헌데 우리 개가 그 장고를 너무도 아끼기에 어디에 두고 다니는지 이 늙은 에미는 조금도 모른다오. 개가 있으면 혹시 보이겠는지…≫

어쩐지 두 장사군의 틀거지와 말본새가 좋은 사람 같지 않은지라 어머니는 보이지 않기로 작심했습니다.

≪아니?! 자식이 둔 물건을 부모가 모른다니 그게 어디 될 말인가, 어디 빼앗아가자는가 그저 보여만 달라는데 모르쇠를 놓다니 흥!≫ 점점 거칠어져가는 털보의 말이였습니다.

≪돈을 달라는 대로 주겠다는 말을 들으면서 고집인가. 그것을 팔아 큼직한 기와집도 사놓고 며느리도 삼고 동리의 일등부자로 살아가면 얼마나 좋은가.≫ 말라깽이도 말티가 거칠어졌습니다.

털보는 주머니속에서 금과 돈을 꺼내보였습니다.

≪돈도 금도 다 싫으니 임자네들은 두말 말고 돌아가외다. 어서!≫

말라깽이는 집 안팎을 기웃거리며 장고를 찾기 시작했습니다. 하지만 찾아낼수 없자 장고수 어머니를 기둥에 묶어놓고 장고를 내놓으라고 마구 때리기 시작했습니다.

≪늙다리년아, 돈을 많이 준다는데 왜서 내놓지 않느냐? 똑똑히 말해주마. 우리는 무명섬에서 왔다. 오늘 그것을 내놓지 않고 견디는가 봐라.≫ 털보놈은 쉴새 없이 몽둥이로 치면서 으르렁거렸습니다.

동리에 둘도 없는 보배를 도적놈들한테 빼앗길 위험을 느낀 장고수의 어머님은 그만 천정을 힐끔 쳐다보았습니다. 장고를 천정에 올려놓았기때문입니다.

≪털보, 자네가 천정에 올라가 보라구, 이 늙다리가 천정을 쳐다본다구.≫ 말라깽이가 천정을 가리켰습니다.

털보는 손에 쥔 몽둥이를 놓고 밖에 나가 사다리를 가져다 천정에 세우고 뚱기적거리며 천정으로 올라갔습니다.

≪장고가 여기에 있네! 하느님 맙시사!≫

털보가 소리쳤습니다. 두 도적놈은 무거운 장고를 내리느라고 낑낑거렸습니다.

바로 이때 문이 열리더니 앞집 처녀가 들어와 이 광경을 보게 되였습니다.

≪어머나 도적이야, 도적놈들이 장고를 빼앗아가요. 빨리 와서 도적을 잡아요.≫ 처녀는 마을에 대고 높이높이 웨쳤습니다.

≪빨리빨리, 고 망할 년이 쉬를 싹 날군다. 자, 아래로 떨구라구.≫ 말을 마친 털보는 장고를 천정우에서 내리 밀었습니다. 장고는 사다리로 구을면서 땅바닥에 텅— 하고 떨어졌습니다. 바빠맞은 두 도적놈은 장고고리를 쥐고 뒤문을 빠져 산림속으로 사라졌습니다.

처녀의 새된 고함소리를 들은 마을사람들이 달려왔습니다. 장고수도 종주먹을 쥐고 집으로 달려와보니 기둥에 묶인 어머님은 피투성이 되어 정신을 잃고있었습니다. 집안은 온통 수라장이 되었습니다. 마을사람들은 인사불성이 된 장고수 어머님을 풀어놓고 입에 막은 헝겊을 빼놓았습니다. 누웠던 어머님은 연신 헛소리를 쳤습니다.

≪빨리, 저, 놈들이 장고를 빼앗아갔다! 빨리 찾아오너라! 빨리…≫

장고수와 마을사람들이 생각해보니 비록 두도적놈은 달아난지 이슥하지만 둘이서 겨우 드는 장고를 가지고는 얼마 못갔을것이기에 몇갈래로 나누어 뒤를 바싹 좇았습니다. 과연 예견한바와 같이 두 도적놈이 무거운 장고를 들고 달아나는것이 보였습니다. 힘이 센 털보는 다리를 상하여 쩔뚝거리고 있었습니다. 이놈은 천정에서 사다리로 내려올 사이가 없어서 내리 뛰다가 다리를 상한것이였습니다. 한참 뒤쫓으니 두 도적놈은 배를 감춰놓은 곳으로 달아나는것이였습니다. 이 두 놈이 일단 배에 오르기만 하면 눈을 편이 뜨고 놓치고 마는 판이였습니다.

≪이놈아, 살겠으면 서라! 달아나면 죽여버릴 테다.≫ 광대 두령이 소리쳤습니다.

≪이놈들아! 장고를 당장 놓아라!≫ 장고수가 호령하였습니다. 두 도적놈은 죽기내기로 달아났습니다.

≪고현 놈들아, 이것을 받아라!≫ 광대두령의 호령소리와 함께 그의 손에 든 작살이 날아가 말라깽이 어깨에 박혔습니다.

≪앗!≫ 두 도적놈은 끝내 들고 달아나던 장고를 던지고 다리야 날 살려다오 하고 죽기내기로 뛰여 배에 앉아 섬쪽으로 노를 저어갔습니다. 마을사람들이 빼앗아낸 장고를 살펴보니 천정에서 떨어진 탓으로 금이 좀 실렸을 뿐 크게 마사지지는 않았습니다. 두 도적놈을 잡지 못한 마을사람들은 장고를 들고 집으로 돌아왔습니다.

≪얘야, 장고를 찾아왔느냐?≫ 어머님은 아들한테 물었습니다.

≪어머님, 빼앗아왔어요. 근심마세요.≫

≪참 장하다, 마을의 대물림보배를 끝내 찾아왔으니. 그런데 두 도적놈은 잡았느냐?≫

≪못 잡았어요. 그만 쪽배를 타고 달아나는 통에 어쩔 수가 있어야지요.≫

≪도적무리가 어느 때 달려들겠는지 근심되는구나. 인제는 장고를 잘 감춰야 하겠구나.≫ 어머님이 근심어린 어조로 말했습니다.

≪어머님, 시름을 놓으세요. 이 아들이 알아서 처사하지요.≫

마사지 곳을 예전대로 수리한 장고수는 뒤산 수림속 바위굴에 장고를 감춰놓았습니다.

한편 허둥지둥 무명섬에 닿은 말라깽이와 털보는 죽을상을 해가지고 두목앞에 나타났습니다.

≪형… 형님, 장고란 보물을 가져오긴 커녕 자칫하면 황천객이 될번했수다.≫

두 졸개놈은 광대마을에서 겪은 일을 하소연하였습니다.

≪뭐야? 여직껏 빈손으로 돌아온 적이 없었던 너희들이 왜서 이 꼴이 됐느냐 말이다. 에잇, 쓸모없는 밥통들 썩 사라져라!≫

이제나 저제나 장고를 가져올 줄로 알고 두 눈이 빠지게 기다렸는데 생각밖에 이 꼴이 되여 오다니 똥똥한 두목놈의 돌쭝개 수염은 분해서 연신 푸들거렸습니다. 그는 눈을 이리저리 판들거리며 두 졸개놈을 보면서 앉았다 섰다 바장이였습니다.

≪형님, 저의 말을 더 들으시우. 우리는 계획대로 장고 있는 집을 찾았지요. 그런데…≫ 입빠른 말라깽이가 변명하면서 발뺌을 하였습니다.

≪형님, 듣던바와 같이 그 장고가 실로 세상에 둘도 없는 보물이였지만 앞집에 사는 장고수 녀석의 미혼녀야 말로 실로 절세의 미인인걸요. 듣자니 오래지 않아 장고수와 백년가약을 맺게 된다누만요.≫ 털보는 마을에서 들은 말을 씨벌이면서 두령의 눈치를 힐끔 살폈습니다.

참 귀맛을 당기는 말이였습니다. 미인이 광대마을에 있다는 털보의 말에 분이 좀 삭아진 두령놈은 더 욕을 퍼붓지 않고 얼이 나간듯이 두 눈을 감고 듣기만 하였습니다.

(장고도 좋은 보물이겠지만 구태여 미인까지 있다니 이거야 말로 일거량득인걸. 요즈음 인마를 출동시켜 보물과 미인을 손아귀에 넣어야겠는데…)

≪알았다. 너희들이 상처를 치료한 다음 한번 광대마을로 행차하여 통쾌하게 놀아보자꾸나, 하— 하—≫ 두령놈은 끝내 앙천대소하였습니다.

광대마을에 두 도적놈이 나타난 뒤 도적무리가 조만간에 들이닥치리라는 예견을 하고있던 마을사람들은 늘 경계심을 늦추지 않았습니다.

그로부터 얼마 지난 뒤 무명섬의 도적무리가 끝내 바다로부터 광대마을에 달려들었습니다. 인마가 많고 손에 든 무기까지 좋아 득의양양해난 도적놈들은 집집마다 문을 열어봤지만 사람은커녕 그림자도 찾아볼수 없었습니다. 사람들은 바삐 수림속으로 몸을 감춘것이였습니다. 마을에서 헛물을 켠 도적놈들은 돌아가려 하지 않고 여러갈래로 나뉘여 뒤산 골짜기와 수림을 마구 수색하였습니다.

≪모두들 듣거라! 장고를 기어코 뒤져내라! 남자와 늙은이, 아이들은 만나는 족족 죽이고 처녀건 색시건 붙잡으면 모두 나의 앞에 끌어오너라. 보물을 뒤져내거나 장고수놈의 색시감을 잡아 바치는 자에겐 각각 상금 만량을 준

다.≫ 두령놈은 악에 받쳐 호령했습니다.

마을사람들은 발견만 되면 죽거나 강탈되여 무명섬에 끌려가 죽는판이였습니다. 수림속에 숨은 마을사람들은 저마다 손에 식은 땀을 쥐고 죽음의 신이 박근해옴을 오싹오싹 느꼈습니다.

≪어머님, 이러다간 온 마을사람들이 다 잡혀 죽겠어요.≫ 장고수는 어머님한테 청을 올렸습니다.

≪이 생각이 옳다. 참 장하구나!≫ 어머님은 머리를 끄덕였습니다.

≪저도 함께 갈래요.≫

곁에 있던 장고수의 미혼녀가 따라나섰습니다.

≪안돼, 여자의 몸으로 어떻게 도적놈 앞에서 뛴다고. 어머님을 돌봐줘.≫ 말을 마친 장고수는 사람들속을 떠났습니다.

≪제가 곁에 있으면 낫지 않아요. 살아도 죽어도 같이 있자요.≫ 처녀는 장고수를 따라 산중턱으로 달려갔습니다. 어느새 산중턱에 달려간 장고수는 처녀와 함께 장고를 들고 가면서 장단에 맞춰 연신 장고를 두드려 소리를 냈습니다. 장고소리에 맞춰 처녀는 당실당실 춤을 추었습니다. 세상에 듣기 좋은 장고소리, 보고 또 보고싶은 미인의 춤, 도적두목놈은 멍하니 바라보다가 호령했습니다.

≪모두 모여서 산중턱으로 달려가라. 보물을 빼앗고 처녀를 붙잡아라! 령을 어기는 자는 목을 벨 터이다.≫

수림을 뒤지던 도적무리는 모두 장고수와 처녀의 뒤를 쫓아 올라갔습니다. 장고수와 처녀가 목숨을 내걸고 도적무리를 유인해가자 마을사람들은 겨우 죽음의 고비에서 벗어나게 되였습니다.

갑자기 퉁— 퉁— 장고소리가 세게 들려오더니 바람이 쏴— 불어치며 모래가 마구 날리였습니다. 사방을 분간하지 못한 도적무리는 더는 앞으로 올라가지 못했습니다.

한참후 절주 있는 장고소리가 낮게 들리더니 바람이 멎고 모래도 날리지 않았습니다.

≪간악한 도적놈들아! 무고한 사람들을 더 해치지 말아라. 권고를 듣지 않

고 계속 도적질을 하면 종당엔 좋은 끝장이 없다.≫ 장고수가 소리쳤습니다.

≪저놈의 말을 절대 듣지 말아라. 빨리 올라가 저 두놈을 잡아라.≫ 도적무리의 우두머리가 눈에 달이 올라 소리쳤습니다.

도적놈들이 또다시 산꼭대기를 향해 올라가는데 퉁당— 퉁당— 장고소리가 울려왔습니다. 이번에는 검은 구름이 몰려오더니 대줄기 같은 비가 쫙쫙 쏟아졌습니다.

≪화살을 쏘아라, 빨리…≫

도적무리 두목은 그냥 발악하였습니다. 도적놈들은 일제히 화살을 쏘아댔습니다. 화살 한 대가 장고수의 오른팔에 가 꽂혔습니다. 그는 화살을 뽑을 사이 없이 왼손으로 장고를 치며 처녀와 함께 산꼭대기로 올라갔습니다. 도적무리도 큰 비를 무릅쓰고 산꼭대기로 톺아갔습니다. 맨 먼저 올라간 도적놈들이 산꼭대기에 올라가보니 장고수와 처녀는 산봉우리에 선 채 도적무리를 쏘아보고있었습니다.

≪흐하하… 그럼 그렇겠지, 이 어르신님은 끝내 소원대로 보물을 손에 넣었구나. 얘들아, 빨리 저 산봉우리에 있는 미인도 붙잡거라.≫

한무리 도적놈들은 장고를 먼저 빼앗겠다고 서로 다투어 달려들었고 한무리는 처녀한테 덮쳐들었습니다. 총각이 있는 힘을 다하여 퉁! 퉁! 퉁! 장고를 치자 둔탁한 소리가 온 산야에 울렸습니다. 잇달아 꽝! 꽝! 두 산꼭대기에 있던 바위가 깨여지며 사처에 마구 날렸습니다. 으악! 으악! 돌바위에 깔리고 얻어맞은 도적놈들은 죽고 겨우 살아난 놈들은 살겠다고 산아래로 내리뛰였지만 산아래로 마구 내리 구으는 돌멩이에 맞아 꼼짝 못하고 지하에 묻힌 송장이 되고 말았습니다.

그 뒤 사람들은 용감한 장고수와 처녀의 덕행을 칭찬해가면서 장고 장(長)자를 성씨 장(張)자로 바꾸어 이 산을 장고봉이라고도 불렀고 음역대로 장고봉(張高峰)이라고도 불렀습니다.

최귀환 구술
한정춘 정리

련화동

훈춘에서 동남쪽으로 백리가량 떨어진 경신벌에는 이도포, 사도포, 오도포 세개의 늪과 아흔아홉굽이를 자아흐르는 권하가 있다. 이곳에 련화동마을이 있는데 이 마을 이름에는 아름다운 이야기가 깃들어있다.

옛날 마음씨 착한 총각이 여기서 살면서 아침마다 작살과 그물을 메고 호수가로 나가군 하였다.

그러던 어느날 안개 자욱한 이른아침 고요한 정적을 흔들며 피리소리와 녀인의 노래소리가 은은히 들려왔다. 호수가에 이른 총각은 노래소리에 홀리워 고기잡을념도 잊고말았다.

아침해살이 잔잔한 푸른 호수를 찬연히 비추자 안개는 사라지고 쪽배 한척이 나타났다. 배우에서는 분홍색 단장을 한 아름다운 선녀 몇이 노래를 부르면서 노닐고있었다. 황홀해진 총각은 부랴부랴 마을에 달려가서 동리사람들에게 알렸다. 동리사람들이 호수가에 이르렀을 때는 선녀들이 너울너울 춤까지 추고있었다. 그때로부터 해마다 련꽃이 필무렵이면 선녀들이 이 련꽃늪에 내려와 한껏 즐기다가 돌아가군 하였다. 사람들은 그들을 련꽃처럼 아름답다 하여 련꽃선녀라 불렀다.

그런데 몇해가 지나가자 어찌된 영문인지 늪에 련꽃도 피지 않고 련꽃선녀들도 나타나지 않았다. 사람들은 이것이 재앙의 징조라고 생각하고 불안과 초조에 잠겼다.

과연 하루는 흑운이 몰아치더니 마귀가 나타나 소와 양은 물론 백성들에게까지 재앙을 입혔다. 마귀는 녀인을 랍치해가는가 하면 아이들 목숨도 두꺼비 파리 잡듯하였다.

황페해가는 고향마을을 보고 총각은 고향사람들의 원쑤를 갚으리라 다졌다. 그는 매일 작살뿌리는 무예를 닦았다. 살아남은 마을사람들도 도끼나 걸이대 같은 쟁기들을 벼리며 마귀와 싸울 준비를 했다.

총각이 석달열흘 작살뿌리를 익히니 한번 손을 날리기만 하면 나무가지에 앉은 새도 뚝뚝 떨어졌다. 그러던 어느날 총각은 느티나무밑에서 살포시 잠들었다. 그러자 그의 앞에 련꽃선녀가 나타났다. 총각은 련꽃선녀의 손을 꼭 잡고 재난 당한 사연을 이야기하였다. 련꽃선녀는 총각의 말을 듣고 련밥 한알을 꺼내여주면서 마귀와 싸울 때 련밥으로 마귀 겨드랑이에 난 비늘을 마스라고 신신당부하고 표연히 사라졌다.

총각이 잠에서 깨여나고보니 그의 손에 큼직한 련밥 한알이 쥐여져있었다.

하루는 북으로부터 구름이 일며 눈알이 종지굽같고 입이 돼지주둥이같은 마귀가 나타났다. 기민한 총각은 동구밖 언덕밑에 마을사람들을 매복시켜놓고 자기는 느티나무밑에 숨었다.

마귀가 느티나무옆을 지나는 순간 총각은 ≪받아라 !≫하고 소리치면서 마귀의 가슴팍에 작살을 박았다. 그 소리와 함께 언덕밑에 숨었던 마을사람들이 일시에 뛰쳐나와 마귀를 족쳤다. 그런데 마귀의 몸은 도끼도 작살도 들어가지 않았다. 이에 총각은 련꽃선녀의 당부대로 얼른 품속에서 련밥알을 꺼냈다. 마귀가 덮치려고 팔을 드는 순간 총각은 마귀의 겨드랑이에 난 비늘을 향해 련밥알을 뿌렸다. ≪딱≫소리와 함께 조개껍질같은 비늘이 박산났다. 마귀는 선지피를 토하며 그 자리에 쓰러지고말았다.

그러자 호수마다에 련꽃이 활짝 피여났다. 그이튿날 새벽부터 련꽃선녀들도 다시 찾아와 노래부르고 춤추며 노닐었다. 그때로부터 사람들은 이곳을 련화동이라 불렀다 한다.

최석승 정리

팔련성

발해국이 세워져서 제3대왕인 대흠무(大欽茂)가 집정하던 시기에 발해국에서는 한동안 훈춘벌 서쪽 유유히 굽이치는 두만강 북안에 널직이 성을 쌓고 동경룡원부를 앉혀 도읍을 정하였습니다. 그당시 발해국 동부지구의 가장 큰 성시로 세상에 널리 알려져 대외무역이 흥성발전한 중심지로 된 동경룡원부를 일명 팔련성(八連城)이라고도 불렀는데 여기에는 흥미 있는 이야기가 깃들어있습니다.

어느해 봄, 고우상이라 부르는 대신이 수십명 사람들을 거느리고 강물을 따라 하류로 오다가 훈춘벌에 도착하여 하숙을 하게 되였습니다. 고우상은 원래 관직이 그리 높지 않았으나 점차 학문을 닦으면서 천기, 지리, 산세, 풍수를 터득하여 얼마간 볼줄 알고있을뿐더러 매사에 일처리가 아주 세심하여 왕의 신임을 받고있었습니다. 그는 상경룡천부에 있는 문왕 대흠무의 령을 받고 바다와 멀지 않은 곳에 성터를 정하러 오는 길이였습니다.

고우상과 여러 사람들은 훈춘벌판을 낱낱이 살펴보았습니다. 바다와 가까워 다른 고장보다 날씨가 따스할것이고 산세와 풍수를 살펴보니 드넓은 벌판 주위에는 산이 마치도 병풍처럼 둘러져있어 룡이 날 곳이겠다. 또 큰 강까지 도도히 흐르고있는것을 보니 과연 나라의 도읍을 정할만한 고장이였습니다.

≪끝끝내 도읍을 앉힐 명터를 찾았노라.≫ 고우상은 이렇게 말했습니다.

먼 행로에서 몹시 지친 그들 일행은 로독이 나는지라 저녁을 먹자 인차 자리에 드러누웠습니다. 진작 꿈나라에 간 그들은 제나름대로 코를 드렁드렁 곯았습니다. 삼라만상이 잠든 고요한 한밤중에 고우상이 소피보러 자리에서 일어나 문밖으로 나오니 때마침 멀지 않은 벌판의 한가운데서 여러갈래 빛줄기가 눈부시게 높이 솟아나고있었습니다. 고우상은 난생 처음 이런 광경을 보는지라 여간만 놀라지 않았습니다.

(저건 대체 무슨 빛일가? 참 괴이한데. 혹시 그 어떤 자기가 돌고있는것이 아닐가?)

고우상은 급히 옆사람들을 깨워 그 괴이한 빛을 함께 구경하였습니다.

≪과연 희한한 빛인걸. 저것은 무슨 빛인데?≫

≪글세 세상에 별 희한한 일도 있네그려.≫

이윽고 그 희한한 빛은 오간데 없었습니다.

이튿날 이들은 빛이 솟아나던 곳을 대강 짐작하고 그곳으로 찾아가 보았습니다. 여러가지 미칠한 나무들이 울창한 수림을 이루고있는 가운데 수정같이 맑은 작은 련꽃늪이 있었습니다. 늪에서 제나름으로 놀다가 인기척에 놀란 여덟마리 백학이 푸드덕거리며 저 멀리로 날아갔습니다. 련꽃늪 북쪽을 바라보니 거의 무너져가는 낡은 절간이 외롭게 자리잡고있었습니다. 살펴보아도 엊저녁에 본 몇줄기 빛은 기필코 이 근처에서 솟은것 같은데 혹시 저 낡은 절간에서 솟지 않았을가, 아니면 련꽃늪에서 솟았을가? 대체 어느 곳에서 솟았을가? 자기가 빛으로 솟지 않았는지 실로 일시 풀기 어려운 수수께끼였습니다.

고우상은 여러 사람들과 상의한 뒤 절당 곁에 막을 치고있으면서 이상한 빛이 다시 솟아나기를 살피였습니다. 이날 저녁 이들은 온밤을 패면서 살폈지만 웬 일인지 몇갈래 빛은 종시 나타나지 않았습니다. 하루, 이틀, 사흘 련며칠간 더 기다려보았지만 알수 없는 그 빛은 다시 나타나지 않았습니다.

≪그날 저녁에 우리 함께 본 빛은 아마도 이 근처에서 솟은 자기 같은데 여기에 성터를 정함이 어떠한지 모두 자기 생각을 이야기하라.≫

고우상은 여러 대신들 앞에 생각을 내놓았습니다.

≪저희들 생각도 마찬가지인줄로 압니다.≫ 여러 사람들의 생각도 고우상의 생각과 같았습니다.

며칠후 많은 민부들을 동원시켜 나무를 베고 낡은 절당을 허물어버리고 도읍의 성루를 짓기 위해 먼저 널직하게 터를 닦았습니다. 울창한 수림속에 엄엄한 담장이 보란 듯이 네모 번듯이 솟아났습니다. 한시기 지난 뒤 전국 각지로부터 한다하는 유명한 목공, 철공, 석공과 장공들이 륙속 여기에 모여들어 저마다 자기 재주와 재간을 뽐내며 다투어가니 알락달락한 여러가지 기와를 떠인 정각과 성루가 내노라 보기 좋게 일떠섰습니다.

몇해란 시간이 흘러 예정한 기한내에 왕터의 궁전을 떠세우는 일을 마무리할 무렵 웬 일인지 먼저 세워놓은 중앙 황궁이 부르릉 형체를 떨며 한쪽으로 기울어져가더니 성벽에 가로세로 금이 실려갔습니다. 그 뒤를 따라 좌쪽에 금방 세운 2개의 작은 성루도 형체를 떨며 금이 실렸습니다.

석공들이 기초돌을 잘못 쌓은 탓인가 아니면 목공들이 기둥을 제대로 세우지 못했는가 자세히 살펴보아도 어느 구석이나 흠을 잡을데란 없었습니다. 그럼 철공들이 규정대로 쇠못을 만들지 못했는가, 혹시 장공들이 흙을 잘 바르지 못했는가 그것도 아니였습니다. 궁성을 빨리 지으라는 엄엄한 왕의 독촉이 자주 내리는 판국이라 성루를 세우는 일을 검사하는 문무관원들은 저마다 목공과 장공들속에 끼여다니며 밤잠도 제대로 자지 못하고 바삐 돌아쳤습니다. 그런데 또 금방 새로 세운 성 북쪽 담장너머 궁성 벽이 갈라지는것이였습니다. 참으로 귀신이 곡을 할 노릇이였습니다. 철공, 목공, 석공과 장공들은 저마다 손에 식은땀을 쥐였습니다. 문무관원들도 괴이해하면서 세상 모를 일이라고 머리를 가로 저었습니다.

≪요즈음 따라 심상치 않은 일이 련달아 생기니 필경 그때에 본 빛과 관련된것임을 느껴보노라.≫ 고우상은 여러 대신들을 모아놓고 이렇게 의논해보았습니다. 그는 여러 절에 사람을 보내여 스님을 청해다 향촉을 태우며 하느님께 빌어보았지만 헛된 노릇이라 아무런 소용도 없었습니다.

고우상은 민가에 돌아다니며 풍수들을 찾아 성터에 대하여 물어도 보았습니다.

어느날 근방 마을에 사는 한 늙은 로인이 지팽이를 짚고 고우상을 찾아왔습니다.

≪고어른한테 올릴 말이 있어서 찾아왔소오니 이 늙은이 말이 헛소리라

허물치 않는다면 이전에 들은 이야기를 터놓으리다.≫

≪로인님께서 모처럼 찾아와주시니 고맙습니다. 어서 들어둔 이야기를 하십시오.≫ 고우상은 공손히 대답했습니다.

≪이젠 비록 북망산에 갈 나이를 먹었지만 어려서부터 한다하는 목공으로 한뉘 살다보니 이 근방 떠도는 풍수설에 대해 듣고본것도 적지 않지유. 듣자니 금방 일떠세운 성곽이 갈라져 마무리를 못한다면서. 성을 세운 터가 너무 세니 그럴수도 있지요.≫

로인은 이전에 들은 이야기를 구구히 고우상과 여러 사람들앞에 터놓았습니다.

이전에 이 근방에 작은 절이 있었는데 절에는 삭발녀승이 외롭게 살아갔습니다. 이 녀승한테는 병을 봐주고 병을 떼는 고명한 의술이 있었습니다. 린근 동리와 타향에서도 작은 절에 병보이러 찾아왔습니다. 녀승은 사람들의 병을 본후 꼭 약을 달여서 주었습니다. 달여준 약은 그야말로 백병을 통치하는 명약이였습니다.

몇해전 녀승은 병보러 갔다 오던 길에 밥을 빌어먹으며 류랑하는 녀자애를 만나 절에 데려다 길렀습니다. 량부모가 세상을 뜬 녀자애의 처지는 아주 불쌍하였는데 이름은 작은년이라 불렀습니다. 작은년은 절에 온후 녀승이 시키는 일을 곰상곰상 잘했습니다. 하지만 처음 녀승은 작은년이 하는 일을 별로 눈에 들어하지 않았습니다. 달이 가고 해가 가고 류수같은 세월이 모름지기 흘러간 뒤에야 녀승은 커가는 작은년이를 몹시 마음에 들어했습니다. 작은년이는 날마다 절당안의 먼지를 깨끗이 닦아낸다, 마등을 쓴다, 절의 안팍의 일을 부지런히 하였습니다. 작은년은 어느덧 처녀로 커갔습니다.

어느날 맑은 늪앞에 난 길에는 삯일로 살아가는 총각이 나타났습니다. 어깨에 목수기물을 메고 다니는 총각은 얼핏 보아도 틀림없는 목공이였습니다. 총각은 얼마간 길을 걷다가 갑자기 흠칫 놀라며 멈추어서는것이였습니다. 한것은 길 한가운데 알락달락한 비늘천지인 큰 뱀 한마리가 똬리를 틀고 총각의 앞을 가로막고있는것이였습니다. 뜻밖에 넋이 나갈 정도로 놀란 총각은 땀을 씻으며 도사리고있는 뱀을 찬찬히 살펴보았습니다. 대가리에는 작은 뿔이 두가닥으로 나있었습니다. 또한 턱에는 수염이 몇대 있었고 날카로운 발톱이 난 발까지 있는걸 보니 뱀이 아니라 분명 작은 룡이였습니다. 신기하게 여긴 총각은 피해 달아나려는 생각을 고쳐먹고 룡앞에 무릎을 꿇고 엎드려 절을 올리며 빌었습니다.

≪룡신한테 비나이다. 소인은 아운이라 부르는데 우로는 량부모님이 안계시고 아래로는 아무런 혈육이 없는 외톨이 신세이옵니다. 헌데 룡신께서 어이하여 이렇게 소인의 갈길을 막고있소이까? 부디 소인을 많이 돌보아주시와요. 부디부디 비나이다.≫ 아운이는 재배보복하며 중얼거렸습니다.

똬리를 틀고 길을 막고있던 작은 룡은 아운의 처지를 들었다는 듯이 풀을 스치며 수림속으로 들어거는것이였습니다. 웬 일이 있을가고 호기심이 동한 아운이는 작은 룡의 뒤를 따라 숲속으로 들어가는데 철렁 물소리와 함께 작은 룡은 늪속으로 쑥 들어가는것이였습니다. 깊은 늪속에 들어간 룡은 다시 나타나지 않았습니다.

아운이가 늪가를 두리번거리며 살펴보니 북쪽에는 절당이 있었습니다.

(룡신이 나를 절당으로 인도한 것 같은데 절에 혹시 내 할 일이 있지 않을가? 여하튼 찾아가 물어보아야겠는걸.)

이렇게 생각한 아운이는 늪가를 에돌아 작은 절당으로 찾아갔습니다. 절에는 석가모니불상의 관세음보살, 문수보살, 라찰보살 등 몇몇 보살님들이 모셔져있었습니다.

≪젊은이는 무슨 일로 절에 찾아왔늬?≫

념주를 손에 쥔 녀승이 안쪽 문을 열고 나오더니 보살구경을 하고있는 아운이를 훑어보며 물었습니다.

≪스님, 소인은 목공인데 혹시 이 절에 소인이 할 일이라도 없나이까? 돌봐주세유.≫ 아운이는 허리를 굽혀가며 물었습니다.

≪나무아미타불, 목공이 할 일은 얼마든지 있지요. 그렇지 않아도 요즈음 목공을 찾아 일을 시키려는 중인데 젊은이가 마침 잘 찾이왔구만요. 삯전을 푼푼히 줄터이니 며칠간 실속 있게 절의 일을 하게나.≫ 승주는 마침내 쾌히 승낙했습니다.

아운이는 승주의 안내하에 절안에 할 일들을 두루 돌아보았습니다. 승주의 말처럼 절당에는 할 일이 많았습니다. 대들보를 떠받친 기둥은 8개였는데 이상하게도 모두 8모가 나있었습니다. 숙련된 솜씨로 상을 재빨리 고친 아운이는 관세음보살님을 모신 상발을 재빨리 바꾸어놓았습니다. 어려서부터 목공일을 배워오며 잔뼈를 굳혀온 아운이는 목수재질이 너무도 뛰여나 승주는 별로 잔소리를 하지 않았습니다.

이렇게 하루 이틀… 며칠이란 시간이 지나 아운이는 승주와 익숙한 사이로 되였고 또 승주와 같이 있는 작은년과도 이야기가 스스럼없이 오고가는 사이였습니다. 아운이가 땀을 흘리며 부지런히 일을 할 때면 찾아온 사람들의 병을 봐주고 약까지 달여준 승주는 아운이가 해놓은 일을 자세히 돌아보군 하였습니다.

≪작은년아, 이분한테 물이라도 떠다놓아라.≫

≪스님, 알았사와요.≫ 작은년의 깍듯한 대답이였습니다.

≪아니아니, 스님 저 혼자손으로 물을 떠 마시지요.≫ 아운이는 이렇게 사양했습니다.

≪절에 온 손님이니 너무 사양하지 마세요. 드세요.≫ 작은년은 물을 담은 그릇을 권하였습니다.

한동안 절에서 일을 하던 아운이는 어쩐지 금방 이팔청춘 꽃나이에 적막하게 절에 갇히여 이른 아침부터 저녁 늦게까지 자질구레한 일에 바삐 도는 마음씨 곱고 부지런한 작은년한테 눈길이 따라감을 금할수가 없었습니다. 아운이는 자기 몰래 작은년의 처지를 짐작해보았습니다. 작은년은 교(教)에 가담하려 하는가, 일후 일생을 승주처럼 이 절에서 보낼 예정인가, 아니면 다른 속타산이 있을는지? 아운이는 속으로 작은년이 앞길까지 걱정했습니다. 그는 승주 몰래 작은년이 할 일까지 해놓았습니다. 이러는 사이 아운이와 작은년은 마침내 서로 사모하는 사이가 되였습니다.

어느날 승주는 병을 봐주며 바삐 돌아쳤습니다. 아운이는 작은년과 이야기 나눌 사이가 있었습니다.

≪작은년이는 그냥 이 절에 있다가 교에 귀의할 예정인가?≫ 아운이는 끝

내 맘속에 묻었던 말을 물었습니다.

≪호, 호, 장래 일을 여직껏 생각해본적은 없었어요.≫ 작은년은 어줍게 말했습니다.

≪그럼 이 절에 있으면서 교에 몸을 잠그겠다는 말인가요? 교에 귀의하든 귀의하지 않든 장래타산은 있어야 할것이 아닌가요?≫

≪글세 말이야 그렇지요. 헌데…≫

작은년은 하던 말을 맺지 않고 뒤끝을 흐려버렸습니다. 작은년이는 대체 무슨 대답을 하려 했을가, 혹시 마음씨 착한 총각을 만나지 못했다고 대답하려 했을가, 아니면 무슨 대답일가?

낯을 붉히며 머리를 수긋하는 작은년이를 바라보는 아운이는 제나름으로 짐작해보았습니다.

≪얘 작은년아, 물을 길어오너라.≫ 이때 승주가 분부를 내렸습니다.

≪이 스님, 곧 길어오지요.≫ 작은년은 아쉽게 자리를 떴습니다.

어느 사이 승주는 아운이와 작은년이 이야기를 다정히 주고받는것을 진작 살펴보고 눈치를 차렸던것이였습니다. 로년한 승주는 만년에 자기 뒤를 이어갈 녀승을 물색하던중 불쌍한 작은년이를 만나 절에 받아들였던것입니다. 작은년은 날따라 커가는지라 승주는 그한테 경을 읽는것과 녀승이 지켜야 할 범례와 승들이 알아야 할 주술까지 가르쳐주면서 교에 귀의하라고 몇번이나 타일렀지만 번마다 대답하지 않았습니다.

승주 자신도 어렸을 때 그의 스님이 그더러 녀승이 되라고 몇번 타일렀으나 그는 견결히 대답하지 않았습니다. 그후 승주한테 크나큰 불행이 닥쳐들자 부득불 스님을 따라 삭발한 녀승이 된것이였습니다. 저승에 간 로승은 림종시에 그한테 예로부터 전해온 백병을 치료하는 비방과 작은 팔각모가 난 구리가마를 남겨주었던것입니다. 나도 이젠 이토록 나이를 먹었는데 누구한테 백병통치약 비방과 구리가마를 넘겨줄것인가? 작은년과 아운은 요 며칠 사이 이야기가 허물없으니 사랑이 오고감을 승주는 감촉했습니다.

어느덧 시간이 흘러 아운이는 절에서 할 일을 깨끗이 끝내고 승주가 주는 대로 삯전을 받았습니다. 그는 절을 떠나면서 작은년이와 맘속의 말을 터놓고 이야기를 하려 생각했으나 승주가 눈치를 살피는통에 끝내 이야기를 나누지 못하고 맹랑한 심정으로 절을 나오고말았습니다. 아운이는 꼭 작은년이를 만나볼 기회가 있기를 바랐습니다.

매일 보리저녁때마다 작은년은 늪 근처에 있는 샘물터에서 물을 길어가군 하였습니다.

(옳지, 저녁때 샘물터에서 기다리면 작은년이를 만날수 있을거다.)

하루 일을 끝낸 아운이는 보리저녁전부터 샘물터에 찾아와 숲속에 몸을 숨기고 작은년이 나타나기를 내심히 기다렸습니다. 하지만 장막 같은 어둠이 온 대지에 서서히 깃들어갔지만 웬 일인지 작은년이는 끝내 나타나지 않았습니다. 숲속에서 기다리던 아운이는 그만 허탕을 치고말았습니다. 이튿날 또 샘물터에서 기다리니 보리저녁때에 승주가 물을 길러 왔습니다. 그 사흗날도 역시 승주가 물을 길어갔습니다. 바로 아운이가 샘물터 숲속에서 작은년이를 기다린지 엿새가 되는 보리저녁에 작은년이가 물을 길으러 나왔습니다.

≪작은년이, 인제야 나왔소.≫ 아운이는 매우 반가운 심정으로 인사를 했습니다.

≪어머나, 어떻게 여기에 왔나요?≫ 물을 퍼담던 작은년은 흠칠 놀라며 물바가지를 놓으며 사뿐 일어섰습니다.

≪요즈음 어째서 물을 길으러 나오지 않았소. 난 사실 예서 작은년이를 기다린지 며칠이 되오.≫

≪그러세요? 요즈음 웬 일인지 스님께선 손수 물을 길으러 나오는통에 저는 못나왔지요. 너무 허탕을 치게 해서 죄송해요.≫

≪아니, 사과할 필요가 없지요.≫

이 시각 작은년이와 아운이는 서로서로 사랑하는 사이가 되였음을 느꼈습니다. 바야흐로 성숙되여가는 첫 순정을 어떻게 나누어야 하는가.

≪우리 둘이 남몰래 먼데로 떠나면 안될가.≫ 아운이는 대담하게 말을 꺼냈습니다.

≪호호, 그건 안돼요. 저를 절에 데려다 키워주고 돌봐준 그 은혜를 여직

갚아주지 못했는데 어떻게 배은망덕하게 떠나요? 제 생각에는 차차 두고보자요. 자, 인제는 돌아가세요. 제가 인차 돌아가지 않으면 스님이 찾으러 나와요.≫

이렇게 말을 남긴 작은년이는 물동이를 이고 사뿐사뿐 절로 돌아갔습니다.

그 뒤 아운이와 작은년이는 승주의 눈을 피해가며 여러번 만나 아기자기 이야기를 나누며 갈라지기 매우 아쉬워했지만 일시 좋은 수가 없었습니다. 스님도 이들 사이에 만나는 것을 꺼리고 못마땅하게 생각했지만 막아도 안되는지라 아예 모르는척 했습니다. 하여 이들의 정은 날따라 깊어졌습니다.

어느날 보리저녁, 아운이는 사전에 약속해놓은대로 일찌감치 절 부근에 찾아와 작은년이를 기다렸습니다. 그런데 작은년이는 나타나지 않았습니다. 아운이가 절로 찾아가보려는데 마당에 승주가 피못에 쓰러져있었습니다. 웬 일이 생겼는가? 급해난 아운이는 재빨리 달려와 승주를 일으키며 불렀습니다.

≪스님, 스님, 절에 웬 일이 생겼나이까 스님, 빨리 정신을 차리세요. 스님…≫

얼마후 피못이 된 승주는 간신히 눈을 뜨더니 아운이를 알아보고 떠듬떠듬 말했습니다.

≪빨리 저 늪쪽으로 쫓아가게. 두 도적놈이 절에 뛰여들었네. 자네의 작은년이 해를 입겠는데 빨리 구하게나…≫

아운이는 몽둥이를 얻어쥐고 늪쪽으로 도적놈의 뒤를 쫓아갔습니다. 거울처럼 맑던 늪은 온통 흐리여있었습니다.

≪작은년이, 작은년이…≫

아운이는 사처에 대고 부르며 찾아봐도 작은년이가 어디에 있는지 그림자조차 찾을 길 없었습니다.

(아차, 이게 무슨 흔적일가?)

아운이가 찬찬히 살펴보니 작은년이 도적놈과 생사박투를 한 자리였습니다. 아운이는 늪 주위 숲속을 샅샅이 뒤지며 작은년을 찾았지만 허사였습니다.

어느덧 장막 같은 어둠이 온 대지에 내리기 시작하는데 갑자기 늪속에서 여덟갈래 빛이 높이 솟더니 작은년의 시체가 불쑥 물우에 떠올랐습니다. 아운이와 모여든 마을사람들은 불쌍하게 죽은 작은년을 뒤산마루에 묻어주었습니다.

아운이는 녀승한테 물어서야 절간에서 생긴 일을 똑똑히 알게 되였습니다.

그날 우후, 승주는 작은년더러 구리가마를 늪가에 가 깨끗이 닦으라고 분부했습니다. 작은년이 구리가마를 가지고 늪가에서 닦고있는데 난데없이 두 사나이가 작은년한테 다가왔습니다.

≪히히— 애야, 그 가마를 한번 구경할수 없느냐 ≫

징글스럽게 웃으며 다가오는 두 사나이가 도적놈 같다는 예감이 든 작은년은 소리를 쳤습니다.

≪스님, 스님 ! 여기로 오세요 !≫

≪계집애가 소리는 무슨 소리를 치느냐.≫

두 도적놈이 거의 다가오자 작은년은 구리가마를 늪속에 처넣는 시늉을 했습니다.

이에 바빠난 두 도적놈은 작은년을 보고 황급히 소리를 쳤습니다.

≪얘, 제발 그 보물가마를 물에 처넣지 말아라. 우린 그저 구경만 하겠다.≫

도적놈들은 절간의 녀승한테 있는 구리가마가 만병을 떼는, 세상에 둘도 없는 보물이란걸 탐문하고 빼앗자 하던중 공교롭게 눈에 띄운것이였습니다. 작은년은 소리높이 웨쳤습니다.

≪도적이야, 사람 살려요. 도적이야 !≫

작은년의 황급한 구명소리를 들은 녀승은 문을 박차고 늪가로 달려왔습니다. 모든것을 알아차린 녀승의 눈에선 대뜸 분노의 불길이 타올랐습니다. 그는 손에 쥐우는대로 돌멩이를 쥐고 도적놈들과 싸웠습니다. 하지만 녀승은 도적놈의 몽둥이에 머리를 맞고 피못에 쓰러졌습니다. 사태가 이렇게 되자 도적놈들과 싸우던 작은년은 구리가마를 안고 깊숙한 늪속에 뛰여들었습니다. 갑자기 늪이 마구 끓어번지면서 여덟갈래 빛이 솟더니 늪속에 있던 작은 룡이 너무도 뜨거워 먼 곳으로 날아갔습니다.

≪도적놈들아 ! 네놈들은 날벼락 맞아 빼드러질것이다. 불쌍한 작은년아, 네가 타계하여도 눈을 감지 못하겠구나.≫

늙은 승주는 련 며칠 늪가에서 통곡하던 끝에 원한을 풀지 못한채 작은년의 뒤를 따라 저세상에 가고말았습니다.

어느날 고약한 두 도적놈이 쥐마냥 남몰래 늪가에 찾아와 팔각모난 구리가마를 건져보려고 갖은 애를 쓰는데 갑자기 늪속에서 여덟갈래 빛이 올리솟았습니다.

≪아이쿠 ! 사람 살려줍시사. 아이쿠…≫

두 도적놈은 강한 빛을 맞고 대가리를 마구 싸쥐고 달아나다가 길가에서 피를 토하더니 인차 뻐드러졌습니다. 작은년이를 사모하여 사랑하던 아운이는 중이 없는 절간에서 외롭게 중질을 하며 적막하게 살다가 그도 웬 일인지 중병에 걸려 구천에 가고말았습니다. 하여 생기 있던 작은 절간은 주인이 없어지고 마당앞에 있는 늪에서는 몇줄기 빛이 드문드문 솟아올랐습니다.

그후부터 사람들은 이 고장에다 집을 지으려 했지만 늘 대들보가 내려앉으면서 한쪽으로 기울어지는통에 집을 지을수가 없었습니다.

하지만 사람들은 이 고장의 천기, 산세, 풍수를 보면 궁전이 앉을 명당터라고 하여왔습니다. 고우상도 풍수를 볼줄 얼마간 알지만 이 터가 이렇게 센줄을 전혀 생각지 못했습니다.

로인의 이야기를 듣고난 고우상과 여러 대신들은 심심히 느낀바가 있었습니다.

이리하여 고우상과 여러 대신들은 상의한 끝에 원래 쌓아 세운 여섯개 성루에 두개 성을 더 세우라고 령을 내렸습니다. 한가운데 세개 성, 좌쪽에 두개 성, 우쪽에 두개 성, 북쪽으로 얼마쯤 사이두고 작은 궁성을 세우니 성은 모두 여덟 개로 되였습니다. 이렇게 8개 성을 서로서로 이어놓으니 궁성은 그야말로 견고하고 그 모양새도 아주 멋들어져 보였습니다. 규정된 시간에 나라 도읍의 궁성을 어김없이 다 쌓은 뒤 이 고장의 풍속대로 궁전앞에 작은 절을 세우고 부처를 모시고 궁성을 보호해달라고 빌었다고 합니다.

이리하여 사람들은 룡이 살던 늪 곁에 궁성을 지었다 하여 룡원부라고도 부르고 또한 팔련성이라고도 오늘까지 친절히 부른다고 합니다.

최기환 구술

한정춘 정리

탑자구

훈춘현성에서 동쪽으로 산굽이를 에돌아 한 백여리쯤 가노라면 탑자구라는 작은 마을이 있다. 훈춘강을 마주하고 오붓이 자리잡은 이 마을에는 시어머니의 비참한 통곡소리에 탑이 부르르 형체를 떨며 무너져내렸다는 옛이야기가 전해지고 있다.

먼 옛날 이곳에는 돌쇠라고 부르는 나젊은 실농군이 안해와 함께 년로하신 어머니를 모시고 살아갔다. 때는 바로 관가에서 민부를 뽑아 부역에 내보내던 시기였던지라 돌쇠도 피치 못하고 삼년석달을 기한으로 부역을 나가게 되였다.

집을 떠나던 날 돌쇠는 마을밖에까지 따라나온 안해에게 어머니의 비좁은 소견을 탓하지 말라고 신신당부하였다.

돌쇠가 떠난 뒤로 시어머니는 인물이 환한 며늘아기가 어느 서방과 짝자꿍 좋아하지 않나 하여 여러 모로 뒤조사를 하고 눈치도 살폈다. 이럴 때마다 돌쇠 안해는 마음이 언짢았으나 랑군님의 부탁을 생각하고는 꾹 참아버렸다.

그럭저럭 해가 가고 달이 바뀌여 3년 석달도 다 지났다.

그래도 돌쇠는 종무소식이였다.

시어머니는 며늘아기앞에서 늘 장탄식하며 눈물을 흘리군 하였다.

그러던 어느 하루 시어머니가 어데론지 나간 뒤 돌쇠안해는 방아를 찧다가 념주꿰미를 목에 걸고 오는 번대머리중을 보게 되었다.

≪주지님.≫ 하고 돌쇠안해는 중을 불러놓고 랑군님의 소식을 점쳐달라고 간청하였다.

돌쇠 안해한테서 기장쌀 석되를 받아안은 중은 눈을 감고 중얼거리더니 ≪다듬으니 두 귀요.≫하면서 다시 눈을 떴다.

≪첫 귀는 붉은 홍자라 그대 랑군 돌아올 운이 텄고 다음 귀는 흰 백자라 부인 몸에 여운이 서렸음이요.…≫

중은 돌쇠안해를 흘끔 곁눈질해고는 ≪이 여운을 쫓지 않고서는 랑군님이 돌아올수 없노라.≫이 말을 이었다.

≪주지님, 그 여운을 쫓을 방도를 대여주세요!≫

돌쇠안해는 다급히 중에게 청들었다.

≪그럼 저 탑앞에서 7일간 기도를 올리게.≫

중은 방책을 대여주고나서 누구도 몰래 가만히 해야 한다는 주의할 점까지 알려주고 떠나갔다.

시어머니가 돌아온후 돌쇠 안해는 남편이 돌아올수 있다던 얘기만 하고 기도드릴 일은 말하지 않았다.

그로부터 이레째 되는 날 돌쇠 안해는 탑앞에 제상을 차려놓고 향수를 태우며 마지막날의 제를 지내고있었다. 그때 탑아래에서 연신 딱딱이소리가 들려오더니 전날 보았던 번대머리중이 올라왔다.

중은 돌쇠 안해에게 옷을 벗고 알몸으로 제를 지내야 한다며 서투른 수작을 하려들었다.

그제사 중의 꼬임에 든줄을 알게 된 돌쇠안해는 몸서리치며 뒤로 물러섰다.

그러다가 문뜩 돌쇠 안해는 한곳에서 움추리고 이 광경을 지켜보는 시어머니를 발견하였다.

잔뜩이나 의심이 많던 시어머니에게 자신의 청백함을 하소연할수 없음을 느낀 돌쇠 안해는 탑아래의 깊은 개천에 몸을 던지고말았다.

그제야 며느리 청백함을 알게 된 시어머니는 마음 좁은 자기를 후회하며 무참히 죽은 며늘아기와 돌아오지 않은 아들을 목매게 부르면서 탑아래서 석달열흘을 울었다.

그 슬픈 울음소리에 탑이 갑자기 부르르 떨더니 쿵하고 무너져내렸다.

먼 후날 탑이 무너져내린 주위에 마을이 앉게 되었는데 사람들은 전설같은 이 이야기를 길이 전하며 이곳을 탑자구라고 불렀다 한다.

한정춘 정리

천불붙이

훈춘시 서토문자촌에서 동쪽으로 백여리 떨어진 곳에 이르면 흙도 거멓고 돌도 거멓고 수풀도 많지 않은 시꺼먼 들판이 있답니다. 사람들은 그 고장을 천불붙이라고 부른답니다. 그런데 천불붙이라는 이 과상한 이름에는 재미있는 이야기가 깃들어있습니다.

멀고 먼 옛날 그곳은 지금과 같이 불어 그은것처럼 보기가 험하고 황막하지 않았답니다. 그 고장도 다른 고장과 마찬가지로 푸른 숲이 우거지고 사시장철 온갖 새들이 우짖는 세상 아름다운 고장이였습니다. 그리고 이름난 인삼과 귀중한 령지초며 쓸모 있는 여러가지 약재들이 많고 많았기에 사람들은 인삼과 령지초를 캐러 늘 그곳에 찾아들었습니다. 그런데 그곳에 사람으로 둔갑할줄 아는 백년 묵은 여우가 나타난후부터 약재 캐러 들어갔다가 살아나오는 사람이 없어 그곳은 점차 무시무시한 고장으로 소문이 났습니다.

그런데 어느해 그곳에서 얼마 떨어지지 않은 마을에 무서운 전염병이 돌아 처음에는 기력이 약한 로인들이 하나 둘 쓰러져나가던것이 이어서 어린이들도 죽어나가기 시작하였습니다. 하여 마을사람들은 몇백리밖에 가서 의술이 고명한 의원을 모셔다 전염병에 걸린 환자들을 보였습니다.

의원은 마을사람들의 병을 보고나서 말했습니다.

≪마을사람들을 구하려면 내가 뗀 약처방에 령지초를 캐여다 섞어서 달여 먹어야겠는데 그만 령지초가 없구려! 어쩐다?≫

마을사람들은 의원의 말을 듣고 서로서로 얼굴을 빤히 쳐다볼 뿐 그 누구도 감히 령지초를 캐러 그 무시무시한 곳으로 가겠다고 자진해나서지 않았습니다. 바로 이때 이 사람 저 사람의 입을 빤히 쳐다보던 장돌이라 부르는 애가 먼저 무거운 침묵을 깨뜨리면서 야무진 목소리로 소리쳤습니다.

≪여러분, 저는 두 눈을 편히 뜨고 온 마을사람들이 매일 죽어가는것을 그저 보고만 있을수 없습니다. 제가 령지초를 캐러 가겠습니다.≫

≪애, 장돌아, 너 정신 나가질 않았니! 우리 모두 앉아 죽더라도 어린 너를 홀로 죽을 곳에 보내지 못하겠다. 그 흉악하고 아주 교활한 여우놈이 령지초가 자라는 곳에 기여든후 그곳에 갔다가 살아 돌아온 사람이 하나도 없네라.≫

오직 마을사람들을 구하겠다고 진작 굳은 결심을 내린 장돌이는 로인들 앞에 얼른 무릎을 꿇고 앉으며 오돌진 목소리로 사정하였습니다.

≪로인 여러분, 절 령지초 캐러 보내주십시오. 전 꼭 령지초를 캐여오고야 말겠습니다.≫

마을사람들은 끝끝내 장돌이의 기특한 행동에 감동되였습니다. 하여 이 집에서는 주먹밥을 해준다, 저 집에서는 짚신을 삼아준다 하고 야단법석이며 장돌이의 행장을 준비하여주었습니다.

울창한 수림속에서는 으르렁거리는 무서운 범의 소리와 흉악한 무리승냥이의 울음소리가 무시로 들려오고 이따금 노루와 사슴들의 비명소리가 가까이에서 들려왔습니다. 그럴 때마다 장돌이는 마음을 다잡아먹고 부지런히 길을 재우치며 령지초가 있음직한 곳을 빼놓을세라 샅샅이 살펴보았습니다.

인제는 길을 더난지 이레나 지났지만 여직 장돌이는 령지초를 한뿌리 캐기는커녕 구경조차 못했습니다. 마을사람들이 해준 주먹밥도 다 떨어지고 짚신마저 다 닳아서 발바닥이 벌겋게 드러났습니다. 그는 배고프면 산열매를 따먹고 목마르면 샘물을 마시며 정처없이 이산 저산 골짜기마다 헤매고 다녔습니다. 에라 모르겠다. 지칠대로 지친 장돌이는 어느 한 웅달진 곳의 큰 바위에 몸을 기대고 앉았습니다. 그런데 저도 모르게 두 눈까풀이 사르르 내려앉았습니다. 어느사이에 장돌이가 어렴풋이 잠이 들었는데 갑자기 눈앞에 뽀얀 안개가 서리서리 타래쳐 오르더니 새뽀얀 안개속에서 어린 소녀가 사뿐사뿐 걸어서 장돌이앞으로 다가왔습니다. 소녀는 방긋이 웃으며 장돌이에게 말하였습니다.

≪장돌오빠, 저는 오빠가 죽도록 찾아다니는 령지초애요. 저는 마을사람들을 구하기 위하여 무진 애를 쓰는 오빠의 착한 마음씨에 탄복했어요. 저는 이 바위와 멀지 않은 곳에 자리잡고있으니 어서 캐여가지고 마을에 돌아가 마을사람들을 구하세요.≫

말을 마친 령지초소녀가 인차 돌아서서 가려 하는데 장돌이가 다급히 물었습니다. ≪령지초야, 참말 고맙다. 헌데 한가지 물어보자꾸나. 그런데 왜 사람들은 이곳에 왔다간 살아서 돌아가지 못하니?≫

≪아, 오빠 정말 잘 물었어요. 내가 그만 깜빡 잊었군요. 오빠, 오빤 나와 세가지 약속을 하자요. 오빤 길에서 아무리 배가 고파도 샘물속에 있는 개암 세알을 먹지 말고 보따리를 주어도 가지고 가지 마세요. 그리고 또 령지초를 캐였다는 말을 절대 하지 마세요. 그것들은 모두 사람을 잡아먹는 백년 묵은 여우가 늘인 미끼야요. 그 여우는 사람 백명과 령지초 백개를 먹으면 승천한대요. 자 그럼 이 세가지를 꼭 기억하세요.≫

령지초소녀는 안개처럼 가벼이 장돌이의 꿈속에서 사라졌습니다. 잠에서 소스라쳐 깬 장돌이는 얼른 자리를 툭툭 털고 일어나 령지초소녀가 사라진 곳에 가 진귀한 령지초를 캐여 조심히 보자기에 싸서 등에 지고는 성큼성큼 귀로에 올랐습니다.

장돌이는 마을을 향하여 걸음을 재우치다보니 목이 몹시 타는 듯이 말라들었습니다. 샘물터를 찾으니 샘물속에는 잘 영근 개암 세알이 퐁퐁 솟아오르는 샘물을 따라 오르내리고있었습니다. 순간 개암을 본 장돌이의 입에서는 저도 몰래 군침이 스르르 돌고 고소한 냄새가 코를 찌르는듯하였습니다. 장돌이는 개암을 저껵 쥐려다가 령지초소녀의 당부가 머리에 머리에 피끗 떠올라 흠칠 손을 움츠리고말았습니다. 개암알을 보고 한시각도 지체할수 없다고 생각한 장돌이는 부지런히 길을 다그쳤습니다. 그런데 그의 앞에는 령지초소녀가 말한것처럼 과연 묵직한 보짐이 척 놓여있었습니다.

≪누가 예다 보짐을 떨구었을가?≫

장돌이는 사위를 휘둘러보아도 사람의 그림자가 없는지라 부쩍 호기심이 동하여 보짐을 풀어헤쳤습니다. 아니, 이것이 무엇이람！말짱 번쩍번쩍 눈부신 빛을 뿜는 금덩이였습니다. 이때 문득 령지초소녀의 두번째 약속이 머리에 떠올랐습니다. 장돌이는 아쉬운대로 그 금보따리를 길가에 내던지고 총총걸음으로 마을로 향했습니다.

≪애, 너 길가에서 어떤 보짐을 못봤느냐?≫

갑자기 웬 사나이가 뒤에서 부지런히 따라오며 웅글진 소리로 웨쳤습니다.

≪내가 금방전 그 백년 묵은 여우놈과 싸우다가보니 보짐을 길에 내려놓았는데 그만 보짐이 없어졌구나, 애, 너 그 등에 짊어진 것은 뭐냐?≫

그 사나이는 장돌이의 등에 멘 보짐을 가리키며 물었습니다.

≪약초애요.≫

≪무슨 약초냐?≫

장돌이는 령지초소녀의 부탁을 까맣게 잊고 얼결에 대답하였던것입니다.

≪으하하— 너와 령지초를 먹으면 모두 백번째야 백번째 ! 그러니 난 인젠 승천하게 되었구나.≫

원래 그 사나이는 사람으로 둔갑한 백년 묵은 여우였습니다.

그제야 모든 것을 알게 된 장돌이는 쏜살같이 앞으로 내뛰였습니다.

≪이 어른앞에서 달아나면 어데로 달아난단말이냐? 예서 고스란히 나의 반찬이나 되란말이다. 어서 !≫

장돌이는 여우에게 쫓기면서 도망치다보니 그만 깎아지른듯한 벼랑가에 이르렀습니다. 돌아서자니 여우가 쫓아오지 앞으로 나가자니 천길벼랑이지, 죽음을 각오한 장돌이는 자기가 죽는것보다 령지초를 캐여가지고 한시 급히 죽어가는 마을사람들을 구하지 못하는것이 너무도 안타까와 하늘을 향하여 목이 터지게 소리쳤습니다.

≪장천이여 ! 승천하려 날뛰는 여우놈에게 불벼락을 내리옵소서 !≫

말을 마친 장돌이는 두 눈을 꼭 감고 조금도 주저없이 벼랑에서 내리뛰였습니다. 그런데 웬 일인지 몸이 구름우에 둥둥 뜨는 감이 들어 눈을 번쩍 떠보니 백학 한 마리가 자기를 등에 태워가지고는 마을로 향하고있었습니다. 그가 머리를 돌려 뒤를 돌아보니 하늘에서 불비가 마구 쏟아져내리는데 백년 묵은 여우가 불비를 피하며 살겠다고 갈팡질팡 헤매고있었습니다. 그리하여 드넓은 벌판은 불바다로 변하고 백년 묵은 여우는 끝끝내 활활 타오르는 불에 타죽고말았습니다.

백학의 도움으로 무사히 마을로 돌아온 장돌이는 목숨을 걸고 구해온 령지초로 마을사람들을 구하였습니다. 후에 사람들이 그곳에 가보니 모든것이 숯덩이처럼 까맣게 되어버렸습니다. 그때로부터 사람들은 그 고장을 천불붙이라고 불렀답니다.

김덕춘 구술
한정춘 정리

회룡봉

훈춘시 경신진 소재지 이도포마을에서 남쪽으로 20여리쯤 가노라면 유유히 흐르는 두만강물이 둥그렇게 큰 채바퀴모양을 이루고있습니다.

채바퀴처럼 둥그런 그 가운데 울뚝불뚝 솟은 뭇산을 등지고 옹기종기 모여앉은 오붓하고 살기 좋은 마을이 있는데 이 마을을 사람들은 회룡봉이라 불러왔습니다.

여기에는 이런 재미있는 이야기가 깃들어있습니다.

아득히 멀고먼 옛날, 두만강가 북쪽 산기슭에는 마음씨 착하고 어리무던하며 부지런한 소년이 량부모를 여의고 홀로 살아갔습니다.

소년에게는 조상때부터 물려내려온 진귀한 옥피리가 하나 있었는데 그는 먼지 묻을세라 아끼고 닦아 보기만 해도 번쩍번쩍 눈이 부시였습니다. 고된 하루일을 마친 소년은 피로를 말끔히 씻어보려고 그 옥피리를 또 꺼내여 불었습니다. 맑지고 아름다운 옥피리소리에 산속의 꽃사슴과 두만강가에서 노닐던 두루미들도 저마다 더덩실 춤을 추었고 나무우에 앉았던 까치와 부엉새도 흥겹게 노래를 부르군 했습니다. 날이 갈수록 소년의 피리소리는 더더욱 구성지여 가근방은 물론이요, 멀리에서까지 귀맛 좋게 울려 벗들이 더많이 늘어갔습니다.

그러던 어느 하루였습니다. 물결이 출렁이는 두만강에로 순찰을 나왔던 동해바다 룡왕의 차사원이 강안에서 울려오는 옥피리소리를 듣게 되였습니다.

(야— 과연 듣기 좋은 피리소리로구나. 인간세상엔 좋은 보물도 있구나.)

저도 몰래 강 언덕에 올라선 차사원은 넋없이 피리소리가 울려오는 곳으로 다가갔습니다. 원래 차사원은 몇해전 동해바다 룡궁에서 악사원노릇을 해왔습니다. 룡왕이 생일잔치를 베풀 때나 연회가 벌어질 때면 악사원은 악사들이 풍악 잡는 일을 관리해오다보니 룡궁에 있는 여러가지 악기에 대하여 통달하고도 남음이 있었습니다. 어느 하루 악사원은 여러 대신들과 함께 룡왕의 부름을 받았습니다.

≪래일 남해바다의 룡왕친구가 과인을 보러 온다고 기별이 왔으니 일지감치 연회준비도 충족히 해놓고 풍악도 굉장히 울릴수 있도록 잘 검사하라. 특히 이 친구는 무엇보다 풍악을 제일 즐기니 악사원은 정신을 번쩍 차리라. 그래야 이내 동해왕궁이 으뜸으로 빛이 날것이로다.≫

갑자기 대신들을 불러앉힌 룡왕은 만면에 희색을 띠고있었습니다.

≪예잇, 상감마마 령대로 조처하겠나이다.≫

어명을 접한 여러 대신들은 저마다 맡은 일을 해나갔습니다.

이튿날 남해바다 룡왕이 입궁한 뒤 성대한 연회를 베풀었는데 환영식과 더불어 악사들이 풍악을 울리였습니다. 이만하면 남해룡왕이 흡족해할줄 알았는데 뜻밖에도 그는 량미간을 찌프리고있었습니다. 동해바다 룡왕은 어제부터 남해룡왕의 일거일동을 주시하여온터라 영문을 물었습니다.

≪로형, 내 이 룡궁의 풍악소리가 귀찮은데가 있수? 혹시…≫

≪아니네, 말하자면 다른 소리는 듣기 좋은데 유독 피리소리만 듣기 거북하시우. 더 좋은 피리가 없수?≫

남해룡왕은 대답하며 량미간을 폈습니다.

≪악사원, 보물고에 더 좋은 피리가 없는고? 다른 피리를 가져다 불도록 하라.≫

어명을 받은 악사원은 보물고마다 뒤져봤지만 그보다 더 좋은 피리란 없었습니다. 남해룡왕은 더는 풍악을 듣지 않고 흔연히 자리를 떠 남해바다로 돌아가는통에 동해바다 룡왕은 그만 망신을 당했습니다.

그런 일이 있은 뒤 동해룡왕은 궁중에서 중히 써주던 악사원을 궁밖에 내보내여 차사원이란 외직에 걸어두고 번마다 큰 강을 순찰하게 하였는데 차사원은 오늘 뜻밖에 옥피리소리를 듣고 자리를 뜨지 못했습니다.

(아차, 내가 제 정신이 있는가?)

차사원은 급히 룡궁으로 돌아갔습니다.

≪상감마마께 아뢰옵니다. 저 두만강 북쪽기슭에 사는 한 시골애한테 옥피리가 있는데 보아하니 여간만 진귀한 보물이 아니옵니다. 그 소리 한번 듣고보면 구곡간장도 사르르 녹아버리는 세상 고운 소리인줄로 생각하옵니다.≫

룡왕앞에 읍하고난 차사원은 산짐승들이 더덩실 춤을 추고 날짐승들마저 노래하던 사연까지 덧붙였습니다.

≪음— 짐은 들었노라. 이내 룡궁에 없는 옥피리라니 하늘이 나를 도와준 게로다. 당장 그 옥피리를 가져오너라. 그놈애가 주지 않으면 빼앗아라도 오너라.≫

귀가 솔깃해진 룡왕은 이렇게 령을 내렸습니다.

≪예— 잇, 소인은 즉각 령을 좇겠나이다.≫

룡왕의 곁을 떠난 차사원은 진주를 얼마간 보자기에 싸가지고 부지런히 길을 다그쳤습니다.

어느덧 차사원은 그 소년의 집근처에 닿았습니다.

≪어데서 오신 손님이신지요?≫

두만강 모래톱에서 놀고있던 흰 두루미가 차사원의 앞을 막아서며 물었습니다.

≪나는 저 동해바다 룡왕님의 령을 받고 예까지 떠나온 차사원인데 이 집의 소년과 긴히 토의할 일이 있어 왔단다.≫

두루미한테 대답을 마친 차사원은 성큼성큼 소년의 집으로 들어갔습니다.

≪듣자니 너는 적적한 몸이라지. 우리 룡왕님께선 너를 아주 가엽게 여기시면서 룡궁에 와 살아볼 의향이 없는가고 하더라. 우리네 룡궁에는 세상 진귀한 보물들이 산더미를 이루었겠다, 입고 먹는데는 아무런 근심걱정이 없겠다. 어디 그뿐인가, 세상 고운 미인들이 헤아릴수 없이 많거늘 나와 같이 떠나지 않으련?≫

차사원은 입에 꿀침을 해가며 소년을 구슬렸습니다.

≪저는 비록 외로운 몸이지만 보시라요, 착한 꽃사슴 형제들이거나 깨끗

하고 말쑥한 두루미, 비단결같이 맘씨 고운 까치, 언제 봐도 성격이 강직한 부엉이 등 여러 친구들이 옆에 있기에 한시도 적적할 사이가 없지요. 조상의 뼈가 묻힌 이 고장에서 제 손으로 곡식을 심고 가꾸어 서로서로 나눠먹는 재미가 세상에 둘도 없지요. 룡왕님께서 손수 청하는 호의에 감사를 드린다고 차사원께서 대신 전해줘요.≫

소년은 룡궁에 가지 않겠다고 도리질하였습니다.

차사원은 거듭 소년을 구슬려보았으나 모두 허사였습니다.

나중에 그는 허리에 띤 보자기를 소년의 앞에 내려놓더니 그것을 풀어헤쳤습니다.

≪자— 보아라. 이 귀중한 보물을 몽땅 줄테니 너의 그 옥피리를 나한테 주지 않겠냐? 이 보물이면 너 혼자 한뉘 고이 놀고 먹으며 써도 된다. 너는 아직 어리여 이 보물을 잘 알지도 못할거다.≫

보물보자기에서는 반지와 보석반지가 반짝거리였고 진주목걸이와 파란색 옥구슬이 빛을 뿌렸습니다. 게다가 구리로 갈아만든 거울과 수두룩한 은전동전은 소년을 유혹하고있었습니다.

≪호호, 굉장한 보물이군요. 하지만 옥피리도 먼 옛적부터 대를 물려온 보물이예요. 때문에 이 옥피리는 청청 하늘의 별을 따다 준대도 못 내놓겠어요. 참 미안해요.≫

보물이라면 소년이 확 하고 돌아설줄로 여겼는데 차사원의 예견과는 달리 소년은 보물을 다시 거들떠보지도 않았습니다.

≪뭐, 그래도 못 내놓겠다고? 너 어린놈이 담도 꽤 크구나. 이놈아, 룡왕님의 령을 함부로 거역하고 언제까지 견뎌내는가 보자 흥 ! 참말로 고약한 놈이로구나.≫

갑자기 검으락푸르락 낯색이 흐려진 차사원은 옥피리를 보지도 못한채 되돌아가고 말았습니다.

삼라만상이 고요히 잠들고 은쟁반 같은 달이 휘영청 밝은 밤중이였습니다. 룡왕께서 옥피리를 기다리겠는데 어쩐다? 차사원은 억지로라도 옥피리를 손아귀에 넣어보자고 마음을 단단히 먹은 뒤 살금살금 발소리를 죽여가며 소년이 자고있는 집으로 향해 갔습니다.

≪두리번거리며 발볌발볌 다가가는걸 보니 네놈은 정녕 도적이야. 그래 옥피리를 억지로 손아귀에 넣어보려구? 심사가 돼먹지 못한 놈 ! 냉큼 돌아가지 못할가 ! 나는 예서 너를 기다린지 오래다.≫

불호령소리에 초풍할 지경으로 놀란 차사원이 소리나는 쪽을 힐끔 쳐다보니 날카로운 발톱을 살군 부엉이가 나무우에서 망을 보고있었습니다.

≪제발 이 목숨만 살려주시오. 다시 두 번 고약한 생각을 가지지 않겠수다.≫

차사원은 더럭 겁에 질려 낯색이 창백해진채 창망히 룡궁으로 줄행랑을 놓았습니다.

진귀한 보물까지 지니고 갔다가 빈손으로 돌아온 차사원은 룡왕앞에 꿇어앉아 사실의 자초지종을 아뢰였습니다.

≪너 이놈, 뭐라구? 이 큰 동해바다를 쥐락펴락하는 내가 그까짓 시골뜨기 애의 손에서 옥피리 하나 못 가져온다? 애들아, 당장 두만강가로 나갈 만단의 준비를 할지어다 !≫

분통이 터진 룡왕은 하얀 수염을 부르르 떨며 한바탕 호통질을 하였습니다.

≪상감마마, 분부를 즉시 쫓겠나이다.≫

궁내의 장수와 대신들은 이구동성으로 대답했습니다.

한편 이 일이 있은 뒤로부터 두만강과 모래톱에서 낮이면 두루미의 형제가 망을 봤고 밤이 되면 부엉이네가 보초를 섰으며 또 까치네는 어느때건 소년에게 무슨 소식이든 전하기로 약속이 되였습니다.

어느날 새벽이였습니다.

두루미한테서 급한 소식을 접한 까치가 급작스레 소년을 찾아와 바삐 문을 열고 말했습니다.

≪룡왕놈이 많은 하졸을 거느리고 옥피리 빼앗으러 곧 들이닥친대요. 그 기세가 대단하니 시급히 이곳을 떠나요.≫

소년은 각일각 눈앞에 박두하는 불행을 예견하였지만 어쩌면 좋을지 잠시 궁리가 떠오르지 않았습니다.

≪자, 옥피리를 잘 간직하고 내 등에 살짝 업혀요. 빨리 !≫

말처럼 키큰 꽃사슴 한마리가 소년앞에 척 나타났습니다. 긴요한 생사관두라 소년은 주저함이 없이 꽃사슴의 등에 올라앉았습니다.

소년을 태운 꽃사슴은 질풍같이 산속으로 사라졌습니다.

≪너, 이 고현 놈아, 게 당장 섯거라. 이게 뉘 앞이라고 함부로 맹탕 도망질이냐 ! 망녕된 생각을 작작하고 살겠으면 어서 그 옥피리만 순순히 바쳐라 ! 이놈아, 이 어른의 령을 똑똑히 똑똑히 들었느냐?≫

어느사이 뒤쫓아온 룡왕은 사나운 기세로 소리쳤습니다.

≪절대로 겁을 먹지 말고 저의 몸을 꼭 붙잡으세요.≫

말을 마친 꽃사슴은 울창한 원시림을 헤가르며 룡왕과 숨박곡질을 하면서 달리더니 갑자기 어둑시그레한 깊은 산골자기로 사라졌습니다.

본래 꽃사슴은 부엉이와 까치한테서 차사원이 옥피리를 도적질하러 왔다갔다는 말을 듣고 십상팔구 룡왕이 손수 올것이라고 짐작하고 눈에 잘 띄우지 않는 곳에 몸을 숨길 동굴을 봐두었던것입니다.

이윽고 산속에서 맑진 옥피리소리가 구성지게 들려왔습니다. 낮다가도 높아지고 빠르다가도 느리여지는 구성진 옥피리소리에 룡왕과 하졸들은 두 귀가 벌쭉 일어섰습니다. 그야말로 세상에서 처음 들어보는 아름다운 소리였습니다.

≪이놈아, 빨리 나와 옥피리를 공손히 바쳐라. 우리 룡왕님께서 너그럽게 대할 때 고분고분 말을 듣지 않다간 천벌을 면치 못하리라 !≫

차사원은 산속에 대고 높이 소리쳤습니다.

하지만 차사원의 권고를 들었는지 못들었는지 옥피리소리는 그칠줄 모르고 그냥 울려왔습니다.

진작 속이 뒤번져진 룡왕은 온 산을 샅샅이 뒤졌지만 잔디밭에서 바늘찾기요, 검불속에서 수은 찾기라 대노하여 광풍을 휘몰아오고 창살같은 비를 마구 내리 퍼부으며 갖은 기승을 다 부렸습니다.

그렇게 되자 유유히 사품치던 두만강도 룡왕이 산을 에돌며 맴돌이치던 그 모양으로 물곬을 옮겨 큰 원을 지으며 흐르게 되였습니다.

소년은 여러 친구들의 도음을 받아 대물려 내려온 옥피리를 동해룡왕에게 빼앗기지 않고 예전과 같이 흥겹게 불면서 즐거운 나날을 보냈습니다.

그 뒤 사람들은 룡왕이 사납게 맴돌이치던 그 산봉우리를 회룡봉(回龍峰)이라 불렀으며 이 산기슭에 자리잡은 마을도 차츰 산이름을 본따서 부르게 되였습니다.

김학신 구술
한정춘 정리

물방아골

훈춘시 마적달향 소재지에서 동남쪽으로 얼마쯤 가노라면 맑은 물이 흘러내리는 산골자기가 있습니다. 이 산골자기를 물방아골이라 부르는데 그 이름엔 눈물겨운 이야기가 있습니다.

먼 옛날 이 부근 한 마을에는 박쇠라고 부르는 마음씨 착한 애가 있었습니다. 몸이 허약한 박쇠의 아버지는 병으로 일찍 세상을 뜨다보니 집에는 어머님 혼자 귀동자식 하나를 거느리고 살아갔습니다.

≪후유— 너의 아버지가 여직 세상에 계신다문야 널 이렇게까지 고생시킬 턱이 있겠니, 다 분복 없는 탓이지.≫

째지게 구차한 살림살이인지라 날마다 일찍 일어난 어머니는 개울건너 오부자네 집으로 삯일하러 다니게 되였습니다. 애어린 박쇠도 집에 혼자 있지 않고 어머니를 따라 그 집의 발방아를 찧어주었는데 삯전이라야 몇푼 되지 않은것이여서 그들 모자는 근근득식 살아가는 형편이였습니다.

위인이 무서운 깍쟁이로 원근 마을에서 소문이 자자한 오부자는 집의 마소를 부리듯이 박쇠와 그의 어머니를 호되게 부리면서 날마다 호의호식하였습니다.

마음씨 착하고 어리무던한 마을사람들은 늘 나어린 박쇠가 일하는것이 너무도 불쌍하여 제 손으로 손수 방아에다 쌀을 찧어가면서도 삯값은 한푼 어치 골치 않게 물었습니다.

이른 새벽부터 늦은 저녁까지 고된 일에 지칠대로 지친 박쇠 어머니는 마침내 몸져눕게 되였습니다. 그러나 방아간일을 더는 하지 못하게 된 박쇠는 의사를 청해 보이자 해도 돈 한푼 없는지라 이리저리 궁리하던 끝에 마을사람들의 도움을 받아 산속에 들어가 약초를 캐왔습니다. 약을 달인다, 어머님의 병시중을 든다 하며 박쇠는 바삐 돌아쳤습니다.

≪제 에미 앓네 하면서 통 일하러도 오지 않는 놈새끼라고서야 장차 두고 쓸수 없어요. 여보소, 량반님, 빌어먹을 놈이 다시 와도 울안에 들여놓지 말자요.≫

원래 사납기로 암펌이라 불리우는 오부자의 녀편네는 령감앞에서 한바탕 박쇠네 모자간을 헐뜯었습니다. 그것은 다름아니라 오부자놈은 늘 음특한 눈길로 청상과부인 박쇠의 어머니를 도적질해보군 했습니다. 이것을 눈치챈 오부자의 녀편네는 시샘이나 이들 모자를 진작 내쫓으려 했는데 절호의 기회가 왔다고 가만 있을리 없었던것입니다.

≪과부자식 게으르다고 정녕 이런 놈을 두고 한 말인가 보오.≫

녀편네의 악다구니질에 오부자는 동감을 표시했습니다.

방아찧기에서 돈을 많이 벌수 없게 되였다고 여긴 오부자의 내외는 박쇠를 내쫓았습니다.

몇푼어치라도 돈을 벌어 어머니의 병을 고치려는 박쇠한테는 생각밖으로 마른벼락이 떨어졌습니다.

≪인제는 돈도 벌수 없으니 어쩐다? 옳지, 나도 한번 방아를 걸어 돈을 벌게 되면 어머님의 병도 뗄수 있지 않겠는가?≫

이렇게 큰마음을 먹은 박쇠는 우선 마땅한 방아확감을 찾으려고 깊은 골짜기를 샅샅이 훑었습니다. 그러던 어느날 과연 방아확으로 쓸만한 돌을 찾고야 말았습니다. 그는 준비해두었던 정과 망치를 가지고 그 돌을 다듬기 시작했습니다.

난생 처음으로 정에다 망치질을 하자니 손도 남의 손 같아 까려는 곳을 면바로 까낼수 없었을뿐만아니라 망치로 손을 내리쳤습니다. 아차! 손가락에서는 검붉은 선지피가 뚝— 뚝 떨어졌습니다. 다른 사람들은 방아확을 어떻게 까고 다듬었을가? 남이 다듬어낸것은 수월했을것이라 여겨왔지만 정작 제 손으로 다듬어보자니 어디 수월한가? 옷자락을 찢어 터진 곳을 싸맨 박쇠는 모진 아픔을 참아가며 계속 돌을 다듬었습니다.

엊저녁 박쇠는 누워있는 어머니한테 방아확을 다듬어 방아 걸 생각을 말했습니다.

≪이 재간으로 어찌 방아를 걸겠느냐. 혹시 동리에 석공이나 있어 정다루는것부터 배우면 어떨는지.≫

이윽고 어머니는 이왕지사를 이야기했습니다.

그 언제였던지 관가에서는 저 산너머에다 불탑을 세우려 했다. 산중턱 알맞춤한 곳에다 탑을 세울 터를 번듯이 닦아놓고 큰 주춧돌을 날라다 깎고 다듬어서 귀를 맞추려 했지만 네 귀가 잘 맞지 않았다. 제일 기초인 주춧돌이 맞지 않으면 돌우에 벽을 쌓을수 없었으므로 관가에서는 먼 곳에 가서 재간 있는 석공을 데려다 돌을 깎아 다듬어서야 네 귀가 딱 맞았다.

(그 석공도 아마 나처럼 처음부터 이렇게 재간을 익혀왔을거야.)

이런 생각을 굴리며 박쇠는 또다시 정을 잡고 망치질에 정신을 몰두하다보니 인기척이 나는것도 몰랐습니다.

≪넌 뉘집 앤데 여기서 뭘 그렇게 똑딱거리는거냐?≫

그제야 박쇠는 일을 뚝 멈추고 말하는 사람을 빠끔히 쳐다보았습니다. 그는 볼품없이 람루한 옷에 지팽이를 짚고 서있는 웬 낯모를 할머니였습니다.

≪네, 저는 아랫마을에 사는데 지금 방아확을 쪼는중이랍니다.≫

할머니 얼굴에는 인자한 빛이 어리여있는지라 박쇠는 또박또박 이야기했습니다. 할머니는 쪼는 돌을 찬찬히 훑어보는것이였습니다.

≪원, 녀석두 그렇게 해서야 어느 왕금년에 가서 제대로 다 쪼는다더냐!≫ 하고 그 할머니는 끌끌 혀를 차며 박쇠한테 동정을 보냈습니다.

≪할머니, 그런게 아닙니다. 저는 오부자네 방아보다 더 좋은 방아를 걸어놓고 온 마을 사람들이 방아고생을 하지 않도록 하자고 그럽니다. 뿐만아니라 삯전도 적게 받고 오부자네보다 더 잘 찧어주자고 그럽니다. 또한 번 삯전으로 여직 병석에 누워계시는 어머님께 약을 사다 드리렵니다. 그때에는 할머님도 우리 집으로 놀러오십시오. 맛나는 음식을 많이 대접해드리겠습니다.≫

박쇠는 할머니한테 생각한바를 숨김없이 털어놓았습니다.

≪기특한 애야, 너의 진정어린 성의가 고맙다. 또한 굳센 다짐도 아주 장하다. 하지만 너한테 도움이 되겠는지 모르겠다만 세상만사란 종래로 뜻대로 성사되기 수월치 않느니라.≫라고 말을 마친 할머니는 어디론가 사라졌습니다.

박쇠는 방아확을 여러번이나 팠지만 웬 일인지 거의 마무릴 무렵이면 짝— 하고 깨여지는통에 지금까지 온전한 확을 한개도 파지 못했습니다.

그는 어머니가 이야기해준 탑을 찾아가 탑밑에 깔아놓은 주춧돌을 관찰해보았습니다. 가쯘하게 쪼아서 다듬은 주춧돌은 그야말로 그 석공의 손재간이 여간치 않음을 보아낼수도 있지만 그가 재간을 익히느라고 깃들인 정성이 얼마인지 알고도 남음이 있었습니다.

(에라, 중도에서 버리지 말고 파보노라면 될 법이겠지.)

불탑밑 주춧돌에 깃든 석공의 솜씨를 구경하고 돌아온 박쇠는 계속 방아확을 팠습니다. 파다가 깨여지면 또 다른 것을 파다보니 어느덧 몇 석달열흘도 더 지나갔습니다.

그러던 어느날이였습니다. 이날도 박쇠는 여느때처럼 부르튼 손에 망치를 잡고 열심히 방아확을 쫓기에 여념이 없었는데 몇 달전에 지팽이를 짚고 왔던 할머니가 또 나타나 박쇠한테로 다가왔습니다.

≪애야, 너의 정성이 여간만 지극하지 않구나. 이젠 일에 지쳤겠는데 어서 집에 돌아가 쉬거라. 모든 것이 다 뜻대로 될테니…≫

할마니는 전보다 더 인자한 눈길로 박쇠를 바라보더니 어디론가 사라졌습니다. 박쇠는 반신반의하면서도 혹시 무슨 일이라도 있을거라고 생각을 돌리면서 성큼성큼 집으로 돌아왔는데 아니, 이게 웬 일인가! 글쎄 박쇠네 집뒤에 흐르는 골물에서 물방아가 한창 돌아가고있는것이 아니겠습니까?

그제야 박쇠는 람루한 옷을 입은 그 할머니가 신선이겠구나 하는 짐작이 갔습니다. 그는 너무도 기뻐서 모든 피로도 깡그리 잊고 ≪할머니, 고마워요.≫라고 하면서 제자리에서 퐁퐁 뛰였습니다.

그때로부터 온 마을에서는 박쇠네 물방아간에 찾아와 마음놓고 쌀을 찧어가군 했습니다.

물방아 쿵덕쿵덕
쌀방아 쿵덕쿵덕
동네방네 찾아오네
쌀 서말 웃음 서말
떡방아 어화둥실
물방아 어화둥실
단오추석 명절놀이
어깨춤이 절로 나네

마을사람들은 신나게 돌아가는 물방아를 처음 보는지라 이렇게 노래지어 불렀습니다. 따라서 박쇠는 적게 받은 삯전으로 의원을 청해다 어머니 병을 보이고 약을 쓰니 어머니도 언제 앓았더냐싶이 병석에서 일어나 박쇠의 일손을 도와주군 했습니다.

그런데 오부자네 방앗간에는 거미줄이 가득 쳐도 이전처럼 쌀 찧으러 가는 사람이 없었습니다.

≪주인님, 모두 박쇠놈애의 방앗간에 달라붙어 신선스레 쌀방아, 떡방아를 찧어간다구 합니다. 분통이 터져 어디 가만 있을수 있나이까?≫

≪음, 고 배라먹을놈새끼, 방아를 걸고 감히 나와 엇서다니 어디 가보자.≫

약이 오른 오부자는 마름을 앞세우고 거들먹거리며 박쇠네 물방아간으로 왔습니다.

≪으하하, 이놈 박쇠야, 물방아간이 정말 좋구나, 조 석섬을 보내줄테니 어디 이 물방아간을 나한테 넘겨라, 응? 먹은 나이 없이 어찌 늘 바삐 보내겠느냐!≫

오자마자부터 물방아간을 욕심낸 오부자는 끌꺽 군침을 삼키면서 전에 없이 낯에 웃음을 바르고 너스레를 떨었습니다.

≪오량반님, 조 석섬을 대신으로 주겠다니 정말 대단히 많은것같습니다. 하지만 유감스럽게도 저는 량반님이 보물단지우에 우보물단지를 준대도 절대 바꾸지 않으렵니다.≫라고 하면서 박쇠는 칼로 베듯이 잡아뗐습니다.

오부자는 박쇠를 어리다고 얕잡아보면서 얼리고 닥치고 갖은 수작을 해봤지만 허사였습니다. 분이 상투밑까지 치민 오부자는 고래고래 소리질렀습니다.

≪요 배은망덕한 놈아, 그래 너희들 모자를 우리 주인님께서 따뜻이 보살펴주지 않았더라면 북망산 귀신이 된지도 옛날이겠다.≫

이번에는 오부자 대신 마름이 펴르뎅뎅하여 주먹을 마구 휘두르며 으르렁거렸습니다.

≪우리 모자는 주인님댁에서 안팎 궂은일을 빼빠지게 해왔으나 번마다 일한 삯전은 절반도 받지 못했지요. 그리고도 제딴엔 우리를 따뜻이 보살폈다니 소 웃다가 꾸레미 터질 일이구만요.≫

그들의 위력에 굽어들 대신 박쇠도 또박또박 리치를 따져가며 말했습니다.

≪우리는 주인댁에 털끝만한 빚도 진적이 없는데 꼭 방아를 넘겨달라고 우리와 뗑뗑거릴게 뭐가 있어요. 부끄러운대로 여러 사람들 앞에서 물러가요. 당장 물러가요 !≫

집에서 달려나온 박쇠의 어머니도 소리쳤습니다.

돈 있고 권세 있어 여지껏 전에 없었던 욕을 먹고보니 분하기 짝이 없는지라 검은 심보를 백일하에 드러내놓고야 말았습니다.

≪이 밥통들아, 장승처럼 멍하니 서있지 말고 손을 써서 몽둥맛이나 따분히 보여라. 고현놈네가 서뿔리 물러서지 않으련다.≫

오부자의 불호령이 떨어지자 마름은 몽둥이를 쥐고 박쇠네 모자간을 매질했습니다. 힘이 약한 그들은 어쩔수 없이 매를 맞고 방앗간마저 빼앗겼습니다.

돈 한푼 주지 않고 억지로 물방아간을 손에 넣은 오부자놈은 또다시 마을사람들한테 곱절이나 되게 삯전을 받아먹으며 더 잘살아보겠노라 아득바득 악을 썼습니다.

≪하느님이 눈이 먼게로군, 천하 량심없는 저런 놈을 생벼락도 안치다니!≫

마을사람들은 불쌍한 박쇠네 모자를 동정하면서 오부자놈을 욕했습니다.

그러던 어느 한밤중 큰비가 억수로 퍼붓더니 삽시에 산골짜기물이 불어나 물방아간과 오부자네 집을 몽땅 밀어갔습니다. 그것도 그럴것이 욕심이 굴뚝같은 오부자의 고약한 심보를 빤히 꿰뚫어본 신선할머니는 노발대발하며 천벌을 내렸던것입니다.

오부자가 더는 이 세상에서 맹탕 행패를 부리지 못하게 된 것은 아주 기쁜 일이지만 온 마을치고 온전한 물방아간이 없어 전처럼 쌀을 찧을수 없으니 이것이야말로 사람들의 크나큰 근심거리였습니다.

≪박쇠야, 우리는 마을사람들의 보살핌을 많이 받으며 살아온터이니 그들이 바라는 물방아를 걸어 쌀 찧는 근심을 덜어주는게 좋은 처사 같구나.≫

어머니의 말씀을 들은 박쇠도 기뻐하며 말했습니다.

≪어머님, 저의 생각도 그러합니다. 어머니의 소원대로 당장 서둘러보겠습니다.≫

합의를 본 박쇠네 모자는 또 물방아를 놓기에 바삐 보냈습니다. 이것을 본 마을사람들은 너도나도 앞장서 찾아와 일손을 도와나섰습니다. 그리하여 얼마 지나지 않아 박쇠네 집뒤에는 예전처럼 물방아가 놓여져 날마다 쿵덕쿵덕 방아 돌아가는 소리가 귀맛 좋게 울렸습니다.

그 뒤 서로 도우며 화목하게 살아가는 마을사람들은 박쇠와 그의 어머니에게 대한 찬사를 아끼지 않으며 그들의 고마운 마음을 그리여 이 골짜기를 물방아골이라고 부르게 되였습니다.

지용서 구술
한정춘 정리

초모정자

훈춘시 춘하진 소재지 서토문자에서 동쪽으로 30여리쯤 가면 마치 초모자처럼 생긴 높은 산아래 오손도손 모여 사는 아담한 마을이 있습니다. 이 높은 산을 초모산이라 부르고 산기슭을 씨고 앉은 마을을 초모정자라 부르는데 여기에는 용감한 두 포수의 이야기가 깃들어있습니다.

오랜 옛적, 아름드리되는 나무가 꽉 들어서 숲을 이룬 산에 온갖 고운 새들이 깃을 틀고 산속에는 여러가지 짐승떼가 욱실거렸습니다. 하여 가근방의 포수들은 물론 먼곳의 포수들도 저마다 소문을 듣고 사냥하러 여기 수림으로 찾아들었습니다.

그런데 웬일인지 찾아오는 사냥군은 많아도 살아서 돌아가는 사냥군은 별로 없었습니다.

어느해인지 힘장사인 최포수가 큰 사슴의 뒤를 쫓아 여기 수림속으로 왔습니다.

최포수는 산꼭대기에 올라서서 들판을 훑어보다가 골짜기 샘물곁에서 무엇을 먹고있는 큰 사슴을 발견하였습니다.

(아니 저놈이 인제는 여기까지 뛰여와 맥이 진한것이 아닐가? 어쨌든 이번에야 영낙없이 내 손에 걸려들었구나.)

저도 몰래 웃음주머니가 흔들흔들해난 최포수는 나무가지를 꺾어 몸에 꽂아 위장한후 살금살금 사슴과 멀지 않은 곳까지 찾아간 뒤 화살을 뽑아 활시위에 먹였다가 사슴을 향해 쏘았습니다. ≪캥―≫ 사슴은 아츠란 비명을 지르더니 선자리에 폭 고꾸라졌습니다.

최포수는 부리나케 달려가 보니 누가 퐁퐁 솟는 샘물곁에 사슴을 잡으려고 미끼를 놓은것이였는데 최포수한테 쫓긴 사슴은 죽을판살판 뛰다보니 그만 목이 말라 샘물을 마신후 미끼를 만나 먹고있었던것이였습니다. 경험이 많은 최포수는 근방에 미끼를 놓은 임자가 나타나리란걸 알아차리고 인차 피신처에 엎드렸지만 어느사이 ≪쓩―≫소리와 함께 날아온 화살은 그의 팔에 들이박혔습니다.

(에이쿠, 하마트면 염라왕의 령전에 상객으로 갈번했구나. 웬놈이 한 짓일가?)

그는 입속으로 말을 되뇌이면서 팔에 꽂힌 화살을 뽑고 상처를 대충 싸맨 후 죽은 듯이 그 자리에 누워 사람이 나타나기를 기다렸습니다.

≪웬 놈이 담대하게 내가 놓은 미끼에다 재수 없이 함부로 손을 대는거냐, 오늘 목숨을 살려주니 다시는 의리 없는 짓을 하지 말라.≫

어디선가 거쿨지게 생긴 자가 활궁을 메고 최포수한테 다가오는지라 최포수는 후닥닥 몸을 일으키며 말했습니다.

≪임자는 모르는 말알세, 내가 먼곳에서 이 사슴을 쫓아가지고 여기까지 왔는데 내 손부리에 걸려 끝내 잡고보니 이렇게 된걸세.≫

≪자네는 발이 달린 산짐승을 맡아놓고 다니나? 또 내가 놓은 미끼가 아니면 언녕 멀고먼데로 감추었을게 아닌가.≫

거쿨진 사나이는 최포수한테 양보하지 않았습니다.

≪이 사슴을 내가 뒤를 쫓아오지 않았다면 예까지 올리 있나? 어디 보라구, 뒤다리에 빗맞은 화살자리를.≫

두 포수는 서로 물러서려 하지 않으며 옳거니 아니거니 쟁론은 끝이 없었습니다.

≪자, 그럼 오늘 사냥을 끝내고 돌아갈 때 고기와 뿔을 나눠가지는 것이 어떤가? 잠시 저 나무우에 두고 가자구.≫

마음이 너른 최포수가 한발 먼저 물러나서며 말했습니다.

≪좋네, 사내대장부로서 째째하게 놀지 말고 임자말대로 하도록 하세.≫

거쿨지게 생긴 포수도 마침내 최포수의 의사에 찬동했습니다. 두 포수는 큼직한 사슴을 늪가의 높직한 가둑나무우에 올려놓고 나뭇잎으로 잘 위장해놓았습니다.

그런후 이들은 걸터앉아 담배쉼을 하면서 이야기가 오갔습니다.

≪그러니 임자는 나의 아우가 되겠구만. 나는 리씨지유. 임자는 동쪽골로 밀고 나가게. 나는 남쪽으로 나가겠네. 인제는 서로 범하는 일이 없도록 하게나.≫

리포수는 담배불을 끄면서 말했습니다.

≪아무렴, 형님의 말다루 쫓지유.≫

최포수와 리포수는 늪을 경계로 동남쪽을 사냥방향으로 정한 뒤 인차 헤여져 사냥을 떠났는데 리포수는 초모자에 나뭇잎을 꽂아 잘 위장한 뒤 남쪽으로 갔습니다.

어느덧 시간이 흘러 해는 서산마루에 뉘엿뉘엿 넘어가기 시작했습니다. 동쪽으로 밀고나갔던 최포수는 진귀한 사냥물을 가득 메고 땀을 철철 흘리며 늪가에 돌아와보니 남쪽으로 나간 리포수가 아직 오지 않았습니다. 그는 짊어진 짐을 내려놓고 리형을 기다리며 가둑나무우를 살펴보니 나무우에 올려놓은 사슴이 오간데 없었습니다.

≪아니, 이게 웬일일가? 그래 리포수가 나먼저 와서 사슴을 통채로 가지고 달아났단말인가? 젠장 고얀 놈, 내가 그놈한테 속았구나. 다시 그놈을 만나면 가만두지 않을테다 ! 에이, 괘씸도 래라.≫

최포수는 너무도 분해 두덜거리며 짐을 도로 짊어지려는데 갑자기 쥐죽은 듯 고요하던 늪에서 ≪출렁≫하고 엄청난 물기둥이 마구 솟구치더니 난데없던 검은 괴물이 불쑥 솟아올라 푸— 푸— 물갈기를 사처에 날리며 최포수한테 날래게 다가왔습니다.

≪게 섰거라. 내가 예서 네놈들을 잡아먹자고 기다린지 이슥하다. 이제 네놈까지 먹으면 아흔아홉놈인데 백놈만 잡아먹으면 이 어르신님은 이 개천에서 제대로 룡이 되어 승천한 뒤 룡이 된다.≫

아무런 준비 없던 최포수는 너무도 놀라 엉겁결에 옆구리에 찼던 칼을 쑥 뽑아들고 반격할 태세를 갖추었습니다.

≪고약한 놈아, 알고보니 네놈은 천추에 용서 못할 놈이였구나. 내가 오늘

불쌍하게 죽은 여러 사람들의 원쑤를 갚을테다. 순순히 항복하거라.≫

≪뭐 네놈한테 순순히 항복하라구. 버릇없이 맹탕 을러메지 말고 고스란히 나한테 먹혀라. 이 근방에로 찾아온 놈들치고 여직 나의 손아귀에서 살아난 놈은 한놈도 없는거다. 네놈도 역시 례외가 아님을 말해준다.≫

흑룡은 주위의 아름드리나무를 마구 끊어놓으며 세찬 기세로 날뛰였습니다.

최포수는 조금도 겁내지 않고 몸을 솟구쳤다간 피해가며 불시에 공격을 들이댔는데 흑룡과 최포수의 싸움은 아주 격렬하였습니다. 흑룡은 최포수가 넋을 잃고 옴짝달싹 못하게 하려고 쏴— 쏴— 바람을 마구 일쿠고 한아름 되는 굵직한 꼬리로 땅을 마구 내리치며 갖은 수단을 다 부려댔습니다.

≪네놈이 룡왕으로 되려는 것은 어림도 없는 망상이다. 악착한 너한테 똑똑히 말해주마. 이 최씨는 종래로 남한테 랑패를 본적이 없었은즉 네놈이 기어코 나를 삼키려 하니 나도 너와 생사결판을 낼테다.≫

최포수는 불호령을 내렸습니다.

≪으하하, 하룻강아지가 범 무서운줄 모른다고 이놈, 네가 호랑이의 넋을 가졌느냐? 아니면 표범의 담을 먹었느냐? 내가 백여년 살아왔지만 담대한 네같은 놈은 처음 본다. 암만 호령질해도 겁나할 내가 아니다. 부질없는 생각 말고 이 어르신님의 맛좋은 반찬이 되거라.≫ 흑룡은 꿀꺽 침을 삼켰습니다.

최포수는 원체 힘이 세기로 꼬리 없는 둥글소라 소문이 있었습니다. 여느 포수 같으면 천지간에 갖은 조화를 부리는 흑룡한테 진작 늪속에 끌리여들어가 반찬이 되었으련만 그는 끝까지 싸워 흑룡의 대가리를 떼내려 했습니다. 하지만 그냥 흑룡과 맞붙어 싸운다는것도 안될 법이라, 게다가 초모자를 쓴 명궁수 리포수의 화살에 왼팔을 상한 상처까지 있다보니 그만 힘이 점점 세여가는 흑룡한테 덥석 팔을 잡히고 말았습니다.

≪그래도 그냥 버텨볼테냐? 엉?!≫

최포수의 팔을 잡은 흑룡은 한사코 늪속으로 끌고 갔습니다. 최포수는 늪속으로 끌려들어가지 않으려고 두 발을 단단히 버티여 서다보니 땅은 깊숙이 패여들어갔습니다. 이런 관건적인 시각에 리포수가 달려와 도와 살려준다면 얼마나 고마울가. 하지만 천하 괘씸한 그 리포수놈은 이런 봉변을 당할 줄 알고 진귀한 사슴뿔이 욕심나 혼자 채가지고 갔구나. 다시 만나면 가만두지 않으련다. 아, 이젠 이놈한테 영낙없이 죽었구나. 최포수는 깊숙한 늪까지 끌려가 버티고 선채 두 눈을 감고 죽음을 기다렸습니다.

바로 이 아슬아슬한 찰나, 어디선가 고함소리가 찌렁찌렁 울려왔습니다.

≪이놈아, 이내 화살을 받아라 !≫

화살은 어느새 흑룡의 심장에 가 면바로 들이박혔습니다.

원래는 남쪽으로 나갔던 명궁수 리포수가 달려와 화살을 쏜것이였습니다. 리포수는 이 고장의 사람도 아니였으니 퐁퐁 솟는 샘물 곁에 미끼를 놓은것도 아니였습니다. 그도 최포수처럼 소문을 듣고 여기로 사냥을 왔다가 미끼를 먹고있는 사슴을 잡으려던중 최포수가 먼저 사슴을 잡으니 자기가 놓은 미끼라고 짐짓 꾸민것이였습니다. 그는 여기로 돌아오는 길을 외끼다보니 이리저리 찾아다니던중 최포수와 흑룡이 싸우는 것을 발견한것이였습니다.

≪우왕— 우왕≫

생각밖에 리포수가 쏜 화살에 정통을 맞은 흑룡은 주위의 산이 쪼개질 듯된 고함을 질렀습니다. 진붉은 선지피를 늪가에 마구 토하던 흑룡은 최포수를 내버리고 명궁수 리포수를 옆구리에 끼고 산꼭대기를 향해 쏜살같이 날아갔습니다.

그제야 제 정신이 든 최포수는 황급히 칼을 찾아들고 초모자를 쓴 리포수를 구하려고 산꼭대기로 달려가며 웨쳤습니다.

≪초모자 쓴 리형 ! 초모자 쓴 리형 !≫

최포수가 나는 듯이 흑룡의 뒤를 따라 산꼭대기까지 달려가 보니 리포수가 쓰고 다니던 초모자만 댕그라니 산꼭대기에 남아있을뿐 그 흑룡이 리포수를 끼고 어디로 갔는지 찾을수 없었습니다.

≪리형, 제가 그만 리형을 나무람했어요. 지금은 어디에 계시는지 살려준 은혜를 갚을길 없구려. 초모자를 쓴 리형, 이 아우가 찾고있으니 제발 대답해주어요 !≫

최포수는 초모자만 놓고 애절하게 울고 울었는데 시간이 얼마나 흘러갔는지 리포수는 영영 나타나지 않고 그가 떨구고 간 초모자는 그만 산봉우리로 변했습니다. 잇달아 리포수를 기다리며 통곡하던 최포수도 그만 앉은채 바위로 변하였습니다.

그 뒤 이 늪 주위의 삼림에서 사람이 잃어지는 일이 없게 되였습니다. 가근방 사람들은 최포수와 리포수의 미덕을 대대로 전해오면서 초모자처럼 생겨난 이 산을 초모자산이라 부르고 산 아래기슭에 오붓하게 들어앉은 마을을 초모정자라 부르게 되였습니다.

방장룡 구술
한정춘 정리

금 당

살기 좋은 경신벌 우뚝 솟은 삼각산아래 여러가지 풀들이 무성하게 자라난 큰 늪이 있는데 이 늪가에 앉은 아담한 마을을 사람들은 금당이라고 부릅니다. 이 마을을 금당이라고 부르는데는 이런 유래가 있습니다.

때는 바로 고려왕조를 뒤집어엎은 리성계가 리씨조선의 국왕보좌에 앉은지 몇해 안되는 어느해 여름이였습니다.

리성계의 신변에서 애지중지 특별한 총애를 받으며 살아오던 신덕황후 강현비가 급작스레 ≪적귀다！내 몸에 적귀가 붙었다！≫라고 잡소리를 치며 앓아눕게 되였습니다.

이에 급해맞은 리성계는 조선 팔도에서 한다 하는 명의들을 급급히 궐내에 불러들여 현비의 병을 진맥해보았고 유명하다는 점쟁이도 수없이 청해다 점을 쳐보았습니다. 그리고 또 사처에 사람을 띄워 령험하다는 무당한테서 굿을 해보며 부산을 피웠지만 웬일인지 강현비의 병은 전혀 호전을 가져올 줄 몰랐습니다.

≪이걸 어쩌뇨, 짐은 누구를 노엽힌적 없는데 어이하여 궐내 적귀가 살판치는고！하늘도 무심쿠나！≫

리성계는 아침 조회하러 나온 여러 대신들 앞에서 가슴을 치며 개탄하기를 마지않았습니다.

하건만 궐내의 만조백관들은 서로서로 얼굴만 빤히 쳐다보며 용빼는 재간이 없어 손에는 진땀만 쥘뿐이였습니다.

련며칠 고민하던 리성계는 룡상에 앉아 여러 대신들을 불렀습니다.

≪아무리 생각해도 궐내에 잠입한 적귀가 인차 물러갈 조짐은 전혀 안보

이니 경들은 각지에 있는 명산대찰에 사람들을 급히 보내여 산신과 토지신께 사흘씩 기도를 드리도록 하라. 그리고 대찰과 각 절에 있는 여러 부처님령전에도 제를 올리도록 하라.≫

≪예이, 소신들은 령지를 쫓겠나이다.≫

강현비의 병을 치료하기 위해 전국 각지의 대찰과 절마다에는 기도를 드리는 사람, 부처님한테 향촉을 태우며 제를 올리는 사람들로 떠들썩하였습니다.

≪상감께 아뢰옵나이다. 소신은 저 동쪽에 있는 월명사로 찾아가 공손히 제를 올려 명복을 빌었나이다.≫ 월명산에 있는 월명사로 보낸 재상이 리성계앞에 읍하며 나선것이였습니다.

≪경은 그 무슨 좋은 방책을 가지고 왔는가, 좀 속시원히 말하게나.≫ 리성계는 다행을 바라는 빛을 띠고 물었습니다.

≪월명사의 늙은 스님은 소신이 향촉을 태워 보살님께 제를 올리는걸 보더니 연고를 물었나이다. 하여 소신은 황후님의 병상황을 여쭈었더니 늙은 스님이 말씀하기를 저 두만강 동쪽에 있는 상감님의 조상산에 길이 났다고 하지 않겠나이까. 혹시 그 늙은 스님의 가르침이 병구완에 얼마라도 도움이 되겠는지요?≫ 그 재상은 들은 그대로 리성계앞에 터놓았습니다.

≪아차！내가 어째서 그런걸 잊었는고…≫

구명은인이나 만난 듯이 리성계의 낯에는 흐뭇한 기색이 돌았습니다.

이튿날 리성계는 하인을 시켜 길이가 둬발 되는 아주 무거운 물건을 몇몇 재상한테 주었습니다.

≪경들은 이것을 나의 조상산 근처의 땅속에 세워서 묻으라.≫

몇몇 재상들과 수종들은 명주필로 단단히 감고 감아 싼 무거운 것을 가지고 리성계의 조상묘지로 떠났지만 누구도 무거운 그것이 무엇인지 알바 없었습니다.

리성계의 선조들은 오래전부터 두만강 하류 동쪽에 있는 사위에 병풍처럼 산이 둘러진 벌에서 부유하게 살아오며 지형을 보고 삼각산 아래 높직한 등성이에 묘지를 썼습니다. 그런데 살기 좋은 이 벌판에 늘 왜적이 달려들어 마음대로 빼앗고 사람들을 죽이며 끊임없이 큰 소란을 피우는통에 리성계의 선조들은 이곳에서 편안히 살수 없는지라 묘지를 지키는 묘지기만 남겨두고 일가식솔을 거느린채 고향을 떠나 정처없이 다니다가 영흥으로 이사하여 터를 잡았습니다. 리성계는 어렸을 때 가친한테서 이런 이야기를 들었고 또 조상산을 쓴 벌은 살기가 여간만 좋은 고장이 아니라는것까지 알고있는지라 강현비가 병이 나아지면 그는 조상산 곁에 대찰을 짓고 또 넓은 벌에 큰 고을을 앉히려는데서 세모난 금붙이를 보내서 땅속에 묻어두게 한것이였습니다.

며칠이 지난 뒤 조상묘지에로 제를 올리러 갔던 사신들은 세모난 쇠붙이를 묻고 돌아왔습니다.

≪상감님께 아뢰나이다. 소인들이 살기 좋은 그 벌을 돌아보니 동쪽켠 신선산에는 백학이 자유로이 날아예며 노닐었고 아홉 개의 큰 늪마다에는 가지가지 고기떼가 무리를 지어 욱실거리였고 물기를 머금은 아름다운 련꽃이 만발하였습니다. 또 아홉 개의 늪은 서로 이어져 아흔아홉굽이를 에돌아 두만강에로 흘러드니 그야말로 하늘아래 선경은 예인줄로 아나이다.≫ 대신들은 본 것을 자랑스럽게 터놓았습니다.

≪아름다운 고장이라 큰 늪이 아홉 개인데다 굽이까지 아흔아홉굽이가 실로 한굽이가 더 있었더라면 서상의 만사가 척척 풀릴터인데 한굽이가 모자라니 과연 애석한 일이로다.≫ 라고 리성계는 탄식하였습니다.

리성계는 점점 더해가는 강현비 병을 두고 날마다 고민하다보니 더는 큰 고을을 세울 일을 념두에 두지 않았습니다.

그 뒤 이 고장이 살기 좋다는 소문을 들은 월명사의 한 중은 주지 몰래 여기로 찾아와 수려한 경치를 살펴보았습니다.

≪과연 듣던바와 같이 절을 세울 명당자리로구나 !≫ 라고 칭찬하던 중은 여기에다 터를 닦고 절을 짓기 시작하였습니다.

그런데 웬 일인지 중이 닦아온 터에다 기둥 여섯 개를 세우고 밤을 자고 나면 기둥이 오간데 없이 사라지군 하여 도저히 절을 세울수가 없었습니다.

(과시 정터가 살이 세군.)

하여 중은 바삐 산신제와 토지신제를 지냈지만 전혀 소용이 없었습니다.

≪하늘의 뜻이 이럴진대 일개 소승으로서는 어쩔수가 없구나.≫라고 한탄하고난 중은 어디론가 자취를 감추었습니다.

그후 어느해인가 이 고장에 풍수를 볼줄 아는 한 령감이 나타났습니다.

≪아뿔사, 진귀한 보물이 여직껏 여기에 묻힌채로 있다니 !≫

높은 둔덕에서 벌판을 세심하게 살펴보던 풍수로인은 갑자기 무릎을 탁 치면서 웨쳤습니다.

≪로인님, 진귀한 보물이라니 웬 보물인가유? 말씀 좀 해줄수 없나유?≫

≪로인님, 우리도 보물을 시원히 구경할수 있도록 보물이 묻힌 자리를 가리켜주시우다.≫

옆에 선 사람들은 저마다 호기심을 품고 풍수로인한테 제나름으로 청을 들이댔습니다.

≪그걸 알아선 무얼 하노. 저기 묻혀있는 보물은 일반 보물이 아닐세.≫

풍수로인은 살래살래 머리만 저을뿐 아래말을 더 잇지 않았습니다.

≪후세사람들을 생각해서라도 로인님께선 좀 생각해보십시유.≫

여러 사람들은 느닷없이 청을 들였습니다.

갑자기 풍수로인은 사람들의 간곡한 청에 못이겨 ≪후유—≫ 하고 한숨 쉬더니 무겁게 입을 열었습니다.

≪정 그렇다면 말해주지유. 저 근방에 자기가 잔잔히 돌고있는데다 빛까지 환한 그 보물은 다름아니라 누가 묻어놓은 작은 금탑인데 그 금탑이 빛을 낸거네.≫

≪네?! 자그마한 금탑이 묻혔다구요?≫

사람들은 풍수로인의 말에 저마다 두 눈이 휘둥그래졌습니다.

≪자네들은 못믿겠단 말인가?≫

≪아니, 아니, 못믿겠다는 말이 아닙니다. 너무나 굉장한 보물이 여기에 묻혀있다니 희귀해서입니다.≫

≪하긴 대단히 희귀한 보물이지. 먼 옛적부터 나라의 왕들은 도읍을 정하거나 큰 고을을 앉일 때 꼭 보물을 땅속에 묻었다네. 그러니 여기에 묻힌 금탑도 분명 어느 왕이 묻어놓은걸세.≫

풍수로인은 조리있게 해석을 하였습니다.

≪우리가 그 보물을 파낼수 없을가유? 묻힌 자리를 대강 알려주십시오.≫

사람들은 또 청을 들었습니다.

≪어… 어… 에쿠 !≫

풍수로인은 갑자기 입에 흰 거품을 물고 손으로 북쪽 삼각산 아래를 가리키더니 뒤로 벌렁 넘어졌습니다.

≪로인님, 이게 웬 일입니까. 로인님, 좀 정신을 차리세요. 로인님…≫

여기저기서 풍수로인을 불렀지만 그는 끝내 눈을 뜨지 못한채 영영 저세상으로 가고말았습니다. 그제야 사람들은 풍수로인이 처음에 왜서 알려주지 않으려 했는가를 똑똑히 알게 되였습니다.

≪로인님, 죄송합니다. 부디 고이 잠드십시오.≫ 사람들은 풍수로인이 가리킨 산기슭에 그를 묻고 애절하게 울면서 제사를 지내주었습니다.

삼각산아래 벌판에 금탑이 묻혔다는것을 알게 된 사람들은 서로 먼저 금탑을 파내여 천하에 손꼽히는 대부자가 되여보자고 여기저기 땅을 파기 시작하였습니다. 낑낑거리며 땅을 깊게 파보는 사람도 있었고 넓게 파보는 사람도 있었으며 물도랑처럼 길게 파보는 사람도 있었습니다. 처음에는 풍수로인처럼 살을 맞아 죽을가봐 남몰래 밤에만 가만가만 땅을 파던 것이 차차 너도나도 대낮에 도담하게 제나름으로 땅을 팠습니다. 그런데 금탑에 대체 어디에 묻혔는지 어느 누구도 파내지 못하였습니다. 이통에 평지는 여러 사람들한테 패워 늪과 이어지게 되였습니다. 하지만 여느 늪보다 얕기에 가지가지 풀이 무성하여 붕어, 잉어, 미꾸라지 등 여러 가지 물고기가 자라게 되였습니다.

≪이럴바 하고는 우리 모두 이곳에서 살며 이곳저곳 파보노라면 금탑이 꼭 나지겠지유.≫ 년세가 지숙한 분이 여러 사람들 앞에 척 나서면서 말했습니다.

≪좋은 생각입니다. 그렇게 합시다.≫ 땅을 파던 사람들은 모두 찬동해나섰습니다.

≪하지만 한가지만은 알아두어야지유. 말하자면 어느 누가 먼저 금탑을

파내든지 혼자 가지지 말아야 합니다. 여럿이 똑같이 나눠가져야 합니다. 왜냐 하면 큰 보물이란 혼자 가지면 후환거리가 될거구 또 못 파낸 사람들도 함께 여기에 와 아득바득 애를 쓴것이니 어느 누가 혼자 가지면 시비가 맞지 않기유.≫

≪그 말씀이 매우 지당합니다.≫ 여러 사람들은 이구동성으로 대답했습니다.

그때로부터 삼각산아래 새로 생겨난 늪 곁에는 아담한 마을이 앉게 되였고 합심하여 금탑을 찾으려는 사람들은 서로서로 도와주면서 화목한 살림을 꾸려갔습니다.

하여 이 마을 사람들은 금탑을 꼭 파내려는데서 새로 앉은 마을을 금탑이라 부르다가 후에는 금당이라 부르게 되였다고 합니다.

최기환 구술
한정춘 정리

관 문

훈춘시 영나촌에서 두만강으로 흘러드는 개울물을 거슬러 10여리쯤 올라가노라면 기이하게 생긴 산아래 단란히 모여사는 마을이 있는데 그곳을 관문이라 부릅니다. 사람들이 그곳을 관문이라 부르는데는 흥미진진한 이야기가 깃들어있습니다.

이 마을 뒤산을 관령이라 불렀습니다. 인삼과 여러가지 귀중한 약초가 흔하고 가지가지 진귀한 짐승이 욱실거리던 먼 옛날, 관령 너머엔 한 마을이 있었습니다.

이 마을 사람들은 해마다 부지런히 농사를 짓는 한편 늘 나누어 먹었으며 약초를 캐여도 병을 떼도록 서로 주고받으며 화목하게 살아갔습니다. 그런데 마을에서 얼마쯤 떨어진 고을에 욕심이 굴뚝같은 원님이 있었는데 그는 고을 백성들한테서 조세를 엄청나게 받아들이는외 이 마을사람들한테서는 진귀한 산짐승과 귀중한 약재를 관가에 더 바쳐야 한다고 규정했습니다. 원님이 내린 엄령이라 그 누군들 감히 거역한단 말입니까. 관가의 원님과 아전들은 편안히 앉아있어도 산해진미로 배를 두드리며 살아갔지만 이 마을의 사람들은 이로 인하여 해마다 살림이 더 구차해만 갔습니다.

어느해인가 이 마을사람들은 사냥물이나 귀중한 약재를 관가에 바치지 않았다 하여 원님은 노발대발하였습니다.

≪게 있느냐? 마을에 나가 몇놈을 잡아들이지 않고 무엇들 하고있는거냐, 얼?!≫ 원님은 아전을 불러 호령을 내렸습니다.

≪예이, 분부대로 곧 행하겠나이다.≫

원님앞에서 물러나온 아전들은 개무리처럼 마을에 달려들어 사람들을 붙잡아들였는데 거기에는 홍선달도 있었습니다.

≪이놈들아, 네놈들이 지은 죄를 아느냐? 모르느냐? 올해에는 왜서 귀중한 공물을 바치려 하지 않느냐 !≫

험상궂게 생긴 원님은 이렇게 을러메였습니다.

≪예이, 알고있사옵니다. 그런데 저 관령에 큰 괴물이 나타나 길목을 지키는 통에 몇사람이 그곳으로 갔다가 하마트면 목숨을 잃을번 했나이다. 하여 저희들은 감히 관령너머로 갈수 없어서 여직것 공물을 바치지 못했나이다.≫

붙잡혀온 사람들은 원님앞에 꿇어앉아 사연을 말했습니다.

≪무슨 괴물이 나타났다고 헛소리를 줴치는거냐 ! 게, 있느냐? 우선 이놈들한테 곤장 스무개씩 안기고 옥에 가두어라 ! 며칠후 정배살이 보낼테다.≫

≪원님, 저희들 말은 실말이옵니다. 믿지 못하겠으면 원님께서 관령에 사람을 보내여 알아보시옵소서.≫

앞에 나선 홍선달이 청을 들었습니다.

≪뭘? 관령에 사람을 보내라고? 이놈 그냥 엇설테냐?≫

워낙 당나귀처럼 옹고집인 원님은 마을사람들과 홍선달의 청을 들을리 만무하였습니다. 하여 붙잡혀온 사람들은 애매하게 스무곤장씩 맞고 옥에 갇히게 되였습니다. 소문을 들은 마을사람들은 제발 정배살이를 보내지 말라고 저마다 관가에 찾아와 빌었는데 그속에는 여라문살 되여보이는 한 소년이 있었습니다.

≪저는 홍선달의 아들이온데 원님을 찾아 뵙고 긴히 올릴 말이 있사오니 만나게 해주십시오.≫

≪쬐꼬만 놈이 원님을 만나겠다고?! 이놈아, 우리 원님은 너를 만날 사이가 없으니 썩 물러가지 못할가?≫

문지기가 소년을 막아섰습니다.

하지만 담대한 소년은 물러가지 않고 계속 청을 들었습니다.

≪이놈아, 그래 물러갈테냐, 아니면 그냥 예서 소란을 피울테냐? 어디 단단히 매맛을 봐야 알가부다.≫

소년이 하도 검질기게 달라붙는지라 문지기는 눈을 부라렸습니다.

≪어르신님, 제가 원님한테서 후한 상을 받을지도 모르니 그때에는 어르신님의 은혜를 잊지 않겠나이다.≫

소년은 머리를 써 문지기를 구슬렸습니다.

≪그럼 좀 기다려라. 내 들어가 전하고 올테니.≫

이윽고 안에 들어갔던 문지기가 돌아나왔습니다.

≪들어가거라, 원님이 계신다.≫

≪예이, 고맙나이다.≫

깍듯이 례를 올린 소년은 태연한 자세로 원님앞으로 다가갔습니다.

≪원님께 아뢰옵나이다. 소인은 홍씨 아들 쇄지라고 부르옵니다. 요즈음 모두들 말하기를 관령을 넘나드는 길대목에 전에 없던 무서운 괴물이 나타나 지나다니는 사람들을 해친다고 하오니 소인은 그 괴물을 잡아치울가 하나이다. 제발 옥에 가두어넣은 사람들을 정배살이 보내지 말고 내보내주시면 고맙겠나이다.≫

≪죄꼬만 놈이 뭐 괴물을 잡아치우겠다고? 으하하, 실로 소웃다가 꾸레미 터질 일이로다.≫

너무도 어이없다는데서 원님은 앙천대소를 하였습니다.

≪모두들 원님을 당당한 나리님이라고 떠받들더니 막상 만나고보니 듣던 바와는 좀 다르군요.≫

쇄지는 일부러 비꼬아 말했습니다.

≪괴물을 잡기는커녕 되려 그놈한테 먹히지나 말아라. 어른들도 겁나서 나서지 못하는데 네가 어찌 잡는다더냐?! 괴물을 잡으면 사람들을 내놓을뿐더러 공물도 바치지 않게 하겠지만 만약 괴물을 못 잡으면 대관절 어쩔테냐?≫

≪그 어떤 벌이라도 달게 받겠사오니 원님께선 오늘 옥에 갇힌 사람들을 놓아주시길 바라옵나이다.≫

≪옥에 갇힌 사람들을 돌려보내라 !≫

원님은 전에 없던 은정을 베풀었습니다.

관가에서 물러난 쇄지는 곧추 관령을 갔습니다.

≪너희들 다섯은 저놈의 뒤를 몰래 따라가서 기회를 엿보았다가 괴물이 저놈을 잡아먹게 되면 합심하여 그 괴물을 죽여라. 그래야만 공물을 받게 되느니라.≫

령을 받은 다섯 아전은 부지런히 쇄지의 뒤를 따라 관령으로 갔습니다.

≪으하하, 웬 놈이 턱밑에서 꼼지락거리느냐 !≫

갑자기 바람이 휘—익 몰아치더니 거무칙칙한 괴물이 나타났습니다.

(아차 이젠 령락없이 죽었구나. 어쩐다, 범한테 물려가도 정신을 차려야지.)

≪신령어르신님, 안녕하시나이까? 제가 큰놈 몇을 여기로 데려왔소이다.≫

쇄지는 피뜩 좋은 말로 둘러댔습니다.

≪큰놈이고 작은놈이고 언녕 보았다.≫

≪뿌드득— 짜장≫하는 소리가 울리더니 괴물이 아름드리 나무를 송두리채 뽑아 쇄지와 아전한테 뿌렸습니다. 아무런 영문도 모르고 몰래 쇄지 뒤를 밟아온 아전놈들은 불의의 봉변을 받아 모두 황천객이 되고 말았습니다.

어느덧 날이 어두워졌습니다. 쇄지가 정신을 차리고 보니 하늘에는 뭇별들이 깜박거리며 내려다볼뿐 사위는 괴괴하였습니다. (아니 생시인가 꿈인가, 내가 정녕 죽지 않고 살았단말인가?) 쇄지는 몸을 뒤척이다가 간신히 일어났습니다. 무엇인가 어슬렁어슬렁 바위곁에 다가가더니 바위를 한쪽으로 미는것이 보였습니다. 분명 낮에 본 괴물이 틀림없는데 대관절 뭘 하고있는걸가? 쇄지는 살금살금 따라가 보았습니다. 찌그덕 소리가 나더니 괴물은 바위를 한켠에 밀어놓고 꿀꺽꿀꺽 무엇을 마시고있었습니다. 아마도 샘물을 마시는것 같았습니다. 옳지 목이 말라죽겠는데 잘됐구나. 한참후 샘물을 마신 그 괴물은 바위를 당겨 샘물을 덮고는 터벅터벅 걸어가는것이였습니다. 쇄지는 그의 뒤를 따라가 보았습니다. 어느새 벌렁 드러누워 코를 골며 자는 그 괴물은 백년 묵은 큰 곰이였습니다.

쇄지는 다급히 백년 묵은 곰이 마시던 샘물을 마시려고 바위를 힘껏 밀었지만 몇천근도 더 되는 바위는 끄떡하지도 않았습니다. 별빛을 빌어 찬찬히 살펴보니 바위굽에 은가락지만한 구멍이 나있는것이 어슴푸레 보였습니다.

옳지, 쇄지는 속이 텅빈 풀대를 꺾어 바위구멍에 밀어넣고 입으로 힘껏 들이 빨았습니다. 참말 시원하고 난생 마셔본적이 없는 달콤한 샘물이였습니다. 진작 배가 출출했던지라 그는 배부를 때까지 실컷 마셨습니다. 그랬더니 과연 힘이 막 솟구치는것이였습니다. 알고보니 백년 묵은 곰도 이 샘물을 마셨기에 괴물처럼 날래고 힘이 셌던것입니다.

쇄지는 련며칠 샘물을 마셨더니 이젠 날듯이 힘이 마구 솟구치는지라 빨대도 쓰지 않고 한손으로 바위를 밀어젖히고 샘물을 마실수 있었습니다.

≪늙다리 곰아, 당장 앞에 나서라 ! 오늘 너와 생사결판을 낼테다.≫

쇄지의 호령소리는 쩡쩡 산에 메아리쳤습니다.

≪웬놈이 함부로 호통질을 하느냐?!≫

≪휘—익≫ 돌개바람과 함께 나타난 백년 묵은 곰은 쇄지를 한입에 삼키려고 악을 쓰며 달려들었습니다. 쇄지와 백년 묵은 곰은 서로 부둥켜안고 마구 뒹굴었습니다. 쇄지는 못 이기는척 이리저리 몸을 살살 피하며 백년 묵은 곰을 골려주었습니다. 밸이 날대로 난 곰은 씩씩거리며 나무에 부딪치면 나무를 송두리채 뽑아버리고 바위에 앞길이 막히면 바위를 들부시려고 날뛰였습니다. 이렇게 련속 사흘동안 쇄지는 곰이 맥을 빼도록 유인해가며 싸웠습니다. 쇄지는 쉬면서 샘물을 마시고나서는 또 싸웠지만 밸이 잔득 난 곰은 쇄지만 지켜보며 샘물도 마시지 않았기에 힘이 점점 약해갔습니다. 곰이 헛발질한 기회를 타서 쇄지는 마침내 큰 바위돌을 건뜩 들어 그놈을 내리쳤습니다. 백년 묵은 곰은 그만 사지를 뻗어버리고 죽었습니다.

쇄지가 흐뭇한 마음으로 터벅터벅 집으로 돌아오니 생각밖에도 아버지와 잡혀갔던 마을사람들이 먼곳으로 정배살이를 가고 없었습니다. 워낙 원님은 쇄지의 요구대로 사람들을 돌려보내주마 하고는 쇄지가 떠나가자 인차 정배살이를 보냈던것입니다. 쇄지는 가슴속에 복수의 불길이 치솟아 이가 뿌드득 갈렸습니다.

≪간악한 놈들아, 몽둥이맛을 봐라 !≫

쇄지는 몽둥이를 휘둘러 문지기를 때려눕힌 뒤 원님의 멱살을 거머쥐고 빙 돌다가 힘껏 내동댕이쳤습니다. 그러자 원님의 골이 벽에 맞아 묵사발이 되었습니다.

≪관가를 모반한 쌍놈을 잡아라 !≫

칼과 창을 든 아전과 졸개들이 벌둥지가 터진 듯 쇄지를 잡으려고 몰려들었습니다. 자기한테 불리함을 느낀 쇄지는 몸을 빼여 곧추 관령으로 달아났습니다.

≪이놈아, 어디로 달아날테냐? 고스란히 순종하라 !≫

관령까지 뒤쫓아온 아전과 졸개들이 쇄지를 붙잡겠다고 개무리처럼 몰려들자 쇄지는 집채같은 바위돌을 들어 뿌렸습니다.

≪꽈르릉 !≫ 하늘이 무너지고 땅이 박산나는듯한 요란한 소리가 울리더니 아전과 졸개들이 오간데 없어졌습니다. 따라서 관령도 량쪽으로 쩍 갈라져 훤히 문이 열렸는데 그 가운데로 맑은 샘물이 개천을 이루어 두만강에로 흘러들었습니다.

그 뒤 사람들은 용감한 쇄지의 이야기를 전해오면서 관령을 관문이라 고쳐 불렀고 관문어귀에 모여앉은 마을도 그 이름을 본따서 관문주자 혹은 관문이라고 부르게 되였답니다.

리석송 구술
한정춘 정리

팔과수

훈춘에서 동쪽으로 몇리쯤 떨어진 곳에 일곱그루의 고목을 둘러싸고 다정히 모여사는 부락이 있는데 팔과수라고 부른답니다.

지금부터 칠백여년 이전에 여기는 지금처럼 큰 부락이 아니였습니다. 그렇다보니 늘 다른 부락 도적무리들이 이 부락을 업신여기고 수시로 달려들어 돼지나 소를 마구 끌어갔고 심지어는 남자들을 죽이고 과부나 고운 녀자까지 강제로 마구 빼앗아갔습니다. 이리하여 이런 도적무리의 침해를 받은 이 부락 사람들은 부득불 제 살길을 찾아 사처에로 떠나가는통에 부락은 점점 스산해지기 시작했습니다.

(이러다간 우리 부락은 도적무리한테 죄다 망하고 말 것이다. 가만있지 말고 속히 대책을 대자.)

어렇게 맘먹은 부락장은 어느날 여덟 아들을 불러다 앉혔습니다.

≪애들아, 너희들한테 좋은 밭과 마소를 나눠주려 한다. 어떻게 나누면 제일 공평하겠느냐? 저마다 생각되는바를 내앞에 터놓아라.≫

≪아버님, 제 생각에는 집에서 맏이인 제가 응당 동생들보다 우선적으로 좋은 밭과 마소를 가져야 합니다.≫

이렇게 되자 넷째, 일곱째까지도 서로 제가 더 가져야 한다고 하고 여덟째도 여느 형님들한테 양보하려 하지 않았습니다.

≪저는 여러 형님들의 말을 들어봤습니다. 하지만 저는 이 집에서 제일 작은 여덟째이니 응당 형님들 먼저 좋은 밭과 마소를 가져야지요.≫

여덟 형제가 서로 추호의 양보란 없이 제배만 채우려고 옥신각신 다투는 통에 부락장은 이 일을 아퀴지을수 없었습니다.

≪애들아, 이렇게 다툴 일이 아니다. 너희들은 이 애비의 말을 똑똑히 듣거라. 래일아침 뒤마당에 가서 저마다 비술나무 묘목을 한그루씩 가지고 저 둔덕에 심어놓고 가꾸어라. 누가 심은 나무가 제일 잘 자라는가 서로 비겨보자꾸나. 누구것이 제일 크고 잘 자라면 걔한테 밭과 마소를 우선 상으로 줄테다.≫

부락장은 누가 옳다 그르다 시비를 가르지 않고 이런 분부만 내렸습니다.

이튿날 아들 여덟 형제는 아버지의 분부대로 한곳에 가지런히 비술나무를 심었습니다. 김을 매는 철에는 알뜰하게 김매주었고 가물 때면 먼 곳에 가서 물까지 길어다주며 서로 다투어 제가 심은 나무를 알뜰살뜰 보살폈습니다.

이렇게 아들 여덟 형제가 나무를 가꾸며 나무를 가꾸며 키우노라니 어느덧 몇해가 언뜻 흘러갔습니다. 부락장은 예전에 아들앞에서 말해둔대로 어느 아들이 심은 나무가 제일 크고 건실하게 자랐느냐 돌아보았습니다.

실하기나 크기나 여덟그루의 비술나무들은 별로 차이가 없이 어슷비슷하였는데 아주 보기 좋았습니다.

(음, 자란 나무를 보니 걔들의 게으른 버릇이 기본상 떨어졌군.)

부락장은 못내 웃음집이 흔들흔들해났습니다.

이날 저녁 부락장은 큰 돼지와 소를 잡고 맛좋은 술을 갖추어 온 부락사람들을 여덟그루의 나무밑에 청해놓고 희한한 잔치를 베풀었습니다. 권커니 작커니 술이 몇순배 돈 뒤 부락장은 여러 사람들앞에 나섰습니다.

≪여러분, 우리는 자기 고향집과 땅을 잘 지키고 부모형제자매들을 잘 보호해야 하겠습니다. 이후 타부락 도적무리가 고향에 달려드는것을 막기 위해 첫나무우에 종을 걸어놓았는데 자, 잘 보십시오. 만약 누구네 집에 도적놈들이 뛰여들면 급히 사람을 띄워 종을 치십시오. 종소리를 듣고 여러분들은 칼과 몽둥이 같은것을 들고 나와 뛰여든 도적무리를 료정내야 합니다. 부락장인 제가 부락을 지켜내는데 공로 있는 사람에게 상으로 좋은 밭을 주겠은즉 누구든 도적무리를 못본척 내버려두어서는 안됩니다.≫

≪부락장어른의 분부대로 어김없이 행하지요.≫ 모두들 찬동해나섰습니다.

저녁 늦게까지 벌어진 잔치놀이가 끝난 뒤 집에 돌아온 부락장은 여덟 아들을 모아놓고 말했습니다.

≪애들아, 내가 부락장으로 추대된지 몇해 되지 않느냐. 너희들도 보다싶이 부락이 스산하고 날따라 민심이 혼란한 이때 너희들한테 마소와 재산을 나눠준대도 아무때건 타부락 도적무리들한테 빼앗길수 있다. 그러니 오늘 너희들이 온갖 정성을 넣어 키운 나무아래서 홍성하게 잔치를 베푼 것은 너희들이 우리 부락을 위해 성수를 심어 키운 공로를 축하함이고 또 너희 아버지를 도와 부락민심이 온정되게 게으름 없이 힘쓰자는것이다.≫

부락장은 아들들을 번갈아 봤지만 모두 귀담아 듣고있었습니다.

≪비록 나무 여덟그루로는 누구의 공적이 더 큰가를 가려볼수는 없지만 호시탐탐 우리네 부락을 노려보고 수시로 달려드는 도적놈들을 치고 제 부락의 땅을 잘 가꾸는가 하는데 든 노력의 크기는 꼭 보아질것이니 그때엔 이 애비가 말한대로 후한 상을 내릴 것이다.≫

부락장의 이야기를 듣고난 뒤 여덟 형제들은 모든 것을 깨닫게 되였습니다.

≪아버님의 분부대로 처사하겠습니다.≫

맏아들이 말했습니다.

≪저희들도 이젠 리치를 터득했으니 부락사람들과 함께 남의 부락한테 업심을 당하지 않도록 힘을 쓰겠습니다.≫

여러 아들들도 이구동성으로 대답했습니다.

≪참 나의 아들답구나 !≫

그 뒤 부락장에 여덟 형제는 모든 일에서 게으름을 부리지 않았는데 맏이와 둘째는 칼쓰기를 련마했고 셋째와 넷째는 말타고 활쏘기를 배었으며 다섯째와 여섯째는 몽치 쓰기, 일곱째와 여덟째는 돌팔매질을 익히기에 여념이 없었습니다.

이들 여덟 형제가 밭일을 하는 외에 여러가지 재간을 익히는것은 다름아니라 타부락 도적무리속에는 칼쓰기와 창쓰기재간이 출중한 놈이 있기때문에 이런 놈들을 당해내자면 여러가지 재간이 있어야했기때문입니다. 바로 몇해전 한무리의 도적놈들은 유부녀를 마구 빼앗아갔지만 누구도 감히 나서지 못했는데 전임 부락장이 나서서 리치를 따지다가 도리여 도적두목의 손에 죽었던것입니다.

어느날 보리저녁때가 되었습니다.

≪땡, 땡, 땡≫

≪도적놈들이 왔어요 ! 사람 살려요 !≫

부락에서 급작스레 종소리가 울리고 구명소리가 긴급히 울려왔습니다.

≪모두들 빨리 도적놈들을 족칩시다 !≫

부락장과 여덟 아들이 앞장에 나서자 온 부락사람들이 저마다 몽치와 낫이며 여러 가지 쟁기를 들고 도적무리를 족치러 따라나섰습니다.

몇몇 도적놈들은 이전의 부락인줄로 여기고 마음대로 녀자를 랍치하여 수레에 싣고 돼지와 소 말을 빼앗느라 갖은 행패를 다 부리는것이였습니다.

≪이놈들아, 사람을 놔라 !≫

≪고현 놈들, 누구의 앞에서 강탈이냐 !≫

≪…≫

부락장이 불같은 호령을 내리자 사람들은 저마다 욕을 퍼부었습니다.

≪늙다리 부락장놈아, 계집도 안줄테냐?≫

도적두목 털부숭이가 소리쳤습니다.

≪네놈들이 살고싶으면 못본척 하고 이 어른의 손에 죽고싶으면 어디 마음대로 헤덤벼봐라 !≫

재간깨나 좀 있어보이는 말라꽹이놈이 허장성세로 칼을 휘둘러댔습니다.

≪천추에 용납할수 없는 놈들을 호되게 족쳐라 !≫

부락장의 호령이 떨어지자 ≪와—≫ 소리와 함께 여덟 형제가 앞장서 도적놈들한테 달려드니 부락사람들도 일제히 발악하는 놈들한테 쳐들어가 녀자들과 마소를 도로 빼앗아냈습니다. 부락장의 맏이와 둘째는 털부숭이와 말라꽹이 두목한테 맞붙어 싸웠고 기타 형제들도 앞에서 졸개놈들을 족쳤습니다.

한동안 싸우다가 대세가 기울어졌음을 보아낸 도적 두목이 내 꼴 봐라 하고 도망치자 졸개놈들도 제 살길을 찾아 뿔뿔이 달아났습니다.

≪뉘 앞이라고 마음대로 달아나느냐 !≫

일곱째와 여덟째가 소리치며 돌팔매질로 털부숭이와 말라꽹이한테 련속 돌멩이를 안겼습니다. 하지만 이 두목놈들은 말잔등에 딱 붙어 달아나는지라 붙잡을수 없었습니다.

바로 이때 셋째와 넷째가 화살로 두목들이 탄 말을 쏘아 넘겨뜨렸습니다. 이어 다섯째와 여섯째가 몽둥이를 휘두르며 두 놈을 에워싸고 달아날 길을 막아나섰습니다. 어느사이에 맏이와 둘째가 달려들어 털부숭이와 말라꽹이의 목을 썩둑썩둑 베였습니다.

극악하기로 원근에 소문이 자자한 도적무리를 치는 한차례 싸움은 이렇게 끝났습니다. 이날 저녁 부락장은 돼지와 소를 잡고 여덟그루의 나무밑에서 큰 축하잔치를 벌렸습니다.

≪우리 부락에도 호걸이 났구려 !≫

≪도적두목의 목을 뗀 호걸을 축하한다.≫

≪부락장어른의 건강을 위해 굽을 냅시다.≫

사람들은 축하의 술잔을 서로 부딪치며 마음껏 술을 마시였습니다.

온 부락의 남녀로소는 저마다 홍에 겨워 승리를 축하하여 춤을 추었습니다.

그뒤로 몇번인가 달려든 도적무리들은 종소리를 울려 온 부락이 일떠나 호되게 족치는통에 다시는 범접하지 못하였습니다. 이리하여 부락의 민심이 안정되여 살기 좋은 고장으로 원근에 소문이 짜했습니다. 이렇게 되자 살길을 찾아 외지로 갔던 사람들도 되돌아오고 타부락에서도 이사해오니 이 부락은 전에 없이 홍성하여졌습니다.

그후 사람들은 부락장에 대한 이야기를 전하면서 그의 여덟 아들들이 심은 나무를 잘 가꾸었을뿐더러 이 부락을 팔과수라 불렀습니다.

그러던 어느해인가 여덟그루중 한그루의 나무가 병들어 넘어져 죽다보니 지금은 일곱그루의 나무가 서있지만 그냥 옛본새대로 팔과수라 부른다고 합니다.

최기환 구술

한정춘 정리

묘울령

춘화진 태평구촌에서 훈춘강상류를 거슬러 북쪽으로 수십리 가노라면 그닥 높지 않은 길쭉한 령마루가 가로 놓여있습니다. 이 령마루에 올라서면 먼 옛날의 벽돌쪼각과 돌무지가 여기저기에 지저분하게 널려있는 것을 볼수 있는데 사람들은 이 령에 묘울령이라 이상한 이름을 달아주었답니다.

지금으로부터 먼 옛날 이 령마루에는 자그마한 묘가 외롭게 자리잡고있었다고 합니다. 이 묘에는 장씨성을 가진 늙은 도사가 홀로 살았는데 의술이 아주 고명하여 원근 마을에서 별반 모르는 사람이라곤 없었습니다.

오랜 병도 도사가 뜸을 몇번 뜨면 인차 떨어졌고 급병으로 죽어가는 병자도 그의 침을 몇대만 맞으면 되살아나군 했습니다. 도사는 또 부지런히 귀중한 약초를 캐여다 달여 약을 만들어 가난한 병자한테 그저 나눠주군 했습니다. 하여 가근방 사람들은 늙은 도사가 마을에 찾아오면 저마다 은혜를 갚는다며 쌀을 담아준다, 맛 좋은 음식이 집으로 청해간다 하며 몹시 존경하고 받들어주었습니다.

그런데 무정한 세월은 류수같이 흘러 늙은 도사는 머리에 흰 서리가 내릴수록 근심되는 것이 있었습니다. 그것은 다름아니라 자기의 의술을 누구한테 물려주고 두 눈을 감겠느냐 하는것이였습니다.

하긴 늙은 도사는 몇해째 은근히 맘에 드는 제자를 받아들일 속타산을 해보며 이 마을 저 마을 다닐 때마다 물색해봤지만 뜻대로 되지 않아 홀로 여생을 보내는중이였습니다.

그러던 어느 하루 장도사는 민가에서 병을 봐주고 홀로 묘로 돌아오는데 길가의 돌우에 웬 애가 앉아있는것을 보았습니다.

≪스님은 성이 장씨지요. 전 배가 고파 죽겠어요. 먹을 것을 좀 줄수 없나요. 네?≫

그 애는 늙은 도사 앞에 나서며 간청하였습니다.

늙은 도사는 열대여섯살 돼보이는 그 애의 아래우를 찬찬히 훑어보았습니다. 다 해진 람루한 옷차림에 바싹 여윈 얼굴에는 병색이 어리여있었고 부리부리한 두 눈만이 맥없이 움직이고있었습니다.

측은한 생각이 든 늙은 도사는 품속에 간직했던 구운 떡을 꺼내여 그 애한테 넘겨주었습니다.

≪옜다. 먹어라. 이건 누가 먹으라고 준것인데 내가 아직 먹지 않았다.≫

떡을 받아쥔 그 애는 몇입에 몽땅 먹어치웠습니다.

≪장도사님, 저는 비록 빈손이지만 도사님을 스승으로 모시려고 찾아오는 길이니 부디 스님을 따라 산속의 묘로 들어가게 해주세요.≫ 그 애는 간절히 청을 들었습니다.

≪뭐, 네가 나를 따라가겠다구?≫

일이 이 지경에 이르니 늙은 도사는 비록 래력을 모르는 애였지만 량심상 차마 거절할 수가 없어 묘로 데리고 왔습니다.

≪이 이름은 무엇이냐?≫

≪여쭈기는 황송하오나 부엌돌이라 합니다.≫

≪음 량부모님이 계시느냐?≫

≪모두 세상을 뜨고 계시지 않아요.≫

≪어린 나이에 나한테서 뭘 배우려고 나의 제자로 되자는거냐? 부질없는 생각 같은데 오늘저녁은 예서 자고 래일 돌아가거라.≫

≪스님, 저는 가지 못하겠어요. 꼭 스님의 제자로 되여 의술을 배울테야요.≫

부엌돌이는 늙은 도사의 기색을 살폈습니다.

≪그럼 일후 보자꾸나.≫

도사는 부엌돌이를 잠시 신변에 남겨두고 지내보기로 했습니다.

부엌돌이는 일찍 잠자리에서 일어나선 앞내가에 가서 샘물을 길어온다,

마당을 깨끗이 쓴다, 도사가 마을로 병보러 가면 땔나무를 주어다 무져놓는다 하면서 부지런히 일을 해재꼈습니다.

부모와 자식 사이에도 일이 사랑이라고 부지런하고 매사에 세심한 부엌돌이를 두고 늙은 도사는 어딘가 정이 오가며 자연히 마음이 붙었습니다.

그때부터 늙은 도사는 생각을 고쳐먹고 부엌돌이를 데리고 여러 마을로 병보러 다녔습니다. 부엌돌이도 도사의 의술에 대하여 일거일동을 자세히 살피며 배우군 했습니다.

어느 한번 늙은 도사와 부엌돌이가 먼 마을로 병보러 갔다가 늦게 돌아오니 글쎄 어떤 놈인지 빈 묘에 달려들어 늙은 도사가 제일 공경하는 관세음보살을 훔쳐갔던것입니다.

≪에이쿠, 이게 웬 생벼락인고 !≫

늙은 도사는 그만 그 자리에서 폴싹 주저앉고말았습니다.

≪스님, 스님, 천천히 찾아보자요.≫

부엌돌이는 늙은 도사를 진정시키느라고 무척 애를 썼습니다.

늙은 도사는 평소에 관세음보살을 공경하였는데 아침에 문을 나설 때면 꼭 보살한테 기도를 드린 뒤 길을 떠나군 했습니다. 또 저녁에 늦게 돌아와서도 보상한테 기도를 드린 뒤 밥을 먹고 잠자리에 눕군 했습니다. 조상들이 물려준 보배인 관세음보살을 늙은 도사는 매우 아끼고 하느님처럼 믿어왔습니다.

그런데 생각밖에도 가문의 대물림보배를 도적맞히다니 그야말로 늙은 도사한테는 하늘이 무너져내리는듯 했습니다.

도사는 밥도 별로 먹지 않고 전보다 말도 적어졌습니다. 이것을 보고 부엌돌이가 안타까워 말했습니다.

≪스님, 제자는 오늘부터 련 며칠 마을을 돌면서 관세음보살을 찾겠습니다.≫

≪그걸 도대체 어떻게 찾는단 말이냐.≫ 늙은 도사는 머리만 설레설레 가로 저었습니다. ≪스님의 보살을 이 제자는 꼭 찾아올 신심이 있어요.≫

≪음, 그러면 오죽 좋겠냐?≫ 늙은 도사는 전에 없던 눈길로 부엌돌이를

보았습니다.

말을 마친 부엌돌이는 큰 자루와 수십개의 작은 주머니를 가지고 터벅터벅 마을로 찾아갔습니다.

≪주인님, 댁에 계십니까? 쌀을 한줌만 주십시오.≫ 그는 한집에서 한줌씩 빈 쌀을 작은 주머니에 각기 넣고는 그 집주인의 이름을 주머니에 써넣군 했습니다.

≪애야, 쌀을 가져가면 될거지 왜서 주인의 이름까지 주머니에 쓰는거냐?≫

여러 사람들은 의아해서 물었습니다.

≪쌀주머니에 주인장의 이름을 써놓아야 누구네 쌀이란걸 똑똑히 알지요.≫ 때가 되였다고 생각한 부엌돌이는 사연을 사람들한테 터놓기 시작했습니다.

≪애야, 그건 또 무슨 감투끈이냐?≫

≪어른네들 알다싶이 우리 스님한테는 옛적부터 자비를 베풀어주는 관세음보살과 인정을 널리 베푸는 미륵보살이 있었습니다. 이 몇해간 우리 스님께선 온 마을의 무슨 병이나 똑똑 뗀것은 다름아닌 두 보살이 여사여사하면 된다고 자상히 알려주었기때문이랍니다. 아침이면 스님은 두 보살한테 하루의 일을 물어보고 저녁이면 지나간 일을 드팀없이 두 보살님한테 터놓습니다. 그런데 우리 스님의 관세음보살과 미륵보살이 세상 령험하다는것을 알고 어떤 고약한 자가 며칠전 관세음보살을 안아갔습니다. 하여 혼자 남은 미륵보살은 매일 울고있으면서 스님한테 아무것도 알려주지 않습니다.≫ 부엌돌이는 정색하여 말했습니다.

≪원참, 세상에 이런 기막힌 일도 있나?≫

≪어떤 놈의 못된 행실인지 당장 잡내야겠군.≫

여러 사람들은 부엌돌이의 말을 듣고 혀를 차며 분개해했습니다.

≪지금 미륵보살은 그 도적놈을 대강 알고있습니다. 한줌씩 쌀을 거두어 세상 령험한 미륵보살님앞에 놓으면야 도적놈을 당장 알게 될겁니다. 허나 보살님께서는 널리 자비를 베풀어 관세음보살을 되돌려오면 다시 도적을 붙잡자고 하지 않을것이니 그리 알고있으면 됩니다.≫ 부엌돌이는 태연하게

말했습니다.

미륵보살이 집집에서 걷어간 쌀을 보고 보살을 훔쳐간 도적을 알아낼것이라는 소문은 한입 두입 건너며 보태져서 온 마을에 파다히 퍼졌습니다. 따라서 늙은 도사한테서 병을 뗀 사람들은 칼탕을 쳐죽일 도적놈이라고 욕했고 도사와 래왕이 잦은 사람들은 늙은 도사가 장차 고명한 의술로 병을 봐주지 못하면 어쩌는가 풀풀 근심만 하면서 미륵보살이 하루속히 도적놈을 잡기를 바랐습니다.

련 며칠 별의별 소문이 다 돌더니 어느 새벽에 부엌돌이가 일어나보니 누군가 훔쳐간 보살을 가만히 묘 앞마당에 가져왔던것입니다.

≪스님, 스님, 빨리 나와보세요. 잃어졌던 관세음보살이 되돌아왔습니다.≫ 부엌돌이는 소리쳤습니다.

≪뭐, 보살이 되돌아왔다고?!≫ 늙은 도사는 귀가 번쩍 띄워 자리를 차고 일어나 밖으로 달려나왔습니다. 정녕 잃어졌던 관세음보살이였습니다.

≪공경함이 이토록 불칙하여 큰 봉변을 당했으니 관세음보살께선 부디 신도의 불순한 죄과를 헤아려줍시사, 선재, 선재.≫ 늙은 도사는 관세음보살 앞에 넙적 엎드려 연신 절을 했습니다.

부엌돌이는 일부러 모르는척 물을 길으러 내가로 나갔습니다. 기실 부엌돌이는 집집의 쌀을 한줌씩 거두어 올망졸망한 주머니에 넣고 먹을 갈아 쌀 주인의 이름을 쓰노라 했지만 낫놓고 기윽자도 모르는 그가 어찌 이름을 쓴단 말입니까, 그저 거미발처럼 그려놓음은 그가 도적놈의 심리를 판단하고 글을 모르는 여러 사람들의 입을 통해 도적놈한테 무섭게 심리공세를 들이댄것이였습니다. 도적이 제 발등 저리다고 멋도 모르고 쌀 한줌 준데다 이름까지 적혔으니 령험하신 보살님은 정녕코 자기를 짚어낼것이라는데서 안절부절못하던 도적놈은 남몰래 보살을 되돌린것이였습니다. 또한 묘에는 다만 관세음보살만 있을뿐 미륵보살은 아예 없었는데 모든것은 부엌돌이의 도적잡이 술책이였습니다.

그 뒤 늙은 도사는 예전과 다름없이 부엌돌이를 데리고 마을마다 다니며 병치료를 해주었고 부엌돌이한테도 열심히 의술을 가르쳐주군 하였습니다.

늙은 도사는 여러 사람들한테서 부엌돌이가 보살을 되찾은 이야기를 듣고 너무도 어처구니 없어서 피식 웃고말았습니다.

≪애, 부엌돌이야, 너도 점점 커가면서 어른의 행실을 하는구나! 오늘부터 너한테 법명으로 묘울이란 이름을 지어줄테다. 그리고 너를 나의 제자로 받는다고 보살님한테 맹세했다. 네 생각은 어떠냐? 속시원히 말해보려무나.≫ 늙은 도사는 묘울이한테 물었습니다.

≪스님, 제자는 스님의 그 의술을 몽땅 배울 욕심이 불같습니다. 스님께선 끝내 이 제자를 버리지 않고 받아주니 세상 고맙습니다. 묘울제자의 인사를 받으세요.≫

말을 마친 묘울은 늙은 도사한테 절을 올렸습니다.

≪고맙구나. 나의 제자 묘울아…≫

그 뒤 늙은 도사는 앞길이 멀지 않음을 짐작하고 알고있는 조상의 밀방과 의술을 묘울이한테 몽땅 전수하였는데 그는 백세가 넘어서야 저세상으로 갔습니다.

묘울이는 혼자서 늙은 도사의 산소와 그가 남긴 묘를 지키며 늘 원근마을에 찾아가 열심히 병을 봐주어 여러 사람들의 찬양을 받았을뿐더러 여러가지 이야기도 후세에 남겼습니다. 하여 묘울이가 이 령마루 묘앞에서 살았다 하여 사람들은 령마루를 묘울령이라 친절히 부르며 그의 아름다운 미덕에 대한 이야기를 전해왔다고 합니다.

김덕춘 구술
한정춘 정리

정암촌

훈춘에서 서쪽으로 90여리쯤 가면 량수라 부르는 마을이 있습니다. 이 마을 서쪽에는 북산에서 발원하여 두만강에 흘러드는 자그마한 강이 있는데 석두하라고 부릅니다. 이 강물을 거슬러 몇리쯤 올라가면 산기슭에 오붓한 마을이 있는데 이 마을 이름을 정암촌이라 부릅니다. 여기에는 이런 전설이 깃들어있습니다.

어느날 강언덕에 난 오솔길로 몽둥이에 봇짐을 꿰여멘 16, 17세 돼보이는 소년이 성큼성큼 힘차게 걷고있었습니다. 억실억실한 큰 눈, 칼날 같은 코마루, 소년의 몸매는 박달나무같이 단단하여 보였습니다. 그는 이따금 사위를 살펴보군 하였습니다. 그 소년이 바로 후세에 이름을 널리 날린 퉁도란이랍니다.

해는 어느덧 서산기슭에서 자고있었습니다. 소년은 류숙하려고 마을의 한 집으로 들어가 주인을 찾았습니다.

≪자네는 담도 크구려. 어이하여 이 깊은 산속으로 들어왔나?≫

년세가 많은 주인집 할아버지가 의아쩍은 눈길로 소년의 아래우를 훑어보면서 말씀하셨습니다.

≪저의 이름은 퉁도란이라 부르옵니다. 도를 닦으러 조용하고 산천경개가 좋은 곳으로 가는 길인데 하루밤만 묵게 해주십시오. 숙박비는 후하게 드리겠사옵니다.≫

인사범절이 밝은 퉁도란은 로인에게 깍듯이 인사를 올리며 청을 들었습니다.

≪이 루추한 집에서 하루밤 류하는건 별일이 아니네. 숙박비 같은 소리는

하지도 말게. 그런데 변변찮은 음식밖에 없으니 허물을 말게나.≫

퉁도란은 집안을 휘둘러보았습니다. 첫눈에 구차한 시골살림살이라는것을 인차 알수가 있었습니다.

≪별말씀을 다 하십니다. 행객 신세에 허물이란 웬 말씀이옵니까 !≫

너그러운 할아버지의 인품에 퉁도란은 마음이 후더워났습니다.

정성껏 차린 저녁상을 받은 퉁도란은 배가 고프던차라 저녁을 달게 먹고 자리에 누우려 하였습니다.

할아버지는 퉁도란의 곁을 떠날듯 말듯 머뭇거리시더니 입을 열었습니다.

≪자네 어린 나이에 어떻게 장재비골어귀를 지나겠나, 그곳에선 대낮에도 늘 악귀 같은 도적놈들이 나타나 지나다니는 행객의 짐을 털뿐만아니라 자기들의 심사를 조금이라도 건드리면 목숨까지 해친다네.≫

≪도적놈들이 모두 몇놈이나 되옵니까?≫

≪세놈인데 모두 까까머리 중놈들이라네. 그놈들은 길목에서만 행악질하는것이 아니라 때론 민가에까지 뛰여들어 재물과 식량을 빼앗아가네. 어디 그뿐이라면 괜찮지…≫ 할아버지의 목소리는 격분으로 하여 떨리였습니다.

할아버지에게는 늘그막에 만덕이란 아들이 있었습니다. 세월은 살같이 흘러 만덕이가 자라서 장가들 나이가 되었습니다.

만덕이는 물건너 배나무집 딸과 연분을 맺었습니다. 배나무집 딸 옥녀는 동네치고 맘씨가 비단결 같이 곱고 또한 인물과 손재간까지 출중하여 가근방에 소문이 자자하였습니다. 오라잖아 옥녀를 안해로 맞아들이게 되는 만덕이의 마음은 하늘에 오를 듯 하였으며 며느리를 맞게 되는 만덕이 부모들도 만덕이 못지 않게 얼굴에 웃음이 어리였습니다. 두 집의 부모들은 자식의 잔치를 남 못지 않게 차려주려고 밤낮 잔치준비에 드바삐 돌아쳤습니다.

그런데 꿈에도 생각지 못한 생벼락이 두 집에 떨어졌습니다. 옥녀의 아버지가 그만 고된 밭일에 지쳐 눕게 되었습니다. 어느날 만덕이와 옥녀는 아버지의 병을 치료하려고 약재 캐러 산속에 들어갔다가 돌아오는데 난데없는 꺽다리중이 앞을 가로막아나섰습니다. 꺽다리중은 두 눈을 휘번득거리며 고래고래 소리쳤습니다.

≪그 보지기에 싼것이 무엇이냐? 이리 내놔라 !≫

만덕이와 옥녀는 중의 물음에 대답도 하지 않고 갈 길을 재촉하였습니다.

≪히히, 고 계집애가 천하일색인데. 총각놈아, 이 계집애를 남겨놓고 가라!≫

꺽다리중은 히죽거리며 옥녀의 손을 잡으려고 그들 곁으로 다가섰습니다.

≪퉤 ! 더러운 중놈아, 중질이나 바로 할것이지 왜 녀자를 희롱하려 드느냐!≫

옥녀는 매섭게 한마디 쏘아주고는 황급히 마을쪽을 향하여 달렸습니다.

만덕이가 꺽다리중의 앞을 막아나서며 된 욕을 퍼부었습니다.

≪이 미친 중놈아 ! 중이면 계률을 지켜야 하지 않겠느냐?≫

≪요 이마빼기에 피도 마르지 않은 놈이 이 어른을 훈계할 셈이냐 !≫

꺽다리중은 망치대가리 같은 큰 주먹으로 만덕이의 동가슴을 힘껏 들이쳤습니다. 준비 없던 만덕이는 몸을 가누지 못하고 비칠거리더니 쓰러졌습니다. 이윽고 옥녀가 마을에 달려가 마을사람들을 데리고 와보니 중놈은 도망치고 만덕이가 가슴을 붙잡고 가까스로 일어서려고 애쓰고있었습니다.

그 일이 있은후 며칠이 지난 어느날 저녁이였습니다. 부녀간이 사는 옥녀네 집에 중들이 뛰여들었습니다.

≪령감, 집에 꽃 같이 어여쁜 따님을 두어 복을 받게 되였소.≫

늙은 중이 수다를 떨며 말했습니다.

≪어디서 굴러온 중놈들인데 함부로 되지 못한 수작질인가. 당장 나가라!≫

옥녀의 아버지가 대성질호하였습니다.

≪야, 이 령감태기야, 우린 너의 딸을 절에 데려다 도를 가르쳐 녀승이 되게 하겠다.≫

늙은 중이 옥녀를 마구 끌고 밖으로 나갔습니다.

≪이 천벌을 받을 중놈들아, 내 딸을 놔둬라 ! 아이구, 옥녀야 !≫

옥녀의 아버지는 목숨을 내걸고 몽둥이를 쥐고 자기 앞을 버티고 선 꺽다리중놈한테 달려들었습니다. 꺽다리중은 다짜고짜로 잔약한 옥녀의 아버지를 사정없이 때렸습니다.

소문을 듣고 마을사람들이 달려왔을 때는 옥녀의 아버지가 피눈물의 원한을 가슴에 품은채 숨을 거둔 뒤였습니다.

할아버지의 이야기를 도정신하여 듣고있던 퉁도란은 문득 물었습니다.

≪그놈들은 중의 허울을 쓴 살인귀들이구만요. 그후 그 만덕이와 옥녀는 어찌됐소이까?≫

≪성이 머르끝까지 치민 만덕이는 마을사람들을 이끌고 갖은 애를 써서야 바위가 들쑹날쑹 솟아있는 산속에서 중놈들의 거처를 찾아냈다네.≫

≪그래 그놈들을 어찌하였나이까?≫

말을 마친 퉁도란은 할아버지의 입만 쳐다보았습니다.

≪마을사람들이 성이 나서 펄펄 뛰면서 ≪이 칼탕을 쳐도 시원치 않을 중놈새끼들아, 옥녀를 얼른 내여놓아라 !≫ 하고 소리쳤다네. 그러자 늙은 중이 눈을 감고 념주를 세며 입속으로 중얼중얼 주문을 외워댔다네. 갑자기 음산한 바람이 마구 불어치며 모래와 돌멩이가 마구 날리자 마을사람들은 눈을 뜰수 없어 갈팡질팡 하였다네. 붙는 불에 키질이라고 중놈들도 몽둥이를 마구 휘둘러댔다네. 몽둥이에 맞은 사람들은 저마다 상처를 싸쥐고 달아날 수밖에 없었다네. 늙은 중놈의 법술에 녹아난 사람들은 한숨만 풀풀 쉬며 마을로 돌아왔다네.≫

≪그래 만덕이라는 총각도 맥을 버렸나이까?≫

할아버지는 두 눈에 비통한 빛을 띠우며 대답하였습니다.

≪말도 말게. 후에 만덕이는 옥녀를 찾아다니며 정신없이 산속에서 헤매다가 세놈의 중에게 릉욕을 당한 옥녀가 벼랑에서 떨어져 자결한 것을 발견했다네. 옥녀가 비참히 죽은 것을 본 만덕이는 그날부터 시름시름 앓더니 그도 옥녀를 따라 저세상으로 가버렸다네.≫

할아버지의 말씀을 들은 퉁도란은 장밤 종시 잠들수 없었습니다. 퉁도란은 어려서부터 무예와 법술에 뜻을 두고 부모님의 슬하를 일찍 떠나 깊은 산속에 있는 절에 찾아가 와룡도사를 스승으로 모시고 활쏘기, 검, 몽치쓰기를 배웠을뿐더러 법술에도 능숙하였습니다. 그런데 몇년후 퉁도란이 스님의 곁을 떠나 집으로 돌아와보니 부모들이 마을의 부자놈들한테 무고하게 맞아 원한을 품은채 세상을 떴습니다. 그는 치솟는 분노를 억제할수 없어 간악한 부자놈과 그의 졸개들을 손수 죽여 부모의 원쑤를 갚고 관청과 혼잡한 세상을 피해 깊은 산속에 들어와 무예와 법술을 숙련하게 익히고 깊이 닦으려 하였습니다. 그런데 이런 시골에도 고향의 부자놈보다 더 지독한 중놈들이 살판치고있을줄은 몰랐습니다.

≪스승님께서는 도를 닦는 자는 마땅히 사람들에게 인의를 베풀며 덕을 쌓을줄 알아야 한다고 말씀하시였어요. 난 래일 그 나쁜놈들과 결판을 내고 옥녀와 만덕의 원쑤를 갚겠어요.≫

퉁도란은 엽전 몇잎을 주인할아버지에게 드렸습니다. 그러자 그 할아버지는 밀막으면서 근심어린 목소리로 말했습니다.

≪내가 이 인적없는 산골에서 돈을 해서 뭘하겠나, 젊은이는 길에서 돈 쓸 일이 많겠는데 갖다 쓰게나.≫

≪할아버지, 참 고마워요, 훗날 다시 찾아뵙겠어요.≫

작별인사를 한 퉁도란은 보짐을 몽둥이에 꿰여메고 장재비골에 이른후 바위돌우에 앉아 다리쉼을 하면서 그 도적놈들이 나타나기를 기다렸습니다. 이때 갑자기 산우에서 웨침소리가 들려왔습니다.

≪에헴, 이… 이놈아… 그 보짐을 이 어르신님께 고스란히 바치고 내 눈앞에서 썩 사라져라 !≫

뚱뚱한 배에 딱 어깨가 바라진 까까머리중이 껍껍거리며 퉁도란한테로 다가왔습니다. 퉁도란은 태연스럽게 일어서면서 보짐을 일부러 중앞에 헤쳐 보였습니다.

≪이 뻔뻔스러운 중놈아, 보짐안의 금전과 은전이 욕심나면 나의 이 몽둥이의 맛을 보아라.≫

≪히… 히히 죄꼬만 놈이 큰소린 잘 친다. 내… 오늘 네놈의 대갈통을 박살낼테다.≫

뚱뚱보중은 위세를 보이느라 몽치를 마구 휘두르며 퉁도란을 단매에 쳐 거꾸러뜨리려 달려들었습니다. 진작 준비하고있던 퉁도란은 속으로 터져나오는 웃음을 참으며 몽둥이를 들고 마주 나섰습니다.

처음엔 퉁도란과 뚱뚱보중의 몽치 쓰는 솜씨가 어슷비슷했습니다. 그런데 십여합 겨루자 뚱뚱보중의 몽치 쓰는 법수가 흐트러지더니 그놈은 이리저리 피하기에 여념이 없었습니다. 퉁도란은 손에 힘을 주어 몽둥이로 뚱뚱보중놈이 쥔 몽치를 탁 쳐 멀리 날려보냈습니다. 병장기를 잃은 뚱뚱보중놈은 낯색이 새파랗게 질리여 허둥지둥 내빼기 시작했습니다.

≪네놈이 뛰면 어디로 뛰겠느냐 !≫

퉁도란은 말소리와 함께 몸을 날려 뚱뚱보중놈의 앞을 막아섰습니다. 뚱뚱보중놈은 선자리에서 사시나무 떨듯 부들부들 떨면서 죽는 소리를 했습니다.

≪둘째 스님, 둘째 스님 ! 어서 와서 나를 좀 살려주오 !≫

≪내 동생을 죽이려는 놈아, 잠깐 기다려라 !≫

아름드리나무속에서 키가 껑충한 꺽다리중이 몽둥이를 들고 퉁도란을 바라고 바람같이 달려나왔습니다.

퉁도란이 버럭 소리를 질렀습니다.

≪훙, 네놈의 무예가 요놈의 무예보다 어떠냐 ! 내 오늘 네놈들을 없애버려 백성들의 원한을 풀어줘야겠다.≫

꺽다리중놈도 눈에 살기를 띄우며 소리쳤습니다.

≪훙, 이놈아 길세를 내지 않고 이곳을 살아서 지나간 사람은 하나도 없다. 하룻강아지 범 무서운줄 모른다고 어디서 굴러온 애숭이냐, 순순히 몽둥이와 보짐을 내려놓으면 보살님의 얼굴을 봐서라도 네놈을 살려줄테다.≫

꺽다리중은 먼저 위협조로 퉁도란을 협박하려들었습니다.

≪자, 그럼 이 몽둥이로 네놈한테 톡톡히 길세를 낼테다. 어서 받아라 !≫

분이 치민 퉁도란이 먼저 몽둥이를 추켜들었습니다. 꺽다리중도 자세를 바로잡고 몽둥이를 휘두르며 퉁도란한테 달려들었습니다. 몸이 가벼운 꺽다리중은 몸을 훌쩍훌쩍 날려 한키씩 솟기도 하고 윙윙 바람소리가 나게 몽둥이를 휘두르기도 하였습니다. 그리고 퉁도란의 머리를 노리여 곧추 번개같이 내리치다가도 몸을 살짝 비키기도 하였습니다. 꺽다리중은 확실히 뚱뚱보중보다 무예가 뛰여났으며 몸도 날래였습니다. 퉁도란은 이십여합 꺽다리중놈과 싸우며 구멍수만 노려보았습니다. 그는 꺽다리중놈이 몽둥이로 허리우를 잘 막으나 허리아래를 잘 막아내지 못하는것을 보아냈습니다.

퉁도란은 가볍게 몽둥이를 날려 꺽다리중놈의 어깨를 내리치는척 하다가 불시에 아래 종아리를 향하여 몽둥이를 날렸습니다.

≪어이쿠, 뚱뚱보야, 내 다리가 부러졌는데도 네놈은 게서 멀쩡하니 뭘 하는거냐? 어서 와 돕지 않고.≫

꺽다리중은 한쪽 다리로 껑충 뛰여 뒤로 물러서며 고함쳤습니다.

뚱뚱보중은 그제야 제정신이 들어 몽치를 찾아들고 퉁도란의 뒤로 달려들었습니다. 두 중은 합세하여 퉁도란과 싸웠습니다. 그들 가운데에 선 퉁도란은 조금도 두려워함이 없이 싸울수록 힘이 났습니다. 태세가 점점 기울어지자 뚱뚱보중이 먼저 도망쳤습니다. 퉁도란은 뚱뚱보중이 나무뒤로 몸을 피하자 바람결같이 나무우에 날아올랐다가 뚱뚱보중의 앞에 뛰여내려 몽둥이로 뚱뚱보중의 가슴을 내질렀습니다. 그놈은 비명을 지르더니 뒤로 벌렁나가 동그라졌습니다. 이때 꺽다리중놈이 달려왔습니다. 퉁도란은 그놈의 명치끝을 몽둥이로 겨누었습니다. 뚱뚱보중과 꺽다리중이 땅에 엎드려 손이야 발이야 빌었습니다.

≪제발 목숨만 살려주옵소서. 눈망울이 있어도 태산을 몰라보았으니 실로 저희들의 죄입니다.≫

이마가 터지도록 땅에 쪼으며 비는 꼴이 금방 길을 막고 세도를 부리던 놈들 같지 않았습니다.

≪좋다. 네놈들이 늙다리중놈이 있는데까지 나를 데려가면 혹여 목숨을 살려줄수 있을는지 모르겠다. 그러니 어서 일어나서 길을 인도하여라!≫

두놈중 한놈은 가슴을 붙잡고 한놈은 절룩거리며 퉁도란의 앞에서 걸었습니다. 이윽하여 중놈들이 지어놓은 절간이 눈앞에 나타났는데 돌바위가 우뚝우뚝 솟아있고 삼림이 울창하여 뭇새들이 우짖는것이 그야말로 산천경개가 수려하기 그지없었습니다. 이 고장은 정말 하늘아래 도를 닦기 좋은 명터였습니다. 퉁도란은 산천경개에 도취되였으나 두 중놈에 대한 경계는 조금도 늦추지 않았습니다. 그는 두 중을 불러세웠습니다.

≪이놈들아, 난 오늘 일부러 네놈들을 찾아왔다. 그러니 빨리 가서 늙다리

중을 불러오너라. 내가 그놈과 승부를 가를테다. 네놈들이 다시 뭉쳐서 달려들어도 되니 내 분부대로 하여라.≫

두 중은 퉁도란을 흘끔흘끔 보며 산아래 절로 내려갔습니다.

절에 들어선 두 중은 이구동성으로 말했습니다.

≪스님, 스승님… 큰 화가 떨어졌나이다. 글쎄 어디서 맹호같은 어린 장수가 나타나 스님과 겨루어보겠다고 하옵니다. 빨리 피하셔야… 그러잖다간…≫

≪스님, 스승님, 어서 피함이 상책인가 봅니다. …≫

≪나무아미타불, 그놈이 어디에 있느냐? 자고로 범한테 물려가도 정신만은 차려야 한다고 하였거늘 네놈들은 손발이 썩었느냐, 어서 그 자식을 쫓아버려라 !≫

늙은 중은 경서를 손에서 놓지 않았습니다.

≪스승님, 우리 힘으로는 도저히 당하지 못할 무서운 놈이웨다. 보옵소서, 그놈한테 맞아서 멍까지 들었수다.≫

꺽다리중과 뚱뚱보중은 정갱이와 가슴을 보이였습니다.

≪에익, 바보같은 물건짝들아, 썩 물러가거라 !≫

늙은 중은 속이 좀 떨렸지만 태연한체 도포깃을 여미더니 퉁도란이 있는 곳으로 다가왔습니다.

≪너는 웬놈이길래 자는 범의 코를 쑤시러 왔느냐?≫

광대뼈가 울뚝 삐여져나오고 험상궂게 생긴 늙은 중의 낯반대기의 군살이 실룩거렸습니다.

퉁도란이 중의 앞에 썩 나서면서 소리쳤습니다.

≪네놈이 무예와 법수가 높다 하여 찾아왔으니 있는 재간을 다 피워라.≫

퉁도란의 호령소리는 산을 쩌렁쩌렁 울렸습니다.

≪으하하, 요 젖비린내가 나는 놈아, 너는 범의 염통을 먹었느냐, 곰의 열을 먹었느냐? 네가 오늘 제발로 죽으러 찾아왔으니 죽어도 나를 원망하지 말아라 !≫

퉁도란이 소리쳤습니다.

≪자, 이 주먹맛이나 봐라 !≫

퉁도란은 몸을 뒤로 젖혔다가 늙은 중의 가슴을 내질렀습니다. 피할 사이도 없이 된 매를 맞은 늙은 중은 밑둥 끊어진 나무처럼 넘어질번했습니다. 그러나 그도 권술을 배웠는지라 몸에 힘을 주더니 넘어지지 않았습니다.

늙은 중이 몸을 슬쩍 옆으로 피하며 몽치를 손에 틀어쥐였습니다. 그는 있는 힘껏 퉁도란의 정수리를 내리 갈겼습니다. 순간 퉁도란이 살짝 피하는 바람에 땅바닥을 쳤습니다. 그들은 오락가락 오십여합을 싸웠지만 승부가 나지 않았습니다. 늙은 중이 갑자기 몽치를 버리고 허리에 찬 박도를 뽑아들고 퉁도란한테 달려들었습니다. 퉁도란도 허리에서 서리발치는 검을 뽑아들고 맞붙어 싸웠습니다. 칼과 칼이 맞부딪칠 때마다 번쩍번쩍 불꽃이 무수히 튕기였습니다.

≪늙은 중놈아 ! 염라대왕한테로 가기전에 너의 출신이나 말해라.≫

퉁도란이 검을 번개같이 날리며 소리쳤습니다.

≪나의 대호는 두불충이다. 이놈아, 말은 그만 하고 내 칼이나 받아라 !≫

두불출은 더욱 이악스럽게 달려들었습니다.

그러나 늙은 중은 퉁도란의 상대가 되지 않았습니다. 늙은 중은 싸울수록 기력이 못해갔습니다. 늙은 중이 퉁도란의 검에 왼팔을 찔리였습니다. 늙은 중은 황급히 바위사이로 요리조리 피하면서 숨었습니다. 퉁도란이 늙은 중이 숨은 곳을 몰라 사방을 둘러보는데 늙은 중이 한 바위앞에서 땅에 검을 꽂아세우고 주문을 외워댔습니다. 그러자 하늘이 갑자기 어두워지며 세찬 바람에 흙먼지와 나뭇잎들이 흩날렸습니다. 퉁도란은 조금도 겁나하지 않고 그 틈에 숨어버린 놈들을 찾느라고 바위틈마다 샅샅이 뒤지는데 ≪슝≫하는 소리가 나더니 화살이 날아왔습니다. 퉁도란은 얼른 검으로 화살을 쳐 떨어뜨렸습니다. 중 세놈은 바위뒤에 숨어서 퉁도란을 향하여 암전을 쏘아대고 있었던것입니다.

≪천추에 용납 못할 고약한 놈들아, 암전을 쏘지 말고 용기가 있으면 떳떳이 나와 겨루어보자 !≫

퉁도란은 중들에게 욕설을 퍼부으며 스승님에게서 배운 도술로 몸을 높이 솟구친 뒤 몽둥이로 우죽뿌죽 솟아있는 바위를 향하여 이리저리 내리쳤습니다.

≪꽈르릉… 꽝! 꽝…≫

땅이 쪼개지고 하늘이 갈라지는듯한 천둥소리가 울리더니 무수한 바위들이 물러앉고 어떤 바위들은 허리가 뭉청뭉청 끊어져나갔습니다.

바위뒤에 숨어 퉁도란을 죽이려고 발악하던 세 중놈도 바위와 함께 부서져 뼈 한쪼각 찾아볼수 없었습니다. 한동안 지나 자오록이 피여오르던 먼지가 말끔히 가셔지니 바위가 뭉청 잘린 곳에 마당처럼 넓은 정자바위가 생겨났습니다.

퉁도란은 하늘을 향하여 절하였습니다.

≪하느님께서 나한테 도를 닦을 명터를 점지해주시니 고맙기 그지없나이다.≫

퉁도란이 세 간악한 중을 처단한 일을 안 마을사람들은 감격에 겨워 너도나도 찰떡이며 맛좋은 음식을 갖추어가지고 와서 퉁도란한테 절을 올리였습니다.

퉁도란은 경치가 좋은 곳에 우뚝 솟은 정자바위 우에서 밤낮을 가리지 않고 부지런히 도를 닦았습니다. 그리고 마을사람들은 한집 두집 이곳으로 이사와서 퉁도란을 우러러 모시며 살았습니다. 그때로부터 이 바위를 정자바위라고 불렀고 오붓이 모여앉은 마을을 정암촌이라고 불렀다고 합니다.

한서흥 구술
한정춘 정리

량 수

훈춘에서 도문행 신작로를 따라 90여리쯤 가노라면 석두하 기슭에 자리잡은 량수란 마을에 이르게 됩니다. 남쪽으로 유유히 흘러가는 두만강을 사이두고 조선의 온성과 마주한 이 마을을 량수라 부르게 된데는 재미있는 이야기가 깃들어있습니다.

어느 옛날, 이고장에는 농사일로 근근득식 살아가는 마음씨 곱고 인품이 후한 실농군네 량주가 아기자기 살아갔습니다. 어데라없이 나무가 우거지고 쑥대 무성하게 자라난 황페한 고장인데다 인가라곤 몇호 없다보니 살길을 찾아 여기를 지나다니는 길손이나 짐을 나르는 소바리군들은 늘 이 량주네 집을 찾아들어 묵어가군 했습니다.

비록 헐망한 초가 륙간집에 서글픈 음식이 손님들 밥상에 올랐지만 동지섣달 박달나무도 꽁꽁 얼어터지는 맵짠 강추위속에 찾아든 사람들은 후덥게 손님을 맞아주는 이들 량주의 인정은 화로안의 숯불처럼 뜨거웠습니다.

그런데 하느님이 불공정해서인지 매정한 탓인지 반백고개를 넘도록 슬하에 일점혈육도 두지 못했습니다. 하여 밤낮 자식이 생기기를 고대 기다리던 끝에 이들은 머나먼 곳의 무당할멈을 청하여 굿을 하며 빌어봤고 한다하는 점쟁이를 모셔다 량주의 사주팔자를 뵈였을뿐더러 깊은 산중에까지 손수 찾아가 귀중하다는 약초까지 캐여다 달여먹었습니다. 실로 돌바위끝에 꽃이 피도록 이모저모 여러모로 자식을 보자고 갖은 정성을 몰부어봤으나 역시 감감무소식이였습니다.

≪여보소, 우리가 언제 사람 못할짓을 하였수? 아마도 조물주는 우리한테 자식을 만들어주지 않을 타산인가봐유, 인젠 모든 것이 헛수고이니 이만큼

애를 쓰시자유.≫라고 마누라는 진담에 롱담을 터놓았습니다.

≪허허—글쎄유, 하늘이 진작 정해놓은 일이문야 섭섭해도 방법이 없지유.≫

이들 량주는 자식을 볼 단꿈을 더 꾸지 않았고 인제는 자식을 보려니 생각도 하지 않았습니다.

어느날 저녁, 하루의 고된 일을 끝낸 이들 량주는 잠이 들었는데 난데없는 큰 백학 한 마리가 훨—훨 날아와 집주위를 한바퀴 돌며 살펴보더니 집뒤 덩실한 언덕에 살짝 내려앉았습니다.

얼마 지난 뒤 그 백학은 길죽한 부리로 언덕을 마구 쫏고 갈구리같이 날카로운 발톱으로 언덕을 마구 파헤치니 난데없던 맑디맑은 샘물이 퐁퐁 올리솟는것이였습니다. 그런후 백학은 집을 향해 한번 끼—룩 소리를 내고는 하늘높이 날아 어디론가 사라졌습니다.

≪이게 대체 웬 일일가? 평생 살아오다 별스런 일도 다 보겠다 !≫

바깥주인이 너무도 이상해 급급히 잠을 깨니 일장 꿈이였습니다.

≪여보 마누라, 이내 말을 들어보우.≫

마누라한테 꿈이야기를 소곤소곤 하고난 바깥주인은 이게 길할 징조인지 흉할 징조인지 깨치고보자는데서 괭이와 삽을 가지고 집 뒤 언덕에 올라갔습니다.

그는 꿈에 학이 파헤치던 자리를 대개 짐작하고 부지런히 흙을 파보았습니다. 과연 꿈에 본 맑디맑은 샘물이 퐁퐁 솟아올랐습니다.

≪야 ! 샘물이로다, 깨끗한 샘물 ! 여보 마누라, 정녕 꿈에서 본 샘물이 분명하오. 어서 마셔보구려, 참 시원도 한데.≫

≪글세, 이게 꿈은 아닌데유.≫

어느 사이 다가온 마누라도 신기하여 샘물에 손을 잠그며 맞장구를 쳤습니다.

이들 량주는 웃음기 어린 얼굴로 서로 마주보면서 신기한 샘물을 떠서 량껏 마셨습니다.

이때로부터 이들 량주는 먼곳으로 물길러 다니는 고생을 덜게 되였고 시원하고 물맛 좋은 이 샘물로 밥도 짓고 남새도 씻었고 옷도 깨끗이 빨아 입혔습니다.

그런데 천만뜻밖에도 마누라의 몸에 태기가 있더니 어느덧 만삭이 되여 귀한 옥동자를 보았습니다. 이들의 기쁨이야말로 이루다 헤아릴수 없었습니다.

≪우리에게도 대를 이어갈 사내애가 있수다. 이놈 애는 여간 귀엽지 않수다.≫

바깥주인은 사람을 만나가만 하면 자랑을 늘여놓았습니다.

워낙 이 샘물은 여러가지 병을 뗄수 있는 천연적인 약수였습니다. 애 아버지는 자기네가 옥동자 보게 된것은 전적으로 샘덕이라 하며 귀염둥이 아들에게 천자(泉子)란 이름을 달아주어 샘물을 잊지 않게 했습니다. 또한 가난하여 병치료를 못하는 사람들에겐 샘물을 대접시켜 병을 떼주군 했습니다.

그런데 천자가 태여나자부터 잠이 들었는데 석달열흘 지나도록 잠을 깰줄 몰랐습니다.

≪이거 큰일이로다. 숨을 쉬는걸 봐선 잠잘텐데 왜서 이토록 잠을 깰줄 모를가? 아마도 무슨 변고라도 생긴것이 분명하다. 혹시 악귀라도 애의 몸에 붙은것이나 아닐가?≫

당황해난 이들 량주는 여러 사람들과 물어본 뒤 샘물터에 가 진지상을 푸짐히 차려놓고 제사를 지내여 악귀를 쫓기도 했고 이름난 의사도 청해다 천자의 잠을 깨워보려 애를 썼지만 천자는 젖도 먹지 않고 그냥 잠만 자는것이였습니다.

≪에구에구, 늘그막에 악귀를 낳는다더니 이게 대체 웬 불행이란말인가. 이런줄 알았더라면 아예 낳지나 말았을걸 !≫

마누라는 천자곁에서 전에 없던 통곡을 하였습니다.

≪여보우, 너무 섧어마우다. 우리 천자가 자고있지 숨이 넘어갔수? 개가 잠을 깰 날이 있을거우다. 더는 상심하지 마우다.≫

바깥주인은 마누라를 위안했습니다.

≪듣자니 댁에서 귀동자를 봤다던데 기뻐할 대신 웬 통곡소리인가요? 혹

시 귀동자가 잘못되였나유?≫

점점 많이 찾아드는 길손속에서 한 늙은 도사가 집주인을 찾아 물었습니다.

≪어디 계시는 스님인지 그걸 알아 뭘 하오리까 ! 복뒤에는 화가 뒤따른다더니 절로 찾아든 화를 어떻게 모면하오리까 !≫

주인은 옥동자를 보게 된 경과를 빼놓을세라 세세히 늙은 도사 앞에 터놓고는 방책이 있으면 대달라고 청을 들었습니다.

≪글세, 인품이 너그러운 집안에 이런 사연이 있을줄 예견하고 이렇게 찾아왔소이다. 그 애를 봐도 일없겠는지요?≫

≪별 걱정을 다 하시유. 어서 방에 들어가 우리 애를 봐주시구려.≫

늙은 도사는 주인의 안내하에 천자가 누워있는 안칸으로 들어가더니 자고있는 천자의 이마를 짚어보았습니다.

≪선재선재, 어린 주인은 퍼그나 잠을 자셨군요. 주인장께선 걱정마시고 샘물이나 한바가지 떠다주시구려.≫

도사는 천자의 잠을 깨게 할 자신이 있다는데서 머리를 끄덕이였습니다.

이윽고 늙은 도사는 주인의 손에서 물바가지를 받아쥐고 물을 한입 물더니 천자의 낯에다 ≪푸—≫하고 뿜었습니다.

≪천자야, 인젠 잠을 깨거라, 날이 밝았다.≫라고 도사는 애의 귀에 대고 웨치는것이였습니다.

한참 지난후 천자는 꿈지럭거리더니 정이 도는 큰 눈을 번쩍 뜨고 제껵 일어나 앉는것이였습니다.

≪아버지, 어머니, 잠을 잘 잤어요.≫

천자는 깨여나자마자 제법 걸음도 걷고 말도 잘했습니다.

≪이 애는 과시 범상치 않은 애이니 장차 큰 다음 내한테로 무예 익히러 보내수, 나는 저 북쪽 산중 절당에 은거해있지유. 자 그럼 잘 계십시유.≫

말을 마친 늙은 도사는 흔연히 량주네 집을 나서더니 오간데없이 사라졌습니다.

≪스님, 스님의 은혜는 백골난망(백골이 되여도 잊을수 없다는 뜻)이옵니다. 훗날 스님의 부탁대로 개를 꼭 스님의 슬하에 보내겠수다.≫

도사가 나간 쪽에 대고 바깥주인은 꿇어앉으며 중얼거렸습니다.

천자는 날마다 무럭무럭 무병하게 커가더니 어느덧 산중에 은거해있는 도사를 스님으로 모시고 말타기, 활쏘기, 몽둥이 휘두르기, 검술 등을 부지런히 배우고 익혔습니다.

늙은 량주가 샘물로 더욱 많은 가난한 사람들의 병을 떼주니 이들의 덕성은 한입 두입 먼 곳까지 파다히 퍼졌습니다. 이 소문은 그만 덩실한 기와집을 쓰고 사는 이웃마을 석수부자의 귀에까지 미치게 되였습니다. 첩년까지 여럿을 두고 농짝안에 비단필을 수없이 쌓아둔데다가 숱한 쌀이 곡식 뒤주에서 썩어나지만 만족이란 전혀 모르는 이 석수부자놈은 샘물을 독차지하여 더 큰 부자가 못되는것이 한이 되여 끙끙 벙어리 랭가슴 앓듯하였습니다.

≪어디 두고보자, 세상이 다 아는 이 어른이 샘물의 주인이 되지 않는가를.≫

어느 하루 석수부자놈은 몇몇 앞잡이들을 앞세우고 개화장을 짚고 뚱기적뚱기적 늙은 량주네 집으로 찾아왔습니다. 그때 천자는 절당 도사님한테서 무예를 익히는중이라 집에 없었습니다.

≪여봐라, 주인장이 집에 박혀있느냐?≫

석수부자놈은 건방지게 개화장으로 사립문을 마구 두드렸습니다.

≪어느 동리에 계시는 량반이신지 초라한대로 집안에 들어오시우다.≫

바깥주인은 석수부자놈과 전혀 안면이 없었지만 밖에 나와 이렇게 깎듯이 맞았습니다.

≪세상에 얼빤한 놈 봐라, 그래 이 고장 백리안팎에서 으뜸으로 꼽히는 명성이 뜨르르한 부자량반도 몰라봐 엉?!≫

앞잡이놈은 발바리마냥 눈치를 보아가며 수작을 피웠습니다.

≪량반어른께 인사가 늦었습니다.≫

주인은 허리를 굽석했습니다.

≪음— 됐어, 떠도는 풍문에 의하면 임자네 집에 백병통치의 샘물이 있다면서? 그 말이 실말인가?≫

석수부자놈은 조급한 나머지 침을 꿀꺽 삼켰습니다.

≪샘물이 있기는 하오나 그렇게까지야 령할는지…≫

≪그나저나 한그릇 마셔볼가?!≫

이윽고 주인이 샘물을 한그릇 떠오니 석수부자놈은 게걸이 감식이라고 담모금에 꿀꺽꿀꺽 밑굽을 냈습니다.

≪정녕 파다히 떠돌던 풍문이 헛소리 아니구만, 주인장 여보게나, 이 집과 샘물을 모두 나에게 주게나. 그러면 임자에게 상등터전과 고래등같은 덩실한 기와집에 좋은 둥글소까지 덧붙여 줄테네.≫

마침내 석수부자놈은 샘물을 탐내던 검은 심보를 백일하에 드러내놓았습니다.

≪그건 안되우다. 실없는 소리를 뒀다 하우다. 아무리 좋은걸 준다 해도 난 조상의 뼈가 묻힌 이 고장을 절대 떠날 수 없수다.≫

부자놈들이 이른바 제일 좋다는 것을 곰상스레 남에게 준다는것은 종래로 거짓인줄 여태껏 듣고 보아온지라 욕심쟁이로 짜장 소문난 석수부자도 례외일수 있으랴. 주인은 석수부자놈이 더는 동을 달지 못하게 아예 밀막았습니다.

≪이놈 두상아, 량반어른님이 베푼 인정이 작단거냐 ! 좋게 말할 때 곰상곰상 말을 듣거라.≫

옆에서 앞잡이들도 덩달아 떠들어댔습니다.

≪령감태기한테 똑똑히 말하네, 이 고장치고 높은 산이며 흐르는 강이며 지어 들판의 풀까지 모두 내것이니 이 샘물이야 두말할게 없이 내것이야 ! 령감은 당장 여기를 떠나라, 그렇지 않다간 홍 !≫

코를 떼우고난 석수부자놈은 갈범마냥 으르렁댔습니다.

≪세상에 이럴 법이 어디 있습니까? 량반어른 당신도 량심을 가졌을텐데. 당장 떠나라니 어디로 간단 말입니까?≫

하늘이 무너진대도 늙은 량주네는 떠날념 없이 앉아 버티자 부자놈은 독오른 풋고추가 되였습니다.

≪애들아, 이 령감태기를 단단히 족쳐라.≫

그러자 욱 달려든 앞잡이놈들은 늙은 량주 내외한테 물매를 안겼습니다.

이렇게 늙은 량주는 끝끝내 석수부자놈의 손에서 숨지고말았습니다.

가난한 이웃사람들은 앞잡이놈들이 내버린 늙은 량주의 시체를 마을언덕에 고이고이 묻어주었습니다.

≪이것이야말로 하늘이 나를 돕는가보다.≫

잔혹하게 샘물을 독차지한 석수부자놈은 샘물을 팔아 세상에 둘도 없는 큰 부자가 되여보리라 단꿈을 꾸며 제법 우쭐렁거렸습니다.

한편 집을 떠나 도사님한테서 배운 무예를 익히고있던 천자는 가난한 사람들한테서 애통한 비보를 접하고 집으로 달려왔습니다.

≪늙다리 부자놈아, 내가 누군지 아느냐! 오늘 네놈들과 판가리 싸움을 벌릴테다! 담이 있거든 썩나서라!≫

석수부자놈을 보고 노기충천한 천자는 복수의 일념으로 불호령을 내렸습니다.

≪이마빼기에 피도 마르지 않은 고현놈이로다. 누구 앞이라고 탕—탕 큰 소리냐! 된 매가 날아가기전에 어서 피하지 못하겠느냐 엉!≫

앞잡이놈이 피대를 세우고 고래고래 소리쳤습니다.

≪나는 이 집에서 태여나 샘물을 마시며 자라난 천자이다!≫

≪이놈들아, 빨리 저놈을 잡아라! 씨알머리종자도 마저 잡아치워야 뒤끝이 무사하다. 빨리 잡아치워라.≫

호령소리와 함께 몇몇 앞잡이놈들이 천자한테 달려들었습니다. 하지만 무예가 출중한 천자는 벼락치듯 몽둥이를 휘두르며 놈들을 하나하나씩 쓸어눕혔습니다.

이 광경을 보고 바빠맞은 부자놈과 녀편네는 어느새 문을 꽁꽁 닫아걸고 몸을 바들바들 떨며 독안에 든 쥐새끼모양이 되여 문짬으로 내다볼뿐이였습니다.

≪이 늙다리놈아, 똑똑히 듣거라! 네놈의 모해를 받아 죽은 가난한 사람들이 이루다 헤아릴수 없다. 이에 하늘도 용서치 못하거늘 서천으로 염라대왕이나 만나러 가라!≫

말을 마친 천자는 메였던 활을 벗어 시위에 화살을 먹였습니다. 그러자

≪Tb— 웅≫하고 화살이 집안으로 날아들어가더니 ≪짜르릉—≫ 소리와 함께 연기가 치솟고 따라서 간악한 부자놈과 녀편네는 오간데 없어졌습니다. 다만 샘물이 솟던 언덕이 쫙 갈라진 거기에서 맑은 샘물이 콸콸 솟아올라 아래로 흐르며 실개천을 이루었습니다.

량부모의 무덤을 찾아 제사를 지내여 효성을 올린 천자는 도를 닦으려고 흔연히 산속을 찾아갔습니다.

그후 이 고장에는 인가가 늘어나 마을이 앉았습니다. 마을사람들은 이 샘물을 마시며 늙은 량주의 덕성과 찬자의 이야기를 전해오면서 그 마을을 량수천자라 불렀고 또 얼마후에 량수라고 불렀습니다.

채금순 구술
한정춘 정리

백 룡

쉬임없이 흘러가는 두만강 중류에는 옹기종기 모여앉은 아담한 마을이 있으니 사람들은 이 마을을 백룡촌이라고 불러왔습니다.

옛날 이 고장은 지금의 마을과 달리 울창한 나무숲과 풀숲이 무성하였는데 그속에 다 찌그러져가는 오막살이 몇집이 댕그라니 앉은 가난한 마을이였습니다. 이곳에 사는 사람들은 비록 볼모양이 없이 가난한 농부들이였지만 색다른 음식이 있으면 서로 도와가면서 화목하게 살아갔습니다.

마을에는 나이를 먹은 덜먹총각이 있었는데 어려서 어머니를 잃은 그는 아버지 손에서 자라다가 아버지마저 세상을 뜨니 이젠 홀로 살아가는 외톨이로 되었습니다. 하여 사람들은 총각을 외톨이라고 불렀습니다. 외톨이 아버지는 림종시에 아들을 머리맡에 불러앉혔습니다.

≪애야, 나는 인제 며칠 더 살 것 같지 못하구나. 마지막으로 너한테 한가지 부탁을 남긴다. 저 앞 강역 뙈기밭 가운데 큰 무덤을 기억하고있느냐?≫

≪네, 기억하고있습니다, 아버님.≫ 아들은 공손히 대답했습니다.

≪내가 죽은 뒤 너는 그 뙈기밭에 가 일할 때마다 제물도 갖추어 가지고 가서 세 번씩 절을 올리며 제사를 지내여라.≫ 아버지는 아들의 손을 꼭 잡고 말했습니다.

≪아버님, 뙈기밭에 가서 제사는 왜서 꼭 지내야 합니까?≫

아들은 의아쩍어 물었습니다.

≪너한테 알려주지 않았기에 모를거다… 그 무덤은 조상때부터 모셔오며 제사를 지내온거다. 이 무덤을 잘 모시지 않으면 우리 집안과 온 마을이 해를 입는단걸 기억하여라. 이건 내가 어릴 때 아버지가 하신 당부다. 만약 네

가 내 부탁대로 하지 않으면 나는 구천에 가서도 눈을 감지 못한다.≫ 말을 마친 아버지는 숨을 거두었습니다.

아들은 무덤에 제사를 꼭 지내야 한다는 리유를 더 자세히 물을 사이가 없었습니다.

(남들은 자식한테 보물이나 재산을 물려주고 가는데 아버님이라고야 재산은커녕 아무 쓸모 없는 시름거리를 물려주고 가다니.)

먹을것도 푼푼치 못한 신세라 아들은 속으로 아버지를 원망했습니다.

그 뒤 외톨이는 아버지 부탁을 마이동풍으로 여기고 한번도 뙈기밭 무덤에 가 제사를 지내지 않았습니다. 그래서인지 해마다 이 고장에는 바람이 세차게 불어치고 두만강이 불어나면서 장마와 재해가 끊임없이 들이닥치군 하였습니다. 외톨이도 그만 병석에 누웠습니다.

(아버님이 남긴 부탁대로 하지 않았다고 그가 몹시 노염을 내시는것이 아닐가? 참 이상한데.)

이렇게 생각한 외톨이는 제물을 갖추어가지고 아버지 산소에 찾아갔습니다.

≪아버님, 이 후레자식은 아버님한테 큰 죄를 지었습니다. 아버님께서 한번만 용서해주십시오. 래일부터 이 아들은 뙈기밭 무덤에다 꼭 빈 절이라도 올리겠나이다.≫

외톨이는 아버지 무덤에서 절을 올리며 빌었습니다.

아버지 무덤에서 용서를 빈 외톨이는 뙈기밭에 갈적마다 제물을 차리고 절을 올리군 하였습니다.

어느날 점심때 기음을 매고난 외톨이가 밭머리에 서있는 아름드리나무 그늘밑에서 쉬다가 그만 쪽잠이 들었습니다. 그런데 두만강물속으로부터 뿔이 두가닥 나고 아래턱에 수염까지 있는 작고 흰 뱀이 외톨이앞에 엎디여 절을 굽석 올리며 ≪지켜주어 대단히 고마워요.≫라고 말하는것이였습니다.

≪고마울것 없다. 그런데 임자는 누구인데 여기로 왔는가?≫ 외톨이가 물었습니다.

≪저는 천지속에 있는 룡왕의 아들인데 천지물이 넘어나는통에 강물에

실리여 내려오다가 여기에 묻혀있지요. 아직 때가 되지 않아서 땅속에서 이렇게 있지요.≫

말을 마친 백룡은 밭가운데 있는 무덤속으로 들어가는것이였습니다.

외톨이가 소스라쳐 놀라 잠을 깨여보니 꿈이였습니다.

(정말 룡왕의 아들 백룡이 땅속에 묻혀있단 말인가? 아버님께서 전혀 알려주지 않더니 통 모를 일이군.)

밭가운데 무덤에다 외톨이가 꼭꼭 제사를 지내주니 이 고장에는 해마다 풍년이 들고 사람들은 장수무병하였습니다. 그제야 외톨이는 아버지가 어째서 림종때 부탁을 남기였는가를 알게 되었습니다. 그는 제사를 꼭꼭 지낼뿐더러 어떤 심보가 고약한 도적놈들이 무덤을 파헤치지 않느냐고 정성을 다해가며 무덤을 지켰습니다.

그러던 어느날 밤중이였습니다. 외톨이가 밖에 나왔다가 무심결에 강변 뙈기밭쪽을 살펴보니 웬 흑점이 무덤곁에서 얼른거리고있는것이였습니다.

(아니 이 밤중에 무엇일가? 무덤곁에서 움직이는데.)

이상하다는 생각이 든 외톨이는 살금살금 뙈기밭에 다가가 살펴보았습니다. 웬 도적놈이 괭이로 무덤을 파헤치고있었습니다.

(과연 고현 놈이로다. 정성스레 모시는 무덤을 함부로 파헤치다니.)

이렇게 생각한 외톨이는 고함을 치며 달려갔습니다.

≪이 염치없는 도적놈아 ! 왜서 함부로 무덤을 파헤치는거냐, 게 섰거라!≫

도적놈은 웨침소리에 사냥군의 총소리에 놀란 여우마냥 내 꼴 봐라 숲속으로 달아났습니다. 어두운 밤이여서 컴컴한 숲으로 들어간 도적놈을 붙잡을수 없었습니다.

외톨이는 무덤곁에 돌아와 살펴보니 도적놈이 파헤쳐놓은 무덤속에는 별다른것이 없고 오직 큼직한 알 한개가 있었습니다.

(조금만 늦게 왔더라면 큰일이 날번 했구나. 여하튼 원래다로 묻어주어야지.)

외톨이는 어둠속에서 두손으로 흙을 쥐여 큰 알을 묻기 시작했습니다. 그런데 얼마 묻지 못하였는데 갑자기 알에서 빛이 나면서 뿌적뿌적 이상한 소리가 나더니 쾅— 하는 요란한 소리가 울렸습니다. 깜짝 놀란 외톨이는 몇발작 뒤로 물러섰습니다. 도정신하고 다시 보니 깨여진 알에서 보얀 연기가 나더니 연기와 함께 알속에서 꿈에 만나본 백룡이 날아나와 두만강물속으로 들어가는것이였습니다.

≪아, 백룡이 알속에서 나왔구나.≫

외톨이는 이렇게 중얼거렸습니다. 그가 빛이 계속 나는 알껍질을 주어들고 살펴보니 황금이였습니다.

≪아버님, 고맙습니다. 이 아들은 황금을 많이 주어 부자가 되였지만 혼자 가지지 않겠습니다.≫

외톨이는 이렇게 하늘에 대고 웨쳤습니다. 그는 금덩이를 가져다 마을사람들에게 나누어준후 나머지로 장가들어 외톨이신세를 면했습니다.

그 뒤 이 마을에 백룡이 나타났다 하여 이름을 백룡촌이라고 부르게 되였다고 합니다.

최승호 구술
한정춘 정리

자라바위

살기 좋은 고장이라 널리 알려진 석건이란 마을 곁에는 유유히 흘러가는 두만강을 향해 마주 앉은 자라바위가 있는데 여기에는 이런 유래가 후세에까지 전해지고있다.

까마아득한 옛적에 으 근방 동리에는 늙은 무당할멈이 외동아들을 데리고 굿을 해가며 살아가고있었다. 무당할멈은 제가 한 굿이 천하에 제일 령험하다고 장담하군 했다. 하지만 가난한 사람들한테서 재물과 돈을 한번도 적게 받을 때가 없었고 선심을 베풀지 않았다.

어느덧 외동아들이 장가들 때가 되니 무당할멈은 제가 나서서 먼 동리에 가 인물 곱고 마음씨 착한 가난한 집의 처녀를 며느리로 맞아들였다.

가난한 가정에서 태여난 며늘아기는 궂은일 마른일에 잔뼈를 굳혀왔는지라 집 안팎의 모든 일을 시키는대로 막힘없이 수걱수걱 해왔다. 또한 그는 집안사람들과 달리 짬만 있으면 몰래 남을 곧잘 도와주군 했다. 사람들은 며늘아기를 칭찬하군 하였다. 그런데 며늘아기가 남을 도와준것을 무당할멈이 눈치채게 되었다.

≪못난 년이 다 있다. 집안의 일이나 잘할거지 내 집 밥을 배부르게 먹고는 부실하게 남을 도와주다니? 그래 집 안팎에 일이 없어 심심한가 엉?!≫

제 어미의 추김을 받은 아들은 안해와 트집을 잡고 마구 손찌검을 하군 했다. 마음 착한 며늘아기는 하루가 멀다하게 무당할멈과 남편의 구속을 받으며 속으로 눈물을 삼켰다. 불쌍한 며늘아기가 갖은 울분을 참고 견디여왔지만 웬 일인지 시집온지 몇해란 시간이 흘렀지만 자식을 낳지 못했다.

이에 바빠난것은 누구보다 무당할멈이였다. 무당할멈은 매일 저녁마다 고방에서 문을 닫고 부지런히 굿을 하면서 며늘아기가 태기 있어 아이를 낳도록 바라고 바랐다. 서른날, 석달, 삼년동안 끊지 않고 기진맥진하도록 굿을 했다. 허나 그렇게도 천하에 제일 령험하다는 무당할멈의 굿도 웬 일인지 효험을 보지 못했다.

일이 뜻대로 성사되지 않자 모자간의 된 욕과 구속은 더해갔고 매를 맞는 것을 밥 먹듯 했다. 며늘아기는 참고 참던 끝에 끝끝내 자결하기로 모질게 마음먹고 두만강물속으로 한걸음 두걸음 걸어 들어가는데 바로 이때 ≪응애…응애…≫ 하는 애기 울음소리가 들려왔다.

(아니, 인가도 없는 산기슭에서 웬 집 애가 저렇게 울고있을가?)

애처롭게 울려오는 어린애의 울음소리가 가슴을 허비는지라 며늘아기는 두만강에 빠져죽자던 생각을 고쳐먹고 강물에서 나와 산기슭으로 올라갔다. 너부죽한 돌바위에 나뭇잎과 보드라운 풀을 펴놓고 그 우에 온몸에 실 한오리도 걸치지 않은 녀자애가 팔다리를 버둥거리며 자지러지게 울어대고있었다.

≪에구머니, 세상에 이런 기막힌 일도 어찌 있을가. 불쌍한 애야, 누가 이런 곳에 너를 버렸단 말이냐?≫

이 생각 저 생각 생각을 굴리며 망설이던 끝에 마음을 다잡은 며늘아기는 어린애를 안고 집으로 돌아가는수밖에 없었다.

≪아니랍세나, 이 애는 뉘 집 앤데 이렇게 벌거벗은채로 안아왔는고?≫ 무당시에미가 의아쩍어하자 남편은 ≪제가 낳은것도 아닌 계집애를 키워서 무슨 혜택을 받겠다고 쓸데없는 노릇을 하는가?≫ 하고 역정을 내군 했다.

그러나 며느리는 별의별 싫은 소리와 온갖 욕을 다 먹으면서도 애기가 더워할세라 추워할세라 알뜰히 키웠다.

그런데 몇해가 지나 걸음을 곧잘 걷던 아기는 어느날 저녁 오간데 없이 사라졌다. 며늘아기는 동네방네에 찾아보았지만 찾을 길이 없었다. 무당할멈과 남편은 애를 찾을 대신 잘코사니를 불렀다.

(애야, 너는 지금 어디에 가 있느냐. 집으로 돌아오렴…)

애한테 정이 들대로 든 며늘아기는 날마다 속상해 한탄만 했다.

그런데 기르던 녀자애가 오간데 없이 잃어진 뒤 희한하게도 며늘아기 몸에는 태기가 있어 애기를 낳으니 포동포동한 아들이였다.

≪그럼 그렇겠지. 이 애는 다름아닌 내가 자나깨나 굿을 하노라 온갖 정성을 기울인 덕택이야! 내가 한 굿은 언제나 이렇게 령험해.≫ 무당할멈은 한바탕 자랑을 늘여놓았다.

어느날 며늘아기는 잃어진 애가 잊어지지 않아 애를 안아오던 곳으로 찾아갔다. 허나 그곳에는 어린애 대신 자라처럼 생겨난 바위가 솟아있었다.

≪부인님께선 마침 잘 왔소이다. 나는 원래 애기가 아니라 두만강물에서 자란 자라신인데 부인께서 지독한 무당할멈과 고약한 남편한테서 너무도 구속을 받으며 살아가고있음을 낱낱이 보았지요.≫

자라처럼 생겨난 바위에선 웅글진 말소리가 들려왔다.

≪하찮은 녀인의 고초를 어떻게 알고계시는지요?≫

며늘아기가 의아쩍어 물었다.

≪그 사연을 말하자면 길지요. 집의 랑군은 아이를 볼수 없는 병신이여서 여직 부인께선 잉태하지 못한것이지유. 허나 부인께서 너무도 마음씨 착하기에 애를 낳도록 도와주었지유. 그런데 이 일을 두만강물신이 알게 될줄이야. 그는 고약한 무당할멈과 그의 아들놈한테 후대가 있게 한것은 큰 죄라면서 저를 이렇게 바위돌로 만들어놓았지유. 부인께서 모든 것을 다 알있으니 돌아가세유.≫ 말소리가 끝난 뒤 사위는 쥐죽은듯이 고요하였다.

≪자라신님, 도와주시여 고마워요.≫ 며늘아기는 절을 올린 뒤 자리를 떴다.

그후부터 이 바위는 자라바위라고 불리게 되었다.

한서홍 구술
한정춘 정리
량수진

범진령

두만강 중류에 자리잡은 도문에서 서남쪽으로 강물을 거슬러 얼마쯤 가면 깊숙한 산골짜기 곁에 솟아난 령이 있다.

험준하고 깊숙한 이 산골짜기에 사는 사나운 범무리가 늘 령마루에 올라와 진세(陣勢)를 벌리고있다가 이 부근으로 지나다니는 노루나 여러가지 짐승을 마구 잡아먹었을뿐더러 지어 여기로 지나다니는 사람들한테도 덮쳐들어 잡아먹군 하였다. 하여 옛날부터 이 부근의 사람들은 산골짜기 곁에 있는 령을 범진령이라고 이름을 달아 불러왔다.

어느해였던지 이 근방 마을에 사는 김씨성을 가진 한 젊은이가 두만강에 나가서 물고기잡이를 하고 집으로 돌아오고있었다. 헌데 젊은이가 산골짜기 어구를 바라보니 작은 돌바위우에 고양이만큼 알락달락하게 생긴 메고양이 새끼 두 마리가 서로 양공질을 하면서 놀아대고있는것이였다.

(과연 곱게도 생겼는데 도대체 무슨 짐승일가? 하여튼 집에 안고 가서 길러보자.)

호기심이 부쩍 동한 젊은이는 알락달락한 짐승을 안고서 집으로 돌아왔다. 젊은이가 그 짐승을 잘 길러보려고 잡아온 물고기를 먹였다.

헌데 바로 이날 저녁 밤중부터 마을 근처에 몇 마리 범이 나타나 따웅— 따웅— 하면서 마을사람들이 잠 못 자게 울부짖었다. 이 마을에는 포수 한사람도 없는지라 어느 누구도 겁나서 감히 문밖으로 나가지 못하였다. 이에 온 마을사람들은 저녁때면 문을 닫아걸고 겁나서 떨었다. 그들은 재난이 이렇게 들이닥친데 대해 알수가 없었지만 아러쿵 저러쿵 여러 가지 추측을 해가더니 마침내 김씨 젊은이가 메고양이 안아온 이야기까지 떠돌았다.

이때 김씨 젊은이가 산골짜기에서 메고양이새끼를 안아왔다는 소문을 들은 마을의 한 좌상어른이 젊은이를 찾아왔다.

≪임자가 범진령고개밑에서 알락달락한 메고양이새끼를 안아왔다는데 그게 정말인가?≫

≪네, 며칠전 물고기잡이 갔다가 범진령아래 골짜기에서 안아왔지요.≫ 젊은이는 곧이곧대로 대답했다.

좌상어른은 알락달락하게 생긴 메고양이새끼를 이리저리 유심히 살펴보고난 뒤 젊은이한테 돌려주었다.

≪젊은이, 이것이 메고양이가 아니라 범의 새끼네. 오늘저녁에 부근에다 가져다 놓게나. 그러면 그 범이 다시 동리에 내려오지 않을거네.≫ 좌상어른은 젊은이한테 이렇게 알려주었다. 더럭 겁이 난 젊은이는 새끼범을 안아다 골어구에 놓고 돌아왔다. 그랬더니 과연 그날저녁후부터 더는 범이 동리에 내려와 상화를 부리지 않았다.

그후 몇해가 지난 뒤 동라에는 두만강 건너쪽에서 이사온 키가 작달만한 포수가 있었는데 담이 크고 몸이 아주 날래였다. 이웃사람들은 포수가 키가 작고 몸매가 똥똥하다 하여 ≪쪽똘포수≫라고 친절하게 불렀다. 사실 이 동리 사람들은 사나운 범의 성화를 못이겨 상의한 끝에 불질 잘하는 이 ≪쪽똘포수≫을 강건너쪽에서 데려왔던것이였다. 동리에 포수가 있은 뒤부터 사납던 범들은 감히 령마루에 앉아 사람들을 해치지 못했으며 마음대로 동리에 내려와 행패질을 하지 못했다. 동리사람들은 포수를 존중하여 그와 친절히 지냈다.

어느날 저녁 포수가 잠자리에 누웠는데 갑자기 두만강 건너쪽에서 어여쁜 꽃 한송이가 날아와 포수네 집 마당에서 한바퀴 빙— 돌더니 마당에 내리지 않고 날아서 범진령기슭인 두만강 북안에 있는 너부죽한 바위에 내려앉는것이였다. 꽃을 따라간 포수는 바위우의 꽃이 사람으로 변하여 우쭐 일어서는지라 포수는 놀란채 그만 잠을 깨고말았다.

≪거 참 괴이한 꿈이로군.≫

포수는 이렇게 중얼거리면서 잠자리에서 일어나 창문을 바라보니 두만강가운데서 검은 물건이 곧추 이쪽으로 향해 오고있었다. 검은 물건은 점점 커졌는데 검은 점은 다름아닌 입에다 사람의 등을 물고 건너오는 범이였다. 포수는 즉시 렵총을 들어 범의 대가리를 겨누고 방아쇠를 당겼다. 강기슭까지 다가온 범은 정수리를 맞은채 즉사하고말았다. 포수는 번개같이 강가로 달려갔다. 네각을 뻗은 범의 옆에는 나어린 처녀애가 정신을 잃은채 쓰러져있었다.

≪아니, 이 늙은 범이 어디 가서 새파란 처녀애를 물어왔을가? 참 세상에 기막힌 일도 다 있지.≫

포수는 이렇게 중얼거리면서 처녀애를 업고 집으로 왔다. 포수가 범을 실으러 강가로 간 사이 처녀애가 정신을 차리고 일어났다.

본래 처녀애는 무산에서 얼마 떨어지지 않은 시골에서 살고있었다. 그는 두만강가로 나물 뜯으러 나왔다가 범을 만났다. 처녀애가 기겁해서 마을로 달아나려 하자 범은 앞길을 막으며 사타구니 사이에 난 시뻘건 연장을 자꾸 드러내보이는것이였다. 멋도 모르는 처녀애는 그 빨건 ≪총창≫이 자기를 찌를가봐 혼비백산해서 도망치다가 정신을 잃었다. 그다음 벌어진 일은 ≪쪽똘포수≫밖에 몰랐다.

구사일생으로 살아난 예쁘장한 처녀애는 포수네 집에 있으면서 이들 내외간의 정성어린 보살핌으로 재빨리 몸이 춰섰다.

몇 달 지난 뒤 포수네 량주는 처녀애를 앞세우고 두만강을 건너 처녀애네 부모들을 찾아갔다. 처녀애네 부모들은 범한테 물리워간 딸애가 죽지 않고 살아오니 너무도 기뻐 포수네 내외를 붙잡고 눈물만 흘리면서 한동안 아무 말도 못했다.

≪우리 개를 살려주었으니 이 자리에서 양딸루 삼으시우다.≫ 처녀애의 량부모들은 포수내외에게 이렇게 청을 했다. 이리하여 포수내외는 마침내 처녀애를 양딸로 삼게 되었다. 포수내외와 처녀 부모들이 서로 래왕한것은 더 말할것도 없다.

그 뒤 ≪쪽똘포수≫은 범진령마을에 살면서 동리사람들을 해치는 늙다리 범까지 잡아치우다보니 범진령 아래에 범이 사람을 잡아먹는 일이 없었다고 한다. 하지만 사람들은 그전의 습관대로 이 령을 그냥 범진령이라고 친절히 불렀다고 한다.

리 옥 구술
한정춘 정리
도문시

안도현, 돈화시 편

송풍라월

백두산천지에서 쏟아져내린 물이 백리계곡을 빠져나와 흰 물꽃을 날리며 흐르는 백하수기슭에는 천상선녀 하강하여 너울너울 춤추듯 아름다운 미인송[1]이 둘러선 소나무숲이 있다. 달밝은 밤 맑은 바람 불어올 때 소나무가지에 둥근 달이 걸리면 그 경치 더구나 아름다워 이곳을 송풍라월이라 부른다.

먼 옛날, 이곳 어느 마을에 송풍이라 부르는 의젓하고도 일잘하는 총각과 라월이라고 부르는 어여쁘고 마음씨 고운 처녀가 살고있었다.

한마을에서 나서 소꿉시절부터 신랑각시놀음을 놀며 자란 그들은 어느해 춘삼월 대보름날 백하강기슭에서 서로 만나 남몰래 굳은 언약을 맺었다. 송풍과 라월은 돌우에 맑은 물 떠놓고 달님께 절을 올리며 검은머리 백발이 되도록 먹은 마음 변치 말고 원앙새처럼 살아가자고 굳게굳게 맹세하였다.

그런데 이 마을복판에 자리잡고있는 부락장나리가 나다니다가 라월이를 보고 눈독을 들였다. 그는 집으로 돌아가자마자 매파를 띄웠다.

≪이 몸은 이미 언약한 곳이 따로 있으니 아예 그런 말씀 꺼내지 마옵소서.≫

매파한테서 이런 대답을 전달받은 부락장은 노발대발했다.

≪그래 그게 어느놈이란말이냐?≫

≪그와 이웃으로 사는 송풍이옵니다.≫

≪뭣이? 송풍이라? 으하하하…≫

---

1) 미인송을 학명으로는 장백송이라 한다. 장백산아래에서만 자라는 이 소나무는 줄기가 곧고 색깔이 불그레한데 나무꼭대기에 가선 가지가 무성하고 푹 퍼지여 밑에서 보면 마치 몸매 고운 미인이 춤을 추는듯하다. 그래서 해방후 미인송이라 부르기 시작했는데 지금 그것으로 통용되고 있다.

부락장은 어처구니없다는듯이 너털웃음을 웃었다. 이틀후 부락장은 라월이를 손에 넣으려고 음흉한 간계를 꾸며 송풍이를 먼 곳에 부역을 보내기로 하였다.

송풍이 부역을 떠나기 전날 저녁 소쩍새가 ≪소쩍! 소쩍!≫하고 피타게 울어댈 때 송풍과 라월은 첫 언약을 맺던 그 강가에서 만났다.

≪내가 가난하다보니 라월이를 고생시키는구려.≫

송풍이 안타까운 마음으로 이렇게 말하니 라월이 떠나는 송풍의 마음을 기쁘게 하려고 빵긋 웃으며 말했다.

≪고생 끝에 락이라니 그런 말씀 말아요. 일년후에 돌아오는 날 우리 성례를 이루자요. 당신만을 믿고 기다리겠으니 안심하고 가셨다가 몸 성히 돌아오세요.≫

≪고맙소. 라월이!≫

송풍은 그 누가 당금 빼앗아가기라도 하는것처럼 와락 라월이를 붙잡고 품에 안았다.

송풍의 품에 안긴 라월은 행복에 겨워 달을 보며 속삭이였다.

≪저걸 봐요. 오늘밤도 달이 둥글었어요. 하늘끝에서라도 저 달이 둥글면 날 본 듯이 봐주세요.≫

≪아, 저 둥근 달이 거울이라면 얼마나 좋겠소. 그대 얼굴 달에 비치면 내가 보고 내 얼굴 달에 비치면 그대가 보고.≫

송풍이 이같이 굳은 언약 남기고 떠난후 달마다 달이 둥글면 강기슭에 나와 둥근 달을 쳐다보면서 송풍이 돌아오기만을 기다렸다.

어느덧 일년이란 세월이 흘렀다. 그런데 일년을 기약하고 떠난 송풍은 웬일인지 돌아오지 않았다.

또 한해가 지나갔다. 기다리는 송풍은 오지 않고 성쌓기에 나간 송풍이 돌에 치여죽었다는 흉한 소식이 전해왔다. 그러나 라월은 믿지 않고 그냥 송풍이 오기만을 기다렸다.

어느덧 또 한해가 지나 3년세월이 되였다. 인제는 송풍이대신 부락장이 보내는 매파가 하루가 멀다하게 문턱이 다슬도록 찾아왔다.

그러나 살아 이승에서 못만나면 죽어 저승에 가서라도 송풍이와 함께 살자고 굳게 다진 라월은 번마다 매파를 쫓아버렸다.

이렇게 되자 악에 바친 부락장은 마지막수를 썼다.

어느날 라월이네 문전으로 부락장의 라졸들이 혹은 가마를 메고 혹은 바줄을 가지고 욱 쓸어들었다.

≪라월아 부락장나리의 마지막 분부시다. 순순히 말을 들으면 가마에 태워다 영화를 누리게 할것이요. 말을 듣지 않으면 빚값으로 너를 묶어다가 한평생 종살이를 시킬것이니 량단간에 선택을 해라 !≫

이제 더는 아무런 희망도 없게 되였다고 생각한 라월이는 무엇인가 잠간 궁리하더니만 비장한 결심을 내리고 한마디했다.

≪오늘밤 송풍의 령전에 제를 지내고 래일 떠나겠사오니 아침 일찍 가마를 보내주소서.≫

그날 밤 라월은 새옷을 갈아입고 송풍이와 언약을 맺던 강변으로 나갔다. 그는 송풍이와 리별하던 곳에 가서 바위돌우에 물 한사발을 떠놓고 절을 하였다.

≪창천은 굽어살피셔 이생에서 이루지 못한 우리 연분 죽어 저승에 가서라도 소원이루게 하여주옵소서!≫

라월은 말을 마치자 백하수에 몸을 던져버렸다. 그런데 라월이가 물에 뛰여들자 이상하게도 백하수의 물이 보드라운 모래와 흙을 실어다 라월이의 시체를 봉긋하게 묻어주고는 물곬을 돌리여 다른데로 흐르기 시작했다.

라월이 죽어 일년만에 부락장의 작간으로 뒤늦게야 고역에서 풀려난 송풍이 고향에 돌아와보니 라월은 이미 저세상사람이 되고 없었다.

송풍은 백하기슭으로 달려가 라월이의 무덤앞에 엎드려 울고 울었다. 몇날 몇밤을 원통히 가슴을 두드리며 울고 울다가 송풍은 라월이의 무덤가에 누워 이 세상을 영영 하직하고말았다. 마을사람들은 송풍을 불쌍히 여겨 죽어서라도 라월이와 함께 있으라고 그를 라월이의 무덤속에 묻어주었다.

그 이듬해 봄, 송풍과 라월이의 무덤속에서는 전에 볼수 없던 파란 소나무와 덩굴풀이 움터났다. 그 소나무는 하루가 몰라보게 빨리도 자라 몇해가

지나니 숱한 솔씨를 사방에 날려 푸른 소나무숲을 이루었다. 그리고 그 이름모를 덩굴풀은 소나무 따라 넝쿨을 뻗고 칭칭 감기여 무성하게 자랐다. 이리하여 백두산아래 백하수기슭에 천하에 없는 정경이 펼쳐졌는데 사람들은 송풍과 라월이의 이름을 따서 이곳을 송풍라월이라 불렀다.

리천록 정리

황송포

안도현 이도백하진에서 백두산쪽으로 곧추 남하하면 황송포란 작은 마을이 있다. 이고장을 황송포라고 부르게 된데는 다음과 같은 재미나는 이야기가 깃들어있다.

옛날 이고장에는 욕심쟁이 부자가 살고있었다. 그에게는 다섯쌍의 강냉이밭이 있었는데 사람들은 너나없이 그자의 머슴살이를 하려고 하지 않았다. 왜냐 하면 머슴군들의 삯전을 갉아먹는 그놈의 내속을 잘 알고있었기 때문이다.

그러던 어느해 늦봄이였다. 구척장신에 퉁방울눈을 하고 체통이 둬아름 잘되는 총각 하나가 이 부자집을 찾아왔다.

≪그래 자네 이름이 뭐지?≫

부자는 총각을 눈빗질해보며 물었다

≪네, 황송포라 부르옵니다.≫

≪음, 황송포라, 그래 머슴으로 들어오겠단말이지?≫

≪네 그러하오이다.≫

≪그럼 좋아. 삯전은 장차 후히 주겠으니 먼저 처진 밭갈이부터 해보게나.≫

≪아니, 먼저 삯전부터 정해야지요.≫

≪허, 아직 일솜씨도 못봤는데 삯전부터라니 웬 말인고?≫

부자는 코웃음을 쳤다.

총각은 마음을 눅잦히면서

≪하지만 그 액수에 대해서는 근심마십시오.≫하고 말했다.

≪대관절 어떻게 하자는건가?≫

≪그저 가을에 베여 묶는 강냉이 한단만 주면 고맙겠습니다.≫

≪아니 그게 실말인가?≫

≪간대로야 거짓말을 하겠습니까?≫

≪그럼 좋네. 어서 계약서를 쓰고 도장을 찍어보자꾸나.≫

총각이 계약서에 도장까지 찍었으니 만시름을 놓은 부자는 이게 웬 떡이 생겼냐고 기뻐서 어쩔바를 몰라했다.

총각은 그 이튿날부터 ≪이랴 올라서라, 이랴 내려서—≫하며 소를 몰아 밭을 갈았는데 닷새갈이 강냉이밭을 하루에 다 갈아버렸다. 그리고는 하루 반동안에 씨앗도 다 뿌렸다.

기음철이 돌아오자 총각은 또 사흘동안에 세벌후치질과 세벌김을 다 해제꼈다.

비록 제때에 일군을 얻지 못해 농사일이 좀 쳐졌댔지만 황송포 덕분에 부자집 강냉이소출은 그 어느해보다도 더 많았다.

≪허허, 정말 대단한놈인데. 여느 일군 열, 스물을 당하겠으니 이런 복덩이가 또 어데 있나. 그까짓 강냉이 한단이면 다 알아보는 판인데야. 허허, 저런 놈을 뒬만 쓰면 대뜸 천하부자가 될걸!≫

부자는 웃음집이 흔들거려 혼자 중얼거렸다.

어느덧 가을철이 되였다. 황송포가 낫을 갈아가지고 밭으로 나가는데 부자가 입이 함박만해져서 물었다.

≪이 사람, 그래 오늘은 소수레를 몰고 가지 않는가?≫

≪그래요. 그저 꾹 묶어서 지고오면 되니깐요.≫

≪뭐? 꾹 묶어서 지고온다?≫

≪그럼요.≫

≪정신나간 소리. 그걸 언제 다 져들인다고?≫

≪하, 그쯤이야 식은죽먹기지요.≫

총각이 대수롭지 않게 대답하자 부자는 저으기 의심하며 부랴부랴 소수레를 몰고 황송포의 뒤를 바싹 따라나섰다.

부자가 밭머리에 이르렀을 때는 황송포가 그 넓은 밭의 강냉이를 태산같이 무져놓고 그것을 한단으로 묶어놓은 뒤였다.

≪아니, 이 사람아, 왜 이리도 크게 묶냐?≫

≪그까짓 얼마 안되는걸 여러단으로 묶을게 있습니까?≫

≪이걸 다 져낼수 있겠냐?≫

≪하, 지다뿐이겠습니까? 이제 이만큼 더 있대도 얼마든지 질수 있습지요.≫

총각은 ≪끙—≫하고 힘을 쓰더니 태산같은 강냉이단을 지고 벌떡 일어섰다. 그리고는 아무 말도 없이 백두산쪽을 향해 씨엉씨엉 걸어갔다.

≪아니, 이 사람아 어델 가나?≫

≪제집을 찾아갑죠.≫

≪뭐?≫

≪먼저 일년 삯전부터 가져가얍지요.≫

≪뭐, 뭐? 일년삯전? 아니 자네가 다섯지기에서 난 강냉이를 다 가져가면 난 어쩌나?≫

부자는 날콩 씹은 상을 하며 안달복달하였다.

≪거야 제가 알게 뭡니까? 전 계약서대로 한단만 가져갈뿐인데요. 허허허.≫

총각은 이렇게 말하고는 총총 걸어 어느덧 령을 넘어섰다.

≪아니 이 사람, 송포! 송포야 !≫

부자는 뚱뚱한 배를 간신히 움직이며 뒤쫓았지만 그가 령마루에 올랐을 때는 송포의 그림자도 보이지 않았다.

≪송포! 송포!≫

억이 막혀 부르는 부자의 소리는 차츰차츰 가늘어졌다. 부자는 제자리에 꼬꾸라진채 다시 일어나지 못했다.

이때로부터 사람들은 힘센 황송포총각이 욕심 사납고 린색하기 짝이 없는 부자놈을 골탕먹인 그 일을 두고두고 잊지 말자고 이고장을 황송포라 불렀다 한다.

리룡득 정리

태평골

먼 옛날 어느 골연 작은 마을에 나어린 소년과 어머니 단두식구가 살아가는 집이 있었다.

그런데 이 소년은 나이 열여섯살을 잡도록 글 한자 못 배워 늘 안타까워하였고 어머니도 아들의 일로 늘 속을 썩이고있었다.

어느 하루 이 집에는 동냥중 하나가 나타났다.

마음씨 무던한 소년의 어머니는 좁쌀 한바가지 푹 떠주고 나서 그를 보고 조용히 물었다.

≪여보시오. 대사님 우리 집에 아들이라고 하나 두었는데 기어이 글공부를 시켜야겠으나 이 심산골에는 선생 한분 없으니 이 일을 도대체 어찌하면 좋을까요?≫

그러자 중은 씨벌이였다.

≪예 그렇습네까? 그럼 이 소승이 이 집 아드님을 좀 볼수가 없을까요?≫

어려서부터 어머니를 따라 마른일 진일 무거운 일 가리지 않고 부지런히 해낸 탓으로 몸이 아주 실팍히 굳어진 소년을 본 중은 단통 입이 함박만해지더니 뒤미처 능청스레 목탁을 두드리며 말했다.

≪아, 훌륭한 아드님을 두었수다. 훌륭한 아드님을요. 이런 훌륭한 아드님의 장래 신수도 아주 대길할것이라 그럼 제가 어디 점 한장 쳐드릴까요?≫

그러자 소년의 어머니는 감지덕지하여 말했다.

≪도사님께서 그렇게만 해주신다면 그 은혜 백골난망이겠나이다.≫

이에 중은 웅얼웅얼 점을 치는체하더니 몹시 놀라운듯 말했다.

≪아이고, 이 집 아드님을 어서 절로 보내야겠습니다.≫

≪아니, 절로 보내다니요?≫

≪절로 보내여 피신을 시키지 않으면 며칠 안짝에 생죽음이 나겠나이다.≫

≪예? 그게 정말이시우?≫

≪하, 우리 도사중들은 종래 거짓이라곤 모릅네다.≫

소년의 어머니는 그 말에 대성통곡을 놓았다.

≪아, 이 일을 어찌하면 좋단말인가? 차라리 보이지나 말았더면 모르기나 했겠는걸, 어이구! 집에 있으면 그저 죽는다니 아무래도 절로 보내수밖에 없지!≫

소년의 어머니는 울며 겨자먹기로 아들을 즉시 절로 보내기로 했다. 이에 소년은 급급히 헌옷가지를 궤짝에 넣어 걸머진채 중을 따라 집을 떠나게 되였다.

그러나 뉘 알았겠는가? 이 중이 바로 이 마을 저 마을에 무시로 뛰여들어 재물을 털어간다, 사람을 잡아간다 하며 인심을 몹시 소란시키던 산도적놈이였다. 이놈이 이번에는 중으로 가장하고 이 마을로 사람잡이를 나왔던것이다.

≪옳지 됐다. 이놈아이가 뼈도 굵직하고 힘도 드세니 평생 끌고다니며 실컷 부려먹게 되었고나 !≫

얼렁뚱땅 거짓말 몇마디 수작으로 소년을 꾀여 얻게 된 이놈은 너무 좋아 코노래 흥흥 장삼자락 펄펄 날리며 산으로 걸음발을 재촉했다.

바로 이때였다.

저 맞은켠 산발을 타고 장정 몇몇이 내려오고있었다. 도적놈이 보니 사냥군들이 분명했다. 이대로 가다가는 의심을 받아 큰욕을 보겠다고 생각한 도적놈은 얼른 몸을 피해 멀리 무성한 숲숙에 뛰여가 숨었다. 중이 숨는것을 본 소년도 그만 무서운 생각이 들어 얼른 지고오던 궤짝을 내려놓고 그안에 들어갔다.

사냥군들이 다가와보니 오솔길숲에 난데없는 궤짝이 있는지라 얼른 열어보니 그속에는 웬 소년 하나가 쭈크리고 앉아있었다. 어이 된 일이냐고 물으니 소년은 방금전에 있었던 일을 그대로 쭉 이야기했다.

소년의 말을 듣고난 사냥군들은 ≪음, 그 요사한 도적놈이 요새따라 민가촌으로 다니며 못하는짓이 없다더니 오늘은 또 중으로 변장하여 애들까지 잡아가는것이고나! 이놈 어디 죽어봐라 !≫ 하면서 소년을 돌려보내는 한편 궤짝앞에다 그 무엇인가 살짝 묻어놓고 자리를 떴다.

사냥군들이 멀리 사라지자 도적놈은 그제야 어정어정 돌아와서 소년을 찾았다. 그러나 소년의 그림자도 보이지 않자 도적놈은 얼른 궤짝문을 열어보려고 그앞으로 다가갔다.

바로 도적놈이 발을 앞으로 척 내디디는 때였다. 그 무엇인가 착 ! 하고 벼락치는 소리를 내더니 도적놈은 아이쿠! 하며 푹 꼬꾸라졌다. 그자는 사냥군들이 놓은 곰잡이 디딜창애에 걸려들었던것이다.

두다리 뼈를 뭉청 꺾인 도적놈은 오도가도 못한채 한동안 비명만 내지르더니 그대로 나가 너부러지고말았다.…

이로부터 소년이 살고있는 마을도 아주 태평해지게 되였는데 이에 이곳 사람들은 이고장을 태평골이라 이름 지어 부르게 되였다.

이곳이 바로 오늘의 안도현 석문향 태평골이다.

리룡득 정리

옹성라자

안도현 명월구는 본래 옹성라자라고 하였는데 그 지명의 유래를 두고 이런 이야기가 전한다.

그리 멀지 않는 옛날의 일이다. 한 젊은 부부가 산좋고 살기좋은 고장을 찾아 헤매다가 하루는 날도 저물고 로독이 심하여 산중턱 잔디밭에 앉아 다리쉼을 하게 되였다. 이때 갑자기 맞은켠 둥글넙적한 산꼭대기로 쟁반같은 둥근 달이 불끈 솟아오르더니 온 골짜기를 대낮처럼 밝게 비추었다.

두 부부 하도나 밝은 달빛에 취하여 사위를 두루 살펴보니 련련히 뻗어간 산령들로 옹기중기 둘러쌓인 골짜기에 거울처럼 맑은 실개천이 졸졸 흐르는데 북쪽으로는 아아한 높은 바위가 북풍을 막아주어 날새의 보금자리같은 포근한 고장이였다.

젊은 부부는 너무도 흐뭇하여 그날로 괴나리보짐을 풀고 이곳에 자리잡았다. 그리고 이튿날부터는 이깔나무, 잣나무를 쾅쾅 찍어 바위굽밑에 초가삼간을 짓고 시내가 산기슭 따라 논도 풀고 달빛을 빌어 길쌈도 하면서 아기자기하게 살아갔다. 게다가 젊은 부부는 자식복도 있어 끌날같은 자식 3남 2녀를 두었으니 과연 살림은 깨알 쏟아지듯하였다.

어느해 봄이였다. 두 내외가 기름진 땅을 파헤치고 씨앗을 뿌리려는 때였다. 난데없는 지주놈이 숱한 끄나불을 데리고 들이닥치더니 행패질을 시작하였다.

≪아니, 예가 어디라구 남의 땅에 기여들어 도적농사를 하는거냐?≫

≪나리님, 도적농사라니요? 당치 않은 말씀이옵니다. 우린 손톱이 모자라지게 개울가 돌밭과 산기슭 풀숲을 헤치고 밭을 일구어 낟알깨나 얻어먹으

면서 이렇게 살아갈뿐이옵니다.≫

≪이 미욱한 놈아, 땅이 없이 어떻게 낟알을 거둔단말인고? 그 땅인즉 바로 내 땅이니 석삼년 부쳐먹은 도지를 당장 내지 못할고!≫

기막히고 한심한 일이였다.

≪어찌 10년 도지를 당장 바치라 하나이까. 꼭 갚아야 할 도지라면 가을타작을 해서 바칠가 하나이다.≫

≪뭣이 어쩌고 어째! 종자곡이라도 당장 바쳐.≫

≪농사군은 굶어죽더라도 종자만은 베고 죽으랬다고 한항리밖에 없는 종자곡은 우리 일곱식솔의 명줄이옵니다. 부디 이 어린것들을 불쌍히 여겨주옵소서.≫

어리무던한 남편은 하늘을 쳐다보며 탄식했고 마음 착한 안해는 부엌문설주에 이마를 기대고 섰는데 두줄기의 눈물이 턱밑에서 맴돌다가 버선코를 흠뻑 적셨다.

≪너 이놈, 하늘이 높은줄만 알았지 무서운줄은 도무지 모르는 놈이구나. 얘들아 ! 얼른 저 종자항아리를 둘러메고 가자.≫

지주놈의 호령에 끄나불들은 다짜고짜 씨앗항아리를 빼앗아 메고 집을 나섰다. 그런데 얼마를 가다가 버드나무그늘밑에 항아리를 놓고 다리쉼을 하는데 참으로 신기한 일이 생겼다.

숱한 끄나불들이 눈을 펀히 뜨고 지켜보는 항아리속의 낟알이 온데간데없어지고 덩실하니 놓여져있는 빈항아리에서 ≪윙—윙—≫소리가 나며 항아리가 울었다.

지주놈이 웬 일인가 하여 항이리속을 들여다보니 항아리는 더 굉장한 소리를 내며 뱅글뱅글 돌기 시작했다. 지주놈은 기겁해서 뒤로 벌렁 나자빠지며 두손으로 귀구멍을 틀어막았으나 항아리소리는 우뢰울듯 더욱 요란하였다.

급해맞은 지주놈은 걸음아 날 살려라 하고 도망치려 했으나 웬 일인지 한걸음도 내디딜수가 없어 바위밑에서 뱅뱅 돌아칠뿐이였다.

바위밑에서 빈항아리와 함께 뱅뱅 돌아치던 지주놈은 그만 바위에 머리를 찧고 죽고말았다.

그제야 항아리는 아무 일도 없었던듯이 소리를 그치고 덩그렇게 앉아있었다.

그후 며칠이 지나서 보슬보슬 봄비가 내리더니 씨앗도 뿌리지 않은 젊은 부부의 논밭에서는 곡식이 뾰족뾰족 움터났다.

이해에는 례년에 없던 풍작이 들었다. 씨앗항아리가 불쌍한 부부를 도와 조화를 부린 결과였다.

마음 착한 젊은 부부는 항아리의 은공을 잊지 않으려고 바위밑에 자그마한 절을 짓고 씨앗항아리를 모셨다. 그로부터 이 고장에 심보 나쁘고 고약한 사람이 얼씬만 하여도 바위가 ≪윙--윙≫항아리소리를 내며 쫓아버리는통에 두 부부 근심걱정없이 부지런히 농사를 지으며 지나다니는 길손들을 후히 대접하며 살아나갔다.

인품 좋고 살기 좋은 고장에는 사람들이 모여들기 마련이다. 그후 몇해를 지나니 이고장 인가는 백호를 헤아렸다.

높은 바위밑에서 항아리 우는 소리가 나며 해해년년 농사 잘되는 바위밑 마을이라 하여 항아리 옹(瓮)자에 소리성(聲)자를 붙여 이곳을 옹성라자라 불렀다 한다.

한병기 구술

정해철 정리

반작골

안도현 석문진 란니촌에서 북으로 14리쯤 들어가 펑퍼짐한 령 하나를 넘어서면 작은 마을이 나진다. 이 마을을 사람들은 반작골이라고 부른다.

옛날 이 마을 이름이 생기기전 일이다. 몇호밖에 안되는 이 마을에 젊고 부지런하고 마음씨 고운 두 부부가 의좋게 살아가고있었다. 그들 사이가 하도 끔찍하니 이웃과도 다정하게 보냈다.

그런데 못사는 사람에게는 가난이 원쑤라고 보리고개를 넘기기가 바쁘게 입에 풀칠할 쌀마저 떨어져 그들 부부는 련며칠째 산나물로 연명해갔다. 그러다보니 워낙 신병이 있는 남편은 그만 자리에 덜컥 드러눕게 되였다.

이웃이 사촌이라고 웃집 황로인네 신세도 적잖게 입었지만 그렇다고 그 집도 부자가 아닌 이상 늘 그 집 신세를 바라고살수는 없는 일이였다.

그러던 어느날, 안해는 남편에게 죽이라도 쑤어드릴 생각으로 령너머 큰마을 부자집으로 동냥을 떠났건만 쌀 한알 얻지 못하고 빈손으로 돌아오게 되였다. 빈손으로 돌아오며 남편을 생각하는 안해의 가슴은 쓰리고 아팠다. 그래서 땅이 꺼지게 한숨을 쉬며 마당으로 들어서는데 갑자기 바람이 우수수 불면서 웃집 황로인네 오얏나무에서 누르스름한 오얏 몇알이 떨어져 사립문안에 데굴데굴 굴러들어왔다.

안해의 머리속에는 ≪옳지! 오얏 몇알이래도 시장기를 덜어드릴수 있겠지≫하는 생각이 피끗 떠올라 그 오얏을 주어가지고 남편의 머리맡에 다가가 권했다.

≪여보세요. 이걸 잡수시고 정신 차리세요. 네.≫

남편은 눈을 가까스로 뜨고 안해가 내미는 오얏을 보았다.

≪아, 오얏이군, 어디서 난거요?≫

≪황로인네 오얏나무에서 떨어져 우리 집 마당에 굴러들어온거애요.≫

≪뭐라구? 남의 물건을 마음대로 가져오는것처럼 낯이 깎이는 일이 세상에 어디 있소? 어서 돌려가오!≫

안해는 눈물을 훔치면서 오얏을 황로인네 뜨락에 가져다놓고 돌아왔다. 안해가 집안에 들어서기가 바쁘게 남편은 말했다.

≪여보, 우리가 잔치한지도 4, 5년 세월이요. 그런데 여직 내 마음을 몰라주니 어찌 참된 안해라 하겠소. 아무리 생각해도 섭섭하단말이요.≫

남편의 말에 자책감과 야속하다는 생각이 갈마든 안해는 눈물을 흘리며 슬그머니 밖으로 나갔다.

안해가 밖으로 나간지 얼마 안되여 웃집 황로인네 마당에서 도끼질소리가 울리더니 뒤미처 그집 손주녀석이 나무를 찍지 말라고 하면서 엉엉 울어대는 소리가 들렸다. 이상한 생각이 든 남편이 간신히 일어나 벽을 짚으며 마당으로 나가보니 이웃집 황로인은 벌써 오얏나무 한그루를 찍어넘기고 두번째 그루를 찍으려고 서두는참이였다.

≪로인님 웬 일이십니까 ! 로인님께 명줄인 오얏나무를 찍어버리면 어떻게 살아가시려고 그러십니까?≫

≪자네 행실은 옳았나? 그렇게 무던한 안해를 나무람한게 다 이 하찮은 오얏나무때문이 아닌가? 몽땅 찍어버리구말겠네.≫

아, 원래는 그래서였구나. 영문을 알게 된 남편은 얼른 말했다.

≪제발 빕니다. 로인님, 다신 안해를 섧게 굴지 않을테니 나무만 찍지말아주십시오.≫

이렇게 말한 남편은 가까스로 로인의 손에서 도끼를 앗아냈다.

이날 저녁 로인은 젊은 량주를 앉혀놓고 이렇게 말했다.

≪임자네들 듣게나, 내 집엔 손주녀석 하나밖에 없네. 난 인젠 기력이 모자라고 손주녀석은 어려서 저 나무들을 가꿔낼수가 없네. 그래서 임자한테 맡겨 반작을 할 생각이네.≫

≪아니 우리하고 반작을 해요?≫

≪아무렴 반작하고말고! 반작을 하려네≫

이리하여 그 이듬해부터 젊은 부부는 농사일을 하는 짬을 타서 오얏나무를 잘 가꾸어 웃집 황로인네와 의좋게 나누어 먹으며 한집식구처럼 살아갔다.

그후부터 사람들은 이 골짜기를 반작골이라 부르게 되였다고 한다.

리룡득 정리

신선동

명월구 서남쪽 환구령기슭 깊은 골짜기에는 바위꼭대기와 바위중턱 그리고 바위밑굽에 큰 굴이 각각 하나씩 뚫어져있는 큰 바위가 하늘높이 우뚝 솟아있다. 이 바위는 그 굴속에다 불을 지피면 30리 떨어져있는 천보산광산령마루에서 연기가 솟는다는 신묘한 바위로서 사람들은 예로부터 이 바위를 신선동(神仙洞)이라 불렀다.

사시장철 푸른 소나무가 무성한 이 신묘한 바위를 신선동이라 부르게 된데는 이런 이야기가 전해지고 있다.

옛날옛적. 이 바위굽에서 그리 멀지 않은 곳에 자그마한 마을이 있었는데 이 마을에는 마음씨 착하고 부지런한 떠꺼머리총각이 병든 아버지를 모시고 살았다.

총각은 바위앞에 있는 기름진 땅을 번지고 하루도 쉬지 않고 부지런히 일하면서 아버지의 병구완에 등한하지 않았다. 그러나 날이 갈수록 아버지의 병세는 더해만 갔고 또 병들어 자리에 눕는 로인들의 수자도 늘어만 갔다. 너나없이 구차한 살림인지라 로인들의 병에 약 한첩 대접하지 못하고 가슴만 쥐여뜯던 마을사람들은 한집두집 이고장을 떠나게 되였다.

그러나 오도가도 못할 형편인 총각은 화가마속같은 골짜기에서 밭김을 매다가 해가 기울어서야 땀을 들이며 이빠진 옹배기에 담아온 보리밥누룽지로 대충 요기를 하였다. 총각은 식독에 취해 아슴프레 잠이 들었는데 백발로인이 나타나

≪지금 부친의 병세가 경각에 이르렀는데 늘어지게 낮잠이나 자고있는고. 어서 집에 돌아가 아버지의 병구완을 할지어다.≫ 라고 말했다.

깜짝 놀라 깨여나보니 백발로인은 온데간데 없고 바위꼭대기로부터 걸직한 물방울이 방울방울 떨어져 이빠진 옹배기에 담겨지는것이였다. 총각은 하도 괴이쩍어 혀끝으로 살짝 맛을 보았더니 그것은 달디단 꿀이였다. 총각은 한방울이라도 흘릴세라 정히 담아들고 병석에 있는 아버지와 마을 로인에게 한모금씩 골고루 대접하였다. 이튿날도 마찬가지였다. 이렇게 련 며칠을 빠짐없이 대접하였더니 로인들은 차츰 원기를 추기 시작했다.

어느 하루였다. 총각은 이 신비한 비밀을 알아보려고 높은 바위굽에 톺아올라 자상히 살펴보니 바위처럼 굳어진 몇천년 묵은 꿀이 뜨거운 해볕에 녹아 방울방울 떨어지는것이였다.

마음 착한 총각은 이것은 틀림없이 신선이 내려보낸 복이라 여기고 침만 꿀꺽 삼키고 내려왔다. 그리고는 매일 녹아내리는대로 받아다가는 아버지와 마을로인들에게 대접하였다. 마을사람들 또한 너나없이 어리무던한지라 그것을 탐내지 않고 총각이 주는대로 꿀을 마시며 지내노라니 집집마다 늘 늘어나는것은 재산이요, 사람마다 장수불로하였다. 하여 이 마을은 복수동(福壽洞)이라 불리우게 되였다.

발없는 말이 천리를 간다고 린색하고 욕심많은 천보산쪽에 사는 한 부자가 이 일을 알게 되였다. 부자는 신선이 준 이 복을 독차지하려고 뚱기적거리는 녀편네를 데리고 밤도와 이고장에 와서 안깐힘을 다하여 바위꼭대기로 기여올라갔다. 바위꼭대기에는 달콤한 꿀이 굳어져 붙어있었다. 부자는 힘드는줄도 모르고 정으로 끄기 시작했고 절구통같은 녀편네는 밑에서 입을 쩍 벌리고 바위꼭대기를 쳐다보며 꿀덩어리가 떨어지기를 바라고있었다. 온밤 낑낑거리며 정질했으나 정끝은 한치도 들어가지 않았다.

날이 희붐히 밝자 하늘에 먹장구름이 뒤덮이더니 구름사이로 대노한 백발로인이 나타나 흰수염을 떨면서 소리쳤다.

≪넌 과연 무치하기 그지없는 인간이로다. 제배때기만 채우려는 네놈은 천벌을 받을 지어다!≫

말을 마친 백발로인이 사라지더니 갑자기 일진광풍이 일며 바위꼭대기구멍으로 모진 바람이 불어나왔고 바위중턱 굴속으로는 주먹같은 왕모래가 휘

날려 나왔으며 바위밑굽 굴속에서는 소대가리같은 큰돌들이 날려나오며 조화를 부렸다. 부자내외는 모래와 돌속에 파묻혀 죽고말았다.

과연 신선의 조화였다.

일진광풍이 지나가자 바위는 아무 일도 없었던듯이 예전과 마찬가지로 우뚝 솟아있는데 바위밑으로는 맑고도 달콤한 내물이 졸졸 흐르기 시작했다.

이로부터 이고장을 신선동이라 부르게 되였고 이 내물을 약수(藥水)라 일컬었다 한다.

김경수 구술
정해철 정리

이도백하

아주 멀고 먼 옛날 백두산아래 어느 외진 두메산골 한 마을에 늙고 병든 어머님을 모시고 살아가는 성수라는 순박하고 선량한 소년이 있었다.

꼭두새벽에 자리를 차고 일어나 일밭으로 나가면 늘 저녁에 별을 보고서야 집으로 돌아오는 성수였건만 해마다 덮쳐드는 왕가물에 입에 풀칠조차 하지 못하였다.

게다가 나라에 바치는 상납곡은 늘어나고 늘어나 그들 일가를 가난의 구렁텅이에서 헤여나오지 못하게 하였다.

어느해 봄이였다.

관청에선 성수소년을 붙잡아갔다.

≪너 이놈! 이마의 피도 상기 안마른 녀석이 석삼년이 되도록 나라에 상납곡 한말도 물지 않았으니 네 죄가 어떠한지 알겠느냐?≫

성수소년은 머리를 푹 숙이고 떨리는 소리로 대답했다.

≪네, 큰 죄를 지었나이다. 해마다 왕가물이 들어 낟알을 거두지 못하는 형편이니 어찌하면 좋겠나이까?≫

≪이놈아 ! 인젠 용서할수 없은즉 네 목을 쳐 키를 낮추는수밖에 없다!≫

≪네, 더 할 말이 없나이다!≫

≪자, 옜다. 돈 다섯냥을 주니 네 마지막으로 밖에 나가 먹고싶은게나 실컷 사먹고 돌아어오너라!≫

그는 눈물을 머금고 다섯냥을 받아쥐더니 어머님을 찾아 집으로 돌아왔다.

집에 누워계시는 어머님을 생각하니 더욱 눈물이 가리웠다. 내가 죽는건 섧지 않으나 내 죽으면 의지가지없는 늙은 어머님은 장차 어떻게 살아간단

말인가 !

단돈 다섯잎이라도 어머님의 손에 쥐여주어 어머님을 기쁘게 해드리고저 그는 두주먹을 부르쥐고 달려갔다. 그런데 한창 길을 달려갈 때 웬 애들이 떠드는 소리가 들려왔다.

남산아래에서 애들 몇이 두발과 날개죽지가 꽁꽁 묶이운 봉황새 한 마리를 한가운데 놓고 내것이니 네것이니 하며 티각태각 다투고있었다.

≪아니야, 내가 먼저 봤으니 의례 내가 가져야 해 !≫

≪아니야, 그래도 내가 잡았으니 의례 내거야 !≫

≪아니야 ! 내거야 !≫

이때 봉황새는 눈물만 뚝뚝 떨구고있었다.

그것을 본 성수소년은 가긍스런 그 모습이 마치도 당장 억울히 죽어갈 자기 신세와 같게 생각되였다.

≪나는 당장 죽을 몸, 이제 어머님께 푼돈 다섯잎을 드린다고 마음 편하시랴? 차라리 이 돈으로 저 불쌍한 새나 구해주자.≫

성수소년은 애들의 앞에 다가가 이렇게 말을 걸었다.

≪얘들아, 보아하니 봉황새는 한 마리인데 가지려는 애들은 많구나. 차라리 나한테 팔아 그 돈을 나눠가지면 낫지 않겠니?≫

애들은 그의 말에 아주 좋아했다.

≪그래그래, 그럼 어서 돈하고 바꿔줘!≫

봉황새를 받아든 성수소년은 눈물이 그렁그렁해서 말하였다.

≪너 봉황새야, 하마트면 야단날번했구나. 길지 않은 한평생인데 이담부턴 조심하거라.≫

꽁꽁 동여맨 노끈을 풀고 봉황새를 놓아주자 봉황새는 대단히 고맙다는듯 성수소년의 머리우에서 세 번을 빙빙 돌면서 지저귀더니 곧추 하늘로 날아올랐다.

그러자 이상하게도 하늘가에 칠색령롱한 무지개가 가로걸리였다.

성수소년은 지친 나머지 제자리에 앉은채 하염없는 생각을 굴리다가 그만 잠들었다.

얼마나 시간이 지났는지 꿈에선가 그 무엇이 그를 툭 쳤다. 깨여나보니 어느덧 저녁노을이 빨갛게 타번지는데 아까 날려보낸 그 봉황새가 나타나 ≪성수형님, 성수형님, 얼른 일어나세요.≫ 하고 부르는것이였다.

깜짝 놀라 한참이나 멍하니 바라보느라니 그 봉황새는 납작 엎드려 절을 하며 또 말을 잇는것이였다.

≪사실 전 하늘나라 옥황상제님의 둘째아들입니다. 아버님의 엄명을 받들어 인간세상을 돌아보다가 그만 이곳 남산마을애들한테 잡혔댔지요. 요행 성수형님의 덕분에 살아난 이 기쁨을 아버님께 아뢰였더니 아버님께선 어서 가서 그 은인을 모셔오도록 하라고 분부하셨습니다.≫

≪귀공자님, 그런 말씀 마시오. 나는 나라에 죄진 몸, 이제 죽을 시각이 경각에 이르렀습니다.≫

≪아닙니다. 저도 알고있습니다. 그건 성수형님의 죄가 아니라 바로 관청의 놈팽이들이 들씌운 억울한 죄명이오니 조금도 근심마시고 어서 저의 등에 오르십시오.≫ 라고 하였다.

이리하여 성수소년은 봉황새의 등에 앉아 눈깜짝할새에 훨훨 하늘나라로 오르게 되였다.

하늘나라에 오르자 옥황상제는 더없이 그를 환대하며 련 사흘 큰 잔치를 베풀었고 그가 평생 보도 듣도 못했던것들을 구경시켜주었다.

성수소년이 떠나올 날자가 되자 옥황상제는 이렇게 물었다.

≪인젠 너도 떠나갈 몸이구나. 떠나기전 내 한가지 묻고싶노니 너의 평생 소원이 무엇인지 말하거라.≫

그는 한참 생각에 잠겼다. 금은보화는 어디까지나 개인의 부귀와 한 가정의 영화를 가져올뿐이니 그래도 만백성이 해해년년 농사일을 잘할수 있게 하는걸 요구해야 옳지 않을가. 그러자면 무엇보다도 큰 강 한줄기를 내여달라고 청을 들자.

성수소년은 드디여 엎드려 절을 하며 이렇게 말했다.

≪옥황님전에 청원하나이다. 우리 고장에 새로 큰 강 한줄기 이루어주신다면 더없이 고맙겠나이다. 워낙 살기 좋던 고장인데 해마다 왕가물이 심해

서 입에 풀칠조차 하기 어려우니 나라 상납곡조차 낼수 없게 되였습니다. 이로 하여 숱한 사람들이 관가에 잡혀가 랑자하게 물매를 맞고 지어는 목숨까지 잃고있나이다.≫

그러자 옥황상제는 만면에 웃음을 띠우고 머리를 끄덕이였다.

≪오, 내 그고장의 형편과 너의 갸륵한 마음을 알고도 남음이 있노라. 내 백두산 천지물을 가지고 강 한줄기 새롭게 이루어주겠으니 그리 알고 내려가거라. 그러나 한가지 잊지 말지어다. 때가 되면 두줄기 하얀 서리가 내리는데 그 어간이 바로 강바닥이 될것인즉 뢰성벽력이 치기전에 여러 사람들더러 그 어간을 벗어나도록 미리 알려야 하노라.≫

성수소년은 그렇게 하겠노라 대답하고 백배 사례한후 고향에 돌아왔다.

그 시각이 거의 당도해오는 어느날 성수소년이 밖에 나가보았다. 때아닌 봄날, 너비 서른발 남짓한 서리발 두줄기가 허공에 죽 그어졌는데 그 길이는 몇백리 잘될것 같았다.

≪오, 분명 저 어간이 강바닥으로 될 자리로구나.≫

이리하여 그는 린근 여러 동네에 알려 백성들더러 강바닥밖으로 피신하게 하였다.

그때로부터 며칠 뒤 옥황상제가 이야기하던 바로 그날이 되였다.

하늘에서 갑자기 뢰성벽력이 울부짖더니 마침내 비가 억수로 퍼부었다. 비는 련 사흘이나 퍼붓더니 드디여 맑은 하늘이 펼쳐졌다.

이렇게 되여 백두산천지의 북쪽모퉁이가 확 틔이면서 지금의 이도백하가 생겨났다. 지금도 이도백하는 거침없이 흐르고 흘러 포전들에 생명수를 먹이고있으니 백두산하 농부들은 더는 왕가물을 모르고 마음껏 농사를 짓고 있다.

리룡득 정리

재 터

길림성 안도현 영경향 조양촌에서 량강진쪽으로 곧추 올라가다 바른켠에 재터라는 작은 골짜기가 있다. 이 골짜기를 재터라 부르게 된데는 이런 기구한 전설이 깃들어있다.

옛날 이 골짜기어귀에 작은 마을이 있고 이 마을에 사는 총각이 장가를 들게 되였는데 그 처녀의 말이 시어머니가 없어야 시집을 오겠다고 하였다.

후레자식 아들은 두루 생각하다 하루는 어머니를 보고 ≪옷을 곱게 입으시오. 나들이를 떠납시다.≫라고 하였다.

어머니가 옷을 입고 나서자 그는 어머니를 앞세우고 삽을 들고 뒤골짜기로 들어갔다.

그는 골에 들어가자마자 큰 구뎅이를 얼른 파놓았다.

≪어서 이 구뎅이에 들어가오!≫

아들의 말에 늙은 어머니 있다가

≪애야 아무리 그러기로 늙은 어머니를 이렇게 파묻어 죽일 작정이냐?≫

그러나 무도 고약한 아들은 짐승같이 을러멨다.

≪구뎅이에 들어가기 싫으면 삽으로 찍겠으니 맘대로 하시오!≫

어머니는 그래도 구뎅이에 묻혀 죽는것이 낫겠다고 생각했다. 그래서 눈물을 머금고 구뎅이에 들어가니 흙이 척척 사정없이 들어왔다.

한삽, 두삽, 열삽, 스무삽…

그런데 이때 갑자기 창공에서 뢰성벽력이 치더니만 다시는 흙이 날아들어오지 않았다.

어머니가 이상하여 내다보니 아들이 삽을 든채 그대로 그린듯이 서있었다.

≪얘야 어서 흙을 떠 들여보내려무나.≫

그러나 아들은 여전히 동정이 없었다. 하도 이상하여 어머니가 기여나와 보니 아들은 삽을 든채 여전히 그상이 장상이다.

≪얘야 웬 일이냐?≫

어머니가 툭 다치니 아들은 재가 되여 폴싹 주저앉았다.…

하여 이때로부터 이곳을 재터라 부르게 되였다고 한다.

김기선 구술
리룡득 정리

보마성

용맹하고 의로운 보배말이 나서서 나라의 안전과 백성들의 안녕을 지켜주었다고 해서 이름한 《보마성》은 안도현 이도백하에서 북쪽으로 10여리 떨어져있다. 이 성은 지금으로부터 천여년전 발해국의 한 성이라고 한다. 당시 발해는 당나라와 아주 친근하게 지냈으며 년년이 발해의 풍부한 물산들이 당나라에 가게 되였고 당나라의 물산들이 발해로 들어왔는데 보마는 당나라로 다니는 륙로중에 거치지 않으면 안될 요충지였다.

당시 나라에서는 산세가 험요하고 인적이 드문 이고장에 다 특별히 성을 수축하고 군사를 주둔시켜 이 지대의 안정을 보위하고 행인과 무역행상들을 보호하게 하였다.

어느해인가 한번은 설웅이라는 장군이 이 성에 도임되여 밑으로는 백성들을 잘 돌보아주어 농부업이 모두 홍성하게 되였고 안으로는 군사들을 잘 조련시켜 나쁜놈들이 얼씬하기만 하여도 여지없이 족쳐 한동안 이곳 사람들은 태평세상에서 마음놓고 잘살게 되였다.

이러던 어느해 추석날 밤이였다. 멀리서 급한 말발굽소리가 들려오더니 이윽고 웬 사람이 보마성문을 급히 두드렸다. 누구냐고 물었더니 나는 류수하성의 장령 룡맹의 딸인데 급한 일로 왔으니 어서 빨리 성문을 열어달라는 것이였다. 이에 설웅장군은 어서 그를 성으로 모셔드리라 하였다. 색시는 설웅장군을 보자 무릎을 꿇고 앉아 눈물을 흘리면서 《류수하성은 몇천명 남짓한 도적떼에 의하여 허물어졌는데 우리 부친께서 나를 보고 도적떼가 보마성에도 갈것인즉 성을 잘 지키라는 분부를 전갈하라기에 불원천리하고 왔나이다.》하였다.

이 말을 들은 설웅장군은 깜짝 놀라며 룡장군의 안전을 더 캐여물었다.

≪부친 수하의 군사를 관리하는 추민이라는 놈이 도적떼와 미리 내통을 하고있다가 오늘 새벽에 도적떼를 성안으로 들여놓았지요. 문지기가 인차 눈치를 채고 징을 두드렸어도 그는 뭇화살에 맞아 쓰러졌고 징소리를 들은 대소장령과 군사들은 알몸으로 뛰여나가 접전하였으니 이미 때는 늦었사와 아버지는 갑옷도 변변히 입지 못하고 칼을 들고 혈전의 길을 나가면서 나더러 자신의 말을 주면서 모을수 있는 군사들을 모아가지고 내가 빠질 길을 엄호하였어요. 적은 준비가 있는데다 수효가 많고 우리는 준비 없는데다 그 수효가 적으니 필경 아버지 생명은…≫말을 더 잇지 못하고 흐느끼는것이였다.

설웅장군은 분을 억지로 참더니 결단성 있게 군사와 마을사람들을 모여놓고 이 일을 전하면서 목숨으로 성을 지켜내고 원쑤를 족치는 영용무쌍한 행동으로 룡맹장군의 원쑤까지 갚자고 령하였다. 그의 말에 군사와 백성들은 설장군이 있는 한 모두 힘을 모아 원쑤를 끝까지 대적할 결심을 하였다.

설장군은 군사들에게 싸울 차비를 빈틈없이 시킨뒤 하루는 적이 쳐들어온다는 급보를 받고 두도백하 강어구에서 놈들을 족치자고 나가는데 이때 백성들도 렵총과 창, 도끼를 들고 너도나도 군사행렬뒤를 따라섰다. 류수하성을 함락한 도적놈들은 보마성의 량식과 재물을 탐내여 이곳으로 떼지어오는 한편 그에 앞서 보마성은 몇백명의 군사밖에 없으니 항복을 받고 순순히 성을 점령할 계책으로 사신을 보내왔다. 사신은 말하기를 ≪우리는 류수하에 와 성을 점령하고 이곳에 왔다. 우리에게는 유명한 장군에다 군사 또한 몇천을 헤아리니 이 보마성을 치자면 게눈감추듯 하겠으나 설장군의 마음씨를 돌보아 좋게 처리하려 하는바 이 성을 순순히 내여준다면 당신들의 몸을 털끝 하나 다치지 않을것이요. 만약 거역하면 백성과 군사들은 피못에 잠기게 될것이요.≫ 라고 하였다. 이 말을 듣고있던 설웅장군은 대노하여 웨쳤다.

≪너희들은 듣거라. 너희들의 수효가 많다지만 우리 군사 하나이면 너의 도적떼 백명은 족히 당할터인즉 너의 두령을 보고 먼저 자수하는것으로 속죄하라 하여라. 그렇지 않으면 그놈의 키부터 낮추어놓겠다.≫

설장군의 서리발치는 말에 사신은 부들부들 떨며 뒤걸음쳐 돌아가버렸다.

적개심과 나라의 충성에 불타고있던 병사와 마을장정들은 설웅장군의 지휘에 따라 두도백하강기슭으로 나섰고 룡맹장군의 딸 설화아씨도 설웅장군을 비롯한 여러 장수의 만류도 불구하고 설웅장군을 호위하여 일선으로 나섰다.

과연 도적떼는 채색기발을 날리며 무리를 지어 쓸어와서는 좁은 물곬을 찾아 다리를 놓으려고 아름드리 이깔나무를 탕탕 찍어대였다. 그러나 설웅장군은 도적떼들이 나무를 찍는 그 대안에서 놈들에게 화살을 안겨 일을 못하게 저애하였다. 그러니 놈들은 나무 한 대 찍지 못하고 숱한 사상자만 내였다.

그날 저녁 도적떼들은 파수병만 남겨놓고 한마장 떨어진 곳에 가서 저녁을 해먹게 되였다. 이때 설웅장군네 병사들도 강기슭을 굳게 지키며 저녁밥을 먹게 되였다. 드디여 땅거미 지고 밤이 되였다. 놈들은 어둠을 타서 일축을 내려 서둘렀다. 그러나 설웅장군은 그들이 움찍하여도 몇십명이 동시에 화살을 날려 놈들의 숨통을 끊어놓도록 하였다. 이때 도적떼 괴수놈은 화가 동해 죽음을 헤아리지 않고 빨리 나무를 베여 다리를 놓도록 재촉하였다. 다시 먼동이 터왔다. 이때 강 위쪽에서 꽈르릉 하고 나무가 넘어지는 소리에 산천이 쩡쩡 울렸다.

설웅장군이 방비를 덜하던 그곳에 놈들은 집요하게도 몇대의 이깔나무를 넘어뜨려 다리를 놓았던것이다. 놈들은 이 다리로 새까맣게 넘어왔다. 그러나 설웅장군은 유리한 지세를 타서 도적놈들을 나무다리에 올려놓고 무리죽음을 주었고 다리를 물에 처박아놓았다.

이에 적들은 다시 나무를 무어 배를 만들고 배를 타는 놈은 배를 타고 헤염칠줄 아는 놈은 헤염을 치면서 총공세를 발동하였다.

설웅장군은 병사를 여러 편대로 나누어 맹렬히 저격하였다. 적들이 죽으면서 아우성치는 소리는 온 산천을 진감하였고 물굽이마다에는 놈들의 시체가 여기저기 널렸다.

그러나 워낙 수효가 많은지라 죽는 놈은 죽고 상한 놈은 상하고 물을 헤여 건너온 놈은 건너왔다. 이쪽 강기슭에서는 치렬한 싸움이 벌어졌다. 한식경 싸웠으나 승부가 결판나지 않으니 량편에서는 서로들 군사들을 거두어들였다. 이날도 이렇게 몇합 싸웠으나 서로들 많이 병사를 잃었지만 승부만은 나지 않았다. 이럴 때 보마강 건너편 하늘에 오색채운이 쫙 갈라지면서 하늘을 깨칠듯한 룡마의 호용소리가 울리더니 백색 룡마 한필이 전장으로 비호같이 달려오는것이였다. 도적떼들은 난생 보지 못했던 준걸스러운 말인지라 무리를 지어 룡마를 붙잡아 자기들 괴수에게 가져갔다. 괴수 갈망은 하늘이 자기를 돕는다고 말에 안장을 얹고 타려 하니 말은 사람을 물고 차고 하여 탈래야 탈수가 없었다. 병사들의 부축임으로 안깐힘을 다하여 말에 올랐으나 말은 앞발을 세우고 꼿꼿이 섰다가는 내리고 내렸다는 또 꼿꼿이 서는 바람에 갈망은 말에서 떨어졌다. 이놈이 비명을 지르니 곁에 병사들이 부축하며 상처를 주무르며 싸맬 때 어느결에 백마는 쏜살같이 달려 설웅장군쪽으로 달려갔다. 설장군 수하병사들이 말을 붙잡으니 말은 순순히 말을 잘 들었다. 설장군이 와서 말을 살펴보니 검은 털 한대 없는 백마인데 말의 높이는 일곱자 가량 되였고 길이는 열자 잘 되였으며 말발굽의 너비도 한자는 잘 되였다.

설장군이 말에 올라 채찍을 치니 쏜살같이 달리는데 어지간한 골짝은 날아서 넘었고 잔서리밭도 허궁 뛰여서 넘는것이 의심할바 없는 룡마였다.

룡마를 얻게 되자 설웅장군은 물론이요 병사와 백성들도 심히 기뻐 승리의 신심으로 부풀어올랐다. 설장군은 이 기회에 한번 크게 싸워 승리할 결심을 내리고 병사들을 배불리 먹이고 싸울 차비를 하였다.

그리고는 칼과 방패를 들고 앞에 나서고 량옆으로 설화아씨와 다른 한 장군이 호위하고 질서정연히 진을 쳐서 쳐들어갔다. 놈들은 백마로 하여 사기가 떨어진데다 설웅이 룡마에 올라 기세당당히 쳐들어오니 황급한 나머지 뒤로 빼소니치는자 기수부지였다. 사기가 저락된 도적괴수 갈망은 후일을 도모하려고 물러섰다. 이에 설웅은 말을 몰아 그놈들의 퇴각로를 차단하여 놓고는 동에 번쩍 서에 번쩍하면서 놈들의 목을 잘랐다. 혼란에 빠진 적들은 애를 쓰며 질서를 수습하려 하였으나 장군의 병사들에 의해 삼대 쓰러지듯 쓰러졌다. 설웅장군은 좌충우돌하면서 계속 적을 무찔렀다. 이때 도적의 괴수 갈망은 한무리의 도적떼를 이끌고 강기슭으로 올리뛰고있었다. 설웅장군은 그놈을 향해 말을 몰았다. 그놈을 따라잡고 싸움을 벌였는데 갈망은 싸움끝에 도망치다가 끝내 붙잡히고말았다.

설웅이 항복을 권하니 궁지에 빠진 도적의 괴수놈은 말에서 떨어지며 칼을 쳐들고 항복하였다. 이때 룡마가 그의 곁으로 가니 갈망은 기회를 노렸다가 룡마의 배를 가르고 설웅이 떨어지게 함으로써 이 기회에 설웅이를 찔러죽이려 하였다. 두손으로 칼을 바쳐든 갈망은 칼손잡이를 단단히 잡고있다가 룡마를 찌르려는 순간 룡마가 오호홍! 하고 호용치며 그놈을 짓뭉개였고 뒤미처 설화아가씨가 번개같이 칼을 날려 갈망의 오른손목을 탁 끊어놓았다. 이통에 나머지 도적떼들은 죽은놈은 죽고 항복한놈은 항복하고야말았다.

설웅장군이 보배말인 룡마를 얻은데서 싸움은 승리하였다 설웅장군 일행은 개선가를 부르면서 보마성으로 돌아왔다. 이때로부터 사람들은 이 성을 보마성(報馬城)이라고 부르던데로부터 보마성(寶馬城)이라고 부르게 되었다 한다.

리천록 정리

미혼진

미혼진(迷魂陣)은 안도현 신합향경내 돈화시와의 경계에 위치한 삼림지대의 지명이다. 이 지대를 미혼진이라 한데는 그럴만한 전설이 깃들어있다.

항일시기 안도현 명월진에는 일본군수비대가 도사리고있으면서 공산군 토벌을 일삼고있었다. 그만큼 그자들은 안도일대에 악명이 자자하였다. 우리 항일유격대에서는 어느때든 이 악명이 자자한 수비대놈들을 소멸해버리리라 윽벼르고있었다.

어느해 어느날 유격대에서는 일본수비대 200여명이 여러대의 군용트럭에 앉아 현성인 송강쪽으로 간다는 군사정보를 입수하였다. 이에 우리 유격대에서는 이놈들을 지금의 미혼진에 유인해들여다가 일망타진하기로 결의하고 소부대를 이놈들이 지나가게 될 십기가 부근 길목에 대기시켰다.

아니다를가 해가 두어발만큼 떴을 때 맨앞에 선 군용트럭 유격대 매복권내에 들어섰다.

≪땅 !≫

되알진 총소리와 함께 소부대전사들이 일제히 사격을 개시하며 수류탄을 내리던졌다. 삽시에 적들은 여러 사상자를 냈다. 뒤따르던 군용트럭이 련이어 들이닥치니 소부대전사들은 적측에 대고 한바탕 총질하고는 슬쩍 산을 넘어섰다.

악이 난 적들은 집요하게 유격대의 뒤를 물었다. 소부대는 이따금 총질하면서 200여명 적들을 돈화현 경계로 뻗은 삼림지대로 유인했다.

이 지대는 산세가 험하지는 않지만 봉우리와 계곡들이 아무 특성이 없이 되는대로 생겨나서 저 봉우리가 이 봉우리 같고 이 골짜기가 저 골짜기 같아서 처음 들어서는 사람은 도무지 방향을 분간할수 없었다.

적들은 소부대를 쫓다가 그만 오리무중에 빠졌다. 한겻이나 돌아쳐도 동서남북을 헤아릴수 없었다. 이때에야 적들은 유격대의 유인술에 걸려들었다는것을 알았다. 하지만 때는 늦었다. 군사는 지칠대로 지쳐 한 산밑에 퍼더버리고말았다. 벌써 한낮이 되였다. 적 지휘관이 망원경으로 이 산 저 산 살피다가 ≪요—시≫하고 소리쳤다. 망원경안에 산꼭대기에서 쉬고있는 유격대원들의 모습이 비껴들었으니 하는 소리였다. 이때 어디선가 난데없는 총알이 날아와 이자를 거꾸러뜨렸다.

적들은 지휘관을 잃게 되자 발악적으로 달려들었다. 했으나 해종일 헤매도 유격대와 접전 한번 해보지 못하였다. 이 산에서 총소리가 나다가 또 저 산에서 총소리가 났다. 적들은 이 산 저 산 돌아치다가 숱한 주검을 냈다. 살아남은자들도 우리 유격대의 습격을 받아 태반이 죽었거나 흩어졌다.

그후부터 사람들은 이 지대에 들어서면 미혼에 빠져 어디가 어디인지 방향을 알수 없다 하여 이 지대를 미혼진이라 부르게 되였다.

리광인 정리

금 골

돈화시 경내로 흐르고있는 목당강 상류에는 수많은 산골짜기가 있는데 그중에는 금골이라 부르는 골짜기가 있다. 금싸락 한알 나지 않는 이 골짜기를 금골이라 부르는데는 다음과 같은 아름다운 전설이 있다.

옛날에도 먼 옛날, 지금의 금골을 만산툰이라 불렀다. 10여호의 농가들이 화목한 나날을 보냈다. 앞에는 넓은 벌이 있고 뒤에는 산을 끼고있어 농사도 잘되고 아이들도 잘 자랐다. 만산툰이 살기가 좋다는 말을 들은 만석부자 담만부가 억지로 이 마을에 이사를 와서 마을이름을 담만산이라 고치고는 관리들을 업고 이 마을을 독차지하였다.

몇년이 안 지나 이 마을 어른들은 담만산의 머슴으로, 아이들은 꼴머슴으로 되였다.

담만산네 집에는 열살짜리 부엌데기가 있었다. 부엌데기는 새벽부터 밤늦게까지 물을 긷군 하였다.

어느해였다. 단오날부터 추석까지 비 한방울 내리지 않았다. 밭은 거북등이 되고 우물바닥에는 먼지가 날 지경이였다. 그래도 부엌데기는 물을 길어야 했다.

겨울에 잡아들어 물난은 더욱 커졌다. 담만산은 부엌데기더러 물을 길어오라고 바깥으로 내몰군 했다.

칼바람이 휘몰아치는 어느날 부엌데기는 예전과 같이 물지게를 지고 집을 나섰다. 행여나 하고 뒤산으로 올라갔다. 가고 가다가 맥이 진한 부엌데기는 청석바위옆에서 정신을 잃고 쓰러졌다.

≪부엌데기야, 부엌데기야 !≫

누군가 부르는 소리에 눈을 뜨니 설련화 한포기가 곱게 피여있었다. 설련화를 보는 부엌데기는 ≪이 꽃이 쌀이 되고 물이 되였으면 얼마나 좋겠니.≫ 라고 혼자말을 하다가 다시 눈을 감았다.

≪부엌데기야, 부엌데기야 !≫ 하는 소리에 다시 눈을 뜨니 설련화가 피였던 자리에 설련화보다 더 고운 처녀가 서있는것이 아니겠는가. 게다가 두 손에는 금같이 새노란 조밥 한사발을 들고있었다. 부엌데기더러 어서 먹으라는것이였다. 부엌데기는 처녀가 주는 조밥을 먹다가 밥사발을 청석바위우에 올려놓고는 마을을 내려다보고있었다.

≪밥은 먹지 않고 무슨 생각을 하니?≫

처녀가 물었다.

≪배를 곯고있는 마을사람들을 생각하니 밥이 넘어가지 않아요.≫ 부엌데기는 눈물을 흘리면서 대답하였다. 대답을 마치고 쳐다보니 처녀는 간데온데없었다.

≪누님, 누님 !≫ 부엌데기가 불렀다.

이때 청석바위밑에서 ≪부엌데기야, 부엌데기야, 난 여기 있다. 난 설련화라 부른다. 일이 있으면 청석바위를 들고 샘물에 대고 말해라.≫ 라는 말소리가 랑랑히 들려왔다.

부엌데기는 청석바위를 그대로 번쩍 들어올렸다. 과연 맑은 샘물이 솟고있었다. 부엌데기는 샘물에 대고 말했다.

누님 누님 우리 누님
은도 싫소 금도 싫소
누른 조밥 준다며는
마을사람 먹이겠소.

말을 마치자바람으로 한초롱에는 조밥이 가득 담기고 다른 한초롱에는 샘물이 찰랑찰랑 넘쳐흐르게 담겼다. 마을로 내려온 부엌데기는 가지고온 밥과 물을 마을사람들에게 나누어주었다. 이튿날도 사흗날도 매일 밥과 물을 날라다가 마을사람들에게 주었다.

이 일을 만석부자 담만산이가 알게 되였다. 여우같이 교활한 담만산은 어느 하루 새벽에 부엌데기 뒤를 밟았다.

이를 알바 없는 부엌데기는 청석바위를 들고 샘물을 향해

누님 누님 우리 누님
은도 싫고 금도 싫소
누른 조밥 준다며는
마을사람 먹이겠소

라고 말했다.

청석바위 뒤에서 이 말을 낱낱이 훔쳐듣던 담만산은 박달방망이로 부엌데기의 뒤골을 내리쳤다. 부엌데기는 설련화가 피였던 자리에 쓰러져 숨지고말았다.

담만산은 옷매무새를 잘하고는 부엌데기를 본따서 청석바위를 버쩍 들고는 샘물을 보고 말했다.

누님 누님 우리 누님
물도 싫고 밥도 싫소
은을 주오 금을 주오
있는대로 많이 주오.

말이 떨어지기 바쁘게 청석바위옆에 눈이 부시는 금산이 우뚝 솟았다. 기쁨에 찬 담만산은 미칠 지경이였다. 앞에 나타난 금산을 보고보고 또 보았다. 이윽고 금산옆에 꽃같은 처녀가 나타났다. 담만산은 금산은 물론 처녀까지 독차지할 욕심이 생겼다.

≪달같이 고운 처녀가 황량한 이 산골에서 적적한 나날을 보내지 말고 첩으로 된다면 이 내 금산을 팔아서 부귀영화를 누리면 좋지 않겠느냐?≫ 하

고 슬쩍 말을 건넸다.

≪닥쳐 ! 이 금산을 누가 네것이라 하더냐?≫ 설련화가 말했다.

≪내 땅우에 솟아난 금산이니 물론 내것이지.≫ 담만산은 큰소리를 쳤다.

≪정녕 그렇다면 이 금산을 흘러가게 할테다 !≫

≪이 마음대로 하거라. 사방 백리가 내 땅이라 흐르면 십리를 흐르지 백리밖으로 흐르겠냐?≫

설련화는 청석바위를 버쩍 들어서 금산에 던졌다. 금싸락으로 된 금산은 흐르는 샘물과 함께 목단강으로 흘러갔다. 욕심쟁이 담만산은 금물에 휩싸여 사품치는 목단강에 흘러들어가 물귀신이 되여버렸다.

이렇게 금물이 흐르며 골짜기를 내였다 하여 후세 사람들은 이 골짜기를 금골이라 부르게 되였다.

김충묵 정리

압록강류역 편

망향봉

백두산 서남쪽 기슭에 자리잡은 장백현 경내에는 우뚝 솟은 산봉우리가 있는데 사람들이 이 산봉우리를 망향봉이라고 이름지은데는 나름대로의 애절한 사연이 깃들어서이다.

먼 옛날, 망향봉 아래의 궁궐토목공사에서 석순이라는 젊은이가 대패와 끌로 나무와 씨름하고 가운 이라는 젊은이가 벌겋게 단 쇠를 주무르고있었다.

이제 반달만 지나면 3년간의 공역이 끝나는데 가운이는 벌겋게 달아오른 쇠덩이에 발을 다쳐 그만 심한 화상을 입게 되었다. 가운이를 친동생처럼 아끼던 석순이는 자기가 번 삯전으로 덴 상처에 좋다는 약이란 약은 다 사왔지만 별로 효험이 없었다. 마지막에는 무당할미를 불러 굿판까지 벌렸지만 가운이는 한쪽 다리가 병신으로 되고말았다. 가운이는 한쪽 다리를 쩔룩거리며 겨우 일하러 다녔다. 그런데 이번에는 석순이한테 큰 불행이 닥쳐왔다. 높은 궁전 꼭대기에 올라갔던 석순이는 발을 빗디디여 허리를 상하였다.

이번에는 가운이가 쩔뚝거리며 돌아다니며 돈을 꾸어다 석순이한테 약을 지어주었다. 그 덕인지 석순이는 이젠 지팽이를 짚고 다닐수 있게 되었다.

≪가운아, 이렇게라도 걸을수 있으니 내 생각에 고향의 부모들이 더 그리워지는구나. 저기 저 산봉우리를 오르면 혹여 고향이 보이지 않을가?≫

허리를 상한 석순이와 다리가 불구인 가운이는 안간힘을 써가며 겨우 산봉우리에 올랐다.

그들 둘은 얼마 남지 않은 동전을 돌바위에 놓고 눈이 헐도록 자기들을 기다리는 부모들을 한번만이라도 보게 해달라고 하느님께 빌고 빌었다.

그러자 갑자기 머나먼 곳의 안개가 활짝 걷히더니 고향모습이 안겨왔다.

석순이의 아버지는 이전보다 훨씬 늙어보였는데 마당에서 새끼를 꼬고있었다. 가운이도 역시 메밀밭에서 일하고있는 부모를 보고 소리쳤지만 웬 일인지 아무런 대답도 하지 않더란다.

그리움이 빚어낸 환영인지? 아무튼 이 산봉우리에 오르면 고향의 정경이 환히 보인다 하여 사람들은 망향봉(望鄕峰)이라는 그럴듯한 이름을 달아줬다고 한다.

김옥희 구술
한정춘 정리
장백조선족자치현에서 수집

천녀화장봉

압록강 상류에서 얼마 떨어지지 않은 곳에 장승처럼 우중충 솟아난 바위가 있는데 이 바위를 천녀화장봉이라고 부르는데는 아름다운 전설이 전해지고있기때문이다.

어느해인가 백두산에는 모진 광풍이 몰아쳐 집채 같은 바위돌이 굴러내리고 아름드리나무가 송두리째 뽑히는 참변이 일어났다.

바로 이때 백학을 타고 백두산으로 구경을 내려오던 천녀(天女)는 광풍에 휘말리여 큰 바위 근처에 떨어지고말았다. 그가 깨여났을 때 한무리 비둘기들이 깃을 물에 적셔 그의 입에다 물도 털어넣어주고 맛있는 열매도 가득때왔다. 천녀의 몸에 난 상처는 점차 아물기 시작했으나 옥처럼 고운 얼굴에 난 흉터는 좀체로 지워지지 않았다.

그대로 천궁에 돌아가면 따돌림을 받을게 뻔한지라 천녀는 죽음을 작정하고 곡기를 끊었다. 그의 몸이 나날이 앙상해질 무렵, 수백년 묵은 산신할미가 질그릇단지 하나를 천녀 앞에 놓고 주문을 외웠다.

≪물동이만큼 커져라!≫

그러자 질그릇단지는 대번에 커다란 은빛항아리로 변하였다. 천녀의 눈에는 한줄기 희망의 서광이 비꼈다. 산신할머니가 조용히 천녀한테 알려주었다.

≪아가, 이 동이안에 들어있는것은 모든 흉터를 없애는 천수란다. 매일 이 천수를 조금 마신 뒤 무화과나무잎사귀로 천수를 묻혀 흉터에 바르렴.≫

천녀의 용모가 회복되자 산신할머니는 그를 곱게 화장시키고 백학의 등에 태워 천궁으로 돌려보냈다. 이때로부터 사람들은 이 산봉우리를 천녀화장봉이라고 고쳐 불렀다.

김옥희 구술

한정춘 정리

장백조선족자치현에서 수집

스님관일대

압록강이 시작되는 곳에 아침 해돋이를 보는데는 더없이 좋다는 관일대(觀日臺)가 있다. 그런데 사람들은 관일대란 이름 앞에 굳이 ≪스님≫이란 말을 붙이기 좋아한다. 그것은 어찌된 영문일까?

멀고 먼 옛날 이곳으로 도를 닦아서 법력이 엄청 센 스님 한분이 찾아왔다. 하루는 그가 관일대에 좌정하고 아미타경을 독송하고 있는데 배가 불룩한 말사슴 한 마리가 다리를 절뚝거리며 달려와 구원을 청하였다.

스님이 돌아다보니 이마빼기에 임금 왕(王)자를 새긴 호랑이가 서있었다. 스님이 말사슴의 상한 다리부위를 손바닥으로 어루쓸자 대번에 나아졌다. 말사슴이 질풍같이 숲속으로 사라지자 다 잡은 먹이를 놓친 호랑이는 천둥같이 화가 나서 대신 스님을 잡아먹으려고 하였다. 그러자 스님이 호랑이한테 큰소리로 호령하였다.

≪자칭 산중왕이란 놈이 닥치는대로 잡아먹다니, 오늘 내가 네놈과 내기를 해볼테니 응할 자신이 있느냐?≫

호랑이는 하도 우스워 낄낄거리며 스님의 요구대로 하였다. 먼저 호랑이가 덮쳐들 차례였다. 호랑이가 몸뚱이를 옹송그렸다가 쫙 펴며 달려들 찰나, 스님의 몸뚱이는 새의 깃털처럼 공중으로 날아올랐다. 헛방을 치고난 호랑이는 이번에는 스님이 공중으로 뜨기 먼저 몸을 날려 스님의 정 수리를 바라고 내리꼰졌다. 날카로운 발톱이 스님의 정수리를 닿자 호랑이가 앞발이 잘려나가는듯한 통증을 느끼며 대굴대굴 구을었다. 위풍이 단단히 꺾인 호랑이는 마지막으로 쇠초리 같은 꼬리를 휘둘렀으나 스님한테 억센 꼬리를 잡혀 꼼짝달싹 못하였다.

내기에서 이긴 스님은 호랑이를 벼랑아래로 밀어뜨려 죽이려고 하였다. 호랑이는 다시는 동물들한테 악한 짓을 하지 않겠다고 엎드려 싹싹 빌었다. 스님은 호랑이를 놓아주었다. 그후 호랑이는 다섯 마리의 승냥이의 공격에서 스님을 구해주었다. 스님이 말했다.

≪임자의 일이 고맙네. 나는 오대산에 있는데 여기를 지나다가 해돋이를 구경하고저 잠시 머물고있던중일세. 이제 마흔아흐레가 되었으니 가봐야지.≫

그러자 어디선지 말사슴이 나타나 자기 등에 타라고 애원하고 호랑이는 자기 등에 앉아야 한다고 우겼다.

구경 오대산 스님이 무엇을 타고 갔는지 아무도 모르고 스님관일대(高僧觀日臺)란 시 한수만 전해져내려고오고있다. 그 원문은 아래와 같다.

구름처럼 떠다니는 오대산 스님
해돋이 구경하며 법력을 키웠네
말사슴 살리고 호랑이와 친하니
그전날 이야기 오늘까지 전하네

김옥희 구술
한정춘 정리
장백조선족자치현에서 수집

떼몰이군과 룡왕묘

압록강 발원지의 북안에 있던 룡왕묘는 이미 허물어져 찾아볼수는 없어도 떼몰이군과 룡왕묘에 대한 이야기는 오늘도 전해지고있다.

백두산밀림에서 나는 홍송, 백송은 재질이 좋아 예로부터 궁전을 짓는데 많이 썼다. 민부들은 송목을 벤 다음 떼목을 무어서 압록강에 띠워 날라가군 하였다. 삯전을 후히 주는지라 사람들은 여울이 험하고 파도 세찬 압록강에 고기밥이 될 위험도 무릅쓰고 떼군으로 자청해나서군 하였다.

그때 이 근방에 부자가 있었는데 오래 살 료량으로 점쟁이를 찾아갔다. 점쟁이는 부자가 장수하자면 절간을 짓고 불공도 드려야 하는데 절간을 짓는데 쓰는 재목은 백두산 홍송 외에는 아무 나무도 안된다고 그루를 박아 말하였다.

이튿날 부자는 하인을 시켜 방을 내붙였다. 내용인즉 백두산에 가 홍송을 베여 날라오는 떼군들에게 품삯을 갑절이나 주겠다는것이였다.

그러자 지선달이라는 사람이 자청해나섰다. 그는 떼목을 싣고 무사하게 내려오자면 룡왕묘에 가 빌어야겠는데 제사음식을 좀 차려달라고 하였다.

≪까짓거야. 내가 손수 룡왕묘에 갈 터이니 근심 말고 떠나게.≫

부자의 대답을 받고 지선달네 일행은 백두산으로 떠났다. 그들이 아름드리 홍송으로 떼목을 무어서 타고 가장 위험한 여울목을 지날 때였다. 갑자기 물기둥이 솟구치더니 백룡이 나타나 룡왕묘에 제사상을 차려놓고 빌기전에는 아예 갈 생각을 말라고 으름장을 놓는것이였다. 그러니까 깍쟁이 부자가 제사상 차릴 돈이 아까워서 룡왕묘에 오지 않은것이 분명했다. 떼군들은 할수 없이 날치는 백룡과 생사박투를 하며 하류의 안전한 여울목까지 겨우 떼목을 갖다대였다. 부자놈한테 얼리워 간신히 집에 도착한 떼군들은 홍송을 순순히 넘겨주었다간 또 사기를 당할가봐 머리 좋은 지선달을 찾아갔다. 지선달은 떼군들의 귀에 대고 속삭였다.

이튿날, 부자는 강에 가서 질 좋은 홍송을 보자 겉으로는 좋아하는척 하며 뒤로는 호박씨를 깠다.

≪좋은 홍송일세. 내 집 울안까지 날라다주게.≫

그러자 지선달이 단호하게 나섰다.

≪그렇게는 못하겠수다. 처음 말한대로 품삯을 안주면 이 홍송을 몽땅 떠내려보내겠수다.≫

≪집까지 날라가지 않았는데 어찌 삯전을 주나. 안그렇다면 난 이 홍송이 싫네.≫

그러자 떼군들은 지선달의 눈치를 맞추어 떼를 엮은 느릅나무를 도끼로 찍어버렸다. 아까운 홍송이 떠내려가자 부자는 당장 삯전을 주겠다고 했다. 그제야 떼군들은 손을 멈췄다. 부자는 동전꿰미를 든채 한수를 썼다.

≪임자들이 룡왕묘에 들리지 않으니까 내가 갔네. 그때 쓴 음식값을 삭전에서 떼내야 하겠어.≫

부자의 말에 모두들 열통이 터져서 사실의 진상을 발가놓았다. 생각밖으로 일이 탈려감을 느낀 부자는 아까웠지만 할수없이 삭전을 몽땅 떼군들한테 내주었다.

이때로부터 사람들은 룡왕묘에 가 제를 지내지 않고도 떼목을 타고 다녔다. 룡왕묘에 가는 사람이 적어지자 심술부리던 백룡도 멋쩍은지 자취를 감추었다.

그러고 보면 룡왕이 령험한지 아니면 사람의 의지가 령험한지 모르겠다. 아무튼 압록강에 있는 룡왕묘터는 볼수록 감회가 깊어지는 곳이다.

남인수 구술
한정춘 정리
림강시

남천령

백두산 서쪽에 있는 령을 남천령이라 고쳐 부르는데는 한 로승과 제자의 각별한 존사애생의 이야기가 깃들어있어서이다.

남천령에서 얼마쯤 북쪽으로 들어가면 울창한 숲속에 자그마한 절이 있었다. 이 절에는 백세를 훨씬 넘긴 로승이 남씨 성을 가진 제자와 함께 불법도 닦고 무예도 전수하면서 살아가고있었다.

그런데 하루는 로승이 혼자 절에 있는데 여러 부락을 마구 털면서 행악질하던 도적무리가 들이닥쳤다. 놈들은 로승한테 백두산에서 캐여온 불로초를 내놓으라고 을러멨다. 로승이 오래 산것은 열심히 심신수련을 한것이지 절대로 무슨 명약을 먹어서가 아니였다. 하지만 무지막지한 도적놈들은 불당안을 서캐 훑듯 샅샅이 뒤집었다. 지어는 구리불상까지 뒤집어놓고 찾았으나 불로초 그림자도 보이지 않자 절에 불을 지르고 달아났다.

스님의 분부를 받고 마을에 내려갔던 남천이가 절로 돌아와 보니 로승은 피못에 쓰러져있고 삼단 같은 연기가 불당에서 피여오르고있었다. 남천이는 으드득 이를 깨물었다. 남천이가 도적무리를 그처럼 미워하는데는 그럴만한 사연이 있었다. 어느해 남천이가 간신히 보리고개를 넘겼을적에 도적무리가 나타났다. 놈들은 금방 풋바심을 한 보리를 몽땅 가져가려 하였다. 아버지가 도적들에게 좀 사정이나 봐달라고 말하다가 도리여 물매를 맞고 저승으로 갔다. 어머니도 심화병으로 시름시름 앓다가 아버지 뒤를 따르고말았다.

남천이는 그지간 로승한테서 배운 무예로 도적무리를 족쳐주려고 길을 떠났다. 백성들의 도움으로 그는 도적무리의 소굴을 찾을수 있었다. 놈들이 개미떼처럼 달려들자 남천은 로승한테서 배운 궁술로 매 한 대의 화살도 빗

쏘지 않았다. 마지막에 도적무리의 괴수가 달려들자 남천은 칠성검으로 녀석의 철퇴를 날려보냈다…

험한 령에서 남천이가 도적무리를 잡아치우고있다는 소문을 들은 사람들은 먹을것을 가지고 와 응원해주었다. 제 무리를 무수히 잃은데다가 자기까지 하마터면 죽을번한 도적놈 괴수는 36계 줄행랑을 놓을수밖에 없었다.

그때로부터 사람들은 험한 령을 남천의 이름을 따서 남천령이라고 불렀다고 한다.

남인수 구술
한정춘 정리
량강시에서 수집

령광탑

장백조선족자치현성에서 얼마 떨어지지 않은 산등성이에 탑이 하나 있는데 탑 네 귀에 매단 풍경은 바람이 불적마다 잘그랑잘그랑 맑진 소리를 내며 한 장수에 대한 신비한 설화를 전하고있다.

아주 오랜 이전의 이야기다. 로스님한테서 무술을 배우느라 하지만 정신을 집중하지 못하여 늘 꾸지람을 듣는 나어린 제자가 있었다. 다병한 로스님은 자기가 열반에 들기전 나어린 제자를 앉혀놓고 유언을 남겼다.

≪무예란 한날한시에 닦아지는것이 아니다. 너 절로 결함을 알고 있으니 노력하여라. 그리고 내가 저세상으로 간 뒤에도 이 탑 곁을 떠나지 말거라…≫

로스님의 골회를 부도탑에 모신후 나어린 제자는 무예와 도술을 닦기에 전념하였다. 몇 년후 애숭이청년으로 성장한 제자는 무예를 련마하다가도 로스님이 마지막으로 남긴 말뜻을 나름대로 풀려고 애썼다. 혹시 제자가 게을러질가봐 매일 탑 주위를 깨끗이 쓸어놓으란 분부인지 아니면 탑에 보물이 있기에 도적을 막아달란 뜻인지?…

그러던 어느 하루 저녁이였다. 꿈에 로스님이 히죽이 웃으며 나타나 기둥처럼 생긴 곤봉을 꼬나들고 휘두르는데 그 솜씨가 어찌나 능란한지 아무런 빈구석도 보이지 않았다. 제자가 이상한 꿈을 꾼 이튿날 새벽이였다.

어디서 왔는지 키가 구척이나 되고 푸른 수염을 한 장정이 나타나 바람개비 돌리듯 박도를 휘두르고있었다. 제자는 얼이 빠진듯 그 광경을 지켜보다가 코등에 파리가 내려앉자 손을 들려던 참이였다. 푸른 수염은 그더러 꼼짝 말라는 시늉을 해보였다. 제자가 두 손을 뒤짐지고 서있는 찰나 휙— 하는 소리와 함께 박도의 칼날에 맞은파리가 두 동강이 나 떨어졌다. 신기에 가까운 칼놀림을 보자 제자는 땅에 넓적 엎드렸다. 스승으로 되어달라는 뜻이였다. 푸른 수염은 재삼 사양하다가 끝내 요구를 들어주었다. 긴 자루를 가진 박도를 날렵하게 쓰자면 우선 팔힘을 키워야 한다. 푸른 수염은 제자한테 굵기가 사발통만한 나무를 하루에도 수천번 올렸다 내렸다 하는 훈련을 시켰다. 제자는 그 동작이 따분하여 눈가림으로 하다가 크게 경을 쳤다.

드디여 석달 열흘이 지나자 통나무는 마치 성냥개비처럼 가벼워졌다. 그때에야 푸른 수염은 박도쓰기의 열한가지 비법을 전수해주었다. 제자의 박도쓰기는 일취월장하여 처마 끝에 나는 참새도 떨어뜨릴 정도였다. 그제야 푸른 수염은 자기는 천지 룡왕의 태자인데 령광탑 주위가 무술훈련의 적지라서 매일 이곳으로 온다는것이였다. 제자가 믿지 못하는 표정을 지어보이자 태자는 탑밑의 큰 벽돌장을 제껴놓았다. 그러자 깊고 희미한 동굴이 백두산 쪽으로 뻗어있는걸 발견하였다.

(오, 그래서 로스님은 나더러 이 탑을 떠나지 말라고 신신당부 하셨구나.)

태자는 제자를 이끌고 동굴속으로 들어가서 눈 깜짝할 새에 천지룡궁에 도착했다. 그날은 바로 태자가 룡왕으로 되는 즉위식이 있는 날이였다.

늙은 룡왕은 제자를 보더니 의표가 비범하니 한 나라의 장수감으로 손색없다고 치하하며 천리마 한필과 관운장이 쓰던 병기보다 열근이나 더 무거운 청룡언월도를 하사하였다. 제자는 그 길로 탑으로 향하였다. 바로 이때이 고장으로 천명이나 되는 화적무리들이 닥쳐 로략질을 하였다. 제자는 로스님 부도탑에 세 번 절을 하였다. 그러자 회색벽돌로 쌓은 탑에서는 신비스러운 빛이 흘러나와 제자의 건장한 체구를 비추었다. 제자는 천리마를 타고 홀로 적진으로 뛰여들어 놈들을 깡그리 소멸하였어도 몸에 티끌만한 상처도 입지 않았다.

후에 사람들은 산등성이에 있는 이름 없던 탑에서 령험한 기운이 흘러나와 압록강반을 무사태평하게 만들어준다는 뜻에서 이 벽돌탑을 령광탑이라고 고쳐 불렀다고 한다.

정익선 구술
한정춘 정리
장백조선족자치현

선인섬

유유히 흐르던 압록강은 장백진 동남쪽에 이르러 강심에 우뚝 서있는 수려한 선인섬에 의하여 두갈래로 나뉘여 흐르다가 합쳐진다. 선인섬의 옛 이름은 괴석섬인데 왜 이처럼 멋지게 고쳐졌을가?

옛적에 차돌이라 부르는 어떤 애가 갑자기 불어난 골물에 밀려 압록강합수목까지 오다가 그만 정신을 잃었다. 세찬 급류에 나무토막처럼 떠내려가던 그 애는 괴섬에서 돌을 다듬던 한 석공할아버지에 의해 구원되였다. 할아버지가 건네주는 미음도 마시고 괴석섬에서 잡았다는 잉어탕도 먹으니 차돌이 몸은 인차 회복되였다. 차돌이는 궁상맞게 서있는 괴석들이 보기 싫었지만 물밑에 잠긴 틈난 바위짬으로 황어, 쏘가리, 송어들이 구름처럼 몰려드는 걸 발견했다.

≪우리 동네 사람들도 저 고길 잡으면 잘살텐데?≫ 자기보다 이웃들을 더 생각하는 차돌이한테는 그럴만한 사연이 있었다. 곤궁한 살림을 펴이게 하려고 차돌이 아버지는 백두산으로 령지초 캐러 갔다가 절벽에서 그만 발을 빗디뎠다… 뒤늦게야 이 소식을 들은 어머니는 그만 실성하여 어디론지 사라졌다. 의지가지없는 차돌이는 그때로부터 마을사람들의 보살핌으로 여직껏 살아왔으니 그럴만도 하였다. 석공할아버지는 차돌이의 갸륵한 심성에 감복하여 마을사람들이 고기잡는걸 허락해주었다.

이튿날부터 할아버지는 망치와 정으로 괴석섬의 흉한 돌바위를 쪼개여 다듬고 여러 가지 소나무와 화초를 떠다 심었다. 그러니 울창한 나무숲으로 백로, 송학들이 떼지어 날아들었다.

한편 동네사람들에게 괴석섬의 물고기를 잡으라는 소식을 알려준 차돌이는 그날로 석공할아버지를 찾아가 혼자 사시는게 적적하지 않으냐 하며 인품 좋은 자기 동네로 가서 같이 살자고 권했다. 그러자 할아버지는 자기는 석공이 아니라 자유자재로 떠돌아다니는 선인인데 여기 섬에서 괴석들을 다루게 된 경위를 알려주었다.

선인할아버지가 처음 이 고장에 오니 강물도 맑고 땅도 옥토인데 사람들은 저마다 이사짐을 싸고있었다. 이 고장은 해마다 수재가 잦고 병마가 떠날 줄 몰라서 물고기조차 외면하는 곳이라고 하였다. 그런데 하루는 풍수에 밝은 도사가 지나가다가 ≪살기 좋은 이 고장에 저 놈의 괴석이 우환거리군.≫ 하는 말을 남겼다. 선인할아버지는 도사의 이 말을 듣고 그날부터 정과 망치로 섬의 괴석들을 다스리기 시작했다고 하였다.

이 말을 들은 마을사람들은 배전이 넘치게 맛좋은 술과 음식을 싣고 와서 선인할아버지의 로고에 깊은 감사를 드렸다. 드디여 마지막 괴석까지 다 다듬어지자 압록강의 물고기들은 다투어 섬으로 몰려들고 수재가 잦던 언덕밭은 우순풍조로 하여 해마다 풍년이 들게 되었다. 이 고장을 떠났던 사람들은 꼬리를 물고 다시 찾아왔다. 괴석섬을 다스려 압록강반의 어미지향으로 만든 신선할아버지의 공로를 기리고저 사람들은 돈을 모아 사당을 짓기로 하였다.

그런데 누가 알았으랴, 선인할아버지는 모지라진 정과 절반이나 다슨 망치를 댕그렇게 바위우에 얹어놓고 어디론지 사라졌다.

그때 마을의 좌상이 되는 어른이 ≪사당은 못 지어도 듣기 거북한 괴석섬이란 이름을 바꾸어야 하잖겠수. 내 생각엔 우리한테 자손만대의 복을 안겨주신 은인을 기린다는 뜻으로 ≪선인섬≫이라 하는게 어떻겠수?≫

모두들 만장일치로 그의 말에 동의했다.

괴석섬이 선인섬으로 이름을 바꾸기는 섬 곁의 새 동리가 터를 잡은 뒤부터였다고 한다.

정익선 구술
한정춘 정리
장백조선족자치현

통천굴

통천굴(通天洞)은 땅에서 먼 하늘로 통하는 굴이라 일컬어온것이다. 이 신비로운 통천굴은 집안시에 있는 고구려의 수도 국내성 유적지에서 동쪽으로 얼마간 떨어진 압록강안에 우뚝 솟은 산에 있다.

통천굴에 깃든 이야기는 이 굴과 함께 오늘까지 구수하게 전해지고있다.

고구려가 수도를 국내성에 옮겨간 뒤 웬 일인지 이 근방에는 늘 장마가 들이닥치고 곡식이 잘되지 않아 민심이 황황해졌다.

어느날 조회때 왕은 배알하러 온 만조백관들을 보고 이렇게 물었다.

≪짐이 보매 근래에 농사가 잘 되지 않고 재해가 가끔 들이닥치노니. 그래 곳곳마다 지모(地母)와 농신한테 제사 꼭꼭 지내주고있는고?≫

≪임금마마한테 아뢰옵나이다. 온 나라에서 산신, 땅신, 지모와 농신한테 꼭 제사를 지내주고있나이다.≫ 한 대신이 어전에 나서더니 이렇게 대답했다.

왕은 누군가 내려다보니 그는 항간으로 다니면서 민정을 살피는 흠차대신이였다.

고구려시기에는 여러 가지 신앙과 숭배가 많고도 많았으며 또한 신앙이 매우 복잡하였다. 왕은 이에 대해 반대하지 않고 소홀하게 대하지도 않았다.

≪음, 짐은 알았노라. 헌데 왜서 재난이 자주 들이닥치는지 그 실지를 알아보았는고?≫ 왕은 흠차대신한테 물었다.

≪임금마마한테 아뢰옵나이다. 소인은 실지 그것을 알아보았지만 어느 누구도 알수 없는 일이라고들 하옵니다.≫ 흠차대신은 이렇게 대답하였다.

≪뭐 알수 없는 일이라니, 그래 좌중에서 누구도 아는 사람이 없는고?≫ 왕은 공손히 서있는 만조백관들을 내려다보았다.

왕의 물음에 어느 누구도 묵묵부답이였다. 궐내의 분위기는 조용한편이였다. 평시 조회 때는 그래도 어떤 재상들은 저희들끼리 소곤소곤 낮은 소리로 말을 주고받았고 어떤 왕공귀족들은 스스럼없이 이야기했지만 웬 일인지 이때만은 누구도 말이 없었다.

바로 이때 좌중에서 한 대신이 어전에 나섰다.

≪임금마마님께 소인은 아뢰옵나이다. 우리네 고구려는 지금 다른 나라보다 점점 강대해지고 있사옵니다. 헌데 일시적으로 재난이 들이닥치는것은 아마도 어느 신령님을 공경하지 않은줄로 아나이다.≫

누구인가 모두들 바라보니 다름 아닌 여러 가지 제사지내는 일을 맡아 처리하는 례부시랑이였다.

이에 생각을 좀 가지게 된 왕은 그 대신을 보고 물었다.

≪그렇다면 경은 생각되는바를 터놓고 말할지어다. 우리가 그 어느 신령한테 제를 지내주지 않았는가를.≫

≪소인의 생각에는 해마다 땅신, 산신, 물신, 농신, 귀신, 여러 신령들한테 꼭꼭 제사를 지내주었지만 한가지 신령한테 제지내는것을 소홀히 한것 같사옵니다. 그것은 다름 아닌 천제님한테 지내는 제사이온데 내 생각에는 이 제사는 여러 신령님께 지내주는 제사보다 굉장해야 한다고 보옵나이다.≫ 례부시랑은 이렇게 왕한테 이야기 올렸다.

사실 고구려에서는 불사나 신묘를 지어놓고 여러 가지 교를 많이 믿는 외음사(淫祠)도 많았다. 고구려에서 전해내려온 풍습에 의하면 지모와 농신 외에도 령성신, 일신, 가한신, 기자신도 있었다. 헌데 이렇게 뭇신을 숭배하고 제사를 지내주어도 자주 재난이 들이닥치니 제사지내는 일을 맡아보는 대신은 천제한테 제지내는것을 소홀히 했기 때문이라고 생각해온 터였다.

이때 다른 한 대신이 어전에 나섰다.

≪임금마마님께 아뢰옵나이다. 금방전에 천제를 소홀히 했다는 신하의 이야기는 리치에 맞는 말이옵니다. 소인들도 그렇게 생각하는바이옵니다.≫

≪경들은 모두 그렇게 생각하는가?≫ 왕은 이렇게 물었다.

≪예이—≫ 몇몇 대신들도 이렇게 대답했다.

≪그럼 경이 생각하는 리유를 짐 앞에서 밝혀보라.≫

왕은 이렇게 분부를 내렸다.

그러자 어전에 나섰던 대신이 이렇게 말했다.

≪그 리유라면 고구려란 이 나라가 서게 된것은 전적으로 시조님의 그 크나큰 공덕을 잊으시면 안될줄로 아는터이니 마땅히 시조이신 천제님이 노엽지 않게 제천대회(祭天大會)하여 제사를 크게 지내야 한다고 소인은 생각하옵니다.≫

그 대신이 아뢰는 말이 끝나자 많은 대신들은 ≪옳은 생각이옵니다.≫라고 말하며 왕한테 머리를 숙였다.

한동안 말없이 듣고있던 왕은 이렇게 분부했다.

≪음— 짐은 알았노라. 그럼 천제를 굉장히 지내도록 할지어다.≫

이렇게 되어 고구려에서는 왕이 손수 천제를 지내게 되었다.

천제를 어디서 지내는가? 왕은 여러 대신들과 의논한 끝에 고구려 서울 동쪽으로 얼마간 올라가면 압록강 북안에 유표한 산이 솟아있는데 이 산에는 신비로운 동굴이 있다. 이 동굴은 아주 깊은데다 아침마다 안개가 유유히 감돌고있었다.

고구려왕은 백여명이나 되는 만조백관과 하졸을 손수 거느리고 이 신비로운 동굴어구에 찾아왔다. 이들은 동굴어구에다. 두 동상을 모셨는데 하나는 부여신인 하백이고 다른 하나는 고구려 시조 주몽이라고 하였다.

이렇게 해마다 10월이 되면 고구려에서는 도야지와 사슴을 잡고 좋은 술을 갖추어가지고 이 동굴에 모셔져있는 두 동상에게 제를 지내군 하였다. 그랬더니 과연 장마가 없어지고 농사도 잘되였고 재난도 들지 않아 백성들의 원성이 적어졌다. 그로부터 몇해가 지난 뒤 뜻밖에 이 동굴은 하늘쪽으로 향하여 끝내 구멍이 났던것이였다.

이런 소식을 듣고 너무도 기뻐난 왕은 이렇게 웨쳤다. ≪이 고구려는 끝끝내 하늘로 통하게 되었으니 이에 더 큰 일이 어디 있으랴! 이 굴을 통천굴이라 부르노라!≫

량길옥 구술 / 한정춘 정리 / 장백조선족자치현

고려장무덤터

압록강 중류 북안에 자리를 잡은 칠성산 기슭에 이르면 먼 옛적에 이승을 달리한 사람들의 무덤떼가 수두룩이 있음을 볼수 있다. 사람들이 이 무덤떼를 고려장(高麗葬)무덤떼라고 부르는것은 아래와 같은 설화가 전해지고있어서이다.

주몽이 세운 고구려때에 있은 일이다. 하루는 수수한 옷차림을 한 두 사나이가 강을 따라 내려가는데 바로 옆쪽 깊숙한 구뎅이에서 웬 로인이 살려달라고 구원을 청하고있었다. 두 사나이가 로인을 구뎅이에서 끌어올리고 보니 년세는 대략 칠순에 가까운 로인이였다. 로인은 굶은지 이틀이나 된다면서 입질할것이 있으면 좀 달라고 하였다. 한 사나이가 품속에서 구운 감자를 꺼내주었다. 로인은 구운 감자를 게 눈 감추듯 먹고나서 자신의 불행한 사정을 터놓았다. 고구려의 민간습속에 의하면 자식은 년세가 고령인 로인이나 병든 로인을 쪽지게에 지어서 사전에 파놓은 무덤구뎅이에다 내버려두고 며칠 먹을 생쌀을 얼마쯤 놓아둔다. 며칠후 로인이 굶어죽거나 병으로 죽은 뒤 광중(壙中)에 파묻고 장사를 지내주었는데 이것을 고려장이라고 하였다. 아직도 죽을 때가 되지 않은 로인은 두 눈을 편히 뜨고 굶어죽기를 기다리노라니 그야말로 원통하기 그지없다고 하였다.

두 사나이는 혀를 끌끌 차고나서 로인한테 혹시 이 고장에 새를 잘 키우는 박새라는 로인을 아는가고 물었다. 로인은 깜짝 놀라면서 자기가 바로 박새인데 당장 죽게 될 로인을 찾아서는 뭘 하는가 물었다.

두 사나이는 땅에 넓적 엎드려 절을 올리고나서 찾아온 사연을 자세하게 로인한테 여쭈었다.

고구려의 창건초기였다. 고구려가 그렇게 강대하지 못함을 느낀 이웃나라는 늘 고구려를 업신여기고 기회를 봐서 쳐서 없애버리려고 하던 때였다. 며칠전 그 나라 대신은 키나 생김생김이 똑 같은 불색나는 암말 두필과 새조롱까지 가지고 고구려를 찾아왔다.

≪이 두필의 말중에서 어느 말이 어미말인가를 알아맞히라. 만약 알아맞히지 못하면 고구려에 인재가 없다는것을 알고 우리나라에서는 고구려를 쳐서 없애치우겠노라.≫

두 대신은 그야말로 안하무인이였다. 여러 대신들은 국내에서 한다하는 마부들과 수의 그리고 지혜가 있다는 사람들을 불러다 이 수수께끼를 풀도록 하였으나 끝내 풀지 못하였다. 그러자 대신들은 전국에 방을 내붙였다. 야심이 가득한 이웃나라 대신이 정해준 날자가 되기 하루전 나이 칠순에 나는 로인이 찾아왔다. 그는 불색나는 암말을 이틀동안 굶긴 뒤 삶은 노란 콩을 여물에 섞어서 주라고 하였다. 이틀이나 굶어서 배고픈 말이니까 다투어 여물을 먹을줄 알았는데 그렇지 않았다. 서쪽의 말은 동쪽 말의 여물까지 넘보며 걸탐스레 먹는데 동쪽 말은 여물을 먹네 하며 맛있는 노란 콩을 주둥이로 옆의 말한테 떠밀어놓는것이였다.

그러자 로인은 ≪이 말이 틀림없이 어미말입니다.≫라고 단정했다.

≪그 리유를 말씀하시오.≫ 이웃나라 대신이 로인한테 물었다.

≪그 리유는 간단합니다. 말못하는 짐승도 사람과 마찬가지로 제 새끼를 절대 미워하지 않는 법이옵니다. 이 말은 이틀이나 굶었지만 어미의 본능으로 곁에 있는 말까지 새끼로 간주하여 맛있는 여물을 양보하고있습니다. 제 새끼를 고와하는것은 사람이나 짐승이나 매일반이옵니다.≫

로인의 조리 있는 말에 이웃나라 대신들은 입만 쩝쩝 다실뿐 아무런 반박도 못하였다.

이에 기뻐난 고구려왕은 로인한테 후한 상을 내리려 하였다. 그러자 로인은 사양하며 대감들에게 한가지 청탁이 있다고 하였다.

≪대감님들, 나라가 위태로울 때 조정의 문무백관들이나 서민들이나 거의 죽어가는 늙은이나 나라를 돕자는 그 마음은 같사옵니다. 그러니 저의 소원

은 늙은이가 죽기전에 내버려 굶어죽게 하는 고려장풍속을 페하였으면 하옵니다.≫

대신들은 로인의 말을 임금께 상주하겠노라고 하였다.

(그러고 보니 고구려란 나라는 늙은이들까지도 만만치 않구나!)

이렇게 생각한 이웃나라 대신들은 가지고 온 새조롱을 고구려 대신 앞에 내놓았다. 한쌍의 새가 있는데 자기들이 돌아갈 때까지 길러달라. 만약 그동안에 죽으면 어미말을 가려내지 못한 것으로 치겠노라고 협박하였다.

이것을 알게 된 어미말을 가려낸 로인은 자기는 새에 대해 아는것이 없은즉 아무 마을에 박새란 로인을 찾아 물어보라고 알려주었다. 하여 조정의 대신들은 이웃나라에서 가져온 새가 죽기전에 박새로인을 찾으러 두 사나이를 시골로 내려보냈던것이다.

두 사나이의 이야기를 듣고난 로인은 무릎을 툭 치며 장담하였다.

≪그 새는 틀림없이 공박새구만유. 그놈의 새는 성미가 까다로워서 평소엔 아무런 먹이도 입에 대지 않지유. 그저 어쩌다 즐겨먹는것이 초가집 처마밑에 그물을 치고있는 거미와 거미줄이지유.≫

두 사나이는 왕궁으로 간 뒤 박새로인의 말대로 거미와 거미줄을 얻어다 공박새한테 주었더니 아무 탈 없이 잘 자랐다.

이런 일이 있은 다음 고려왕은 ≪이번에 나라를 위태로움에서 구원해낸 것은 전적으로 로인들의 공로이니 지금부터 삐뚤게 전해져 내려온 고려장 풍속을 철저히 페함을 선포하노라≫은 령을 내렸다.

그때부터 백성들은 늙어도 아무런 근심 없는 만년을 보낼수 있게 되었다. 따라서 고려장터에는 그전의 무덤터만 댕그랗게 남아있게 되었다고 한다.

박수군 구술
한정춘 정리
집안시

우심동의 유래

백여년전 억쇠네가 괴나리보짐을 이고 지고 압록강을 따라 내려온지 이흐레가 되던 날이였다. 그들이 어느 한 산봉우리기슭에 당도하자 가지고 왔던 밥줴기도 이미 동강이 나고말았다. 안해가 배고프다는 애들의 칭얼거림에 량미간을 찌푸리는데 나물 뜯으러 갔다던 남편이 옷섶에다가 새하얀 꿩알을 무드기 안고 왔다.

≪애들아, 꿩알이다! 어서 구경하렴!≫

억쇠의 아들과 딸은 알록달록한 꿩알을 보며 기뻐서 어쩔줄 몰라하였다. 그날 저녁 그들은 꿩알을 넣은 산나물죽을 배불리 먹었다. 이튿날 돌아보니 이 고장에 흔한것이 끼투리가 낳은 꿩알이였고 개천에 가면 쪽박으로 물고기잡이를 하는데 미처 가져올수 없었다. 게다가 땅이 비옥한지라 억쇠네는 이곳에 터를 잡고 갖고 온 씨앗을 뿌렸다. 여름이 되자 보리이삭은 개꼬리만큼 자라고 가을엔 호박이 산더미를 이루었다.

하여 억쇠네는 이곳에 초가집을 덩그렇게 지어놓고 살아가는데 하루는 얼굴이 초췌한 모녀가 살길을 찾아가다가 억쇠내 집에 들렸다. 억쇠네 온 집식구가 하도 맘이 곱기에 이들 모녀는 다른데로 가지 않고 원래 억쇠네가 살던 낡은 초가집에 이사짐을 풀었다. 앞뒤 집에서 다정히 살아가던 억쇠의 아들은 마음씨 착한 앞집 딸과 혼사를 정하였다.

이 고장이 살기 좋다는 소문이 나면서부터 이곳으로 이사온 사람들로 30여호 되는 새 마을을 이루었다. 그런데 이름이 없는것이 서운했다. 그런데 하루는 지나가던 스님이 ≪이 고장이 살기 좋은건 저 소심장처럼 생긴 산의 덕분이니 산이름은 우심산이요, 마을이름은 우심동이라 하면 길할것이요.≫

라고 하였다.

그때로부터 압록강변에는 우심동이란 장수마을이 나타나게 되었다고 한다.

왕희운 구술
한정춘 정리
집안시

라구소

관전현성에서 남쪽으로 수십리쯤 지나면 압록강이 큰 굽이를 이루는 곳에 라구소(拉古哨)라는 작은 마을이 있다.

먼 이전부터 압록강이 굽이를 튼 곳에는 물고기도 흔했지만 특히 가재가 많았다. 이곳 가재들의 등에는 여러 가지 꽃무늬가 나름대로 나있고 잡아서 껍데기를 따보면 싱싱한 속살이 드러난다. 그 속살을 입에 넣으면 만만하고 약간 짭잘한 맛이 나는데 그야말로 일품이다. 하지만 이곳 사람들은 대대로 가재라면 수염도 건드릴세라 공경한다.

가재는 맑디맑은 1급수에서만 서식한다. 하여 갑자기 물이 흐려지면 강기슭에 붙어 지내다가 물이 맑아지기를 기다려서 강심으로 들어간다. 가재들은 발달한 미각으로 물냄새를 감지하고 닥쳐올 홍수를 대비해 일찌감치 피하는 습성이 있다. 라구소 마을이 서기전 일이다. 농부들은 압록강기슭의 다락논에 산속에 있는 샘물을 끌어다 대고있었다. 그런데 어느 하루 저녁무렵이였다. 수천마리나 되는 가재들이 강기슭을 까맣게 덮으며 기여오르고있었다. 농부들은 처음 보는 일인지라 놀라서 눈만 껌벅이다가 집으로 돌아갔다. 그런데 이튿날 새벽에 가보니 가재들의 등은 바싹 마르고 어떤 가재들은 거품을 물며 정신을 추지 못하고있었다. 물에서 사는 미물이 물을 떠나니 그렇게 될수밖에 없었다.

그래도 부락장이 머리가 도는 사람이였다. 그는 논에다 대려던 샘물을 터쳐서 강기슭 홈타기에 몰려있는 가재들에게 보내주었다. 가재들은 인차 원기를 찾고 왕성한 활동력을 보여주었다. 그 가운데서도 어른들 손바닥 길이만치 큰 왕가재는 커다란 집게발을 폈다 가뒀다 하며 부락장을 보는데 마치 감사하다고 고맙다고 인사를 올리는것만 같았다.

바로 그때 상류에서 진 홍수가 저 먼 곳에서 밀려왔다. 누우런 황토물에 나무며 옥수수포기며 돼지며 게사니, 지어는 형체를 알아볼수 없는 사람의 시신마저 함께 떠내려왔다.

부락장은 즉시 논밭에서 일하고있는 농부들을 대피시켰다. 이번 홍수는 강기슭에 림시로 바투 내다 지은 외양간을 밀어갔을뿐 사람들은 털끝 하나도 상하지 않았다.

사람들은 이번 홍수를 피할수 있었던것은 가재들의 덕분이라고 생각하였다. 하여 사람들은 원래의 부락터에서 북쪽으로 얼마간 떨어진 높은 언덕에다 새롭게 터를 잡고 아담한 부락을 앉혔다.

이때로부터 부락사람들은 가재신이 자기들을 구해줬다며 가재를 다치지도 않았다. 그들은 허물을 벗은 가재껍질을 주어다가 그릇으로 쓰거나 또 불에 구워서 새빨갛게 된 가재껍질을 처마밑에 꿰달았다. 이렇게 하면 집을 장식하는 효과도 있었지만 무더운 여름에는 집안에 선선하고 겨울이면 집이 춥지 않다고 한다.

어느해 봄이였다. 한패의 도적놈들이 라구소의 황어가 기름지고 맛좋다는 말을 듣고 배를 타고 들이닥쳤다. 놈들은 고기굴이 있는 주위에 울짱을 박고 그물을 쳐놓은후 배에 싣고 온 석회를 마구 뿌렸다. 강물이 단통 시뿌옇게 되고 황어들이 둥둥 떴다. 신이 난 도적놈들이 삼태기로 황어를 건져올리고 떠나려는 찰나였다. 숱한 가재들이 배전으로 기여올랐다. 처음에는 그저 장난인줄로 알았는데 그렇지 않았다. 손바닥만큼 큰 가재들은 기수없이 달려들어 커다란 집게발로 놈들의 엉덩이며 손가락을 꾹꾹 집었다. 엄청나게 많은 가재들이 일시에 달려들자 놈들은 마치 가재옷을 입은 사람처럼 되었다. 여섯이나 되는 도적놈들은 꼼짝 못하고 물고기밥이 되고말았다.

사람들은 가재들이 이 마을을 지키는 파수군이라고 칭찬하며 마을 이름을 라구소(喇蛄哨)라고 지었다. 그 뒤 사람들은 이 한자이름이 획이 많아 복잡하다고 여기고 음역에 따라 라구소를 지금의 한자로 고쳐서 불렀다고 한다.

최 일 구술 / 한정춘 정리 / 관전현

대수구

압록강에로 흘러드는 포석하 량안에는 많은 마을들이 있지만 그 가운데서도 대수구란 마을의 이름은 한 신비한 약수천과 깊은 관련이 있다.

포석하 상류에는 깊이를 알수 없는 약수가 사시장철 솟아나고 있었다. 어느해인가 산삼을 캐러 다니는 심마니가 이곳을 지나다가 갈증을 말리려고 손바가지로 샘물을 떠서 마시려는데 발목이 바늘로 찌르듯이 아파났다. 고개를 돌려다 보니 독사가 발목을 물어놓고 숲속으로 사라지는것이였다. 급해맞은 심마니는 얼결에 발목을 샘물에 담그고 씻어댔다. 뜻밖에도 독사한테 물린 자리는 부어나지도 않고 저절로 아물어버리는것이였다. 이때로부터 이 약수천 주위에는 자그마한 마을이 앉게 되었다. 성이 손씨라는 사람은 약수로 청주와 감주를 빗었는데 그 맛이 독특하여 술사러 오는 사람들이 장사진을 이루었다.

어느 하루, 손씨네 술도가에서 일하던 젊은이가 약수천 길러 샘터에 나가보니 종전에는 그렇게 맑던 샘물이 흐려져있었다. 젊은이는 개의치 않고 바가지로 샘물을 퍼서 나무통에 담았다. 집에 와서 샘물을 끓여놓고 보니 난데없는 황두령허리가 가마안에서 삶겨 죽었다. 젊은이는 데면데면한 자신을 꾸짖으며 황두령허리를 샘터에 몰래 가져다놓았다. 황두령허리는 천천히 물밑으로 갈앉았다.

이 일이 있은 어느날, 약수천밑에 살고있던 황두령허리신이 손씨를 찾아와 야단을 쳤다. 약수물을 공으로 써서 돈까지 벌었으면 인사를 챙기기는 고사하고 자기 아들까지 죽였으니 무슨 심보냐고 따져서 물었다.

손씨는 젊은이를 대신하여 황두령허리신한테 구구히 사실을 설명했지만 그는 곧이듣지 않고 푸르뎅뎅해서 돌아갔다. 바로 그날 저녁, 청청하던 하늘엔 먹장구름이 몰려오더니 창살 같은 소낙비가 퍼부었다. 큰비는 련속 사흘간 내렸다. 전례 없던 홍수로 오목스레하던 평야의 흙은 뭉청뭉청 뜯겨 깊은 골짜기로 변하였다. 바빠난 손씨는 그제야 정성껏 제물을 갖춰놓고 하늘에다 빌었지만 그건 비온 뒤 우산이였다.

마음씨 착한 손씨가 황두렁허리신한테 수모를 당하는것을 본 젊은이는 참을수 없었다. 젊은이는 잘 드는 작두날을 뽑아들고 홍수를 탄채 우쭐거리는 황두렁허리신한테 달려들었다. 함지박만큼 큰 입을 쩍 벌린 황두렁허리신은 젊은이를 삼켜버리려고 달려들었다. 젊은이는 몸을 홱 틀면서 작두날로 놈의 오른쪽 지느러미를 썩둑 잘라버렸다. 평형을 잃은 황두렁허리신은 세차게 꼬리를 휘둘렀다. 그 바람에 젊은이는 공기돌처럼 공중으로 튕겨올랐다. 모로 떨어지는 젊은이를 보고 황두렁허리신은 급히 아가리를 쩍 벌렸다. 정신이 흐리마리해진 젊은이는 그래도 작두날만은 잃을세라 꼭 껴안았다. 황두렁허리신의 아가라는 작두날을 안고 모로 떨어진 젊은이로 하여 좀체로 닫을수 없었다. 성난 황두렁허리신은 아가리를 벌린채 물속으로 쑥 들어가버렸다.

그러자 온 마을을 넘치던 큰물은 싹 줄어들고 약수천은 깡그리 말라들고 말았다. 그후부터 이 고장 사람들은 다시는 젊은이와 황두렁허리신을 볼수 없었고 또한 맛좋은 청주와 감주는 아득한 세월의 감미로운 추억으로밖에 남지 않았다.

그때 내린 큰비에 전례 없던 홍수가 지어 벌판에 큰 골짜기가 나타났다 하여 사람들은 이 고장을 대수구(大水溝)라 불렀다.

최 일 구술
한정춘 정리
관전현

오녀산 유래

유유히 흐르는 혼강은 굽이굽이를 에돌다가 압록강에 와 합수한다. 경치 좋은 혼상 하류에 오붓하게 자리잡은 환인현성의 동쪽으로 얼마 멀지 않은 곳에는 푸르른 하늘을 찌를듯이 신비롭게 우중충 솟아있는 산이 있다. 사람들은 이 산을 오녀산이라고 부르는데 한사람씩 올라갈수 있는 외가닥길로 올라가야만 그 꼭대기에 오를수가 있다. 한것은 이 산 사면은 깎아지를듯한 아아한 벼랑이여서 따로 오르는 길이 없었기 때문이다. 오녀산 꼭대기에는 먼 옛날에 신선들이 모여서 시를 읊을 내기를 했다는 집선대(集仙臺)가 있고 또한 스님들이 살던 절당터가 있다. 그 외에도 사시장철 마르지 않고 줄지 않는 샘물이 시야에 안겨드는데 자연의 풍치는 그야말로 가관이다.

멀고 먼 옛적에 오녀산을 오룡산이라 불러왔는데 거기에는 이런 유래가 깃들어있었다. 동해에 다섯 마리 룡이 있었다. 언제부터인지 이 다섯 마리 룡은 저마다 수도하려 하지 않고 매일 빈둥빈둥 놀기만 하더니 끝내 나쁜 짓을 하기 시작했다.

(이놈들이 배우라는 재간은 배우지 않고 인젠 나쁜 짓까지 해? 안돼, 고약한 버릇을 단단히 고쳐줘야지!)

이렇게 생각한 룡왕은 다섯 마리 룡을 데리고 곳구경을 다니다가 한 산봉우리에 내렸다.

≪너희들은 보았지만 이 산은 경치가 여간만 아름답지 않구나. 헌데 이 산꼭대기에 담(潭)이 없구나. 너희들중 누가 재주를 피워 여기에다 맑은 늪을 만들어놓아라.≫ 룡왕은 다섯 마리 룡을 보며 말했다.

≪절대 자신이 있사옵니다. 또한 늪을 만들지 못할 때엔 벌을 달갑게 받

겠나이다.≫ 다섯 마리 룡은 자신이 당당해서 대답했다.

다섯 형제는 끼리끼리 모여서 재간을 부렸다. 황룡과 흑룡은 합세하여 부지런히 흙을 파 물줄기를 잡으려 했고 적룡은 벼락으로 땅에 구멍을 내고 샘줄기를 끌어올리려 했으며 백룡과 청룡은 배에 있는 물을 뿜어대거나 하늘에서 내리는 비로 수원이 마르지 않게 하려고 하다가 그건 역시 일시적인 방편에 불과하다며 퉁을 맞고 말았다.

마지막에는 끝내 룡왕이 나타났다. 그가 손가락으로 말라든 늪 가운데를 가리키자 손가락 끝에 얽히고 서렸던 무진장한 우주의 기운이 땅을 관통했다. 삽시에 맑은 샘물이 콸콸 흘러나와 늪을 이루었다. 룡왕은 다섯 형제들한테 너희들은 아직 세상에 나올 때가 되지 않았으니 늪속에 숨어서 수도를 하라면서 큼직한 덮개돌로 짓눌러놓았다.

그래서인지 후세에 이 오룡지(五龍池) 기슭에서 도를 닦거나 무예를 련마하는 청춘남녀들이 많아졌다. 고구려가 도읍을 집안으로 옮겨간 뒤 어느해 이웃나라에서 싸움을 걸었다. 선발대 수십명이 오룡산 기슭에 도착하자 파수를 서던 고구려의 다섯 녀병사가 길을 막았다. 놈들이 재수없다고 툴툴거리며 칼을 빼들자 고구려의 녀병사들은 즉시 화살을 날렸다. 놈들은 어쩔 사이가 없이 빼드러졌다. 녀병사들의 활솜씨에 겁을 먹은 나머지 선발대놈들은 혼쭐나게 도망쳐버리고 말았다.

고구려 수도로 쳐들어오는데는 두갈래 길이 있는데 한갈래는 남도(南道)이고 다른 한갈래는 북도(北道)였다. 이번에 남도로 쳐들어오는 무리의 두목은 소위 용병술이 대단하다는 관구검이라는 장수였다. 관구검의 부대는 개미떼처럼 오룡산으로 쳐들어오고있었다.

≪막내야, 빨리 봉화를 올려라.≫

큰언니가 령을 내리자 막내는 미리 준비해놓은 장작더미에다 불을 질렀다. 오룡산 꼭대기의 봉화대에서는 짙은 연기가 타래쳐 올랐다. 그러자 먼곳에 있는 연통산 꼭대기에서 파수를 서던 병사들이 그 연기를 보고 불을 달아 도읍쪽에 있는 무럭산 봉화대에 알렸다.

≪빨리 저 년들을 산채로 잡아라.≫ 관구검의 모사가 오룡산으로 오르는

병사들을 가리켰다. 오룡산으로 올라가자면 갈지자형의 비좁고 험허기 짝이 없는 바위틈사리 길을 통과해야만 한다. 적들은 우세한 병력을 턱믿고 순순히 항복하라고 고함을 질렀지만 다섯명의 녀병사들은 코방귀만 뀌였다. 한사람이 길목을 지키면 만명의 병사도 오르지 못한다는 천연요새인지라 그들은 마음이 든든했다. 놈들이 애써 기여올라도 소용없었다. 미리 준비했던 돌하나만 굴리면 수십명씩 죽어자빠지니까 낮부터 해질녘까지 다섯 녀병사는 관구검의 부대를 꽁꽁 얽어매두었다.

관구검은 오룡산 천험을 돌파하기 어렵다고 말머리를 돌려 고구려 도읍을 향해 달려들었다. 그러나 고구려군대는 이미 신호를 받고 만단의 준비를 하고있었다. 드디여 싸움이 붙었다. 싸움은 어찌나 격렬했는지 날리는 먼지에 해와 달도 빛을 잃었다. 적병들은 날랜 고구려군사들한테 밀리게 되었다. 그러자 이번에는 동양제일이라고 자랑하는 고구려의 철갑기병이 놈들을 추풍락엽으로 만들었다. 관구검은 퇴각령을 내렸다…

며칠후 고구려 조정에서는 오룡산에 둔을 치고 과감히 적병을 물리친 다섯 녀병사한테 큰 상을 내리고 그들의 업적을 기리기 위해 오룡산을 오녀산으로 고쳐서 불렀다고 한다.

박두만 구술
한정춘 정리
관전현

호 산

집안시 호산 경내에 있는 호산은 말 그대로 호랑이형상을 하고 서있는 산인데 마치 압록강 저 멀리서 그 무엇을 찾으려는듯한 자태를 취하고있어 보는 이들의 눈을 끈다.

몇백년전 일이다. 보기 드문 홍수가 압록강에 덮쳐들었다. 홍수는 강 량안의 아름드리나무를 뿌리채 뽑고 강뚝이며 늪을 짓뭉개버렸다. 바로 이때에 생긴 일이다. 떠내려오는 아름드리 버드나무에 메고양이 비슷한 짐승이 나뭇가지를 단단히 붙잡고 겁질린 소리를 내고있는데 물밑에서는 아가리가 특별히 큰 물고기가 수시로 솟구쳐오르며 그를 노리고있었다. 아가리가 큰 물고기가 몸을 날릴 때면 메고양이처럼 생긴 짐승은 재빨리 이쪽저쪽 피하는데 조만간 물고기의 밥이 될것만 같았다. 이 아슬아슬한 찰나에 강언덕에 장대기를 든 어부가 나타났다. 어부는 장대기로 아가리가 큰 물고기를 내리쳤다. 그러자 물밑은 잠시 잠잠해졌다. 그러자 메고양이모습을 한 짐승은 장대기를 타고 강기슭으로 나왔다.

늙은 어부가 찬찬히 보니 메고양이처럼 생긴 짐승은 다름 아닌 새끼호랑이였던것이다. 그가 몹시 지치고 배고파하는것을 본 늙은 어부는 다래끼안의 물고기를 쏟아주어 맘껏 먹게 하고는 집으로 돌아왔다. 그런데 집으로 돌아오니 산속으로 갈줄만 알았던 새끼호랑이가 따라왔다. 아마도 잠시 갈데가 없는 모양이였다. 늙은 어부는 새끼호랑이가 어미를 찾아갈 때까지 얼마간 집에 두기로 작심했다.

늙은 어부가 강가로 나가면 새끼호랑이도 졸졸 뒤를 따랐다. 홍수 때문에 물고기가 잘 잡히지 않았지만 늙은 어부는 새끼호랑이가 굶을세라 잘 보살펴주었다.

늙은 어부와 새끼호랑이의 정은 날마다 깊어갔다. 그러던 어느날이였다. 늙은 어부가 강가에서 물고기를 낚고있는데 갑자기 요란한 물소리와 함께 큰 아가리에 예리한 이발이 가득하고 몸길이가 한발도 넘는 왕가물치가 풀쩍 뛰여오르며 늙은 어부의 팔깃을 물고 나꿔챘다. 경사진 곳에 앉아있던 늙은 어부는 어쩔 새 없이 사나운 물속으로 끌려들고말았다…

새끼호랑이는 강변에서 바장이며 애타게 늙은 어부를 찾았지만 소용없었다. 새끼호랑이는 울면서 혼자서 산속으로 들어가고말았다. 몇해가 지나니 늙은 어부가 살던 초가집은 무너져 잡초속에 묻혀버렸다.

어느날 산속으로부터 노루 한 마리를 문 큰 호랑이 한마리가 내려오더니 폐허로 된 늙은 어부의 집터를 한바퀴 돌다가 퍼더버리고 앉는것이였다. 호랑이는 늙은 어부의 체취가 밴 집터를 망연히 바라보다가 산속으로 들어가버리였다. 며칠후 호랑이는 또 메돼지 한마리를 물고 산에서 내려왔다. 이번에 호랑이는 페허로 된 집터까지 가지 않고 늙은 어부가 낚시질 하던 강기슭으로 갔다. 로인이 왕가물치한테 끌려들어가던 그 자리를 보자 호랑이의 눈에서는 불이 뚝뚝 떨어졌다. 호랑이는 자기가 잡은 사냥물을 받아줄 늙은 어부가 보이지 않자 물었던 메돼지를 철렁 물속에 던져버렸다. 바로 그때 욕심사니운 왕가물치가 메돼지를 물려고 솟아올랐다. 얼마나 벼르고 벼르던 순간이였는가! 호랑이는 훌쩍 몸을 날리며 그 강력한 앞발로 왕가물치의 대가리를 내리쳤다. 녀석은 큰 타격을 받고서도 몸을 홱 틀면서 예리한 이발이 가득한 아가리로 호랑이의 왼쪽다리를 덥석 물었다. 호랑이는 오른쪽 발을 들어 왕가물치의 심장을 내리쳤다. 극심한 아픔 때문에 왕가물치는 물었던 호랑이의 발을 풀어주고 물속으로 사라졌다.

호랑이는 자리를 뜨지 않고 앉은 자리에서 아가리 큰 왕가물치가 언제 다시 뛰여오르겠는가 눈이 헐게 기다렸다. 그렇지만 은인인 늙은 어부를 물어간 왕가물치는 종시 나타나지 않았다. 세월이 흐르고 흘러가니 강물 곁에 쭈크리고 앉아있던 호랑이는 그만 작은 산으로 굳어졌다. 그 뒤 호산은 점점 커져서 아주 보기 좋게 되었다. 따라서 사나운 왕가물치가 호랑이한테 패한 뒤 영영 종적을 감추고 말았다는 이야기가 후세까지 전해졌다고 한다.

허대국 구술
한정춘 정리
관전현

패왕조산성

지금도 집안시에 있는 패왕조(패왕조)란 마을에 가면 그전날의 으리으리했던 고구려산성유적을 쉽게 보아낼수 있다. 채원향 패왕마을의 북쪽 산꼭대기에다 견고하게 수축했던 이 산성을 두고 민간에는 이런 이야기가 전해져내려오고 있다.

바로 고구려시기 이 산성에는 여덟 형제가 군사를 거느리고 둔치고 있으면서 국내성으로 범하여오는 적군을 막아내군 하였다. 또한 적군의 수효가 아주 많을 때면 여덟 형제는 성에다 쌓아놓은 봉화대에 불을 지펴 연기를 올려 맞은켠에 우뚝 솟아있는 오룡산에다 전하였고 오룡산에 둔치고있는 대군은 산성에서 피여오르는 연기를 보고 인차 호응하여나서서 적군을 물리치군 하였다.

어느날 저녁녘, 여덟 형제가 무예를 익히고있는데 성아래로 도적떼가 몰려왔다. 이 도적떼들은 가근방 치고 제일 사납고 또한 사람 수효가 제일 많은 큰 도적무리였다. 하여 이놈들은 누구도 감히 저희들과 맞서는 사람이 없다는것을 등대고 마을마다 쏘다니며 죽이고 빼앗고 온갖 나쁜 짓을 다했다.

≪자, 어느 누구든 먼저 성문을 여는자한테는 제일 큰 상을 내릴테다!≫ 도적두목이 이렇게 호령했다.

그러자 도적무리들은 앞다투어 성문을 열겠다고 마구 날뛰였다.

≪애들아, 내가 살펴보니 도적놈들의 수효는 많지 않지만 그리 적지도 않다. 그러니 원병을 청하지 말고 우리 여덟 형제가 손을 써서 물리치도록 하자.≫ 용병에 능한 맏이가 여러 동생들을 보고 말했다.

셋째도 찬동해 나서고 돌팔매쟁이로 불리는 넷째와 창을 곧잘 뿌리는 다

셋째도 머리를 끄덕여 이상형님들 의사에 동감을 표시했다.

이리하여 여덟 형제는 불을 달아 연기를 올리지 않고 온밤 달려든 도적놈 한놈, 두놈씩 잡아치웠다. 이렇게 하루밤 도적무리와 싸움을 벌려갔지만 도적놈들이 점점 이악스럽게 달려드는통에 어느덧 날이 밝아왔다. 맏이가 살펴보니 도적무리의 놈들은 별로 남지 않았다.

그제야 도적두목은 저희들이 산성을 지키는 여덟 형제의 적수가 못된다는것을 느끼고 뿔뿔이 사방으로 도망치고 말았다. 여덟 형제는 단합하여 이렇게 한번 저렇게 또 한번 도적무리 침입을 막아내군 하여 조정으로부터 후한 상을 받았다. 이리하여 한동안 적군은 감히 이 산성을 엿보고 함부로 달려들지 못하였다. 태평스런 나날을 보내고있던 어느날 심심하여난 둘째는 형과 동생 셋이서 사냥을 떠났다. 성에 남은 동생들중 다섯째가 형을 보고 이렇게 말했다.

≪형, 불을 달아 연기를 올려볼까? 지금까지 여러번 싸웠지만 연기 한번도 올려보지 못했으니 한번 시험삼아 달아보는것이 어때?≫

≪그럼 시험삼아 달아보렴.≫ 넷째는 동생 말에 찬동하였다.

다섯째는 장작더미에다 불을 달아 연기를 올렸다. 그러자 오룡산에 둔치고있던 군사들이 산성에 말을 타고 달려왔다. 그런데 웬일인지 사위는 조용하고 잠잠하였다.

≪장군들께선 어이하여 연기를 올렸나이까?≫ 오룡산에서 달려온 군사들이 물었다.

≪요즈음 너무도 태평무사하니 오룡산쪽에서 제때에 호응하러 오느냐고 떠본것이네. 달리 생각지 말게.≫ 다섯째가 이렇게 대답했다.

≪글쎄 우리를 떠보는지 아니면 진정 적군이 범하여왔는지 우리가 그 진실을 어찌 알수 있나. 이런 장난은 더 하지 말라니깐.

이렇게 말을 마친 오룡산의 군사들은 두덜거리며 되돌아갔다. 이 일을 맏이와 둘째, 셋째는 알지 못하였다.

어느 한번 맏이가 세 동생을 데리고 사양을 떠났다. 성에는 네 동생들만 남아있었다. 바로 이때 적군이 산성을 빼앗으러 달려왔다. 성을 지키던 네 동생 생각에는 몇 번 싸움에서 모두 이겼으니 이번에도 못이기랴 하는데서 나무장작에다 불을 달아 연기를 올리지 않았다.

≪빨리 이 성을 둘러싸고 성우에 놈들을 잡도록 하라!≫

적장의 령을 따라 적군은 마치도 개미떼마냥 성을 에워싸고 성우를 바라 오르려 하였다.

적군이 아득바득 성문을 열려 할 때 성우로부터 무수한 화살이 날아와 적군을 쓸어눕혔다. 허나 수효가 현저하게 많은 적군은 한발작도 물러설 기미가 없었다. 적군이 수시로 성문을 열어제낄 위험성이 있음을 느끼게 된 다섯째가 급히 령을 내렸다.

≪빨리 봉화대 나무무지에 불을 달아 연기를 올려 오룡산에다 알려라. 빨리—≫

부상을 입지 않은 여섯째가 재빨리 미리 쌓아놓은 장작더미에 불을 달아 연기를 올렸다.

이때 오룡산에 둔치고있는 군사들이 산성에서 피여오르는 연기를 보게 되었다.

≪이번에도 혹시 우리를 떠보느라 올린 연기가 아닐가? 그나저나 오늘은 급하게 가지 말고 천천히 가보도록 하라.≫ 오룡산에 둔치고있는 장군이 말했다.

한편 마음놓고 사냥을 나갔던 네 형제는 산성에서 급하게 피여오르는 연기를 보고 놀랐다.

≪큰일 났구나. 저 피여오르는 연기를 보아라. 아마도 산성에 적군이 달려들었구나. 빨리 성으로 돌아가자.≫ 맏이가 당황해서 말했다.

사냥을 나갔던 네 형제가 성 가까이에 왔을 때는 이미 한발 늦었다. 산성을 지키던 네 동생들은 성을 빼앗기고 말았다. 적군은 좋다고 성우에서 고함을 쳐대고있었다. 이것을 본 네 형제는 너무도 분하여 머리카락이 곤두섰다.

≪나라에서 잘 지키라고 맡겨준 중요한 군사요새지를 지켜내지 못하고 빼앗겼으니 인젠 무슨 낯으로 사람들을 대하겠느냐. 돌아가도 살 면목이 없으니 차라리 이 산성을 도로 빼앗자꾸나.≫ 맏이가 이렇게 세 아우를 보고

말했다.

바로 이때 오룡산에 둔치고있던 대군이 뒤따라 달려왔다. 그러자 사형제는 선봉이 되어 산성을 도로 찾는 싸움에 뛰여들었다. 이들은 산성을 철통같이 에워싸고있다가 불시에 성문을 마스고 성안으로 쳐들어갔다. 오룡산에서 달려온 군사들은 이들 사형제와 손잡고 끝내 적군 손에서 산성을 빼앗아내고야 말았다. 허나 산성을 지켰던 이들 여덟 형제는 모두 치렬한 싸움에서 목숨을 잃었던것이다.

사람들은 이들 여덟 형제가 나라의 중임을 맡고 중요한 군사요새지인 산성에 다년간 둔치고있으면서 고구려땅을 목숨으로 지켜왔다는데서 이 산성을 팔왕조(八王朝)산성이라 불러왔는데 세월이 오래 흐른 뒤 팔왕조산성은 한자의 발음이 비슷한 패왕조(霸王朝)산성이라 번져 불려지게 되었다고 한다.

림순길 구술
한정춘 정리
단동시

선녀담

혼강이 사품치며 압록강에 흘러드는 곳에 거울처럼 맑고 깨끗한 늪이 있다. 이 늪속에는 천궁에서 내려온 선녀가 청룡, 적룡, 백룡이라는 세 아들을 키우고있었다.

세 아들은 곱게 큰 탓인지 엄마가 숟가락으로 일일이 떠주어야 밥을 먹었고 글씨를 써도 누가 먹을 갈아주지 않으면 그대로 맹물에다 붓을 찍어 쓰군 하였으며 늦잠을 잔다 하면 벼락이 쳐도 끔쩍하지 않았다. 나이를 먹어감에 따라 애들은 집에 아버지가 없는것이 이상스러워 자꾸 엄마한테 물었다. 그러면 엄마는 ≪너희들이 제노릇 할 때라야 아버지를 만날 수 있단다.≫라는 말만 되풀이할뿐이였다.

원래 선녀는 천궁에서 부러울것이 없게 살던 옥황상제의 시녀였다. 어느 한번 그는 천계에서 지상을 내려다보다가 압록강기슭에 있는 늪이 하도나 황홀하여 내려왔다. 그는 맑은 늪속에 들어가 미역도 하고 머리를 감다가 모래톱에 올라와 알몸둥이로 뒹굴기도 하였다. 그러다가 천궁으로 올라간 선녀는 몇 달이 지난 뒤 자꾸 아랫배가 커가는것을 느꼈다. 선녀는 모래불에서 해볕쪼임을 한 탓으로 그만 잉태를 하였던것이다. 선녀는 누가 알가봐 비단천으로 몸을 감싸도 쓸모없었다. 이리하여 선녀는 이전에 자기가 목욕하던 늪가로 내려와 애를 낳았는데 뜻밖에도 삼태자였다. 선녀는 이날까지 삼태자를 키우면서 홀로 살아왔다…

아이들이 간절하게 아버지를 찾자 선녀는 ≪그렇다. 너희들이 이 어미 곁에 있으면 너무 게을러서 아무것도 못배우게 된다. 그러니 인젠 아버지를 찾아가야 한다.≫ 하고 정색해서 일러주었다.

삼태자는 그길로 제각기 아버지를 찾으러 떠났다. 청룡은 배고프니까 저절로 산열매를 뜯어먹는 법을 익히고 적룡은 스스로 삼을 심어 베옷을 만들어 입었으며 백룡은 착한 안해가 맨발로 밭으로 가서 따온 갑자를 씻어서 삶는것도 배웠다. 그들은 비록 아버지를 만나지 못했지만 사람은 커서 할 일은 저절로 해야 세상에서 살아갈수 있다는 도리를 알고 엄마한테로 돌아왔다.

그 뒤 사람들은 선녀가 삼태자를 가르치던 늪을 선녀담(仙女潭)이라고 부르면서 집의 아이들이 말을 잘 듣지 않으면 이곳으로 데리고 왔다 한다.

정재손 구술
한정춘 정리
단동시

상봉터 유래

압록강 하류 북안에 자리잡은 번화한 도시 단동에 가면 상봉터란 곳이 있다. 구경 누가 누구를 만나서 상봉터라 했을가? 이야기를 하자면 멀리 임진왜란 때까지 거슬러 올라가야 한다.

바로 리조 14대왕 선조가 왕위에 오른지 25년이 되는 해에 왜적들이 부산, 충주를 점령하고 이어 평양으로 향하였다.

선조왕은 한시바삐 월사 조정지를 불러들여 명나라에 가 원병을 청해오라는 어명을 내렸다. 명나라왕은 즉시 조선에 4만여명의 군사를 파견했는데 장수로서는 리여송 제독이였다.

이 소식을 들은 선조는 조정의 신하들을 불러다놓고 누가 리여송 제독을 맞는게 합당하겠는지를 물었다. 이때 류성룡 대감이 나서서 오성대감 리항복을 추천하는것이였다. 병조판서인 리항복은 나라의 인재로서 대외련락에는 누구보다 선망이 높았기에 누구나 우러러 보는 사람이였다.

이리하여 여러 대신들의 이런저런 의논 끝에 리항복을 명나라로 보내자는 주견이 서게 되자 선조는 좀 주저하는 기색을 보이다가 마침내 허락하고 말았다.

하긴 선조가 주저한것은 다름아니라 리항복을 놓고 볼진대 어느 편으로 보나 위망이 누구보다 높은 재상이라고 보아지지만 그는 체구가 크지 못하고 또한 좀 여윈 축이여서 나라 조정의 명재상으로 응당 갖추어있어야 할 름름한 풍도가 좀 약하여 돋보이지 않는다는데서였다. 그러나 조정의 여러 대신들 중 아래우로 훑어보아도 외교처리에서는 누구누구해도 리항복만큼 출중한 인물이 없다는데서 선조는 생각을 고쳐먹었던것이였다.

나라의 크나큰 중임을 맡은 리항복은 배에 올라 압록강을 건너가 명나라에서 오는 명나라군사들을 기다렸다. 명나라군사들은 조선이 위험에 처해있음을 알고있는지라 합의를 본 기한내에 규정된 곳에 도착했다. 병조판서 리항복과 자독 리여송이 초면에 만나 서로 마주서서 점잖게 읍을 하며 인사를 나누었다.

≪여하튼 오성대감님께서 모처럼 이렇게 마중 나오시니 그야말로 귀국의 례절이 밝다는것을 보아낼수가 있지유.≫

≪천만에 말씀이시지유. 왕명을 받고 리장군을 모시게 되니 한없이 기쁘네구려.≫ 리항복은 례의를 갖추며 리여송의 말을 받았다.

싸움을 하는 시기가 아니라면 두 나라 대신이 처음 만날 때 아주 번거로운 인사가 오고갔으련만 싸움하고 있는 시기이니 그럴수밖에 없었던것이였다.

바로 이때 리여송이 아무런 말이 없이 리항복한테 오른손을 불쑥 내미는것이였다. 서로간 인사가 끝났는데 이것은 또 무슨 례절이란 말인가? 두 나라의 수행인들은 금시 어리둥절해났다. 그러자 리항복은 이미 예견하고있었다는 듯이 팔소매속에서 조선지형을 그린 지도 종이말이를 태연하게 꺼내여 오른손에 쥐고 리여송의 앞에 불쑥 내밀었다. 리여송은 인차 기다렸다는 듯이 리항복이 내민 종이말이를 제꺽 받아쥐고 고맙다는 뜻으로 미소를 보냈다.

≪조선을 놓고 볼진대 참으로 나라를 떠세울 훌륭한 인재들이 있구만. 이런 나라를 힘자라는 대로 도와 꼭 고약한 왜적을 물리쳐야겠노라.≫ 리여송은 막하 여러 장수들을 모아놓고 이렇게 결심을 내렸다. 그 뒤 리여송은 리항복을 따라 압록강을 건너가 왜놈들을 처 없애버렸는데 사람들은 두 나라의 재상과 장군이 첫상봉을 한 곳을 잊지 않고 상봉터라고 정답게 불렀다고 한다.

김세형 구술
한정춘 정리
단동시

기타지구 편

노루골

지금의 길림성 무송현 로영구촌은 일명 노루골이라 불리우는데 여기에는 이런 이야기가 있다.

청나라 태조 누르하치(努爾哈赤)는 황제로 된 뒤 자기 선조의 발상지라고 해서 장백산 일대를 금지구역으로 봉하였다. 그리고 자기가 전날 장백산에서 포수질을 할 때 맛을 들였던 노루고기를 먹으려고 해마다 노루를 잡아 몽땅 황궁에 바치도록 엄명을 내렸다. 이렇게 되니 장백산일대의 백성들이 노루를 잡아바치느라고 죽을 고생을 하였다.

그때는 기차는 물론 자동차도 없는 때인지라 무송에서 북경까지 몇천리 되는 곳으로 물건을 보내자면 고기붙이같은것은 미처 당도하기전에 썩어버리다나니 겨울에 보낼수밖에 없었다.

그래서 청나라정부에서는 무송현 로영구 골안에다 몇십무의 땅을 떼여 네 주위에 높은 바자를 세우고 노루사양장을 만들었다. 백설이 펄펄 휼날리는 엄동이 오면 그 노루를 잡아서 북경 황궁으로 보내군 했다.

어느해 겨울이였다. 이해에도 관청에서는 숱한 병졸들을 풀어 집집에 쏘다니며 불같은 성화독촉을 했다.

≪너희들은 듣거라. 이제 이레안으로 집집마다 노루 열마리씩 잡아 노루골에 가져가도록 해라 ! 령을 어기는 자는 당장 머리를 낮추리라 !≫

이에 집집마다에서는 울며 겨자먹기로 노루사냥에 나서지 않을수 없었다. 옹노를 놓는 사람으로 착고를 놓는 사람으로 함정을 파는 사람으로 지어는 몽둥이를 들고나서는 사람까지 있었는데 그 추운 겨울에 적지 않은 사람들이 얼어죽고 굶어죽다보니 이레가 다되도록 잡은 노루는 매 집 평균 다섯 마리도 되나마나했다.

나라에서 바치라는 수효를 채우지 못했으니 이제 날벼락이 떨어질텐데 이 일을 장차 언찌하면 좋으랴. 사람들은 근심과 불안에 잠겨 어쩔줄을 몰랐다.

그러던 어느날 아침, 백두산쪽으로부터 흰 바지저고리에 두루마기를 입은 끌끌한 총각 하나가 이 마을로 걸어들어왔다.

≪여러분, 노루잡는 일로 너무 상심하지 마십시오. 제가 나머지 노루들을 몰아드릴텝니다.≫

말을 마친 총각은 입에 손나팔을 대고 ≪오호홍— 오호홍—≫하고 주위의 산들을 향해 짐승소리를 냈다.

그러자 사처로부터 몇백마리의 노루들이 마치 약속을 하고 명령을 기다리기나 한것처럼 껑충껑충 뛰여서 모여들었다. 사람들은 이 희한한 일에 놀랍기도 하고 기쁘기도 하여 어떻게 감사를 드려야 할지를 몰라했다. 그런데 노루를 몰아다준 총각은 눈깜짝새에 가뭇없이 사라지고 그림자도 찾을수 없었다.

이 일은 재빨리 이곳 관청의 우두머리귀에 전해졌다.

≪해해 됐어! 이젠 수가 생겼어, 또 백성들을 못살게 굴기만 하면 틀림없이 그 총각놈이 숱한 노루를 몰아올테지? 해해해…≫

그놈은 이런 꾀가 떠오르자 먼저 잡은 노루들을 북경으로 보내는 한편 또 노루를 잡아오라고 백성들을 못살게 굴었다.

≪너희들은 듣거라. 이제 또 이레안으로 집집마다 노루 스무마리씩 더 잡아바쳐야겠다. 령을 어기는 자는 엄벌을 면치 못하리라!≫

백성들은 하는수 없이 또 노루잡이에 나섰다.

어느덧 한주일이 다 되였으나 백성들은 노루 몇마리 잡지 못했다. 그래서 또 그 백두산총각이 나타나 숱한 노루를 몰아다주지 않겠나 하여 사방을 기웃기웃 살피기만 했다. 그런데 웬 일인지 그 총각은 나타나지 않았다.

그런데 어느날 아침, 그 관청나리가 아직도 쿨쿨 돼지잠에 곯아떨어져있을 때였다.

≪쿵!≫

모진 소리가 나더니 바로 관청나리의 코앞에 그 백두산총각이 우뚝 서있었다.

총각은 지붕을 구멍내고 바로 들어왔는데 구멍 뚫린 천장으로부터 하늘꼭대기까지 칠색의 무지개발이 서려있었다.

≪이놈아, 어서 일어나 노루골안의 노루들을 몽땅 풀어놓아라 !≫

그제야 잠을 깬 관청나리는 눈을 부릅떴다.

≪뭣이 ?노루들을 몽땅 내놓으라고?≫

≪그렇다 ! 노루들을 몽땅 내놓으란 말이다.≫

≪흥! 노루들을 내놓으라면 네놈의 고기로 서울에 진상을 올리겠느냐?≫

관청나리는 그래도 세도를 믿고 씨벌거렸다.

그러자 총각은 그놈의 두팔을 꽉 비틀어쥐고

≪이 탐관놈아 ! 전번에는 백성들이 불쌍해서 노루를 몰아왔다. 그만하면 족할터인데 또 잡아바치라고? 너같은놈을 그냥 놔두었다간 백두산노루의 씨종자를 말리겠다 !≫라고 하더니 그놈을 버쩍 들어 지붕밖으로 내던졌다.

그러자 그놈은 천장에서 뿍 빠져나와 몇십리밖 땅속에 잦아들고말았다.

총각은 집에서 뛰쳐나오는대로 노루골로 씨엉씨엉 걸어가더니 손나팔을 대고 노루들에게 소리쳤다.

≪오호홍— 오호홍— 박차고 나오너라. 오호홍— 오호홍— 떠밀고 나오너라.≫

그러자 맑은 하늘에 안개가 자욱히 끼고 ≪후닥닥 퉁당≫하며 노루들이 우리를 박차고 뛰여나오는 소리가 요란하게 들렸다.

노루를 지키던 병정놈들은 안개속에서 아무것도 보이지 않아 아우성을 치며 날치다가 노루들한테 밟히고 채워 죽는 놈은 죽고 상하는놈은 상하고 도망하는놈은 꼬리를 빼고말았다.

이 소식은 재빨리 북경에 전해졌다.

겁을 잔뜩 집어먹은 청나라정부에서는 다시는 백두산노루를 잡아갈 엄두를 내지 못했다.

그것도 그럴것이. 이제 다시 그런 령을 내렸다가 그 백두산총각이 이번에는 북경 황궁에까지 나타나 어떤 변을 일으킬는지 예측하기 어려웠으니깐.

이런 일이 있은후 노루를 가두어두었던 로영구 마을을 일명 노루골이라 부르게 되였다 한다.

리룡득 정리

질구배골

길림성 서남부 료녕성과 잇닿은 곳에 자리잡고있는 리수현 리수향 중안복촌에는 질구배골이라고 불리우는 골짜기가 있다.

오래고 오랜 옛날 이 골 아랫마을 한집에 아버지와 아들 두 식구가 살아가고있었다.

아들이 갓 걸음발을 타자 어머니가 액사하여 황천으로 가버리니 그 아들에게 있어서 아버지는 아버지이자 어머니이기도 했다.

아버지는 아들을 위하여 천신만고를 다하면서 로근로골로 진일 마른일을 다 했다. 이리하여 그들 부자간은 부족지탄이 없이 살아나갔으며 아들은 아버지의 슬하에서 아무런 근심걱정을 모르고 무럭무럭 자라갔다.

허나 이렇게 한해 두해 세월이 흘러감에 따라 아버지는 점차 늙어갔고 병도 실없이 튀여나 나중에는 몸져눕게까지 되였다. 이렇게 되니 집안의 모든 일은 열다섯에 난 아들의 두 어깨에 떨어졌다. 아들은 아버지를 대신하여 어려운 일을 아낌없이 잘 하는 외 늘 아버지의 머리맡을 떠나지 않고 온갖 시중을 다 들며 근근자자 효도함을 잊지 않았다.

그날 저녁도 아들은 늦게까지 일을 마치고 돌아오자바람으로 아버지의 머리맡에 다가와 아버지의 손발을 주물러드리고 뒤미처 쌀미움을 쑤어올렸다.

≪아버지, 미움 한순갈이라도 더 드세요. 그래야 병이 빨리 완쾌되여 일어나실것이 아니옵니까?≫

그러나 이날따라 아버지는 도리머리질뿐 미움을 넘길념을 하지 않았다

≪아버지 웬 일이십니까? 혹여 다른 음식을 잡숫고싶어 그러시는게 아니십니까?≫

≪아니다. 내 뭘 더 먹고싶은게 있겠느냐, 너 없는 동안 먼저 먹어서 그럴

뿐이지.≫

≪아버지 운신도 제대로 못하시는 형편에 무얼 만들어 잡수셨다고 그러십니까? 어서 그시지 말고 말씀하십시오.≫

≪아니다. 아무것도 먹고프지 않다.≫

≪아버지! 아버지께서 내심을 터놓지 않으실수록 이 불효자의 마음은 바작바작 타기만 하오니 어서 말씀해주십시오.≫

아들이 하도 조르니깐 그제야 아버지는 후 한숨을 내쉬며 말하는것이였다.

≪그런게 아니라 오늘따라 별로 시큼한것이 먹고싶구나.≫

≪그럼 시금치를 뜯어올까요? 돌배를 따올까요? 아니면 질구배를 따올까요?≫

≪하긴 질구배를 먹고싶구나.≫

그 말을 들은 아들은

≪아버지! 그럼 조금만 기다려주십시오. 제가 곧 산에 갔다 오지요.≫하고는 인차 초롱불을 켜들었다

≪아니 얘야, 이 밤에 어디로 간다고 그러느냐?≫

≪아버지! 옛날 효자들은 불로불사약 캐러 나섰다고 하는데 지척에 있는 산열매마저 따오지 못하겠습니까?≫

말을 마친 아들은 곧추 산으로 올라갔다.

때는 마침 늦가을인지라 빨갛게 익은 질구배가 다 떨어진뒤였다. 그래서 아들은 깊고깊은 골짜기로 정처없이 들어가며 질구배나무를 뒤졌다. 그러나 아무리 살펴보아야 질구배는 이미 떨어지고 종적도 없었다.

≪아 ! 어쩌면 질구배가 이렇게 다 떨어졌단말인가?≫

그래도 아들은 실망하지 않고 질구배를 찾아 골짜기로 정처없이 들어갔다.

북두성이 앵돌아앉은 깊은 밤, 그제야 아들은 골짜기 막지기에서 다람다람 달린 질구배를 한다래끼 따게 되였다.

≪아, 아버지, 아버지께서 잡수시려는 질구배를 끝내 따고야말았나이다 !≫

아들은 몹시 기뻐하며 곧추 집으로 향했다.

그런데 누가 알았으랴 !

난데없는 굶주린 범 한 마리가 불쑥 뛰쳐나오더니 그의 앞길을 막았다.

≪이 무도한 범아, 네 아무리 배가 고프다한들 상천하지에 이리도 무정할 수 있느냐? 아무리 나를 잡아먹고싶더라도 내가 이 질구배를 아버지한테 갖다드린 다음 잡아먹어다오.≫

산진수궁의 경지에 이른 아들은 이렇게 빌었다. 그러나 포악무도한 짐승은 아들의 말은 들은둥만둥 씽 덮쳐들었다.

≪이놈, 그래 네놈이 거어이 날 잡아먹을테냐?≫

≪으르릉 따웅!≫

이리하여 아들과 범은 무서운 박투를 벌리게 되였다. 그러나 인제 겨우 15살에 난 소년은 백년묵은 호랑이를 당해낼수가 없었다.…

이때 절분 액사한 아들의 일을 전혀 알길없는 아버지는 집에서 아들이 돌아오기만을 기다렸다. 한시간, 두시간, 하루, 이틀이 지나도록 아들은 좀처럼 나타날줄 몰랐다.

이 소식을 들은 마을사람들은 급급히 산으로 떠났다. 그들은 며칠후에야 얼마 남지 않은 아들의 시체를 발견하고 그를 장사지내주었다.

그로부터 한해 겨울이 지난 뒤의 봄, 아들을 묻은 흙더미에서 나무 한그루가 자라났다. 그 나무는 기이하게도 야광조로, 세우화풍을 받아 시간마다 자라고 날마다 자라더니 여름이 채 가기도전에 물항아리만큼 큰 붉디붉은 열매 하나를 맺었다.

하루는 우수수 바람에 그 열매가 뚝 떨어지더니디 딩굴딩굴 구을러 아버지가 거처하고있는 뜨락에까지 닿았다.

아버지가 이상하여 한쪽을 베여 맛보았더니 그 과일은 시큼들들한 질구배였다!

≪아, 이건 틀림없이 그 애의 소원이 변한 열매로구나 !≫

아버지가 그 과일을 다 먹자 병은 씻은 듯 뚝 떨어지고 젊음이 되찾아들어 다시금 일에 나섰고 그 범을 잡아죽여 원쑤까지 갚게 되였다.

이런 일이 있은 뒤로부터 사람들은 그 골짜기를 질구배골이라 부르게 되었다 한다.

리룡득 정리

룡두산의 전설

길림성 서란현 신안향 경내를 흐르는 호란강반에는 우뚝 솟은 두 산이 있는데 이 두 산은 기세가 웅위롭고 기복이 완연하여 마치 두마리의 룡이 물을 마시는듯하다. 이곳 백성들은 그 두 산을 이룡산이라고 부르고 그 산아래에 있는 동네를 룡산마을 또는 룡두산이라고 부른다. 이 룡산의 유래를 두고 다음과 같은 전설이 있다.

먼 옛날 이곳에 마음씨 착한 두 부부가 살고있었다. 남편 기산이는 근로용감하고 안해 옥녀는 총명하고 현숙하였다. 두 부부는 부지런히 일하여 먹고 입을 걱정 없이 살아갔다. 그들은 부지런히 일하고 아껴먹고 아껴입으며 모은 량식과 베를 이웃의 가난한 사람들에게 나누어주기도 하였다. 동네사람들은 누구나 다 그들 부부를 보고 엄지손가락을 내들었다.

어느해 큰 가물이 들어 땅은 거북등처럼 갈라지고 풀은 모두 말라죽고 나무잎도 끓는 물에 삶아놓은것처럼 시들어졌다. 사람들은 날마다 하늘에 제사를 지내며 비를 내려달라고 빌었다. 이렇게 반달동안이나 야단법석을 쳤으나 야속한 하느님은 물 한방울 내려주지 않았다.

어느날 밤, 기산이 내외가 방금 잠자리에 누웠는데 갑자기 밖에서 문 두드리는 소리가 났다. 기산이는 벌떡 일어나 문을 열어보았다. 백발이 성성한 할아버지 한분이 인자한 모습으로 서있었다. 로인은 기산이 내외를 한참동안 훑어보고나서 말하였다.

≪마음씨 착한 애야, 가물을 피해보려느냐? 이 늙은이한테 자네들의 살길이 있기는 한데…≫

기산이는 로인의 말이 끝나기도전에 정색하여 말하였다.

≪로인님, 그런 말씀은 하지 마십시오. 고향사람들이 모두 왕가물로 재난을 겪고있는데 어찌 우리만 살길을 찾아가겠습니까?≫

로인은 빙그레 웃으며

≪그러면 너희들은 어쨌으면 좋겠느냐? 너희들만 떠나기 싫거든 큰 가물을 막아낼 대책을 생각해보자꾸나 !≫ 하고 말하였다.

옆에서 로인을 유심히 바라보고있던 옥녀는 로인의 량미간에 비범한 신기가 비치고있음을 발견하였다.

≪로인님, 로인님께서는 아시는것이 우리보다 많으시므로 가물을 물리칠 좋은 방법을 알고계실줄 아옵니다.≫

로인은 고개를 끄덕이였다.

≪내가 한가지 방법을 듣기는 했네만 그 방법이…≫

로인은 뒤말을 흐리고 두 부부의 기색을 자세히 살펴보는것이였다. 방법이 있다는 로인의 말에 기산이와 옥녀는 로인의 앞에 풀썩 꿇어앉으며 사정하였다.

≪로인님 어서 그 방법을 말씀하여주십시오. 고향사람들을 재난속에서 구원할수만 있다면 우리는 백번 죽어도 한이 없겠습니다.≫

로인은 그들을 바라보며 천천히 말하였다.

≪저 동남쪽에 높은 산이 있는데 산우에 샘이 하나 있느니라. 그 샘을 독수리마왕이 독차지하고 막고있는데 독수리마왕을 죽여치워야 그 샘물이 콸콸 흘러나오게 되며 가물을 막아낼수 있을것일세. 독수리마왕을 죽이자면 반드시 한가지 풀을 얻어야 하네. 그 풀은 붉은 열매가 두알 열려있지. 사람이 그 열매를 먹으면 곧 교룡으로 변하여 독수리마왕을 싸워이길수 있느니라. 그런데 일단 교룡으로 변하면 다시는 사람으로 회복될수 없다네.≫

가산이 부부는 듣고나서 뜨거운 눈물을 흘리며 말하였다.

≪백성들의 재난과 고통을 덜어줄수만 있다면 우리는 죽어도 원이 없습니다. 그런데 어떻게 하면 그 신기한 풀을 얻을수 있습니까?≫

≪그 풀을 구하자면 어렵지 않네. 그 풀은 장백산줄기의 백두산 상산봉에 있는 천년바위아래에서 자라느니라.≫

로인은 말을 마치자 한가닥 청풍으로 변하여 일호불견 가뭇없이 사라져 버렸다.

이튿날 부부는 고향사람들과 작별하고 길량식을 가지고 백두산을 찾아떠났다. 산을 넘고 골짜기를 지나 천신만고를 겪으며 가고 또 갔다. 발바닥에 물퉁기가 지고 터져 피가 흐르고 가시나무에 걸려 옷이 갈기갈기 째졌다. 그러나 그들은 끝내 백두산 상산봉에 올라 천년바위아래에 자라는 신기한 풀을 찾아내였다. 그들은 빨간 열매를 따서 한입씩 입에다 넣었다. 그러자 삽시간에 속에서 불이 이는듯 화끈화끈해나고 머리가 무겁고 발이 가벼워나며 몸이 공중으로 날아올랐다. 그들은 전신에 번쩍이는 비늘이 덮인 한쌍의 교룡으로 변하였다.

그들은 로인이 알려주던 동남쪽의 큰산을 찾아 날아갔다. 과연 그 산우에 소름이 끼치도록 흉악하게 생긴 독수리마왕이 샘물가에 앉아 물을 빨아먹고 있었다. 한쌍의 교룡이 날아오는것을 발견한 독수리마왕은 입을 짝 벌리고 광풍을 내뿜으며 미친듯이 덮쳐들었다. 교룡은 독수리와 공중에서 생사박투를 벌리였다. 뽑혀나온 독수리털과 교룡의 비늘이 하늘에 자욱하였다. 독수리마왕은 싸울수록 기진맥진해져 량쪽으로부터 날쌔게 덮쳐드는 교룡들의 협공을 당해낼수 없었다. 슬슬 피하는 독수리마왕에게 기산이가 날쌔게 덮쳐들어 억센 발톱으로 대가리를 사정없이 허벼대였다. 독수리마왕은 대가리가 두쪽으로 짝 갈라져 죽어버렸다. 기산이와 옥녀는 샘터로 내려와 발톱으로 독수리가 막아놓은 돌덩이와 흙을 사정없이 파헤쳤다. 그러자 맑은 샘물이 산골짜기아래로 콸콸 쏟아져내려갔다. 샘물은 점점 세차게 용솟음치고 물줄기는 큰강을 이루며 흘렀다.

한편 고향사람들은 기산이와 옥녀가 떠난후로 날마다 그들이 돌아오기만 손꼽아 기다렸다. 열흘이 지나고 한달이 거의 되어도 그들은 종무소식이였다.

하루는 고향사람들이 한데 모여 비를 내려달라고 하늘에 제사를 지내는데 갑자기 한줄기 강물이 흘러내려오는것이였다. 오래동안 비를 바라던 사람들은 맑은 강물을 보자 환성을 올리며 강물을 맞아 달려갔다.

이때 먼 동남쪽으로부터 시커먼 두 그림자가 날아왔다. 시커먼 구름이 서리여 굽이굽이 타래치며 온 천지에 안개가 자욱하였다. 한 로인이 소리쳤다.

≪룡이 왔네 ! 우리에게 물을 보내주러 룡이 왔네 !≫

사람들은 그제야 정신을 차리고 일제히 땅에 엎드려 절을 하였다. 그러자 구름속에서 한쌍의 룡이 나타나 사람들의 앞으로 날아와 자꾸 고개를 끄덕이였다. 마치도 무슨 말을 하려는것 같았다. 룡의 눈에서는 닭알만큼씩 굵은 눈물방울이 줄끊어진 구슬마냥 주룩주룩 떨어졌다. 한사람이 문뜩 깨달은바가 있어 소리쳤다.

≪저 룡이 기산이와 옥녀가 아니냐?≫

두 룡은 고개를 두번 끄덕이고는 강가로 내려와 물을 몇모금씩 들이켠 다음 다시 하늘로 올라갔다. 갑자기 먹장구름이 온 하늘을 뒤덮고 번개가 번쩍거리더니 소나기가 내리기 시작하였다.

얼마나 바라고 바라던 비인가 !

비가 내리자 시들고 말랐던 초목에 새움이 돋고 밭에는 곡식이 자라났다.

룡으로 변한 기산이와 옥녀는 고향을 떠나기 아쉬워 밤낮으로 강가를 지켜주었다.

세월이 흘러 달이 가고 해가 바뀌였다. 기산이와 옥녀가 변한 한쌍의 교룡은 점차 두 산으로 되었다.

그후 고향사람들은 그들을 기념하기 위하여 이 두 산을 이룡산이라고 불렀다 한다.

박기준 정리

금하마의 전설

길림성 서란현 동북변계에는 라림강을 사이두고 흑룡강성 오상현 향양진과 마주하여 금마향 소재지인 금마촌이 있다.

금마촌 남쪽 약 2리 되는 곳에 금망아지다리라는 작은 다리가 있고 다리 아래에는 라림강의 작은 지류인 금마하가 흐르고있는데 이 다리의 서쪽에 목비뚤이산이라는 작은 산이 있다. 이 다리와 산과 강 그 리고 금마촌의 지명을 두고 다음과 같은 전설이 전한다.

오랜 옛날 이곳은 울창한 원시림이였는데 하늘을 찌르는 아름드리나무들이 빽빽이 들어서있었다. 숲속에는 노루, 곰, 사슴, 메돼지, 승냥이, 표범이 욱실거리고 인적이 아주 드물었다.

어느해 봄 이곳에 성이 진씨라는 삼형제가 찾아왔다. 그들은 모두 신체가 웅장하고 힘꼴이나 쓰는 한창때의 젊은이들이였다. 그들 삼형제는 기름지고 부드러운 이곳의 흙을 보자 한줌 쥐여 냄새를 맡아보았다. 그야말로 구수한 냄새가 코를 찔렀다. 삼형제는 의논하여보고나서 쪽박짐을 벗어놓고 우선 농막을 지은후 나무를 찍어내고 황무지를 개간하기 시작하였다. 3년도 채 안되는 사이에 좋은 논과 밭 여라문마지기를 일구고 아름드리로 자란 곧은 소나무를 베여 대들보와 도리를 다듬어 열간짜리 초가집을 지었다. 그때로부터 떠돌아다니던 사람들이 하나둘 모여와서 차츰 동네를 이루게 되였는데 사람들은 삼형제의 성을 따서 동네이름을 진가촌이라고 불렀다.

진씨네 삼형제는 나이가 거의 서른이 되여서야 30리밖에 있는 봉황촌의 장씨네 집 세 처녀에게 장가를 들어 각기 살림을 이루었다. 그때로부터 삼십년 세월이 흘러 진씨네 삼형제는 모두 자손이 번성하여졌다.

전설은 바로 이 진씨 삼형제네 셋째의 셋째아들 전이때에 생기게 되였다.

전이는 시꺼먼 눈섭, 부리부리한 큰눈, 호랑이같이 날래고 곰같이 실한 몸가짐을 가진 젊은이였다. 항상 정기가 넘치는 전이는 말수가 적고 무던하여 사람들을 만나도 그저 빙그레웃으면 그만이였다. 농사일에 들어서는 막히는 일이 없었고 마음씨까지 착하여 사람마다 엄지손가락을 꼽으며 훌륭한 젊은이라고 칭찬하였다.

그해 오월이 되자 논밭의 곡식들은 우썩우썩 자라나 농부들의 마음을 흐뭇하게 해주었다. 그런데 밭이 수림과 가까이 있어 늘 산돼지와 곰들이 밭에 들어와 곡식을 뚜지고 짓밟아 못쓰게 만들었다. 집에서는 전이를 밭에 보내여 곡식을 지키게 하였다. 전이는 두말없이 창과 참나무몽둥이를 메고 작은 강에서 멀지 않은 밭머리에 가서 자그마한 막을 짓고 부뚜막과 구들을 놓고 솥까지 걸었다. 전이는 혼자 밥을 지어먹으며 밤낮으로 밭을 지키였다. 전이는 조금도 앉아있을 새 없이 동쪽에서 서쪽끝까지 남쪽끝에서 북쪽끝까지 돌아다니며 짐승들이 곡식을 조금도 다치지 못하게 지키였다.

어느날 해가 서산마루에 걸렸을 때였다. 전이가 저녁을 지으려고 막으로 돌아오는데 귀밑머리가 희슥희슥하고 얼굴에 수심이 가득 낀 웬 늙은이가 신음소리를 내며 길가에 누워있었다. 전이는 늙은이를 업어다가 구들에 눕히였다. 늙은이는 눈을 뜨고 전이를 바라보더니 간신히 입을 열었다.

≪젊은이, 어서 나를 산비탈로 업어다주게. 내가 여기에서 죽으면 젊은이에게 시끄러움이 많을거네.≫

≪할아버지, 근심하지 마십시오. 병이 위중한걸 보고서도 구원하지 않아서야 인간의 도리가 어디 됩니까?≫

전이는 바삐 서둘러 입쌀죽을 끓이고 산고사리를 데쳐 반찬을 만들었다. 전이는 죽을 늙은에게 한술한술 떠먹이였다. 병든 늙은이는 전이의 막에서 며칠간 묵는 사이에 병이 차차 나았다. 그런데 늙은이는 그곳을 떠나려는 기색이 없었다. 늙은이는 전이의 막에서 떠나지 않고 살았다. 전이는 늙은이에게 어디서 왔으며 어디로 가려는가고 묻지도 않았으며 가라고 쫓지도 않았다. 어느날 저녁이였다. 늙은이는 전이에게 말하였다.

≪전이, 자넨 나의 목숨을 구해주었네. 그러니 인젠 내가 자네의 은공을 갚아야 하겠네.≫

≪할아버지, 원 천만의 말씀입니다. 저와 할아버지는 천생의 연분이 있었기에 서로 만나게 되였습니다. 제가 할아버지를 좀 도와준것은 절대 감사를 받자고 한 일이 아닙니다.≫

전이는 웃으며 말하였다.

그런데 늙은이가 이런 말을 한후부터 날마다 밤이 되면 서쪽산에서 우릉우릉 망가는 소리가 들리였다. 전이는 이상한 생각이 들었지만 늙은이에게 아무런 내색도 내지 않았으며 물어보지도 않았다. 눈깜박할 새에 륙월 초엿새가 되었다. 이날 아침 날이 희붐히 새자 늙은이가 전이에게 말하는것이였다.

≪자네는 지금까지는 조반을 지은 다음 물을 길러 갔는데 오늘은 먼저 물부터 길어오고 조반을 지어야겠네. 내가 어제 밤에 소변을 보려고 밖에 나가다가 그만 물통을 걷어차서 물을 쏟아버렸네.≫

전이가 봉당에 있는 물통을 내려다보니 참말 물이 한방울도 남지 않고 물통이 텅 비였었다. 그래서 전이는 물통을 메고 강가로 내려가려 하였다. 이때

≪잠간만 서게.≫ 하고 늙은이는 키짝을 벽에서 벗겨내려 전이에게 주면서 말했다.

≪이걸 가지고 물을 길어오는김에 내 일도 한가지 해주게.≫

≪좀 있다가 아침해가 방금 동산마루에 이마를 내밀 때 자네 강가에 가게나. 그러면 거기서 웬 처녀가 머리를 빗고있을거고 강건너편에서는 털빛이 노란 금망아지가 내가에 서서 물을 마시고있을거네. 자네는 다가가서 두말도 하지 말고 처녀의 허리를 덥석 잡아 옆구리에다 끼고 강을 건너 금망아지의 뒤를 쫓아가게. 금망아지가 서쪽산아래까지 달려가면 산이 쩍 갈라질터이니 금망아지가 산속으로 뛰여들면 자네도 따라 뛰여들어가게. 갈라졌던 산이 닫히려고 할 때 자네는 그 처녀를 얼른 산사이에다 밀어놓게. 처녀는 자네를 도와 산을 받치고 닫기지 못하도록 해줄거네. 산속에 들어가면 매돌이 있는데 매돌가에 있는 물건을 얼른 한키짝 퍼담아가지고 집으로 돌아오게.≫

전이는 그렇게 하겠노라고 대답하고 떠났다. 전이는 걸어가면서 생각을

굴리였다.

≪내가 만일 물길러 다녔지만 처녀와 금망아지는 본적이 없는데 늙은이의 말이 정말일가?≫

전이는 미심쩍어하면서도 해가 동산마루에 이마를 내밀 때 강가에 도착하였다. 그런데 전이는 그만 아연해지고말았다. 강가에는 정말 아릿다운 처녀가 눈동자를 반짝이며 맑고 고요한 강물을 거울삼아 함치르르하고 치렁치렁한 머리를 감아 빗고있었고 맞은켠 강가에서는 금빛강아지가 물을 마시고 있었다. 이때 전이는 난처하기 그지없었다. 총각의 몸으로 어떻게 낮도 모르는 남의 처녀를 옆구리에 낄수 있단말인가? 전이가 주저하고있을 때 웬 총각이 자기한테로 다가오고있는것을 발견한 처녀는 긴 머리를 황급히 틀어올려 두가닥 꼭지를 만들었다. 전이는 그것을 보자 한가지 수가 떠올랐다.

≪옳지, 됐어. 저 머리꼭지를 붙잡고 뛰면 처녀는 할수없이 나를 따라오겠지.≫

그러나 전이가 손을 뻗쳐 처녀의 머리꼭지를 잡아쥐자 처녀는 몸을 비틀어 땅속으로 쑥 들어가더니 눈깜짝새 인삼으로 변해버렸다. 전이의 손에는 머리꼭지만 쥐여져있었다. 별수없게 된 전이는 재빨리 강을 건너 망아지의 뒤를 쫓았다. 망아지가 산앞에 이르자 늙은이의 말과 같이 산이 쩍 갈라졌다. 금망아지가 산속으로 뛰여들어가자 전이도 따라서 뛰여들어갔다. 전이가 매돌가에서 새노랗고 묵직한것을 한키짝 퍼담아드는데 갈라졌던 산이 점점 닫기기 시작하였다. 전이는 얼른 머리꼭지를 내던졌다. 그러나 아무런 쓸모도 없었다. 전이는 급한 나머지

≪할아버지!≫하고 소리쳤다. 이때 늙은이가 산틈에 나타나 두팔로 산틈을 버티고 웨쳤다.

≪전이, 이 사람, 빨리 뛰여나오게!≫

죽을 힘을 다해 산밖으로 뛰여나온 전이가 뒤를 돌아보니 산은 어느새 아주 꼭 닫겨버렸다.

≪할아버지, 할아버지!≫

전이는 안달아나 늙은이를 불렀다.

이때 산꼭대기로 늙은이가 머리를 내밀더니 고개를 삐뚜렁하게 돌리며 소리치는것이였다.

≪이 사람 전이, 키짝에 담긴것은 금망아지가 갈아낸 금콩일세. 자네가 그걸 벌방 대처에 내다 팔면 큰돈을 벌거네. 그건 내가 자네한테 주는 보답이자 착한 마음씨를 가진 자네가 마땅히 받아야 할 보수일세. 만약 자네가 그것을 밭에다 심으면 수백배나 되는 금콩알을 거두게 되여 대대손손 다 먹지 못하고 다 쓰지 못할거네.≫

말을 마치자 늙은이는 고개를 돌린채 산과 한덩어리로 굳어져 목이 비뚤어진 사람모양의 바위돌로 변해버렸다. 이때로부터 사람들은 그 산을 목비뚤이산이라고 불렀다.

늙은이의 말을 명심한 전이는 산아래에다 밭을 일구고 이듬해 봄에 그 금콩알을 심었다. 가을이 되자 알알이 또글또글 잘 여문 금콩알이 열리였다. 사람들은 그 콩을 ≪금콩≫이라고 불렀다. 그리고 전이가 산에다 내던진 그 아름다운 처녀의 두 머리꼭지는 흙속에서 돋아나와 두잎짜리 인삼으로 변하였다.

그후 세월이 흘러내려오는 가운데 사람들은 지나다니기 좋으라고 작은 강에 작은 다리를 놓았는데 오고가는 길손들은 금망아지가 다리아래에서 물을 마시고있는것을 자주 보았다고 한다. 물을 배불리 마신 금망아지는 들판에서 이리저리 뛰여다니며 재롱을 피웠다. 그리하여 사람들은 금망아지가 물을 마시던 작은 강을 금마하, 작은 다리를 금망아지다리라 하고 그 강이름을 따서 진가촌을 금마촌이라 이름을 고쳐 부르게 되였다고 한다.

박기준 정리

봉황촌의 전설

길림성 서란현 평안진에서 동남쪽으로 50여리 가면 봉황촌이라는 마을이 있다. 봉황촌에는 50여호의 우리 겨레가 살고 있는데 봉황촌이란 지명의 유래를 두고 이런 이야기가 전해지고 있다.

먼 옛날 봉황벌은 대부분이 진펄이여서 농사짓기에 마땅하지 않았다. 농부들은 해마다 뼈빠지게 일하였지만 곡식이 되지 않아 생활이 몹시 구차하였다.

그러던 어느날 먼 곳에서 봉황새 한 마리가 날아왔다. 날개죽지가 부러진 봉황새는 마을 뒤산에 앉아 애처롭게 울었다. 때마침 산에 나무하러 갔던 이 마을의 한 농부가 그 봉황새를 발견하고 물을 먹이고 정성껏 간호하여주었다. 이 소식을 들은 마을사람들도 저마끔 정성을 다해 농부를 도와 봉황새의 병을 치료하는데 나섰다.

몇달이 지나자 봉황새는 부러졌던 날개가 나아 마음대로 날수 있게 되였다.

마을을 떠나던 날 봉황새는 생명을 구해준 은인인 농부와 마을사람들에게 은혜를 갚으려고 제 몸에서 아름다운 깃털 세대를 뽑아 농부네 집 문앞 진펄에다 꽂아주었다. 그런 다음 마을 상공을 오래동안 날아예다가 눈물을 흘리며 떠나갔다.

그 이듬해 봄이였다. 농부네 집앞 진펄에서 갈대가 무성하게 자라났다. 그런데 그 갈대는 보통갈과 달리 굵기가 반치나 되고 마디가 쭉쭉 빠지고 잎은 왕대우잎같이 넓고 길었다. 가을이 되여 갈대가 성숙되면 갈대의 색깔도 금황색이여서 곱거니와 부드럽고 질기여 삿자리를 결어놓으면 비싼 값에 팔리였다. 크고도 긴 갈꽃은 마치도 봉황새의 꼬리 같았다. 봉황새를 기념하기 위하여 사람들은 이 갈을 봉황갈이라고 불렀고 농부가 사는 마을을 봉황촌이라고 불렀다.

그때로부터 이 마을 사람들은 갈대를 쪼개여 삿자리를 결어 팔아 풍의족식하게 되였다.

전하는데 의하면 장춘 근방의 새납 만드는 장인들이 이곳으로 찾아와 봉황갈뿌리를 캐여다가 새납의 홀때기를 만들었는데 질기고 소리가 아름다워 널리 소문이 났다고 한다.

어떤 사람들이 소문을 듣고 몰래 봉황갈뿌리를 파다가 자기네 고장에 옮겨 심어보았다. 그런데 이상하게도 한그루도 살리지 못하였다고 한다. 그래서 사람들은

≪봉황새가 준 갈인데 어찌 마음대로 옮겨심을수 있겠는가?≫이 하였다.

이리하여 봉황촌의 봉황갈은 더욱더 명성이 높아지게 되였고 이곳의 삿자리는 해마다 조정에 바치는 진상품까지 되었다 한다.

박기준 정리

며느리골짜기

도도한 발해를 끼고 앉은 진황도시 무녕현과 청룡현이 잇닿아있는 곳에 한 자그마한 골짜기가 있는데 사람들은 이 골짜기를 며느리골짜기라 부르고 있으니 여기에는 이런 전설이 깃들어있다.

옛날 이 골짜기에 작은 마을 하나가 있고 이 마을 한 집에는 조선족 젊은 며느리가 70고령인 시어머니를 모시고 살아가고있었다.

워낙 이 집에는 시아버지도 남편도 다 있었지만 병으로 약 한첩 제대로 써보지 못했채 세상을 떠나가버렸다.

가세가 이렇게 되자 악독한 땅임자는 소작을 주었던 땅마저 앗아내여 며느리는 하는수없이 동냥으로 어머니를 봉양해갔다.

어느날 며느리는 여느때처럼 온종일 동냥을 다녔으나 그때가 바로 보리고개인지라 밥 한술 얻을수가 없었다.

≪내 굶는것은 괜찮으나 년로하신 어머님이야 어찌…≫

이렇게 생각하면서 맥없이 집으로 돌아오던 며느리는 부자집 소들이 지나가면서 눈 똥에 생콩알이 적지 않게 섞여있는것을 보았다.

≪오, 이것이라도 주어서 깨끗이 씻어 죽을 쑬수 있지 않을가.≫

며느리는 나무꼬챙이로 소똥을 뚜지면서 콩알을 골라내기 시작했다. 콩알 몇줌을 골라낸 며느리는 강가에 달려가서 씻고 또 씻었다.

냄새도 맡아보고 입에 넣고 씹어보아도 아무런 냄새가 없었다. 며느리는 그 콩알을 치마폭에 싸쥐고 집에 돌아와 어머니한테 콩죽을 쑤어올렸다.

바로 그날 저녁때였다.

맑던 하늘에 갑자기 구름이 몰려다니며 우르릉 꽝하고 우뢰가 울며 번개가 번쩍거렸다.

그러자 며느리는 속이 꿈틀해났다.

≪내가 불길한 음식을 어머님께 대접했다고 하늘이 대노해서 이러는게 아닐가?≫

이때 우뢰소리에 잠을 깨여난 어머니가

≪무슨 소리가 이다지도 요란하냐?≫ 라고 물었다.

며느리는 ≪어머니, 제가 어머님한테 불길한 음식을 대접했다고 하늘이 노해서 저를 잡아가려고 이러는것 같아요.≫ 라고 대답하였다.

≪아니 그게 무슨 소리냐?≫

이에 며느리는 콩죽을 쑤게 된 자초지종을 이야기했다.

시어머니가 듣고나서

≪얘야, 네가 이 시어미한테 오죽 효성했으면 그런 장한 일을 했겠느냐? 그런 실없는 소린 하지도 말아라.≫ 라고 말하고는 문께로 다가가 엎드리더니 하늘을 향해 빌었다.

≪하느님, 하느님, 우리 며느리가 이 시에미를 굶기지 않으려고 그런 장한 일을 행한것이오니 너그럽게 생각해주옵소서.≫

그러나 하늘에서는 여전히 뢰성이 울었다.

이번에는 며느리가 하늘을 향해 빌었다.

≪하느님, 하느님! 제가 차마 못할짓을 했으니 저 하나만 잡아가시고 제발 우리 시어머님만은 무사하게 해주옵소서.≫

≪아니웨다, 아니웨다. 잡아가시려면 이 쓸모없는 늙은것이나 잡아가고 우리 며느리는 털끝 하나 다치지 말아주옵소서.≫

이때 며느리는 기어이 밖으로 나가려고 했다. 그러니 시어머니는 얼른 며느리를 끌어안아 안으로 돌리고 자기 몸을 문밖으로 내밀면서 또 말했다.

≪하느님, 하느님! 며느리가 없으면 난 한시도 살아갈수 없사오니 죽이려거든 아예 나를 죽여주옵소서.≫

그 말에 며느리는 얼른 시어머니를 안으로 끌어들이고 자기가 나서려고 문을 열어제꼈다.

바로 그때 하늘에서 다시 꽝! 꽈르릉! 하더니 며늘리손에 아주 무거운 물건이 쥐여지는것이였다. 어망 결에 그것을 들고 집안에 들어와 보니 난생처음 보는 눈부신 황금덩이였다.

며느리와 시어머니가 어리둥절하여 다시 밖을 내다보니 하늘은 가신듯 맑아지고 평온해졌다.

이로부터 며느리는 다시는 동냥을 하지 않고 시어머니를 모시고 풍의족식하면서 잘살아가게 되었다. 이 일이 있은 뒤로부터 사람들은 착하고 효성스러운 며느리가 살던 이 골연을 며느리골짜기라 부르게 되였다 한다.

오경숙 구술
리룡득 정리

상경룡천부(上京龍泉府)

발해국에는 5경(五京) 16부(十六府)에 62개 주(州)가 있었는데 무슨 연고로 룡천부를 상경(上京)으로 정했는가? 여기에는 다음과 같은 전설이 있다.

옥루하(목단강) 안변에 김씨성을 가진 유명한 풍수가 살고있었다. 어느 하루 풍수가 아침노을을 바라보면서 천기를 살펴보고있는데 갑자기 뒤에서 번개불처럼 눈부신 빛이 번쩍하고 비치더니 맑은 하늘에서 꽝하고 우뢰소리가 들려왔다.

≪웬 일일가?≫

풍수는 하도 이상스러워 지붕에 올라가 두리번거리며 사방을 살펴보았다. 저 멀리 쑥대 우거진 벌판에 실안개가 일고 그우에 자기가 떠돌고있었다.

≪야! 저렇게 좋은 명당이 코앞에 있는줄을 몰랐댔구나.≫

풍수는 자신을 책망하면서 지붕에서 내려왔다.

그런데 아무 일도 없었던 풍수가 해질녘부터 갑자기 사지를 못쓰고 눕더니 밤중 해시경이 되면서부터는 신음소리 한마디 못내고 저승으로 가게 되였다.

아들과 며느리는 아버지앞에 꿇어앉아 대성통곡하면서 재삼 물어보았다.

≪아버지께서 이렇게 갑자기 떠나시면 우리는 아버지를 어데다 모셔야 합니까? 미리 보아두신 혈이 있으면 어서 말씀하시고 눈을 감으시오.≫

풍수는 기진맥진한 입속으로 말했다.

≪저 쑥대 우거진 벌판 한복판에 나를 묻어다오. 그러면 너의 후손들은 화를 면하고 복할것이다.≫

아들 내외는 아버지의 유언대로 쑥밭 한복판에 아버지를 모셨다.

다음해 단오날 아들내외는 첫아들을 보았는데 갓난애의 몸에는 령기가 차넘치고 눈부신 빛이 반짝이고있었다.

≪과연 아버지의 말씀이 틀림없구나.≫

두 내외는 기뻐서 어쩔바를 몰라했다.

그런데 바로 이날 이때 당나라 서울 장안에 있던 감천사가 천기를 살펴보니 북녘의 홀한수주변에서 진룡이 태여난 기상이 보였다.

≪이놈을 더 크기전에 없애버려야 내 나라가 태평무사하겠다.≫

감천사는 이렇게 중얼거리면서 이 일을 상주했다. 이리하여 감천사가 통솔하는 당나라 군사들이 몰려와 쏘다니면서 진룡이 태여난 곳을 찾게 되였다.

어느 하루 옥루하를 따라 내려오던 그자들은 강건너에서 자기가 돌고있는것을 발견했다.

≪이놈이 여기에 있었구나 !≫

감천사는 말을 돌려 강을 건넜다. 가까이 가서 살펴보니 어느 한집 지붕우에 삼척동자가 서있는데 그 애의 몸에서 빛이 반짝이고 주변에는 자기가 돌고있었다.

≪이놈이 하루에 한자씩 자랐구나 !≫

감천사는 그 집에 불을 지르고 진룡을 태워죽이라고 명했다.

그런데 이 일을 예감한 아이는 급히 어머니를 부르며 지붕에서 굴러내려왔다.

≪어머니, 나쁜놈들이 나를 죽이려구 집뒤에 숨어있어요.≫

이 소리에 어머니가 달려나와 보니 땅바닥에 쓰러진 어린애는 신음소리를 내면서 거의 숨져가고있었다. 아이의 몸에서 빛나던 광채는 사라져가고 점점 흑황색 룡무늬가 돋아나더니 숨지고말았다.

마당에서 통곡소리가 나자 감천사는 군졸을 데리고 급히 달려왔다. 땅바닥에 쓰러진 진룡을 보고나서야 감천사는 일이 뜻대로 되였다고 기뻐하면서 군졸들을 휘몰아가지고 서울 장안으로 돌아갔다.

내외는 죽어서 구렁이로 변한 아들이였지만 관속에 넣어서 지성껏 장사를 치렀다. 그들은 아들애의 시체를 아버지의 무덤앞에 묻어주었다.

백날이 지나서 추석날이 되였다. 내외는 아버지의 산소에 찾아가 제사를 지내면서 고통스러운 사연을 털어놓았다.

≪아이고, 아버지께서는 어찌하여 그리도 무정하시나이까. 어찌하여 갓난 손자마저 다려가시나이까. 아이고 아이고 무정도 하시외다.≫

그 애절한 울음소리에 산천초목도 슬퍼했으리라.

그런데 이때 아들의 무덤속에서 우뢰소리같은 굉음이 울리더니 무덤이 쫙 갈라지면서 눈부신 빛이 번쩍하며 진룡이 솟아나와 하늘로 훨훨 날아오르면서 말하는것이였다.

≪부모님들이 룡천에 묻어준 덕분으로 저는 백날동안 수련하고 오늘 진룡이 되여 승천하게 되였습니다.≫

내외는 승천하는 진룡을 낳아키운 부부라고 뭇사람들의 존경을 받게 되였고 가난하던 살림살이도 점점 펴이게 되였다.

발없는 말이 천리를 간다고 이 소문은 드디여 발해왕 대흠무의 귀에까지 미치게 되였다.

문왕 대흠무는 이 소문을 듣고 하도 신기하여 문무재상들과 풍수를 거느리고 진룡이 승천했다는 룡천을 찾아떠났다.

어느 하루 수행하던 풍수가 문왕앞에 무릎을 꿇고 상주하였다.

≪전하께 아뢰나이다. 소신이 산국(山局)을 살펴본즉 좌우에 청룡백호가 둘러싸고 그안으로 옥루하, 마련하가 흐르며 남쪽으로는 조산이 바라보이니 저곳은 과연 천하에 둘도 없는 명당성지라고 아뢰나이다.≫

문왕이 룡마를 달려 쑥대 우거진 벌판에 가보니 과연 진룡이 승천한 룡천이 있었다.

문왕은 룡안에 희색을 띠우며 문무재상들에게 성지를 내렸다.

≪발해의 성지는 과연 여기로다. 동원부를 파하고 여기에 상경을 세워 룡천부라 할지어다.≫

이렇게 되여 이곳에 재간있는 목수, 석공들이 모여와서 궁전을 짓고 토성을 쌓았는데 몇년후에는 동방에서 두번째로 큰 도읍지로 되였고 발해국은 날로 홍성하여 세상사람들로부터 해동성국이라는 미명을 받게 되였다고 한다.

태병희 구술
강신주 정리

혼비백산골

지금까지도 사람들은 화전현의 쟈피거우림장골을 일명 혼비백산골이라 부르고있는데 여기에는 이런 이야기가 깃들어있다.

1939년말이였다.

≪일본제국주의를 타도하자!≫

≪포악무도한 일본침략자는 이 땅에서 물러가라!≫

≪순순히 물러가지 않으면 아무때건 너희들 목이 하늘공중에 날아오를것이다!≫

밤이면 쥐도 새도 모르게 낮이면 새도 모르게 무시로 놈들 병영의 코밑에 이런 포스터가 나붙더니 항일유격대가 놈들의 군용목재채벌의 중점지구인 쟈피거우에 쳐들어온다는 소문이 바람같이 퍼졌다.

왜놈장교놈은 대량의 병력을 끌어들이고 저들 병사들을 내세워 이중삼중으로 보초망을 늘여놓고 주야로 항일유격대가 쳐들어오는가 살피게 하였다. 그러다나니 그자들은 밤이면 밤마다 발편 잠을 잘수가 없었다.

헌데 단박 쳐들어올 기미를 보이던 유격대는 한달이 지나고 두달이 지나도 종시 나타나지를 않았다.

≪흥, 그럼 그렇겠지. 제놈들이 아무리 큰소릴 꽝꽝 쳐두 감히 우리 황군과 맞설라구.≫

왜놈들은 흰소리를 쳤다. 그리고 세월이 지나자 유격대들이 쳐들어온다는 소문은 한낱 헛소문이라 여기고 차차 경비도 늦추게 되었다.

두달이 다 지나가고 석달째 잡아든 어느날 놈들이 쿨쿨 잠에 곯아떨어진 새벽 두시경이였다.

창공에 반짝이는 뭇별들도 알세라 놈들의 보초선을 슬쩍 넘은 사십여명의 용감한 항일유격대원이 맹호같이 그자들의 병영에 쳐들어왔다.

단잠에 곯아떨어져 꿈나라에서 헤매던 백여명의 왜병들은 ≪꼼짝 말앗!≫하는 강산을 쩌렁쩌렁 쪼갤듯한 웨침소리에 그만 혼비백산했다.

놀라 깨여 제정신없이 유격대원들을 쳐다보던 놈들은 그만 저저마다 머리를 땅에 박고 두손을 버쩍 쳐든채 부들부들 떨면서 ≪제발 목숨만 살려주옵소서.≫하고 연신 빌기만 했다.…

이리하여 유격대는 눈깜짝할새에 백여명 놈들을 몽땅 포로하고 백여자루의 단총, 장총, 기관총, 그리고 숱한 수류탄과 군량, 군복들을 로획하는 대전과를 거두었다. 헌데 이런 대전과를 올리고 전투를 결속짓자고 살펴보니 왜놈장교가 보이지 않았다. 그리하여 유격대원들은 병영을 수색하기 시작했다. 그러던중 몇몇 유격대원들이 눈박아볼라니까 허줄한 토굴병영의 널덮개가 달싹거렸다.

유격대원들이 하도 이상하여 그 널덮개를 들어보니까 글쎄 그 왜군장교놈이 맨 빤즈만 입고 쭈크리고 앉아서 벌벌 떨고있지 않겠는가. 그런데 그의 오른손아귀엔 죽은 발바리가 한 마리 쥐여져있었다.

알고본즉 이자는 유격대가 오자 만일을 념려하여 미리 보아두었던 채소움과 헌 널마루장을 들고 그안에 기여들어갔는데 공교롭게도 그가 기르던 발바리가 주인과 생사를 같이하려고 기어이 따라들어왔다.

그러나 지휘관놈은 개가 짖거나 자취를 내게 되면 제 목숨이 황천으로 날아갈가 저어하여 혼비백산한 나머지 그 바쁜 통에도 젖먹던 힘까지 다 내여 발바리의 목을 꼭 눌러 죽이노라고 널덮개가 흔들거리는것조차 미처 몰랐던 것이다.

이런 해괴망측한 일이 있은 뒤부터 이곳 사람들은 왜놈들이 순식간에 혼비백산 쫄딱 녹아난 이 쟈피거우 림장골을 혼비백산골이라 부르기 시작했다고 한다.

리룡득 정리

비행기령

장백현성에서 백두산으로 가는 구간에 비행기령이라고 있다. 아츠라니 높이 솟은 절벽이 병풍처럼 쭈욱 무시무시하게 뻗어갔는데 그 절벽 중턱으로 두대의 차가 병행할수 있을만한 좁은 큰길이 나있다. 길 남쪽은 얼마간 가파른 비탈에다가 다시 아찔하게 곤두박힌 절벽이다. 천야만야한 골짜기로는 한갈래 강물이 맑은 날에도 실오리같이 내려다보인다. 쳐다보면 머리우의 바위돌이 우르르 퉁탕! 무너져내릴듯 무서운 전율이 덮쳐오고 굽어보면 떨어져서 분신쇄골이 될듯 아짜아짜한 현훈증이 이는 길이라 어지간한 담대로는 교차통행(交叉通行)을 시도할수 없는 곳이다. 그래서 사람들은 차들이 멋도 모르고 달리다가 공중거리로 비행기처럼 날아떨어지는 일이 푸술하다고 해서 비행기령이라고 부르는줄로만 믿고있다. 사실은 그런것이 아니라 가파로운 비탈에 뿌리를 공중에 쳐들고 거꾸로 박혀있는 버섯모양의 홍송으로부터 연유되여있다.

어느 한 항일유격대에 호랑이라고 소문난 대장이 있었다. 학식도 있고 호랑이처럼 날래서 일본놈들은 이름만 듣고도 소름이 끼쳐했다. 그런데 무슨 놈의 감투끈인지 그한테 민생단이라는 얼토당토않는 죄명이 들씌워졌다. 반민생단숙청위원회에서는 그한테 사형을 내렸다.

그의 령도를 받아온 동지들이 물푸레뭉치를 들고 그를 빙 둘러섰다. 총한방만 탕 놓으면 쉽게 해결을 볼일이지만 민생단놈한테 총알이 아깝기도 하고 너무 쉽게 죽여주는것 역시 적한테 인자를 베푸는것이니 민생단작용이라고 보기때문이였다.

≪탄백하겠느냐? 아니면 죽고싶으냐?≫

당책임자의 불호령에 대장은 묵묵답하고 자기를 포위하고 둘러선 동지들을 하나하나 훑어보았다. 그는 길게 한숨을 토하며 한마디했다.

≪담배 한대 주시오.≫

유격대원 하나가 호주머니께로 손을 가져가다가 움츠려뜨렸다. 민생단을 동정하는 사람은 그 즉시로 민생단이 되여 처단당하기가 일쑤였기 때문이다.

호랑이같은 대장이였지만 얼굴을 허공에 쳐들고 깊이 탄식할 수밖에 없었다.

≪원통하오! 나의 심장은 항일을 위해 박동치고있소.≫

≪닥쳐라. 악질 민생단을 쳐서 죽여라.≫

콩마당질하듯 매소리가 투닥투닥 났다. 대장의 악문 이새로 무시로 비명소리가 났다. 도리깨질에 콩깍지가 날 듯 몽둥이에 얻어맞은 대장의 몸에선 피와 살점이 휘뿌려졌다. 대장의 시체는 매장을 허락받지 못했다. 까마귀나 날짐승이 뜯어먹게 버려두라는 명령이였다.

그날 일제토벌대가 근거지로 들이닥쳤다. 놈들은 산비탈 숲속에서 대장의 시체를 발견하였다. 맥을 짚어보니 실날같은 숨이 붙어있었다. 놈들은 시내로 호송하여 구급치료를 했다. 대장은 구사일생으로 살아났지만 일제의 손아귀에 들고말았다. 그는 거짓투항하고 기회만 호시탐탐 노리고있었다. 그러던 어느 눈보라 윙윙 휘몰아치는 한겨울 어느날이였다.

일본군 군량마차를 로획해 타고 유격대원들은 휘파람을 휘호 불며 귀로에 올랐다. 힘찬 노래소리, 재미있는 익살, 쾌활한 웃음…

그런데 병풍바위께에 이르렀을 때 갑자기 지척을 분간할수 없는 눈발속에서 자동차 엔징소리가 부릉부릉 울려왔다. 발밑과 머리우가 다가 깎아지른 절벽이라서 피할래야 피할수도 없었다. 뒤로 물러서자니 말머리를 돌리기전에 자동차가 와닿을것이였다. 오직 맞서서 생사결판을 내는 길밖에 없었다.

일본군토벌대를 만재한 자동차 한대가 눈속을 헤집으면서 각일각 접근해왔다. 유격대가 어쩔바를 모르고 잠간 망설이는 사이에 운전칸 웃천정에 걸쳐놓은 경기관총이 뚜루룩 불줄기를 토했다. 유격대는 산개하여 맞사격을 들이댔다.

뚜루룩 뚜루룩—

산도 숲도 일조에 총소리에 휘말려들었다. 당책임자는 싸창을 빼들고 마차에서 뛰여내렸다. 귀뿌리로 쌩쌩 탄알이 날고 몸채어방에서 푹푹 탄알이 박힌다.

윈도브러시가 좌우로 운동하며 눈을 쓸어서 투명해진 호형의 유리창으로 운전수옆에 앉은 호랑이대장이 언뜻 당책임자의 눈에 맞혀왔다.

≪악질 민생단놈!≫

당책임자는 이를 부드득 갈며 총쥔 손을 쳐들었다. 완전히 사격권내에 들어선것을 확인하는 순간 방아쇠에 건 식지에 지그시 힘을 주었다.

아뿔싸! 바로 그때 20여보 앞 길옆에 뿌리가 거진 다 들어나 담방 비탈쪽으로 번져질듯싶은 소소리 높은 홍송이 시야를 막았다. 다시 사격권에 들어오기를 내심히 기다리는 수밖에 없었다. 그런데 대장이 사격권내에 들어섰을 때 당책임자는 총을 쏠 필요를 잃고말았다.

민생단이라고 여겼던 그 호랑이대장이 권총으로 자동차 운전수의 머리를 쏴갈기고는 핸들을 힘껏 탈았던것이다. 그러자 자동차는 홍송을 비껴치며 급급히 비탈을 질주하다가 비행기처럼 낭떠러지를 허궁 날아떨어졌다. 이윽고 벼랑아래로부터 요란한 폭음이 일어나며 검은 연기가 불길과 같이 일어났다.

위태롭게 간신히 솟아있던 홍송이 한쪽으로 천천히 기울기 시작했다. 가지에 무겁게 업혔던 눈이 허물어져 쏟아졌다. 육중한 나무는 총에 맞은 가슴을 붙안고 자빠지지 않으려고 모지름을 쓰는 사람처럼 씨드드 쓰러져갔다. 이윽고 나무는 창! 비탈에 번져졌다. 깊이 쌓인 눈무지가 파헤쳐지며 눈사태가 일었다. 나무는 발구같이 가파른 비탈을 미끌어가다가 돌출된 바위에 걸쳐 초리를 땅에 박고 거꾸로 섰다.

그때로부터 세월은 류수와 같이 흘렀다. 버럭과 흙에 파묻힌 나무는 마치도 하나의 커다란 버섯을 방불케도 하고 멀리서 보면 활짝 펼친 양산과도 같아보인다. 이 길을 지나서는 려객들은 모두 이구동성으로 그 나무를 보고 찬탄을 금치 못한다. 하지만 그들은 나무에 깃든 비장한 이야기와 그 억울한 우리의 용사를 알지 못하고있는것이다.

대장이 토벌대 자동차를 몰고 령을 날아내린 그때부터 이 령을 비행기령이라고 했다고 한다.

류일엽 정리